SNOW FALLING ON CEDARS
삼나무에 내리는 눈

옮긴이 노혜숙

이화여자대학교 수학과를 졸업하고 서강대학교 철학대학원을 수료했다. 현재 전문 번역가로 활동하고 있다. 옮긴 책으로 『창의성의 즐거움』, 『완벽의 추구』, 『타인보다 더 민감한 사람』, 『지금 이 순간을 살아라』, 『베이비 위스퍼』, 『너무 빨리 지나가버린, 너무 늦게 깨달아버린』 등이 있다.

SNOW FALLING ON CEDARS by David Guterson

Copyright ©1995 by David Guterson
All rights reserved.
This Korean edition was published by Finis Africae in 2025 by arrangement with David Guterson c/o Georges Borchardt, Inc. through KCC(Korea Copyright Center Inc.), Seoul.

이 책은 (주)한국저작권센터(KCC)를 통한 저작권자와의 독점 계약으로 피니스 아프리카에에서 출간되었습니다. 저작권법에 의해 한국 내에서 보호를 받는 저작물이므로 무단 전재와 복제를 금합니다.

어머니와 아버지께 감사를 담아

인생의 여행 도중 나는
어두운 숲에서 지름길을 잃고 헤매었다.
아, 얼마나 거칠고 사납고 완강한 숲이었던지.
그 생각을 하면 새삼 두려움이 몰려온다.

단테의 『신곡』 중에서

❋ 일러두기
본문의 모든 주는 옮긴이 주입니다.

1

 피고 미야모토 가부오는 피고석 탁자 위에 양 손바닥을 가볍게 올려놓고 자신의 재판에서 초연할 수 있는 사람처럼 당당하고 품위 있는 자세로 반듯이 앉아 있었다. 나중에 방청석의 누군가는 그의 부동자세가 법 절차를 경멸하는 태도라고 말했고, 어떤 사람은 그가 다가올 평결에 대한 두려움을 감추고 있다고 했다. 어느 쪽이건 간에 가부오는 눈 한 번 깜빡이는 법 없이 아무것도 보여 주지 않았다. 그는 흰 셔츠의 단추를 목까지 채우고 말끔히 다린 회색 바지를 입고 있었다. 그의 체격, 특히 그의 목과 어깨는 누가 보아도 육체적인 힘과 민첩함을 느끼게 했고, 심지어는 권위적으로 보이기까지 했다. 얼굴은 이목구비가 뚜렷하고 단정했으며, 머리는 두피 근육이 드러나 보일 정도로 짧게 깎여 있었다. 그는 자신을 향해 겨누어진 혐의에 맞서 검은 두 눈으로 앞을 응시한 채 꼼짝도 하지 않았다.

방청석은 모두 채워졌지만 법정에서는 시골의 살인 재판에서 이따금 볼 수 있는 축제 분위기는 전혀 느껴지지 않았다. 사실 그곳에 모인 여든다섯 명의 주민은 이상하리만치 차분하고 신중했다. 그들 대부분은 아내와 세 아이를 둔 연어잡이 어부였으며 지금은 인디언 노브 언덕의 루터 교회 묘지에 묻힌 칼 하이네를 알고 있었다. 그들은 일요일에 교회 예배에 참석할 때처럼 예를 갖추어 성장盛裝했고, 법정이 아무리 삭막하다고는 해도 경건한 기도원처럼 여기고 숙연하게 행동했다.

르웰린 필딩 판사가 집정하는 이 법정은 아일랜드 군郡 법원 3층의 습기 차고 바람이 새어드는, 복도 끝에 있는 황량하고 협소한 곳이었다. 그곳은 회색 계통의 휑하고 단조로운 장소로, 비좁은 방청석, 판사석, 증인석, 합판으로 꾸민 배심원석 그리고 피고와 검사 앞에 낡은 탁자가 놓여 있었다. 배심원들은 사건을 이해하기 위해 긴장한 탓인지 무언가에 골몰한 무표정한 얼굴이었다. 남자들은 채소 재배상 두 명, 은퇴한 게잡이 어부, 책방 점원, 목수, 조선업자, 식료품상 그리고 넙치잡이 배의 선원으로, 양복에 넥타이를 매고 있었다. 여자들은 모두 야회복 차림으로, 은퇴한 웨이트리스, 제재소 사무원 그리고 소심한 어부 아낙네 두 명이었으며, 미용사 한 명은 격일로 그들과 동석했다.

집행관 에드 솜스가 필딩 판사의 요청에 따라 기능이 신통찮은 라디에이터를 충분히 열어 놓은 덕분에 법정의 네 귀퉁이에서는 수시로 증기가 뿜어 나왔다. 거기서 발산되는 축축하고 무더운 열기 속에서 퀴퀴한 곰팡내가 도처에서 피어오르는 듯했다.

그날 아침 법원 창문 밖에는 눈이 내렸고, 납 틀을 붙인 네 개의 높은 아치형 창문을 통해 12월의 흐릿한 광선이 들어오고 있었다. 해풍에 날리는 눈발이 유리창에 부딪히는 대로 녹아서 창틀 쪽으로 흘러내렸다. 법원 너머에는 아미티 항구도시가 섬의 해안을 따라 펼쳐져 있었다. 도시에 드문드문 산재한 언덕 위에는 바람에 시달려 허물어져 가는 빅토리아식 저택 몇 채가 지나간 낙천적 항해 시대의 유물로 남아 눈 속에서 모습을 드러냈다. 그 뒤로 아직 푸르른 히말라야삼나무 숲이 가파른 경사면을 이루고 있었다. 눈이 시야를 가려서 삼나무 언덕의 윤곽은 뚜렷이 보이지 않았다. 육지를 향해 끊임없이 불어오는 해풍에 몰아치는 눈발이 이 방향성芳香性 나무들을 공격하면서 제일 높은 가지에서부터 인정사정없이 눈이 쌓이기 시작했다.

피고의 의식의 한 부분은 창문 밖에 내리는 눈을 지켜보았다. 그는 77일을 군 유치장에 격리되어 있었다. 9월 하순, 10월과 11월 내내, 그리고 12월의 첫 주를. 지하 유치장에는 어디에도 창문이 없었기에 가을 햇살은 그에게 다가갈 수 없었다. 가을을 놓쳐 버렸다는 사실을 그는 지금 깨달았다. 그 계절은 이미 지나갔고 증발해 버렸다. 그가 곁눈으로 훔쳐보고 있는, 창문을 때리면서 휘몰아치는 눈발이 그에게는 가슴 저미도록 아름다웠다.

산피에드로는 5천 명의 물에 젖은 영혼들이 살고 있는 섬으로, 1603년 길을 잃고 앞바다에 정박한 스페인인들이 지은 이름이었다. 그 시절에는 많은 스페인인이 미 서북부로 가는 항로를 찾아 항해했으며, 비즈카이노 원정의 항해사이자 선장이었던 마틴 드 아킬라는 물가에서 자라는 솔송나무 중에서 새로 만들 돛대의 목재를 구하기 위해 해안으로 선발대를 보냈다. 그들 일행은 해변에 발을 들여놓자

마자 누트카족 노예의 습격을 받고 몰살되었다.

　정착민들이 도착했다. 대부분 오리건 산길을 정처 없이 헤매 온 외골수와 괴짜 들이었다. 섬에 뿌리를 내린 몇몇 사람이 1845년 국경 문제로 분개한 캐나다계 영국인들에게 살해되기도 했다. 그러나 그 후로 산피에드로섬은 대체로 폭력이 없었다. 과거 10년 동안 우울한 소식이 있었다면, 1951년 7월 4일 시애틀에 사는 요트 주인이 술에 취해서 쏜 엽총에 맞아 섬 주민 한 명이 부상당한 일이었다.

　섬의 유일한 도시인 아미티 항구는 예인망 어선들과 1인용 자망선_{주로 걸그물을 이용하여 고기를 잡는 배들}을 위해 수심이 깊은 정박처를 제공하고 있었다. 그곳은 비가 자주 내리고 바람이 불고 곰팡이가 피어오르는 기이한 바닷가 마을이었다. 건물들의 판자는 풍화되고 퇴색했으며, 배수관들은 뻘겋게 녹이 슬어 있었다. 넓고 적막하게 누워 있는 길고 가파른 비탈에는 대부분의 겨울밤 지나가는 비로 인해 구불구불한 도랑들이 수도 없이 생겨났다. 종종 바닷바람이 유일한 교통 신호등을 양옆으로 뒤흔들기도 하고 마을의 전력을 끊어 놓는 바람에 며칠씩 불이 들어오지 않기도 했다. 중심가로 들어서면 전 주민이 거래하는 피터슨 식료품점, 우체국, 피스크 철물점, 라슨 약국, 시애틀에 사는 여자의 소유인 10센트 균일 판매점, 퓨젓 동력 사무실, 양초 가게, 로티 옵스비그 의상실, 클라우스 하트먼 부동산 사무실, 산피에드로 카페, 아미티 하버 레스토랑 그리고 토거슨 형제가 소유하고 운영하는 허름하고 초라한 주유소가 있었다. 부두에는 생선 통조림 공장에서 연어 뼈 썩는 냄새가 진동했고, 페리 선착장에서 사용하는 방부 처리된 말뚝들이 곰팡이 핀 배들 한가운데 놓여 있었다. 이곳의 정령인 비는 인간이 만든 모든 것에 줄기차게 내리치고 있었다. 겨울 저녁이면 보도에 억수같이 퍼붓는 비 때문에 아미티 항구가 보이지 않을 정도였다.

산피에드로는 주민들을 시인 기질로 몰아가게 하는 독특한 신록의 아름다움을 지니고 있었다. 어느 쪽을 바라보아도 연초록의 삼나무 언덕들이 눈에 들어왔다. 자주개자리콩과의 여러해살이풀, 사료용 옥수수, 딸기가 자라는 고독한 들판과 계곡에는 축축한 이끼로 덮인 집들이 자리 잡고 있었다. 한적한 길을 따라 우연히 만들어진 삼나무 담장이 나무 그늘을 드리웠고, 그 뒤로는 고사리 덤불로 무성한 목초지가 펼쳐졌다. 소들은 달콤한 똥 냄새를 맡고 모여드는 여름철 진디등에 때문에 어리둥절해하면서 풀을 뜯었다. 길가 여기저기에는 섬 주민들이 손수 통나무를 톱질하고 남겨 놓은 향기로운 톱밥 더미와 삼나무 껍질이 쌓여 있었다. 해변은 매끄러운 바위들과 파도 거품으로 반짝였다. 스무 군데가 넘는 작은 만에 저마다 범선과 여름 별장이 정답게 어울려 있는 소박한 정박지가 산피에드로를 둘러싸고 끝없이 이어졌다.

아미티 항구의 법정 안에는 섬으로 몰려온 신문기자들을 수용하기 위해 네 개의 높은 창문들이 마주 보이는 곳에 탁자 하나가 준비되어 있었다. 벨링햄, 아나코츠, 빅토리아에서 각각 한 명씩, 그리고 시애틀 신문에서 온 외지 기자 세 명에게서는 방청석에 앉은 예의 바른 주민들 속에서 확연히 느낄 수 있는 엄숙함은 찾아볼 수 없었다. 그들은 의자에 주저앉아 턱을 괴고 서로 수군거렸다. 스팀 라디에이터에서 불과 30센티미터 떨어진 거리에 등을 돌리고 앉아 있는 외지 기자들은 땀을 흘리고 있었다.

현지 기자인 이스마엘 체임버스 역시 땀을 흘리고 있었다. 그는 큰 키에 퇴역 군인의 눈매와 굳은 표정을 한 서른한 살 먹은 남자였다. 그는 외팔이로 어깨 관절에서 25센티미터 아래가 절단된 왼쪽 팔의 양복 소매를 접어 팔꿈치에 핀으로 고정해 놓고 있었다. 이스마엘은 외지 기자들이 방청석 주민들에게 보란 듯이 섬과 섬 주민들을 무시하는 분위기를 자아내고 있다는 것을 알았다. 땀과 열기 속에서 그들은 수군거리다 못해 지루함을 드러내기 시작했다. 그중 세 명은 타이를 느슨하게 풀어 헤쳤고, 다른 두 명은 저고리를 벗어 버렸다. 그들은 산피에드로가 무언으로 본토인들에게 요구하는 형식에 따르기 위해 노력하기에는 직업적으로 닳고 닳았고 면역이 되어 있었으며, 지나치게 여행에 익숙해져 있었다. 이 고장 출신인 이스마엘은 그들처럼 하고 싶지 않았다. 피고 가부오는 그가 아는 인물로, 고등학교를 함께 다녔던 사람이다. 그는 다른 기자들처럼 가부오의 살인 재판에서 양복을 벗을 수 없었다. 그날 아침 9시 10분 전에 이스마엘은 아일랜드 군 법원 2층에서 피고의 아내와 이야기를 나누었다. 문이 닫혀 있는 배석판사 사무실 앞에 놓인 긴 복도 의자에 앉아서 아치형 창문에 등을 돌리고 있는 그녀는 분명 자신을 추스르고 있었다. "괜찮아?" 그가 말했지만 그녀는 그에게 고개를 돌리는 것으로 응답했다. "제발, 하쓰에."

  이내 그녀가 그를 보았다. 재판이 끝나고 오랜 후에도 이때를 생각할 때마다 그녀의 검은 눈이 줄곧 이스마엘의 기억 속에 따라다녔다. 그녀는 검은 머리를 바짝 땋아서 쪽을 찌고 있었다. 딱히 자신에게 쌀쌀맞지도, 자신을 증오하지도 않았지만 그는 그녀와 거리감을 느꼈다. "가." 그녀가 속삭이듯 말했을 때 순간 그녀의 눈이 반짝였다. 그는 그 후에도 그녀의 눈이 무엇-비난, 슬픔, 고통-을 의미했는지 알 수 없었다. "가." 미야모토 하쓰에는 반복해서 말했다. 그리고 다시 한번 그에게서 눈을 돌렸다.

"이러지 마." 이스마엘이 말했다.

"가."

"하쓰에, 이러지 마."

"가."

지금 법정 안에서 이스마엘은 관자놀이에 땀을 흘리면서 난처한 심정으로 기자들 사이에 앉아 있었다. 그는 오전 휴정 시간이 끝나면 방청석에서 좀 더 눈에 띄지 않는 자리를 찾아야겠다고 마음먹었다. 그러는 동안 그는 눈보라를 바라보고 있었다. 이미 법정 창문 밖의 거리는 눈에 덮이기 시작했다. 눈이 무작정 퍼부어서 어린 시절 즐거운 기억 속에 소중한 추억으로 남아 있는 비현실적인 겨울의 순결함을 이 섬에 가져다주길 바랐다.

2

 그날 검사가 제일 먼저 부른 증인은 군 보안관 아트 모런이었다. 칼 하이네가 죽던 날-9월 16일- 아침 보안관은 사무실에서 한창 물품 목록을 작성하던 중이었다. 그것은 해마다 군의 명령에 따라 하는 일인데 새로 법원 속기사로 고용된 엘리너 독스 부인(그녀는 지금 판사석 아래 다소곳이 앉아서 빠짐없이 모든 것을 기록하고 있었다)의 도움을 받고 있었다. 새로 장만한 무전기에서 칼 하이네의 어선인 수전 마리 호가 화이트샌드만에서 표류하고 있다는 에이블 마틴슨 부관의 보고를 들었을 때, 보안관과 독스 부인은 깜짝 놀라 서로 쳐다보았다.
 "에이블이 말하길 그물이 모두 내려진 채 배에 끌려가고 있었다고 했죠." 아트 모런이 설명했다. "저는 그 즉시 걱정이 되더군요."
 "수전 마리 호는 움직이고 있었나요?" 앨빈 훅스 검사는 자신과 아트가 공원 벤치에서 이야기하고 있다는 듯이 한 발을 증인석 받침대에 올리고 서서 물었다.

"에이블이 그렇게 말했습니다."

"야간 등을 켜고 말이죠? 마틴슨 부관이 그렇게 보고했습니까?"

"맞습니다."

"대낮에요?"

"에이블이 연락한 시간이 오전 아홉 시 삼십 분이었던 걸로 알고 있습니다."

"제가 틀리면 정정해 주십시오. 자망 낚시는 법에 의해 아홉 시까지로 제한돼 있는 줄로 알고 있는데, 맞습니까, 모런 보안관님?"

"맞습니다. 오전 아홉 시죠."

검사는 등허리에 두 손을 단정히 올리고 짐짓 군대식으로 멋을 부리며 왁스를 칠한 법정 마루 위에 작은 원을 그리면서 한 바퀴 돌았다. "그래서 어떻게 하셨죠?" 그가 물었다.

"에이블에게 자리를 지키라고 했습니다. 그 자리에 그대로 있으라고요. 그럼 내가 그를 보트에 태우고 가겠다고 했습니다."

"해안경비대에 알리지 않았습니까?"

"좀 더 두고 보기로 했죠. 제가 직접 보고 나서 결정하려고요."

앨빈 훅스가 끄덕였다. "당신의 관할 구역이었나요, 보안관님?"

"그건 판단하기에 달렸죠. 훅스 씨, 저는 옳은 일을 하고 있다고 생각했습니다."

검사는 다시 한번 고개를 끄덕이고 배심원들을 둘러보았다. 그는 보안관의 대답을 높이 평가했다. 그 대답은 그에게 유리한 도덕적 증언이었고, 궁극적으로는 증인이 양심적인 사람이라는 사실을 확실하게 입증한 셈이었다.

"법정에 당신이 알고 있는 걸 모두 말씀해 주십시오." 앨빈 훅스가 말했다. "구월 십육 일 아침에 있었던 일 말입니다."

보안관은 잠시 망설이면서 그를 보았다. 원래 아트 모런은 사소한 일에도 안절부절못하는 소심한 성격이었다. 그는 불가항력에 의해 어쩔 수 없이 보안관이라는 직업을 갖게 된 듯했다. 그는 보안관이 되고 싶은 마음이 전혀 없었지만 여기 있게 된 자신에 대해 스스로 놀라고 있었다. 갈색 제복에 검은색 타이를 매고 반짝거리게 닦은 구두를 신은 그는 분명 인생의 배역이 잘못 정해진 듯 보였다. 가장무도회를 위한 의상을 입었다가 여전히 가장을 한 채 돌아다니는 것처럼 그는 자신의 제복이 불편했다. 보안관의 체격은 보잘것없이 빈약했고, 습관적으로 주시 프루트 껌을 씹었다(그에게 여러 결함이 있다 해도 그가 진심으로 신뢰하는 미국의 법체계를 존중하는 마음에서 지금은 아무것도 씹지 않았다). 그는 쉰을 넘기면서 눈에 띄게 머리가 벗어졌고, 움푹하게 꺼져 들어간 배 때문에 언제나 영양실조처럼 보였다.

아트 모런은 전날 밤 잠을 이루지 못하고 이 재판에서 맡은 역할에 초조해하면서 눈을 감고 꿈속에서 있었던 일처럼 사건을 순서대로 기억해 보았다. 그와 그의 부관 에이블 마틴슨은 9월 16일 아침에 화이트샌드만에 보트를 띄웠다. 세 시간 반 전인 6시 30분에 조수가 바뀌면서 물이 점차 불어나고 있었고, 오전 중반이 되자 햇빛이 물 위에서 유리처럼 반들거리며 그의 등을 따스하게 내리쬐었다. 전날 밤에는 솜처럼 손에 잡힐 듯한 안개가 아일랜드 군 위에 걸려 있었다. 그 후 점차 안개가 걷히면서 고요한 흰 구름 대신 바다를 여행하는 광활한 물결이 나타났다. 수전 마리 호를 향해 저어 가는 보트 주위로 마지막 남은 밤안개가 부유하다가 수증기로 변해 태양열 속으로 사라져 갔다.

에이블 마틴슨은 한 손은 보트의 조정간 위에, 다른 한 손은 무릎에 올리고 아트에게 젠슨 항구에 사는 어부 에릭 시버슨이-시버슨 가의 아들 에릭이라고 그가 주지시켰다- 화이트샌드만 남쪽에서 그물을 내린 채 표류하고 있는 수전 마리 호를 만났는데 배에는 아무도 없는 것 같다고 한 이야기를 전했다. 동이 트고 한 시간 반 이상이 지난 때였는데 야간 등이 모두 켜져 있었다고 했다. 에이블은 화이트샌드만에 다다르자 목에 쌍안경을 걸고 공동 선착장 끝으로 걸어갔다. 그는 북서부 방향의 만에서 조수에 밀려가는 수전 마리 호를 발견하고 보안관에게 무전을 쳤다.

15분 후 둘은 표류하는 배 옆으로 나란히 다가갔고, 에이블이 조정간을 뒤로 돌렸다. 물결이 잔잔해서 순조롭게 배에 접근할 수 있었다. 아트가 배에 방현재防舷材 뱃전을 보호하기 위해 두르는 나무나 고무로 만든 띠를 대고 두 사람은 상갑판 클리트cleat 로프를 배의 뱃전 안쪽이나 마스트에 고정하는 기구에 계류용 밧줄을 몇 번씩 감아서 고정했다. "불이 다 켜져 있군." 아트는 수전 마리 호의 뱃전에 한 발을 올리며 주위를 살폈다. "불이란 불은 죄다 켜져 있는 것 같은데."

"사람이 없어요."

"그런 것 같군."

"사라졌어요. 어쩐지 기분이 안 좋은데요."

그 말을 듣고 아트는 주춤했다. "안 좋은 일이 없길 바라야지. 그런 소리 마."

그는 선실 바로 뒤쪽으로 가서 걸음을 멈추고는 눈을 가늘게 뜨고 수전 마리 호의 밧줄과 안정판을 올려다보았다. 돛대에 걸린 홍등과 백열등이 아직 켜져 있고, 그물 끝에는 조명등과 섬광등이 아침 햇살에 희미하게 빛을 내고 있었다. 그가 이것저것 꼼꼼히 살피면서 거기서 있는 동안 에이블 마틴슨이 선창의 해치를 열고 그를 불렀다.

"뭔가 찾았나?"

"여길 보세요."

두 사람이 몸을 굽혀 사각의 선창 구멍을 내려다보는 순간 그곳에서 연어 냄새가 확 올라왔다. 에이블은 손전등으로 한 무더기의 죽은 생선을 비추었다. "은연어예요. 오십 마리는 되겠는데요."

"그 사람, 그물로 한 번에 잡을 수는 없었겠군."

"그렇겠군요."

평온한 날씨에도 빈 선창에 떨어져 머리가 깨져 죽는 사람들이 있었다. 아트는 그런 사고에 대해 몇 번 들은 적이 있었다. 그는 다시 생선을 내려다보았다.

"지난밤에 그가 몇 시에 나간 것 같은가?"

"확실히 말할 순 없지만 네 시 반? 다섯 시?"

"어디로 간 것 같은가?"

"아마 노스 제방으로 올라갔겠죠. 십 해협이나 엘리엇곶일 수도 있고요. 그쪽으로 물고기들이 지나가니까요."

아트도 그런 것쯤은 알고 있었다. 산피에드로는 연어로 살아가고 숨을 쉬었으며, 연어가 밤에 지나가는 비밀 장소는 영원한 화젯거리였다. 그러나 지금 그는 그 사실을 소리 내어 듣는 것이 필요했다. 그가 좀 더 분명하게 사고하는 데 도움이 되기 때문이다.

두 사람은 잠시 멈춰서 선창 옆에 쭈그리고 앉았다. 아트는 뭔지 모르게 자신을 혼란스럽게 하는 연어 더미를 물끄러미 바라보았다. 그는 무릎을 삐걱대며 일어나 어두운 선창에서 돌아섰다.

"계속 살펴보자고."

"그러죠. 그가 선실에서 불쑥 나타날지도 모르니까. 어쨌거나 황당한 일이에요."

수전 마리 호는 잘 정비된 산피에드로의 모범적인 자망선으로, 고물이 약 10미터이고 선실이 배 중앙에서 뒤쪽에 있었다. 아트는 머리를 숙이고 고물 쪽으로 향한 선실 입구로 들어가 잠시 좌현에 멈춰 섰다. 그가 제일 먼저 발견한 것은 바닥 한가운데 모로 쓰러져 있는 양철 커피잔이었다. 타륜 바로 오른쪽에는 선박용 배터리가 하나 있었다. 에이블이 우현에 모직 담요가 덮여 있는 침상을 손전등으로 비추었다. 타륜 위쪽에 걸린 선실 램프가 켜져 있고, 창문으로 들어오는 햇빛이 우현 벽에 너울거렸다. 아트는 지나치게 조용하고 정돈된 광경에서 불길한 인상을 받았다. 수전 마리 호가 파도에 기울어질 때마다 나침 함나침반을 올려놓은 받침대 위에 줄로 매달아 놓은 소시지가 약간씩 흔들거릴 뿐 아무것도 움직이지 않았고, 이따금 무전기에서 나오는 희미하고 멀게 느껴지는 찍찍거리는 소리 외에 아무 소리도 들리지 않았다. 아트는 달리 뭘 해야 할지 몰랐기 때문에 특별한 이유 없이 무전기 다이얼을 돌리기 시작했다. 그는 어찌 할 바를 모르고 있었다.

"이상하군요."

"이보게, 잊고 있었는데, 릴 위쪽에 그의 딩기거룻배용 작은 배가 있는지 보게."

에이블 마틴슨이 입구에서 머리를 내밀었다. "저기 있어요, 보안관님. 이제 어떻게 하죠?"

잠시 그들은 서로 멍하니 바라보았다. 이내 아트는 한숨을 쉬며 칼 하이네의 짧은 침상 가장자리에 걸터앉았다.

"그가 갑판 밑에 들어간 건 아닐까요? 엔진이 고장 났는지도 모르잖아요."

"난 지금 엔진 위에 앉아 있어. 아무도 그 속에 들어갈 수 없다고."

"사라졌군요." 에이블이 고개를 저으며 말했다.

"그런 것 같아."

그들은 서로 흘깃 쳐다보고 다시 눈을 돌렸다.

"누군가 데려갔는지도 모르죠. 부상을 당해서 그가 무전을 쳤고, 누군가가 그를 데려갔다면……."

"그렇다면 배를 그냥 방치했겠나?" 아트가 끼어들었다. "게다가 그렇다면 지금쯤 우리가 소식을 들었겠지."

"이상하군요." 에이블 마틴슨이 다시 그렇게 말했다.

아트는 잇새로 또 하나의 주시 프루트 껌을 쑤셔 넣으며 이 일이 자신의 책임이 아니기를 바랐다. 그는 칼 하이네를 좋아했고 칼의 가족을 알고 있었으며, 일요일에는 그들과 함께 교회에 갔다. 칼은 옛날부터 섬에서 살아온 집안의 자손으로, 바이에른 사람이었던 그의 조부는 센터 계곡에서 가장 비옥한 땅에 30에이커에 이르는 딸기밭을 일구었다. 그의 아버지 또한 1944년에 뇌졸중으로 죽기 전까지 딸기 농사를 지었다. 어머니 에타 하이네는 아들이 전쟁터에 나가 있는 동안 저겐슨 가족에게 30에이커를 모두 팔아 버렸다. 하이네 가족은 묵묵히 일만 하는 사람들이었다. 산피에드로에 사는 사람 대부분은 그들을 좋아했다. 아트가 기억하는 바로 칼은 미합중국 캔턴 함선의 포병으로 복무했고, 그 부대는 오키나와 침공에 참전했다. 그는 전쟁에서 살아남았고-섬 청년 대부분은 그렇지 못했다- 고향에 돌아와 자망 어부가 되었다.

바다에서 칼의 금발은 황갈색으로 변했다. 그는 몸무게가 105킬로그램으로 주로 가슴과 어깨에 근육이 집중되어 있었다. 겨울에 그는 아내가 짜 준 털모자를 쓰고 보병이 입는 낡은 야전 재킷을 입고 그물로 물고기를 끌어 올렸다. 그는 산피에드로의 선술집이나 카페에 앉아서 커피를 마시며 시간을 보내지 않았다. 일요일 아침에는 아내와 아이들과 함께 힐 루터 교회의 어슴푸레한 불빛 속에서 눈을 껌뻑이며 크고 네모난 손에 찬송가를 펼쳐 들고 온화한 표정으로 앉아 있었다. 일요일 오후가 되면 자기 배의 고물 갑판에 쭈그리고 앉아 말없이 규칙적으로 자망을 풀거나 터진 곳을 꼼꼼하게 꿰매었다. 그는 혼자서 일했다. 예의 바른 사람이었지만 사교적이지는 않았다. 그는 모든 산피에드로 어부가 그러는 것처럼 어디를 가든 고무장화를 신고 다녔다. 그의 아내 또한 옛날부터 섬에서 살아온 바릭스 집안의 여자였다. 아트의 기억에 그들은 캐틀곶에 있는 몇 에이커의 농지에서 건초를 만들고 쪼갠 지저깨비를 팔던 사람들로, 그녀의 부친은 얼마 전에 세상을 떠났다. 칼은 아내의 이름을 따서 배 이름을 지었고, 1948년에는 아미티 항구 서쪽에 큰 목조 가옥을 지어서 어머니 에타를 위한 거처도 함께 마련했다. 하지만 에타는 자존심 때문에 그들과 함께 살지 않았다. 건장하고 진중한 그녀는 독일식 억양이 남아 있었고, 중심가에 있는 로티 옵스비그 양품점 위층에 살고 있다. 칼은 매주 일요일 오후에 저녁 식사를 대접하려고 그녀를 자기 집에 데려갔다. 아트는 그들이 함께 올드 언덕을 터벅터벅 걸어 올라가는 모습을 본 적 있었다. 한 손에 우산을 든 에타는 다른 손으로 투박한 겨울 외투 깃을 움켜쥐었고, 칼은 두 손을 재킷 주머니에 넣고 털모자를 눈썹까지 눌러쓰고 있었다. 아트는 여러모로 칼이 좋은 사람이었다고 평가했다. 그는 과묵했고 어머니처럼 진중했는데, 거기에는 전쟁 탓도 있었다는 것을 아트는 알고 있었다. 아트는 칼이 좀처럼 웃지 않았지만 불행하다거나 불만스러운 것 같지는 않았다고 나름대로 판단했다. 이제 그의 죽음은 산피에드로를 무겁게 짓누를 것이다. 대다수가 고기잡이를 하면서 살아가는 이곳에서 아무도 그의 죽음이 암시하는 의미를 파헤치고 싶지 않을 것이다. 언제나 거기에 있는 바다에 대한 공포가 그들의 섬 생활 표면 아래서 숨을 죽이고 있다가 다시 그들의 가슴속에 끓어오르게 될 것이다.

"자 그럼, 그물을 거두죠, 아트." 배가 선회하는 동안 선실 문에 기대서 있던 에이블 마틴슨이 말했다.

"그래야 할 것 같군." 아트가 한숨을 쉬면서 말했다. "좋아, 그럼 그렇게 하자고. 하지만 순서대로 한 가지씩 해야겠지."

"이 배 뒤쪽에 보조 동력 장치가 있어요." 에이블 마틴슨이 가리켰다. "보안관님 생각대로라면 여섯 시간쯤 배를 움직이지 않은 데다 전등을 몽땅 켜 놔서 배터리가 떨어졌을 거예요. 초크를 올리는 게 좋겠어요, 아트."

아트는 끄덕이고 타륜 옆에 붙은 키를 돌렸다. 그 즉시 코일에 전류가 흘렀다. 엔진이 한 차례 덜컥거리더니 마루판 밑에서 미친 듯이 덜덜거리며 공전하기 시작했다. 아트는 천천히 초크를 내렸다.

"됐어. 맘에 드나?"

"제 짐작이 틀렸나 봐요. 소리가 좋고 기운차군요."

아트가 앞장서서 두 사람은 밖으로 나왔다. 수전 마리 호는 파도와 거의 직각이 되도록 우현으로 방향을 바꾸고 있었다. 엔진 추진력으로 배가 약간씩 아래위로 움직이기 시작하는 바람에 고물 갑판을 걷고 있던 아트는 앞으로 넘어지면서 기둥을 붙잡다가 엄지손가락 아래가 벗겨졌다. 그는 우현 뱃전에서 한 발로 균형을 잡고 다시 일어나 물을 건너다보았다.

넓고 깊숙이 퍼진 아침 햇살이 만 전체를 은빛으로 물들이고 있었다. 어선은 한 척도 보이지 않았고, 4백여 미터 떨어진 곳에서 구명재킷을 입은 아이들이 힘차게 노를 젓는 카누 하나가 나무로 둘러싸인 해안을 따라가고 있었다. 아이들은 천진난만하다고 아트는 생각했다.

"바람 부는 쪽으로 선회해서 다행이야. 그물을 거두려면 시간이 걸리니까."

"언제라도 분부만 내리세요."

순간 아트는 부관에게 뭔가 설명해야겠다는 생각이 들었다. 스물네 살의 에이블 마틴슨은 아나코츠에 사는 벽돌공의 아들이다. 그는 그물에 걸려 올라오는 사람을 본 적 없었지만 아트는 두 번 있었다. 가끔 어부들이 겪는 일이었다. 평온한 날에도 손이나 소맷자락이 걸려 사고를 당했다. 그것은 어쩔 수 없이 일어나는 일이고 이곳의 생리이기도 하다는 것을 아트는 잘 알고 있었다. 그는 에이블이 그물을 끌어 올린다는 것이 무엇을 의미하는지 모르고 있다는 데 생각이 미쳤다.

그는 한 발을 비버 페달에 올리고 에이블을 보았다. "납 줄이 있는 쪽으로 가게. 내가 천천히 끌어 올릴 테니까. 자넨 뭔가를 건져 내야 할 테니 준비하게."

에이블 마틴슨이 끄덕였다.

아트는 발에 힘을 주었다. 한순간 그물이 떨리면서 느슨해지자 바다가 끌어당기는 힘에 맞서 릴을 감아올렸다. 그들은 조금씩 당기고 늦추면서 대결을 벌였다. 뱃전 롤러를 사이에 두고 아트는 한 발을 페달에 올리고 있었고, 에이블은 그물이 천천히 배를 향해 다가오는 것을 보았다. 10여 미터 거리에 있던 부표가 내려가면서 위아래로 깐닥거리더니 하얗게 물을 가르고 사라졌다. 그들은 조수를 거슬러 북서쪽으로 가고 있었지만 남쪽에서 부는 미풍에 배가 서서히 항구 쪽으로 돌고 있었다.

그들이 그물에서 스무 마리 남짓의 연어, 물에 떠다니던 막대기 세 개, 새끼 상어 두 마리, 길게 둘둘 말린 해초 그리고 연체동물들을 건져 올렸을 때 칼 하이네의 얼굴이 보였다. 아트는 잠시 칼의 얼굴이 바다에서 사람들이 경험할 수 있는 일종의 환영이라고 생각했다. 아니, 그보다는 순간적으로 절망한 나머지 그것이 환영이기를 바랐다. 그러나 그물이 올라오면서 턱수염이 이어진 목까지 칼의 얼굴이 완전하게 드러났다. 칼의 얼굴은 햇빛을 향해 있었고 머리카락에서 하얀 물줄기가 떨어져 내렸다. 그것은 분명 입을 벌리고 있는 칼의 얼굴이었다. 아트는 더 힘껏 페달을 밟았다. 칼은 고무 작업복의 왼쪽 버클이 자망에 걸린 채 따라 올라왔다. 바닷물 거품이 일고 있는 티셔츠는 가슴과 어깨에 찰싹 달라붙어 있었다. 다리를 물속에 축 늘어뜨린 그의 옆에 그물에 걸린 연어 한 마리가 몸부림쳤고, 방금 높은 파도가 스치고 간 그의 쇄골 피부는 싸늘하지만 밝은 분홍빛이었다. 그는 바닷물 속에서 익은 것처럼 보였다.

에이블 마틴슨이 구토했다. 그는 고물 밖으로 몸을 내밀고 구역질하고 헛기침을 하다가 다시 심하게 토해 냈다. "괜찮아 에이블, 진정해." 아트가 말했다.

부관은 대답하지 않았다. 그는 손수건으로 입을 닦고 심호흡을 한 뒤 바다에 대여섯 번 침을 뱉었다. 이내 고개를 떨어뜨리고 왼쪽 주먹으로 고물 난간을 내리쳤다. "맙소사."

"내가 천천히 끌어 올릴 테니까 자넨 배 안으로 머릴 물리게, 에이블. 진정하고 이젠 머리를 물려."

어쨌든 그들은 납 줄을 감아올리고 칼을 온전하게 그물 안에 들여놓아야 했다. 그들은 그물이 그물 침대인 양 그물을 둘러서 그를 감쌌다. 그런 방식으로 그들은 칼 하이네를 바다에서 건져 냈다. 주시 프루트 껌을 잇새에 문 아트가 조심스럽게 페달을 밟으며 찡그린 눈으로 배 밖을 보는 동안 에이블이 그물 롤러 위까지 그를 끌어 올렸다. 두 사람은 그를 후갑판에 내려놓았다. 찬 소금물 속에서 그는 급속히 굳어 있었다. 오른쪽 다리가 왼쪽 다리 위에 얼어붙어 있었고, 손가락이 굽은 양팔은 옆구리에서 떨어지지 않았다. 입이 벌어져 있고, 눈 또한 뜨고 있었지만 동공이 사라지고 없었다. 아트는 그의 눈동자가 뒤로 돌아가 두개골 속을 보고 있다는 것을 알았다. 머리에는 흰자위의 혈관이 터진 두 개의 진홍색 구체가 있었다.

에이블 마틴슨은 멍하니 쳐다보았다.

아트는 최소한의 직업의식조차 발휘할 수 없었다. 그는 스물네 살 짜리 부관과 마찬가지로 우두커니 서서 그런 상황에서 누구나 그러듯 죽음의 필연적인 추악함에 대해 생각하고 있었다. 무슨 말인가 해야 한다고 생각하면서 아트는 자신의 부관이 배울 수 있도록 처신해야 한다는 중압감을 느꼈다. 그들은 그저 선 채로 두 사람의 입을 막아 버린 칼의 시체를 내려다볼 뿐이었다.

"머리를 부딪혔군요." 에이블 마틴슨이 속삭이면서 아트가 미처 발견하지 못한 칼 하이네의 머리카락 속에 난 상처를 가리켰다. "올라오면서 뱃전에 부딪혔을 겁니다."

분명 칼 하이네의 두개골은 왼쪽 귀 바로 위가 으깨져 있었다. 뼈가 부서져 머리가 파인 것이다. 아트 모런은 거기서 눈을 돌렸다.

3

 미야모토 가부오를 변호하기 위해 임명된 넬스 것먼슨 변호사는 아트 모런을 반대신문하기 위해 신중하면서도 느리고 거북스러운 동작으로 자리에서 일어났다. 그는 대충 목을 가다듬고 작은 검은색 고리단추가 만나는 멜빵 뒤로 양쪽 엄지손가락을 걸었다. 일흔일곱의 넬스는 왼쪽 눈이 보이지 않았는데, 흐릿한 눈동자를 통해 일시적으로 빛과 어둠의 그림자만을 구별할 수 있을 정도였다. 그러나 오른쪽 눈은 이러한 결점을 보충하듯 비상한 관찰력과 통찰력을 지니고 있는 것처럼 보였다. 그가 아트 모런을 향해 절뚝거리며 법정 마루를 걸어갈 때 그 눈에서 빛이 반짝였다.
 "보안관, 안녕하십니까?"
 "안녕하세요."
 "증인에게서 들은 사실 중에 두 가지만 확실히 하고 싶군요. 증인은 수전 마리 호에 불이 모두 켜져 있었다고 했죠, 맞습니까?"

"그렇습니다. 켜져 있었습니다."

"선실 안에도요?"

"맞습니다."

"돛대 등은요?"

"켜져 있었습니다."

"조명등과 그물 등도요?"

"그렇습니다."

"고맙습니다. 증인께서 그렇게 말한 걸로 아는데, 좋습니다. 등이 모두 켜져 있었습니다. 모조리요."

그는 말을 멈추고 잠시 검버섯투성이에 가끔 떨리기도 하는 자신의 손을 관찰하는 듯했다. 넬스는 신경쇠약이 심해져서 고생하고 있었다. 주된 증상은 열이 오르고 때로 이마의 말초신경이 달아오르면서 관자놀이 동맥이 눈에 보일 정도로 뛰는 것이었다.

"구월 십오 일 밤에 안개가 꼈다고 하셨죠? 그렇게 말씀하셨습니까, 보안관?"

"그렇습니다."

"짙은 안개였나요?"

"정말 그랬습니다."

"어떻게 기억하시죠?"

"안개에 대해 생각했죠. 왜냐하면 열 시경에 현관에 나갔거든요. 일주일 이상 안개를 보지 못했습니다. 그런데 이십 미터 밖이 보이지 않았죠."

"열 시였습니까?"

"그렇습니다."
"그리고 뭘 하셨죠?"
"잠자리에 들었던 것 같습니다."
"잠자리에 드셨군요. 몇 시에 일어나셨습니까, 보안관? 기억나십니까? 십육 일이었죠?"
"다섯 시에 일어났습니다. 다섯 시 정각에요."
"어떻게 기억하시죠?"
"저는 항상 다섯 시에 일어납니다, 매일 아침. 십육 일도 마찬가지로 다섯 시에 일어났습니다."
"여전히 안개가 껴 있었습니까?"
"네, 그렇습니다."
"여전히 짙은 안개였습니까? 지난밤 열 시처럼 짙었나요?"
"거의 그랬다고 말할 수 있습니다, 거의. 하지만 똑같다고는 할 수 없겠죠."
"그럼 아침에도 여전히 안개가 끼어 있었군요."
"그렇습니다. 아홉 시경까지. 그러다 걷히기 시작했고, 우리가 보트로 출발할 때는 거의 다 사라졌습니다."
"아홉 시까지. 아니면 그 무렵. 아홉 시쯤?"
"맞습니다."

넬스 것먼슨은 턱을 치켜들고 나비넥타이를 만져 본 다음 늘어진 피부를 시험하듯 목을 잡아당겼는데, 그것은 무언가를 생각할 때의 버릇이었다.

"수전 마리 호에서 말입니다. 시동이 걸렸습니까, 보안관? 시동을 걸었을 때 아무 문제가 없었나요?"

"곧바로 걸렸습니다. 전혀 문제없었습니다."

"전등을 모두 켜 놨는데 말이죠, 보안관? 여전히 배터리의 효력이 강했다는 겁니까?"

"그랬겠죠. 별 이상 없이 시동이 걸렸으니까요."

"이상하다고 생각하지 않았습니까, 보안관? 기억하십니까? 전등이 모두 켜져 있었는데도 엔진을 무리 없이 가동하기 충분할 만큼 전력이 충전되어 있었다는 사실이 말입니다."

"그때는 생각하지 못했습니다. 그러니까 제 말은, 적어도 그때는 이상하게 생각하지 않았다는 겁니다."

"그럼 지금은 이상하다고 생각하십니까?"

"약간은, 그렇습니다."

"왜죠?"

"전등이 배터리를 많이 소비하니까요. 배터리 하나쯤은 금방 닳아 버릴 수 있다고 봅니다. 자동차에서처럼 말입니다. 그래서 생각할 여지가 있다는 거죠."

"생각해 보셔야 합니다." 넬스 것먼슨은 그렇게 말하고 다시 목을 쓰다듬다가 늘어진 피부를 잡아당겼다.

넬스는 증거물이 놓인 탁자로 걸어가 서류철을 하나 집어 아트 모런에게 가져갔다. "증인의 조사 보고서입니다. 검사께서 질문하시는 동안 막 증거물로 인정된 겁니다. 이게 그겁니까, 보안관?"

"그렇습니다."

"칠 페이지를 펴 주시겠습니까?"

보안관은 시키는 대로 했다.

"칠 페이지는 칼 하이네의 수전 마리 호 선상에서 발견된 물품 목록이죠?"

"그렇습니다."

"이십칠 번에 적힌 물품을 읽어 주시겠습니까?"

"그러죠. 물품 이십칠 번. 셀 여섯짜리 D-8 배터리 여분 하나."

"셀 여섯짜리의 D-8 배터리 여분이 하나. 감사합니다. D-8 배터리 하나군요. 셀 여섯짜리. 그럼 이제 물품 사십이 번을 봐 주시겠습니까, 보안관? 그리고 그것도 읽어 주십시오."

"물품 사십이 번. 배터리 통 안에 든 D-8 하나와 D-6 배터리 하나. 각각 셀 여섯짜리."

"육과 팔이 하나씩이요?"

"그렇습니다."

"제가 잡화점에 가서 길이를 재 봤습니다. D-6은 D-8보다 이 센티미터 넓더군요. 그건 수전 마리 호의 배터리 통에 맞지 않을 텐데요, 보안관. 이 센티미터가 더 크니까요."

"그가 수선을 했습니다. 옆 테두리를 두들겨서 D-6이 들어갈 수 있도록 넓혀 놓았습니다."

"옆 테두리를 두드려서 넓혔다고요?"

"그렇습니다."

"증인께서 보고 알 수 있었습니까?"

"그렇습니다."

"금속 테두리를 두드려서 넓혔다고요?"

"그렇습니다."

"연질의 금속이었나요?"

"그렇습니다. 충분히 유연했죠. 두들겨서 D-6이 들어갈 수 있는 공간을 만들었더군요."

"D-6이 들어갈 수 있는 공간을 만들었다. 그런데 보안관, 증인께선 여분이 D-8이었다고 하지 않았습니까? 칼 하이네는 통을 두드리거나 수선하지 않고도 기존의 통에 들어갈 수 있는 D-8을 갖고 있지 않았습니까?"

"그 여분은 다된 것이었습니다. 우리는 보트를 끌어온 후에 시험했습니다. 거기에는 용액이 없었습니다, 것먼슨 씨. 용액이 전혀 없었어요."

"여분의 배터리는 다된 것이었다. 그러니까 요약하자면, 증인은 고인의 배에서 다된 여분의 D-8 배터리 하나와 배터리 통 안에 든 거의 다된 D-8 배터리 하나 그리고 그 옆에서 살아 있는 D-6 하나를 찾았습니다. 그리고 D-6이 기존의 배터리 통에 들어가기에는 너무 크기 때문에 누군가 배터리 통을 넓혔다는 거죠? 연질의 금속 테두리를 두드려서요?"

"모두 맞습니다."

"이제 됐습니다. 증인의 보고서 이십칠 페이지를 펴 주십시오. 피고의 배에 있던 물품 목록이죠? 이제 물품 이십사 번을 읽어 주시겠습니까?"

아트 모런은 기록을 펼쳤다. "물품 이십사 번. 태터리 통 속에 든 D-6 배터리 두 개. 각각 셀 여섯짜리."

"미야모토 가부오의 배 위에 D-6 두 개가 있었습니다. 그렇다면 배에서 여분을 발견했습니까, 보안관?"

"아뇨, 발견하지 못했습니다. 목록에 없습니다."

"피고는 배에 여분의 배터리를 갖고 있지 않았습니까? 여분도 없이 고기잡이를 나갔다고요?"

"분명 그렇습니다, 변호사님."

"그러니까 배터리 통에 있던 두 개의 D-6 말고는 여분이 발견되지 않았습니다. 대답해 주십시오, 보안관. 피고의 배에 있던 D-6이 고인의 배터리 통에서 발견된 D-6과 같은 종류였습니까? 수전 마리 호에 있던 것과 같은 것이었나요? 크기도 같고 상표도 같은?"

"그렇습니다. 모두 D-6이었습니다. 똑같은 배터리였죠."

"그렇다면 고인의 배에서 사용하는 D-6은 그게 동일하다는 점을 전제로 한다면, 피고의 배터리 대신 여분으로 쓸 수 있었겠군요."

"그렇다고 봅니다."

"그런데 증인께서 말씀하셨듯이 피고의 배에는 여분이 없었습니다. 맞습니까?"

"그렇습니다."

"좋습니다, 보안관. 괜찮으시다면 잠시 다른 질문을 하겠습니다. 증인께서 고인을 배로 끌어 올릴 때 어떤 문제가 있었습니까? 바다에서 그를 그물로 건져 올릴 때 말입니다."

"있었죠. 제 말은, 그가 무거웠다는 겁니다. 그리고 그의 하반신, 그러니까 다리와 발이 그물에서 미끄러져 나가려고 했죠. 그는 방수복 버클 하나에 매달려 있었습니다. 그래서 우린 그를 물에서 건져 올릴 때 그가 빠져나갈까 봐 걱정했습니다. 그가 나오면서 버클이 빠지거나 고무 옷이 찢어지면 놓쳐 버릴 수도 있었습니다. 다리가 그물 밖으로 나와 물속에 있었습니다."

"그래서 증인과 마틴슨이 어떻게 했는지 말해 주시겠습니까?"

"음, 그물을 오므렸죠. 그러고 나서 납 줄을 당겼습니다. 우린 그물을 요람처럼 만들어서 다리를 그 속에 넣었습니다. 그런 다음 끌어 올렸죠."

"그런 문제가 있었군요."

"약간, 그랬죠."

"무리 없이 올라왔습니까?"

"처음에는 힘이 들었죠. 그물을 이리저리 당겨야 했으니까요. 하지만 일단 그물에 넣은 다음엔 순조로웠습니다."

"보안관, 증인께서 지금 말씀하셨듯이 그물을 당기느라 애를 쓰면서 고인을 배로 끌어 올릴 때 고인의 머리가 선미판이나 다른 뭔가에 부딪혔을 수도 있지 않을까요? 뱃전이나 그물 롤러에라든가요. 그랬을 수도 있습니까?"

"그렇게 생각하지 않습니다. 그랬다면 제가 봤을 겁니다."

"그렇게 생각하지 않으시는군요. 그물에서 고인을 꺼낼 땐 어땠습니까? 갑판에 누였을 때는요? 고인은 증인이 말씀하신 대로 백오 킬로그램의 체구가 큰 남자였고, 지적하신 대로 몸이 굳어 있었습니다. 옮기기가 어려웠겠죠, 보안관?"

"무거웠죠. 맞습니다, 아주 무거웠습니다. 하지만 우린 두 사람이었고, 조심했습니다. 그를 어디에 부딪히진 않았습니다."

"확신하십니까?"

"그를 어디에 부딪힌 기억이 없습니다. 것먼슨 씨. 말씀드린 대로 우린 조심했습니다."

"하지만 증인께서 기억을 못 하신다거나, 아니면 뭔가 불확실한 점이 있다고는 생각하지 않으십니까? 두 사람이 다루기 힘든 무거운 시신을 옮기며 전에는 거의 사용해 본 적 없는 윈치를 조종하면서 백오 킬로그램의 익사한 남자를 끌어 올리는 힘든 일을 하는 중에 고인의 머리가 부딪혔을 수도 있지 않을까요? 그렇지 않습니까?"

"그렇습니다. 가능하죠. 가능하다고 생각하지만 그런 것 같진 않습니다."

넬스 것먼슨은 배심원을 향해 돌아섰다. "더 이상 질문 없습니다." 그리고 스스로도 난처하게 느끼는 느릿한 동작으로-젊은 시절 그는 날렵한 운동선수였고, 법정 마루에서 유연하게 움직였으며 언제나 자신의 외모에 자부심이 있었다- 미야모토 가부오가 지켜보고 있는 피고석의 자기 자리로 돌아갔다.

4

 루 필딩 판사는 그 첫날 아침 10시 45분에 휴정을 선언했다. 그는 고개를 돌려 소리 없이 흩날리는 눈을 살펴보고 나서 회색으로 변해가는 눈썹과 코끝을 문지른 다음 검은 법복을 입고 일어나 머리를 쓸어 넘긴 다음 뒤뚱거리면서 판사실로 들어갔다.
 피고 미야모토 가부오는 오른쪽으로 몸을 기울이고 넬스 것먼슨이 귀에 대고 무슨 말을 하는 동안 주의 깊게 고개를 끄덕였다. 통로 건너편에는 앨빈 훅스가 턱을 괴고 앉아서 구두 뒤꿈치로 마룻바닥을 두드리고 있었는데, 초조한 것 같았지만 불만스러워 보이지는 않았다. 방청석에서는 주민들이 일어나 하품하며 얼떨떨한 분위기에서 벗어나 복도로 나가거나 창문 밖에서 포물선을 그리며 자신들을 향해 돌진하다 유리창에 부딪히는 눈을 경외감이 어린 표정으로 바라보았다. 높은 창문들을 통해 희석된 12월의 광선을 받는 그들의 얼굴은 고요하고, 심지어 경건하게 보였다. 시내로 차를 몰고 온 사람들은 집에 돌아갈 일을 걱정했다.

배심원들은 에드 솜스를 따라 나가 깔때기 모양의 컵에 담긴 미지근한 청량음료를 마시고 화장실을 사용했다. 솜스는 교구 직원처럼 터벅터벅 다시 나타나 스팀 라디에이터의 밸브를 잠갔다. 그럼에도 법정은 여전히 너무 더웠고 열기가 빠져나가지 않았다. 증기가 모여 창문에 얇은 수증기 막이 덮이면서 법정은 희뿌연 아침 햇살 속에 감싸였다.

이스마엘 체임버스는 방청석에 앉아서 연필에 달린 고무로 아랫입술을 두드리고 있었다. 산피에드로의 다른 사람들처럼 그는 칼 하이네의 사망 소식을 시신이 발견된 9월 16일 오후에 처음으로 들었다. 그는 아미티 항구 루터 교회의 고든 그로브스 목사와 일요일 설교 주제를 인터뷰해 '우리 섬의 교회'라는 사설을 써서 「산피에드로 리뷰」의 주간 특집으로 아나코트 페리 시간표 옆에 실을 예정이었다. 그로브스 목사는 외출 중이었고, 그의 아내 릴리언이 이스마엘에게 칼 하이네가 물에 빠져 자신의 자망에 걸린 채 발견되었다고 알려 주었다.

이스마엘 체임버스는 그녀의 말을 믿지 않았다. 릴리언 그로브스는 수다쟁이였다. 그는 그녀의 말을 믿고 싶지 않았지만 마음에 걸렸다. 설마 하는 마음에 그는 보안관 사무실에 전화를 걸어 역시 전적으로 신뢰하지는 않는 엘리너 독스에게 물었는데, 그녀는 그렇다고 대답했다. 칼 하이네가 익사했다. 고기잡이를 하던 중이었다. 그물에 걸려서 발견되었다. 보안관은요? 지금은 출타 중이다. 그녀는 그가 검시관을 만나러 간 것으로 안다고 말했다.

이스마엘은 즉시 호러스 웨일리 검시관에게 전화했다. 그가 사실이라고 말했다. 믿어도 좋다. 칼 하이네는 죽었다. 끔찍한 일이었다. 오키나와에서도 살아 돌아왔는데. 칼 하이네가. 믿을 수 없었다. 그는 무언가에 머리를 얻어맞은 기분이었다.

보안관은요? 방금 떠났다고 호러스가 말했다. 그와 에이블 둘 다 방금 떠났다. 부두로 간다고 했다.

이스마엘 체임버스는 수화기를 내려놓고 이마에 손바닥을 대고 앉아서 고등학교 시절의 칼 하이네를 기억했다. 그들은 1942년에 졸업했다. 함께 풋볼 팀에서 뛰었다. 1941년 가을 벨링햄과의 경기에 참가하기 위해 칼과 함께 선수단 버스를 탄 기억이 났다. 유니폼을 입은 그들은 무릎 위에 헬멧을 올려놓고 각자 자신의 수건을 갖고 있었다. 그는 두툼한 독일인의 목에 수건을 늘어뜨리고 자신의 옆에 앉아서 눈을 빛내며 창밖 들판을 내다보던 칼의 모습을 기억했다. 11월의 땅거미가 내리는 짧은 황혼이었고, 칼은 저지대의 침수된 밀밭에 모여 있는 흰기러기들을 바라보고 있었다. 머리를 기울인 그의 네모난 턱에 남자다운 금발의 짧은 수염이 보였다. "체임버스," 그가 말했다. "기러기들이 보여?"

이스마엘은 바지 주머니에 메모장을 쑤셔 넣고, 「리뷰」 사무실을 열어 둔 채 힐가로 나갔다. 사무실은 한때 서점이었는데, 아직도 많은 선반이 그대로 있었다. 서점은 가파른 언덕에 있어서 수익성이 없었다. 힐가는 여행자들을 유혹하지 못했다. 그러나 이스마엘은 이곳의 지형을 좋아했다. 섬 주민 대부분은 여름 내내 산피에드로를 찾아오는 여행객들을 도시인이라는 이유로 싫어했지만 그는 아무 반감이 없었다. 그러나 한편으로는 어슬렁거리며 중심가를 오르내리는 그들을 보는 것이 그다지 즐겁지는 않았다. 여행객들은 그에게 다른 장소를 생각나게 했고, 자신을 자극해 이곳에서의 삶이 자신이 원하는 것인지 회의를 느끼게 했다.

그가 항상 자신의 고향에 대해 양면적인 감정을 갖고 있었던 것은 아니었다. 한때 그는 고향을 떠나기로 결심했었다. 전쟁 후 한 팔이 절단된 스물세 살의 그는 기꺼이 산피에드로를 떠나 시애틀에 있는 대학에 입학했다. 그는 브루클린가에 있는 하숙집에서 살았고, 처음에는 역사를 수강했다. 그는 그 시기에 다른 퇴역 군인들과 마찬가지로 특별히 행복하지 않았다. 핀으로 고정한 한쪽 소매를 예민하게 의식해서 다른 사람들을 불편하게 했고, 그 때문에 스스로도 불편했다. 사람들이 그것을 무시하지 못했기에 그 역시 무시할 수 없었다. 그는 학교 주변의 술집을 다니며 여느 젊은 학생들처럼 발랄하고 사교적으로 행동해 보기도 했지만 나중에는 그런 자신이 바보처럼 느껴졌다. 맥주를 마시고 내기 당구를 치는 것은 그에게 맞지 않았다. 그에게는 웨이대학 주간 식당의 등받이를 높여 칸막이가 된 자리에서 커피를 마시며 역사책을 읽는 것이 좀 더 자연스러웠다.

다음 해 가을 이스마엘은 미국 문학을 선택했다. 멜빌, 호손, 트웨인. 그는 냉소적인 관점에서 『모비 딕』이 읽을거리가 못 된다고 지레짐작했다. 고래 한 마리 쫓는 데 5백 페이지라고? 그런데 그 책은 재미있었다. 그는 주간 식당의 자기 자리에 열 차례 앉은 동안 전부 읽어 버렸다. 처음으로 고래의 본성에 대해 곰곰이 생각해 보았다. 그는 첫 문장을 읽으며 화자의 이름이 자신과 같은 이스마엘이라는 것을 알았다. 이스마엘은 괜찮았지만 아합은 좋아할 수 없었고, 따라서 그에게는 맞지 않는 책이었다.

『허클베리 핀』은 어릴 때 읽었지만 거의 기억이 나지 않았다. 그때는 그 책이 조금 우스웠다는 것만-그때는 모든 것이 다 우스웠다-기억날 뿐 줄거리는 머리에서 날아가 버린 상태였다. 사람들은 몇십 년 전에 읽은 책에 대해 좋다느니 싫다느니 말했지만 이스마엘은 그것이 허세라고 생각했다. 그는 때로 몇 년 전에 읽은 책들도 생각나지 않았다. 그 책들이 아직 자기 안에 있기나 한 것인지 의심스러웠다. 제임스 페니무어 쿠퍼, 월터 스콧 경, 디킨스, 윌리엄 딘 호웰스. 그는 그들이 아직 거기 있다고 생각하지 않았다. 그들을 전혀 기억할 수 없었다.

『주홍 글씨』는 여섯 번 읽었다. 그는 주간 식당이 끝나는 시간에 책 읽기를 마쳤다. 요리사가 뒤에서 문을 열고 나오며 문 닫을 시간이라고 말했다. 이스마엘이 마지막 쪽을 읽고 있을 때 그런 일이 일어났고, 그는 결국 바깥 복도에 서서 '적막한 들판 위에, 주홍 글씨 A'를 읽고 끝냈다. 그것이 무슨 의미일까? 그는 주석을 읽고 나서도 그 의미를 완전히 이해할 수 없었다. 그가 10월의 돌풍을 맞으면서 책을 펼쳐 들고 서 있는 동안 사람들이 서둘러 지나쳐 갔다. 그는 헤스터 프린『주홍 글씨』의 주인공 이야기의 결말이 걱정되었다. 어쨌든 그 여자는 더 나아질 자격이 있었다.

물론 책은 좋은 것이라고 그는 판단했다. 그러나 책은 책일 뿐이며, 그 이상은 될 수 없었다. 책이 밥을 먹여 주진 않으니까. 그래서 이스마엘은 기자가 되었다.

그의 아버지 아서는 이스마엘의 나이였을 때 벌목꾼이었다. 그는 수염을 팔자로 기르고, 장딴지까지 올라오는 징 박은 장화를 신고, 해진 멜빵에 기다란 모직 속옷을 입고 포트 제퍼슨 제재소에서 4년 반 동안 일했다. 이스마엘의 할아버지는 하일랜드 장로교도였고, 할머니는 리호^{Ree湖} 아일랜드 중앙에 위치한 호수 위쪽 습지 출신의 아일랜드 과격파였다. 그들은 대화재 사건이 있기 5년 전에 시애틀에서 만나 결혼했고, 여섯 명의 아들을 키웠다. 막내인 아서는 퓨젓만^{Puget灣} 워싱턴주 북서부에 면한 태평양의 긴 만에 남은 유일한 사람이었다. 그의 형제 두 명은 용병이 되었고, 한 명은 파나마 운하에서 말라리아로 죽었으며, 한 명은 버마와 인도에서 측량 기사가 되었고, 마지막 한 명은 열일곱 살에 동부 해안으로 떠난 후 소식이 없었다.

「산피에드로 리뷰」는 4면의 주간지로 아서가 20대 초반에 창간했다. 그는 저축한 돈으로 인쇄기와 상자형 사진기와 생선 가공창고 뒤에 있는 습기 차고 천장이 낮은 사무실을 얻었다. 「리뷰」의 창간호에는 '판사 시애틀 길에게 무죄 선고'라는 머리기사를 실었다. 아서는 「스타」, 「이브닝 포스트」, 「데일리 콜」, 「시애틀 유니언리코드」 등의 기자들과 어깨를 겨루면서 주류^{酒類} 스캔들로 기소된 하이럼 길 시장의 재판을 다루었다. 에버렛 마사크 논쟁에서 우블리의 변호를 맡은 돌팔이 변호사 조지 반디비어에 대해 장문의 특집 기사를 실었다. 윌슨이 전쟁을 선포했을 때 상식에 호소하는 논평을 썼고, 섬의 오지까지 페리 운항이 연장된 것을 축하했다. 로도덴드런 사교 모임을 공표했고, 농민 공제 조합에서의 저녁 댄스 파티, 캐틀곶의 허레이쇼 마치 가문의 아들 시어도어 이그네이셔스 탄생 등의 기사도 실었다. 모든 기사는 일곱 줄의 칼럼으로 나뉘어 감칠맛 나는 표제와 장식 선을 그은 부제를 달고 1917년에 이미 구식이 된 센투리온 타자기의 굵은 활자로 찍혀 나왔다.

그 후 얼마 안 되어 아서는 퍼싱 장군이 이끄는 군대에 징집되었다. 그는 생미엘프랑스 북동부 1차 대전의 격전지과 벨로 숲에서 싸웠고, 고향으로 돌아와 신문을 만들었다. 그는 일리니 가문의 금발에다 날씬하고 검은 눈의 시애틀 여자와 결혼했다. 시애틀 1번가에 잡화점을 갖고 부동산 투기를 하던 그녀의 아버지는 아서를 보고 눈살을 찌푸렸다. 그는 신문기자인 척하는 벌목 인부로 보였고, 전망도 없으며, 자기 딸에게는 어울리지 않는 것 같았다. 그럼에도 두 사람은 결혼해서 아이까지 기르게 되었다. 하지만 많은 노력에도 불구하고 아이는 하나밖에 갖지 못했다. 둘째 아이는 태어나면서 죽었다. 그들은 바다가 보이는 사우스 해변에 집을 짓고 해변으로 통하는 길을 닦았다. 아서는 빈틈없고 신중한 채소 농부이자 섬 생활에 대한 끈질긴 관찰자였으며, 점차 진정한 의미에서 작은 마을의 언론인이 되어 갔다. 그는 자신의 발언으로 수단과 명성 그리고 봉사를 제공할 수 있다는 것을 알게 되었다. 몇 년 동안 휴가도 가지 않았다. 크리스마스이브와 선거가 있는 주일 그리고 7월 4일에는 증보판을 찍었다. 이스마엘은 매주 화요일 저녁이면 아버지와 인쇄기를 돌리곤 했다. 아서는 안드레슨가에 있는 조선소 창고 바닥에 인쇄기를 볼트로 조여 놓았는데, 다 무너져 가는 그 헛간에서는 언제나 석판인쇄 잉크와 타자기의 암모니아 냄새가 났다. 인쇄기는 철을 주조해서 만든 틀 속에 롤러와 컨베이어 벨트가 든 황록색의 커다랗고 괴상한 기계였는데, 처음에는 19세기 기관차처럼 우물쭈물하다가 일단 돌아가기 시작하면 날카로운 비명을 질러 댔다. 인쇄 부수를 세팅하고 물통을 갖다 놓는, 항공기 승무원 같은 역할이 이스마엘의 임무였다. 오랫동안 기계와 상호의존관계를 이룩해 온 아서는 머리를 넣었다 뺐다 하면서 인쇄판과 실린더를 살폈다. 그는 덜덜거리며 돌아가는 롤러에서 불과 몇 센티미터 떨어진 곳에 서서, 만일 기계에 소매가 잡히기라도 하면 즉각 풍선처럼 터져서 벽에 뿌려질 것이라고 아들에게 설명해 준 사실을 까맣게 잊고 있는 듯했다. 뼈까지 사라져 바닥에 놓인 얼룩진 갱지에서 누군가가 하얀 사탕 조각처럼 흩어진 조각들을 발견하게 되리라고 아서는 경고했었다.

상공회의소에서 일단의 사업가들이 찾아와 아서에게 워싱턴주 의회에 출마하라고 설득하기도 했다. 그들은 외투에 바둑판무늬 스카프를 두르고 와서 포마드와 면도 비누 냄새를 풍기며 블랙베리 술이 담긴 잔을 앞에 놓고 앉아 있었다. 아서는 아미티 항구에서 온 그 신사들에게 자신은 환상을 좇지 않으며, 그보다는 기사를 쓰고 뽕나무 울타리 손질을 좋아한다면서 출마를 거절했다. 팔꿈치까지 걷어 올린 줄무늬 옥스퍼드 셔츠 아래 팔뚝에 난 털을 드러내고, V 자로 길고 단단하게 근육이 발달한 등 위에는 멜빵이 팽팽하게 당겨져 있었다. 약간 낮은 듯한 코 위에 걸린 동그란 쇠테 안경이 야무진 턱 선과 부조화를 이루면서 다소 인공적이면서도 매력적으로 보였다. 그는 코뼈가 비뚤어졌는데, 1915년 겨울에 흔들거리는 벌목 케이블에 부딪혀서 부러졌기 때문이다. 아미티 항구에서 온 남자들은 위로 치켜든 그의 턱과 더 이상 말싸움을 할 수 없었다. 그들은 시무룩해져서 떠났다.

아서는 자신의 직업과 원칙에 대한 지칠 줄 모르는 정열로 해가 갈수록 말과 행동이 신중해지고 가벼운 기사를 쓸 때도 진실에 대해 엄격해졌다. 아들이 기억하기에 그는 윤리적으로 완벽했다. 그런 점에서 이스마엘은 아버지에게 지지 않았을지도 모르지만, 전쟁 문제가 있었다. 잃어버린 팔이 그가 완벽해지는 것을 어렵게 했다. 그는 어깨에 흠이 있었다결핏하면 싸우려 든다는 뜻이 있다. 그것은 그가 자신을 두고 하는 일종의 이중적 의미를 띤 블랙 유머였고, 그것이 사람들을 조용하게 만들었다. 그는 더 이상 많은 사람이나 여러 가지 많은 것을 좋아하지 않았다. 그러고 싶지 않았지만 그렇게 되었다. 퇴역 군인의 냉소주의가 언제나 자신을 혼란스럽게 했다. 그는 전쟁 후에 세상이 완전히 바뀐 것처럼 보였다. 모든 것이 어리석어 보였지만 그 이유를 설명할 수도 없었다. 사람들은 그에게 너무나 멍청해 보였다. 그에게는 사람들이 단지 빈 껍데기에 젤리와 밧줄과 물을 채워 넣어 생기를 불어넣은 것으로 보였다. 그는 갈기갈기 찢겨 죽은 사람의 안을 본 적 있다. 그는 사람의 머리에서 쏟아져 나온 뇌가 어떻게 생겼는지 알고 있었다. 이런 상황에 정상적인 생활에서 돌아가는 일들은 전부 우스울 정도로 어리석게 보였다. 그는 자신이 처음 보는 낯선 사람들을 불편해한다는 것을 깨달았다. 수업 중에 누가 말을 걸면 어색해하며 간결하게 대답했다. 스스럼없이 이야기를 나눌 수 있을 만큼 그들이 자신의 팔을 편안하게 느끼고 있다고 생각하지 않았다. 그들에게서 동정심을 감지했고, 그래서 더욱 거북했다. 없는 팔은 충분히 음침했고, 그는 그게 분명 혐오스럽다고 확신했다. 짧은 소매를 입고 수업에 들어가 팔이 잘려 나간 부위를 보여 준다면 사람들은 모두 도망갈지도 몰랐다. 그러나 그런 일은 없었다. 사람들을 내몰기를 원치 않았다. 어쨌든 그는 자신을 포함한 인간 대부분이 하는 행동은 완전히 엉터리이며, 세상에서 자신의 존재는 사람들을 불안하게 한다는 식으로 생각했다. 그는 자신의 의도와는 상관없이 불행한 인생관을 갖고 있었고, 그것은 어쩔 수 없는 일이었다.

그 후 그가 더 이상 젊지 않은 나이로 고향인 산피에드로섬으로 돌아왔을 때 그러한 사고방식은 누그러지기 시작했다. 그는 모든 사람을 따뜻하게 대하는 법을 배웠는데, 그것은 세련된 동시에 본질적으로는 겉치레였다. 전쟁에서 부상당한 남자의 냉소주의에 나이가 들면서 생기는 필연적인 냉소주의 그리고 신문기자의 직업적인 냉소주의가 결합된 것이었다. 점차 이스마엘은 자신을 서른이 넘도록 결혼하지 않은, 소매를 접어 올린 외팔이 남자로 인정하게 되었다. 그것은 그리 나쁘지 않았고, 시애틀에서처럼 그렇게 불편하지도 않았다. 하지만 여전히 저 여행객들이 있다고 그는 부두를 향해 힐가를 걸으며 생각했다. 그들은 여름 내내 그가 더 이상 섬사람들에게서 볼 수 없는 놀랍고 생경한 표정으로 그의 접힌 소매를 바라보았다. 그리고 그들의 희멀겋고 깨끗한 얼굴이 그의 내면에서 다시금 까다로운 조바심을 불러일으켰다. 이상하게도 그는 모든 사람을 좋아하고 싶었다. 단지 어떻게 해야 할지 모를 뿐이었다.

그의 어머니는 쉰여섯이었고 섬의 남쪽 끝에 있는 본가에서 혼자 살고 있다. 그 집은 이스마엘이 어릴 때 살던 집이다. 그가 도시에서 고향으로 돌아왔을 때 어머니는 그의 그런 냉소주의를 한편으로 이해할 만도 하지만 다른 한편으로는 전혀 어울리지 않는다고 지적했다. 이전에 아버지도 그랬노라고, 그것은 그에게도 어울리지 않았다고 어머니는 말했다.

"아버지는 진심으로 인류를 사랑했지만 인간 대부분을 싫어하셨지. 너도 똑같아. 알고 있니? 그 아버지에 그 아들이지."

그날 오후 이스마엘 체임버스가 아미티 항의 부두에 도착했을 때 아트 모런은 말뚝 위에 한 발을 올리고 서서 여섯 명의 어부와 이야기하고 있었다. 그들은 에릭 제이와 토덴스콜드-전자는 마티 조핸슨 소유의 바우피커선실이 앞쪽에 있는 어선였고, 후자는 아나코츠의 후릿그물 어선- 사이에 정박한 칼 하이네의 자망 어선 앞에 모여 있었다. 이스마엘이 그들에게 다가갈 때 남쪽에서 부는 미풍에 흔들려 배의 계류용 줄이 삐걱거리는 소리가 들렸다. 어드밴서, 프로비던스, 오션 미스트, 토르반저 모두 산피에드로의 모범적인 자망 어선들이었다. 넙치와 대구 잡이 범선인 미스터리 메이드 호는 요즘 상태가 좋지 않아서 수리 중이었다. 배의 우현 선체 판을 벗겨 내고 엔진을 해체한 상태에서 크랭크축과 베어링이 노출되어 있었다. 뱃머리 갑판에는 파이프 부속품 한 무더기, 녹슨 디젤 연료 통 두 개, 깨진 판유리 조각, 그리고 커다란 선박용 배터리 위에는 빈 페인트 통들이 쌓여 있었다. 부두 쪽에 범퍼 구실을 하도록 덧댄 깔개 조각 밑에는 물이 기름에 덮여 번들거렸다.

오늘은 갈매기가 많았다. 평소에는 연어 통조림 공장 주변을 뒤지고 다니는데 지금은 깃털 하나 움직이지 않고 부유물이나 부표 위에 진흙으로 빚은 것처럼 앉아 있거나, 때로 머리 위에서 너울거리며 날아다니다가 바람을 타고 선회하면서 아미티 항구의 조수를 따라갔다. 가끔 사람이 없는 배 위에 내려와 갑판에 떨어진 음식 찌꺼기를 필사적으로 찾아다니기도 했다. 어부들은 때로 갈매기를 향해 오리 사냥총을 쏘았지만 대부분은 멋대로 돌아다니면서 회백색 배설물로 부두를 온통 더럽혔다.

수전 마리 호 앞 옆으로 누운 기름통 위에 데일 미들턴과 레너드 조지가 기름 묻은 작업복 차림으로 앉아 있었다. 잰 소런슨은 합판으로 만든 쓰레기통에 기대 있었고, 다리를 넓게 벌리고 벌거벗은 가슴

위에 팔짱을 낀 마티 조핸슨은 바지 허리춤에 티셔츠를 찔러 넣은 채였다. 보안관 바로 옆에는 윌리엄 지오바그가 시가를 손가락 사이에 끼우고 서 있었고, 에이블 마틴슨은 수전 마리 호의 뱃머리에 올라앉아 물 위로 장화를 드리우고 어부들의 대화에 귀를 기울이고 있었다.

산피에드로의 어부들은 해 질 무렵 바다에 나갔다. 그들은 대부분 자망 어부였고, 인적이 없는 곳을 찾아가 연어가 헤엄치는 물에 그물을 드리웠다. 그물을 어두운 물속에 커튼처럼 내리면 연어는 의심 없이 그 속으로 헤엄쳐 들어갔다.

자망 어부는 바닷물에 흔들리며 참을성 있게 기다리면서 밤 시간을 침묵 속에 보냈다. 따라서 이 일은 성격이 맞지 않으면 성공할 가능성이 희박했다. 연어가 좁은 물길을 달릴 때 그것을 본 사람들은 그 연어들을 잡아야 했고, 그런 경우 언쟁이 일었다. 다른 사람에 의해 물고기가 올라오는 길이 막히면 그는 침입자 옆으로 모터보트를 몰고 가 갈고리를 흔들며 물고기 도둑놈이라고 욕을 해 댔다. 그러나 그들이 바다에서 소리 지르는 일은 흔치 않았고, 보통은 밤새 혼자 지내면서 말싸움할 사람조차 없었다. 일부는 그렇게 외로운 삶을 시도해 보았다가 포기하고 후릿그물 어선이나 넙치잡이 범선의 선원들과 합류했다. 점차 본토에 있는 도시 아나코츠는 네 명 이상의 선원들이 타는 큰 배들이 정박했고, 아미티 항구는 1인용 자망 어선들이 머무르게 되었다. 산피에드로 사람들은 거친 날씨에도 혼자 고기잡이를 할 용기가 있다는 사실에 자부심이 있었다. 시간이 흐름에 따라 섬사람들에게는 혼자 하는 것이 다른 고기잡이보다 낫다는 하나의 원칙이 성립되었고, 어부의 아들들은 혼자 배를 타고 바다로 나가서 누가 보아도 깜짝 놀랄 만큼 커다란 연어를 그물로 건져 올리는 꿈을 꾸었다.

이렇게 해서 산피에드로에서는 묵묵히 일하는 독립적인 자망 어부가 훌륭한 사람을 대표하는 이미지가 되었다. 그곳의 삶은 지나치게 사교적이고 말이 너무 많고 다른 사람들과 어울려서 웃고 떠들고 싶어 하는 사람은 필요로 하지 않았다. 단지 바다와 성공적으로 싸워 나가는 것만이 자신의 위치를 주장할 수 있는 방식이었다.

산피에드로의 남자들은 침묵하는 법을 배웠다. 하지만 때로 그들은 새벽녘 부두에서 서로에게 말을 건넸다. 지친 몸으로 바쁘게 움직이면서도 그들은 갑판에서 갑판으로 밤사이 일어났던 일들에 대해 그들만이 이해할 수 있는 이야기를 주고받았다. 자신의 개인적인 신화를 믿어 주는 다른 사람의 목소리에서 느껴지는 위안과 친근함은 그들이 고기잡이 후에 집에 와서 아내를 만날 때 느끼는 거리감을 좁혀 주었다. 간단히 말해 그들은 지리적으로 만들어진 고독한 남자들이었고, 때로 그들은 말을 하고 싶어도 할 수가 없었다.

수전 마리 호 앞에 모여 있는 남자들에게 다가가고 있는 이스마엘 체임버스는 자신이 이런 어부들 틈에 낄 수 없으며, 게다가 그들에게 말로 먹고사는 자신이 의심쩍어 보인다는 사실을 알고 있었다. 반면 그에게는 눈에 띄는 부상이 있었고, 겪어 보지 않은 사람에게는 영원히 수수께끼인 전쟁을 겪은 퇴역 군인이라는 이점이 있었다. 덕분에 자망 어부들은 그를 인정해 주었고, 하루 종일 타자기 앞에 앉아서 말을 꾸미는 사람에 대해 느끼는 불신감이 상쇄되었다.

그들은 그에게 고개를 끄덕이고 조금씩 자세를 바꾸어서 자기들이 둥그렇게 서 있는 원 안에 그를 넣어 주었다. "지금 소식을 들었나 보군. 아마 나보다 많이 알 테지?" 보안관이 말했다.

"믿기지 않는군요." 이스마엘이 대답했다.

윌리엄 지오바그가 시가를 잇새에 물며 투덜거리듯 말했다. "사고는 일어나지. 고기잡이하다 보면 사고가 일어난다고."

"그건 그래." 마티 조핸슨이 말했다. "하지만 젠장." 그가 머리를 흔들며 뒤꿈치를 굴렸다.

보안관은 왼쪽 다리를 말뚝에서 내리고 바지를 추켜올린 다음 이번에는 오른쪽 다리를 올리고 팔꿈치를 무릎에 기댔다.

"수전 마리를 아시죠?" 이스마엘이 물었다.

"만난 적 있지." 아트가 말했다.

"아이가 셋인데," 이스마엘이 말했다. "그녀는 어떻게 살아가죠?"

"모르겠네."

"그녀가 무슨 말을 하던가요?"

"아무 말 없었어."

"그럼 무슨 말을 하겠어? 그 여자가 무슨 말을 할 수 있겠어? 젠장." 윌리엄 지오바그가 끼어들었다.

이스마엘은 지오바그가 언론을 싫어한다는 것을 알았다. 그는 햇빛에 그은 배불뚝이로 문신을 했고, 진을 마셔서 눈이 흐리멍덩한 자망 어부였다. 아내는 5년 전에 그를 떠났고, 그는 자신의 배 위에서 살고 있었다.

"미안합니다, 지오바그."

"나한테 미안해할 것 하나도 없어. 어쨌든 집어치워, 체임버스."

모두가 웃었다. 이스마엘 체임버스는 그것이 일종의 호감의 표시라고 받아들였다.

"어떻게 된 건지 아십니까?" 이스마엘이 보안관에게 물었다.

"그게 바로 내가 밝혀내야 하는 문제지. 그래서 우리가 지금 이야기하고 있고."

"보안관님은 모두 어디서 고기잡이를 하고 있었는지 알려고 하는 거요." 마티 조핸슨이 설명했다. "그는……,"

"모두가 어디 있었는지는 알 필요 없어. 지난밤에 칼이 어디로 갔는지 알아내려는 거야. 그가 어디서 고기를 잡았는지. 누가 마지막으로 그를 보았고 그와 이야기를 나눴는지. 그런 거 말이야, 마티."

"제가 그를 봤습니다." 데일 미들턴이 말했다. "우린 함께 만을 떠났어요."

"자네가 그를 따라갔다는 뜻이겠군." 마티 조핸슨이 말했다. "분명 자네가 따라갔군, 아닌가?"

데일 미들턴 같은 젊은 어부들은 매일 산피에드로 카페나 아미티 항구 레스토랑에서 정보를 캐내느라 많은 시간을 보내곤 했다. 그들은 물고기가 어디로 지나가는지, 지난밤에 다른 사람들은 어떻게 했는지, 그리고 정확히 어디서 했는지 알고 싶어 했다. 칼 하이네 같은 노련하고 숙달된 어부는 당연히 그들을 무시했다. 결과적으로 아무도 그를 따라갔다고 말하지 않았지만 그가 어장까지 미행당했을 수도 있었다. 안개 낀 밤에 그의 추적자들은 바짝 따라붙어야 했고, 그러다가 추적 대상을 완전히 놓쳐 버리기 십상이었다. 그런 경우 그들은 무전기로 눈을 돌려 언제나 체크 중인 같은 처지인 여러 동료를 확인했다. 그러면 불운한 목소리들이 얼마간의 정보라도 얻으려는 희망으로 서로에게 귀를 기울였다. 산피에드로의 기풍에 따라 가장 존경받는 사람들은 아무도 추적하지 않았고, 무전기를 켜지 않았다. 때로 사람들이 그들의 배에 접근했다가 그들이 누구라는 것을 알면 고기잡이에 대한 한담을 늘어놓거나 정보를 얻을 수 없다는 것을 알고 바로 뱃머리를 돌려 가 버렸다. 어떤 사람은 함께 나누었고, 어떤 사람은 그렇게 하지 않았다. 칼 하이네는 후자에 속했다.

"좋아요, 내가 그를 따라갔어요." 데일 미들턴이 말했다. "그 친구는 많이 잡아 올리니까요."

"그게 몇 시였나?" 보안관이 물었다.

"여섯 시 반쯤이었어요."

"그 후에 그를 봤나?"

"십 해협 제방 밖에서요. 다른 사람도 많이 있었어요. 은연어를 찾고 있었죠."

"어젯밤에 안개가 많이 끼어서," 이스마엘 체임버스가 말했다. "가까이에서 고기를 잡았었나 보군."

"아니요." 데일이 말했다. "난 그냥 그가 준비하는 걸 봤어요. 안개가 끼기 전에요. 아마 일곱 시 반? 여덟 시?"

"나도 봤어요." 레너드 조지가 말했다. "그는 준비 완료 상태였죠. 제방 밖에서요. 그는 배에 타고 있었습니다."

"그때가 몇 시였나?" 보안관이 말했다.

"이른 시간이었죠." 레너드가 말했다. "여덟 시요."

"그 이후에는 아무도 그를 보지 못했나? 여덟 시 이후에 본 사람 없어?"

"전 열 시에 거기서 나왔어요." 레너드 조지가 설명했다. "고기가 없어서 할 일이 없었죠. 그래서 천천히 엘리엇 상류로 올라갔어요. 안개가 껴서 고동을 울려야 했죠."

"저도요." 데일 미들턴이 말했다. "얼마 있다가 대부분 거기서 떠났어요. 우린 마티의 배에서 뭉쳤죠." 그가 씩 웃었다. "밤새 신나게 놀았습니다."

"칼이 엘리엇으로 올라갔나?"

"못 봤지만," 레너드가 말했다. "아니라는 뜻은 아니에요. 말씀드린 대로 안개가 자욱했으니까요."

"난 그가 움직였을 것 같지 않아." 마티 조핸슨이 끼어들었다. "막 추측한 거지만 칼은 많이 이동하지 않았을 거야. 한번 작정하면 그 자리에 눌어붙으니까. 십 해협에서 고기를 어느 정도 잡았을지도 모르고. 상류에서는 그를 보지 못했어."

"저도 못 봤어요." 데일 미들턴이 말했다.

"하지만 십 해협에서는 봤다고 했잖아." 보안관이 말했다. "거기 또 누가 있었지? 기억나나?"

"다른 사람이요? 배가 적어도 스물서너 척은 있었어요. 더 많았을지도 모르지만 젠장, 어떻게 알겠습니까?" 데일이 말했다.

"정말 짙은 안개였죠. 거기서는 아무것도 보이지 않았어요." 레너드 조지가 말했다.

"어떤 배들이었지?"

"음, 그래요." 레너드가 말했다. "자, 보죠. 전 카실로프, 아일런더, 모굴, 이클립스를 봤는데, 말씀드렸듯이 모두 십 해협에 있었죠."

"안타르틱." 데일 미들턴이 말했다. "그 배도 거기 있었어요."

"안타르틱, 그래요." 레너드가 말했다.

"무전기에서는?" 아트 모런이 말했다. "누구의 말이든 들었나? 자네가 보지 못한 누구든?"

"밴스 코프." 레너드가 말했다. "밴스 아시죠? 프로비던스호 말입니다. 그와 좀 얘길 나눴죠."

"자넨 좀이 아니라 실컷 떠들었어." 마티 조핸슨이 말했다. "난 네 녀석들이 상류로 가는 내내 떠드는 소릴 들었다고. 젠장, 레너드……"

"그 밖엔?" 보안관이 말했다.

"울프 치프요." 데일이 대답했다. "짐 페리와 하드웰의 말을 들었어요. 버건호가 십 해협에 있었죠."

"그게 전부야?"

"그런 것 같군요. 그래요."

"모굴호, 그게 누구 배지?"

"몰턴이요." 마티 조핸슨이 대꾸했다. "그가 지난봄에 레이니 집안에서 그걸 샀죠."

"아일런더는 어때? 누구 배지?"

"아일런더호는 미야모토죠." 데일 미들턴이 말했다. "맞지 않아? 형제 중 가운데?"

"제일 큰형이야. 가부오가 맏이고 가운데는 통조림 공장에서 일하는 겐지죠." 이스마엘 체임버스가 설명했다.

"모두 똑같이 보여서 그 친구들은 구분을 못 하겠더라고요." 데일이 말했다.

"일본 놈들이라니." 윌리엄 지오바그가 내뱉었다. 그는 들고 있던 담배꽁초를 수전 마리 호 옆 물에 던졌다.

"좋아. 이보게들," 아트 모런이 말했다. "자네들 하드웰이나 코프나 몰턴 같은 친구들을 보면 나한테 오라고 전하게. 거기 있던 사람이면 누구든 지난밤에 칼과 이야기한 적 있는지 알아야겠어. 다들 알겠나? 거기 있던 사람은 누구라도 말이야."

"보안관님은 이상도 하시네요." 지오바그가 말했다. "이건 단순한 사고 아닙니까?"

"물론 그렇지. 하지만 한 사람이 죽었어, 윌리엄. 난 보고서를 써야 한다고."

"좋은 사람이었죠." 덴마크 억양이 남아 있는 말투로 잰 소런슨이 말했다. "좋은 어부였습니다." 그가 머리를 저었다.

보안관은 다리를 말뚝에서 내리고 셔츠 자락을 바로잡았다. "에이블," 그가 말했다. "보트를 챙기고 사무실에서 만나지 않겠나? 난 체임버스와 걸어 올라갈 테니까. 이 친구와 할 얘기가 있어."

그들 모두가 부두를 떠나 하버가에 들어섰을 때야 비로소 아트 모런은 이런저런 이야기를 그만두고 본론으로 들어갔다. "이보게," 그가 말했다. "자네가 무슨 생각을 하는지 아네. 자넨 모런 보안관이 살인을 의심하고 수사하고 있다는 기사를 쓰려는 거겠지?"

"모르겠어요." 이스마엘 체임버스가 말했다. "아직 잘 모르겠어요. 저한테 정보를 주시길 바라고 있죠."

"그래, 그럼 내가 정보를 주지. 하지만 먼저 내게 약속할 게 있네. 수사에 대해 아무것도 쓰지 말게, 알겠나? 만일 그 건에 대해 내 말을 인용하겠다면 이렇게 쓰게. 칼 하이네가 사고로 익사했다는 식으로 말을 꾸며 보라고. 하지만 수사에 대해서는 아무 말 말게. 왜냐하면 수사할 게 없으니까."

"저더러 거짓말을 하라고요? 가짜 인용을 해야 합니까?"

"그럼 비밀로 해 주겠나? 좋아, 수사를 하고 있네. 뭔가 교묘하고 이상한, 사소한 것들이 떠다니고 있네. 계획적 살인일 수도, 우발적 살인일 수도, 아니면 사고일 수도 있네. 어느 것일 수도 있어. 문제는 우리가 아직 모른다는 거야. 자넨 「리뷰」 일 면에 우리가 계속 아무것도 찾지 못하고 있다고만 해 주게."

"지금 얘길 나눈 사람들은 어떡하죠, 아트? 저들이 어떻게 할지 아시겠죠? 윌리엄 지오바그는 만나는 사람마다 보안관이 살인자를 찾으러 기웃거리고 다닌다고 말할 겁니다."

"그건 달라. 그건 소문일 뿐이지, 안 그런가? 그리고 내가 설사 아무 수사도 하지 않는다고 할지라도 이곳에서는 언제나 소문이 나돌게 마련이야. 이번 사건에서 우린 살인자가, 만일 있다는 가정하에 하는 말이라는 걸 기억하게, 단지 뜬소문을 듣고 있다고 생각하게 하는 거야. 우린 소문을 이용해 그를 혼란하게 하는 거지. 어쨌든 난 질문을 하고 다닐 수밖에 없네. 나한테 선택의 여지가 없지 않나? 만일 사람들이 내가 뭘 쫓고 있는지 알고 싶어 하더라도 그건 그들의 문제지, 난 어쩔 수 없어. 하지만 보안관의 수사가 신문에 나길 바라진 않아."

"그게 누구든 바로 이 섬에 살고 있다고 생각하시는 것처럼 들리는군요. 그게……,"

"이보게, 「산피에드로 리뷰」와 관련이 있는 한 '누군가'는 없네, 알겠나? 우리 이 점은 분명히 하자고."

"전 분명합니다. 좋아요, 보안관이 사고로 간주하고 있다고 인용하죠. 대신 수사가 진척되는 대로 제게 알려 주십시오."

"좋아, 좋다고. 뭔가 발견하면 자네에게 제일 먼저 알려 주겠네. 어때? 이제 원하는 대로 됐나?"

"아직이요." 이스마엘이 말했다. "전 여전히 이 건을 써야 합니다. 그러니 이 사고에 대해 몇 가지 대답해 주시겠어요?"

"바로 그거야." 아트 모런이 말했다. "시작하지. 질문하게."

5

 오전 휴정 시간이 끝난 후 아일랜드 군 검시관인 호러스 웨일리는 성경에 손을 얹고 낮은 목소리로 서약했다. 옆 걸음으로 증인석에 들어간 그는 떡갈나무 손잡이를 움켜쥐고 앉아 쇠테 안경 너머로 앨빈 훅스를 보면서 눈을 껌뻑거렸다. 호러스는 체질적으로 비사교적인, 이제 쉰이 가까운 남자로, 종종 왼쪽 이마의 포트와인색 반점을 무의식적으로 만지작거렸다. 그의 외모는 지나치게 단정하고 깔끔해 보였고, 아트 모런처럼 비쩍 마르지는 않았어도 황새처럼 홀쭉했다. 그는 얼마 남지 않은 머리카락에 포마드를 발라 오른쪽에서 왼쪽으로 넘겼고, 풀 먹인 바지를 가는 허리 위까지 올려 입고 있었다. 갑상샘과다 분비로 불거져 나온 두 눈이 안경 뒤에서 천천히 움직였다. 그의 모든 움직임에는 신경과민으로 힘을 잃은 무언가가 느껴졌다.
 호러스는 태평양 전쟁에서 20개월 동안 군의관으로 근무하던 시기에 수면 부족 그리고 일반적이고 만성적인 열대기후의 불쾌감에 시달리면서 정신적으로 무기력해졌다. 돌보던 부상병들이 죽어 갔고, 호러스는 잠을 못 자서 멍해져 있는 동안 그들이 죽은 데 책임감을 느꼈다. 죽어 간 병사들과 그들의 피 흘리는 상처가 뒤섞여 그의 머릿속에 반복되는 하나의 꿈으로 나타났다.

호러스는 9월 16일 아침 책상에 앉아 서류 작업을 하던 중이었다. 전날 저녁 아흔여섯 살의 노파가 산피에드로 양로원에서 죽었다. 여든한 살의 또 다른 노파는 불쏘시개 장작을 쪼개다가 숨을 거두었는데, 암염소 한 마리가 나무토막 위에 쓰러져 있는 그녀의 얼굴에 코를 문지르는 것을 손수레에 사과를 실어 나르던 아이가 발견했다. 호러스가 사망 증명서의 빈칸을 채우고 있을 때 옆에서 전화가 울렸다. 그는 짜증스럽게 수화기를 귀에 갖다 댔다. 전쟁 이후로 그는 한꺼번에 여러 가지 일을 할 수 없었고, 지금은 바빠서 누구와도 이야기하고 싶지 않았다.

이런 상황에서 그는 캔턴호의 침몰을 견뎠고, 자신과 마찬가지로 오키나와에서 살아 돌아와서는 기껏 자망 어선에서 사고로 죽은 것처럼 보이는 칼 하이네의 사망 소식을 들었다. 20분 후에 범포 들것 위에 장화를 신은 발이 비어져 나와 있는 시체가 아트 모런과 에이블 마틴슨에 의해 실려 왔다. 보안관은 한쪽 끝에서 헐떡거리면서, 부관은 입술을 꾹 다물고 잔뜩 찌푸린 얼굴로 호러스 웨일리의 검시용 테이블에 시체를 반듯이 내려놓았다. 수의처럼 시신을 감싸고 있는 두 장의 흰 모직 담요는 전쟁이 끝나고 9년 후 해군들에게 배급하던 것으로, 많은 양이 남아돌아 산피에드로섬의 어선 거룻배마다 예닐곱 장씩 갖고 있었다. 호러스 웨일리는 담요 한 장을 벗겨 내고 왼쪽 이마의 선천성 모반을 만지작거리면서 칼 하이네를 자세히 들여다보았다. 턱이 벌어져 있었고, 죽은 자의 큰 입은 혀가 사라져 뻣뻣한 구멍 같았고, 눈의 흰자위에는 혈관이 수없이 터져 있었다.

호러스는 담요를 당겨 칼 하이네를 덮고 바로 옆에 서 있는 아트 모런을 향해 돌아섰다.

"맙소사, 어디서 발견했지?"

"화이트샌드만."

아트는 검시관에게 표류하던 배, 수전 마리 호에 켜져 있던 전등과 고요함 그리고 죽은 사람을 그물로 끌어 올린 일에 대해 말하지 않았다. 에이블이 어떻게 그의 픽업트럭을 가져오고 소방서에서 범포 들것을 빌려 왔으며, 어부들이 모여들어 구경하고 물어보는 동안 어떻게 둘이 함께 칼을 들쳐 메고 여기까지 왔는지 말하지 않았다. "난 부인을 만나러 가야 하네." 아트가 덧붙였다. "다른 식으로 소식이 전해지기 전에. 호러스, 곧 돌아오겠네. 되도록 빨리. 우선 수전 마리부터 만나야겠어."

호러스가 보기에 에이블 마틴슨은 검시 테이블 끝에 서서 죽은 사람을 옆에 두고 대화를 나누는 상황에 익숙해지려고 애쓰고 있는 것 같았다. 칼 하이네의 오른쪽 장화 발끝이 담요 밖으로 나와 바로 그의 앞에 있었다.

"에이블, 자넨 여기서 호러스와 함께 있는 게 좋겠네. 필요하면 도와드리면서 말이야."

부관은 고개를 끄덕였다. 그는 손에 들고 있던 모자를 도구 쟁반 옆에 놓았다. "알았습니다. 그렇게 하죠."

"좋아, 곧 돌아오겠네. 삼십 분에서 한 시간 내로."

그가 나가자 호러스는 말없이 기다리는 에이블을 그대로 두고 칼 하이네의 얼굴을 들여다보다가 싱크대로 가서 안경을 닦았다. "저, 말이야." 그가 마침내 물을 잠그면서 말했다. "자넨 복도 건너편에 있는 내 사무실에 앉아 있게, 알겠나? 거기에 잡지책 몇 권하고 라디오도 있고, 원하면 보온병에서 커피를 따라 마시게. 시체를 움직여야 할 때 자네 도움이 필요하면 부를 테니까. 그만하면 됐지, 부관?"

"그럼요. 절 부르세요."

그는 모자를 집어 들고 나갔다. 껄렁한 녀석. 호러스는 속으로 생각했다. 그리고 수건으로 쇠테 안경을 닦고, 꼼꼼한 성격에 따라 굳이 수술 가운을 입었다. 장갑을 끼고 칼 하이네에게서 담요를 벗긴 다음 각진 가위를 사용해 체계적으로 고무 작업복을 잘라 그 조각들을 자루에 버렸다. 작업복이 사라지자 티셔츠부터 시작해 칼 하이네의 바지와 속옷을 잘라 냈다. 칼의 장화와 양말을 벗기자 바닷물이 흘러나왔다. 그는 모든 옷가지를 싱크대에 넣었다.

한쪽 주머니에서 거의 다 사용한 성냥갑이, 다른 쪽에서는 무명실이 감겨 있는 작은 실타래가 나왔다. 작업복 바지에 달린 벨트 고리에는 칼집이 묶여 있었지만 그 속에 칼은 없었다. 칼집은 단추가 채워지지 않은 채 열려 있었다.

칼 하이네의 왼쪽 앞 주머니에는 1시 47분에 멈춘 시계가 있었다. 호러스는 그것을 마닐라 봉투에 넣었다.

화이트샌드만에서 페리 선착장의 동쪽 부두까지, 거기서 다시 에이블 마틴슨의 트럭에 실려 퍼스트 힐을 올라 법정 뒤 골목(시체 안치소와 검시관 사무실은 법정의 지하실로 들어가는 쌍여닫이 문을 지나 찾을 수 있었다)으로 들어오기까지 두 시간이 지났음에도 시체가 그다지 해동되지 않은 것에 호러스는 주목했다. 시체는 연어 살처럼 분홍색이었고, 눈동자는 안으로 돌아가 있었다. 넓은 가슴과 넓적다리에는 단단하고 두꺼운 근육이 울퉁불퉁 튀어나와 있었다. 호러스 웨일리는 190센티미터의 키에 105킬로그램의 턱수염이 난 금발 사내의 화강암 조각상을 눈앞에 보고 있는 것 같았다. 팔과 어깨가 이어지는 선에서는 유인원 야수 같은 미개함도 있었다. 호러스는 익숙한 질투심이 이는 것을 느끼면서 자신도 모르게 칼 하이네의 성기 무게와 치수에 주목했다. 이 뱃사람은 포피를 잘라 내지 않았고, 팽팽하고 털이 없는 고환은 찬물 속에서 몸 쪽으로 바짝 당겨져 있었으며, 얼어 있음에도 호러스 자신의 것보다 적어도 두 배나 되는 굵은 분홍색 성기가 왼쪽 다리에 누워 있었다.

아일랜드 군 검시관은 마른기침을 두 번 하고 검시 테이블을 한 바퀴 돌았다. 그는 의식적으로 칼 하이네를 자신이 알고 있던 칼 하이네가 아니라 죽은 사람으로 생각하기 시작했다. 죽은 사람의 왼발이 오른발 아래 겹쳐 있었기에 호러스는 이제 그것을 떼어 놓아야 했다. 호러스 웨일리는 죽은 사람의 사타구니 인대가 찢어질 정도로 힘껏 다리를 잡아당길 필요가 있었다.

검시관이라는 직업은 대부분의 사람이 절대 상상하지 못하는 일을 하는 것이다. 호러스 웨일리는 산피에드로에서 셋 중 하나인 일반 가정의였다. 어부들과 그들의 아이들, 아내들이 그의 대상이었다. 그의 동료들이 죽은 사람을 조사하는 일을 원하지 않았기에, 말하자면 기권승으로 그 일이 그에게 떨어졌다. 그렇게 해서 그는 이런 경험들을 해 왔다. 그는 사람들 대부분이 볼 수 없는 것들을 보았다. 지난겨울에는 두 달 동안 물에 잠겨 있다 웨스트 포트 젠슨 만에 올라온 게

잡이 어부의 시체를 보았다. 피부가 비누 같다고밖에 말할 수 없었다. 일종의 분비물 속에 들어가 있는 것처럼 보였다. 타라와섬중부 태평양에 있는 섬. 태평양 전쟁의 격전지에서는 얕은 물속에 얼굴을 박고 죽은 시체를 보았다. 따뜻한 조류에 며칠 동안 씻겨서 팔다리의 피부가 흐물거렸다. 특히 한 병사의 손은 피부가 섬세하고 투명한 장갑처럼 벗겨졌고 손톱은 떨어져 나가 있었다. 명찰은 없었지만 호러스는 깨끗한 지문을 채취해 결국 신원을 파악했었다.

그는 익사에 관해 어느 정도 알고 있었다. 그는 1949년에 게와 가재에게 얼굴을 뜯어 먹힌 어부를 보았다. 그놈들이 지속적으로 뜯어 먹은 얼굴 중 가장 부드러운 부분인 눈꺼풀, 입술, 귀의 일부가 짙은 녹색으로 변해 있었다. 태평양 전쟁에서 만조에 죽은 사람들도 보았는데, 놀랍게도 수면 아래 부위는 말짱했지만 공기에 노출된 부위는 나방파리에게 뼈까지 완전히 먹혀 버린 상태였다. 그리고 동지나해東支那海에서는 아래쪽은 뜯어 먹히고 등 쪽은 햇볕에 마르면서 점차 갈색 가죽으로 변해 반은 미라로, 반은 해골이 되어 바다에 떠다니는 남자를 보았다. 캔턴호가 침수된 후에 상어조차 버리고 간 신체의 일부들이 여기저기 떠다녔다. 하지만 살아 있는 사람들을 구하는 것이 급선무였기에 해군은 그들을 거두지 않았다.

칼 하이네는 호러스가 5년간 검시한 자망 어부 중 네 번째였다. 두 사람은 가을 폭풍우 때 죽어서 라니드론섬의 갯벌 위로 물에 씻겨 올라왔다. 세 번째 사람은 흥미로운 경우로 기억하는데, 4년 전인 1950년이었다. 빌더링, 앨릭 빌더링이라는 어부였다. 그의 아내는 아미티 항구에서 부동산 거래를 하는 클라우스 하트먼 밑에서 타자를 쳤다. 빌더링과 그의 동료는 여름 달빛 아래 그물을 내리고 바우피커의 선실 옆에서 푸에르토리코 럼주를 나누어 마셨다. 그러다가 빌더링은 바닷물에 소변을 보려고 했던 것 같다. 그는 바지를 내린 채 바다로 떨어졌고, 그의 동료는 그가 한두 번 허우적거리다가 달빛이 어지러운 수면 아래로 사라지는 것을 보았다. 빌더링은 헤엄을 치지 못하는 것 같았다.

그의 동료인 열아홉 살 청년 케니 린든이 뒤따라 물에 뛰어들었다. 청년은 그물에 걸려서 버둥거리고 있던 빌더링을 풀어 주려고 했다. 케니 린든은 럼주 때문에 몽롱한 상태였지만 주머니칼로 그물을 잘라서 빌더링을 풀어 주었고, 수면으로 그를 끌어 올렸다. 그러나 그 이상은 할 수 없었다. 빌더링은 숨을 거두고 말았다.

호러스가 흥미롭게 생각하는 점은 순전히 기술적인 의미에서 앨릭 빌더링이 익사한 것이 아니라는 것이다. 그는 많은 양의 바닷물을 마셨지만 폐는 완전히 말라 있었다. 처음에 호러스는 죽은 사람의 후두가 경련성 마비로 닫혀 버려 물이 기관지로 들어가지 못한 것으로 추측하고 노트에 적었다. 그러나 그것은 바닷물의 압력에 의해 생긴 것이 분명한 팽창된 폐에 대해 설명할 수 없었기에 최초의 가설을 수정하고 결론적으로 앨릭 빌더링이 마신 바닷물이 그가 살아 있는 동안 혈관으로 흡수되었다고 보고했다. 이 경우 공식적인 사망 원인은 혈액 구조상의 심각한 장애뿐 아니라 뇌에 산소가 부족해서 일어나는 무산소증이었다.

지금 칼 하이네의 벌거벗은 형체를 내려다보고 서서 생각에 잠겨 있는 그의 주된 관심은 칼의 사망 원인을, 아니 그보다는 죽은 사람이 어떻게 해서 죽게 되었는지를 판가름하는 것이었다. 호러스는 앞에 있는 살덩이를 칼로 생각한다면 자신이 해야 할 일이 어려워진다는 사실을 자신에게 상기시켰다. 불과 지난주에 고인은 고무장화에 깨끗한 티셔츠-아마 지금 각진 외과용 가위로 조각낸 바로 그 티셔츠였을 것이다-를 입고 여섯 살짜리 큰아들을 아미티 항구에 있는 자신의 사무실로 데려와서는 손수레가 뒤집히면서 쇠 받침대에 찢긴 발의 상처를 가리켰다. 호러스가 상처를 꿰매는 동안 칼은 아이가 테이블 위에서 움직이지 못하도록 잡고 있었다. 이런 일을 당한 다른 아버지들과 달리 그는 아들에게 아무런 설명도 해 주지 않았다. 그는 아이를 붙잡았고, 아이는 첫 바늘이 들어갈 때 소리를 질렀지만 그 후에는 숨을 죽였다. 일이 끝나자 칼은 아이를 들어 올려서 젖먹이를 요람에 누이듯 옆으로 안았다. 호러스는 아이에게 발을 들어 올리고 목발을 짚고 가야 한다고 말했다. 그런 다음 하이네는 습관대로 지갑에서 빳빳한 지폐를 꺼내 꿰맨 값을 치렀다. 그는 필요 이상으로 감사해하지 않았다. 그에게서는 섬 생활의 의전에 참여하고 싶지 않다는 수염 난 거인의 퉁명스러운 침묵이 느껴졌다. 호러스는 그만한 체격의 남자라면 이웃들이 경계하는 위협적이고 위험한 행동은 하지 않는 것을 의무로 여겨야 한다고 생각했다. 그런데 칼은 보통 사람들이 거구의 남자에 대해 느끼는 자연스러운 혐오감을 경감해 보려는 생각이 없었다. 그는 사람들에게 자신이 위험한 인간이 아니라는 것을 알리기 위해 어떤 태도를 취하거나 시간을 할애하는 대신 철저하게 자기식대로 살았다. 호러스는 언젠가 그가 접이식 칼을 휙 움직여 날을 펴고 허벅지에 대고 날을 접기를 반복한 모습을 본 것을 기억했다. 하지만 그것이 습관이었는지 위협이었는지 신경질적인 버릇이었는지, 아니면 칼 솜씨를 과시하는 것인지 알 수 없었다. 그 남자는 친구가 없는 것 같았다. 그를 장난으로 놀리거나 그와 시시껄렁한 농담을 주고받을 수 있는 사람은 아무도 없었다. 그러나 한편 그는 거의 모든 사람에게 깍듯하게 대하는 관계를 유지했고, 남자들은 일을 잘하고 유능하다는 점에서 그를 인정했다. 바다에서 그는 철두철미했고 거칠지만 멋지게 일을 처리했다. 그러나 사람들은 그의 거구와 시무룩한 사색에 대한 불신감 때문에 그를 좋아할 수만은 없었다.

칼 하이네는 붙임성이 없었을 뿐 고약한 인간은 아니었다. 그는 전쟁 전 한때 축구 팀 선수였고, 여러 면에서 다른 학생들과 다르지 않았다. 그는 친구들 그룹의 일원이었고, 학교 마크가 새겨진 재킷을 입고 다녔으며, 말할 이유가 없을 때도 재미 삼아 이야기를 나누었다. 그런 그에게 호러스 자신도 겪었던 전쟁이 일어났다. 그리고 어떻게 설명해야 할까? 그가 사람들에게 무엇을 말해야 할까? 그는 더 이상 별 이유 없이 입을 열지 않았고, 입을 연다 해도 아무와도 이야기하지 않았다. 만일 사람들이 그의 침묵에서 어둠을 읽었다면, 어둠이 거기 있을 뿐이었다. 칼 하이네의 내부에는 호러스 자신과 마찬가지로 전쟁의 어둠이 있었다.

하지만 죽은 사람이었다. 그는 칼을 최근에 아들을 데리고 왔던 남자가 아닌 죽은 사람, 내장 주머니와 신체 기관이 담긴 자루로 생각해야 했다. 그러지 않으면 이 일을 끝낼 수 없었다.

호러스 웨일리는 오른쪽 손바닥을 죽은 남자의 명치에 갖다 댔다. 그리고 왼손을 그 위에 올리고 물에 빠진 사람을 소생시키는 식으로 펌프질을 시작했다. 그러자 폐에서 나온 분홍빛 혈액으로 얼룩진 면도 크림 같은 거품이 죽은 사람의 입과 코에서 피어올랐다.

호러스는 손을 멈추고 그것을 자세히 검사했다. 그는 죽은 남자의 얼굴 위로 몸을 숙이고 가까이에서 거품을 관찰했다. 죽은 사람의 차디찬 가슴 피부를 제외하고 아무것도 만지지 않았기에 아직 깨끗한 장갑을 낀 손으로 도구 쟁반 옆에 있던 메모지와 연필을 집어 들고 죽은 사람의 턱수염과 콧수염을 완전히 덮을 만큼 올라오는 거품의 색과 조직을 메모했다. 그것은 공기, 점액, 바닷물이 호흡에 의해 섞인 결과였고, 따라서 죽은 사람이 물에 잠겼을 때 살아 있었다는 것을 의미했다. 그는 죽은 다음에 파도 아래로 던져진 것이 아니었다. 칼 하이네는 숨을 쉬면서 죽어 간 것이었다.

하지만 앨릭 빌더링처럼 무산소증이나 물에 잠긴 채 질식했을 가능성은? 대부분의 사람처럼 호러스는 무슨 일이 일어났든 단지 아는 게 아니라 생생하게 그려 볼 필요를 느꼈다. 게다가 진실이 아무리 고통스러울지라도 아일랜드 군의 공식적인 사망 확인서에 사실을 영원히 기록해 두는 것이 그의 의무였다. 칼 하이네의 필사적인 몸부림, 호흡을 참기 위한 안간힘, 비어 있는 내장을 채운 물의 양, 깊은 무의식과 최후의 경련, 죽음의 손아귀에서 마지막 남은 공기가 새어 나가고 심장이 정지하며 뇌가 더 이상 생각하기를 중지하는 마지막 임종. 그 모든 것이 기록되든 기록되지 않든 호러스 웨일리의 검시 테이블 위에 누워 있는 살덩어리 안에 있었다. 진실을 밝히는 것이 그의 의무였다.

호러스는 잠시 배 위에 손을 맞잡고 죽은 남자의 심장과 폐에서 증거를 얻기 위해 가슴을 개봉했을 경우의 득실에 대해 조용히 숙고했다. 이런 자세로 그는 죽은 남자의 왼쪽 귀 위 두부의 상처를 발견했다. 어떻게 여태 모르고 있었단 말인가? "이럴 수가." 그가 소리 내어 말했다.

그는 이발 가위로 그 상처가 확실히 드러나도록 상처 주위의 머리카락을 잘라 냈다. 골절된 뼈가 10센티미터 정도 움푹 파였고, 피부가 벌어져 소량의 분홍빛 뇌수가 비어져 나와 있었다. 이 상처의 원인이 무엇이든 5센티미터 넓이의 좁고 납작한 물체가 죽은 남자의 머리에 그 숨은 비밀을 남겨 놓았다. 그것은 정확하게 호러스가 태평양 전쟁에서 스무 번 넘게 목격한 치명적인 흔적으로, 일대일 접전에서 세차게 휘두른 개머리판에 의해 생기는 결과였다. 검도술을 익힌 일본의 야전병은 이런 식으로 사람을 죽이는 데 능란했다. 대다수의 일본인이 오른쪽에서 휘둘러 왼쪽 귀 위에 죽음의 상처를 입힌다는 것을 호러스는 기억했다.

호러스는 해부칼 하나에 면도날을 삽입하고 그것을 죽은 사람의 머리에 찔러 넣었다. 그는 면도날을 눌러서 뼈에 대고 머리 위쪽으로 호를 그리며 말 그대로 한쪽 귀에서 다른 쪽 귀로 머리카락을 헤치며 지나갔다. 연필로 곡선을 그리는 것처럼 정수리를 지나 매끄럽게 이어 가는 기술적인 절개술이었다. 이런 방법으로 그는 죽은 남자의 얼굴이 자몽이나 오렌지의 껍질인 양 벗겨 이마를 코 위에 올려놓을 수 있었다.

호러스는 뒷머리도 마저 벗겨 내리고 해부칼을 싱크대에 넣고 나서 장갑을 씻은 다음 도구 찬장에서 활톱을 꺼내 왔다.

그는 죽은 남자의 두개골을 톱질하기 시작했다. 20분 후 시체를 뒤집어야 했기에 호러스는 내키지 않은 심정으로 복도를 건너갔다. 에이블은 아무것도 하지 않고 다리를 꼬고 앉아 무릎 위에 모자를 올려놓고 있었다.

"도움이 필요하네."

부관은 일어나 모자를 썼다. "기꺼이 도와드리죠."

"어떨지 모르겠군. 머리 위쪽을 절개했네. 두개골이 드러나서 보기 흉할 걸세."

"괜찮습니다. 미리 말씀해 주셔서 감사합니다."

그들은 검시실로 들어갔고 아무 말 없이 시체를 뒤집었다. 에이블 마틴슨이 한쪽에서 밀었고, 검시관이 다른 쪽으로 손을 뻗어 잡아당겼다. 그러고 나자 에이블 마틴슨은 싱크대에 머리를 떨구고 구역질을 했다. 그가 손수건 귀퉁이로 입을 닦고 있을 때 아트 모런이 들어왔다. "무슨 일이야?" 보안관이 물었다.

에이블은 대답 대신 칼 하이네의 시체를 손가락으로 가리켰다. "또 토했어요." 그가 말했다.

아트 모런은 자몽처럼 피부가 벗겨져 뒤집히고 면도 크림처럼 보이는 붉은 기포가 턱에 매달린 칼의 얼굴을 보았다. 그는 이내 고개를 돌렸다.

"저도 그래요." 에이블 마틴슨이 말했다. "참을 수가 없었어요. 이런 일은 내키지 않아요."

"자넬 나무랄 수 없지. 젠장, 맙소사."

그는 수술 가운을 입은 호러스가 활톱을 들고 체계적으로 작업하는 동안 그 자리에 서서 지켜보았다. 호러스는 두개골을 제거해 죽은 남자의 어깨 옆에 놓았다.

"이건 경뇌막이라고 부르네." 호러스가 해부칼로 가리켰다. "여기 얇은 막이 있지? 두개골 아래 오른쪽에? 이게 바로 경뇌막이야."

그는 죽은 남자의 머리를 양손으로 잡고 약간 힘을 주어서-목의 인대가 극도로 경직되어 있었다- 왼쪽으로 비틀었다.

"이리 와 보게, 아트."

보안관은 가까이 가야 할 필요성을 느끼는 듯했지만 움직이지 않았다. 무슨 일이든 선택의 여지가 없는 불쾌한 순간들이 있을 수밖에 없다는 것을 호러스는 배워서 알고 있었다. 호러스가 일종의 원칙으로 삼고 있듯 이런 상황에서는 뜸 들이지 않고 재빨리 움직이는 것이 상책이다. 그러나 보안관은 천성이 소심한 남자였다. 그는 다가가서 칼 하이네의 얼굴 밑에 무엇이 있는지 볼 용기가 없었다.

호러스 웨일리는 보안관이 칼 하이네의 머릿속에 무엇이 있는지 알고 싶어 하지 않는다는 것을 알았다. 호러스는 전에도 이런 아트를 본 적이 있었다. 그는 주시 프루트 껌을 씹으며 얼굴을 찡그리고 엄지손가락으로 입술을 문지르면서 곁눈질을 하고 우물쭈물하고 있다. "잠깐이면 돼." 호러스가 재촉했다. "잠깐 한번 보라고, 아트. 그래야 우리가 어떤 문제에 부닥쳤는지 알 수 있지. 그게 중요하지 않다면 보라고 하지 않았을 걸세."

호러스는 경뇌막에 응고된 피와 찢어져 뇌수가 비어져 나온 부분을 가리켜 보였다. "뭔가 납작한 걸로 세게 얻어맞았어, 아트. 전쟁에서 몇 번 본 적 있는 개머리판 상처를 생각나게 하는군. 일본인들이 쓰는 검도술 중 하나 같은."

"검도?"

"나무 막대기로 하는 싸움 말이네. 일본인들은 어릴 때부터 검도 훈련을 받지. 막대기로 죽이는 방법을 배우는 거야."

"흉측하군, 젠장."

"그만 보게. 이제 경뇌막을 잘라야겠어. 자넨 다른 데를 보라고."

보안관은 천천히 등을 돌렸다. "자네 창백해 보이는군." 그가 에이블 마틴슨에게 말했다. "어디 좀 앉아."

"저는 괜찮습니다." 에이블은 손수건을 들고 카운터에 바짝 기대서서 싱크대 안을 들여다보고 있었다.

호러스는 보안관에게 고인의 뇌 조직에 박혀 있던 두개골 세 조각을 보여 주었다. "그래서 죽은 건가?" 아트가 물었다.

"그렇게 간단하지 않아. 머리를 부딪히고 쓰러져 물에 빠졌을 수도 있지. 아니면 물에 빠진 후에 머리를 부딪혔을 수도 있고. 확실히는 모르겠네."

"알아낼 수 있겠나?"

"그럴 수도 있지."

"언제?"

"그의 가슴 속을 봐야겠어, 아트. 심장과 폐를 봐야 해. 그래 봐야 별 도움이 안 될 수도 있지만."

"가슴?"

"그래."

"어떤 가능성이 있지?"

"가능성? 모든 종류의 가능성, 아트. 어떤 일이든 일어났을 수 있고, 온갖 일들이 일어나네. 내 말은 그가 심장마비로 쓰러졌을 수도 있다는 거야. 발작을 일으켰을 수도 있고, 어쩌면 술이었을 수도 있지. 하지만 내가 지금 당장 알고 싶은 건 그가 먼저 머리를 부딪히고 그다음에 떨어졌느냐 하는 걸세. 이 기포를 보면 칼이 숨을 쉬면서 죽어 갔다는 걸 알 수 있네. 그는 물에 떨어졌을 때 숨을 쉬고 있었어. 그래서 당장은 그가 익사했다고 추측할 수밖에 없어, 아트. 문제는 머리에 난 상처야. 도삭기에 부딪혔을 수도 있어. 그물을 내리다가 잠깐 부주의해서 버클이 걸리는 바람에 떨어졌을 수도 있고. 이제 보고서에 그 모든 걸 적을 생각이네. 하지만 아직 확실히는 모르겠어. 심장과 폐를 보면 모든 게 바뀔지도 모르니까."

아트 모런은 입술을 문지르고 서서 호러스 웨일리를 보며 눈을 껌뻑였다. "머리를 부딪혔다." 그가 말했다. "머리를 부딪혔다는 게 좀…… 우습군, 안 그래?"

호러스 웨일리가 끄덕였다. "그럴 수도 있지." 그가 말했다.

"누군가가 그를 내리쳤을 수도 있다고?" 보안관이 물었다. "그랬을 가능성이 있나?"

"셜록 홈스 놀이를 하고 싶나? 탐정 놀이를 하겠다고?"

"그게 아니야. 하지만 셜록 홈스는 여기 없고, 칼의 머리에는 상처가 있지."

"맞아, 맞는 말이야."

그는 아트 모런에게 셜록 홈스 놀이를 하고 싶다면 피 묻은 개머리판을 가진 일본인을, 정확히 오른손잡이 일본인을 찾아야 한다고 말했다. 나중에 미야모토 가부오의 재판이 열리는 동안 호러스 웨일리는 자신이 그런 말(증인석에서 그 말을 반복하지는 않았지만)을 했다는 사실을 상기했다.

6

 호러스 웨일리는 이마의 반점을 긁으며 법정 창문 너머로 내리는 눈을 지켜보았다. 눈은 이제 점점 더 세차게 바람에 휘날리고 있었고, 법원 다락방의 기둥을 몰아치는 바람 소리가 들렸다. 호러스는 집의 도관이 얼어붙겠다고 생각했다.
 넬스 것먼슨은 두 번째로 일어나 멜빵 뒤로 엄지손가락을 밀어 넣었다. 그는 시력이 좋은 한쪽 눈으로 호러스가 증언하는 동안 루 필딩 판사가 줄곧 반은 졸면서 왼 손바닥 위에 무겁게 기대 있는 것을 눈치챘다. 넬스는 그가 듣고 있다는 것을 알았다. 그의 피곤한 태도는 활동적인 정신을 감추고 있었다. 판사는 최면 상태로 궁리하기를 좋아했다.
 넬스는 가까스로 걸어가서-그는 골반과 무릎에 관절염이 있었다-증인석으로 다가갔다. "호러스," 그가 말했다. "안녕하십니까?"

"안녕하세요, 넬스."

"증인께서는 상당히 많은 말씀을 하셨습니다. 증인께서는 법정이 요구한 대로 고인의 검시에 대해, 검시관으로서 증인의 훌륭한 배경에 대해 자세히 말씀하셨습니다. 그리고 여기 계신 모든 분처럼 저도 귀를 기울였습니다. 호러스 씨, 그런데 저는 두 가지 문제가 혼란스럽군요." 그는 말을 멈추고 손가락으로 턱을 꼬집었다.

"말씀하십시오."

"먼저 그 기포를 예를 들자면, 저는 이해가 잘 안됩니다."

"기포요?"

"고인의 가슴을 압박하자 곧 어떤 특별한 기포가 그의 입과 코에서 나왔다고 증언하셨죠?"

"맞습니다. 그건 보통 익사체의 경우가 그렇다고 말씀드릴 수 있습니다. 처음 건져 냈을 때는 그게 나타나지 않을 수도 있지만 옷을 벗기거나 인공호흡을 하자마자 대체로 많은 양이 나옵니다."

"무슨 이유에서 그럴까요?"

"압력이 기포를 올라오게 하죠. 폐에서 물이 공기와 점액과 혼합되면서 일어나는 화학반응의 결과입니다."

"물, 공기 그리고 점액. 하지만 뭣 때문에 혼합되는 거죠, 호러스? 증인께서 말하는 그 화학반응이란 게 뭡니까?"

"그건 호흡에 의해 일어납니다. 호흡이 있을 때 일어나죠. 그건……."

"그게 내가 혼동되는 점입니다. 앞서 증언하신 바와 같이 증인께선 호흡에 의해 물과 점액과 공기가 모두 합쳐졌을 때만 기포가 생긴다고 말하지 않았습니까?"

"맞습니다."

"익사한 사람은 숨을 쉬지 않습니다. 그런데 어떻게 그 기포가…… 제가 혼동하는 이유를 아시겠죠?"

"아, 물론입니다. 그 점은 분명히 할 수 있을 것 같군요. 그 기포는 첫 단계에서 형성됩니다. 피해자는 물에 빠져서 몸부림칩니다. 결국 물을 마시기 시작하고, 그렇게 되면 폐에 있는 공기가 압력을 받아서 밖으로 나오게 되고…… 그래서 제가 증언한 기포가 생기게 됩니다. 물에 빠진 사람이 숨을 멈추는 동시에 화학반응이 일어나는 거죠. 아니면 마지막 숨을 쉴 때라고 할 수 있습니다."

"알겠습니다. 그러면 그 기포는 칼 하이네가 실제로 익사했다는 사실을 말해 주는 거군요, 그렇습니까?"

"뭐……."

"예를 들자면 그가 먼저 살해된 후에, 그의 배 갑판에서 말입니다, 배 밖으로 던져진 건 아니라는 사실을 말해 주는 겁니까? 만일 그랬다면 기포가 없겠군요, 그런가요? 제가 화학반응을 올바르게 이해하고 있는 겁니까? 희생자가 물속에서 숨을 쉬지 않는 한 그런 일은 일어날 수 없겠지요? 증인이 말씀하신 게 그겁니까, 호러스?"

"그렇습니다. 그런 이야깁니다. 하지만……."

"실례합니다. 잠시만 기다려 주십시오." 넬스는 속기 타자기 앞에 차분히 앉아 있는 엘리너 독스 부인을 향해 걸어갔다. 그는 그녀를 지나쳐 에드 솜스 집행관에게 고개를 끄덕이고 증거물 탁자에서 서류 하나를 집어 들고 다시 증인석으로 돌아왔다.

"좋습니다, 호러스." 이제 그가 입을 열었다. "먼저 직접 신문에서 증인의 검시 보고서로 확인한 바 있는 증거물을 돌려 드리겠습니다.

거기에서 증인은 자신이 알아낸 사실과 결론을 정확히 증언하셨습니다. 괜찮으시다면 사 페이지 네 번째 단락을 직접 읽어 보시기 바랍니다. 우리 모두 기다리죠."

호러스가 검시 보고서를 읽는 동안 넬스는 피고석 탁자로 돌아가 물을 한 모금 마셨다. 목이 그를 괴롭히기 시작했다. 그의 목소리는 쉬고 갈라져 있었다.

"됐습니다. 다 읽었습니다."

"좋습니다. 증인의 검시 보고서 사 페이지 네 번째 단락에서 칼 하이네의 사망 원인을 익사로 규정하고 있다고 말한다면 맞습니까, 호러스?"

"네, 그렇습니다."

"그러면 증인의 결론은 그가 익사했다는 건가요?"

"그렇습니다."

"명백합니까? 어떤 의문도 없습니까?"

"물론 의문은 있습니다. 언제나 의문은 있죠. 변호사님은……."

"잠시만요, 호러스. 증인의 보고서가 부정확하다는 말씀을 하시는 겁니까? 우리에게 그렇게 말씀하시는 겁니까?"

"보고서는 정확합니다. 저는……."

"앞에 두신 검시 보고서의 사 페이지 네 번째 단락의 마지막 문장을 법정에서 읽어 주시겠습니까? 좀 전에 속으로 읽으셨던 단락을? 읽어 주시지요."

"그러죠. 여길 그대로 인용하죠. '호흡기와 입술 주위와 코에 기포가 있다는 것은 의심의 여지 없이 피해자가 물속에서 살아 있었다는 것을 의미한다.' 이상입니다."

"의심의 여지 없이 피해자가 물속에서 살아 있었다고요? 그렇게 돼 있습니까, 호러스?"

"네, 그렇습니다."

"의심의 여지가 없다." 넬스 것먼슨은 그렇게 말하고 배심원을 향해 돌아섰다. "고맙습니다, 호러스. 그게 중요합니다. 좋습니다. 하지만 이제 제가 질문하고 싶은 게 있습니다. 검시 보고서에 있는 걸요."

"좋습니다." 호러스는 안경을 벗어 한쪽 다리를 이로 물며 말했다. "질문하십시오."

"그럼 이 페이지로 가서, 맨 위던가요? 내가 알기론 두 번째 단락?" 그는 피고석으로 가서 자신의 복사본을 넘겨 보았다. "둘째 단락." 그가 말했다. "네, 그렇군요. 이 법정에서 다시 읽어 주시겠습니까? 첫째 줄만 읽으시면 됩니다. 호러스."

"인용하겠습니다. '오른손의 부수적이고 비교적 가벼운 열상은 최근에 생긴 것으로 보이는데, 엄지와 검지 사이에서부터 손목 바깥으로 걸쳐 있다.'"

"베인 상처군요." 넬스가 말했다. "맞습니까? 칼 하이네는 손을 베였습니까?"

"그렇습니다."

"어떻게 생긴 것 같습니까?"

"모르겠습니다, 전혀. 하지만 추측해 볼 순 있습니다."

"그러실 필요는 없습니다. 그런데 이 상처가 말입니다, 호러스, 보고서를 보면 최근에 생긴 거라고 하셨습니다. 얼마나 최근인 것 같습니까?"

"매우 최근이라고 할 수 있습니다."

"매우, 얼마나 매우죠?"

"매우 최근입니다. 그가 죽던 날 밤에 손을 베였다고 말할 수 있습니다. 죽기 한두 시간 전에요. 매우 최근. 됐습니까?"

"한두 시간? 두 시간은 가능합니까?"

"그렇습니다."

"세 시간은 어떻습니까? 아니면 네 시간은, 호러스? 이십사 시간은 어떻죠?"

"이십사 시간은 말도 안 됩니다. 그 상처는 갓 생긴 것이었습니다, 넬스. 기껏해야 네 시간 정도죠. 절대 네 시간은 넘지 않습니다."

"좋습니다. 그는 손을 베였습니다. 익사하기 전 네 시간 이내에 말이죠."

"맞습니다."

넬스 것먼슨은 다시 한번 목의 늘어진 부분을 잡아당기기 시작했다. "한 가지만 더 물어보죠, 호러스. 증인께서 증언하는 동안 저를 혼란스럽게 한 것에 대해 질문해야겠습니다. 증인께서는 고인의 머리에 생긴 상처에 대해 언급하셨습니다."

"네, 상처가 있었죠."

"그게 어떻게 생겼는지 우리에게 말씀해 주시겠습니까?"

"네, 왼쪽 귀 바로 위가 육 센티미터 정도의 길이로 찢겨 있었습니다. 그 아래로는 십 센티미터 정도 너비로 뼈가 부서져 있었고요. 또한 찢긴 사이로 약간의 뇌수가 드러났죠. 두개골에 남겨진 흔적으로 보아 뭔가 좁고 납작한 것에 의해 상처가 생긴 게 분명했습니다. 그게 전부입니다."

"좁고 납작한 뭔가에 의해 상처가 생겼다. 증인께서 보신 겁니까,

호러스? 아니면 추론인가요?"

"추론이 제 직업이죠." 호러스 웨일리가 주장했다. "그러니까, 만일 야간 경비원이 강도를 당하는 과정에서 쇠지레로 머리를 맞았다면 그의 머리에서 볼 수 있는 상처는 쇠지레에 의해 생긴 것처럼 보이겠죠. 만일 쇠망치에 의해 생겼다면 역시 쇠망치가 남긴 반달 모양의 상처를 볼 수 있을 겁니다. 쇠지레였다면 V 자 모양의 선형 상처가 남겠고요. 권총 개머리에 맞으면 어떤 모양이 남고, 누군가 병으로 쳤다면 또 다른 모양이겠죠. 모터사이클을 타고 시속 육십오 킬로미터로 달리다 넘어져 머리를 자갈에 부딪혔다면 다른 것과는 또 다르게 보이는 자갈이 남긴 찰과상이 있을 겁니다. 그래서 네, 저는 고인의 상처에서 뭔가 좁고 납작한 것이 부상을 일으켰다고 추론합니다. 추론은 검시관이 하는 일이죠."

"모터사이클은 흥미로운 예군요." 넬스 것먼슨이 꼬집어 말했다. "그렇다면 이런 숨길 수 없는 상처들이 생기게 하는 데 무언가에 맞을 필요는 없다고 말씀하시는 겁니까? 만일 피해자가 어떤 물체, 그걸 자갈이라고 합시다, 그 물체를 향해 돌진한다면 그 자신의 전진하는 동작으로 그런 상처가 생겼을 수도 있습니까?"

"그럴 수도 있죠." 호러스 웨일리가 말했다. "우린 모릅니다."

"그럼 이번 경우 문제의 부상, 증인께서 말씀하신 칼 하이네의 두개골에 생긴 부상은 머리를 맞은 결과거나 어떤 물체를 향한 피해자의 추진력에 따른 결과일 수도 있습니까? 두 가지 모두 가능합니까, 호러스?"

"그 둘을 분간할 방법은 없습니다. 단지 그의 머리와 접촉한 게, 그것이 그를 향해 움직였든 그가 그것을 향했든, 납작하고 좁고 두개골이 부서질 정도로 단단하다는 것뿐입니다."

"납작하고 좁고 두개골이 부서질 정도로 단단한 거라면 선박의 뱃전 같은 겁니까, 호러스? 그게 가능합니까?"

"가능합니다. 만일 그가 그쪽으로 아주 빨리 움직였다면요. 하지만 저는 그가 어떻게 그럴 수 있었는지는 모릅니다."

"그물 롤러는 어떻습니까? 아니면 자망 어선 고물에 있는 도삭기 중 하나는요? 그것들도 납작하고 좁죠?"

"그렇습니다. 충분히 납작하죠. 그것들은……."

"그런 것들에 머리를 부딪혔을 수 있을까요? 적어도 가능하지 않습니까?"

"물론 가능합니다. 어떤……."

"다른 걸 질문하죠. 검시관으로서 이런 상처가 생긴 시각이 사망 이전인지 이후인지 결정할 방법이 있습니까? 제 말은, 증인께서 먼저 든 예로 돌아가, 야간 경비원을 독살하고 그가 죽는 모습을 지켜본 다음 생명이 없는 시체의 머리를 쇠지레로 내려쳐 마치 그를 후자의 방법으로 죽인 것처럼 그런 상처를 남길 순 없습니까?"

"칼 하이네의 상처에 대해 질문하시는 겁니까?"

"그렇습니다. 증인께서 알고 계시다면 저도 알고 싶군요. 그가 부상을 당한 후에 죽었을까요? 아니면 머리의 부상이 사후에 생겼을 가능성도 있을까요? 칼 하이네가 익사한 후에 그가, 아니 그의 시체가 상처를 입었을 수도 있습니까? 혹시 모런 보안관과 마틴슨 부관이 그물로 끌어 올릴 때 생긴 상처일 수도 있습니까?"

호러스 웨일리는 그 말에 대해 생각했다. 그는 안경을 벗고 이마를 문질렀다. 그리고 다시 귀 뒤에 안경다리를 고정하고 팔짱을 꼈다.

"모르겠습니다. 그 질문에는 대답할 수 없습니다, 넬스."

"증인께서는 머리의 부상이 사망 이전인지 이후인지 모르십니까? 그렇게 말씀하시는 겁니까, 호러스?"

"그런 말입니다, 네."

"하지만 사망 원인은, 명백하게 익사였습니다, 맞습니까? 제 말이 맞습니까?"

"네."

"그러면 칼 하이네를 죽인 게 머리 상처는 아니었죠?"

"아닙니다. 하지만……."

"더 이상 질문 없습니다. 감사합니다, 호러스. 이상입니다."

아트 모런은 방청석에 앉아 호러스 웨일리가 고전하는 모습을 지켜보며 야릇한 만족을 느꼈다. 그는 자신이 당한 모욕을 기억했다. 셜록 홈스. 그는 호러스의 사무실을 떠나 죽은 남자의 아내에게 소식을 전하기 위해 밀 런 거리로 가기 전에 주저하던 것이 생각났다.

그는 에이블 마틴슨의 트럭 펜더에 기대서서 그날 아침 칼 하이네의 자망 어선에서 기둥에 긁혔던 손을 살펴보았다. 그런 다음 주머니에 손을 넣어 주시 프루트를 찾았다. 먼저 셔츠 주머니, 다음에는 약간 초조해져서 바지를 뒤졌다. 두 개가 남아 있었다. 이미 여덟 개를 해치웠다. 그는 입속에 하나를 던져 넣고 하나는 남겨 둔 채 픽업트럭의 바퀴 뒤로 자리를 옮겼다. 그의 차는 부두 근처 시내에 세워 두었다. 그날 아침 일찍 항구에 보트를 타러 갔을 때 차를 거기에 두었다. 에이블의 트럭을 운전한다는 것이 바보처럼 느껴졌다. 그 녀석은 솔직히 그 차에 너무 많은 시간을 투자했다. 그것은 아나코츠에 가서 버건디색을 칠하고, 반짝거리는 운전석 바로 뒤에는 배기 장치를 장식으로 길게 늘여 세우고 공들여 세로줄 무늬를 그린 요란스러운 도지dodge로, 간단히 말해 학생들의 노리개 트럭이다. 에버렛이나 벨링햄 같은 본토 마을에 가면 순진한 아이들이 풋볼 경기가 끝난 후나 토요일 밤 늦은 시간에 그런 유의 픽업을 몰고 다니는 것을 볼 수 있다. 고등학교 시절 에이블 마틴슨은 어지간히 부산을 떨고 다녔지만 그때와 지금 사이에는 변화가 있었다. 이 트럭은 그 시절의 마지막 유물로 그가 포기하고 싶지 않은 대상이겠지만 곧 포기하리라고 아트는 생각했다. 살다 보면 다 그렇게 되는 법이니까.

수전 마리 하이네를 만나러 가는 길에 아트는 운전을 하면서 속으로 여러 가지 말을 뒤섞고 수정하며 자신이 취할 태도를 미리 계획했다. 그는 약간 군대식을 가미한 선원의 격식을 차려야겠다고 마음먹었다. 바다에서 비롯된 한 남자의 죽음을 아내에게 전하는 일은 수세기 동안 근엄하면서도 비극적인 극기의 자세로 행해져 온 일이었다. 죄송합니다, 하이네 부인. 애석하게도 부군 칼 건서 하이네 씨가 지난밤 바다에서 사고로 사망했다는 소식을 전해 드립니다. 전 시민을 대표해서 애도를 전하며…….

그러나 그렇게 할 수는 없었다. 그녀는 모르는 사람이 아니었고, 낯선 사람처럼 대할 수는 없는 일이었다. 무엇보다 그는 매주 일요일 예배가 끝나면 응접실에서 차와 커피를 따라 주는 그녀를 만났다. 그녀는 항상 접대를 담당한 자신의 의무에 걸맞게 트위드 정장에 필복스춤이 낮은 둥근 모양의 테 없는 모자를 쓰고 베이지색 장갑을 낀 나무랄 데 없는 차림이었고, 보기만 해도 기분이 좋아지는 야무진 손으로 커피를 따라 주었다. 그녀는 모자 아래 금발을 핀으로 올려 고정하고 그로 인해 석고를 연상시키는 목에는 두 줄의 모조 진주 목걸이를 걸고 있었다. 간단히 말하자면 그녀는 그의 마음을 어지럽히는 스물여덟의 매력적인 여자였다. 커피를 따르면서 그녀는 "모런 보안관님." 이라고 부르고 나서 마치 그가 못 보고 있다는 양 장갑 낀 집게손가락으로 탁자에 놓인 케이크와 박하를 가리켰다. 그러고는 그에게 상냥하게 미소를 지었고, 그가 설탕을 집는 동안 커피잔을 접시에 올려놓았다.

그녀에게 칼의 죽음에 대해 이야기해야 한다는 것은 아트에게 불안 이상의 무언가가 있었다. 그는 운전하면서 적당한 단어, 그러니까 그녀에게 메시지를 전하면서 지나치게 더듬대지 않을 어휘의 공식을 찾으려고 고심했다. 하지만 그런 것은 없는 듯싶었다.

밀 런 거리에 있는 하이네의 집 바로 전에는 8월이면 보안관이 블랙베리를 따곤 하던 분기점이 있었다. 거기서 그는 충동적으로 차를 세웠다. 그는 아직 준비가 되지 않았기에 에이블의 도지를 중립으로 놓고 마지막 남은 주시 프루트를 잇새에 던져 넣은 다음 하이네의 집으로 향한 길을 내려다보았다.

그것은 정확히 칼이 지었을 법한, 둔탁하면서 정돈되고 무뚝뚝하게 정중하면서 세상에 무례하지 않은 동시에 아무도 받아들이지 않을 집이라고 그는 생각했다. 그 집은 길에서 40미터 이상 들어간 곳에 자주개자리, 양딸기, 나무딸기 그리고 채소가 가지런히 심긴 3에이커 정도의 땅에 자리 잡고 있었다. 칼은 특유의 민첩함과 철저함으로 그 땅을 혼자 개간했다. 그는 소센 형제에게 목재를 팔고 잔가지는 불에 태우고 나서 한 해 겨울 동안 그곳에 모든 정력을 쏟아부었다. 4월에는 딸기를 심고 기둥과 들보를 얹은 헛간을 세웠다. 여름이 되자 벽을 올리고 벽돌에 모르타르를 칠하는 칼의 모습을 볼 수 있었다. 그의 계획은 수년 전 그의 부친이 아일랜드 센터에 있는 가족 농장에 세운 것 같은 우아한 단층집을 짓는 것이었다. 누군가 말하기를, 그는 벽난로 공간, 커다란 난로, 반침, 창가의 붙박이 의자, 벽판, 경사진 현관 바닥, 들어오는 입구를 따라 세워진 낮은 돌담을 만들려고 했다. 그러나 일을 하면서 그는 그 모든 것을 하기에는 자신이 지나치게 단순하다는 것을 적당한 시기에 깨달았다. 그의 아내가 말했듯이 그는 건축가였고 일꾼이었으나 예술가는 아니었다. 예를 들어 징두리판벽을 붙이는 일은 전적으로 제외되었고, 부친의 옛집(지금은 비오른 안드레슨의 소유)에 두드러지게 서 있던 돌로 만든 굴뚝을 올리는 대신 클링커벽돌검은빛을 띤 갈색의 얼룩점과 혹이 있어 일반 구조물에는 부적합하며, 특수 장소의 장식 혹은 기초 쌓기 따위에 쓴다을 택했다. 결국 그 집은 건축자의 확실한 성격을 증명이라도 하듯 지붕에 삼나무 너새를 정성 들여 얹은 둔중하고 튼튼한 모습으로 완성되었다.

  아트 모런은 한 발을 브레이크에 올리고 초조하게 껌을 씹다가 정원으로 들어갔다. 그는 뾰족한 기둥들이 세워진 입구를 지나 마침내 박공지붕에 비해 지나치게 커 보이는 트러스와 비대칭으로 만들려던 의도와는 다르게 형식적으로 나란히 배열된 한 쌍의 경사진 지붕창 아래로 들어갔다. 그리고 그는 머리를 흔들고 집 내부를 떠올렸다. 2층에는 서까래를 노출한 방들이 있고, 아래층에는 수천 마리의 커다란 가구가 놓인. 지난 10월 교회 친목회에 참석한 그는 이 집에 들어갔었다. 이번에는 안에 들어가지 않을 것이다. 그는 갑자기 깨달았다. 현관에 서서 허벅지에 모자를 대고 소식을 전달하고 나서 곧장 떠나면 되는 것이다. 그는 그게 결코 옳은 일이 아니라고 생각했지만 다른 방법은 생각할 수 없었다. 그 이상은 그의 능력 밖이었다. 소식을 전하고 엘리너 독스에게 전화해 수전 마리의 언니에게 알리라고 하면 그녀가 곧 이리로 올 것이다. 그러고 나서 나는? 그는 아무 생각도 할 수 없었다. 그녀와 내내 함께 앉아 있을 수는 없다. 과부에게 업무상 급한 일이 있다고 양해를 구하면 된다. 소식을 전하고 애도를 표했으면 직분을 다한 자신은 수전 마리 하이네를 두고 떠나면 되는 것이다.

그는 에이블의 트럭을 중립에 놓은 채 감속하여 수전 마리의 진입로로 방향을 바꾸었다. 거기서 동쪽을 바라보자 줄지어 서 있는 나무딸기 버팀목 뒤 언덕을 따라 펼쳐진 삼나무 숲 너머로 바다가 보였다. 하늘은 구름 한 점 없고 그늘에 서 있지 않으면 6월처럼 덥게 느껴지는 좀처럼 보기 드문 멋진 9월의 날이었다. 저 멀리 햇빛에 반짝이는 흰 파도를 보면서 아트 모런은 칼이 채광뿐 아니라 북쪽과 서쪽으로 넓은 전망을 생각하고 집을 지었다는, 전에는 미처 몰랐던 사실을 깨달았다. 칼은 나무딸기와 양딸기를 재배하면서 한쪽 눈은 언제나 바다에 두고 있었다.

아트는 하이네의 벨에어차 이름 뒤에 차를 세우고 시동을 껐다. 그때 칼의 아들들이 집 모퉁이를 돌아 뛰어왔다. 서너 살쯤 되는 사내아이 뒤로 절룩거리는 여섯 살짜리가 따랐다. 둘은 철쭉 덤불 옆에서 짧은 바지에 윗도리 없이 맨발로 서서 그를 쳐다보았다.

아트는 셔츠 주머니에서 포장지를 꺼내 주시 프루트 껌을 뱉었다. 그는 주시 프루트를 입에 넣은 채로 해야 할 말을 하고 싶지 않았다.

"얘들아, 엄마 집에 계시니?" 그는 차창으로 상냥하게 두 아이를 불렀다.

두 아이는 대답하지 않았다. 대신 그를 뚫어지게 바라보았다. 독일 셰퍼드 한 마리가 집 모퉁이를 돌아 살금살금 다가오자 큰아이가 녀석의 목덜미를 잡았다. "가지 마." 아이는 그렇게 말하고 입을 다물었다.

아트 모런은 차 문을 연 다음 좌석에서 모자를 집어 들어 뒤통수에 얹었다. "경찰." 작은애가 그렇게 말하며 형 옆으로 다가섰다. "경찰 아니야." 큰애가 대꾸했다. "보안관이나 그런 거야."

"맞아." 아트가 말했다. "난 모런 보안관이란다, 얘들아. 어쨌든 엄마 계시니?"

큰애가 동생을 밀었다. "가서 엄마 데리고 와."

두 아이는 아버지를 닮았다. 두 아이 역시 아버지처럼 거구가 될 것이었다. 그는 그것을 알 수 있었다. 햇볕에 그을고 사지가 굵은 독일 아이들.

"너희는 가서 놀아라. 내가 가서 문을 두드리지. 가서 놀아." 그는 작은애를 내려다보며 미소 지었다.

하지만 아이들은 가지 않았다. 둘은 철쭉 덤불 옆에서 그가 손에 모자를 들고 현관에 올라 앞문을 손가락 마디로 두드릴 때까지 지켜보았다. 문이 열려 있어서 칼의 응접실이 보였다. 아트는 기다리면서 안을 들여다보았다. 니스를 칠한 벽에 붙인 소나무 널은 옹이들이 반짝반짝 윤이 났고, 휘장을 두른 깨끗하고 부드러운 수전 마리의 노란색 커튼은 주름이 잡힌 아래쪽에서 단정한 리본으로 묶여 있었다. 동심원들이 수놓인 양탄자가 마룻바닥을 거의 덮고 있었다. 멀리 한쪽 구석으로 어렴풋이 피아노가 보였고, 다른 쪽에는 뚜껑 달린 책상이 있었다. 오크 흔들의자에는 자수를 놓은 쿠션이, 오래된 소파의 양쪽에 작은 호두나무 탁자가, 그리고 황금빛 놋쇠 바닥 램프 옆에 플러시 천의 안락의자가 놓여 있었다. 의자는 칼이 만든 커다란 벽난로 가까이에 놓여 있었고, 벽난로 안에는 세로줄 홈으로 장식한 기다란 장작 받침쇠가 서 있었다. 보안관은 질서 정연한 실내, 잔잔하고 은은한 황갈색 불빛 그리고 칼과 수전 마리 이전의 하이네 가족과 바릭스 가족을 분류해 걸어 놓은 사진들을 감상했다. 그들은 사진사를 위해 절대 미소 짓지 않는, 건장하고 강인한 인상의 무뚝뚝한 얼굴의 독일인들이었다.

깨끗하고 조용한 훌륭한 거실이었다. 그가 굴뚝과 지붕창에 대해 칼을 인정한 것처럼 수전 마리를 인정하면서, 그녀의 모든 솜씨에 감탄하고 있을 때 그녀가 계단 위에 나타났다.

"모런 보안관님, 안녕하세요?"

그는 그녀가 소식을 듣지 못했다는 것을 알았다. 이제 자신이 그 말을 해야 했다. 그러나 아직 준비가 되지 않았기에 그녀가 계단을 내려오는 동안 모자를 들고 서서 엄지손가락으로 입술을 문지르며 찌푸린 얼굴을 하고 있었다. "안녕하세요, 하이네 부인."

"방금 아기를 재웠어요."

그녀는 교회에서 차와 커피를 대접하던 매력적인 어부의 아내와는 전혀 딴판이었다. 지금 그녀는 후줄근한 치마에 신발도 신지 않고 화장도 하지 않은 상태였다. 왼쪽 어깨에는 침으로 얼룩진 아기 수건이 걸쳐 있었고, 머리를 감은 지도 오래되어 보였다. 손에는 우유병이 들려 있었다.

"무슨 일이시죠, 보안관님? 칼은 아직 집에 오지 않았어요."

"제가 온 게 그 이유입니다. 말씀드리기 거북하지만…… 나쁜 소식을 전하러 왔습니다. 아주 나쁜 소식입니다, 하이네 부인."

그녀는 처음에 이해하지 못하는 것 같았다. 그녀는 마치 그가 중국말이라도 하는 것처럼 그를 바라보았다. 그러고는 어깨에서 수건을 끌어 내리며 그에게 미소를 지었다. 사실대로 말하는 것이 그의 임무였다.

"칼이 죽었습니다." 아트 모런이 말했다. "어젯밤 고기를 잡다가 사고로 죽었습니다. 오늘 아침 화이트샌드만에서 그물에 걸린 그를 발견했죠."

"칼이?" 수전 마리 하이네가 말했다. "그럴 리가."

"어쨌든 그렇습니다. 있을 수 없는 일이라는 걸 압니다. 그런 일이 없었길 바라죠. 정말입니다. 그게 사실이 아니었으면 좋겠습니다. 하지만 사실입니다. 소식을 전하러 왔습니다."

그녀의 반응은 뜻밖이었다. 그는 그녀가 그런 모습을 보이리라고는 미처 예상하지 못했다. 갑자기 그녀는 뒤로 물러서더니 눈을 똑바로 뜨고 맨 아래 계단에 털썩 주저앉아서 발가락 옆에 우유병을 내려놓았다. 그녀는 팔꿈치를 무릎에 대고 손수건을 손으로 비틀면서 몸을 흔들기 시작했다. "언젠가 이런 일이 있을 줄 알았어요." 그녀가 속삭였다. 이내 흔들기를 그만두고 멍하니 응접실을 응시했다.

"유감입니다." 아트가 말했다. "제가 자매분께 전화해서 오시라고 하죠. 그게 좋겠지요, 하이네 부인?"

그러나 대답이 없었다. 아트는 유감이라는 말을 되풀이할 수밖에 없었고, 그녀를 지나 전화기 쪽으로 걸어갔다.

7

 루 필딩 판사의 법정 뒤에는 일본인 후예인 스물네 명의 섬 주민들이 공식적인 행사를 위해 준비해 두었던 옷을 입고 앉아 있었다. 그들을 뒷자리에 앉도록 강요하는 법은 없었다. 산피에드로가 그것을 법이라고 부르지 않고 그러길 요구했기에 그들은 그렇게 했다.

 그들의 부모와 조부모가 산피에드로에 온 것은 1883년으로 거슬러 올라간다. 그해에 그중 두 사람-일본인 조 그리고 찰스 조세-이 캐틀곶 근처 오두막에 살았다. 서른아홉 명의 일본인은 포트 제퍼슨 제재소에서 일했는데, 인구 조사원이 그들의 이름을 무시하고 일본 놈 1번, 일본 놈 2번, 일본 놈 3번, 일본인 찰리, 늙은 일본 놈 샘, 웃는 일본 놈, 난쟁이 일본 놈, 목수, 장화, 짜리몽땅 등으로 지칭해서 진짜 이름 대신 기록했다.

 세기가 바뀌면서 3백 명 이상의 일본인이 산피에드로에 도착했다.

그들 대부분은 범선의 선원으로 미국에 남기 위해 배에서 포트 제퍼슨 항구로 뛰어내렸다. 많은 사람이 달러 한 푼 없이 해안으로 헤엄쳐 와서 나무딸기 열매와 송이버섯을 먹으며 섬을 헤매고 다니다가 '일본 놈 마을'에 도착했다. 그 마을에는 목욕탕 셋, 이발소 둘, 교회 둘(하나는 절, 하나는 침례교회), 호텔, 식료품점, 야구장, 아이스크림 가게, 두부 가게 그리고 진흙길에 접해 있는 모두 50여 채의 페인트칠도 하지 않은 허름한 집들이 있었다. 배에서 뛰어내린 사람들은 일주일 후 목재를 쌓고 톱밥을 쓸고 널빤지를 운반하고 기계에 기름칠을 하면서 시간당 11센트를 받는 제재소 일을 하게 되었다.

아일랜드 군 역사 기록 보관소에 있는 사보에는 1907년 열여덟 명의 일본인이 포트 제퍼슨 제재소에서 부상당하거나 불구가 되었다고 기록되어 있다. 사보에 의하면 일본 놈 107번은 3월 12일 톱날에 손을 잃고 치료비 7달러 80센트를 받았다. 일본 놈 57번은 5월 29일 목재 더미가 넘어지면서 오른쪽 골반이 어긋났다.

1921년에 제재소가 해체되었다. 섬의 모든 나무가 잘려서 산피에드로가 민둥민둥한 그루터기 사막이 되어 버렸다. 제재소 주인은 소유권을 팔고 섬을 떠났다. 일본인들은 딸기밭을 개간했다. 산피에드로의 기후에서는 딸기가 잘 자랐고, 착수 자본이 거의 필요 없었기 때문이다. 필요한 것이라면 흔히들 하는 말로, 말 한 마리와 쟁기 하나 그리고 많은 자식이었다.

곧 일부 일본인들은 얼마간의 땅을 임대해 사업을 시작했다. 그러나 대부분은 하쿠진(백인이라는 뜻의 일본어) 소유의 밭에서 일하는 계약제 농부들과 소작인들이었다. 법에는 그들이 시민이 되지 않는 한 땅을 소유할 수 없으며, 또한 그들이 일본인인 이상 시민이 될 수 없다고 되어 있었다.

그들은 통조림을 만들어서 돈을 저축했고, 고향에 편지를 써서 일본에 있는 부모들에게 신붓감을 보내 달라고 했다. 어떤 사람들은 자신이 부자가 되었다고 거짓말을 하거나 젊었을 때 찍은 사진을 보내기도 했는데, 어쨌든 신붓감들이 바다를 건너왔다. 그들은 삼나무 널빤지를 이어 붙인 오두막에서 등잔불을 켜고 살았고, 지푸라기를 채워 넣은 요에서 잠을 잤다. 벽의 틈새를 통해 바람이 들어왔다. 새벽 5시에는 딸기밭에 앉아 있는 신랑과 신부를 볼 수 있었다. 가을에는 고랑에 쭈그리고 앉아서 잡초를 뽑고 양동이로 비료를 주었다. 4월에는 민달팽이와 바구미를 퍼뜨려 해충을 잡았다. 그들은 1년생의 줄기를 쳐 준 다음 2, 3년생으로 옮겨 갔다. 잡초를 뽑고 진균과 거품벌레를 없애고, 비가 내릴 때는 곰팡이를 막아야 했다.

6월에 딸기가 익을 때가 되면 들것을 가지고 밭에 나가 따기 시작했다. 캐나다계 인디언들이 매년 그들과 함께 하쿠진을 위해 일했다. 인디언들은 밭 가장자리나 낡은 닭장, 헛간에서 잠을 잤다. 일부는 딸기 통조림 공장에서 일했다. 그들은 나무딸기가 한창일 때 두 달 동안 머물렀다가 다시 떠났다.

그러나 적어도 여름 한 달 황금기 동안은 딸기를 끝없이 수확할 수 있었다. 동이 트고 한 시간 후면 첫 판에 가득 쌓였고, 백인 십장이 검은 장부를 들고 딸기를 딴 사람의 이름 옆에 로마 숫자를 적었다. 그가 딸기를 분류해 삼나무 상자에 넣으면 통조림 회사에서 나온 남자들이 트럭에 실어 갔다. 그들은 계속해서 번호가 붙은 고랑 사이에 쪼그리고 앉아 바구니를 채웠다.

7월 초에 수확이 끝나면 딸기 축제 덕분에 하루의 휴가가 주어졌다. 어린 소녀가 딸기 공주로 뽑혔다. 하쿠진은 연어 요리를 맡았고, 자원봉사 소방단원이 일본시민문화회관 팀과 소프트볼 게임을 했다. 가든 클럽에서는 딸기와 푸크시아(바늘꽃과의 남아메리카산 소관목) 바구니를 전시했고, 상공회의소에서는 장식 차 경주에 트로피를 수여했다. 웨스트 포트 젠슨에 대형 천막을 세우고 야간 등을 밝히면 유람선에서 쏟아져 나온 시애틀 관광객들이 스벤스카 폴카와 라인랜더, 쇼티셰 춤을 추었다. 농부, 사무원, 상인, 어부, 게잡이, 목수, 벌목꾼, 그물 제조상, 채소 재배상, 고물상, 부동산 중개업자, 무명 시인, 장관, 법률가, 선원, 목양업자, 기술자, 삼나무 도벌꾼, 트럭 운전사, 배관공, 버섯 따는 사람, 감탕나무 가지 치는 사람 할 것 없이 모두 모여들었다. 그들은 버칠빌과 실반 숲에서 들놀이를 하면서 고등학교 브라스 밴드가 연주하는 느린 행진곡을 들으며 나무 밑에 누워 포트와인을 마셨다. 한쪽은 술에 취해 홍청거리고, 한쪽에서는 인디언 축제가 열리고, 또 한쪽에서는 옛 뉴잉글랜드식 만찬을 즐기면서 전체 행사가 딸기 공주-늘 일본 처녀로, 공단 옷을 입고 얼굴에 정성 들여 분가루를 바른-의 대관식으로 이어졌다. 아일랜드 군 법원 앞에서 일몰에 시작되는 개회식은 특이하고 엄숙한 의식이었다. 딸기 공주는 초승달 모양 바구니에 담긴 딸기에 둘러싸인 채 어깨에서 허리로 빨간 띠를 두르고 왕권을 상징하는 홀을 든 아미티 항구 군수에게 절하고 왕관을 받았다. 뒤이어 모두가 잠잠해지면 그는 근엄한 목소리로 농무부에서-그는 문서를 갖고 있었다- 자신들의 아름다운 섬을 미국 최고의 딸기 생산지로 인정했으며, 조지 왕과 엘리자베스 여왕이 최근 밴쿠버 시내를 방문했을 때 아침 식사에서 산피에드로의 최상품 딸기를 대접받았다고 발표했다. 그가 한 손은 어린 처녀의 가녀린 어깨에 올리고 다른 손으로 홀을 높이 치켜들자 함성이 터져 나왔다. 그 소녀는 두 사회 사이에서 본의 아니게 중개인 역할을 했으며, 그 축제에서 어떤 악의도 발설하지 않도록 해 주는 인간 제물이었다.

일본인들은 전통적으로 그다음 날 정오에 나무딸기를 따기 시작했다.

이렇게 산피에드로에서의 삶은 계속되었다. 진주만 공습일까지 그곳에서는 그해 봄에 졸업을 하지 못한 아미티 하버 고등학교의 상급생 열두 명을 포함해 일본인 후예 843명이 살고 있었다. 1942년 3월 29일 아침 일찍 미 전시 외국인 격리 수용 기관에서 보낸 열다섯 대의 수송 차량이 산피에드로의 모든 일본계 미국인을 아미티 항구의 페리 선착장으로 데려갔다.

백인 이웃들이 배에 오르는 그들을 올려다보고 있었다. 그들은 아침 일찍 일어나 추위 속에서 추방당하는 일본인들을 지켜보았다. 개중에는 친구들도 있었지만 주로 단순한 호기심에서 나온 사람들과 갑판 위에 서 있던 어부들이었다. 어부들은 선실에 기대서서 대부분의 섬사람과 마찬가지로 일본인들을 몰아내는 게 옳은 일이라고 느꼈으며, 전쟁이 계속되면 모든 것이 변한다는 순리대로 그들이 떠나야 한다고 확신했다.

오전 휴정 시간 동안 피고의 아내는 피고석 뒤에서 남편과 이야기를 하게 해 달라고 부탁했다.

"이 뒤에서 하셔야 합니다. 미야모토 씨가 고개를 돌리고 피고를 마주 보시는 건 괜찮으니까 그렇게 하십시오." 에이블 마틴슨이 말했다. "저는 그를 더 이상 움직이게 해선 안 되니까요."

미야모토 하쓰에는 77일간 매일 오후 3시에 남편을 면회하기 위해 아일랜드 군 유치장에 나타났다. 처음에는 혼자 와서 유리창을 통해 그와 이야기했지만 그가 그녀에게 아이들을 데려오라고 부탁했다. 그 후 그녀는 그의 말대로 여덟 살과 네 살 두 딸을 뒤에 걸리고 11개월 된 아들을 안고 왔다. 가부오가 유치장에 있던 어느 날 아침 아들이 걷기 시작했다. 오후에 그녀가 아들을 데려왔을 때 아이는 아버지가 면회실 유리창 너머에서 지켜보는 가운데 네 걸음을 옮겼다. 그녀가 아이를 유리창 앞으로 들어 올리자 가부오가 마이크를 통해 말했다. "넌 아빠보다 더 멀리 걸을 수 있어!" 그가 말했다. "아빠를 위해 몇 걸음 더 걸어 주겠니?"

이제 법정에서 그는 하쓰에를 돌아보았다. "애들은 어때?"

"아빠가 필요해."

"넬스가 힘쓰고 있어."

"넬스는 자리를 비켜 주지." 넬스가 말했다. "마틴슨 부관도 그렇게 해 주게. 볼 수 있는 곳에 서 있으면 되지 않겠나, 에이블? 이 사람들에게 약간의 사생활을 주게나."

"안 됩니다. 보안관한테 죽을 거예요."

"그런다고 자넬 죽이기야 하겠나. 부인이 미야모토 씨에게 무기라도 줄까 봐서 그래? 잠깐 물러서자고. 얘기 좀 나누게 해 주게나."

"안 됩니다. 미안합니다."

그러나 그는 결국 1미터쯤 옆으로 걸어가 듣고 있지 않은 척했다.

"애들은 어딨지?"

"시댁에 있어. 나카오 부인이 거기 계셔. 모두 도와줘."

"당신, 좋아 보이는군. 보고 싶었어."

"난 엉망이야. 당신은 도조_{일본의} _{군국주의자}의 병사 같아. 그렇게 반듯하게 앉지 않는 게 좋겠어. 배심원들이 당신을 무서워하겠어."

그가 시선을 고정해 그녀를 응시했다. 그녀는 그가 그것에 관해 생각하고 있다는 것을 알 수 있었다. "유치장에서 나오니까 좋군." 그가 말했다. "거기서 나오니까 살 것 같아."

하쓰에는 그를 만지고 싶었다. 그녀는 손을 뻗어 그의 목덜미에 얹거나 손끝으로 그의 얼굴을 만지고 싶었다. 그들이 유리창을 사이에 두고 떨어져 있지 않은 것은 77일 만에 처음이었다. 77일 동안 그의 목소리는 오직 마이크의 필터를 통해서만 들을 수 있었다. 그동안 그녀는 한 번도 마음 편한 적이 없었고, 더 이상 미래를 상상하지 않았다. 밤이면 아이들을 침대로 불러 애써 잠을 청했다. 아침이면 자매, 사촌, 이모나 고모 들이 전화해 점심을 먹으러 오라고 했다. 그녀는 외로웠고, 말소리를 듣고 싶었기에 그들을 찾아갔다. 여자들이 샌드위치와 케이크와 차를 만들면서 부엌에서 잡담하는 동안 아이들은 놀았고, 그렇게 가을이 지나갔다. 그녀의 삶이 체포된 상태로, 정지된 상태로.

때로 하쓰에는 오후에 소파에서 잠이 들었다. 그녀가 잠을 자는 동안 다른 여자들이 아이들을 돌봐 주었고, 그녀는 그들에게 감사하는 것을 잊지 않았다. 전에는 다른 집에 방문해 아이들이 정신없이 뛰어다니는 동안 이런 식으로 곯아떨어진 적이 없었다.

그녀는 서른한 살이었고, 아직 우아한 여성이었다. 그녀의 걸음걸이는 맨발로 다니는 농부처럼 평발 걸음이었고, 허리는 가늘고 가슴은 작았다. 자주 카키색 남자 바지에 회색 면 셔츠를 입고 샌들을 신었다. 여름이면 가외로 돈을 벌기 위해 딸기 따는 일을 했다. 딸기 수

확철이면 손이 딸기즙으로 물들었다. 밭에서는 밀짚모자를 눌러썼는데, 젊은 시절에 모자 쓰기를 소홀히 해 이제 눈 주위에 주름이 생겼다. 하쓰에는 키가 큰—173센티미터— 여자였음에도 딸기 고랑에서 고통 없이 꽤 오랫동안 쪼그리고 앉아 있을 수 있었다.

최근에 그녀는 마스카라와 립스틱을 바르기 시작했다. 그녀는 허황된 여자는 아니었지만 자신이 시들어 가고 있다는 사실을 깨달았다. 그러나 서른한 살의 나이에 시들어 간다고 해도 개의치 않았다. 세월이 흐르면서 인생에는 언제나 찬미를 받아 왔던 특출한 아름다움 이상의 무언가가 있다는 깨달음이 점차 깊어 갔기 때문이다. 젊은 시절에는 완벽한 미인으로, 그녀의 미모는 대중의 인정을 받을 정도였다. 그녀는 1941년 딸기 축제에서 왕관을 쓴 공주였다. 열세 살이 되자 어머니는 그녀에게 비단 기모노를 입혀서 어린 소녀들에게 춤과 다도를 철저하게 가르치는 시게무라 부인에게 보냈다. 시게무라 부인은 그녀를 거울 앞에 앉히고 그녀의 머리카락이 우쓰쿠시이 美しい 아름답다는 뜻하므로 그것을 자르는 것은 일종의 이단이라고 가르쳤다. 시게무라 부인은 그녀의 머리가 무지갯빛을 내는 칠흑 같은 강물이라고 일본어로 표현했다. 그것은 그녀 또래의 다른 소녀가 삭발을 했을 경우처럼 특별해 보이는 외모의 특징이라는 것이었다. 그녀는 여러 가지 방법으로 머리를 꾸미는 법을 배웠다. 핀을 꽂거나 두껍게 땋아서 한쪽 가슴 위로 늘어뜨리거나 목덜미에 쪽을 찌거나 뒤로 넘겨서 매끄러운 뺨이 드러나게 했다. 시게무라 부인은 하쓰에의 머리카락을 손바닥 위에 올리고 그 밀도가 수은을 연상시킨다고 말했다. 하쓰에는 자기 머리를 현악기나 플루트처럼 사랑스럽게 연주하는 법을 배워야 했다. 부인이 하쓰에의 머리를 부채처럼 퍼지도록

빗어 내리면 신비로운 검은 물결이 넘실거렸다.

시게무라 부인은 수요일 오후마다 하쓰에에게 서예와 산수화뿐 아니라 까다로운 다도를 가르쳤다. 그녀는 화병에 꽃을 꽂는 법과 특별한 행사 때 얼굴에 분가루를 바르는 법을 보여 주었다. 그녀는 하쓰에에게 낄낄거리거나 남자를 똑바로 쳐다보면 안 된다고 했다. 깨끗한 피부를 유지하기 위해서는-시게무라 부인은 하쓰에의 피부가 바닐라 아이스크림처럼 부드럽다고 했다- 햇빛을 피해야 했다. 부인은 하쓰에에게 침착하게 노래하는 법과 우아하게 걷고 서는 법을 가르쳤다. 그 덕분에 하쓰에는 아직도 발꿈치에서 머리끝까지 완벽한 자세로 움직였다. 그녀는 균형이 잡혔고 우아했다.

그녀는 언제나 밭일, 집안일 그리고 다시 밭일로 이어지는 고단한 생활을 했지만 시게무라 부인의 가르침으로 침착하게 대처하는 법을 배웠다. 그것은 태도와 호흡, 더 나아가서 정신의 문제였다. 시게무라 부인은 그녀에게 위대한 삶과의 합일을 추구하고 스스로를 거대한 나무에 달린 잎사귀로 상상하라고 가르쳤다. 예정된 가을의 죽음은 그 나무 자체의 생명에 관여하는 행복한 깨달음과는 무관하다고 그녀는 말했다. 미국에는 죽음의 공포가 있다고, 이곳의 삶은 존재와 분리되어 있다고 했다. 반면 일본인은 삶이 죽음을 내포하고 있다는 것을 알아야 하며, 이러한 진리를 깨닫는다면 평온을 얻을 수 있다고 했다.

시게무라 부인은 하쓰에에게 움직임 없이 앉아 있게 했고, 오랜 시간 동안 그렇게 하지 못하면 올바로 성숙할 수 없다고 가르쳤다. 여기저기에 긴장과 불행이 도사리고 있는 미국에서의 삶이 그것을 어렵게 한다고도 했다. 겨우 열세 살이었던 하쓰에는 처음에는 30초도 가만히 있지 못했다. 나중에 자신의 몸을 안정시킬 수 있었을 때 고요함을 방해하는 것이 자신의 마음속에 있다는 것을 그녀는 알았다. 그러자 점차 평온함에 대한 저항이 잦아들었다. 시게무라 부인은 기뻐하면서, 동요하는 그녀의 자아가 극복되는 과정에 있다고 했다. 그녀는 하쓰에에게 차분함이 도움이 될 것이라고 말했다. 생활이 필연적으로 가져다주는 불안과 변화의 와중에서 조화로운 존재를 경험하게 될 것이라고.

그러나 하쓰에는 시게무라 부인의 집에서 나와 숲길을 걸으면서 훈련에도 불구하고 진정되지 않는 자신이 두려웠다. 그녀는 미적거리며 나무 밑에 앉아 있거나 개불알꽃이나 흰색 연령초를 찾아보기도 하면서 옷, 화장, 춤, 영화와 같은 세속적인 즐거움을 추구하며 환영 같은 세상에 끌리는 자신을 돌아보았다. 겉으로는 훈련된 모습을 보이는 자신이 시게무라 부인을 속이는 것 같았고, 그녀 내부에 존재하는 세속적인 행복에 대한 열망에 저항하기 힘들다는 것을 알았다. 그러나 그녀는 이러한 내적 갈등을 감추려는 욕구가 강해서 고등학교에 입학했을 때는 마음속에 자리 잡지 않은 평온함을 겉으로 가장하는 데 통달하게 되었다. 이런 식으로 그녀는 스스로 뿌리치려고 애쓰면서 자신을 동요시키는 비밀스러운 삶을 살아갔다.

시게무라 부인은 성적인 문제에 관해 하쓰에와 터놓고 이야기했다. 그녀는 백인 남자가 하쓰에를 원하게 되고 처녀성을 파괴하려 할 것이라고 점쟁이처럼 말했다. 백인 남자들은 순결한 일본 처녀에게 은밀한 욕망을 품고 있다며. 기모노, 사케, 창호지로 된 벽, 요염하고 새침한 게이샤로 일본을 표현하는 그들의 잡지와 영화를 보라며. 백인 남자들은 관능적인 일본 여성의 매끄러운 피부와 뜨거운 논바닥을 걷는 길고 한들거리는 맨발의 다리에 환상을 갖고 있으며, 그러한 환상이 그들의 성적 욕구를 왜곡시켰다고 했다. 그들은 위험하고 병적인 이기주의자며, 일본 여성들이 자신들의 창백한 피부와 야심이 가득한 용기를 숭배하고 있는 줄로 완전히 착각하고 있다고도 했다. 시게무라 부인은 백인 남자를 멀리하고, 마음이 강하고 선한 일본 청년과 결혼하라고 가르쳤다.

하쓰에의 부모가 그녀를 시게무라 부인에게 보낸 것은 무엇보다 그녀가 일본인이라는 사실을 잊지 않도록 하기 위해서였다. 딸기 재배를 하는 그녀의 아버지는 일본의 도공 집안 출신이었다. 하쓰에의 어머니 후지코는 구레 근처에서 상점과 쌀 도매상을 하던 양갓집 규수였는데, 히사오의 사진 신부로 코리아 마루 호를 타고 미국에 건너왔다. 결혼을 주선한 바이샤쿠닌ばいしゃくにん 중매인은 장래의 신랑감이 미국에서 재산깨나 모았다고 말했다. 그러나 시바야마 가족은 훌륭한 집을 소유하고 있었으므로 후지코가 미국에 있는 소작인보다는 더 나은 결혼을 할 수 있을 것 같았다. 신부 알선이 직업인 바이샤쿠닌은 그들에게 12에이커의 훌륭한 임야를 보여 주며 신랑감이 미국에서 돌아오면 그 땅을 살 것이라고 말했다. 그곳에는 복숭아나무와 감나무 들, 쭉쭉 뻗은 삼나무들과 암석정원으로 꾸민 아름다운 새 집이 있었다. 마지막으로 후지코가 미국에 가고 싶어 한다는 점을 지적했다. 그녀는 열아홉의 젊은 나이에 바다 건너 세상에 가 보고 싶었다.

그러나 그녀는 대양을 건너오는 내내 뱃멀미 때문에 복통을 일으키면서 구토하는 바람에 녹초가 되었다. 게다가 시애틀에 도착했을 때, 자신이 거지와 결혼한 것을 알았다. 히사오의 손은 못이 박이고 물집투성이였으며, 옷에서는 지독한 땀 냄새가 풍겼다. 알고 보니 그는 달러 몇 장과 동전 외에 아무것도 가진 것이 없었다. 그는 후지코에게 용서를 빌었다. 처음에 그들은 잡지에서 뜯은 종이로 벽을 바른 비컨 힐의 하숙집에서 살았는데, 거리에 나가면 백인들이 그들을 모욕적으로 멸시했다. 후지코는 바닷가에 있는 식당으로 일하러 나갔다. 또한 하쿠진을 위해 속옷이 젖도록 땀을 흘리고 손바닥과 손마디를 베이면서 일했다.

하쓰에는 다섯 딸 중에 맏이로 태어났다. 그녀의 가족은 잭슨가에 있는 하숙집으로 이사했는데, 그 집 주인은 도치기현縣에서 이주해 와 자수성가한 사람이었다. 그 집 여자들은 주름진 비단 기모노를 입고 코르크 바닥을 댄 주홍색 슬리퍼를 신었다. 하지만 잭슨가에서는 썩어 가는 생선과 소금물에 전 배추와 무, 막힌 하수구, 디젤 전차가 뿜어내는 매연 냄새가 났다. 후지코는 3년 동안 그곳의 방들을 청소하는 일을 했는데, 하루는 히사오가 집에 돌아와서 미국 통조림 회사에 일자리를 얻었다고 했다. 5월에 이마타 가족은 산피에드로로 향하는 배를 탔고, 그곳의 딸기밭에서 일하게 되었다.

그러나 그것은 직사광선 밑에서 허리를 구부리고 일하는 힘든 노동이었고, 하쓰에와 그녀의 여동생들은 많은 역할을 분담해야 했다. 그럼에도 그곳은 시애틀과는 비교도 할 수 없었다. 골짜기를 따라 위아래로 가지런히 흐르는 딸기 이랑들, 바람이 실어 오는 바다 내음, 그리고 히사오와 후지코가 두고 온 일본을 연상시키는 회색빛 아침이 있었다.

처음에 그들은 헛간 한편에서 인디언 가족과 함께 살았다. 일곱 살 난 하쓰에는 엄마를 따라 숲에서 고사리를 캐고 감탕나무의 가지를 쳤다. 히사오는 농어를 팔고 크리스마스트리를 만들었다. 그들은 곡식 자루 하나에 동전과 지폐를 가득 채워 그루터기들이 있고 단풍나무가 있는 7에이커의 땅을 임대하고 쟁기 끄는 말을 사서 개간을 시작했다. 가을이 되자 단풍나무 잎사귀가 오그라들면서 떨어졌고, 비가 내려 땅이 적갈색 반죽처럼 변했다. 1931년 겨울 히사오는 건초더미를 태우고 그루터기들을 뽑아냈다. 삼나무 널을 인 집이 천천히 세워졌다. 땅이 일궈지고 봄의 희미한 햇살에 맞춰 최초의 작물이 심겼다.

하쓰에는 사우스 해변에서 조개를 캐고, 블랙베리와 버섯을 따고, 딸기밭의 잡초를 뽑으면서 자랐다. 또한 네 동생에게 엄마 노릇을 했다. 그녀가 열 살이 되었을 때, 이웃집 소년이 그녀에게 수영을 가르쳐 주고 유리 상자 바닥을 통해 물결치는 수면 아래를 볼 수 있게 해 주었다. 둘은 유리 상자에 매달려 따스한 태평양의 햇볕을 받으며 불가사리와 게를 구경했다. 하쓰에의 살에 묻은 물이 증발하면서 소금을 남겨 놓았다. 어느 날 소년은 그녀에게 키스했다. 그는 해도 되느냐고 물었고, 그녀가 아무 대답도 하지 않자 상자 너머로 몸을 내밀고 자신의 입술을 그녀의 입술에 살짝 갖다 댔다. 그녀가 따스하고 짭짤한 입 냄새를 맡았을 때 소년은 곧 물러나 눈을 찡긋해 보였다. 그리고 둘은 유리를 통해 계속해서 말미잘과 해삼과 갯지렁이를 관찰했다. 하쓰에는 결혼식 날 자신의 첫 키스 상대가 유리 상자에 매달려 바다에 떠다니던 바로 그 소년, 이스마엘 체임버스라는 것을 기억했다. 하지만 남편이 키스해 본 적 있느냐고 물었을 때 하쓰에는 펄쩍 뛰었다.

"눈이 많이 와." 그녀가 지금 법원 창문을 올려다보며 그에게 말했다. "폭설이야. 당신 아들한텐 첫눈이지."

가부오가 눈을 보려고 고개를 돌렸을 때 그녀는 셔츠 단추가 채워진 그의 목 왼쪽에서 굵은 힘줄을 볼 수 있었다. 그는 유치장에서 전혀 힘을 잃지 않았다. 그의 힘은 조용히 삶의 조건에 적응하는 내적인 문제라는 것을 그녀는 알고 있었다. 유치장에서 그는 그 힘을 유지하기 위해 자신을 다스려 왔다.

"뿌리 저장실에 가 봐, 하쓰에. 얼면 안 되니까."

"가 봤어. 이상 없어."

"잘했군. 잘할 줄 알았어."

그는 잠시 조용히 유리창에 번지는 눈을 지켜보다가 다시 고개를 돌려 그녀를 보았다. "당신 만자나에서 봤던 눈 기억해? 눈이 내릴 때마다 그 생각이 나지. 눈보라와 거센 바람과 배불뚝이 난로 그리고 창문으로 들어오던 별빛." 그는 보통 그녀에게 낭만적인 말을 하는 사람이 아니었다. 아마도 그가 좀처럼 드러내려 하지 않는 무언가를 포기하도록 유치장이 가르쳤으리라. "거기도 감옥이었어." 하쓰에가 말했다. "좋은 일도 있었지만 거긴 감옥이었어."

"감옥이 아니었어. 우리가 잘 몰라서 그렇게 생각한 거지. 감옥이 아니었다고."

그의 말이 맞았다. 그들은 만자나 수용소 막사에서 타르 종이로 불교 사원을 만들어 놓고 결혼식을 올렸다. 첫날밤 그녀의 어머니는 모직 군용 담요를 걸어서 이마타 가족의 좁은 방을 반으로 나누어 한쪽을 그들에게 내주고 난로 가까이에 두 개의 간이침대를 놓아 주었다. 그리고 두 침대를 하나로 붙인 다음 손바닥으로 시트를 쓸어 매끈하게 폈다. 하쓰에의 동생들은 커튼 옆에 서서 어머니가 말없이 하는 일을 지켜보았다. 후지코는 배불뚝이 난로 안에 석탄을 넣고 앞치마에 손을 닦았다. 그녀는 고개를 끄덕이고 45분이 지나면 공기구멍을 닫아야 한다고 말했다. 그리고 나서 하쓰에와 가부오를 남겨 두고 딸들을 데리고 나갔다.

그들은 결혼 예복을 입고 창가에 서서 키스했고, 그녀는 그의 따스한 목과 입 냄새를 맡았다. 눈이 막사 벽에 몰아치고 있었다. "모두 듣겠어." 하쓰에가 속삭였다.

가부오는 양손을 그녀의 허리에 두르고 고개를 돌려 커튼을 향해 말했다. "라디오에서 좋은 프로를 할 텐데," 그가 소리쳤다. "음악 좀 틀어 줄래요?"

그들은 기다렸다. 가부오는 외투를 못에 걸었다. 잠시 후에 라스베이거스의 한 방송국에서 보내는 컨트리 웨스턴 음악이 들려왔다. 가부오는 앉아서 신발과 양말을 벗었다. 그는 침대 밑에 그것들을 가지런히 놓았다. 그리고 나비넥타이를 풀었다.

하쓰에는 그의 옆에 앉았다. 그녀는 잠시 그의 옆얼굴과 턱에 난 흉터를 바라보았고, 이내 그들은 키스했다. "옷 벗는 걸 도와줘." 그녀가 속삭였다. "뒤에서 고리를 벗겨, 가부오."

가부오는 고리를 벗겼다. 그의 손가락이 그녀의 척추를 따라 내려갔다. 그녀는 서서 어깨에서 옷을 끌어 내렸다. 옷이 떨어졌고, 그녀는 그것을 주워서 그의 외투 옆에 걸었다.

하쓰에는 브래지어와 슬립 차림으로 침대로 돌아와 가부오 옆에 앉았다.

"소리를 많이 내고 싶지 않아. 라디오가 켜져 있어도 동생들이 들을 거야."

"좋아, 조용하게."

그는 셔츠를 벗어 침대 끝에 올려놓고 내복을 벗었다. 그는 매우 건장했다. 그녀는 그의 배에서 움직이는 근육을 볼 수 있었다. 그와 결혼한 것이 기뻤다. 그도 딸기 농장 출신이었다. 그는 딸기를 잘 가꾸었고, 어떤 가지를 쳐야 하는지 알았다. 손은 그녀와 마찬가지로 여름 내내 딸기즙으로 얼룩져 있었다. 그의 피부에는 빨간 열매의 냄새가 배어 있었다. 자신의 삶을 그의 삶과 결합하기를 원하는 것이 어쩌면 이 냄새 때문일지도 모른다고 그녀는 생각했다. 그것은 그녀가 코로 이해하는, 다른 사람에게는 이상하게 여겨질 수도 있는 그런 것이었다. 그리고 자신이 원하는 것은 가부오도 원한다는 것을 알았다. 산피에드로의 딸기 농장, 그것이 전부였다. 그 이상은 아무것도 없었다. 그들은 자신들의 농장과 사랑하는 사람들을 곁에 두는 것, 그리고 창밖에서 풍기는 딸기 냄새를 원했다. 하쓰에 또래 중에는 행복이란 다른 무엇이라고 확신하고 시애틀이나 로스앤젤레스로 가기를 원하는 처녀들도 있었다. 그들은 도시로 가기를 원한다는 것 외에는 그곳에서 그들이 추구하는 것이 무엇인지 정확히 말하지 못했다. 하쓰에도 한때 그런 생각을 했지만 꿈에서 깨어나듯 거기서 헤어나면서 자신이 섬의 딸기 농부로서 평온과 안정을 원하고 있다는 사실을 발견했다. 그녀는 뼛속 깊이 자신이 무엇을 원하는지, 그리고 무슨 이유로 그것을 원하는지도 알았다. 노동으로 확실한 결실을 맺을 수 있다는 단호한 목적을 가지고 사랑하는 남자와 함께 출발할 수 있는 장소에서 행복을 찾았다. 가부오 역시 그렇게 느꼈고, 그것이 그가 삶에서 원하는 것이었다. 그들은 함께 계획을 세웠다. 가부오는 그녀와 마찬가지로 그곳에 뿌리를 내렸고, 땅과 그 땅이 이루어 내는 결실을 이해했으며, 사랑하는 사람들 속에서 사는 게 얼마나 좋은 것인지 알았다. 그는 시게무라 부인이 오래전 그녀에게 사랑과 결혼에 관해 이야기하면서 묘사했던 바로 그 청년이었다. 그녀는 그에게 열렬히 키스했다. 그의 턱과 이마에 좀 더 부드럽게 키스하고 나서 그의 머리 위에 턱을 얹고 손가락 사이로 그의 귀를 잡았다. 그의 머리에서는 젖은 흙 냄새가 났다. 가부오는 그녀의 등에 손을 얹고 그녀를 바짝 끌어당겼다. 그는 그녀의 가슴에 키스하고 브래지어에 코를 갖다 댔다.

"냄새가 너무 좋아."

그는 물러앉아 바지를 벗어 셔츠 옆에 놓았다. 두 사람은 속옷 차림으로 나란히 앉았다. 그의 다리가 창문으로 들어오는 빛을 받아 반들거렸다. 그녀는 그의 성기가 팬티 안에서 얼마나 똑바로 서 있는지 볼 수 있었다. 그 끝이 팬티를 밀어 올리고 있었다.

하쓰에는 다리를 침대 위로 올리고 무릎에 턱을 고였다. "동생들이 듣고 있어. 듣고 있을 게 뻔해."

"라디오 소리를 높여 주겠어요?" 가부오가 소리쳤다. "여기선 잘 안 들려요."

컨트리 웨스턴 음악이 더 커졌다. 두 사람은 처음에는 아주 조용히 있었다. 둘은 모로 누워 서로를 마주 보았고, 그녀는 단단한 것이 배에 닿는 것을 느꼈다. 그녀는 그의 팬티 안으로 손을 넣어 그 끝과 봉우리를 만졌다. 배불뚝이 난로 안에서 석탄 타는 소리가 들려왔다.

그녀는 이스마엘 체임버스와 유리 상자에 매달려 어떻게 키스했는지 기억했다. 그는 길 아래 사는 햇빛에 그은 소년이었고, 함께 블랙베리를 따고 나무에 오르기도 하고 농어도 잡았다. 그녀는 가부오가 밑 가슴에, 그런 다음 브래지어 위로 젖꼭지에 키스하는 동안 그를 생각했고, 이스마엘이 어떤 연결 고리의 시작이었다는 것을 알았다. 열 살 때 한 소년과 키스했다는 게 무언가 이상하게 느껴지기까지 했다. 그리고 오늘 밤 이제 곧 자신의 깊숙한 안쪽에서 다른 소년의 단단함을 느끼게 될 것이었다. 하지만 신혼 첫날밤, 이스마엘을 마음속에서 완전히 몰아내는 것은 어렵지 않았다. 그는 그야말로 우연히 다가왔을 뿐이라고, 모든 낭만적인 순간들은 오래전에 잊혔다가도 어쩔 수 없이 연상되는 법이라고 생각했다.

잠시 후 가부오가 그녀의 슬립과 팬티를 벗기고 브래지어를 풀었고, 그녀는 그의 팬티를 끌어 내렸다. 두 사람은 벌거벗었고, 그녀는 창문으로 들어오는 별빛 속에서 그의 얼굴을 볼 수 있었다. 강하면서 부드러운 얼굴이었다. 바람이 강하게 불어 판자 사이로 바람 소리가 윙윙거렸다. 그녀가 한 손으로 가부오의 단단함을 움켜쥐자 그것이 손안에서 한 번 꿈틀거렸다. 이내 그녀는 그런 식의 사랑을 원했기에 그것을 손에서 놓지 않고 등을 대고 누웠고, 그는 그녀의 엉덩이를 잡고 위로 올라갔다.

"전에 해 본 적 있어?" 그가 속삭였다.

"전혀." 하쓰에가 속삭였다. "네가 처음이야."

그의 성기가 원하는 장소를 찾아냈다. 잠시 그는 거기서 멈추고 그 자세로 그녀에게 키스했다. 그는 자신의 입술 사이에 그녀의 아랫입술을 넣고 살며시 물었다. 가부오의 손이 그녀를 끌어당김과 동시에 그의 음낭이 그녀의 피부를 찰싹 때릴 만큼 세게 그는 그녀 안으로 들어갔다. 그녀는 온몸으로 그것의 정당성을 느꼈다. 그녀의 온몸이 거기에 점령당했다. 하쓰에는 어깨를 뒤로 젖히면서 그의 가슴에 가슴을 밀착했다. 느린 전율이 그녀를 지나갔다.

"좋아." 하쓰에는 자신이 속삭였던 것을 기억했다. "너무 좋아, 가부오."

"다다이마 아와레가 와캇타방금 심오한 아름다움을 깨달았어."

8일 후 그는 미시시피의 셸비 캠프로 떠났고, 거기서 442연대 전투 부대에 합류했다. 그는 참전해야 한다고 말했었다. 그것은 용기를 증명해 보이기 위해 꼭 필요한 일이었다. 조국인 미국에 대한 충성심을 보여 주어야 했다.

"그 모든 걸 보여 주다가 죽을 수도 있어. 당신이 용감하고 충성하고 있다는 걸 알아."

그는 그녀의 만류에도 불구하고 떠났다. 그는 결혼 전에 여러 번 그런 말을 했고, 그녀는 종종 가지 말라고 떼를 썼지만 그를 전장에서 떼어 놓을 수는 없었다. 그는 그것이 명예와 관련된 문제일뿐더러 자신의 얼굴이 일본이기 때문에 가야 하는 거라고 말했다. 전쟁은 그가 증명해 보여야 하는 뭔가 특별한 것을 그에게 요구했고, 만약 그가 그 짐을 지지 않는다면 누가 지겠는가? 그녀는 그가 흔들리지 않는다는 것을 알았고, 전투에 이끌리며 필사적으로 그 안에 들어가길 원하는 단호함이 그의 내부에 자리 잡았다는 것을 알았다. 그 안에는 그녀의 손이 닿을 수 없는 곳이 있었고, 그것이 그녀에게 그에 대한 불안을 느끼게 할 뿐 아니라 자신들의 장래 또한 두려워하게 했다. 그녀의 삶은 이제 그의 삶과 합쳐졌고, 그렇기에 그녀는 그의 영혼 구석구석이 자신에게 열려 있어야 할 것처럼 보였다. 그에게서 느껴지는 거리감은 전쟁 때문이라고, 고향에서 쫓겨나 긴장 속에서 지낸 그 시기의 감옥 같은 막사 생활 때문이라고 그녀는 되뇌었다. 많은 남자가 여자들의 만류에도 전쟁에 나갔고, 매일 막사를 떠나는 남자 대부분이 젊은이였다. 그녀는 친정어머니와 시어머니가 충고한 대로, 대항할 수 없는 큰 힘에 맞서지 말아야 한다고 스스로를 타일렀다. 지금 그녀는 이전의 자기 어머니와 마찬가지로 역사의 흐름 속에 있었다. 그 흐름에 편안하게 실려 가지 않는다면 마음이 자신을 집어삼켜 전쟁을 무사히 넘기지 못할 것 같았다.

하쓰에는 남편을 그리워하면서도 오랜 시간 기다리는 법을 배웠다. 이스마엘 체임버스가 법정에서 그녀를 보고 느낀 것은 하쓰에가 애써 히스테리를 자제한다는 것이었다.

8

 이스마엘 체임버스는 하쓰에를 바라보며 사우스 해변의 절벽 밑에서 그녀와 대합을 캐던 것을 기억했다. 호미, 바다에서부터 녹이 슨 들통을 들고 등 뒤로 물방울을 떨어뜨리며 갯벌을 걷는 하쓰에는 열네 살이었고, 검은색 수영복을 입고 있었다. 그녀는 맨발로 따개비를 피해 가면서 조수가 밀려간 진흙 위에 해초들이 건조한 바람 속에 누운 갯벌을 걸어갔다. 이스마엘의 어깨와 등 위로 내리쬐는 햇볕이 무릎과 손에 묻은 진흙을 말리고 있었다.
 그들은 거의 2킬로미터를 헤매고 다녔다. 둘은 헤엄치기를 멈추었다. 조수가 썰물로 바뀌면서 나타난 대합들이 나사말 속에 숨어서 미니 간헐천처럼 물을 쏘아 대고 있었다. 갯벌 아래쪽에서 수십 개의 작은 분수가 60센티미터 이상 높이로 물을 뿜어내고는 점점 낮아지다 멈추었다. 대합들은 진흙에서 목을 빼고 태양을 향해 입술을 내밀었다. 대합들의 목 끝의 관들이 반짝거렸다. 그것들이 갯벌 위에서 흰색과 무지갯빛 꽃을 피웠다.

두 사람은 조개의 관 옆에 무릎을 꿇고 앉아 그 특별한 형태에 관해 토론을 벌였다. 그들은 조개가 진흙 속으로 들어가 버리지 않도록 조심스럽게 움직였다. 하쓰에는 들통을 옆에 놓고 손에 든 호미로 물기를 머금고 움푹하게 들어간, 까맣게 벌어진 조개의 입을 가리키고 그 색깔과 음영에 주목했다. 그녀는 조개 옆에서 머물기로 결정했다.

열네 살이었던 그들에게 조개는 중요했다. 여름철에 그들은 별로 할 일이 없었다.

그들은 두 번째 조개의 관으로 다가가 다시 무릎을 꿇었다. 하쓰에가 뒤꿈치에 엉덩이를 대고 앉아 머리카락을 비틀어 짜자 그녀의 팔에 소금물이 흘러내렸다. 그녀는 햇볕에 마르도록 머리를 젖혀 머리카락을 등 뒤에 펼쳤다.

"대합이야." 그녀가 조용히 말했다.

"큰 놈인데." 이스마엘이 맞장구쳤다.

하쓰에가 몸을 숙여 관 속에 집게손가락을 밀어 넣었다. 두 사람은 조개가 손가락을 확인하고 진흙 속에 몸을 묻는 모습을 관찰했다. 그녀는 오리나무 막대기 끝으로 조개가 후퇴해 들어간 길을 따라 들어갔다. 60센티미터 지점에서 길이 막혔다. "이 밑에 있어." 그녀가 말했다. "큰 놈이야."

"내가 팔 차례야."

하쓰에가 그에게 호미를 건네며 주의를 주었다. "손잡이가 헐거워. 부러지지 않게 조심해."

대형 조개, 잔가지, 바다 벌레가 호미에 걸려 올라왔다. 이스마엘은 물이 되돌아오지 못하게 제방을 쌓았다. 하쓰에는 물이 새는 들통으로 바닷물을 퍼낸 다음 따뜻한 진흙에 매끄러운 갈색 다리를 길게 뻗고 납작 엎드렸다.

오리나무 막대기가 쓰러지자 이스마엘은 그녀 옆에 주저앉아 조개 관이 보일 때까지 호미로 긁어내는 그녀를 지켜보았다. 그들은 조개가 후퇴한 구멍을 찾아냈다. 둘은 함께 구멍 가장자리에 엎드려 진흙에 팔을 묻고 조개껍데기가 3분의 1 정도 드러날 때까지 주위의 흙을 파냈다. "이제 끌어내자." 이스마엘이 말했다.

"조개 밑으로 들어가는 게 좋겠어."

그는 그녀에게 대합 캐는 법을 가르쳐 주었고, 4년 동안 여름마다 그놈들을 캐고 다녔는데, 이제 그녀가 그를 능가했다. 그녀가 이렇게 자신 있게 말하면 그는 전적으로 복종했다. "아직 힘이 많이 남았어. 우리가 잡아당기려고 하면 빠져나갈 거야. 참고 좀 더 파 보자. 계속 파는 게 낫겠어."

얼굴이 진흙에 닿을 만큼 그가 한 손을 깊숙이 집어넣었을 때 얼굴이 하쓰에의 무릎을 향해 있었다. 보이는 것이 무릎뿐일 만큼 그는 그녀와 가까이 있었다. 그녀의 살에서는 소금 냄새가 났다.

"살살. 천천히, 서두르지 말고 천천히 하는 게 상책이야." 그녀가 채근했다.

"나오고 있어. 나오고 있다고." 이스마엘이 끙 소리를 냈다.

이윽고 그녀는 그의 손가락 사이에서 조개를 가져다 그것을 얕은 물에 씻었다. 그녀는 손날로 조개를 구석구석 씻었다. 이스마엘이 조개를 받아 들통에 넣었다. 그가 보았던 것 중에서도 깨끗하고 잘생기고 큰 놈이었다. 칠면조 뼈에서 도려낸 가슴살처럼 생겼고, 크기도

대강 그만했다. 그는 그놈을 뒤집어 보며 감탄했다. 그는 언제나 두툼하고 묵직한 대합을 보면 놀라곤 했다. "대단한 놈을 찾았어." 그가 말했다.

"거대해." 하쓰에가 맞장구쳤다. "엄청."

그녀가 얕은 물에 서서 다리에 묻은 흙을 씻는 동안 이스마엘은 구멍을 막았다. 햇볕에 달궈진 갯벌로 미끄러져 들어오는 조수가 호숫물처럼 따뜻했다. 둘은 얕은 물에서 다리에 해초를 걸치고 나란히 앉아 넓은 바다를 바라보았다. "바다는 끝도 없어." 이스마엘이 말했다. "이 세상에 물보다 많은 건 없어."

"어딘가에서 끝나. 그렇지 않으면 돌고 도는 것뿐이야."

"그게 그거지. 끝이 없어."

"지금 어딘가의 해변에서 조수가 멈추는 곳이 있어. 그곳이 대양의 끝이야."

"끝나지 않아. 다른 대양과 만나는 즉시 바닷물이 돌아오고 그게 모두 섞이는 거야."

"대양은 섞이지 않아. 온도도 달라. 염분의 양도 다르고."

"아래쪽에서 섞여. 사실 모두 하나의 대양일 뿐이야." 그는 허벅지에 해초를 걸친 채 뒤통수에 깍지를 끼고 눕더니 다시 토론에 들어갔다.

"대양은 하나가 아니야." 하쓰에가 말했다. "대양은 네 개야. 대서양, 태평양, 인도양, 북극해. 서로 달라."

"그럼, 어떻게 다른데?"

"그냥 달라." 하쓰에가 뒤통수에 깍지를 끼고 그 옆에 누워 머리를 늘어뜨렸다. "그냥 그래." 그녀가 덧붙였다.

"그건 좋은 이유가 못 돼. 중요한 건 물은 물이라는 사실이야. 지도 위에 있는 이름들은 아무 의미 없어. 네가 만일 배를 타고 바다에 나가서 다른 대양에 도착하면 어떤 표시라도 볼 수 있겠어? 그건……,"
"색깔이 바뀐다고 들었어. 대서양은 갈색 비슷하고 인도양은 청색이고."
"그런 얘긴 어디서 들었어?"
"기억 안 나."
"사실이 아니야."
"사실이야."
 그들은 잠잠해졌다. 찰싹이는 바닷물 소리 외에는 아무 소리도 들리지 않았다. 이스마엘은 그녀의 다리와 팔을 의식했다. 그녀의 입가에 소금이 남아 있었다. 그는 그녀의 손톱, 발가락 모양 그리고 목에 움푹 파인 자리를 훔쳐보았다. 그녀를 6년간 알아 왔지만 그녀를 모르고 있었다. 그는 그녀의 무심한 성격, 그녀가 드러내지 않는 부분에 끌리기 시작했다.
 최근 그는 그녀에 대해 생각할 때마다 우울한 느낌이 들었고, 봄내내 자신의 우울함에 대해 그녀에게 어떻게 이야기해야 할지 궁리하면서 많은 시간을 보냈다. 그는 사우스 해변의 절벽에 앉아서 오후 내내 그것을 생각했고, 수업 시간에도 생각에 빠져 있었다. 그러나 하쓰에에게 이야기를 꺼낼 만한 어떤 실마리도 찾을 수 없었다. 어떻게 말을 꺼내야 할지 전혀 떠오르지 않았다. 그녀 앞에서 자신을 드러내면 돌이킬 수 없는 실수가 될 것 같은 느낌이었다. 수년간 그들은 스쿨버스에서 내려 같이 걸었고, 해변에서 만나고, 숲속에서 놀고, 인근 농장에서 함께 딸기를 땄지만 그녀는 닫혀 있었고 그에게 말할 기회를 주지 않았다. 두 사람은 그녀의 여동생들을 포함해 다른 아이들-셰리든 놀스, 아널드 크루거와 빌 크루거, 라스 핸슨, 티나 시버슨과 진 시버슨-과 그룹을 지어 같이 놀았다. 두 사람이 아홉 살 때는 삼나무 밑동에 뚫린 구멍에 들어가 땅바닥에 드러누워 실고사리와 담쟁이 위에 내리치는 비를 내다보면서 가을 오후를 보냈다. 학교에서 둘은 무의식적으로 서로에게 낯설게 대했다. 한편으로 그는 그녀가 일본인이고 자기는 아니라는 이유로 그럴 수밖에 없다고 이해했다. 원래 모든 일이 그런 법이고 근본적인 문제에 관해서는 어쩔 도리가 없다고.

그녀는 열네 살이었고, 수영복 아래에서 가슴이 드러나기 시작하고 있었다. 가슴은 사과처럼 작고 단단했다. 그는 그녀가 어떻게 변했는지 손가락으로 만져 볼 수는 없었으나 그녀의 얼굴이 달라진 것을 볼 수 있었다. 피부의 질감이 달라졌다. 그는 그녀의 변화를 지켜보았고, 지금처럼 바닷가에서 그녀 가까이 앉아 있을 때는 왠지 쫓기는 듯 초조한 느낌이 들었다.

요즘 그는 그녀 앞에서 가슴이 뛰기 시작했다. 무슨 말을 해야 할지 모르고 혀가 굳어 버리는 느낌이었다. 자신의 심정을 그녀에게 설명하지 않고는 더 이상 견딜 수 없었다. 고백하지 못한 사랑은 안으로 응어리지고 있었다. 그를 움직이는 것은 그녀의 아름다움뿐이 아니었다. 이미 이 해변과 이 바다, 이 바위와 그들 뒤에 펼쳐진 숲까지 포함한 그들이 만든 역사가 있었다. 그것은 두 사람의 것이었고 언제나 그럴 것이며, 하쓰에는 그곳의 정령이었다. 그녀는 송이버섯이나 딱총나무 열매, 양치식물 덩굴이 있는 장소를 알았고, 그와 함께 수년간 그런 것들을 찾아다니며 서로를 당연하게 받아들였다. 둘은 모든 일에서 친구처럼 편안했다. 근래 몇 달 전까지는. 지금 그는 그녀를 생각하면 고통을 느꼈고, 어떻게라도 하지 않으면 그 고통이 계속될 것이었다. 그것은 그에게 달려 있었다. 묻지도 않은 말을 하는 데는 용기가 필요하기에 그는 고민에 빠졌다. 너무 어려웠다. 그는 눈을 감았다.

"널 좋아해." 그는 여전히 눈을 감고 고백했다. "무슨 말인지 알겠어? 난 언제나 널 좋아했어, 하쓰에."

그녀는 대답하지 않았다. 그를 쳐다보지 않고 아래를 내려다보고 있었다. 하지만 일단 시작했기에 그는 무턱대고 따스한 그녀의 얼굴 쪽으로 다가가 입술을 갖다 댔다. 그녀의 입술은 따뜻했다. 소금 맛과 더운 숨결이 느껴졌다. 그가 너무 세게 밀어붙여서 그녀는 넘어지지 않으려고 한 손을 뒤로 짚었다. 그는 그녀의 이가 눌러 오는 것을 느끼며 그녀의 입 냄새를 맡았다. 이가 잠시 부딪혔다. 그는 눈을 감았다가 떴다. 하쓰에의 눈은 꼭 감겨 있었고, 그를 보지 않았다.

두 사람이 떨어진 순간 그녀가 벌떡 일어나 대합 통을 찾아 들고 해변을 따라 달려 내려갔다. 그는 그녀가 아주 빠르다는 것을 알고 있었다. 그는 몸을 일으켜 멀어져 가는 그녀를 지켜볼 뿐이었다. 그녀가 숲속으로 사라지고 난 후 그는 10분 정도 물속에 누워 그 키스를 여러 번 되새겼다. 그때 그는 무슨 일이 닥쳐도 그녀를 영원히 사랑하리라고 마음먹었다. 그것은 마음먹어야 할 일이라기보다 필연적으로 그렇게 될 수밖에 없었다. 그는 기분이 나아졌지만, 한편으로는 그 키스가 잘못된 것일까 봐 걱정되면서 혼란스러웠다. 하지만 열네 살 먹은 그의 관점에서는 자신들의 사랑은 결코 피할 수 없는 것이었다. 자신들이 유리 상자에 매달려 바닷물 속에서 키스했던 날에 시작된 사랑은 이제 영원히 계속되어야 했다. 하쓰에도 같은 느낌일 것이라고 그는 확신했다.

　그 후 열흘간 이스마엘은 안 하던 허드렛일, 잡초 뽑기, 유리창 닦기 등을 하며 이마타 하쓰에 때문에 애를 태웠다. 조바심치는 그에게는 그녀가 의도적으로 해변에 나오지 않는 것처럼 보였기에 그는 점차 우울하고 침울해졌다. 그는 버다 카마이클 부인 집에서 나무딸기 위에 시렁을 올린 버팀줄을 고정하고, 어두운 공구 창고에 있는 물건들을 정돈하고, 삼나무 장작을 묶으면서 하쓰에에 대한 생각에 잠겼다. 밥 티몬스가 헛간의 페인트칠 벗기는 일을 도와주었고, 꽃꽂이로 시간을 보내고 이스마엘의 어머니를 정중하게 대하는 허버트 크로 부인의 화단에서 잡초를 뽑았다. 지금 크로 부인은 이스마엘 옆에서 무릎 보호대를 하고 앉아 이따금 단풍나무 손잡이가 달린 갈퀴를 든 손을 멈추고 손등으로 이마의 땀을 훔치다가 그가 우울해 보인다고 소리쳤다. 나중에 그녀는 뒤쪽 포치에 앉아 쐐기 모양의 긴 잔에 레몬이 든 아이스티를 마시자고 했다. 그녀는 무화과나무를 가리키면서 이스마엘에게 너무 오래돼 언제 심었는지 기억이 나지 않지만 모든 풍상을 견뎌 내고 엄청난 양의 달콤한 무화과를 맺는다고 말했다. 크로 부인은 자신이 무화과를 아주 좋아한다고 덧붙였다. 그녀는 차를 마시며 화제를 돌렸다. 그녀는 아미티 항구에 사는 사람들이 이스마엘 가족을 포함해 사우스 해변 위아래에 사는 사람 모두를 자칭 귀족이며 불평분자, 은둔주의자, 괴짜들로 생각한다고 말했다. 네 할아버지가 사우스 해변에 선창을 지을 때 말뚝을 실어 날랐다는 사실을 알고 있니? 파피노 가족은 아무 일도 하지 않기 때문에 지독하게 가난하다고 그녀는 말했다. 반면에 이마타 가족은 어린 다섯 딸까지 쉴 새 없이 일만 하는 일꾼들이었다. 이버츠가家는 전문적인 정원사들과 다양한 집안일 문제 해결사-배관공, 전기 기술자, 잡역부 들이 궂은 일을 대신하기 위해 밴을 몰고 온다-를 고용했지만 크로 가족은 언제나 이웃 사람들을 고용했다. 그녀는 40년 동안 자신과 크로 씨가 사우스 해변 이 자리에서 살아왔다고 이스마엘에게 상기시켰다. 탄광 광부였던 크로 씨는 널빤지 만드는 일을 했었지만 최근에는 조선업에 손을 대기 시작했고, 지금은 시애틀에서 루스벨트(하지만 그는 루스벨트에게 전혀 관심이 없다고 그녀는 말했다)의 해군을 위해 군함과 소해정을 제작하는 일에 투자하고 있었다. 근데 넌 왜 그렇게 우울하니? 크로 부인은 기운을 내라고 격려하면서 아이스티를 홀짝였다. 인생은 멋진 거야.

그 주 토요일, 이스마엘은 셰리든 놀스와 낚시하러 갔다. 해변을 따라 노를 저으며 하쓰에를 생각하고 있을 때, 계단식 잔디밭 한가운데에서 무릎에 손을 올리고 삼각대에 올린 망원경을 들여다보고 있는 크로 씨를 보았다. 그는 자신의 유리한 고지에서 사우스 해변을 지나 아미티 항구의 정박지로 항해하는 시애틀 사람들의 요트를 질투하며 감시하고 있었다. 크로 씨는 셰익스피어처럼 이마가 완전히 벗어진, 예측 불허의 남자였다. 바다를 바라보고 있는 그의 정원은 널찍하고 바람이 부는 곳이었다. 낮은 철쭉 덤불과 동백나무, 별 모양 장미, 회양목 들이 심겨 있고, 정원을 둘러싼 회색 바위에 바닷물이 느릿느릿 다가와 흰 파도가 부서졌다. 집의 거대하고 티 한 점 없이 깨끗한 벽에는 햇빛을 피하는 덧문이 달린 창문들이 있었고, 집의 세 면은 위압적인 삼나무들로 둘러싸여 있었다. 크로 씨는 북쪽 이웃인 밥 티몬스와 일종의 경계 분쟁에 돌입했는데, 밥의 미국 솔송나무들이 실제로 자신의 소유지에서 자라고 있다고 주장했다. 이스마엘이 여덟 살이던 어느 날 아침, 측량 기사 두 명이 트랜싯(각을 재는 측량 기계)과 경위의(고도와 방위각을 재는 장치)를 들고 나타나 여기저기에 붉은 깃발을 묶어 놓았다. 이 행사는 수년에 걸쳐 수시로 되풀이되었지만 솔송나무가 점점 더 자라나 유연한 가지들이 회초리처럼 하늘을 향해 뻗어 올라가는 것 외에 측량 기사가 바꾸어 놓은 것은 아무것도 없었다. 밥 티몬스는 뉴햄프셔의 고지에서 이주해 온 창백하고 말이 없는, 청교도적인 분위기를 풍기는 단호한 남자로, 벗어진 이마를 반짝이며 투덜거리고 걸어 다니는 크로 씨를 아무 표정 없이 바라보았다.

  이스마엘은 시애틀에서 여름휴가를 오는 정력적인 에서링턴가를 위해서도 일했다. 매년 6월이면 피서객이 잔뜩 몰려와 사우스 해변의 쾌적한 거주지를 점령했다. 그들은 작은 범선을 타고 이리저리 방향을 바꾸며 누비고 다녔고, 정신 휴양 차원에서 페인트칠을 하고 밭을 갈고 청소하고 나무를 심었다. 그러다가 이런 노동이 내키지 않으면 해변에서 빈둥거렸다. 저녁이 되면 배들을 갯벌로 끌어 올리고 삽과 갈퀴에 호스로 물을 뿌려 치운 다음, 피워진 모닥불에 조개, 홍합, 굴, 송어를 올렸다. 에서링턴가는 진토닉을 마셨다.

  갯벌 너머 밀러만 상류에는 C. S. 머피라는 노후한 돛단배를 타고 매년 북극해로 무역 원정을 떠나던 조너선 소덜랜드 선장이 살았다. 마침내 그 일을 하기에는 너무 늙어 버린 그는 긴 모직 속옷을 입고 닳아 빠진 멜빵을 하고 흰 수염을 쓰다듬으며 피서객들에게 허풍을 떨면서 시간을 보내거나 영원히 갯벌에 정박한 머피호의 타륜에서 사진 포즈를 취했다. 이스마엘은 그의 장작 패는 일을 도와주었다.

사우스 해변에서 이마타 가족의 딸기 농사 외에 유일하게 수익이 나는 사업은 톰 펙의 미국 북극여우 농장이었다. 밀러만에서 멀리 떨어진 마드론madrone 진달랫과의 상록 교목 그늘 속에서 톰 펙은 붉은 염소수염을 잡아당기며 파이프를 빨았고, 매끄러운 모피를 얻을 수 있는 미국 북극여우를 68개의 좁은 우리에 사육하고 있었다. 그는 혼자서 그 일을 했지만 그해 여름 철 브러시로 우리를 청소하는 데 이스마엘과 다른 두 소년을 고용했다. 펙은 인디언 전쟁18~19세기에 백인 이민자와 아메리칸 인디언 사이에 벌어진 일련의 전쟁, 금 채굴, 용병 원정을 포함한 개인적인 신화를 축적했으며, 데린저 권총을 어깨 총집에 몰래 넣고 다닌다는 소문이 있었다. 만에서 한참 올라가면 소택지 동쪽에 웨스팅하우스 가족이 30에이커의 미국 소나무 숲에 지은 뉴포트식 저택이 있었다. 유명한 가전제품 업계의 거물인 그와 보스턴 명문 태생인 그의 아내는 동부의 윤리적 타락-특히 린드버그 유괴 사건 같은-에 염증을 느끼고 세 아들과 하녀, 요리사, 집사, 가정교사 두 명과 함께 산피에드로의 외딴 해변으로 이주해 왔다. 이스마엘은 자청해서 여러 피서객의 관리인 노릇을 하는 데일 파피노를 도와 어느 날 오후 내내 그 집의 긴 전용 차도를 따라 늘어진 나무의 가지를 쳤다.

이스마엘은 또한 데일과 함께 에서링턴의 집 홈통을 청소했다. 에서링턴 가족은 대체로 그를 상냥하게 대했는데, 이스마엘 생각에는 그들이 자신을 유색 인종에 가까운 섬사람으로 생각해 이 지역 매력의 일부로 여기는 것 같았다. 데일은 크레오소트 공장에서 다리를 다친 뒤로 습기가 차거나 날씨가 추울 때마다 관절이 욱신거린다고 했다. 얼음이 얼거나 세찬 비가 내리면 데일은 전등을 들고 다리를 절면서 허영심 때문에 안경을 쓰지 않은 눈을 가늘게 뜨고 집집이 창고와 지하실을 기웃거리며 배수구의 진흙을 청소했다. 가을에는 황혼 속에서 목장갑을 끼고 팔꿈치가 해진 두꺼운 모직 반코트를 입고 버지니아 게이트우드네 집의 잔가지들을 태우고 낙엽을 긁어모으는 데일을 볼 수 있었다. 그의 뺨은 혈관이 터져 납작하게 으깨진 일종의 푸른 반죽처럼 보였고, 뒤통수는 두꺼비처럼 부풀어 있었다. 이스마엘에게는 그가 어쩐지 술 취한 허수아비처럼 보였다.

해변에서 키스하고 나서 나흘째 되던 날, 땅거미가 지기 시작해 숲속이 어둠에 싸이고 딸기밭이 어스름 속에 누운 시간에 이스마엘은 이마타 농장의 가장자리에 웅크리고 앉아 반 시간을 기다렸다. 놀랍게도 그는 전혀 지루하지 않았고, 그래서 한 시간을 더 머물렀다. 하쓰에를 보려는 희망에 별들 아래서 흙에 뺨을 대고 있으려니 일종의 안도감이 들었다. 만일 들키기라도 하면 혼쭐이 날 거라는 두려움에 그만 돌아가려는데, 방충망 문이 삐걱 열리며 불빛이 포치로 뻗어 나오더니 하쓰에가 집의 모서리 기둥 중 하나로 걸어 나왔다. 그녀는 바구니를 삼나무 난간에 올리고 가족들의 세탁물을 걷기 시작했다.

이스마엘은 한 조각 희미한 포치 불빛 앞에서 우아하게 팔을 움직이며 빨랫줄에서 시트를 끌어 내리는 하쓰에를 지켜보았다. 그녀는 잇새에 빨래집게를 물고 수건, 바지, 작업복을 접어서 바구니에 떨어뜨렸다. 일이 끝나자 잠시 코너 기둥에 기대서서 목을 긁으며 별을 올려다보고 잘 마른 세탁물의 냄새를 맡았다. 그러고는 시트와 옷가지를 넣은 바구니를 들고 집 안으로 사라졌다.

이스마엘은 다음 날 저녁에 다시 갔고, 착실하게 닷새 밤을 연달아 염탐했다. 매일 밤 그는 다시 오지 않으리라 다짐했지만 다음 날 해가 지면 자기도 모르게 발걸음을 옮겼고, 그의 행보는 죄의식과 수치를 느끼는 순례가 되었다. 그는 딸기를 둘러싸고 있는 둔덕을 뛰어넘어서 넓은 밭 앞에 멈추었다. 다른 아이들도 이런 행동을 하는지, 이러한 관음증이 병이 되는 건 아닐지 걱정스러웠다. 그러나 그는 세탁물 속에서 우아한 손을 움직이며 난간 위에 얹은 바구니에 빨래집게를 떨어뜨리고 셔츠, 시트, 수건 등을 접는 그녀를 계속해서 보는 것으로 자신을 지탱해 나갔다. 한번은 그녀가 잠시 포치에 서서 입고 있는 여름옷에 묻은 먼지를 떨었다. 그녀는 긴 머리채를 능숙하게 한데 모아 묶더니 안으로 들어갔다.

염탐 마지막 날 밤 그녀는 그가 웅크리고 있는 장소에서 50미터도 떨어지지 않은 곳에 부엌 쓰레기가 든 양동이를 비우러 나왔다. 언제나처럼 포치 불빛 속에 나타난 그녀는 예고도 없이 등 뒤로 살며시 문을 닫았다. 다가오는 그녀를 보고 그는 심장이 오그라드는 것을 느꼈다. 이제 그녀의 얼굴을 볼 수 있고 그녀의 샌들 소리를 들을 수 있었다. 하쓰에는 딸기 고랑에서 몸을 숙이고 퇴비 더미에 양동이를 쏟았다. 그녀가 달을 힐끗 올려다보았을 때 푸른 달빛이 그녀의 얼굴을 비추었다. 그녀는 다른 길로 돌아갔다. 그는 그녀가 한 손으로 머리카락을 잡고 한 손으로 양동이를 흔들며 포치로 갈 때까지 나무딸기 줄기 사이로 훔쳐보았다. 그는 기다렸다. 잠시 후 그녀는 부엌 창문에서 머리에 후광을 두르고 서 있었다. 낮은 자세로 좀 더 가까이 이동하면서 이스마엘은 그녀가 비눗물이 떨어지는 손가락으로 머리를 쓸어 올리는 모습을 보았다. 주위에는 어린 딸기들이 자라고 있었고, 그 향기가 밤공기를 가득 채우고 있었다. 좀 더 가까이 이동했을 때 하쓰에네 개가 집 모퉁이를 돌아서 껑충거리며 달려왔다. 그는 잔뜩 긴장하고 내달릴 준비를 했다. 개는 잠시 쿵쿵거리며 냄새를 맡더니 그에게 다가와서 손바닥을 핥고 그 앞에 드러누웠다. 황달기가 있고 이가 누런 데다 몸이 기울고 등이 굽은 비쩍 마른 늙은 사냥개였는데, 슬픈 눈에서는 가엾게도 눈물이 흘렀다. 이스마엘이 배를 문질러 주자 개는 회색 혓바닥을 흙 위에 늘어뜨리고 갈비뼈를 위아래로 오르내렸다.

　잠시 후 하쓰에의 아버지가 포치로 나와 일본 말로 개를 불렀다. 그가 다시 낮고 거친 명령조의 목소리로 부르자 개는 머리를 쳐들고 두 번 짖더니 일어나서 절룩거리며 가 버렸다.

　그날을 마지막으로 이스마엘은 더 이상 하쓰에의 집을 엿보지 않았다.

　딸기를 따기 시작하는 첫날 아침 5시 30분에 이스마엘은 사우스 해변의 조용한 삼나무 숲길에서 하쓰에를 만났다. 그들은 한 판에 35센트씩 주는 니타 씨-그는 섬의 어떤 딸기 농장주보다 후했다-의 일을 하러 가는 중이었다.

　그는 점심을 손에 들고 그녀를 쫓았다. 그는 따라가서 인사말을 건넸다. 아무도 2주일 전 해변에서의 키스에 관해 이야기하지 않았다. 조용히 길을 따라 걷던 하쓰에가 언제 한번 고사리를 뜯어 먹으러 오는 사슴을 보러 가자고 제안했다. 그녀는 전날 아침 암사슴 한 마리를 보았다고 했다.

　길이 해변과 접한 곳에 마드론이 바닷물 위로 비스듬히 서 있었다. 넓고 반짝이는 잎사귀와 벨벳 같은 열매를 늘어뜨린 황록색, 적갈색, 주홍색, 회백색의 가늘고 유연한 나뭇가지들이 해변의 바위들과 갯벌에 그림자를 드리우고 있었다. 하쓰에와 이스마엘은 진흙색 깃털이 섞인 푸른색 왜가리를 쫓아 날려 보냈다. 한 번 꽥 소리를 지르더니 왜가리는 갑작스러운 비행에도 우아하게 날개를 펼치고 위로 날아올라 밀러만을 가로질러 죽은 나무 꼭대기에 올라앉았다.

만의 가장자리를 둘러싼 그 길은 '악마가 멱 감는 곳'으로 알려진 습지-나무딸기와 도깨비사초가 낮은 안개에 둘러싸인 음습하고 으스스한-로 내려갔다가 삼나무와 가문비나무 숲으로 올라가서 다시 센터 계곡으로 이어졌다. 그곳에는 안드레슨, 올슨, 매컬리, 콕스 등 유서 깊고 생산적인 농가들이 있었다. 그들은 소를 이용해 밭을 경작했다. 그 소들은 목재를 썰매로 실어 나르던 시절 산피에드로에 데려온 소들이 낳은 새끼들로, 거대하고 사나운 회백색 짐승이었다. 이스마엘과 하쓰에는 울타리 기둥에 둔부를 문지르고 있는 소를 멈춰 서서 구경했다.

그들이 니타의 농장에 도착했을 때는 이미 캐나다계 인디언들이 한창 바쁘게 일하고 있었다. 허리가 한 줌밖에 되지 않는 니타 부인은 밀짚모자를 쓰고 벌새처럼 빠른 속도로 딸기 고랑을 오르내렸다. 그녀가 웃으면-그녀의 남편과 마찬가지로- 입안에 가득한 금니가 햇빛에 반짝였다. 오후에 그녀는 아마포 우산 밑에서 손가락 사이에 연필을 끼우고 삼나무 상자 위에 계산서를 올려놓고 한 손으로 이마를 짚고 있었다. 그녀는 훌륭한 필체로 작고 매끄럽고 우아한 숫자를 장부에 가득 채웠다. 법률 서류라도 작성하듯 자주 연필을 깎으면서 말없이 꼼꼼하게 써 내려갔다.

이스마엘과 하쓰에는 친구들과 섞여 각자 다른 길로 딸기를 따러 갔다. 농장이 매우 넓어서 수확이 한창일 때는 낡은 스쿨버스를 임대해 먼지 쌓인 농장 문으로 일손들을 실어 날랐다. 수업에서 풀려나 신나게 딸기를 따는 아이들로 밭 전체가 들뜬 분위기에 휩싸였다. 산피에드로의 아이들이 즐겁게 밭일을 하는 것은 그 일이 그들에게 사교 생활을 제공하는 한편 여름 동안 한 가지 일을 했다는 보람을 느끼게 해 주기 때문이었다. 강렬한 더위, 혀에 감도는 딸기 맛, 잡담, 소다수, 폭죽, 낚시 미끼, 날조한 이야기, 그 모두가 니타 농장에서 그들을 유혹했다. 아이들은 태양의 열기 아래서 하루 종일 땅에 납작 웅크리고 있었다. 그곳에서 로맨스가 시작되고 끝났다. 아이들은 숲을 지나 집으로 걸었다.

 이스마엘은 세 고랑 건너에서 일하는 하쓰에를 지켜보았다. 그녀의 머리는 곧 흐트러졌고 목에는 땀방울이 맺혀 반짝였다. 그녀는 딸기를 따는 속도와 솜씨를 인정받았다. 다른 사람들이 한 판을 채우는 동안 그녀는 두 판을 채웠다. 얼굴을 밀짚모자로 가린 일본인 소녀 여섯 명 사이에 하쓰에가 쪼그리고 앉아 있었다. 그가 딸기를 높게 쌓아 올린 판을 들고 지나갈 때 그녀는 모른 체했다. 이스마엘은 빈 판을 들고 돌아가면서 그녀가 서두르지도 멈추지도 않고 열중해 있는 모습을 보았다. 그는 다시 세 고랑 건너 자신의 자리에 쪼그리고 앉아 일에 집중하려고 했다. 그가 다시 올려다보았을 때 그녀는 딸기 하나를 입에 넣고 있었다. 그는 손을 멈추고 그녀를 바라보았다. 하쓰에가 고개를 돌려 그의 눈을 마주 보았지만 그는 그녀의 감정을 읽을 수 없었다. 그저 우연히 시선이 마주친 것 같았다. 그녀는 아무 반응이 없었다. 그녀는 시선을 돌리고 천천히 태연하게 딸기 하나를 또 먹었다. 그리고 잠시 자세를 고친 후 다시 규칙적인 작업에 들어갔다.

 오후 늦게 먹구름이 딸기밭을 뒤덮었다. 밝은 6월의 햇빛이 서서히 흐려지더니 남쪽에서 산들바람이 불어왔다. 그러자 비 냄새가 풍기면서 빗방울이 떨어지기 전의 서늘한 정적이 느껴졌다. 공기가 내려앉았고, 갑작스러운 돌풍이 밭 주위를 에워싼 삼나무들을 휘어잡아 위에서부터 가지를 흔들어 댔다. 딸기를 따던 사람들은 서둘러 마지막 판을 채우고 한 줄로 늘어서서 기다렸다. 니타 부인은 그들의 이름 옆에 표시를 하고 우산 밑에서 품삯을 지급했다. 인부들은 목을 길게 빼고 구름을 살피면서 비가 오는지 보려고 손바닥을 내밀었다. 처음에는 몇 방울이 주위에 작은 먼지구름을 일으키더니, 곧 하늘에 구멍이라도 뚫린 듯이 소낙비가 그들의 얼굴 위에 세차게 퍼부었다. 사람들은 비를 피해 헛간 입구, 자동차, 딸기 저장 창고, 삼나무 숲으로 움직이기 시작했다. 어떤 사람들은 머리 위에 딸기 판을 들고 서서 자기가 딴 딸기에 고스란히 비를 맞히고 있었다.

 이스마엘은 니타네 위쪽 밭을 건너 남쪽으로 향한 삼나무 숲으로 들어가는 하쓰에를 보았다. 그는 자신도 모르게 그녀의 뒤를 따라 비를 흠뻑 맞으며 천천히 딸기 사이로 움직였다. 이미 젖었는데, 무슨 상관이야? 얼굴에 맞는 비가 따뜻하고 기분 좋았다. 숲에 다다르자 그는 걸음을 빨리하기 시작했다. 사우스 해변 숲길은 폭풍우를 피하기에 더없이 좋은 장소였기에 그녀가 원한다면 아무 말 없이 함께 그곳을 걸어 집에 가고 싶었다. 그러나 매컬리 농장 아래쪽에서 그녀를 발견했을 때 그는 걸음을 늦추고 50미터 뒤에서 따라가기로 마음을 바꾸었다. 무슨 말을 해야 할지 몰랐기 때문이다. 빗소리 때문에 들키지 않을 수 있었다. 삼나무 뒤에 몸을 숨기고 딸기밭에서 가족들의 빨래를 걷는 하쓰에를 훔쳐보았을 때처럼 그녀를 바라보는 것만으로 충분했다. 나무를 두드리는 빗소리를 들으며 집으로 돌아가는 그녀를 뒤에서 지켜보리라.

숲길이 밀러만의 해변과 만나는 곳-거기에는 막 꽃이 진 인동 넝쿨, 그 사이로 보이는 산딸기들이 있었고, 마지막 남은 몇 송이 들장미가 피어 있었다-에서 하쓰에는 삼나무 숲으로 들어갔다. 이스마엘은 그녀를 따라 하얀 나팔꽃들이 피어 있고 고사리가 우거진 골짜기를 지났다. 넘어진 삼나무가 담쟁이에 덮여 다리처럼 작은 골짜기에 걸려 있었다. 그녀는 그 밑으로 빠져나가 3년 전 그들이 함께 뗏목을 탔던 얕은 냇물을 낀 길로 접어들었다. 그 길을 따라 세 번을 돈 하쓰에는 통나무 다리로 냇물을 건너 삼나무 숲 언덕을 반쯤 올라가더니 그들이 아홉 살 때 함께 놀았던 구멍 뚫린 나무 속으로 들어갔다.

이스마엘은 빗속에서 나뭇가지 아래 몸을 웅크리고 그 나무의 입구를 30초쯤 지켜보았다. 젖은 머리에서 눈 위로 물이 흘러내렸다. 그녀가 왜 여기로 왔을지 생각해 보았다. 그는 자신의 집에서 10킬로미터 떨어진 이 장소를 잊고 있었다. 둘이서 다리 밑의 이끼를 끌어모으고 나무 속에서 위를 올려다보며 뒹굴던 때가 떠올랐다. 그곳은 설 수는 없지만 무릎을 꿇을 수는 있었고, 공간이 넓어서 눕기에도 충분했다. 둘은 다른 아이들과 함께 그 속에 숨어 있다고 상상하며 방어할 때 사용하기 위해 주머니칼로 오리나무를 깎곤 했다. 나무 안을 가득 채운 화살은 처음엔 가상 전쟁에, 나중에는 자기들끼리 싸우는 전투에 사용되었다. 끈 실과 주목으로 미니 활을 만들었고, 구멍 뚫린 삼나무를 요새로 삼아 서로에게 활을 쏘며 위아래로 언덕을 뛰어다녔다. 이스마엘은 몸을 웅크린 채 언덕 기슭에서 하던 전쟁놀이가 결국에는 시버슨가 딸들과 이마타가 딸들까지 쫓아내고 말았다는 것을 회상하다가 하쓰에가 삼나무 구멍 입구에서 자신을 바라보고 있다는 것을 깨달았다.

그는 뒤를 돌아보았다. 숨을 데가 없었다. "들어오는 게 좋겠어." 그녀가 말했다. "젖잖아."

"알았어."

그는 셔츠에서 물을 흘리며 이끼에 꿇어앉았다. 축축하게 젖은 여름옷을 입은 하쓰에는 챙이 넓은 밀짚모자를 옆에 내려놓고 이끼 위에 앉아 있었다. "날 따라왔구나." 그녀가 말했다. "그렇지?"

"그러려고 했던 건 아니야." 이스마엘이 사과했다. "어쩌다 그렇게 됐어. 집으로 가려다가. 무슨 말인지 알겠어? 네가 돌아가는 게 보여서…… 그렇게 됐어. 미안." 그가 덧붙였다. "널 따라왔어."

그녀는 귀 뒤로 머리칼을 넘겼다. "난 흠뻑 젖었어." 그녀가 말했다. "물에 빠진 것처럼."

"나도 그래. 뭐랄까, 기분은 좋아. 어쨌든 여긴 말라 있네. 여기 기억나? 작아진 것처럼 보이는데."

"나는 여기 줄곧 왔었어. 아무도 없는 데서 생각하러. 몇 년 동안 여기서 아무도 보지 못했어."

"뭘 생각하는데? 여기 있을 때 말이야. 그러니까, 뭘 생각해?"

"모르겠어. 이것저것. 그냥 여기서 생각하는 거야."

이스마엘은 두 손으로 턱을 괴고 엎드려 비를 내다보았다. 나무 안은 은밀한 느낌이 들었다. 그는 아무도 여기서 자신들을 찾아내지 않기를 바랐다. 그들을 둘러싼 벽은 반질반질한 황금색이었다. 놀랍도록 많은 양의 초록빛 광선이 삼나무 숲에서 들어왔다. 머리 위를 덮고 있는 잎사귀들 속에서 빗소리가 울려 퍼졌고, 고사리들은 빗방울을 맞을 때마다 움츠러들었다. 비는 세상 누구도 이 나무 안에 있는 자신들을 보러 오지 않으리라는 좀 더 은밀한 분위기를 제공했다.

"해변에서 키스해서 미안해. 그냥 잊어버리자. 잊어버려."

처음에는 아무 대답이 없었다. 대답하지 않는 것은 하쓰에다웠다. 그 자신은 언제나 말이 필요했다. 반드시 합당하지 않은 말이라도. 하지만 그녀는 그가 이해하지 못하는 방법으로 침묵할 수 있었다.

그녀는 그를 보는 대신 밀짚모자를 집어 들고 그것을 보았다. "미안해할 거 없어." 그녀가 눈을 내리깔고 말했다. "난 그게 창피하지 않아."

"나도 그래."

그녀가 그의 옆에 반듯이 누웠다. 초록빛 광선이 그녀의 얼굴을 비추었다. 그는 그녀 입술에 자신의 입술을 대고 그렇게 영원히 있고 싶었다. 그는 이제 아무 후회 없이 그럴 수도 있다는 것을 알았다. "이러는 게 잘못된 것 같아?" 그녀가 물었다.

"다른 사람들이 그렇게 생각하겠지." 이스마엘이 말했다. "네 친구들이." 그가 덧붙였다. "그리고 네 부모님."

"네 부모님도 그렇게 생각하실 거야."

"네 부모님이 더하실 거야. 만일 그분들이 우리가 여기 이렇게 나무 속에 함께 있는 걸 아시면……." 그가 머리를 저으며 살짝 웃었다. "너희 아버지가 아마 날 마체테machete 날이 넓고 무거운 칼로 죽이실걸. 날 잘게 썰어 버리실 거야."

"설마. 하지만 네 말이 맞아…… 화를 내시겠지. 우리 둘 모두한테. 이렇게 있다고."

"하지만 우리가 무슨 짓을 했는데? 얘기만 하는데."

"그래도." 하쓰에가 말했다. "넌 일본인이 아니야. 그리고 난 너랑 단둘이고."

"그건 문제가 안 돼."

그들은 삼나무 속에 나란히 누워 반 시간이 넘도록 이야기했다. 그러다가 다시 한번 키스했다. 나무 속에서 마음 놓고 키스하는 동안 다시 반 시간이 지나갔다. 밖에는 비가 내렸고 부드럽게 깔린 이끼 위에서 이스마엘은 눈을 감고 그녀의 냄새를 실컷 들이마셨다. 그는 지금껏 이토록 행복한 적이 없었다. 앞으로 아무리 오래 산다 해도 다시는 이런 일이 이런 방식으로 일어나지 않으리라 생각하자 일종의 고통이 느껴졌다.

9

 이스마엘은 하쓰에의 남편이 살인 재판을 받고 있는 법정에 자신이 앉아 있다는 사실을 인식했다. 자신이 가부오에게 이야기하고 있는 그녀를 지켜보고 있었다는 사실을 자각했고, 그들에게서 시선을 돌리려고 애썼다.
 배심원들이 돌아왔고, 다음에는 필딩 판사가 자리에 앉았으며, 칼 하이네의 어머니가 증인석으로 불려 갔다. 10년 가까이 도시에 살고 있지만 그녀는 촌부의 모습을 유지하고 있었다. 튼튼하고 주름지고 바람에 시달린. 에타가 증인석에 앉아 허리띠를 고쳐 맬 때 두꺼운 나일론 속옷과 로티 옵스비그 의상실에서 산 거들, 농장 일을 하던 시절에 얻은 좌골신경통 때문에 벨링햄의 의사가 처방해 준 등 부목이 이리저리 움직이고 미끄러지는 소리가 났다. 25년간 그녀는 눈이 오나 비가 오나 남편 칼 옆에서 일했다. 겨울에는 진흙투성이 장화를 신고 두꺼운 외투를 입고 머리에는 스카프를 둘러서 두꺼운 턱 아래 잡아맸다. 칼이 코를 고는 동안 침대에 앉아 밤늦게까지 짠 벙어리장갑을 끼고 걸상에 앉아 소젖을 짰다. 여름에는 딸기를 고르고 줄기를 자르고 잡초를 뽑으면서 한 눈으로는 해마다 하이네 농장에서 딸기를 따는 인디언들과 일본인들을 감시했다.

그녀는 바이에른의 잉골슈타트 근처 낙농장에서 태어났는데, 아직도 그 지방의 발음이 남아 있었다. 그녀는 노스다코타의 헤팅어 근처에 있는 아버지의 말 농장에서 남편을 만났다. 그들은 눈이 맞아 북태평양이 맞닿는 시애틀로 갔다. 시애틀로 가는 기차 식당 칸에서 아침을 먹던 기억이 났다. 그곳에서 그는 2년간 하버 아일랜드라는 주물공장에서 일하고 1년간 부두에서 목재를 선적하는 일을 했다. 농부의 딸인 에타는 시애틀이 마음에 들었다. 그녀는 2번가에서 재봉사로 일하면서 성과급을 받고 클론다이크 코트를 만들었다. 그들이 크리스마스에 방문한 산피에드로의 딸기 농장은 풍채 좋은 칼의 아버지 소유였다. 칼은 열일곱 살에 세상 경험을 해 보겠다고 그곳을 떠났다. 칼은 아버지가 죽자 에타를 데리고 다시 이주해 왔다.

그녀는 산피에드로를 좋아하려고 했다. 그러나 그곳은 습도가 높아서 기침이 심해졌고 등 아래가 쑤시기 시작했다. 아이 넷을 낳아 열심히 일하도록 키웠지만 큰아들은 데링턴으로 가서 케이블을 설치하는 일을 했다. 둘째와 셋째는 전쟁에 나갔는데 둘째-아들 칼-만 돌아왔다. 넷째는 딸이었고, 에타처럼 남자와 눈이 맞아 시애틀로 가 버렸다.

에타는 딸기에 지치고 진력나기 시작했다. 그녀는 딸기를 먹지도 않았다. 남편은 그 과일을 진정으로 사랑했지만 에타는 아무 느낌도 없었다. 남편에게 딸기는 거룩한 신비, 설탕 보석, 검붉은 홍옥, 달콤한 태양, 즙이 나오는 루비였다. 그는 그것들의 비밀, 그것들이 택한 길, 그것들이 매일 태양에 보내는 응답을 알고 있었다. 딸기 고랑에 있는 돌들은 열기를 모아 두었다가 밤에 식물을 따뜻하게 해 준다고 그는 말했다. 이런 설명에 대해 그녀는 아무 대꾸도 하지 않았다. 그녀는 그에게 계란을 가져다주고 우유를 짜기 위해 외양간으로 갔다. 앞치마 주머니에서 꺼낸 모이를 칠면조와 닭에게 던져 주었다. 창고 바닥에 묻은 거름을 문질러서 닦아 냈다. 돼지 먹이통을 채워 주고 딸기 따는 인부들의 오두막을 돌아다니며 누가 통조림을 도둑질해 가지 않는지 살폈다.

1944년 10월 어느 청명한 밤에 칼의 심장이 멈추었다. 그녀는 화장실 벽에 머리를 대고 바지가 발목까지 내려온 그를 발견했다. 아들 칼은 전쟁에 나가고 없었고, 에타는 이 기회를 이용해 농장을 올 저겐슨에게 팔아 버렸다. 올은 센터 계곡 한가운데에 있는 65에이커의 땅을 소유하게 되었다. 그녀가 돈을 염두에 두었다면 그것은 그녀가 그럭저럭 살아갈 수 있기에 충분한 돈을 제공하기도 했다. 다행히 그 마음은 그녀의 천성과 부합했다. 그녀는 남편이 딸기를 재배하면서 누렸던 재미를 느끼게 되었다.

앨빈 훅스 검사는 에타 앞에서 전보다 좀 더 재기발랄한 모습으로 그녀의 재정에 예리한 관심을 보였다. 그는 왼쪽 팔꿈치를 오른손에 단정히 올리고 엄지손가락으로 턱을 괸 자세로 그녀 앞으로 걸어 나갔다. 네. 그녀가 말했다. 그녀는 농장의 장부를 보관해 두었다. 아니요. 그다지 이익이 많지 않았지만 30에이커가 25년 동안 자신들을 먹여 살렸다. 통조림 공장에서 값을 치르는 데 따라서 어떤 해는 다른 해보다 나을 때도 있었다고 그녀는 덧붙였다. 그들은 1929년에 빚을 청산했지만 곧 불황이 닥쳤다. 딸기 가격이 떨어졌고, 농주들은 아나코츠에서 로드베어링을 구입해야 했으며, 태양은 매년 뜨겁지 않았다. 어느 해 봄에는 찬 밤공기가 덮쳐서 과일을 망쳤고, 다른 해에는 밭이 물에 잠겨 아래쪽에 매달린 딸기가 썩어 버렸다. 곰팡이가 애를 먹이는가 하면, 거품벌레를 방지할 수 없는 해도 있었다. 무엇보다도 1936년에는 칼이 다리가 부러지는 바람에 딸기 고랑을 절뚝거리며 걸어 다니거나 집에서 만든 목발을 짚고, 들고 다닐 수도 없는 양동이와 말뚝 사이를 오가며 시간을 보냈다. 그 후에는 5에이커의 땅에 실험적으로 나무딸기를 심어 철삿줄을 매고, 삼나무 말뚝을 박고, 시렁을 올리기 위해 노동력과 돈을 쏟아부었지만 줄기를 골라내고 열매를 맺게 하는 법을 터득할 때까지 실패의 연속이었다. 또 언젠가는 신품종 레이니어를 재배했는데, 질소 비료를 너무 많이 사용해 잎이 많고 쓸데없이 키만 컸으며 열매는 작고 딱딱했다.

네. 그녀는 피고 미야모토 가부오를 상당히 오랫동안 알아 왔다. 그의 가족-피고, 남자 형제 두 명, 여자 형제 두 명 그리고 아버지와 어머니-이 딸기를 따러 온 때가 20년도 더 되었다는 것을 그녀는 확실히 기억했다. 그들은 열심히 일했고, 대부분 남들과 어울리지 않았다. 그들은 들것을 가지고 와서 딸기를 쌓아 올렸고, 그녀는 그것을 확인하고 품삯을 지불했다. 그들은 처음에 일꾼들이 묵는 오두막에서 살았는데, 그녀는 거기서 그들이 요리하는 농어 냄새를 맡을 수 있었다. 그녀는 어느 날 저녁 단풍나무 아래 앉아 양은 대접에 담은 쌀밥과 생선을 먹는 그들을 보았다. 그들은 잡초와 민들레 들판에 있는 두 어린나무 사이에 빨래를 널어놓곤 했다. 자동차도 없었는데 어떻게 그럴 수 있는지 몰랐다. 아침 일찍 두세 아이가 낚싯줄을 들고 센터만으로 내려가서 낚시를 하거나 바위까지 헤엄쳐 가서 대구를 잡았다. 그녀는 아침 7시에 줄에 엮은 생선이나 버섯, 고사리, 조개, 운이 좋으면 송어를 잡아서 집으로 돌아오는 아이들을 길에서 만나곤 했다. 그들은 맨발로 걸어 다녔고, 고개를 숙이고 있었다. 그들 모두는 일꾼들의 밀짚모자를 쓰고 있었다.

아, 네. 그녀는 그들을 아주 잘 기억했다. 어떻게 그런 사람들을 잊을 수 있겠는가? 그녀는 증인석에 앉아서 가부오를 흘깃거리며 눈물을 글썽였다.

필딩 판사는 감정이 격해진 그녀를 보고 휴정을 선언했고, 에타는 에드 솜스를 따라 대기실로 가 조용히 회상에 잠겼다.

미야모토 젠이치 가족이 세 번째로 맞는 수확 철이 끝나 갈 무렵 젠이치가 그녀의 집 앞에 나타났다. 에타는 부엌 싱크대에 서 있었는데, 거실 저편에서 그가 자신을 지켜보고 있다는 것을 알았다. 그녀는 자신에게 고개를 끄덕이는 그를 응시하다가 다시 설거지로 돌아갔다. 이내 남편 칼이 엄지와 중지 사이에 파이프를 들고 문가로 가 젠이치와 이야기를 나누었다. 그들의 말소리가 정확히 들리지 않아서 그녀는 물을 잠갔다. 에타는 조용히 서서 귀를 기울였다.

잠시 후 두 남자는 현관을 떠나 함께 밭으로 갔다. 그녀는 싱크대 위의 창문으로 그들을 볼 수 있었다. 그들은 걸음을 멈추었고, 한 사람이 손가락으로 가리켰고, 다시 걸음을 옮겼다. 그들은 다시 멈춰 섰고, 가리켰고, 이리저리 팔을 내둘렀다. 칼은 파이프에 불을 붙이고 귀 뒤를 긁었고, 젠이치는 서쪽을 가리킨 모자를 한 번 내두른 다음 그것을 다시 머리에 썼다. 두 남자는 딸기 고랑으로 좀 더 걸어가 언덕 꼭대기에 이르자 나무딸기 버팀목 뒤쪽에서 서쪽으로 돌았다.

칼이 돌아왔을 때 그녀는 식탁 위에 커피를 내려놓았다. "뭘 원하는 거죠?" 그녀가 물었다.

"땅. 칠 에이커."

"어디 말이에요?"

칼이 식탁에 파이프를 내려놓았다. "서쪽 한가운데. 북쪽과 남쪽은 아니고. 난 북서쪽 칠 에이커가 좋겠다고 했어. 만일 내가 판다면 말이지. 어쨌든 거긴 언덕이니까."

에타가 커피를 따랐다. "우린 팔지 않을 거예요." 그녀가 단호히 말했다. "이렇게 땅이 싼 때는요. 시기가 좋아질 때까진 안 팔아요."

"거긴 언덕이오." 칼이 재차 말했다. "일하기가 힘들어. 햇볕도 너무 강하고 배수도 잘 안되지. 수확량이 제일 적은 땅이라고. 그 사람도 그걸 알고 있소. 그래서 팔라고 하는 거요. 내가 팔 수도 있는 유일한 땅이라는 걸 아는 거지."

"그는 가운데 칠을 원하잖아요. 당신이 눈치채지 못한 좋은 땅을 얻을지도 모른다고 계산한 거예요."

"그럴지도 모르지. 어쨌든 난 눈치채고 있었어."

그들은 커피를 마셨다. 칼은 버터와 설탕을 바른 빵을 한 조각 먹었다. 그는 한 조각을 더 먹었다. 그는 언제나 배가 고팠다. 그를 먹이는 일은 고역이었다. "그래서 뭐라고 하셨어요?"

"생각해 보겠다고 했어. 당신도 알다시피 난 서쪽의 그 오 에이커를 잡초지로 버려둘 준비를 하고 있었어. 엉겅퀴 치우는 것도 보통 일이 아니지."

"팔지 마세요. 그걸 팔면 후회할 거예요, 칼."

"점잖은 사람들이오. 그들이 조용하다는 건 당신도 알잖소. 아무도 술을 마시고 소란을 피우지 않아요. 어차피 누군가와 함께 일해야 한다면 다른 누구보다 훨씬 낫다고." 그는 파이프를 집어 들고 만지작거렸다. 그는 손안의 그 감촉을 좋아했다. "어쨌든 생각해 보겠다고 했어. 그러니까 내가 꼭 팔아야 하는 건 아니잖소? 단지 생각해 본다는 거지."

"잘 생각해요." 그녀가 경고했다. 그녀는 일어서서 커피잔을 씻기 시작했다. 이 일에 자신이 나서야 할 것 같았다. 7에이커는 자신들 전체 토지의 거의 4분의 1이었고, 경작지의 정확히 4분의 1이었다. "그 칠 에이커는 나중에 훨씬 더 가치가 있을 거예요." 그녀가 충고했다. "쥐고 있는 게 더 나아요."

"그럴지도 모르지. 그 점에 대해서도 생각해 봐야지."

에타는 그에게 등을 돌리고 싱크대 앞에 서 있었다. 그녀는 접시를 박박 문질렀다.

"하지만 돈으로 갖고 있는 것도 나쁘지 않을 텐데, 안 그러오?" 칼이 잠시 후에 말했다. "필요한 물건들도 있고……."

"만일 당신이 그렇게 한다고 해도 나한테는 이로울 게 없어요. 새 외출복을 사 주겠다는 말로 날 유혹할 생각은 마요, 칼. 필요하면 내가 살 수 있어요. 우린 일본 놈한테 땅을 팔 정도로 궁색하지 않아요, 안 그래요? 새 옷 때문에? 특제 파이프 담배 한 봉지 때문에? 그보다는 땅을 잡고 있는 게 나아요. 꼭 잡아요, 칼. 로티 가게에서 주름 달린 새 모자를 사 준대도 안 돼요." 그녀는 이제 앞치마에 손을 닦으며 그를 향해 돌아섰다. "그 남자가 밭 어딘가에 보물 상자 같은 거라도 묻어 뒀다고 생각해요? 당신이 생각하는 게 그거예요? 당신 앞에 즉각 그걸 내놓고 땅값을 내거나, 뭐 그럴 거라고? 그래요? 그는 우리가 주는 품삯, 그리고 토거슨 가족과 그 천주교인들, 누군지 알죠? 부둣가 사우스 해변에 말이에요. 그들한테 장작 패 주고 받는 돈밖엔 가진 게 없어요. 그런 건 없다고요, 칼. 그가 한 번에 한두 푼씩 갚으면 당신은 그걸 용돈으로 가지고 시내에 가겠죠. 파이프 담배를 원 없이 피우고 잡지나 사서 보고. 당신의 칠 에이커는 아미티 항구의 그 싸구려 가게가 다 삼켜 버릴 거예요."

"그 천주교인들은 헤플러 가족이야. 미야모토는 더 이상 그들 일을 하지 않는 것 같더군. 내 추측으론 지난겨울에 토거슨네 삼나무 목재를 잘라서 꽤 돈을 벌었을 거야. 그 사람은 일을 열심히 해요, 에타. 당신도 알 거요. 밭에서 일하는 그를 봤잖소. 두말할 필요도 없지. 그리고 그 사람은 돈을 쓰지 않아. 매일 농어를 먹고 아나코츠에서 커다란 자루에 담긴 쌀을 도매로 사 온다고." 칼은 겨드랑이를 긁고 두툼하고 무거운 손가락으로 가슴을 쓰다듬더니 다시 파이프를 집어 들고 만지작거렸다. "미야모토 가족은 깔끔하게 사는 사람들이오." 그가 꿋꿋하게 밀고 나갔다. "그들 오두막에 안 가 봤지? 거기선 바닥에 떨어진 것도 주워 먹겠더라고. 요 위에서 잠을 자고 벽의 곰팡이도 닦아 내지. 아이들이 더러운 얼굴로 돌아다니지도 않아. 빨래는 모두 누군가 조각한 빨래집게로 단정히 널어 두지. 늦게 일어나지도, 큰소리치지도, 불평하지도, 아무것도 요구하지도 않……."

"인디언들이 그러는 것처럼요." 에타가 끼어들었다.

"인디언들도 쓰레기 취급하지 마요. 친절하게 대해 주도록 해. 야외 변소가 어디 있는지 가르쳐 주고, 새로 온 사람들한테는 바다로 가는 길을 가르쳐 주고, 조개가 잘 잡히는 곳을 안내해 주라고. 이제," 칼이 말했다. "난 그들의 눈꼬리가 어디로 기울었든 상관없소. 그런 건 신경 쓰지 않는다고, 에타. 사람은 다 똑같은 사람이오. 그리고 그들은 깨끗하게 사는 사람들이지. 아무 잘못도 없어. 그러니 문제는 우리가 팔길 원하는지 아닌지요. 미야모토 말로는 지금 당장 오백 달러를 내놓을 수 있다는군. 오백 달러를. 그리고 나머지는 십 년에 걸쳐서 받으면 되고."

에타는 다시 싱크대로 돌아섰다. 그녀는 칼이 도무지 못마땅했다. 그는 밭을 이리저리 돌아다니며 일꾼들과 잡담하고, 딸기 맛을 본다고 쩝쩝거리고, 파이프를 피우고, 못 한 자루를 사러 시내에 나갔다. 자청해서 딸기 축제 협회 위원직을 맡아 장식 차 경기를 판정하고 연어 바비큐를 거들었다. 새로 장이 서면 물건들을 사들이느라 여념이 없고, 아미티 항구 사람들에게 웨스트 포트 젠슨에 댄스 천막을 세울 목재인가 뭔가를 기부하라고 돌아다녔다. 메이슨과 오드 협회에 모두 가입해 농업 조합 연합에서 기록 보관을 도왔다. 저녁이면 인부들의 오두막 주변에 서서 일본 놈들과 잡담하고, 인디언들과 고통을 나누고, 여자들이 스웨터를 짜거나 하는 것을 지켜보면서 딸기 농장이 들어서기 전의 시절에 대한 화제로 남자들을 끌어들였다. 칼이란! 수확 철이 끝나 가면 그들에게서 들은 옛 외딴 땅에 가서 화살촉과 오래된 뼛조각, 조개껍데기인지 뭔지를 찾아다녔다. 한번은 어떤 늙은 추장과 나갔다가 화살촉을 가지고 돌아와 새벽 2시까지 파이프를 피우며 포치에 앉아 있었다. 칼은 그에게 럼을 대접했다. 그녀는 침실에서 두 사람이 알딸딸하게 취해 가는 소리를 들을 수 있었다. 눈을 뜨고 누워 칼과 추장이 술을 마시며 너털웃음을 터뜨리는 그날 밤의 소리를 들었다. 추장의 토템폴과 카누에 관한 이야기, 다른 추장 딸의 결혼 피로연 창던지기 시합에서 그가 우승한 이야기, 다음 날 그 추장이 갑자기 자다가 죽어, 그는 죽고 딸은 결혼하게 되자 사람들이 끔찍하다는 이유로 그의 카누에 구멍을 내고 그를 그 구멍에 처박아 나무에 올려놓았다는 이야기를 내내 들었다.

에타는 새벽 2시에 가운을 걸치고 나가 추장에게 시간이 늦었으니 집으로 가라, 별빛이 있으니 걸어갈 수 있다, 자신은 집에서 럼 냄새가 나는 것을 좋아하지 않는다고 말했다.

"그럼," 그녀는 지금 팔짱을 끼고 자신이 최후의 통첩을 하리라 예상했던 부엌 문간에서 말했다. "당신이 이 집 가장이고 바지 입은 사람이니까 어서 우리 땅을 일본 놈한테 팔고 어떻게 될지 두고 보자고요."

재판이 속개되었고, 앨빈 훅스의 요청에 따라 그녀는 5백 달러의 선금과 8년의 '임대 후 소유권 이전'을 조건으로 하는 계약이 이루어졌다고 설명했다. 칼은 6개월마다-6월 30일과 12월 31일에- 250달러씩 받기로 했다. 서류 한 통은 칼이, 다른 한 통은 젠이치가, 그리고 나머지 한 통은 그것을 보기를 원하는 사람을 위해 보관했다. 어쨌든 미야모토 부부가 1934년에는 실제로 땅을 소유할 수 없었다고 에타는 말했다. 일본에서 태어나 이 땅에 건너온 그들의 토지 소유는 법으로 금지되어 있었다. 칼은 그들을 대신해 자신의 이름으로 소유권을 유지했고, 조사를 받을 경우에는 임대한 것으로 하기로 했다. 상황을 잘 파악할 수 없는 그녀로서는 계속 추측하는 것이 전부였다. 돈이 오가는 것을 보면서 그녀는 그 이해관계가 정당하다는 확신이 들었다. 그녀는 그런 일을 해 본 적이 없었다.

"잠시만요." 필딩 판사가 끼어들었다. 그는 법복을 매끈하게 펴고 그녀에게 눈을 찡긋했다. "말씀을 중단시켜서 죄송합니다, 하이네 부인. 법정은 이 문제에 관해 몇 가지 말씀드릴 게 있습니다. 방해를 용서하십시오."

"괜찮습니다."

필딩 판사는 그녀에게 고개를 끄덕이고 배심원을 향해 시선을 돌렸다. "우린 판사석에 모여 의견을 나누는 걸 생략하겠습니다." 그가 입을 열었다. "훅스 씨와 내가 잠시 문제를 의논할 수도 있겠지만 그 이야기의 요점은 분명하므로 제가 증인의 증언을 중단시키고 잠시 법적인 견해를 설명드려야겠군요."

그는 눈썹을 비비고 나서 물을 조금 마셨다. 그는 안경을 내려놓고 다시 말을 이었다. "증인은 외국인, 즉 비시민의 부동산에 대한 소유가 불법이라는 당시 워싱턴주의 법에 대해 이야기하고 있습니다. 그 법령에는 어떤 사람도 어떠한 방식으로든 형식상 또는 문서상으로 외국인, 즉 비시민이 소유권을 가질 수 없다고 명기돼 있습니다. 또한 1906년이라고 생각되는데, 미국의 법무부 장관은 모든 연방 법원에 일본인들에게 시민권을 주지 말라고 명령했습니다. 법적인 의미에서 이주 일본인들은 워싱턴주에서 땅을 소유할 수 없었습니다. 하이네 부인의 남편은 피고의 부친과 불법적으로 공모해 비록 상호 간에 만족했더라도 이러한 법이, 뭐랄까, 좀 더 관대하게 바뀌리라는 예상을 하고 합의를 봤던 겁니다. 아주 단순하게 일을 진행한 셈이지요. 어쨌든 증인의 남편과 피고의 부친은 사실상의 매입을 감추고 소위 '임대' 계약을 체결했습니다. 그에 따른 계약금 지불로 주인이 바꾀었지만 주 정부에서 조사할 경우에 대비해 허위 문서를 작성했습니다. 실제로 하이네 부인이 기술하신 남편과 매입자가 보관한 문서는 다른 것들과 함께 이 재판의 증거 자료로 들어와 있습니다. 이 모든 불법 행위의 당사자들은, 하이네 부인이 설명하느라 애쓰셨지만, 더 이상 우리 곁에 없으며 그들의 과실은 문제가 되지 않습니다. 만일 변호인이나 증인이 좀 더 설명을 필요로 하신다면 요구하셔도 좋습니다." 판사가 덧붙였다. "하지만," 그가 말했다. "이 법정은 우리 군의 더는 존재하지 않는 외국인 토지법을 위배한 죄인에 대해 관여하고 있지 않다는 걸 알아 주십시오. 훅스 씨, 계속해도 좋습니다."

"한 가지요." 에타가 말했다.

"네, 말씀하십시오." 판사가 대답했다.

"당시에 일본인은 땅을 소유할 수 없었습니다. 그런데 어떻게 미야모토 가족이 우리 땅을 소유하겠다고 생각할 수 있었는지 모르겠어요. 그 사람들은……,"

"하이네 부인," 판사가 말했다. "말씀을 가로막아서 다시 한번 죄송합니다. 하지만 여기 있는 미야모토 씨는 일급 살인 재판 중에 있으며, 그것이 이 법정의 관심의 초점이므로 땅의 법적인 소유권에 관한 논쟁은 민사 법정에 제시해야 한다는 점을 부인께 상기시켜 드립니다. 자제하시고 부인께 묻는 질문에만 대답하시기 바랍니다. 훅스 씨, 계속하십시오."

"감사합니다. 기록을 위해서, 저는 증인이 신문 과정에서 자신에게 묻는 질문에 대답하기 위해 그녀의 땅의 소유권에 관한 사실을 재구성해 보셨을 뿐이라는 점을 분명히 해 두고자 합니다. 더 나아가 그러한 정보는 중요한 정황 사례이며, 피고와 증인 간의 합의에 관한 명확한 설명은 피고가 살인을 저지르게 된 동기를 조명해 줄 겁니다. 그건……,"

"그만하시오. 검사는 이미 모두진술을 했습니다. 앨빈, 그걸로 끝내시오."

앨빈은 고개를 끄덕이고 다시 걸음을 옮겼다. "하이네 부인, 되돌아봅시다. 증인께서 말씀하신 대로 만일 법이 미야모토 가족의 땅 소유를 금지하고 있었다면 이 매매계약의 목적이 무엇이었겠습니까?"

"그들은 보상받을 수 있었습니다. 법에는 그들이 시민이면 땅을 소유할 수 있도록 되어 있었죠. 미야모토의 아이들은 여기서 태어났으니 시민이겠죠. 그들이 스무 살이 되면 그 땅은 그들 이름으로 넘어갈 거예요. 그 아이들이 스무 살이 되면 그렇게 할 수 있다고 법으로 정해져 있었죠."

"알겠습니다. 그리고 피고 미야모토의 가족에게는 1934년에 스무 살이 된 아이들이 없었죠, 하이네 부인? 그렇게 기억하십니까, 하이네 부인?"

"맏아들이 바로 저기 앉아 있어요." 에타가 가부오를 가리키며 말했다. "그는 당시에 열두 살이었던 걸로 알고 있어요."

앨빈 훅스는 그녀가 가리킨 사람이 누구인지 모른다는 듯 피고를 보기 위해 돌아섰다. "피고요?" 그가 물었다. "1934년에요?"

"네." 에타가 말했다. "피고요. 그래서 팔 년 임대를 했던 거죠. 팔 년이 지나면 그가 스무 살이 되니까요."

"1942년에요." 앨빈 훅스가 말했다.

"사십이 년, 맞아요. 1942년 십일월에 그는 스무 살이 되고, 마지막 분할금을 십이월 삼십일 일에 내면 그 땅은 그의 이름으로 넘어

가게 될 예정이었어요."

"예정이었다고요?"

"마지막 분할금을 내지 않았어요. 실제로 마지막 두 번의 분할금을 내지 않았어요. 모두 열여섯 번 중에."

그녀는 팔짱을 꼈다. 그녀는 입을 다물고 기다렸다.

넬스 것먼슨이 기침했다.

"자, 하이네 부인," 훅스가 말했다. "그들이 1942년에 연이어 두 번의 분할금을 내지 않았을 때 부인은 어떻게 하셨습니까?"

그녀가 대답하기까지는 시간이 걸렸다. 그녀는 코를 문질렀다. 팔짱을 풀었다. 그녀는 칼이 어느 날 오후 아미티 항구에서 주운 유인물을 갖고 돌아왔을 때를 기억했다. 그는 식탁에 앉아 그것을 조용히 내려놓고 천천히 한 글자씩 읽었다. 에타도 그의 뒤에 서서 읽었다.

'다음 지역에 거주하는 모든 일본인계에게 알림.'이라고 되어 있었고, 아나코츠와 벨링햄, 샌환, 산피에드로, 스카짓 계곡의 많은 장소. 그녀는 다른 곳은 잊어버렸다. 어쨌든 거기에는 일본 놈들이 3월 29일 정오까지 섬을 떠나야 한다고 되어 있었다. 그들은 제4군에 의해 추방되는 것이었다.

에타는 손가락으로 헤아려 보았다. 일본 놈들에게는 정확히 8일이 남아 있었다. 그들은 침구와 옷감, 화장 도구, 의류, 칼, 숟가락, 포크, 접시, 사발, 컵을 가져갈 수 있었다. 반듯하게 짐을 꾸려서 모두 이름을 적어야 했다. 정부가 그들에게 번호를 주었다. 들고 갈 수 있는 것은 가져갈 수 있었지만 애완동물은 제외되었다. 정부가 그들의 가구를 보관할 것이라고 되어 있었다. 가구는 남을 것이었고, 일본 놈들은 3월 29일 오전 8시에 아미티 부두에 있는 집회소에 가서 신고해야 했다. 교통편은 정부에서 제공했다.

"맙소사." 칼이 말했다. 그는 엄지손가락으로 유인물을 펴며 머리를 저었다.

"올핸 딸기를 못 따겠네요." 에타가 대꾸했다. "일본 놈들이 없으면 아나코츠에서 중국 놈들을 데려와야겠어요."

"시간은 많아. 안된 일이야, 에타." 그가 머리를 저었다.

칼은 식탁에 놓인 유인물에서 손을 뗐다. 종이가 말려 올라갔다. "맙소사." 그가 그 말을 반복했다. "여드레라니."

"그들은 모두 내다 팔 거예요. 당신도 기다렸다가 가 봐요. 그 사람들의 골동품, 주전자, 냄비. 얼마든지 있을 테니 잘 봐요. 그 물건들을 팔 수밖에 없을 거라니까요. 누구라도 살 사람이 있을 때 팔아 버려야죠."

"이득을 보는 사람들도 있겠군." 칼이 여전히 큰 머리를 저으며 말했다. 그는 식탁에 팔을 얹고 앉아 있었다. 그녀는 그가 곧 무언가를 먹으면서 부엌에 빵 부스러기를 흩어 놓으리라 생각했다. 그는 마치 어떤 음식을 먹을 준비를 하는 것처럼 보였다. "너무 안됐어." 그가 말했다. "옳은 일이 아니야."

"일본 놈들이에요." 에타가 말했다. "우린 그들과 전쟁을 하고 있어요. 우리 주위에 간첩들을 둘 순 없죠."

칼은 머리를 젓고 무거운 몸을 의자에서 돌려 그녀를 보았다.

"우린 서로 맞지 않아." 그가 에타에게 심드렁하게 말했다. "당신과 난 서로 맞지 않아."

그녀는 그가 무슨 뜻으로 하는 말인지 아주 잘 알았다. 그러나 그녀는 대꾸하지 않았다. 전에도 이런 이야기를 했지만 크게 상처가 되지는 않았다.

에타는 그 문제에 관한 자신의 기분을 그가 알 수 있도록 허리에 손목을 대고 잠시 서 있었지만 칼은 시선을 돌리지 않았다. "기독교적인 동정심을 가져요, 여보. 당신은 아무 느낌도 없소?"

그녀는 밖으로 나갔다. 잡초를 뽑고 돼지 먹이통을 채워야 했다. 그녀는 머드룸mudroom 흙 묻은 코트, 장화 등을 벗는 곳에 들러 앞치마를 벽에 걸고 장화를 신었다. 거기 앉아 장화 한 짝과 씨름하면서 칼이 한 말, 자신들 두 사람이 서로 맞지 않는다는 오래된 이야기를 되새기며 속이 상해 있을 때 미야모토 젠이치가 문가에 와서 모자를 벗어 들고 고개를 끄덕였다.

"소문 들었어요." 그녀가 말했다. "당신들에 대해서요."

"하이네 씨 집에 계신가요, 하이네 부인?" 미야모토는 다리에 대고 있던 모자를 등 뒤로 돌렸다.

"있어요." 에타가 말했다. "그래요."

그녀는 머드룸 문가에서 머리를 내밀고 큰 소리로 칼을 불렀다. "누가 왔어요!" 그녀가 덧붙였다.

칼이 나타나자 그녀가 말했다. "내 앞에서, 바로 이 자리에서 얘기하세요. 나도 이 집 식구니까."

"왔나, 젠이치." 칼이 말했다. "왜 들어오지 않고?"

에타는 장화를 잡아 뺐다. 그녀는 부엌으로 일본 놈을 따라갔다.

"앉게, 젠이치." 칼이 말했다. "에타가 커피를 준비할 걸세."

그가 그녀를 응시하자 그녀가 끄덕였다. 그녀는 고리에서 새 앞치마를 빼내 두르고 커피포트에 물을 채웠다.

"유인물을 봤네." 칼이 말했다. "여드레는 충분한 시간이 아니군.

어떻게 여드레 내에 준비가 되겠나? 옳지 않아." 그가 덧붙였다. "옳지 않다고."

"어쩌겠습니까? 우린 창문에 판자를 대고 못을 칠 겁니다. 모든 걸 두고요. 좋으시다면, 하이네 씨, 저희 밭에서 일하셔도 됩니다. 그 땅을 파셔서 감사해하고 있습니다. 이제 훌륭한 이년생 나무가 됐죠. 딸기가 많이 열릴 겁니다. 그걸 따 주십시오. 통조림 공장에 팔아서 돈을 챙기세요. 안 그러면 썩어 버립니다, 하이네 씨. 그럼 아무도 얻는 게 없죠."

칼이 얼굴을 긁기 시작했다. 그는 젠이치 맞은편에 앉아 있었다. 그는 크고 거칠어 보였고, 일본인 남자는 보다 작고 눈이 맑았다. 그들은 동갑이었지만 일본 놈이 적어도 15년은 더 젊어 보였다. 에타는 컵과 받침을 식탁에 놓고 설탕 그릇을 열었다. 서두를 약삭빠르게 꺼내는군. 그녀는 생각했다. 이제 자기들에겐 가치 없는 딸기로 인심을 쓰다니. 아주 영리해. 그러고 나서 돈 얘길 꺼내겠지.

"고맙네." 칼이 말했다. "그럼 우리가 그걸 따지. 아주 고맙네, 젠이치."

일본인 남자가 끄덕였다. 그는 언제나 고개를 끄덕인다고 에타는 생각했다. 그런 식으로 작게 행동하고 크게 생각하면서 실속을 차리는 것이다. 끄덕이고 말없이 얼굴을 숙이면서. 그들이 자신의 7에이커 땅 같은 것을 얻는 방법이다. "나와 칼이 당신 딸기를 딴다면 당신은 분할금을 어떻게 할 건가요?" 그녀가 스토브 옆에서 물었.
"그건……."

"지금은 그만, 에타." 칼이 끼어들었다. "아직은 그런 얘길 할 때가 아니야." 그가 시선을 일본 놈에게 돌렸다. "가족들은 어떤가?" 그가 물었다. "모두 어떻게 받아들이지?"

"우리 집은 매우 바쁩니다. 물건들을 싸면서 준비 중이죠." 미야모토가 미소를 지으며 말했다. 그녀는 그의 큰 이를 보았다.

"우리가 뭘 도울 수 있겠나?" 칼이 말했다.

"우리 딸기를 따십시오. 그게 큰 도움입니다."

"하지만 그게 도움이 될까? 우리가 다른 걸 도울 게 있을까?"

에타가 커피포트를 식탁으로 가져왔다. 그녀는 미야모토가 무릎 위에 모자를 놓고 있는 것을 보았다. 칼은 정말 관대한 집주인인데, 그는 그 사실을 잊고 있는 게 아닌가? 일본 놈은 바지를 적신 사람처럼 모자를 들고 식탁 밑에 앉아야 했다.

"칼, 당신이 따라요." 그녀가 선언하듯 말했다. 그녀는 앞치마를 펴며 자리에 앉았다. 그녀는 식탁 위에 손을 포갰다.

"잠시 그대로 뒤요. 커피는 좀 이따 마시지."

그들이 그렇게 앉아 있을 때 아들 칼이 부엌문을 열고 들어왔다. 학교에서 이렇게 일찍. 무슨 일이라도 있는 것 같았다. 수학책 한 권을 들고 있었다. 재킷은 풀물이 들어 있었고, 얼굴은 바람을 맞아서 붉었으며, 약간의 땀도 흘렸다. 그녀는 아들이 배고프다는 것을 알았다. 아들은 아버지처럼 보이는 대로 먹어 치웠다. "저장실에 사과가 좀 있다. 하나만 먹어라, 칼. 우유 한 잔 따라서 밖으로 나가. 누가 오셨어. 얘기 중이다."

"소문 들었어요." 아들 칼이 말했다. "제가……,"

"가서 사과를 가져가." 에타가 말했다. "누가 와 있어, 칼."

그는 갔다. 사과 두 알을 가지고 돌아왔다. 냉장고로 가 우유병을 꺼내 한 잔을 따랐다. 칼은 커피포트를 들고 미야모토와 에타, 자신의 잔에 따랐다. 아들 칼은 한 손에 사과를, 다른 손에 우유 잔을 들고 그들을 보았다. 그는 거실로 갔다.

"밖으로 나가거라." 에타가 소리쳤다. "여기서 먹지 말고."

소년은 돌아와 문가에 섰다. 사과는 한 입 베어져 있었고, 우유는 잔에서 사라지고 없었다. 그는 이미 아버지만큼 자랐다. 열여덟 살이었다. 얼마나 큰지 믿기지 않을 정도였다. 그는 사과 한 입을 더 베어 먹었다. "가부오 집에 있어요?" 그가 물었다.

"가부오는 막 돌아왔다." 미야모토가 대답했다. "집에 있어." 그가 미소 지었다.

"나갈게요." 아들 칼이 말했다. 그는 부엌을 가로질러 싱크대에 잔을 놓고 쏜살같이 나갔다.

"교과서 놓고 가!" 에타가 소리쳤다.

소년이 돌아와 계단에 책을 올려놓았다. 그는 저장실에서 사과를 또 하나 꺼내 그들 옆을 지나가며 손을 흔들었다. "다녀올게요."

칼은 일본 남자 쪽으로 설탕 그릇을 밀었다. "넣게." 그가 말했다. "원한다면 크림도."

미야모토가 끄덕였다. "고맙습니다. 설탕만 넣죠."

그는 설탕 반 스푼을 넣고 저었다. 스푼을 조심스럽게 사용하고 접시에 놓았다. 그리고 칼이 잔을 들 때까지 기다렸다가 들고 마셨다. "아주 좋군요." 그는 에타를 건너다보고 그녀에게 미소를 지었다. 작은 미소. 언제나 그게 전부였다.

"아드님이 이제 많이 컸군요." 그는 여전히 미소 짓고 있었다. 그런 다음 머리를 숙였다. "분할금을 내고 싶습니다. 두 번 더 내면 모두 끝나죠. 오늘은 백이십 달러를 가져왔습니다. 저는……."

칼이 머리를 젓고 있었다. 그는 커피를 내려놓고 머리를 좀 더 저었다. "그건 안 되네." 그가 말했다. "절대 안 돼, 젠이치. 칠월에 자네 수확물을 거두고 가격이 얼마나 되는지 보겠네. 그때가 되면 어느 정도 계산이 나올 걸세. 어쩌면 가는 곳에서도 자네가 할 일이 있지 않겠나? 가 보면 알겠지. 하지만 이런 때 자네가 저축한 돈을 받을 순 없네, 젠이치. 지금 그거에 대해선 얘기도 하지 말게."

그 일본 놈은 식탁 위에 120달러를 올려놓았다. 10달러짜리가 많았고, 5달러 몇 장, 1달러가 열 장이었다. 그는 그것을 부채처럼 펼쳐 보였다. "이걸 받아 주십시오. 제가 가는 곳에서 좀 더 보내 드리죠. 분할금을 내겠습니다. 돈이 부족할지도 모르지만 당신은 올해 칠 에이커의 딸기를 따실 수 있습니다. 그리고 십이월에 분할금이 한 번 남았습니다. 아시죠? 한 번 더요."

에타는 팔짱을 꼈다. 그녀는 그가 딸기를 공짜로 주는 게 아니라는 사실을 알았다. "당신 딸기를 우리가 어떻게 계산할 수 있죠? 유월까지는 아무도 가격을 정하지 않아요. 당신 말대로 이년생의 훌륭한 작물을 재배해 놨다고 쳐요. 모든 일이 제대로 돌아간다고 하자고요. 우린 잡초 뽑는 데 사람을 써야 해요. 거품벌레도 없고 햇볕도 충분하고 모든 게 제대로 돼서 딸기가 열리고 괜찮은 수확을 거둔다고 치자고요. 좋아요, 노동을 하고 비료를 준 후에 당신은 이백 달러어치의 딸기를 거둘 수도 있겠죠? 풍년에? 가격이 괜찮다면? 모든 게 순조롭다면? 하지만 흉년이라고 해 보죠. 아니면 평작이라고요. 곰팡이 피고 비 많이 내리고 수십 가지 것 중에 뭐 하나라도 잘못된다면 백 달러, 아마 백이십 달러나 될까요? 그렇죠? 그럼 그땐? 내가 얘기하죠. 그럼 당신이 지불할 이백오십 달러를 채울 수 없어요."

"이걸 받으십시오." 그가 지폐를 모아서 그녀에게 내밀었다. "백이십 달러입니다. 딸기가 백삼십 달러는 될 테니 다음번 분할금은 되는 거죠."

"당신이 그 딸기를 주는 걸로 알았는데요." 에타가 말했다. "그걸 주겠다고 여기 온 거 아니었어요? 우리한테 통조림 공장에 팔아서 거기서 나오는 돈을 가지라는 거 아니었어요? 지금 당신이 원하는 건 백삼십 달러군요." 그녀는 손을 뻗어 반듯하게 정리된 지폐 뭉치를 들고 돈을 세면서 말했다. "확실하지도 않은 백삼십하고 여기 선금으로 내는 이 돈을 합해 우리가 유월까지 기다려 전액을 받는 대신 삼월에 이 돈을 받고 끝내자는 건가요? 당신이 여기 와서 바라는 게 그건가요?"

일본 남자는 그녀를 보며 계속 눈을 껌벅였다. 그는 아무 말도 하지 않고 커피에도 손대지 않았다. 그는 얼굴이 굳었다. 그녀는 그가 화가 났지만 드러내지 않고 참고 있다는 것을 알 수 있었다. 자존심이 세. 그녀는 생각했다. 내가 침을 뱉어도 그는 아무 일도 없었다는 척할 거야. 눈물을 참아. 그녀는 생각했다.

에타는 돈 세기를 마치고 지폐 뭉치를 식탁에 올려놓은 다음 다시 팔짱을 꼈다. "커피 더 줘요?" 그녀가 말했다.

"괜찮습니다." 일본 놈이 대답했다. "돈을 받아 주십시오."

칼의 커다란 손이 식탁을 가로질렀다. 그의 손가락이 지폐 뭉치를 덮더니 그것을 일본 놈 앞으로 밀었다. "젠이치," 그가 말했다. "우린 이걸 받지 않을 걸세. 에타가 한 말은 신경 쓰지 말게. 우린 받지 않을 거야. 아내가 무례하게 군 걸 내가 사과함세." 그가 그녀를 보자 그녀도 똑바로 마주 보았다. 그녀는 그가 어떤 기분인지 알았지만 전혀 신경 쓰지 않았다. 그녀는 칼이 지금 무슨 일이 일어나고 있는지, 미야모토에게 어떤 식으로 속고 있는지 깨닫기를 원했다. 그녀는 그를 마주 쏘아보았다.

"미안합니다." 그 일본 놈이 말했다. "정말 미안합니다."

"올 수확 철을 걱정하자고. 도착하는 대로 우리에게 편지해 주게. 자네 딸기를 팔면 답장할 테니 그때 얘기하자고. 그때 사정 봐 가면서 하자고. 어떻게든 언젠가 완납하면 다 잘될 걸세. 모든 게 만족스럽게 될 거라고. 지금 자넨 더 급한 문제들을 생각해야 해. 돈 때문에 신경 쓸 필요 없네. 자넨 할 만큼 했어. 그리고 내가 도울 수 있는 게 있다면 알려 주게, 젠이치."

"분할금을 내겠습니다. 방법을 찾아서 보내 드리죠."

"괜찮네." 칼이 말하며 손을 내밀었다. 일본인 남자는 그 손을 잡았다.

"고맙습니다, 칼. 분할금을 낼 테니 걱정 마십시오."

에타는 젠이치를 눈여겨보았다. 그는 늙은 것 같지 않았다. 그녀는 전보다 더 확실히 그것을 알아챘다. 10년 동안 같은 딸기밭에서 일해 왔지만 그의 눈은 아직 맑았고, 등은 똑바르며, 피부는 팽팽했고, 배도 나오지 않고 단단했다. 10년 동안 같은 딸기밭에서 일해 왔지만 그는 전혀 늙지 않았다. 옷은 깨끗하고 머리는 꼿꼿하며 그은 피부는 건강해 보였다. 그리고 그 모든 게 그의 미스터리 중 일부였고, 그와 그녀의 거리였다. 나이를 먹지 않는 방법을 그는 알고 있는 반면 자신 에타는 늙고 지쳐 갔다. 그는 얼굴 뒤에 자신을 감추는 법을 알았다. 그 비밀은 아마 일본 놈의 종교 아니면 그의 핏속에 있을지도 모른다고 그녀는 생각했다.

그녀는 증인석에서 그날 저녁 아들이 대나무 낚싯대를 갖고 돌아왔던 것을 기억했다. 아들은 바람에 머리를 흩날리며 들어왔다. 그레이트데인 강아지처럼 크고 어린 아들이. 크고 어린 자신의 아들이.

"이거 보세요." 그가 그녀에게 말했다. "가부오가 이걸 나한테 맡겼어요."

아들은 낚싯대에 관해 설명하기 시작했다. 그녀는 싱크대에 서서 커다란 감자의 껍질을 깎고 있었다. 아들은 그게 송어를 잡는 데 그만이라고 했다. 니시 씨가 대나무를 쪼개 물미를 씌우고 명주실로 감아서 만든 것이었다. 아들은 에릭 에버츠나 다른 아이를 데리고 카누를 타고 나가 그것으로 견지낚시를 할 생각이었다. 가벼운 도르래를 달면 어떨지 봐야겠어요. 아빠는요? 아들은 그걸 아빠에게 보이러 갈 것이었다.

에타는 감자 껍질을 벗기며 아들에게 해야 할 말을 했다. 일본 놈들에게 그 낚싯대를 돌려주라고. 그들이 우리에게 빚을 졌는데, 낚싯대가 셈을 흐려 놓는다고.

그녀는 아들이 자기를 바라보던 표정을 기억했다. 그는 받은 상처를 애써 드러내지 않으려 했다. 반발하고 싶기도 하고 싶지 않기도 했다. 그는 이길 수 없다는 것을 알고 있었다. 그것은 딸기밭을 터벅터벅 걸어 다니는 그의 아버지에게서 볼 수 있는, 덩치 큰 남자의 패배한 표정이었다. 못 박은 듯 서서 의기소침해 있는. 아들은 아버지처럼 말하고 아버지처럼 행동했지만 이마가 넓고 귀가 작았으며 아들의 눈에 자신의 일부가 있었다. 아이는 칼만의 아들이 아니었다. 내 아들이기도 하다는 것을 그녀는 느꼈다.

"가서 돌려주고 와." 그녀는 감자 벗기는 칼로 낚싯대를 가리키며 다시 말했다. 그리고 그녀는 이곳 증인석에서 자신의 느낌이 틀리지 않았다는 것을 알았다. 칼은 낚싯대를 돌려주고 나서 몇 달 후에 전쟁에 나갔고, 그 일본 소년이 아들을 죽였다. 내내 그들에 대한 자신의 생각이 옳았다. 남편 칼이 틀렸다.

그녀는 그들이 완납하지 못했다고 앨빈 혹스에게 말했다. 그렇게 간단했다. 완납하지 않았다. 그녀는 그 땅을 올 저겐슨에게 팔았고, 그들에게 받은 돈을 캘리포니아에 있는 그들에게 되돌려 보냈다. 그들은 받으려 하지 않았지만 한 푼도 남기지 않고 돌려주었다. 그녀는 1944년에 아미티 항구로 이사했다. 그렇게 된 것이다. 이제 돌아보면 한 가지에 대해서만큼은 자신이 잘못한 것 같았다. 돈과 관련해 사람들과 인연을 맺지 말았어야 했다. 어쨌든 그들이 원한 일이었다. 그 때문에 아들이 미야모토 가부오에게 살해당했다고 그녀는 법정에서 말했다. 그녀의 아들은 죽고 없었다.

10

앨빈 훅스는 아침 내내 계획한 전략 중 하나인 느리고 유연한 걸음으로 자신의 탁자 언저리를 스치며 발을 옮겼다. "하이네 부인," 그가 말했다. "1944년 십이월에 아미티 항구로 이사하셨다고요?"
"맞아요."
"남편은 그 전에 돌아가셨고요?"
"그것도 맞아요."
"남편 없이 부인 혼자 일할 수 없을 것 같았습니까?"
"네."
"그래서 아미티 항구로 이사하셨군요." 앨빈 훅스가 말했다. "정확히 어디죠, 하이네 부인?"
"중심가요. 로티 옵스비그 상점 위층이요."
"로티 옵스비그 상점이요? 양품점 말인가요?"

"맞아요."

"큰 아파트입니까?"

"아니요, 침실 하나뿐이에요."

"양품점 위에 침실 하나. 그러니까 증인께서는 침실이 하나인 아파트를 얻으셨군요. 월세가 얼마인지 물어봐도 되겠습니까?"

"이십오 달러요."

"한 달에 이십오 달러인 아파트군요. 아직 거기 살고 계십니까? 현재 거기 거주하세요?"

"네."

"지금도 이십오 달러를 내고 계십니까?"

"아니요, 삼십오 달러요. 1944년 이후에 올랐어요."

"1944년이라." 앨빈 훅스가 그 말을 반복했다. "증인이 이사한 해입니까? 증인께서 미야모토 가족에게 받은 돈을 돌려주고 아미티 항구에 살러 오신 해입니까?"

"네."

"하이네 부인, 그 후에 미야모토 가족에게서 다시 소식을 들은 적 있습니까? 그들의 돈을 돌려준 후에 말입니다."

"그들에게서 소식을 들었어요."

"그게 언제였습니까?"

에타는 입술을 씹으며 곰곰이 생각했다. 손으로 양 뺨을 눌렀다. "1945년 칠월이었어요." 그녀가 마침내 대답했다. "저기 저 사람이 내 집 문 앞에 나타났어요." 그리고 그녀는 미야모토 가부오를 가리켰다.

"피고 말입니까?"

"네."

"그가 1945년에 증인의 집에 왔습니까? 아미티 항구에 있는 증인의 아파트 문으로요?"

"맞아요."

"그가 미리 연락했습니까? 증인은 그를 기다리고 계셨습니까?"

"아니요. 그냥 나타났어요. 그냥 그렇게요."

"예고도 없이 그냥 나타났다고요? 말하자면 불쑥이요?"

"맞아요." 에타가 대답했다. "불쑥."

"하이네 부인, 피고의 방문은 증인과 사업적인 얘기를 하기 위해서였습니까?"

"그는 땅에 대해 얘기하고 싶다고 했어요. 내가 올에게 판 땅에 대해 몇 가지 할 말이 있다고요."

"정확히 그가 뭐라고 했습니까, 하이네 부인? 기억하십니까? 이 자리에서 말씀해 주십시오."

에타는 무릎 위에 손을 포개고 미야모토 가부오를 힐끗 쳐다보았다. 그녀는 그의 눈-그 눈은 날 속이지 못해-에서 그가 모든 것을 기억한다는 것을 알 수 있었다. 옷을 말쑥하게 차려입은 그는 두 손을 마주 잡고 문간에 서서 자신을 빤히 쳐다보고 있었다. 7월이어서 아파트는 참을 수 없을 만큼 더웠다. 문가가 훨씬 시원하게 느껴졌다. 둘은 서로 바라보았고, 이내 에타가 팔짱을 끼고 그에게 뭘 원하느냐고 물었다.

"하이네 부인, 절 기억하시겠습니까?"

"물론 기억해."

그녀는 일본 놈들이 떠난 날 이래-3년도 더 된 1942년에- 그를 본

적 없었지만 분명히 그를 기억했다. 그는 아들에게 낚싯대를 맡기려고 한 소년이었고, 그녀는 부엌 창문으로 그가 목검으로 검도 연습을 하는 모습을 보았다. 그는 미야모토의 아이 중 맏이였고, 이름을 기억할 순 없었지만 칼과 어울려 다니던 그의 얼굴은 알고 있었다.

"사흘 전에 집으로 돌아왔습니다. 칼은 아직 돌아오지 않은 것 같군요."

"칼은 죽었어." 에타가 대답했다. "아들 칼은 일본 놈들과 싸우고 있지." 그녀는 문가의 남자를 노려보았다. "놈들은 얼추 패전했더군." 그녀가 덧붙였다.

"얼추요." 가부오는 대답했었다. "하이네 씨 소식은 유감입니다. 이탈리아에 있을 때 소식을 들었죠. 어머니가 제게 편지를 보내셨습니다."

"그래, 내가 자네 부친에게 받은 돈을 보내면서 그 얘길 했지. 남편이 죽어서 땅을 팔 수밖에 없다고 했네."

"그러셨군요. 하지만 하이네 부인, 저희 아버지가 하이네 씨와 계약하지 않았던가요? 그렇지······."

"하이네 씨는 죽었고," 에타가 말을 끊었다. "난 결정을 내려야 했어. 나 혼자 농사를 지을 수 있었겠나? 그래서 올에게 팔았던 거야. 그 땅에 대해서 얘기하고 싶으면 올에게 가서 얘기하게. 난 그 땅과 아무 상관 없으니까."

"전 이미 저겐슨 씨와 얘기했습니다. 지난 수요일에 섬에 돌아오자마자 그 땅이 어떻게 됐는지 알아보러 나갔었습니다. 둘러보고 있는데, 저겐슨 씨가 저쪽에서 트랙터에 타고 계시더군요. 그래서 잠깐 얘길 나눴습니다."

"그래, 잘했군. 그래서 그와 얘길 나눴구먼."

"그분께 얘기했습니다. 그랬더니 부인께 가 보라더군요."

에타는 팔짱을 더 단단히 꼈다. "흠." 그녀가 말했다. "이제 그 사람 땅이야, 아닌가? 돌아가서 그에게 전하게. 내가 그렇게 말하더라고. 자네가 그 사람한테 말해."

"그분은 모르고 계시더군요. 부인은 우리가 한 번만 더 분할금을 내면 된다는 사실을 말하지 않으셨더군요, 하이네 부인. 부인은 하이네 씨가……."

"그가 몰랐단 말이지." 에타가 비웃었다. "올이 그렇게 말하던가? 몰랐다고? 내가 그에게 '올, 그 사람들이 칠 에이커의 땅을 자기들에게 넘기는 불법적인 계약을 내 남편과 했어요.'라고 말했어야 했나? 그게 내가 했어야 할 말인가? 그가 몰랐다." 에타가 그 말을 반복했다. "내가 들은 것 중 가장 웃기는 말이군. 누가 내 땅을 사는데, 불법적인 계약이 문제가 되고 있다고 말했어야 했나? 내가 어떻게 해야 했을까? 응? 사실은 자네 가족이 완납을 하지 못했다는 거야. 그게 사실이야. 자네가 이 동네 은행에 그랬다고 가정해 봐. 자네가 분할금을 내지 않는다면 어떻게 될 것 같나? 누가 얌전히 기다려 줄까? 아니지. 은행은 자네 땅을 회수할 거야. 그게 일어날 일이지. 난 은행이 하지 않을 일을 한 적 없네. 난 잘못한 게 없어."

"부인은 불법적인 일을 하지 않으셨습니다." 그 일본 놈이 대꾸했다. "잘못된 건 다른 문젭니다."

에타는 눈을 깜빡였다. 그녀는 뒷걸음질 쳐 문손잡이에 손을 올렸다. "여기서 꺼져." 그녀가 말했다.

"부인은 우리 땅을 파셨습니다. 우리에게 권리가 있는 우리 땅을 파셨습니다, 하이네 부인. 부인은 우리가 없다는 사실을 이용했습니다. 부인은……,"

하지만 그녀는 듣지 않으려고 문을 닫았다. 칼이 모든 것을 엉망진창으로 만들어 놓았다. 이제 내가 모든 걸 정리해야 해.

"하이네 부인," 그녀가 이야기를 마치자 앨빈 훅스 검사가 말했다. "증인은 그 후에 피고를 보셨습니까? 피고가 그 땅 문제로 다시 접근했습니까?"

"그를 봤냐고요? 물론 봤죠. 시내에서 보고, 피터슨 식료품점에서 보고, 여기저기서…… 가끔 봤어요."

"그가 말을 걸어오던가요?"

"아니요."

"전혀?"

"네."

"두 사람 사이에 더 이상 대화가 없었습니까?"

"내가 아는 한은요. 사나운 표정을 대화의 방식이라고 부르지 않는 한은요." 그리고 그녀는 다시 가부오를 힐끗 보았다.

"사나운 표정이요, 하이네 부인? 정확히 무슨 뜻입니까?"

에타는 옷 앞자락을 매만지고 증인석에 좀 더 똑바로 앉았다. "내가 그를 볼 때마다," 그녀가 주장했다. "그가 눈을 가늘게 뜨고 날 봤죠. 아시겠지만 노려보는 거요."

"알겠습니다. 얼마 동안 그랬습니까?"

"그 이후로 줄곧요." 에타가 말했다. "안 그런 적이 없죠. 내가 그를 볼 때마다 한 번도 그의 사교적인 시선을 본 적 없어요. 언제나 노려보면서 험상궂은 얼굴을 했죠."

"하이네 부인, 그 점에 대해서 아들과 얘기해 본 적 있습니까? 아들에게 미야모토가 집으로 찾아와 땅 문제에 관한 언쟁을 했다는 얘길 했습니까?"

"내 아들은 그 모든 걸 알고 있었어요. 그 애가 돌아왔을 때 얘기했죠."

"돌아왔을 때라면?"

"전쟁에서요. 두 달 후니까 시월경이었던 것 같아요."

"그래서 증인은 피고가 집으로 찾아왔었다는 얘길 아들에게 하셨습니까?"

"네."

"아들이 어떻게 반응했는지 기억하십니까?"

"네." 에타가 말했다. "두고 보겠다더군요. 미야모토 가부오가 제게 사나운 표정을 보인다면 그를 지켜보겠다고요."

"알겠습니다." 앨빈 훅스가 말했다. "그래서 그가 그랬습니까?"

"네, 내가 아는 한. 그래요."

"미야모토 가부오를 경계했다는 겁니까?"

"네, 그랬어요. 그 앤 그를 경계했죠."

"증인이 알기론, 하이네 부인, 그 둘이 사이가 좋지 않았습니까? 그들에겐 어부라는 공통점이 있었습니다. 그들은 증인께서 말씀하셨듯이 어릴 때 이웃에서 살았죠. 그럼에도 이런…… 분쟁이 있었습니다. 땅에 관한 가족 분쟁이요. 피고와 아드님은 1945년 이후에 사이가 좋았습니까, 안 좋았습니까?"

"안 좋았어요. 피고는 내 아들 친구가 아니었어요. 당연하지 않나요? 그들은 적이었어요."

"적이요?"

"칼은 나한테 가부오가 그 칠 에이커를 잊어버리고 사나운 얼굴로 날 쳐다보지 않으면 좋겠다고 여러 번 얘기했어요."

"증인께서 피고가 사나운 눈으로 쳐다본다고 말했을 때 아드님은 정확히 어떤 반응을 보였습니까, 하이네 부인?"

"가부오가 그만두길 바란다고요. 그리고 가부오를 조심해야겠다고 했어요."

"조심해야겠다고요. 아드님은 미야모토 씨에게 어떤 위험을 느꼈나요?"

"이의 있습니다." 넬스 것먼슨이 끼어들었다. "증인으로 하여금 아들의 심리 상태와 감정 상태에 대해서 추측하도록 요구하고 있습니다. 검사는……."

"좋습니다, 좋아요." 앨빈 훅스가 말했다. "증인께서 관찰하셨던 바를 우리에게 말씀해 주십시오, 하이네 부인. 아드님이 무슨 말을 했고, 어떤 행동을 했는지요. 미야모토 가부오에게서 그가 어떤 종류의 위험을 느끼고 있었는지 알 수 있는 뭔가가 있었습니까?"

"그에게서 눈을 떼지 않겠다고 했어요." 에타가 재차 그렇게 말했다. "아시다시피 그 애는 조심했어요."

"아드님이 미야모토 씨를 주시해야 한다고 느꼈다고 했습니까? 어떤 위험한 면이 있다고요?"

"네." 에타가 말했다. "아들은 그를 지켜봤어요. 저 남자가 날 노려본다고 할 때마다 아들은 이렇게 말했어요. 그를 지켜볼 거라고요."

"하이네 부인, 증인께선 증인의 가족과 피고 가족의 관계를 정확히 '두 집안 간의 불화'로 표현할 수 있다고 생각하십니까? 서로 적이었습니까? 대를 넘긴 불화였습니까?"

에타는 가부오를 똑바로 보았다. "네, 우린 분명히 적이었어요. 그들은 지금까지 거의 십 년간 그 칠 에이커 때문에 우릴 괴롭혔어요. 내 아들은 그것 때문에 죽었어요."

"이의 있습니다." 넬스 것먼슨이 말했다. "증인은 추측으로……."

"인정합니다." 필딩 판사가 동의했다. "증인은 더 이상 추측하지 말고 주어진 질문에만 대답하세요. 따라서 배심원들은 증인의 마지막 말을 무시하십시오. 증인의 판단은 기록에서도 삭제될 겁니다. 다음 질문 하세요, 훅스 씨."

"감사합니다." 앨빈 훅스가 말했다. "하지만 물을 게 없는 것 같습니다, 재판장님. 하이네 부인, 이런 날씨에도 나와 주셔서 감사합니다. 이 눈보라에도 증언을 위해 와 주셔서 감사합니다." 그는 이제 한쪽 발끝으로 몸을 홱 돌렸다. 그는 검지로 넬스 것먼슨을 가리켰다. "질문하십시오." 그가 말했다.

넬스 것먼슨은 머리를 젓고 얼굴을 찌푸렸다. "세 가지만 물어보죠." 그가 자리에서 일어나지 않고 뚱하게 말했다. "제가 계산을 해 봤는데요, 하이네 부인. 만일 제 곱셈이 맞는다면 미야모토 가족은 부인에게서 사천오백 달러에 칠 에이커를 매입했습니다. 맞습니까, 사천오백 달러?"

"그 돈에 사려고 했죠. 완납하지 않았어요."

"두 번째 질문입니다. 증인께서 1944년 올 저겐슨에게 가서 증인의 땅을 그에게 팔겠다고 말했을 때 땅값이 에이커당 얼마였죠?"

"천 달러였어요. 에이커당 천 달러."

"사천오백 달러 대신 칠천 달러가 된 셈이군요. 증인께선 미야모토 가족에게서 받은 원금을 돌려보내고 그 땅을 올 저겐슨에게 팔면 이천오백 달러를 더 받게 되는 거군요."

"그게 세 번째 질문이에요?" 에타가 말했다.

"그렇습니다." 넬스가 말했다. "네."

"맞게 계산하셨어요. 이천오백."

"감사합니다. 내려가셔도 좋습니다, 하이네 부인."

올 저겐슨이 지팡이에 몸을 힘겹게 의지하고 방청석에서 나왔다. 앨빈 훅스가 그를 위해 회전문을 잡고 있는 동안 올은 오른손에 지팡이를 들고 왼손을 등허리에 대고 발을 끌면서 문을 지났다. 그는 게처럼 옆으로 걸어 에드 솜스가 성경을 내밀고 있는 곳으로 향했다. 올은 다가가 지팡이를 이리저리 옮겨 보다가 편의상 손목에 걸쳤다. 6월에 뇌졸중으로 쓰러진 그는 두 손을 떨고 있었다. 그는 저장 통에 있는 딸기를 인부와 고르고 있었는데, 아침 내내 그를 괴롭히던 현기증과 멀미가 차츰 심해지더니 땅이 올라오는 느낌이 들었다. 올은 아무 일 없다는 듯 젖 먹던 힘을 다해 몸을 일으켜 보려고 했지만 하늘이 몰려오고 땅이 기울어지는 듯하더니 딸기 저장 통으로 나자빠졌다. 그가 누운 채로 눈을 껌뻑이며 구름을 올려다보고 있을 때 캐나다계 인디언 두 명이 그의 겨드랑이에 손을 넣고 들어 올려 끌고 나왔다. 그들은 그를 트랙터 짐칸에 실어 집으로 데려갔고, 시체 같은 그를 포치에 내려놓았다. 라이젤이 흔들어 대자 그는 침을 흘리며 끙끙거렸고, 그런 얼굴에 대고 그녀는 그의 증상에 대해 정신없이 질문을 퍼부었다. 그가 대답할 수 없다는 것이 분명해지자 그녀는 말을 멈추고 그의 이마에 키스했다. 그러고 나서 황급히 웨일리 박사를 불렸다.

 그때부터 그는 빠른 속도로 쇠약해졌다. 다리는 가늘어졌고, 눈에는 눈물이 고였으며, 조끼 셋째 단추까지 내려온 가는 턱수염은 더 이상 자라지 않았고, 피부는 어디에 쓸린 것처럼 분홍빛이었다. 증인석에 불안하게 앉아서 지팡이를 감싸고 있는 그는 이제 비쩍 마른 몸을 떠는 노인이었다.

 "저겐슨 씨," 앨빈 훅스가 운을 뗐다. "증인께서는 센터 계곡에서 오랫동안 하이네 가족과 이웃으로 지내셨죠? 맞습니까, 선생님?"

 "네."

 "얼마나 오래였죠?"

 "내내 그랬다고 할 수 있죠. 사십 년 전 부친 칼이 우리 땅 옆에 그의 땅을 개간했던 걸 기억합니다."

 "사십 년, 사십 년 동안 증인께선 딸기 농사를 지으셨습니까?"

 "그렇습니다. 사십 년도 더 되었죠."

 "땅을 얼마나 소유하고 계셨습니까, 저겐슨 씨?"

 올은 그에 관해 생각하는 듯했다. 그는 입술을 빨면서 눈을 가늘게 뜨고 법정의 천장을 올려다보았다. 두 손은 지팡이를 따라 위아래로 오르내렸다. "삼십으로 시작했죠. 그러고 나서 에타가 좀 전에 여기 올라와서 말한 대로 취, 취득했습니다. 그래서 육십오로 느, 늘어나서 큰 농장이 됐습니다."

 "그렇군요. 증인은 에타에게서 삼십 에이커를 매입하셨습니까?"

 "그렇습니다."

 "그때가 언제였습니까, 저겐슨 씨?"

 "부인이 말씀하신 대롭니다. 1944년이었죠."

"부인이 당신에게 땅문서를 넘겨 주셨습니까?"

"그렇습니다."

"저겐슨 씨 생각에 그 문서는 아무 문제 없었습니까? 그러니까, 저당이나 어떤 제한이 없었나요? 지역권? 유치권? 그런 문제가?"

"없었습니다. 그런 건 없었어요. 그 계약은 깨끗했어요. 모든 게 정당해 보였죠."

"알겠습니다. 그럼 당시에 미야모토 가족이 증인께서 새로 매입한 삼십 에이커 중 칠 에이커에 대해 어떤 권리를 제기할 수도 있다는 걸 모르셨습니까?"

"네, 몰랐습니다. 아시는 것처럼 저는 미야모토 가족이 그 땅에 집을 가, 갖고 있고, 칠 에이커를 그들에게 팔았다는 걸 알고 에타와 얘기했습니다. 하지만 에타는 그들이 돈을 내지 않아서 그 땅을…… 회수했다더군요. 부인은 칼이 죽은 후에 선택의 여지가 없었죠. 부인이 그렇게 말했습니다. 그 계약은 아무 문제가 없을 거라고 했습니다. 미야모토 가족은 수용소에 있는데, 돌아오지 않을지도 모른다면서요. 그들에게 돈을 돌려주겠다고 했어요. 그들은 아무 권리가 없습니다, 검사님."

"그럼 미야모토 가족이 증인께서 새로 매입한 땅 중 칠 에이커에 대해 권리를 주장할지도 모른다는 사실에 대해서는 들은 바가 없습니까?"

"없습니다. 저는 저 남자가," 그가 코를 피고에게 향했다. "찾아와서 말했을 때까지 거기에 대해 아무것도 듣지 못했습니다."

"저기 있는 피고 미야모토 가부오 말입니까?"

"저 사람이요." 올이 말했다. "네, 맞습니다."

"그가 언제 왔습니까, 저겐슨 씨?"

"그러니까, 1945년 여름에 왔습니다. 우리에게 나, 나타나서 하이네 부인이 자기네 땅을 강탈했는데, 하이네 씨가 있었다면 그럴 일은 절대 없었을 거라더군요."

"저는 잘 이해가 되지 않는군요. 1945년 여름, 피고가 증인의 농장에 나타나 에타 부인이 그의 땅을 강탈했다고 비난했다는 겁니까?"

"네, 검사님. 저는 그렇게 기억합니다."

"그래서 증인께선 뭐라고 하셨습니까?"

"아니라고요. 부인이 그 땅을 내게 팔았고, 난 계약서 어디에서도 그의 이름을 보지 못했다고요."

"그랬더니요?"

"내가 그 땅을 자기에게 다시 팔 생각이 없는지 물었습니다."

"다시 팔라고요?" 앨빈 훅스가 말했다. "그 삼십 에이커를?"

"삼십 모두를 원하지는 않았습니다." 올이 대답했다. "단지 그의 가족이 전쟁 전에 살았던 북서쪽의 칠 에이커를 원했죠."

"그래서 그에 관해 얘기하셨습니까? 팔 생각을 하셨나요?"

"그는 돈이 없었어요. 어쨌든 난 파, 팔 생각이 없었습니다. 내가 쓰러지기…… 전이었죠. 난 육십오 에이커의 훌륭한 농장을 갖고 있었습니다. 한 조각도 누구에게 팔고 싶지 않았습니다."

"저겐슨 씨, 증인께서 에타 하이네의 삼십 에이커를 매입했을 때 부인의 집도 함께 취득했습니까?"

"아닙니다, 부인은 집을 따로 팔았죠. 그 집만 비오른 안드레슨에게 팔았어요. 그는 지금도 거기 삽니다."

"피고의 가족이 살았던 집은 어떻게 됐죠, 저겐슨 씨?"

"그건," 올이 말했다. "내가 샀습니다."

"알겠습니다. 그 집을 어떻게 하셨습니까?"

"아시다시피 우리 일꾼들을 위해 사용하고 있습니다. 우리 노, 농장은 아주 커졌기 때문에 일 년 내내 관리인을 둬야 하죠. 그래서 관리인이 거기 살고 있고, 다가오는 수확 철에 일꾼들이 머무는 거처도 됩니다."

"저겐슨 씨, 피고가 1945년 여름에 증인을 방문했을 때 그 밖에 다른 얘기도 했습니까? 기억나는 말이 있습니까?"

올 저겐슨의 오른손이 지팡이를 떠났다. 그 손은 외투 주머니로 들어가더니 무언가를 더듬거렸다. "네, 한 가지." 올이 말했다. "그는 언젠가 자기 땅을 되찾겠다고 했습니다."

"땅을 되찾겠다고요?"

"네, 검사님. 그는 화가 나 있었죠."

"그래서 뭐라고 하셨습니까?"

"왜 나한테 화를 내냐고 했죠. 난 이 땅을 누구에게도 팔고 싶지 않다는 걸 빼면 이 땅에 대해 아무것도 몰랐다고요." 올은 입으로 손수건을 가져가 그것으로 입술을 닦았다. "아미티 항구로 이사한 에타 하이네한테 가서 얘기하라고 했습니다. 그리고 어디로 가면 부인을 찾을 수 있는지 알려 줬습니다."

"그랬더니 그가 돌아갔습니까?"

"네."

"그를 다시 봤습니까?"

"봤죠. 여긴 작은 섬이니까요. 여기 살면 모두 보게 되죠."

"좋습니다. 말씀하신 대로, 저겐슨 씨, 증인은 뇌졸중을 일으키셨습니다. 그리고 그 일이 올해 유월이었습니까?"

"네, 검사님. 유월 이십팔 일이었죠."

"알겠습니다. 그래서 정상적인 생활이 어렵게 되셨습니까? 농장을 더 이상 경영할 수 없다고 느낄 만큼?"

올 저겐슨은 처음에 대답하지 않았다. 손수건을 쥔 오른손이 다시 지팡이로 올라갔다. 그는 뺨 안쪽을 씹으면서 머리를 흔들었다. 올은 힘겹게 대답했다.

"난, 난…… 그래요." 그가 말했다. "그 일을 할 수 없었습니다, 보시다시피."

"농장을 경영하실 수 없었다고요?"

"네."

"그래서 어떻게 하셨죠?"

"난, 난 그걸 내놓았습니다. 팔려고." 올 저겐슨이 말했다. "구월 칠 일에. 노동절 다음 날."

"올해?"

"네, 검사님."

"클라우스 하트먼 부동산에요?"

"네, 검사님."

"다른 방법으로도 광고했나요?"

"헛간에 간판을 걸었죠. 그게 답니다."

"그러고 나서 어떻게 됐습니까? 누가 보러 왔습니까?"

"칼 하이네가 왔습니다. 카, 칼 하이네. 에타의 아들."

"그게 언제였습니까?"

"구월 칠 일이었습니다. 칼 하이네가 찾아와서 내 농장을 사고 싶다더군요."

"그에 관해 말해 주십시오." 앨빈 훅스가 부드러운 말로 부탁했다. "칼 하이네는 성공한 어부였습니다. 그는 밀 런 거리에 좋은 집을 소유했습니다. 그가 증인의 농장을 원하는 이유가 뭡니까?"

올 저젠슨은 대여섯 번 눈을 깜박였다. 그는 손수건으로 눈을 가볍게 두드렸다. 그는 그 젊은이, 아들 칼이 그날 아침 하늘색 벨에어를 타고 닭들을 내몰면서 마당으로 들어왔던 때를 기억했다. 올은 포치에서 그가 누군지 금방 알아보았다. 그가 원하는 것이 무엇인지도 짐작이 갔다. 그 젊은이는 수확 철마다 아내와 아이들을 데리고 찾아왔다. 그들은 들것을 가지고 밭으로 가 함께 딸기를 땄다. 올은 언제나 칼의 돈을 사양했지만 칼은 부득부득 돈을 건넸다. 올이 머리를 저으면 칼은 큰 저울 옆 작은 저울 위에 돈을 놓고 돌멩이로 눌러 놓았다. "전에 우리 아버지 땅이었다는 건 신경 쓰지 마세요. 이젠 아저씨 땅입니다. 우린 돈을 내야죠."

이제 그는 어머니 얼굴에 아버지처럼 체격이 컸고, 어부처럼 옷을 입고 고무장화를 신고 있었다. 그가 어부라는 것을 올은 떠올렸다. 그는 자신의 배에 아내의 이름을 붙였다. 수전 마리.

라이젤은 젊은이에게 아이스티 한 잔을 주었다. 그는 자리에 앉았고 앞에 펼쳐진 딸기밭을 보았다. 저 멀리 한때 아들 칼이 살았던 비오른 안드레슨의 집 넓은 측면을 식별할 수 있었다.

올은 지금 그와 나누었던 짧은 대화를 법정에서 설명했다. 칼은 올해 딸기에 대해 물었고, 올은 연어잡이에 대해 물었다. 라이젤은 에타의 건강을 묻고 나서 고기 잡는 일이 그에게 맞는지 물었다. "안 맞아요." 칼이 대답했다.

올은 그 젊은이가 그렇게 큰 소리로 말하는 것이 이상하다고 생각했다. 그렇게 말하는 것은 자존심이 상하는 것일 터였다. 올은 그것을 인정하는 이유가 있을 거라고 생각했다. 그는 하고 싶은 말이 있었다.

젊은이는 잔을 고무장화 옆에 내려놓고 무언가 고백하려는 것처럼 무릎에 팔꿈치를 대고 몸을 숙였다. 그는 잠시 포치 나무 바닥을 보았다. "아저씨 농장을 사고 싶습니다." 그가 말했다.

라이젤은 비오른 안드레슨이 하이네의 옛집을 어떻게 갖게 되었는지 설명하고 그 집에 대해서는 어떻게 할 수 없다고 말했다. 라이젤은 자신과 올은 농장을 떠나고 싶지 않지만 역시 어떻게 할 수 없는 일이라고 설명했다. 젊은이는 고개를 끄덕이고 턱에 난 억센 털을 문질렀다. "그 점에 대해선 유감입니다." 그는 조용히 말했었다. "아저씨의 건강을 이용하는 것 같아 죄송하군요, 저겐슨 씨. 하지만 만일 파셔야 한다면 제 생각엔…… 음, 관심이 있습니다."

올은 말했었다. "난 기쁘네. 자넨 여기 살았고 이곳을 알고 있어. 그렇게 된다면 잘된 일이지. 난 기쁘네." 그리고 그는 젊은이에게 손을 내밀었다.

젊은이는 그 손을 숙연하게 잡았다. "저도 그렇습니다."

그들은 부엌에서 절차를 의논했다. 칼의 돈은 수전 마리 호와 밀런 거리에 있는 집에 묶여 있었다. 계약금으로 그럭저럭 모은 1천 달러가 있었다. 칼은 그 돈을 식탁에 올려놓았다. 1천 달러어치의 지폐들을. 칼은 다가오는 11월에 배와 집을 팔겠다고 했다. "자네 집사람이 좋아할 거야." 라이젤이 미소를 지으며 말했다. "어부들은 항상 밤에 집을 비우니까."

올 저겐슨은 지팡이에 기대 같은 날 좀 더 늦게 찾아온 또 다른 방문자를 기억했다. 미야모토 가부오가 자신을 만나러 왔었다.

"피고 말입니까? 올해 구월 칠 일에 말입니까?"

"네, 검사님."

"칼 하이네가 증인이 땅을 파는지 알아보러 온 바로 그날입니까?"

"네, 검사님."

"같은 날 오후였습니까?"

"점심때쯤이었죠. 우리가 막 점심을 먹으려고 앉았을 때였습니다. 미야모토가 우리 집 문을 두드렸습니다."

"무슨 일로 왔다고 하던가요, 저겐슨 씨?"

"에타의 아들과 같은 용건이었습니다. 우리 땅을 사고 싶어 했죠."

"그에 관해 말씀해 주십시오." 앨빈 훅스가 말했다. "정확하게 뭐라던가요?"

그들은 함께 포치에 앉았었다. 올은 설명했다. 피고는 헛간에 걸린 간판을 보고 올의 농장을 사고 싶어 했다. 올은 그 일본 남자의 약속을 기억했었다. 그가 언젠가 가족의 땅을 되찾겠다고 맹세하며 어떻게 밭에 서 있었는지를. 그는 그 일본인을 까맣게 잊고 있었다. 9년 전의 일이었다.

그는 또한 그 일본인이 몇 년 전인 1939년에 자신의 나무딸기를 심던 일꾼이었다는 사실을 기억했다. 픽업트럭의 짐받이에 웃통을 벗고 서서 도끼를 휘두르며 나무딸기 버팀목으로 쓸 삼나무 둥치를 쪼개고 있던 그를 기억했다. 그는 열여섯이나 열일곱이었을 터였다.

올은 또한 아침 일찍 밭에서 목검을 휘두르던 소년을 기억했다. 소년의 아버지는 젠이치인가 하는 사람이었다. 그는 그 이름을 정확히 발음할 수 없었다.

포치에서 그는 가부오에게 아버지에 대해 물었는데, 그는 벌써 오래전에 세상을 떴다.

그 일본 남자는 그때 땅에 관해 물었고, 자신의 가족이 한때 소유했던 7에이커를 사고 싶다고 주장했다.

"안됐지만 팔 수 없어요." 라이젤이 말했다. "벌써 팔렸어요. 다른 사람이 오늘 아침에 왔어요. 미안해요, 가부오."

"그래." 올이 말했다. "미안하네."

일본인은 얼굴이 굳었다. 올은 더 이상 그의 표정을 읽을 수 없을 만큼, 잠시 그의 얼굴에서 정중함이 사라졌다. "팔렸다고요?" 그가 말했다. "벌써?"

"그래요." 라이젤이 말했다. "갑작스럽게. 실망시켜서 미안해요."

"전부요?"

"그래요." 라이젤이 말했다. "정말 미안해요. 간판 내릴 시간도 없었어요."

경직된 미야모토 가부오의 얼굴은 잠깐도 바뀌지 않았다. "누가 샀죠?" 그가 말했다. "그 사람과 얘기해야겠어요."

"에타 하이네의 아들 칼이요." 라이젤이 말했다. "그가 열 시쯤 찾아왔어요."

"칼 하이네." 목소리에 분노가 담긴 기색으로 일본인이 대답했다.

올은 미야모토 가부오가 그 문제로 칼을 만나러 가리라고 생각했다. 어쩌면 일이 잘 풀릴 수도 있을 터였다.

라이젤이 머리를 저으며 앞치마를 쥐어짰다. "우린 그걸 팔았어요." 그녀가 미안한 투로 재차 그렇게 말했다. "올과 칼이 합의했죠.

계약금을 받았고. 우린 우리의 계약을 지킬 의무가 있고요. 팔렸어요. 미안해요."

그때 일본인은 일어나 있었다. "더 일찍 왔어야 했군요."

다음 날 라이젤이 칼에게 전화해 미야모토 가부오에 대해 말했고, 칼은 다시 찾아와 헛간의 간판을 내렸다. 올은 지팡이에 몸을 의지하고 사다리 밑에 서서 그 일본인의 방문에 대해 그에게 말했다. 칼이 그 일을 상세히 알고 싶어 했다고 기억했다. 그는 머리를 끄덕이며 귀를 기울였다. 올 저겐슨은 모두 말해 주었다. 그가 탐내던 땅이 팔렸다는 말을 듣자 얼굴에서 정중함이 사라져 표정을 읽을 수 없었던 것을. 칼은 계속 끄덕이더니 간판을 들고 사다리에서 내려왔다. "말씀해 주셔서 감사합니다." 그가 말했다.

11

정오에 휴정이 선언된 후 미야모토 가부오는 이제까지의 일흔일곱 번과 마찬가지로 그날도 유치장에서 점심을 먹었다. 그가 수감된 유치장은 법원 지하에 있는 두 유치장 중 하나로 창살도 창도 없었다. 낮은 간이침대, 변기, 세면대 그리고 작은 탁자 하나로 겨우 지낼 만한 공간이었다. 콘크리트 바닥 한구석에 배수구가 있고, 문에 가로세로 30센티미터의 격자창이 있었다. 그 외에는 어디에도 빛이 들어올 구멍이나 틈새가 없었다. 머리 위에 알전구가 매달려 있었는데, 가부오는 그것을 돌려서 켜고 끌 수 있었다. 처음 일주일이 지나자 그는 차라리 어둠이 편하게 느껴졌다. 눈이 어둠에 익숙해졌다. 불을 끄고 있으면 밝을 때보다 사방 벽이 덜 답답했고, 갇혀 있다는 느낌이 덜했다.

가부오는 간이침대 가장자리에 앉아서 앞에 놓인 탁자에 점심을 올려놓았다. 땅콩버터와 잼을 바른 샌드위치, 당근 두 쪽, 라임 젤리 그리고 양철 컵에 담긴 우유가 식판에 놓여 있었다. 특별한 시간을 위해 그는 불을 켰다. 자신이 무엇을 먹고 있는지 알아야 했고, 면도용 손거울에 얼굴을 비춰 보기 위해서였다. 아내가 도조의 병사처럼 보인다고 했는데, 정말 그런지 보고 싶었다.

그는 식판을 무릎 앞에 놓고 앉아 손거울 속에 보이는 자신의 얼굴과 마주했다. 한때 소년의 얼굴이 있던 자리에 전쟁을 겪은 얼굴이 있었다. 그 얼굴을 보고 처음에는 경악했지만 이제 더 이상 놀라지 않았다. 전쟁이 끝나고 집으로 돌아왔을 때 다른 군인들의 눈에서 보았던 것과 같은 불안하고 공허한 시선을 자신의 눈에서 보았다. 그는 현재의 상태에서 영원히 멀리 떨어져 있으면서, 동시에 현재보다 더 즉각적인 세계를 응시하는 것처럼 사물을 똑바로 보지 않는 것 같았다. 가부오의 기억은 대부분 그런 식이었다. 그의 일상생활 아래에는 마치 물속에서 사는 것 같은 삶이 있었다. 가부오는 철모를 쓴 머리 위로 벌들이 끊임없이 웅웅대며 날아다니는 울창한 산기슭에서 마주쳤던 매우 어린 소년을 기억했다. 그는 얼떨결에 정면에서 그 청년의 사타구니를 쏘았다. 쓰러진 소년에게 다가가자 그는 가부오를 올려다보며 잇새로 떨리는 독일어를 말했다. 이내 그 소년은 공황에 빠져 총으로 손을 옮겼고, 가부오는 근거리에서 그의 심장을 쏘았다. 그 소년은 여전히 죽지 않은 채 두 그루의 나무 사이에 반듯이 누워 있었고, 가부오는 2미터 거리에서 온몸이 얼어붙은 채 계속 라이플을 겨누고 있었다. 소년은 두 손으로 가슴을 움켜쥐고 머리를 들려고 애쓰면서 뜨거운 오후의 대기를 들이마시며 숨을 쉬어 보려 했다. 그가 잇새로 다시 무슨 말인가 했을 때 가부오는 비로소 그가 살려 달라고 애원하고 있다는 것을 알았다. 자신을 죽이려는 미국인에게. 주위에 둘밖에 없기에 그는 선택의 여지 없이 가부오에게 살려 달라고 할 수밖에 없었다. 결국 소년은 더 견디지 못하고 말을 멈추었고, 가슴이 대여섯 번 뒤틀리더니 피가 입에서 뺨으로 흘러내렸다. 가부오가 라이플을 들고 다가가 독일 소년의 오른쪽에 쭈그리고 앉자 소년은 한 손을 가부오의 군화에 얹더니 눈을 감고 숨을 거두었다. 가부오는 그의 입술에 잠시 남아 있던 긴장이 사라질 때까지 지켜보았다. 곧 독일 소년의 내장에서 아침에 먹은 음식 냄새가 올라왔다.

   지금 가부오는 유치장에 앉아 주의 깊게 얼굴을 관찰했다. 얼굴은 자신이 통제할 수 있는 성질의 것이 아니었다. 얼굴은 군인으로서의 경험에 영향을 받았고, 그가 어떻게 느끼느냐에 따라 정확히 내면이 반영되었다. 많은 시간이 지난 지금도 그는 산기슭에서 죽어 간 독일 소년을 생각할 때마다 귀가 먹먹하고 다리가 후들거리면서 나무에 기대앉아 수통의 물을 마시던 그때처럼 심장이 세차게 뛰는 것을 느낄 수 있었다. 자신이 발산하는 냉정함을 산피에드로 사람들에게 어떻게 설명할 수 있을까? 그 소년, 그 놀란 표정의 얼굴로 모여들던 파리들, 셔츠에서 스며 나와 역한 냄새를 풍기며 바닥에 고이던 피 웅덩이, 동쪽 언덕에서 들리던 총성. 그는 그곳을 빠져나왔지만 그는 그 기억에서 빠져나오지 못했다. 지금 이 성가신 세상은 그로 하여금 그 소년에 관한 기억을 집중하지 못하게 하는 비현실적인 곳이었다. 그 이후로도 세 번의 살인이 더 있었다. 첫 번보다는 덜 어려웠다 해도 살인은 마찬가지였다. 자신의 얼굴을 사람들에게 어떻게 설명할 수 있을까? 미동도 없이 앉아 있던 그는 잠시 후 자신의 얼굴을 객관적으로 보기 시작했다가 자신의 얼굴에서 하쓰에가 보았던 것을 보았다. 그는 배심원들에게 자신의 결백을 증명하려 했고, 겁에 질린 자신의 영혼을 보여 주고 싶었고, 완벽한 평정 상태에서 그러한 영혼이 반영될지도 모른다는 희망으로 똑바로 앉아 있었다. 그는 부친에게서 평정을 찾을수록 자신이 더욱 드러나고 내적 삶의 진실이 확연해진다는 명쾌한 역설을 배웠다. 가부오의 초연한 태도는 다소 자명해 보였다. 그는 판사, 배심원 그리고 방청석에 앉은 사람들의 평화를 지켜 주기 위해 자신의 평화를 희생한 참전 군인의 얼굴을 그들이 알아보리라 기대했다. 그러나 지금 그는 자신을 유심히 관찰하면서 그 얼굴이 오히려 도전적으로 보인다는 것을 깨달았다. 그 얼굴은 일어난 어떤 일에도 반응하길 거부했고, 배심원들이 그의 심장 소리를 들을 기회조차 주지 않았다.

그러나 증인석에서의 에타 하이네 말을 들으면서 가부오는 심한 분노를 느꼈다. 법정에서 그녀가 아버지에 대해 모욕적으로 말할 때 그는 조심스럽게 쌓아 올린 외벽이 허물어지는 것 같았다. 당장이라도 증언을 중단시키고 아버지가 얼마나 강하고 부지런했으며, 솔직하고 친절하고 겸손한 사람이었는지 알리고 싶은 욕구가 치밀었다. 그러나 그는 꾹꾹 참았다.

이제 그는 유치장 안에서 거울을 통해 자신이 쓴 가면을 들여다보았다. 그 가면은 전쟁을 암시하고 전쟁의 결과를 직시한 힘을 보여 주기 위해 그가 준비한 것이었다. 대신 그 가면은 법정에뿐만 아니라 그가 대면한 법정에서의 예정된 죽음에 대해 건방짐과 이상한 오만함을 전달했다. 손거울 안의 얼굴은 전쟁 이후 그가 자신의 내면을 들여다보게 한 바로 그 지친 얼굴이었다. 그래서 그는 그 얼굴을 바꾸려고 노력했다. 그 얼굴이 부담스러웠기에. 하지만 결국 그 얼굴은 불변으로 남았다. 그는 스스로 자신이 전쟁 중에 저지른 살인을 유죄라고 생각했지만 마음속에 영원히 살아 있는, 다른 말로 어떻게 표현해야 할지 알 수 없는 그 죄를 결코 밖으로 드러내지 않으려고 노력했다. 하지만 그 노력 자체가 오히려 그 죄를 훤히 드러내고 있었고, 그로서는 그것을 도저히 막을 수 없었다. 피고석 탁자 위에 두 손을 올리고 섬사람들에게 등을 돌리고 앉아 있는 동안 그는 저절로 만들어진 그 얼굴을 바꿀 수 없었다. 재판이 시작되기 전에 넬스 것먼슨이 말했듯이 얼굴에 운명이 있다는 것을 그는 이제 깨달았다. "사실이 존재하고," 그가 말했다. "배심원들이 그 사실을 귀로 듣네. 하지만 무엇보다 그들은 자네를 지켜보네. 증인들이 증언할 때 그들은 자네 얼굴이 어떻게 변하는지 지켜보지. 그들은 기본적으로 법정에서 자네가 어떻게 보이는지, 자네가 어떤 모습이고 어떤 행동을 하는지에서 대답을 찾네."

그는 그 남자, 넬스 것먼슨을 좋아했다. 9월 어느 오후에 그가 접는 체스 판을 겨드랑이에 끼고 체스 말이 가득 담긴 아바나 시가 상자를 들고 처음 나타났을 때부터 그를 좋아했다. 그는 셔츠 주머니에서 시가 하나를 빼 건네고 자신의 것에도 불을 붙인 다음 가부오가 눈치채지 못하는 사이에 상자에서 캔디바 두 개를 꺼내 그의 침대에 떨어뜨렸다. 그것이 그가 자선을 베푸는 방식이었다.

"자네 변호사인 넬스 것먼슨이네. 법원에서 자넬 변호하라고 임명했지. 난……"

"제가 한 짓이 아닙니다." 가부오는 말했었다. "전 아무 죄도 없습니다."

"이보게, 내 말 들어 보게. 우리 그 문제는 나중에 걱정하도록 하세. 어떤가? 난 벌써 오십 년도 더 체스를 둘 시간이 있는 사람을 찾아다녔네. 자네가 그 친구가 될지도 모를 것 같은데."

"맞습니다." 가부오가 말했다. "하지만……,"

"자넨 군대에 있었으니까 체스는 당연히 잘하겠군. 체스, 체커, 러미, 브리지, 하트, 도미노, 크리비지모두 카드 게임을 포함한 게임의 일종. 솔리테어혼자 하는 카드 게임는 어떤가? 솔리테어가 여기 있는 자네한테 맞을 것 같은데."

"솔리테어는 싫습니다. 게다가 유치장에서 솔리테어를 하기 시작하면 우울해지려고 작정한 거죠."

"그런 생각 말게. 자네가 여기서 나가기만 한다면 상관없잖은가." 그가 미소 지었다.

가부오가 끄덕였다. "그러실 수 있습니까?"

"지금 당장은 바뀔 게 없네, 가부오. 자넨 재판 때까지 여기 있게 될 거야."

"재판은 필요 없습니다."

"앨빈 훅스는 동의하지 않을 걸세." 넬스가 말했다. "그는 자신의 사건을 준비하고 있네. 일급 살인으로 기소해 자네에게 사형을 선고하려고 열심이지. 그러니 우리도 열심히 해야겠네. 자네와 난 할 일이 많아. 하지만 우선 체스 어떤가?"

사형선고. 가부오는 자신에게 말했다. 불교 신자이며 인과응보를 믿는 그는 자신이 전쟁에서 저지른 살인에 대한 대가를 치르게 될지도 모른다고 생각했다. 모든 것이 자신에게 돌아오며, 세상에 우연한 것은 아무것도 없었다. 죽음에 대한 공포가 마음속에서 점점 커져 가고 있었다. 하쓰에와 아이들을 생각하면서 자신이 그들을 사랑하는 만큼, 이탈리아 땅에 남겨 두고 떠나온 죽음에 대한 죗값을 치르기 위해 그들을 떠나야만 할 것 같았다.

"침대에 앉으시죠." 침착해지려고 애쓰며 그가 넬스에게 말했다. "탁자를 끌어와서 판을 올려놓죠."

"좋아." 넬스가 말했다. "딱 좋군."

노인의 손이 더듬거리며 체스 말들을 올려놓았다. 검버섯이 핀 손의 투명한 피부를 통해 핏줄이 드러나 보였다.

"흰 말로 하겠나, 검은 말로 하겠나?"

"둘 다 장점이 있죠. 선택하십시오, 것먼슨 씨."

"대개는 먼저 두려고 하지." 넬스가 말했다. "어째서지?"

"먼저 두면 유리하다고 생각하는 거겠죠." 가부오가 말했다. "공세를 취할 수 있다고요."

"자넨 안 그런가?"

가부오는 양손에 졸을 하나씩 쥐더니 그것들을 등 뒤로 감추었다. "이 방법이," 그가 말했다. "그 문제를 해결할 최선책이죠. 선생님이 고르세요." 그가 넬스 앞에 꼭 쥔 주먹을 내놓았다.

"왼쪽." 노인이 말했다. "우연에 맡긴다면 왼쪽이나 오른쪽이나 마찬가지겠지? 피차일반이지만 난 이쪽으로 하겠네."

"어느 쪽이든 상관없다는 겁니까? 흰 말이든, 검은 말이든?"

"손이나 펴게." 넬스가 잇새에 물고 있는 시가를 오른쪽으로 치켜올리며 대답했다. 가부오는 그의 이가 틀니라는 생각이 들었다.

결과는 넬스가 선이었다. 노인은 킹을 움직이지 않았다. 그는 엔드게임_{킹의 포위를 노리는 최종 단계}에는 관심이 없었다. 그의 전략은 초반에 말들을 포기하는 대신 난공불락의 위치를 구축하는 것이었다. 가부오는 그가 무엇을 하는지 빤히 보이는데도 지고 말았다. 무언가를 시도해 볼 틈도 없었다. 게임은 아주 갑작스럽게 끝나 버렸다.

가부오는 식판 위에 손거울을 놓고 이제 라임 젤리를 반쯤 먹었다. 당근과 남은 샌드위치를 씹어 삼키고 양철 컵에 든 우유를 마신 다음 거기에 두 번 물을 채웠다. 그는 손을 씻고 신발을 벗고 침대에 벌렁 드러누웠다. 잠시 후에 다시 일어서서 소켓에 든 전구를 돌렸다. 그리고 어둠 속에 누운 피고인은 눈을 감았고, 꿈을 꾸었다.

그는 잠을 자지 않고도 꿈을 꾸었다. 유치장 안에서 그는 자주 백일몽과 몽상에 빠졌다. 벽을 탈출해 산피에드로의 숲길과 하얗게 서리가 내려 바삭거리는 가을 들판을 자유롭게 헤매고 다니는 식으로. 어떤 기억의 잔재를 좇다 보면 갑자기 블랙베리 덤불이나, 엉뚱하게 양골담초밭에 가 있기도 했다. 그의 생각 속에는 앉은부채천남성과의 여러해살이풀가 무성한 분지와 고사리 골짜기 속 옛날 목재를 운반하던 미끄럼 길과 잊힌 농장의 오솔길이 묻혀 있었다. 때로 그 길들은 바다가 내려다보이는 절벽에서 끝나 버리기도 하고, 이리저리 내려가 아름드리 삼나무와 오리나무 묘목, 단풍나무들이 겨울 조수에 밀리며 가지 끝을 모래와 자갈 속에 힘없이 파묻고 있는 해변에 다다랐다. 물에 넘어진 나무에는 파도에 실려 온 해초가 축축한 타래를 친 친 감고 있었다. 이내 그의 생각은 좀 더 바깥을 향해 달려갔고, 연어가 달리는 바다에서 그물을 드리우고 얼굴에 미풍을 맞았다. 아일런더호 상갑판에 서 있는 그 앞에 흰 파도가 달빛에 반사되어 반짝였다. 아일랜드 군 유치장의 간이침대 위에서 그는 다시 거품을 가르며 달리는 배 밑에 와 닿는 물결을 느꼈다. 그는 눈을 감고 짭짤한 바다 냄새와 짐칸에 실은 연어 냄새를 들이마셨고, 그물 윈치가 작동하면서 밑에서부터 올라오는 엔진 소리를 들었다. 싸늘한 아침, 먼동이 트는 희미한 새벽빛 속에 날아가는 수많은 바닷새와 함께 아일런더호는 짐칸에 연어 수백 마리를 싣고 바람에 돛을 부풀리며 집으로 향했다. 통조림 공장에서 그는 물고기를 하나하나 들어 보고 옆으로 던져 놓곤 했다. 부드러운 빛을 발하는 유연하고 날씬한 몸체에 미끌거리는 눈을 흐리멍덩하게 뜨고 있는 치누쿠 연어는 길이가 그의 팔뚝만 했고 무게는 그의 4분의 1이나 되었다. 머리 위에서 갈매기들이 비스듬히 날고 있는 동안 그는 다시 손안에서 물고기를 느낄 수 있었다. 배가 부두를 향해 출발하자 갈매기들이 가슴을 열고 그를 따랐다. 그는 한 무리의 갈매기에 둘러싸여 아일런더의 갑판을 청소했다. 끼룩거리며 음식 쓰레기를 찾아 낮게 선회하는 갈매기들을 지켜보고 있는데, 말린 테네스콜드와 윌리엄 지오바그가 나란히 서서 총으로 그것들을 쏘아 물 위로 떨어뜨렸다. 총소리가 아미티 항구의 산봉우리에 부딪혀 되돌아왔을 때 가부오는 자신이 무엇을 잃어버렸는지 기억했다. 황금색과 금색으로 변해 가는 자작나무와 오리나무, 가을빛으로 물드는 단풍, 10월 초의 적갈색 컬러, 사과 압착기, 호박, 애호박이 담긴 바구니. 고기잡이로 밤을 새우고 휘청거리며 포치에 오를 때 적막한 잿빛 아침 공기 속에서 풍기는 낙엽 냄새, 울창하고 아름다운 삼나무 숲, 낙엽 밟히는 소리, 비 때문에 진흙 속에 묻힌 나뭇잎들. 그는 가을비가 그리웠다. 척추 마디를 따라 등으로 흘러내리며 머리카락 속에서 물보라를 일으키던 그 비를 그리워하게 될 줄은 꿈에도 생각지 못했다.

  8월에 그는 가족을 데리고 라니드론섬에 갔다. 그는 배에서 작은 보트를 내려 가족을 태우고 슈거 샌드 해변으로 노를 저어 갔다. 딸

아이들은 파도 속에 서서 막대기로 해파리를 찔러 보고 성게를 잡기도 했다. 가부오는 오른팔에 갓난아기를 안고 좁은 지류를 따라 올라가 마침내 이끼 낀 벽에서 떨어져 내리는 폭포에 다다랐다. 그들은 솔송나무 그늘 밑에서 점심을 먹고 산딸기를 땄다. 하쓰에는 자작나무 아래에서 광대버섯을 발견하고 딸들에게 보여 주면서 순백의 아름다운 모습이지만 먹으면 죽는다고 경고했다. 또 근처에서 자라는 공작고사리를 가리키면서 솔잎 바구니를 엮을 때 넣으면 그 검은 줄기 색이 계속 남는다고 가르쳐 주었다.

그는 그날 아내에게 완전히 탄복했다. 그녀는 생강 줄기를 캐서 양념 밥을 했고, 톱풀로 차를 만들었다. 뾰족한 막대기로 흙을 둥글게 헤쳐 조개를 파냈고, 유리 돌과 돌에 박힌 게 다리 화석을 주웠다. 아기에게는 바닷물을 끼얹어 주었다. 저녁이 되자 딸들은 해변의 나무를 모아 불을 피우는 가부오를 도왔다. 황혼 속에서 그들은 다시 보트를 띄웠다. 큰딸은 라니드론섬의 해초 숲에서 대구를 낚아 올렸다. 그가 갑판에서 생선 살을 바르고 있을 때 하쓰에가 손낚시로 다시 한 마리를 잡았다. 그들은 바다에서 대구, 조개, 생강 밥을 먹고 엽차를 마셨다. 둘째 딸과 아기는 침대에서 잠들었고, 맏딸은 타륜을 조종하고 있었다. 가부오와 하쓰에는 앞쪽으로 나갔다. 그는 그녀의 등에 가슴을 대고 서 있다가 남쪽에 아미티 항구의 불빛이 보이자 선실로 들어가 아일런더호의 방향을 바로잡았다. 타륜을 자신에게 넘기고 자신의 팔에 머리를 기댄 딸은 배가 자정 무렵 항구에 들어왔을 때까지 그대로 머리를 기대고 있었다.

이내 그는 만자나 수용소 이전 시절의 딸기밭을 기억했고, 언제나 그랬던 것처럼 그 딸기밭 속에 있었다. 딸기의 바다, 고랑과 고랑, 어릴 때부터 알아 온 10여 농장에 도로망처럼 복잡하게 얽혀 있는 딸기 덩굴 미로. 그는 목덜미에 햇살을 받으며 흙과 딸기 냄새가 안개처럼 피어오르는 초록과 빨강의 물결에 몸을 숙이고 들것 위에 놓인 솔잎 바구니 열두 개를 딸기로 채우며 둔덕의 고랑에 있었다. 그는 결혼하기 전의 아내를 보았다. 그녀는 이치카와 농장에서 딸기를 따고 있었다. 그는 들것을 가지고 어쩌다 우연히 마주친 것처럼 보일 양으로 그녀에게 다가갔다. 그가 오는 것을 보지 못하고 허리를 숙인 채 부지런히 손을 놀리던 그녀가 마침내 눈을 들었다. 그녀는 그의 눈을 마주 보며 언제나처럼 날렵한 솜씨로 딸기-그녀의 손가락 사이에 붉은 보석처럼 가볍게 자리 잡은-를 따서 솔잎 바구니 하나를 가득 채웠다. 들것 위에 놓인 세 바구니에는 이미 잘 익은 열매들이 수북이 담겨 있었다. 그는 건너편에 웅크리고 앉아 딸기를 따면서 그녀를 바라보았다. 무릎 가까이 턱을 댄 채 쭈그리고 앉은 그녀. 머리는 두꺼운 끈에 팽팽히 묶여 있고, 이마는 땀에 배어 있었으며 삐져나온 머리칼이 뺨과 코에 흘러내려 있었다. 그녀는 열여섯 살이었다. 샌들과 좁은 어깨끈이 달린 모슬린 여름옷 차림에 가슴을 허벅지에 붙인 채 납작 엎드려 있었다. 그는 다시 그녀의 튼튼한 다리, 갈색으로 그은 발목과 장딴지, 나긋나긋한 등, 땀에 젖은 목덜미를 바라보았다. 저녁이 되자 닳은 삼나무 널로 지은 그녀의 집을 보러 사우스 해변 숲길을 빠져나와 그녀가 사는 곳을 향해 들을 가로질렀다. 희미한 달빛이 높은 삼나무들로 둘러싸인 딸기밭을 비추고 있었다. 하쓰에의 집 창문 초롱불이 오렌지빛으로 흔들렸고, 20센티미터쯤 빠끔히 열린 문에서 새어 나오는 불빛이 포치를 가로지르고 있었다. 귀뚜라미와 두꺼비 울음소리, 개가 뛰는 소리, 그리고 밤바람에 흔들리는 빨래들. 그는 다시 초록색 딸기 덩굴과 비에 젖은 낙엽과 바다 냄새 속에서 숨 쉬고 있었다. 그녀가 샌들을 끌면서 음식물 쓰레기를 담은 양동이를 들고 자신을 향해 천천히 걸어와 퇴비 더미에 쓰레기를 쏟아붓은 다음 딸기 고랑 사이를 지나쳐 갔다. 그는 그녀가 한 손으로 머리카락을 잡고 다른 손으로 가장 달콤한 열매를 찾아 까치발을 하고 줄기 속을 더듬는 모습을 보았다. 그녀는 머리채를 잡은 채 입술 사이로 딸기를 밀어 넣었고, 그녀가 열매를 따고 놓아 준 줄기가 조용히 원을 그리며 제자리로 돌아갔다. 그녀를 지켜보며 그는 오늘 밤 그녀에게 키스하면 신선한 딸기 맛을 볼 수 있을 것이라고 상상했다.

그는 역사 수업에서 그녀를 보았다. 그녀는 잇새에 연필을 물고 있었고, 목덜미에 얹은 한 손은 탐스러운 머리카락에 가려 보이지 않았다. 주름 스커트에 마름모 무늬 스웨터를 입고 반짝거리는 구두의 오닉스 버클 위로 흰 양말을 접어 신은 그녀가 가슴에 책을 안고 복도를 따라 걸어왔다. 그녀는 옆을 지나쳐 가며 그를 보더니 아무 말 없이 시선을 돌렸다.

그는 만자나를 기억했다. 먼지 쌓인 막사, 타르 종이를 바른 통나무집과 식당, 모래 맛이 나는 빵까지. 그들은 수용소 채소밭에서 가지와 상추를 재배하는 일을 했다. 보수는 적고 노동 시간은 길었지만 열심히 일하는 것이 자신들의 의무라고 했다. 그와 하쓰에는 처음엔 별로 대화가 없었지만 그들이 두고 온 산피에드로의 딸기밭과 잘 익은 딸기 냄새에 관해 이야기하기 시작했다. 그는 그녀를 사랑하게 되었다. 그는 그녀의 아름답고 우아한 외모 이상의 무언가에 끌렸으며, 그들이 마음속에서 같은 꿈을 꾸고 있다는 것을 알았을 때 그녀에 대한 무한한 확신을 가졌다. 둘은 어느 날 밤 수용소로 들어오는 트럭 뒤에서 키스했다. 짧은 순간이었지만 따스하고 촉촉한 그녀의 입술에서 그는 그녀가 자신을 만나기 위해 천상에서 인간세계로 내려온 듯한 느낌을 받았다. 그렇게 그의 사랑은 깊어 갔다. 밭에서 일할 때는 그녀를 스쳐 지나가면서 잠깐이나마 한 손을 그녀의 허리에 둘렀다. 만자나에서 점점 더 못이 박이고 굳어 가는 그의 손을 그녀가 손가락 사이에 움켜쥐면 그가 마주 잡았고, 그들은 다시 잡초 뽑는 일로 돌아갔다. 사막 먼지가 섞인 바람에 피부는 거칠어지고 머리카락은 뻣뻣해졌다.

그가 군에 입대한다고 했을 때 하쓰에의 얼굴에 나타나던 표정이 떠올랐다. 무서운 것은 그가 떠나 있는 것이 아니라-사실 그것도 무서울 일이지만- 그가 돌아올 수 없을지도 모르고, 다른 사람이 되어 돌아올 수도 있는 것이라고 그녀는 말했다. 가부오는 아무런 약속도 하지 않았다. 돌아올 수 있을지, 또 같은 사람으로 돌아올 수 있을지 장담할 수 없었다. 다만 그것은 명예에 관한 문제이며, 그로서는 전쟁이 자신에게 부과하는 의무를 받아들일 수밖에 없다고 설명했다. 처음에 그녀는 그를 이해하지 못했다. 의무는 사랑보다 중요하지 않으며, 가부오도 그렇게 생각하기를 바란다고 주장했다. 하지만 그는 동의할 수 없었다. 사랑은 깊어 가는 것이며, 삶 그 자체를 의미하지만 명예는 그가 지켜야 하는 무엇이었다. 만일 전쟁에 나가지 않으면 떳떳하게 살 수 없으며 그녀에게도 쓸모없는 인간이 될 것이라고 말했다.

그녀는 그를 외면하고 멀리하려 했고, 사흘 동안 서로 말을 걸지 않았다. 결국 그는 어두워지는 채소밭에서 그녀에게 다가가 세상 그 무엇보다 그녀를 사랑하며 자신이 떠나야 하는 이유를 이해해 달라고 말했다. 그는 그녀에게 자신을 생긴 그대로, 자신의 마음을 있는 그대로 인정해 달라는 것 이외에 아무것도 요구하지 않았다. 하쓰에는 기다란 손잡이가 달린 호미를 들고 서서 성격은 언제나 운명이라는 것을 시게무라 부인에게서 배웠다고 말했다. 그는 그가 원하는 대로 하고 자신도 그렇게 할 뿐이라고.

그는 고개를 끄덕이고 애써 태연한 척했다. 그러고는 돌아서서 가지밭 고랑을 걸어갔다. 20미터쯤 갔을 때 그녀가 이름을 부르더니 떠나기 전에 자신과 결혼하겠느냐고 물었다. "왜 나와 결혼하려 하지?" 그가 묻자 그녀의 대답이 돌아왔다. "네 일부를 간직하려고." 그녀는 호미를 떨어뜨리고 20미터를 걸어와 그를 안았다. "이게 내 성격인가 봐." 그녀가 속삭였다. "널 사랑하는 게 지금의 내 운명이겠지."

이제 그는 그것이 전쟁에 의한 결혼이었다는 것을 알았다. 선택의 여지가 없었기에, 양쪽 모두 옳은 일이라고 생각했기에 서둘러야 했다. 그들은 서로를 안 지 불과 몇 달밖에 되지 않았다. 그는 멀리서 항상 그녀를 흠모했지만 두 사람의 결혼은 어쩌다가 하는 수 없이 이루어진 것처럼 보였다. 양가 부모의 허락이 떨어졌다. 그는 자신이 돌아왔을 때 하쓰에가 그 자리에 기다리고 있으리라 믿고 기쁜 마음으로 전쟁에 나갔다. 그리고 살인자로 돌아왔다. 다른 사람이 되어서 돌아올지 모른다는 그녀의 두려움이 확인된 셈이었다.

그는 아버지의 얼굴 그리고 진주만 공습이 있기 전 나무 궤짝 안에 보관하고 있던 칼을 기억했다. 마사무네라는 대장장이가 만든 가타나刀 칼. 미야모토 집안에서 6세기에 걸쳐 지니고 있었다고 했다. 아버지는 아무 장식 없이 시퍼렇게 날이 선 그 무기를 칼집에 넣고 천으로 싸서 보관했다. 그 아름다움은 단순함과 완만한 곡선에 있었고, 나무로 만든 칼집 또한 소박했다. 아버지는 그것을 가져다가 다른 것들-검도 연습용 나무 검, 사게오下げ緒 칼집에 달린 끈, 오비帶 허리띠, 하카마袴 일본 옷의 겉에 입는 주름 잡힌 하의, 봇켄木劍 목검-과 딸기밭을 개간했을 때 그루터기들을 제거할 목적으로 썼던 다이너마이트와 함께 조심스럽게 싸서 어느 날 밤 딸기밭 구덩이에 묻었다. 일본어로 쓰인 두루마리와 책이 가득한 상자 그리고 산피에드로 일본 교민 회관에서 봉건시대 부게이샤武芸者 무예가 복장을 하고 검도를 휘두르는 가부오의 사진과 함께.

가부오는 일곱 살에 검도를 배우기 시작했다. 아버지는 어느 토요일 시민 회관 체육관 한구석에 마련된 도장으로 그를 데려갔다. 그들은 방 뒤쪽에 있는 벽감 앞에 무릎을 꿇고 생쌀이 담긴 작은 사발들이 놓인 선반을 조용히 응시했다. 가부오는 앉은 자세로 절하는 법을 배웠다. 무릎을 꿇고 있는 동안 아버지는 정신의 의미를 조용히 설명해 주었고, 아들은 그것이 잠재적 위험에 지속적으로 대처하는 깨어 있음이라고 이해했다. 아버지는 "정신! 정신!"을 반복하며 벽에서 죽도를 하나 내리더니 가부오가 피할 새도 없이 그의 명치를 때렸다.

"정신!" 아들이 숨을 돌리는 동안 젠이치가 말했다. "이해했다고 하지 않았니?"

아버지는 가부오가 검도를 배운다면 일반인들보다 더 많은 것을 예상할 수 있으리라고 말했다. 그런데 그는 배우고 싶은지 알 수 없었다. 선택은 그의 것이었다. 그에게는 좀 더 시간이 필요했다.

가부오가 여덟 살이 되자 아버지는 처음으로 무기를 잡게 했다. 목검이었다. 딸기 수확이 끝난 7월 어느 날 아침 일찍 두 사람은 딸기밭에 섰다. 목검은 90센티미터 길이의 벚나무로 둥글게 만든 것이었는데, 메이지유신 이전에 사무라이였던 증조부의 유품이었다. 칼을 차고 다니는 것이 불법이 되자 그는 열흘 동안 규슈에서 정부의 농토를 경작하다가 구마모토에 집결한 2백여 명의 다른 사무라이 반역자들과 합세했다. 그들은 '신의 태풍'이라는 연맹을 결성해 사흘간 굶으면서 칼을 들고 황실 수비대를 공격했다. 수비대는 소총을 휘두르며 첫 동시 사격에 스물아홉 명을 사살했고, 생존자들은 자살했는데 그 가운데 가부오의 증조부도 끼어 있었다.

"넌 사무라이 집안의 후손이다. 네 증조부께선 사무라이가 될 수 없어서 돌아가셨다. 사무라이가 더 이상 필요하지 않은 시대에 사셨던 게 불행이었지. 증조부는 적응하지 못했고 세상에 대한 분노에 사로잡혔어. 난 네 증조부가 무섭게 화를 내시던 게 기억난다, 가부오. 증조부는 메이지에 복수하기 위해 사셨지. 대중 앞에서 더 이상 칼을 차고 다닐 수 없다는 말을 듣고 나서 알지도 못하는 정부 관리들을 죽이려고 음모를 꾸미셨어. 증조부는 점차 분별력을 잃어 갔고, 메이지의 소총에 맞아도 죽지 않는다고 말하면서 자신을 신격화했다. 증조부는 언제나 밤에 나가셨어. 우린 어디 가시는지 몰랐지. 증조모는 조바심치셨고, 아침에 증조부가 돌아오면 두 분이 다투셨지만 네 증조부는 설명하지도 태도를 바꾸지도 않으셨어. 눈은 벌겋게 충혈됐고 얼굴은 험상궂게 변하셨어. 집에서도 칼을 차고 말없이 밥을 드셨지. 메이지 때 면직된 다른 사무라이들과 합세하셨다는 이야기가 있었다. 그들은 변장하고 칼을 들고 거리를 배회하면서 정부 관리들을 죽였어. 그들은 산적, 도둑, 변절자가 되었지. 막부의 성을 몰수하고 막부의 군대를 말살한 오쿠보 도시미치의 암살 소식을 듣고 할아버지가 기뻐하시던 게 생각난다. 싱긋 웃으시며 술을 드셨지. 할아버지는 숙련된 검객이셨다. 하지만 분노가 할아버지를 망쳐 버렸어. 기구한 일이지. 내가 네 나이였고, 할아버지가 행복하고 온화한 분이셨을 때 칼을 어떻게 써야 하는지에 대해 자주 말씀하시곤 하셨으니까. 할아버지는 칼로 생명을 빼앗는 게 아니라 생명을 주는 게 사무라이의 목적이라고 말씀하셨다. 칼의 목적은 생명을 앗아 가는 게 아니라 생명을 주는 것이라고. 집중하면 목검을 잘 다룰 수 있어. 넌 소질이 있어. 이제 여덟 살이 됐으니 배우려고 마음만 먹으면 된단다."

"배우고 싶어요."

"그럴 줄 알았어. 하지만 네 손을 봐라."

가부오는 손을 바로잡았다.

"네 발," 아버지가 말했다. "앞을 좀 더 모으고. 몸무게가 뒤로 쏠렸어."

두 사람은 딸기 사이로 움직이며 수직 타격부터 시작했다. 아들이 앞으로 나가면 아버지는 물러섰다. "목검치기," 가부오의 아버지가 말했다. "엉덩이와 배를 세우고 배 근육에 힘을 주면서 내리쳐야 한다. 아니, 무릎이 너무 붙었어. 벌리고 쳐야 해. 팔꿈치가 유연하지 않으면 완전히 휘두를 수 없어. 검도는 힘으로 하는 게 아니야. 엉덩이를 넣고 무릎과 팔꿈치는 부드럽게 돌리고, 배에 단단히 힘을 주고, 베고, 돌고, 다시 치고……."

아버지는 목검을 쥐고 손목을 자유자재로 움직이는 법을 가르쳤다. 한 시간이 지나 밭일할 시간이 되자 두 사람은 목검을 치웠다. 그날부터 가부오는 매일 아침 검도 연습을 했다. 사람의 머리를 내리쳐 두개골을 양쪽으로 쪼개는 수직치기 그리고 왼쪽, 오른쪽, 위쪽과 아래쪽에서 치는 사선치기는 갈빗대 밑을 가르거나 팔을 단번에 잘라 버릴 수 있고, 왼쪽에서 휘두르는 수평치기는 골반 바로 위를 절단할 수 있으며, 마지막으로 가장 일반적인 검도치기는 오른손잡이가 적의 왼쪽 머리에 상당한 힘을 가할 수 있는 수평 공격이었다.

그는 그 기술들이 자신의 일부처럼 익숙해지고 목검이 연장된 손처럼 느껴질 때까지 연습했다. 열여섯 살이 되었을 때 교민 회관에서 그를 당할 사람은 아무도 없었다. 검도를 중요한 취미로 생각하는 성인 남자 여섯 명은 물론이고 아버지조차 기꺼이 아들의 승리를 인정했다. 하지만 검도 클럽의 많은 사람이 젠이치가 나이가 더 많음에도 불구하고 좀 더 순수함을 지닌 훌륭한 수련생이라고들 했다. 반면 아들 가부오는 투지가 강하고 궁극적인 승리를 쟁취하기 위해 어두운 내면에 의지하려는 경향이 있다고들 했다.

독일인 네 명을 죽이고 나서야 가부오는 그들이 옳았다는 것을, 연장자의 혜안으로 자신을 꿰뚫어 보았다는 것을 알았다. 그는 전사였고, 어두운 잔혹성은 미야모토 가계의 혈통에서 이어져 왔으며, 그는 다음 세대에 그것을 전달할 운명이었다. 미친 사무라이였던 증조부에 관한 이야기는 바로 자신의 이야기이기도 하다는 것을 그는 지금 깨달았다. 때로 잃어버린 가족의 딸기밭 때문에 치미는 분노를 느꼈고, 그는 내장 깊숙이 분노를 쌓으며 목검을 들고 마당에 서서 자신이 창작한 불길한 무도극을 연습했다. 그는 전후에 어둠만을 보았다. 전쟁에서, 그리고 자신의 영혼에서-딸기 냄새와 아내와 세 아이에게서 나는 좋은 향기를 제외한 모든 것에서-그는 어둠만 보았다. 그는 가족이 자신에게 주는 행복을 한순간이라도 누릴 자격이 없다고 생각했다. 밤늦게 잠을 이루지 못할 때면 자신의 죄를 남김없이 고백하는 글을 쓰는 상상을 했다. 가족을 떠나 혼자 고통받다 보면 불행이 분노를 누를 수 있을 터였다. 자신에게서 마침내 폭력성이 사라지고 자신의 운명과 다음 생을 관조하게 될지도 모른다고 생각했다.

지금 칼 하이네의 살인자로 기소되어 앉은 자리가 마치 자신이 상상하고 원했던 고통받는 장소인 것만 같았다. 미야모토 가부오는 이제 유치장 안에서 다가올 평결에 대한 두려움으로 고통받고 있었다. 분노했던 삶에 대한 대가를 이제 치러야 할 운명인지도 몰랐다. 세상일이란 본질적으로 인과응보이며 무상하다. 삶이란 얼마나 불가사의한가! 그는 어두운 유치장 안에서 성찰을 통해 만사가 신비와 운명에 의해 결합되어 있음을 점차 확실하게 깨달았다. 인생무상, 인과응보, 고통, 욕망, 고귀한 생명의 본질. 과학자들은 고작해야 본질과 특성을 둘러싸고 있는 껍데기만을 밀고 당길 뿐이다. 지금 그에게는 해탈의 길을 향한 고통을 시작할 수 있는 시간과 투명성이 주어졌고, 그 길은 앞으로 몇 생이 걸릴 것이었다. 그는 최대한 멀리까지 전진해야 하며, 자신의 폭력적인 죄가 이생에서는 다 오르지 못할 정도로 높은 산이라는 것을 인정해야 할 것이었다. 그리고 다음과 그다음 생에서도 여전히 그 산을 오르게 될 것이며, 필연적으로 고통이 가중된다는 사실을 인정해야 했다.

12

 끊임없이 불어오는 북풍이 법원에 눈을 몰아치고 있었다. 정오가 되자 마을에는 눈이 8센티미터 쌓였다. 눈은 내린다기보다 차라리 얼음 안개처럼, 유령의 숨결처럼 아미티 항구의 거리를 위아래로 휘저으며 소용돌이치고 있었다. 악마의 분말, 상아색 구름에서 내뿜는 서릿발, 덩굴손처럼 휘감는 하얀 연기처럼. 정오쯤 되자 바다 냄새가 사라졌고, 바다의 전경도 모호해졌다. 눈 때문에 시야도 좁아지고 흐릿해졌다. 과감하게 문밖으로 나온 사람들은 콧속으로 날카로운 냉기가 파고드는 것을 느꼈다. 머리를 숙이고 피터슨 식료품점으로 가는 사람들이 고무장화를 터벅거리며 걸을 때마다 눈발이 날렸다. 순백의 세계를 향해 얼굴을 찌푸린 채 그들은 눈코 뜰 새 없이 퍼붓는 눈 속에서 아무것도 제대로 볼 수 없었다.
 이스마엘 체임버스는 별다른 목적 없이 밖으로 걸어 나와 눈을 감상하며 회상에 잠겼다. 미야모토 가부오의 재판은 그에게 지나간 세월을 되돌려 주었다.

삼나무 안에서 거의 4년 동안 그와 하쓰에는 젊은 연인들이 느끼는 꿈같은 만족감에 빠져 서로를 소유했다. 두 사람은 푹신한 이끼 위에 외투를 펼쳐 놓고 해가 진 후에도 가능하면 오랫동안, 그리고 토요일과 일요일에는 오후 내내 그 속에서 보냈다. 그 안에서 풍겨 나오는 삼나무 향기가 그들의 피부와 옷에 스며들었다. 두 사람은 심호흡을 한 뒤 안에 들어간 다음 누워서 서로를 만졌다. 그 열기와 삼나무 향기, 은밀함과 밖에서 내리는 비, 부드럽게 미끄러지는 그들의 입술과 혀가 세상이 사라지고 두 사람만 남겨진 듯한 환상을 불러일으켰다. 서로를 안고 있는 동안 이스마엘은 하쓰에의 몸에 자신을 내리눌렀고, 하쓰에도 엉덩이를 들어 올리며 치마 밑에서 다리를 벌리고 그에게 밀착해 왔다. 그는 그녀의 가슴을 느꼈고 그녀의 속옷 허리 밴드에 피부가 쓸렸으며, 그녀는 그의 배와 가슴과 등을 어루만졌다. 가끔 숲속을 지나 집으로 가는 길에 이스마엘은 호젓한 장소를 찾아 자위를 할 수밖에 없었다. 그는 자위를 하면서 하쓰에를 생각했다. 눈을 감고 나무에 머리를 기댔다. 그러고 나면 기분이 나아지는 동시에 더 나빠진 느낌이었다.

때로 그는 밤에 눈을 꼭 감고 그녀와 결혼하면 어떨지 상상했다. 그녀와 결혼할 수만 있다면 이 세상 어디라도 갈 수 있을 것 같았다. 그는 자주 스위스나 이탈리아, 프랑스 같은 곳에서 하쓰에와 함께 지내는 공상을 했다. 그는 사랑을 위해 영혼을 송두리째 바쳤으며, 하쓰에에 대한 감정이 예정되어 있었다고 믿게 되었다. 자신들은 어릴 때 해변에서 만나 함께 일생을 보내게 될 운명이라고. 그 밖의 다른 길은 있을 수 없다고.

　삼나무 안에서 열정적이고 과격한 10대다운 방식으로 온갖 이야기를 나누면서 그는 그녀에게 여러 분위기가 있다는 것을 알았다. 그녀가 쌀쌀맞고 조용해지면 접근할 수 없을 만큼 철저한 거리감이 느껴졌다. 그녀를 안고 있을 때조차 그녀의 마음속에는 그가 다가갈 수 없는 장소가 있는 것 같았다. 때로 그는 그녀가 사랑을 자제하고 있는 것처럼 느껴져 마음이 아프다는 이야기를 슬며시 꺼냈다. 하쓰에는 그렇지 않다고 부정하면서 감정을 자제하는 것은 자신도 어쩔 수 없다고 설명했다. 감정을 함부로 드러내지 않도록 조심하는 훈련을 받으면서 자랐기 때문이며, 그렇다고 해서 얄팍한 마음은 아니라고 했다. 만약 그가 귀 기울이는 방법을 배운다면 자신의 침묵이 말하는 소리를 들을 수 있다고도 했다. 그럼에도 그는 자신이 그녀를 사랑하는 만큼 그녀가 자신을 깊이 사랑하지 않는다는 회의가 남았다.

　그는 하쓰에에게 종교적인 측면이 있다는 것을 더 어렸을 때부터 감지했다. 그녀는 자신이 기본적인 믿음을 간직하려고 어떻게 노력하고 있는지 말했다. 예를 들어 그녀는 모든 삶은 무상한 거라고 매일 생각했다. 하쓰에는 모든 행동이 영혼의 미래를 결정하기 때문에 늘 조심스럽게 행동해야 한다고 설명했다. 남몰래 그를 만나면서 부모를 속이고 있는 데 대한 도덕적인 고뇌가 있다고 고백했다. 그에 따른 결과로 고통을 받을 것 같다고. 아무도 그렇게 오랫동안 속임수를 쓰면서 어떤 식으로든 대가를 치르지 않을 수 없다고. 그 말에 대해 이스마엘은 신이 자신들의 사랑을 잘못된 것이라거나 악으로 여길 수 없다는 논리를 장황하게 펼쳤다. 하쓰에는 신은 개인적이라서 오직 자신만이 신이 자신에게서 원하는 걸 알 수 있다고 대답했다.

이유가 가장 중요하다고 그녀는 덧붙였다. 그녀가 이스마엘과 함께 보내는 시간을 부모에게 감추는 이유는 뭘까? 스스로 그 진의를 깨닫는 것, 그것이 그녀를 가장 힘들게 하는 문제였다.

이스마엘은 학교에서 그녀를 만나면 태연하려고 애쓰면서 그녀에게서 배운 무관심한 태도로 대했다. 하쓰에는 무언가에 마음을 빼앗기고 있는 듯 보이는 기술을 터득하고 있었다. 어깨에 깔끔한 주름 장식이 있는 블라우스에 주름 스커트를 입고, 머리에는 리본을 매고 책을 가슴에 안은 그녀는 복도에서 무심한 태도로 그를 지나쳤다. 처음에 그는 너무도 자연스러워 보이는 그녀의 태도에 고민했다. 어떻게 마음에도 없는 냉정을 가장할 수 있을까? 점차 그는 이런 만남을 즐기는 법을 배웠지만 그의 태도는 여전히 부자연스러웠고, 언제나 그녀의 시선을 갈망하면서 간신히 자신을 억눌렀다. 그는 이따금 구실을 잡아 그녀에게 인사말을 건넸다. "시험이 어렵던데," 그가 말했다. "넌 어땠니?"

"모르겠어. 공부를 제대로 못 했거든."

"스팔링 선생님이 내준 작문 썼니?"

"하긴 했어. 한 쪽밖에 안 되지만."

"나도 그래. 그 정도야."

그는 자기 자리로 돌아가 책을 챙겨 셰리든 놀스와 돈 호이트와 데니 호바크와 교실을 나왔다.

1941년 딸기 축제에서 그는 아미티 항구의 군수가 하쓰에에게 딸기 공주의 왕관을 씌워 주는 것을 구경했다. 군수는 그녀의 머리에 티아라_{보석을 박은 관 모양의 머리 장식}를 씌우고 왼쪽 어깨에 띠를 걸어 주었다. 하쓰에와 다른 네 소녀는 군중 속을 지나 행진하면서 딸기 맛이 나는 사탕을 아이들에게 던졌다. 「산피에드로 리뷰」의 사장이자 발행인, 편집자, 수석 기자, 사진기자, 인쇄공인 이스마엘의 아버지는 이 행사에 특별한 관심이 있었다. 해마다 그 행사는 왕관을 쓴 미모의 아가씨 사진과 유람을 나온 가족들의 자연스러운 사진을 곁들인 톱기사('프로텍션곶의 말턴 가족이 토요일의 딸기 축제를 즐기다')와 선행을 다룬 사설이나 현지 주최자들의 노력을 치하하는('……이번 행사는 에드 베일리, 로이스 던커크, 칼 하이네 시니어, 이분들이 없었다면 가능할 수 없었으며……') 연판 공동 기사로 실렸다. 아서는 나비넥타이에 멜빵을 하고 중절모를 이마 밑까지 눌러쓰고 무겁기 짝이 없는 카메라가 달린 두꺼운 가죽끈을 목에 걸고 행락지를 이리저리 헤매고 다녔다. 그가 하쓰에의 사진을 찍는 동안 이스마엘은 그의 옆에 서 있었다. 아버지가 한쪽 눈을 카메라에 대고 있을 때 그가 하쓰에게 윙크하자 그녀는 희미한 미소를 보냈다.

"이웃집 소녀로구나." 아버지가 말했다. "사우스 해변 사람들이 자랑스러워하겠군."

그는 그날 오후 아버지를 따라다녔고, 함께 줄다리기와 이인삼각 경주에 참가했다. 철사로 엮은 벚나무와 가문비나무 가지 아래 양치식물, 백일초, 물망초로 장식하고 휘장을 드리워 궁전처럼 만든 딸기 장식 차들이 군수, 상공회의소 의장, 소방서장 그리고 아서 체임버스가 포함된 딸기 축제 위원들 앞으로 지나갔다. 이스마엘은 하쓰에가 장식 차를 타고 사람들을 향해 주름 종이로 만든 홀을 흔들면서 위엄 있게 지나갈 때 아버지 옆에 서 있었다. 이스마엘은 손을 마주 흔들며 웃음을 터뜨렸다.

9월이 왔고, 그들은 고등학교 졸업반이 되었다. 빛바랜 녹색 정적이 내려앉았고, 피서객들은 다시 도시로 떠났다. 흐릿한 하늘, 밤의 농무, 언덕 사이 골짜기에 낮게 깔린 안개, 진흙길, 인적 없는 해변, 바위에 흩어진 빈 조개껍데기, 문을 닫은 조용한 가게들. 10월이 되자 산피에드로는 여름 행락지의 가면을 벗어 버리고 축축한 초록색 이끼로 겨울 침대를 준비하는 무감각하고 굼뜬 몽상가의 얼굴을 드러냈다. 차들은 쓰러진 나무 밑에 붙은 느림보 딱정벌레들처럼 진창과 자갈길에서 시속 30킬로미터에서 50킬로미터로 기어다녔다. 시애틀 사람들은 기억 속으로 사라지고 겨울을 맞을 준비가 시작되었다. 땔감을 쌓아 올리고, 책들을 내려놓고, 이불을 손질했다. 겨울비로 홈통에는 누런 솔잎과 고약한 냄새를 풍기는 오리나무 잎사귀가 가득 찼고, 하수구에는 흙탕물이 흘러넘쳤다.

어느 가을날 오후 하쓰에는 열세 살 때 시게무라 부인에게서 받은 교육에 대해 그에게 이야기했다. 시게무라 부인은 그녀에게 가문 좋은 일본 남자와 결혼하라고 명령했다고 말했다. 그녀는 사람들을 속이고 있는 자신이 불행하다는 말을 되풀이했다. 부모와 자매들에게 비밀을 가지고 살면서 매 순간 그들을 배신하고 있는 기분이며, 그것은 사악함이나 매한가지라고 했다. 밖에는 하늘을 가린 삼나무 가지에서 떨어지는 빗물이 담쟁이 덤불을 적시고 있었다. 하쓰에는 무릎에 뺨을 대고 삼나무 구멍으로 밖을 내다보았다. 하나로 땋은 머리가 그녀의 등을 따라 내려와 있었다. "그렇지 않아." 이스마엘이 말했다. "이게 어떻게 악이 될 수 있겠어? 이게 악이라는 건 말도 안 돼. 악은 세상이야, 하쓰에. 신경 쓰지 마."

"그렇게 쉽지 않아. 난 매일 우리 가족한테 거짓말을 하고 있어, 이스마엘. 그것 때문에 가끔 미쳐 버릴 것 같아. 가끔 이제 그만둬야 한다는 생각이 들어."

그들은 이끼 위에서 머리 뒤로 깍지 낀 손을 베고 나란히 누워 어두워진 삼나무 안을 올려다보았다. "이렇게 계속할 순 없어." 하쓰에가 속삭였다. "넌 걱정되지 않아?"

"나도 알아." 이스마엘이 대답했다. "네 말이 맞아."

"어떡하지? 해답이 있을까?"

"모르겠어. 해답은 없는 것 같아."

"나, 소문 들었어." 하쓰에가 말했다. "한 어부가 아미티 항구에서 독일 잠수함을 봤대. 그가 잠망경을 팔 킬로미터쯤 따라갔대. 정말인 것 같니?"

"아니, 그럴 리 없어. 사람들이 겁을 먹어서 뭐든 믿으려는 거겠지. 공포심 때문에. 사람들은 두려워하고 있어."

"나도 두려워. 지금은 모두 두려워해."

"난 징집될 거야. 나한테 닥칠 일이지."

그들은 삼나무 안에 앉아서 이런 생각을 하고 있었지만 전쟁은 아직 멀리 있는 것 같았다. 전쟁은 거기에 있는 그들을 방해하지 않았고, 그들은 여전히 서로를 더할 나위 없이 특별하고 비밀스러운 존재로 여길 수 있었다. 서로에 대한 탐닉, 그들의 체온, 뒤섞인 그들의 냄새, 그들의 몸짓, 그 모든 것이 확실한 사실들로부터 그들을 방어해 주었다. 하지만 때로 이스마엘은 세상에 전쟁이 일어나고 있다는 생각으로 잠을 이루지 못했다. 그러면 그는 잠이 들기 전까지 생각을 애써 하쓰에에게 돌렸다. 어쨌든 꿈속에서는 전쟁이 끔찍하게 밀어닥치고 있었다.

13

 이마타 하쓰에가 예불을 끝내고 아미티 항구 불교 사원의 휴게실에서 외투 단추를 잠그고 있을 때 야마시타 조지아의 어머니가 거기 모여 있는 사람에게 진주만 공습에 대한 뉴스를 전했다. "아주 안 좋아요." 그녀가 말했다. "공습이 있었어요. 일본 공군이 모조리 폭격했어요. 우리에겐 나쁘죠. 아주 나쁘다고요. 라디오에서 온통 그 얘기뿐이에요. 진주만 공습에 대한 뉴스뿐이라고요."
 하쓰에는 옷깃을 여미며 부모님을 향해 눈을 돌렸다. 어머니에게 외투를 입혀 주던 아버지는 야마시타 부인에게 눈을 깜빡이며 서 있었다. "그럴 리가 있나요." 그가 말했다.
 "사실이에요. 라디오를 들어 보세요. 바로 오늘 아침이었어요. 일본이 하와이를 폭격했어요."
 그들은 야마시타 가족, 이치하라 가족, 사사키 가족 그리고 하야시다 가족과 함께 접대실 주방에 서서 조리대 위에 놓인 벤딕스 라디오를 들었다. 아무도 말을 하지 않았고, 그냥 그렇게 서 있었다. 그들은 머리를 숙이고 라디오에 귀를 향한 채 꼼짝도 하지 않고 10분 동안 귀를 기울였다. 마침내 하쓰에의 아버지가 걸음을 옮기면서 머리를 긁적이더니 이번에는 턱을 한참 동안 쓰다듬었다. "집으로 가는 게 좋겠습니다." 그가 말했다.

이마타의 다섯 딸과 부모는 차를 몰고 집으로 가서 다시 라디오를 들었다. 그들은 오후 내내 그리고 저녁 늦게까지 라디오를 켜 놓았다. 이따금 전화벨이 울렸고, 하쓰에의 아버지는 일본어로 오지로 씨나 니시 씨와 문제를 의논했다. 열 번도 넘게 다른 사람들에게 전화를 걸었다. 그는 전화를 끊고 머리를 긁적이며 라디오 옆 자기 자리로 돌아갔다.

오지로 씨는 다시 하쓰에의 아버지에게 전화해 오토 윌레츠라는 어부가 아미티 항구에 있는 이치야마 시게루의 극장 앞에 사다리를 세우고 차양에 달린 전구들을 돌려서 불을 껐다고 말했다. 그가 불을 끄는 동안 사다리를 잡고 있던 두 남자는 그 자리에 있지도 않은 이치야마에게 험악한 욕을 퍼부었다. 오토 윌레츠와 그의 친구들은 런드그렌 도로로 차를 몰고 와 이치야마의 집 앞에 세우고 이치야마 시게루가 그들이 뭘 원하는지 알기 위해 포치로 나올 때까지 경적을 울려 댔다. 윌레츠는 그에게 더러운 일본 놈이라고 외쳤고, 차양에 달린 전구를 모조리 부숴 놓겠다며, 도대체 등화관제라는 사실을 모르고 있느냐고 했다. 이치야마는 그런 사실을 몰랐는데 알게 되어서 다행이며, 자기 대신 차양의 전구들을 꺼 주어서 고맙다고 말했다. 그는 오토 윌레츠가 퍼붓는 욕설을 못 들은 체했다.

10시에 오지로 씨가 다시 전화를 걸었다. 무장한 사람들이 일본의 공격에 대비해 아미티 항구를 지키고 있다는 것이었다. 시내 북쪽과 남쪽 해변을 따라 엽총을 든 사람들이 통나무 뒤에 몸을 숨기고 있었다. 산피에드로의 민방위대가 조직 중이며, 지금 메이슨네 통나무집으로 사람들이 모여들고 있었다. 오쓰보 가족은 8시쯤 차를 타고 가다가 그 오두막집 근처의 길을 따라 적어도 40대의 승용차와 픽업트럭이 주차해 있는 것을 보았다. 게다가 자망 어부 서너 명이 산피에드로의 수역을 정찰하기 위해 항구를 떠났다는 말이 있었다. 오지로 씨는 크레센트만에 있는 자기 집 근처 절벽 밑에서 어두운 밤이라 형체만 보였지만 엔진과 야간 항해등을 끄고 표류하는 배를 보았다고 했다. 하쓰에의 아버지는 오지로 씨에게 일본어로 정말 잠수함이 있는지, 오리건과 캘리포니아가 공격당했다는 소문이 사실인지 물었다. "뭐든 가능해." 오지로 씨가 대답했다. "어떤 상황에도 대비해야 하네."
  하쓰에의 아버지는 벽장에서 꺼낸 엽총을 장전하지 않은 채 거실 한구석에 놓았다. 그는 상자에서 다람쥐 잡는 탄환 몇 발을 꺼내 셔츠 주머니에 넣었다. 그리고 전등을 하나만 남기고 모두 끈 다음 창문마다 시트를 걸었다. 그는 몇 분 간격으로 라디오 옆자리를 떠나 시트 자락을 들치고 딸기밭을 내다보았다. 그런 다음 포치로 나가 귀를 기울이며 비행기를 찾아보았다. 비행기는 보이지 않았으나 하늘이 흐려 있었기에 쉽게 눈에 띄지 않을 수도 있었다.
  그들은 침대로 갔지만 아무도 잠을 잘 수 없었다. 아침에 스쿨버스에서 하쓰에는 이스마엘 체임버스 옆을 지나가면서 그를 빤히 쳐다보았다. 이스마엘은 그녀를 보고 고개를 한 번 끄덕였다. 버스 기사인 론 램버슨은 운전석 밑에 아나코츠 신문을 찔러 두고 있었다. 정거장에 설 때마다 그는 일부러 요란스럽게 문을 활짝 열고는 아이들이 말없이 차에 오르는 동안 신문을 읽었다. "여기도 큰일이야." 그는 밀 런 거리에 서서히 정차할 때 어깨 너머로 소리쳤다. "일본이 진주만뿐 아니라 여기저기 폭격하고 있어. 태평양 전체를 공습하고 있다고. 루스벨트가 오늘 전쟁을 선포할 테지만 그 공격을 어떻게 막을 거야? 전 함대가 폭격을 받았는데 말이다. 하와이와 다른 곳에서는 FBI가 일본 놈 반역자들을 체포하는 중이야. 사실 그들은 지금 시애틀로 오고 있지. 간첩이고 뭐고 다 체포하면서 말이야. 정부는 일본 놈 은행 계좌도 막아 버렸어. 무엇보다 오늘 밤 해안 전체에 등화관제가 있다는 걸 알아 둬라. 해군에서는 공습이 있을 걸로 생각하고 있어. 너희를 겁주는 게 아니라 여기도 예외는 아니라는 거다. 아게이트곶에 송신소가 있다는 거 알고 있니? 해군 송신소? 오늘 밤 일곱 시에서 내일 아침까지 라디오를 켜면 안 된다. 일본 놈들이 어떤 신호도 잡지 못하도록 말이다. 모두 창문에 검은 천을 내리고 안에 조용히 있어야 해."

학교에서도 하루 종일 아무것도 안 하고 라디오만 들었다. 2천여 명이 사망했다. 소식을 전하는 목소리들은 힘이 없고 침울했으며, 간신히 긴박감을 누르고 있는 듯 들렸다. 아이들은 책을 펴지도 않고 한 해군이 자세히 설명하는 소이탄 진화 방법을 들은 다음 일본의 추가 공격에 대한 보고, 루스벨트의 국회 연설, 워싱턴, 오리건, 캘리포니아에서 일본인 첩자들을 체포하고 있다는 비들 법무부 장관의 발표에 귀를 기울였다. 스팔링 선생님은 안절부절못하고 비통해하면서 자신이 제1차 세계대전 때 프랑스에서 보낸 11개월에 대해 쓸쓸하고 단조로운 목소리로 이야기하기 시작했다. 그는 자기 학급의 청년들이 열심히 싸울 의무를 받아들이고 더 나아가 일본 놈들과 정면으로 맞서 놈들에게 보답하는 것을 영광으로 여기길 바란다고 말했다. "전쟁은 악취를 풍긴다." 그가 덧붙였다. "하지만 저들이 시작했지. 저들이 일요일 아침에 하와이를 폭격했다. 일요일 아침에 모든 것을." 그는 머리를 젓고 라디오 볼륨을 높인 다음 좁은 가슴에 팔짱을 끼고 침울한 표정으로 칠판에 기대섰다.

그날 오후 3시에 이스마엘의 아버지는 그의 신문 역사상 최초의 전쟁 호외를 찍어서 배부했다. 그것은 섬 민방위대 결성이라는 표제가 붙은 11면짜리 증보판이었다.

일본과 미국 사이의 교전이 발발한 지 불과 몇 시간 후, 산피에드로섬은 지난밤 늦게–현재로서는 일시적이나마– 공습 포격 혹은 다른 심각한 긴급 사태에 대비했다.

어제 오후 지역 민방위 사령관 리처드 A. 블래킹턴은 지역 민방위 위원회 모임을 긴급 소집했고, 메이슨가의 오두막집에 마련된 지부에 전 민방위 병력이 참석했다. 이 호외의 하단에서 자세한 내용을 확인할 수 있는 공습 등화관제 신호 시스템이 구축되었다. 그것은 교회 종소리, 산업공단의 호각 소리 그리고 자동차 경적 소리에 준한다.

민방위 지휘자들은 '가능한 모든 사태'에 대비해 섬 주민들에게 최대한 신속하게 모든 전깃불을 소등할 수 있도록 경계 태세에 임할 것을 경고했다.

요격 사령부 섬 경비대는 24시간 근무에 들어갈 것이다. 한편 섬의 일본인 교민 사회는 미국에 대한 충성을 서약했다.

미 해군의 아게이트곶 라디오 송신소와 크로 해운철도조선 회사는 경비 인원을 세 배로 증원했다. 태평양 전신전화 회사와 퓨젓 사운드 전력 회사는 시설을 지키기 위한 절차를 지시했다.

여름에 사용할 포격전 장비를 겨울 동안 아나코츠에 보관했다가 다시 섬으로 가져오는 합의가 오늘 진행될 예정이다.

아게이트곶 라디오 송신소의 N. L. 채닝 소장을 대신해 R. B. 클로슨 소위가 민방위 위원회 회의에서 연설했다. 그는 육군과 해군 정보부가 협력해 방해 공작원과 스파이를 경계하는 적절한 현지 절차를 밟고 있다고 말했다. "송신소는 진주만 공습 소식이 알려진 즉각 전시 경계 태세에 들어갔다. 그렇지만 섬 주민들은 해군과 육군의 도움과는 별도로 파괴 행위나 폭격으로부터 가정과 직장을 안전하게 지키는 일에 만전을 기해야 한다." 라고 클로슨 소위는 덧붙였다.

어제 회의에 참석한 민방위 위원회 부관들은 다음과 같다.

빌 잉그러햄: 통신, 어니스트 팅스타드: 운송, 토머스 매키븐 부인: 의료품 공급, 클래런스 욱스티치: 군수품과 식량, 짐 밀러렌: 경찰 지원, 에이나 피터슨: 도로와 기계, 래리 필립스: 포병 지원, 아서 체임버스: 광고.

또한 별도의 민방위 위원회 회장인 O. W. 호치킨스 대령, 그의 보좌관인 바트 조핸슨 그리고 섬의 요격 사령부 조직책인 S. 오스틴 코니가 참석했다.

아래쪽에는 16포인트 볼드체로 섬 민방위 위원회의 안내문이 실려 있었다.

연속적인 교회 종소리, 연속적인 자동차 경적 소리, 크로 해운철

도조선 회사의 연속적인 호각 소리가 들리면 즉시 모든 전등을 소등한다. 이는 모든 가게의 디스플레이 등과 같은 개인이 관리하는 상설 야간 전등을 포함한다. 완전 해제경보가 있을 때까지 소등 상태를 유지하며, 완전 해제경보는 공습경보의 반복적인 신호음으로 한다.

또한 교회 종과 자동차 경적은 공습경보 시스템으로만 사용되어야 한다는 리처드 블래킹턴의 성명이 있었다. 의료품 공급을 담당한 토머스 매키븐 부인은 구급차로 사용할 수 있는 스테이션왜건을 소유한 주민이 있으면 아미티 항구 172-R로 연락해 달라고 요청했다. 그녀는 또한 간호사와 응급처치 훈련을 받은 사람들의 등록을 받고 있었다. 마지막으로 섬의 보안관인 제럴드 런드퀴스트는 주민들에게 수상한 행동이나 파괴 행위의 징후가 있으면 가능한 한 빨리 신고해 달라고 부탁했다.

아서의 전쟁 호외에는 '이곳 일본인 리더들, 미국에 충성을 맹세하다'라는 제목의 기사가 실려 있었는데, 그 기사에는 딸기 재배상인 나가이시 마사토, 우에다 마사오 그리고 미야모토 젠이치가 자신들을 위시해 섬의 모든 일본인이 성조기를 보호할 준비가 되어 있다는 취지의 성명서를 발표했다는 내용이 있었다. 그들은 일본인 상공회의소, 일본계 미국시민연맹 그리고 일본교민회를 대신해 신속하고 확실한 서약을 했으며, '만일 어떤 파괴 행위나 첩보 행위의 징후가 있다면 우리가 선두에 나서서 당국에 신고할 것이다.'라는 우에다 씨의 약속도 포함되어 있다고 「리뷰」는 말했다. 아서는 또 평소에 쓰는 편집자 칼럼 '허심탄회'를 실었다. 그는 타자기 옆에 촛불을 세워 놓고 지친 몸으로 새벽 2시까지 글을 썼다.

통제 불능이 점차 심각해지는 지역적 비상사태에 직면한 사회가 있다면, 바로 1941년 12월 8일 월요일 아침의 산피에드로일 것이다.

지금이야말로 우리 모두에게 관련된 일에 대해 솔직한 이야기가 필요한 때이다.

이 섬에는 어제 무고한 사람들에게 잔학 행위를 저지른 한 국가와 혈연관계에 있는 150세대의 약 8백 명에 달하는 사람이 살고 있다. 그 나라가 저지른 전쟁으로 우리는 신속하고 확실한 행동을 취하지 않을 수 없게 되었다. 미국은 지금 태평양에서 우리가 직면한 위험에 결연히 대응하기 위해 힘을 모을 것이다. 그리고 먼지가 가라앉았을 때는 미국이 승리해 있을 것이다.

그동안 우리 앞에 놓인 과제는 우울하며, 가장 격한 감정을 불러일으킨다. 그러나 이 감정에 조상을 일본에 둔 사람들에 대한 맹목적이고 광적인 증오가 포함되어서는 안 된다는 것을 「리뷰」는 강조하는 바이다. 미국 시민이거나 이 나라에 충성하고 그들이 출생한 나라와 더 이상 어떤 구속 관계에 있지 않은 사람들까지 군중심리에 의해 쉽사리 내몰릴 수 있다.

이런 점에서 「리뷰」는 이 섬의 일본인 후손들은 진주만 공습으로 인한 비극에 책임이 없다는 사실을 지적하고자 한다. 그에 대해 오해가 없기를 바란다. 그들은 미국에 충성을 맹세했으며, 지금까지 수십 년에 걸쳐 산피에드로의 훌륭한 시민으로 살아왔다. 그들은 우리의 이웃이다. 그들은 미국 군대에 그들의 아들 여섯을 보냈다. 간단히 말해 우리 섬에 살고 있는 동료 섬 주민들인 독일이나 이탈리아 후손들과 마찬가지로 그들은 우리의 적이 아니다. 우리는 이 사실을 잊어서는 안 되며, 그들 스스로도 우리에게 이웃으로서 취해야 할 자세를 지도해 주기 바란다.

따라서 이러한 비상사태에 모든 민족의 섬 주민들에 대해 「리뷰」는 가능한 한 냉정하게 접근하고자 한다. 전쟁이 끝났을 때 섬 주민들은 우리가 명예롭고 떳떳하게 행동했다는 것을 인정하는 눈으로 서로를 바라볼 수 있도록 처신해야 한다. 우리는 전시의 광적인 흥분 상태에서 잊기 쉬운 것을 기억해야 한다. 그것은 편견과 증오는 정당하지 않으며 올바른 사회에서는 결코 인정될 수 없다는 사실이다.

이스마엘은 삼나무 안에 앉아서 아버지의 글을 읽었다. 그가 반복해서 읽고 있을 때 외투 위에 스카프를 두른 하쓰에가 고개를 숙이고 들어와 이끼 위에 앉았다. "아버지는 밤을 꼬박 새우셨어. 이 호외를 찍어 내시느라."

"우리 아빤 은행에서 돈을 찾을 수가 없대. 우린 몇 달러밖에 없어. 다른 돈은 찾을 수가 없어. 우리 부모는 시민이 아니거든."

"어떻게 할 거니?"

"몰라."

"나한테 수확 철에 번 이십 달러가 있어. 그 돈 너한테 다 줄게. 그냥 가져도 돼. 아침에 학교로 가져갈게."

"안 돼." 하쓰에가 말했다. "가져오지 마. 아버지가 금세 수상하게 여기실 거야. 네 돈은 받을 수 없어."

이스마엘은 옆에 있는 그녀 쪽을 향하더니 팔꿈치를 세워 옆으로 누웠다. "믿기지 않아." 그가 말했다.

"정말 현실 같지 않아." 하쓰에가 대꾸했다. "이건 온당하지 않아. 잘못된 거야. 어떻게 그들이 그럴 수 있지? 어떻게 우리가 이런 상황에 처하게 됐지?"

"우리가 한 일이 아니야. 일본이 우릴 이렇게 만들었어. 게다가 일요일 아침에 아무 준비도 안 되어 있을 때. 비열한 짓이야. 그들은……,"

"내 얼굴을 봐," 하쓰에가 말을 끊었다. "내 눈을 봐, 이스마엘. 내 얼굴은 그런 짓을 한 사람들의 얼굴이야. 무슨 말인지 모르겠니? 내 얼굴, 일본인은 이렇게 생겼다고. 우리 부모님은 일본에서 산피에드로로 왔어. 우리 아버지와 어머니는 영어도 잘 못해서. 우리 가족은 이제 엄청난 곤란에 빠졌어. 내 말 알겠어? 우린 곤란을 겪을 거야."

"잠깐, 넌 일본인이 아니야. 넌……,"

"너도 뉴스를 들었겠지. 사람들을 체포하고 있어. 많은 사람을 간첩이라고 부르면서. 지난밤에 몇 사람이 이치야마 씨 집에 몰려가서 욕을 해 댔어, 이스마엘. 그 집 앞에 차를 세우고 경적을 울려 댔대. 어떻게 이런 일이 일어나지? 어떻게 이 지경이 됐지?"

"누가 그랬는데? 어떤 사람들이 그랬대?"

"오토 윌레츠 씨였어. 지나 윌레츠의 삼촌. 다른 남자들도 있었고. 극장에 전등을 켜 놨다고 화가 났던 거야. 이치야마 씨가 불을 켜 뒀나 봐."

"말도 안 돼. 모두 미쳐 돌아가는구나."

"그들은 극장의 전구를 돌려서 끈 다음 그의 집으로 몰려갔어. 그 사람한테 더러운 일본 놈이라고 욕했대."

이스마엘은 할 말이 없었다. 그는 대신 머리를 저었다.

"방과 후에 집에 갔을 때," 하쓰에가 말했다. "아버지가 전화하고 계셨어. 모두 아게이트곶에 있는 해군 송신소를 걱정하고 있어. 오늘 밤 그곳이 폭격당할 거라고들 해. 사람들이 거길 지키려고 엽총을 들고 해변을 따라 숲속에 앉아 있을 거래. 시라사키 가족은 아게이트곶에 농장을 갖고 있는데, 송신소에서 군인들이 찾아왔대. 그들이 라디오랑 카메라랑 전화를 가져갔고, 시라사키 씨를 체포했대. 식구들은 집에서 나갈 수 없대."

"티몬스 씨가 거기로 가고 있었어." 이스마엘이 말했다. "그를 봤는데, 차에 타고 있었어. 우선 조직을 정비하고 있는 메이슨 씨 집으로 간다고 했어. 사람들에게 어느 해변을 감시해야 할지 지정해 준다나 봐. 우리 어머니는 등화관제에 필요한 가리개를 색칠하고 하루 종일 라디오를 듣고 계셔."

"모두 라디오를 켜 놓고 있어. 우리 어머니는 우리 곁에서 떠나지 않으셔. 앉아서 모든 일에 귀를 기울이고 전화로 사람들과 이야기하면서."

이스마엘이 한숨을 쉬었다. "전쟁." 그가 말했다. "그게 일어났다는 걸 믿을 수가 없어."

"이제 집에 가는 게 좋겠다. 벌써 어두워지고 있어."

그들은 나무 아래쪽에서 흐르는 작은 시내를 건너 산기슭을 따라 내려갔다. 땅거미가 지고 있었고, 바닷바람이 그들의 얼굴을 향해 불어왔다. 그들은 서로에게 팔을 두르고 키스했고, 다시 한번 좀 더 진하게 키스했다. "이 일이 우릴 다치게 하지 말자." 이스마엘이 말했다. "세상에서 무슨 일이 일어나든 상관없어. 우릴 다치게 두도록 하지 않을 거야."

"그런 일은 없을 거야." 하쓰에가 말했다. "두고 봐."

이스마엘은 화요일에 아버지를 도우러 갔다. 그는 안드레슨가에 있는 사무실에서 전화를 받고 황색 괘지철에 메모를 받아 적었다. 아버지는 그에게 전화할 사람과 질문의 목록을 만들어 주었다. "좀 도와주겠니?" 아버지가 물었다. "혼자서는 다 할 수가 없구나."

이스마엘은 해군 기지에 전화를 걸었다. 일일 정찰기 조종사가 전에는 알아차리지 못했던 것을 알게 되었다고 클로슨 해군 소위가 말했다. 산피에드로섬의 일본인 딸기 농장에서 아게이트곶 끄트머리에 있는 라디오 송신소를 향해 딸기 고랑이 곧바로 이어져 있다는 것이었다. 일본 전투기가 쉽사리 목표물을 찾을 수 있도록 딸기 고랑이 길을 안내할 수 있다고 했다. "하지만 그 밭들은 삼십 년 동안 거기 있었는데요." 이스마엘이 말했다. "전부는 아니지." 클로슨 소위가 대꾸했다.

주 정부 보안관이 전화를 걸어왔다. 10여 개 농장에서 헛간이나 창고에 다이너마이트를 갖고 있다고 추정되는데, 그것이 파괴 행위에 사용될 수 있다고 했다. 어떤 농부는 단파수신기를 갖고 있다는 말도 돌았다. 보안관은 농부들이 자진해서 그런 위험한 물건들을 아미티 항구에 있는 자기 사무실로 가져와 주기를 당부했다. 그는 「리뷰」에 광고를 내 주었으면 좋겠다고 말했고, 이스마엘의 협조에 감사를 표시했다.

아서는 보안관의 전갈을 실었다. 그는 산피에드로의 일본 국적을 가진 사람들에게 12월 14일 자로 더 이상 페리를 탈 수 없다는 민방위 당국의 통지를 인쇄했다. 그는 한 기사에서 래리 필립스가 다치바나 조지, 야쓰이 프레드, 와카야마 에드워드를 포함한 24명을 민방위 포병대로 임명했다고 썼다. "그래, 내가 썼다. 그 세 이름을 골라 썼다." 이스마엘이 그에 관해 물었을 때 그가 설명했다. "사실 중엔 단순한 사실 이상의 것도 있단다. 그건 일종의…… 균형을 잡는 거지.

한 번에 여러 개의 볼링핀을 던지는 묘기가 바로 언론이란다."

"그건 언론이 아니에요." 이스마엘이 대꾸했다. "언론은 사실이어야 해요."

아버지가 가르쳐 준 것은 학교에서 배워서 알고 있는 것과는 다르게 언론의 몇 가지 기본 원칙을 생략한 듯 보였다.

"하지만 어떤 사실 말이냐?" 아서가 그에게 물었다. "우리가 어떤 사실을 실어야 하지, 이스마엘?"

다음 호에서 아서는 섬의 상인들에게 해가 떨어지는 즉시 간판 불을 소등하라고 상기시켰다. 크리스마스였기에 상인들은 간판을 켜 놓고 싶은 유혹에 끌렸다. 그는 섣달그믐에 '진주만을 기억하라-그 일은 여기서도 일어날 수 있다!'라는 기치 아래 대중 무도회가 열릴 것이라고 발표했다. 군복을 입은 사람은 무료로 입장할 수 있으며 모든 섬 주민의 참석을 권했다. 아서는 독자들에게 산피에드로 적십자 구제 기금의 라스 하이네만 부인이 5백 달러의 할당량을 설정했으며, 일본계 미국시민연맹에서 즉각 지금까지의 기부금으로는 최고액인 55달러를 기증한 사실을 보도했다. 또 다른 기사는 아미티 항구의 일본교민회관 강당에서 군에 입대한 사카무라 로버트를 위한 연회가 열렸다는 내용이었다. 연설이 있은 다음 음식이 제공되었다. 미국 국기에 경의를 표했고, 저녁 내내 큰 소리로 미국 국가를 노래했다.

「산피에드로 리뷰」는 적에게 위안이 되거나 도움을 주는 군사적 뉴스에 대해서는 침묵하기로 맹세하는 경고문을 인쇄했다. 더 나아가 섬 주민들에게 함부로 군대나 해군의 작전을 눈치챌 수 있는 말을 하지 말라고 당부했다. 프로텍션곶에 섬 최대의 낚시 휴양지를 건

설하는 계획은 전쟁으로 유보되었다. 닉 올러슨이 나무를 쌓다가 죽었다. 조지 보딘 가족은 부엌 난로가 폭발했을 때 목숨은 건졌으나 한쪽 팔과 한쪽 다리가 부러졌다. 학부모 교육회는 종이 절약 운동을 시작했고, 크리스마스 선물 포장지에 특별히 신경을 쓰고 있었다. 농업협동조합은 산피에드로 민방위대를 위해 '섬에서 재배할 수 있는 과일과 채소를 싸우고 있는 우리 군인들을 위해 필요한 만큼 생산하겠다.'라고 약속하는 편지를 농무부 장관에게 보냈다. 육군은 산피에드로에서 노새와 말을 소유한 사람들에게 가축을 군의 농사 고문에게 등록하라고 요청했으며, 「리뷰」는 그러한 요구를 '애국적 의무감'이라고 기술했다. 또한 섬 주민들에게 절약하는 차원에서 자동차 타이어를 점검하고 운전하도록 당부했다. 고무의 공급이 부족했기에.

해군은 「리뷰」에 인쇄한 전문 중 '유언비어를 퍼다 나르지 않음으로써 유언비어를 완전히 차단하라'는 대목을 섬 주민들에게 경고했다. 또 다른 자선 무도회가 열렸고, 아게이트곶 송신소에 입대한 사람들을 초청 인사로 초대했다. 방위기금위원회가 교육위원회를 찾아가 앞으로 열릴 두 차례의 무도회에 고등학교 강당을 사용할 수 있도록 해 달라고 요청했다. 이에 교육위원회는 술과 담배를 금지하겠다는 서면 확인을 요구했다. 징병 등록 창구가 피스크 철물점에 설치되었다. 한편 갑자기 날씨가 풀리면서 산피에드로의 길들은 진창으로 변했고, 자동차들은 디딤판까지 진흙에 빠졌다. 여든여섯의 이브 서먼은 1936년형 뷰익을 타고 나갔다가 피어설 거리에서 오도 가도 못하게 되자 무릎에 진흙 덩어리를 묻히고 피터슨 씨 가게에 나타났다. 그녀는 시내까지 3킬로미터 이상을 걸어왔다. 「리뷰」는 독자들에게 공습 규정에 대한 포스터가 전신주에 게시되었음을 상기시켰다. 침착하고 냉정하라. 집에서 나가지 마라. 소등하라. 누워라. 창문에서 떨어져 있어라. 전화하지 마라. 아미티 고등학교의 이치가와 레이가 15점을 득점해 아나코츠를 누르고 팀을 승리로 이끌었다. 웨스트 포트 젠슨에 사는 사람 중 여섯 명이 얕은 여울물에서 햇볕을 쬐고 있는 이상한 동물을 보았다고 주장했다. 그 동물은 목은 백조 같고 머리는 북극곰 같았으며 동굴 같은 입에서 입김을 내뿜고 있었다. 섬 주민들이 가까이에서 보려고 노를 저어 가자 파도 속으로 사라졌다.

"이건 신문에 안 실으실 거죠?" 이스마엘이 아버지에게 물었다. "웨스트 포트 젠슨의 바다 생물 말이에요."

"실을 수도 있지. 작년에 내가 쓴 곰 이야기 기억나니? 갑자기 모든 사건의 범인으로 밝혀진 그 곰 말이다. 죽은 개들, 깨진 창문들, 없어진 닭들, 긁힌 자동차들 기억나지? 이상한 생물, 그게 뉴스다, 이스마엘. 사람들이 그걸 본다는 사실. 그게 뉴스야."

다음 호에서 아서는 섬 주민들에게 전쟁 채권을 강매하는 공공 서비스 광고를 인쇄했다. 그는 민방위 위원회가 피난 가게 될 경우 사용할 수 있는 선박을 등록받고 있다고 설명했다. 그는 독자들에게 아미티 항구의 재커리와 이디스 블레어 부부의 아들 윌리엄 블레어가 미국 해군사관학교의 응급처치학과를 졸업하고 유럽 전선으로 떠나는 배를 탔다고 전했다. 어느 날 아침에는 군대 계류 기구^{captive balloon}가 터져서 전선을 끌어 내리는 바람에 네 시간 동안 섬에 전기가 나갔다. 리처드 블래킹턴 민방위 사령관은 아홉 개 지역에 공습 경비병을 임명해 섬의 등화관제를 철저히 책임지도록 했다. 그는 또한 아나코츠에서 화학전 훈련 수업을 참관했고, 그 후에도 화학전에 관한 전단을 배포하면서 바쁜 시간을 보냈다. 그동안 산피에드로섬은 가족이 헤어지는 경우에 대비해 아이들의 인원수를 파악해 학교에 보고했다. 아서는 비행기의 날개와 꼬리를 보여 주는 전시 당국의 차트를 발표했다. 또한 캘리포니아 프레즈노에서 시민증을 발급받기 위해 줄 서 있는 일본계 미국인들의 사진을 실었다.

섬에 사는 일본인 후예 네 명이 미 육군에 추가 입대했다는 기사가 1면에 실렸다. 고등학교에서 목공 직업 훈련 과정을 가르치는 리처드 엔슬로는 직위를 사임하고 해군에 입대했다. 사우스 해변의 아이다 크로스 부인은 해군들을 위해 양말을 짜서 보냈으며 볼티모어 근처에 주둔 중인 고사포 사수에게서 감사 편지를 받았다. 해안경비대는 섬의 서쪽에서 조업을 금지했고, 한밤중에 제한 수역 근처에서 그물을 내리는 자망 어부들을 돌려보냈다. 1월 하순 섬 주민들은 일시적인 연료 부족을 겪으면서 민방위 위원회의 명령에 따라 석유난로의 불을 줄여야 했다. 위원회는 1만 개의 모래주머니를 만들기 위해 마대, 사료 부대, 밀가루 부대를 농민들에게서 수거했다. 섬 주민 150명은 적십자 보조 단체에서 제공하는 응급처치 과정을 수강했다. 피터슨 씨 가게는 연료와 노동력 부족을 이유로 배달을 중지했다.

어느 날 익명의 「리뷰」 독자가 편지를 썼다. '당신은 일본 놈을 좋아하는 것 같군요, 아서. 매주 1면에 그들의 애국심과 충성심에 관해서만 쓰고 반역 행위에 대해서는 한마디도 없군요. 하지만 이제 모래 속에서 머리를 쳐들고 보십시오. 전쟁이 계속되고 있습니다! 대체 당신은 누구 편입니까?'

1월 15일 스키프곶의 워커 콜머네와 아미티 항구의 허버트 랭글리네를 포함한 섬 주민들이 구독을 취소했다. 허버트 랭글리가 편지를 보냈다. '일본 놈들은 적이다. 당신 신문은 우리 안에 있는 골칫거리를 축출하기로 맹세한 모든 백인계 미국인을 모욕하고 있다. 오늘로 구독을 취소하겠으니 대금을 즉시 환불해 달라.'

아서는 그렇게 했다. 그는 구독을 취소한 독자들에게 성의껏 쓴 편지와 함께 환불금을 보냈다. "그들은 언젠간 돌아올 거야." 그는 예견했다. 하지만 이내 아나코츠에 있는 프라이스라이트 상점이 주간 4분의 1 광고를 취소했고, 중심가에 있는 로티 옵스비그 양품점, 라슨의 목재 저장소와 아나코츠 카페가 광고를 취소했다. "걱정할 필요 없다." 아서가 아들에게 말했다. "사정이 그렇다면 여덟 면에서 네 면으로 줄일 수도 있으니까." 그는 워커 콜먼이 보낸 편지와 그와 비슷한 내용으로 잉마르 시거슨이 보낸 편지를 신문에 실었다. 고등학교에서 영어를 가르치는 릴리언 테일러는 '섬 주민이라면 누구나 알고 있는 워커 콜먼 씨와 잉마르 시거슨 씨가 편지에서 노골적으로 드러내 보인 편협한 마음은 분명 전쟁으로 인한 광분 상태에 사로잡혀 이성을 상실했기 때문'이라고 분개하는 비난 글을 써 보냈다. 아서는 그 편지도 인쇄했다.

14

 두 주일 후인 2월 14일, 검은색 포드 한 대가 이마타의 딸기밭을 누비면서 삼나무 판잣집을 향해 들어왔다. 포드는 전조등을 켜지 않아서, 헛간 입구 방수포에 덮인 장작더미 앞에서 앞치마에 불쏘시개를 담고 있던 하쓰에는 소리를 듣기 전까지 차가 오는지도 몰랐다. 차가 바로 집 앞에 멈추더니 양복에 타이를 맨 두 남자가 내렸다. 그들은 조심스럽게 차 문을 닫고 서로를 보았다. 그중 체격이 좀 더 큰 남자가 잠시 외투를 매만졌는데, 양복 소매가 짧아서 셔츠 소맷단이 반쯤 나와 있었다. 그들이 포치에 올라 모자를 손에 들고 문을 두드릴 때까지 하쓰에는 앞치마에 불쏘시개를 가득 담고 조용히 서 있었다. 왼손에 신문을 단정히 들고 콧마루에 돋보기안경을 올린 그녀의 아버지가 스웨터와 샌들 차림으로 그들을 맞았다. 그 바로 뒤에 어머니가 서 있었다.

"제 소개를 하죠." 둘 중 작은 남자가 코트 주머니에서 배지를 꺼내며 말했다. "연방수사국에서 나왔습니다. 당신이 히-사-오 이마타입니까?"

"그렇습니다. 뭐가 잘못됐습니까?"

"정확히 뭐가 잘못된 건 아닙니다. 이곳을 수색하라는 요청을 받았을 뿐입니다. 우린 살펴보기만 할 겁니다. 안으로 들어가 모두 앉도록 하죠."

"들어오십시오." 하쓰에의 아버지가 말했다.

하쓰에는 앞치마에 담고 있던 불쏘시개를 장작더미에 도로 쏟았다. 두 남자가 고개를 돌려서 그녀를 보았고, 큰 남자가 포치 계단을 반쯤 내려왔다. 하쓰에는 헛간 그림자 속에서 밝은 포치 등 밑으로 걸어 나왔다. "아가씨도 들어와요." 작은 남자가 말했다.

그들은 거실에 모였다. 하쓰에와 자매들이 안락의자에 앉았고, 히사오는 FBI 수사관들을 위해 부엌에서 의자를 가져왔다. 큰 남자가 그가 가는 곳마다 졸졸 쫓아다녔다. "앉으십시오." 히사오가 권했다.

"정말 예의가 바르시군요." 작은 남자가 말했다. 그러더니 외투 주머니에서 꺼낸 봉투를 히사오에게 건넸다. "미국 지방 검사의 영장입니다. 우린 집 안을 수색할 겁니다. 그건 명령, 아시다시피 명령입니다."

히사오는 봉투를 받았지만 열어 보려 하지 않았다. "우린 충성하고 있습니다." 그가 말했다. 그 말이 다였다.

"압니다, 알죠. 그래도 둘러봐야 합니다." 그가 말하는 동안 덩치 큰 남자는 소매를 걷어 올리더니 조용히 후지코의 안경집을 열어 보았고, 그녀가 아래 선반에 넣어 두었던 퉁소 악보 뭉치를 꺼냈다. 그는 후지코의 퉁소를 집어 들고 거구에 어울리지 않게 작은 손으로 이리저리 돌려 보다가 식탁에 내려놓았다. 장작 난로 옆에 놓인 잡지꽂이에서 잡지들을 뒤적거리고 히사오의 신문을 집어 보기도 했다.

"우린 지역 시민들로부터 산피에드로에 거류하는 적국인이 불법적인 금지물로 규정된 물건을 소유하고 있다는 신고를 접수했습니다. 우리 일은 그런 물건을 수색하는 겁니다. 협조 바랍니다."

"네, 물론이죠."

큰 남자가 부엌으로 들어갔다. 출입문을 통해 싱크대 아래를 들여다보고 오븐을 여는 그가 보였다. "개인 소지품을 조사해야 하는 건 아닙니다." 작은 수사관이 설명했다. 그는 자리에서 일어나 히사오에게 봉투를 받아 다시 외투 주머니에 넣었다. "언짢게 생각하시지 않길 바랍니다." 그가 덧붙였다.

그는 거실 한구석에 있는 단스箪笥 장롱를 열었다. 그는 후지코의 비단 기모노와 금실로 무늬를 넣은 띠를 꺼냈다. "근사하군요." 그가 그것을 빛에 비춰 보며 말했다. "본국에서 가져오신 것 같은데, 상류층이었나 보죠?"

큰 남자가 히사오의 엽총을 한 손에 쥐고 탄환 상자 네 개를 가슴에 안고 저장실에서 나왔다. "이 양반 완전무장을 했더군." 그가 파트너에게 말했다. "저 안에 커다란 옛날 검도 있어."

"탁자 위에 모두 올려놔." 작은 남자가 말했다. "그리고 하나도 빼놓지 말고 꼬리표를 붙이게, 윌슨. 꼬리표 가져왔나?"

"내 주머니에 있어."

막내딸이 두 손으로 얼굴을 가리고 흐느끼기 시작했다. "헤이, 꼬마 아가씨." 수사관이 말했다. "이게 겁날 일이란 건 알지만 울 만한 일은 아니란다, 알겠니? 우린 곧 끝내고 여기서 나갈 거야."

큰 남자 윌슨은 히사오의 검을 찾으러 돌아갔다. 이내 그는 침실로 관심을 돌렸다.

"이렇게 합시다. 윌슨이 일을 마칠 때까지 꼼짝 말고 앉아 있는 겁니다. 그리고 당신과 나는 밖으로 나가서 잠시 걷기로 하죠. 이 물건들은 꼬리표를 달아서 차에 실어야겠습니다. 밖에 있는 별채들을 보여 주시죠. 모두 빠짐없이 조사해야 하니까요."

"알겠습니다." 히사오가 말했다. 그와 후지코는 이제 손을 잡고 있었다.

"불안해하지 마십시오. 우린 몇 분 내로 사라져 드릴 겁니다."

그는 탁자 옆에 서서 물건에 꼬리표를 붙였다. 한동안 그는 말없이 기다렸다. 그는 발로 바닥을 두드리다가 퉁소에 입을 대 보기도 했다. "윌슨!" 그가 마침내 말했다. "속옷에서 손 떼!" 이내 그는 빙그레 웃으며 히사오의 엽총을 집어 들었다.

"이걸 가져가야겠군요. 이 물건들 모두요. 이해하실 겁니다. 얼마 동안 보관했다가, 그 이유를 누가 알겠습니까? 모두 다시 돌려 드릴 겁니다. 끝나면 배에 실어서 돌려보낼 겁니다. 복잡하지만 어쩔 수 없죠. 전쟁이 계속되고 있으니 어쩔 수 없어요."

"퉁소는 저희에게 소중한 겁니다. 기모노, 악보, 그런 것들도 가져가야 합니까?"

"바로 그런 것들이죠. 당신 본국의 물건들을 가져가야 합니다."

히사오는 이마를 찌푸리고 아무 말도 하지 않았다. 윌슨이 엄숙한 표정으로 침대에서 돌아왔다. 그는 하쓰에의 스크랩북을 들고 있다. "이 변태 녀석." 그의 파트너가 말했다. "얼른 와."

"허튼소리." 윌슨이 말했다. "서랍을 뒤져 보고 있었어. 불만 있으면 다음번엔 자네가 하라고."

"히-사-오와 난 밖으로 나갈 거야." 작은 사내가 단호하게 말했다. "자넨 여기서 숙녀분들과 앉아서 꼬리표 붙이는 일이나 마저 끝내. 그리고 점잖게 굴어."

"나야 언제나 점잖지." 윌슨이 말했다.

히사오와 작은 남자는 밖으로 나갔고, 윌슨은 꼬리표를 붙였다. 그 일이 끝나자 그는 아랫입술을 질근거리며 하쓰에의 스크랩북을 띄엄띄엄 읽었다. "딸기 공주라," 그가 고개를 들며 말했다. "그래서 우쭐했겠구먼."

하쓰에는 대답하지 않았다. "사진 잘 나왔는데." 윌슨이 덧붙였다. "아가씨처럼 보이는데. 정말이지 아가씨처럼 보여."

하쓰에는 아무 말도 하지 않았다. 그녀는 윌슨이 스크랩북에서 손을 떼길 바랐다. 그녀가 그에게 그것을 내려놓으라고 공손하게 부탁하려는데 히사오와 남자가 문에 들어섰다. FBI 수사관은 나무 상자 하나를 들고 있었다. "다이너마이트야." 그가 말했다. "이것 봐, 윌슨." 그는 탁자에 그 상자를 가볍게 올려놓았다. 두 남자는 다이너마이트를 들쳐 보았다. 24개가 들어 있었다. 윌슨이 뺨을 씹으며 노려보았다.

"믿어 주십시오." 히사오가 주장했다. "이건 땅을 개간할 때 그루터기들을 뽑아내는 데 쓰는 겁니다."

작은 수사관이 심각한 표정으로 고개를 저었다. "어쩌면요." 그가 말했다. "하지만 그래도 이건 안 됩니다. 이건," 그가 손가락으로 상자를 가리켰다. "불법 소지품입니다. 당신은 이 물건을 신고했어야 합니다."

그들은 총, 탄환, 검 그리고 다이너마이트를 가져가 차 트렁크에 모두 넣었다. 윌슨이 캠프용 배낭을 갖고 돌아와 스크랩북, 기모노, 낱장의 악보, 마지막으로 퉁소까지 쑤셔 넣었다.

모든 것을 차 트렁크에 싣고 나서 FBI 수사관들은 다시 자리에 앉았다. "자," 작은 사내가 말했다. "이제, 어떻게 할까요?"

히사오는 대답하지 않았다. 그는 안경을 쥐고 앉아서 눈을 깜빡거렸다. 그는 FBI 수사관이 말하기를 기다렸다.

"당신을 체포하겠소." 윌슨이 말했다. "당신은 시애틀로 여행을 가게 될 거요." 그는 허리띠에서 수갑을 벗겨 냈다. 그것은 총 옆에 걸려 있었다.

"그건 필요 없어." 작은 남자가 쏘아붙였다. "이 사람은 일류 신사야. 수갑은 필요 없다고." 그가 히사오에게 몸을 돌렸다. "상부에서 몇 가지 질문만 할 겁니다. 오케이? 시애틀로 같이 가서 몇 가지 질문에 대답만 하면 모두 끝납니다."

어린 두 딸이 울고 있었다. 하쓰에는 손바닥에 얼굴을 파묻고 있는 막냇동생의 어깨에 한 팔을 둘렀다. 그녀는 동생의 머리를 끌어당겨서 머리카락을 다정하게 쓰다듬었다. 히사오가 의자에서 일어났다.

"이이를 데려가지 마세요." 후지코가 말했다. "이이는 아무 나쁜 짓도 하지 않았어요. 남편은……"

"그건 아무도 모릅니다." 윌슨이 말했다. "아무도 장담할 수 없죠."

"아마 며칠 내로 끝날 겁니다." 작은 사내가 말했다. "별로 시간이 걸리지 않는 일이죠. 우린 시애틀로 그를 데려가야 합니다. 스케줄에 따르면 됩니다. 아마 며칠이나 어쩌면 일주일이요."

"일주일이요?" 후지코가 말했다. "하지만 우린 어쩌죠? 우린 어떻게……."

"전쟁으로 인한 희생이라고 생각하세요." 그 FBI 사내가 말을 끊었다. "전쟁이 일어났고, 모두 어떤 희생을 치르고 있다는 걸 생각하십시오. 그렇게 받아들일 수밖에 없습니다."

히사오는 샌들을 바꿔 신고 옷장에서 코트를 가져와도 되는지 물었다. 그는 허락한다면 작은 가방을 꾸리고 싶다고 덧붙였다. "둘 다 괜찮소." 윌슨이 말했다. "그렇게 해요. 얼마든지 편의를 봐주겠소."

그들은 그가 아내와 딸들에게 키스하고 각각 작별 인사를 하도록 허락했다. "니시 로버트에게 전화해." 히사오가 그들에게 말했다. "내가 체포됐다고." 하지만 후지코가 전화해 보니 니시 로버트는 이미 체포된 후였다. 고바야시 로널드, 스미다 리처드, 오다 사부로, 가토 다로, 기타노 준코, 야마모토 겐지, 마쓰이 존, 니시 로버트. 그들 모두 지금 시애틀 교도소에 있었다. 그들 모두 같은 날 밤에 체포되었다.

체포된 사람들은 창문에 판자를 댄 기차를 타고 시애틀에서 몬태나에 있는 노동자 수용소로 갔다. 히사오는 가족들에게 매일 편지를 썼다. 음식이 아주 좋다고 썼지만 아주 형편없지는 않은 정도였다. 그들은 상수도로 사용할 도랑을 파고 있었는데, 그것은 수용소 크기의 두 배나 되었다. 히사오는 세탁소에서 다림질하고 옷을 개는 일을 맡았다. 니시 로버트는 수용소 식당에서 일했다.

하쓰에의 어머니는 남편의 편지를 들고 다섯 딸을 한데 불러 모았다. 그녀는 딸들에게 일본에서 코리아 마루 호를 타고 건너온 자신의 오디세이식 모험담을 다시 들려주었다. 시애틀에서 청소하던 방들과 백인들이 피를 토한 시트, 그들의 배설물로 가득한 변기와 알코올과 땀 냄새에 관해 이야기했다. 그녀는 해변 식당에서 그녀가 거기 없는 것처럼 지나가는 시선으로 자신을 쳐다보던 하쿠진白人 항만 노동자들을 위해 양파를 썰고 감자를 튀기던 일도 들려주었다. 그녀는 이미 고생을 알고 있다고 말했다. 그녀는 오랫동안 힘들게 살았다. 살아 있으면서 살아 있지 않은 삶. 눈에 보이지 않는 삶이 어떤 것인지 알고 있었다. 딸들에게 어떻게 하면 존엄성을 지키면서 이 상황에 잘 대처할 수 있는지 가르쳐 주고 싶었다. 하쓰에는 어머니가 이야기하는 동안 그 의미를 이해하려고 애쓰면서 조용히 앉아 있었다. 그녀는 이제 열여덟 살이었고, 어머니의 이야기는 전에 들었을 때보다 좀 더 무게 있게 다가왔다. 그녀는 몸을 숙이고 주의 깊게 귀를 기울였다. 어머니는 일본과의 전쟁으로 딸들 모두 자신이 누구인지를 알게 되고 좀 더 진정한 일본인이 될 것이라고 예견했다. 하쿠진은 일본인이 자기 나라에서 살기를 원하지 않을지도 몰랐다. 해변에 사는 모든 일본인은 떠나야 한다는 소문이 있었다. 일본인이 아닌 척하거나 무언가를 감추려 해도 아무 소용이 없었다. 하쿠진은 그들의 얼굴을 보면 다 알았다. 미국은 일본과 전쟁을 하면서 미국에 일본 소녀들이 있다는 사실을 부정하고 싶을 것이었다. 여기서 사는 방법은 주위 사람들에게 아무리 미움을 받더라도 자신만은 자신을 증오하지 않는 것이었다. 그리고 어떤 고통을 겪더라도 그 고통이 명예로운 삶을 방해하지 못하도록 해야 했다. 일본에서는 불평하지 않거나 고통으로 미쳐 버리지 않는 법을 배운다고 그녀는 말했다. 자신을 지키기 위해서는 항상 내면의 삶과 자신의 철학과 인생관을 성찰해야 했다. 노년, 죽음, 불평등, 고난 그 모두를 삶의 일부로 인정하는 것이 최선의 방법이었다. 어리석은 여자는 이러한 삶을 부정하고 자신의 미숙함을 세상에 드러내면서 자기만족 대신 하쿠진의 세상에서 살려고 한다. 또한 그녀의 민족은 일본인이라고 후지코는 강조했다. 과거 몇 달 동안의 일들이 그것을 증명해 주었다. 아니면 어째서 아버지가 체포되었겠느냐? 지난 두 달 동안 일어난 일들은 하쿠진의 마음속에 숨은 어두운 면을 보게 해 주었다. 그 어둠은 그들의 근본적인 삶의 일부였다. 삶에 이러한 어두운 면이 있음을 부정한다는 것은 겨울의 추위가 여름으로 가는 길에 잠시 지나칠 뿐인 일시적 환상에 지나지 않으며, 덥고 즐거운 여름이 그보다 훨씬 현실적이라고 믿는 것과 같다. 그러나 겨울에도 눈이 녹는 것처럼 겨울도 여름과 마찬가지로 현실이다. 후지코는 이것이 바로 현실이라고 했다. "지금 너희 아버지는 몬태나에 있는 수용소에서 세탁물을 개고 계신다." 그녀가 일본어로 말했다. "우리는 그럭저럭 견뎌야 해, 알겠니? 달리 방법이 없어. 견디는 수밖에."

"그들 모두가 우릴 미워하진 않아요." 하쓰에가 대답했다. "엄마는 과장하고 있어요. 엄마도 아실 거예요. 그들도 우리와 별로 다르지 않다는 거 아시잖아요. 어떤 사람들은 우릴 미워하지만 전부 그런 건 아니에요."

"네가 무슨 말을 하는지 알겠다. 그들 모두는 아니지. 그건 그래. 하지만 다른 면에선," 그녀는 여전히 일본어로 말했다. "그들이 우리와 크게 다르지 않다고 생각하니? 넓은 의미에서? 우리와 다르지 않다고?"

"네. 전 다르지 않다고 생각해요."

"그들은 달라. 어떻게 다른지 말해 볼까? 백인들은 에고에 따라 움직이기 때문에 스스로 제어할 방법이 없어. 반면 우리 일본인은 에고가 아무것도 아니라는 걸 알아. 우린 언제나 에고를 드러내지 않고, 그게 우리가 다른 점이야. 그게 근본적인 차이야, 하쓰에. 우린 머리를 숙이고 절을 하고 침묵해. 우린 혼자서는 아무것도 아니며 강풍에 날리는 먼지에 불과하다고 생각하는데, 하쿠진은 자기 혼자가 전부이고, 자신의 개체가 존재의 기본이라고 믿지. 그들이 자신의 개별성을 찾고 이해하고, 찾고 이해하는 동안 우린 위대한 생명과의 합일을 추구해. 하쿠진과 우리 일본인은 그렇게 서로 다른 길을 여행하고 있다는 걸 알아야 해, 하쓰에."

"위대한 생명과의 합일을 추구하는 사람들이 진주만을 폭격했어요. 그 사람들이 허리를 굽혀서 절을 할 준비가 돼 있다면 어째서 전 세계를 공격하면서 다른 나라들을 빼앗고 있을까요? 전 그들의 일부처럼 느껴지지 않아요. 전 이곳의 일부예요. 전 여기서 태어났어요."

"그래, 네가 여기서 태어난 건 사실이야. 하지만 네 피는, 넌 여전히 일본인이야."

"난 싫어요! 그들과 어떤 관계도 맺고 싶지 않아요. 무슨 말인지 아세요? 전 일본인이 되고 싶지 않다고요!"

후지코는 맏딸을 보며 고개를 끄덕였다. "지금은 어려운 시기야. 아무도 지금 자신이 누구인지 모르지. 모든 게 구름에 가려 있고 불투명해. 그렇다곤 해도 넌 후회하게 될 말을 하지 않는 법을 배워야겠구나. 네 마음속에 없는 말이나 잠시 머물 뿐인 말은 하지 말아야 한다. 너도 알겠지만 침묵이 더 나을 때가 있단다."

하쓰에는 곧 어머니가 옳다는 것을 깨달았다. 어머니는 확실히 마음이 평온하고 맑았으며, 목소리에 진실의 힘을 담고 있었다. 하쓰에는 자신이 부끄러워 아무 말도 하지 못했다. 내가 말하는 게 진정 내 느낌일까? 느낌은 언제나 수수께끼로 남았다. 그녀는 한 번에 오만 가지를 느끼면서 그런 느낌의 실타래를 풀어내 정확하게 말로 표현할 수 없었다. 어머니가 옳았다. 침묵이 낫다는 사실만은 분명했다.

"나로선 하쿠진 틈에 살면서 오염이 돼 네 영혼이 불순해졌다고 말할 수밖에 없구나, 하쓰에. 순수하지 못한 뭔가가 널 감싸고 있다는 걸 난 매일 보고 있다. 넌 항상 그걸 지니고 다녀. 네 영혼 주위에 안개가 둘러싼 것처럼 보여. 네가 제대로 감추지 못할 땐 그게 그림자처럼 네 얼굴에 드리워 있어. 오후만 되면 마음이 들떠서 숲으로 갈 때도 그게 보인다. 네가 매일 백인들과 더불어 살면서 불순해졌다고밖에 생각할 수 없구나. 네게 그들 전부를 피하라는 건 아니고, 그렇게 해서도 안 되겠지. 이 세상은 하쿠진의 세상이고, 넌 그 속에서 사는 법을 배우고 학교에도 가야 하니까. 하지만 하쿠진과 함께 살면서 그들과 엮이지 않도록 해라. 네 영혼이 타락하게 될 거야. 근본적인 뭔가가 썩어서 구린 냄새가 나게 될 거야. 넌 열여덟 살이고, 이제 성인이다. 난 더 이상 네가 가는 곳을 따라다닐 수 없어. 넌 곧 혼자 가야 해, 하쓰에. 네 순수함을 지키고 언제나 자신이 누구인지 기억하길 바란다."

하쓰에는 그때 자신의 속임수가 실패했다는 것을 알았다. 4년간 그녀는 '산책'한다는 핑계를 댔고, 집에 돌아올 때는 자신의 목적을 숨기기 위해 고사리, 물냉이, 가재, 버섯, 월귤, 산딸기, 블랙베리, 잼을 만들 수 있는 푸른 딱총나무 열매까지 가져왔다. 그녀는 다른 소녀들과 무도회에 가면 춤 신청자들을 물리치고 구석에 서 있었고, 이스마엘도 그의 친구들과 함께 있었다. 친구들은 그녀를 위해 데이트를 주선해 주려 했다. 모두 그녀에게 미모를 활용하고 조개껍데기 속에 숨는 부끄러움에서 해방되라고 말했다. 지난봄에는 한동안 그녀가 숨겨 놓은 잘생긴 남자 친구를 아나코츠에 가서 만난다는 소문이 나돌다가 흐지부지 사라졌다. 하쓰에는 동생들과 학교 친구들에게 전부 고백하고 싶은 유혹과 싸웠다. 말없이 비밀을 간직하는 것이 무거운 짐처럼 그녀를 내리눌렀고, 대부분의 어린 소녀처럼 사랑에 대해 터놓고 이야기하고 싶었다. 하지만 그녀는 말하지 않았다. 그녀는 데이트를 거절하려고 소년들 앞에서 수줍어하는 태도를 고집했다.

어머니는 사실을 알고 있거나 어느 정도 눈치채고 있는 것 같았다. 어머니는 윤기가 흐르는 검은 머리를 뒤통수에 바짝 묶어서 핀으로 쪽을 찌고 있었다. 무릎 위에 양손을 단단히 맞잡고-그녀는 남편의 편지를 탁자 위에 올려놓았다- 의자 끝에 당당히 앉은 채로 딸의 얼굴을 보며 눈을 깜빡였다. "전 내가 누군지 알아요." 하쓰에가 말했다. "내가 누군지 정확히 안다고요." 그녀는 다시 한번 주장했지만 그것은 불확실한 느낌을 주는 말에 불과했다. 후회하게 될 말에 가까웠다. 그녀는 차라리 침묵하는 편이 나았겠다고 생각했다.

"다행이구나." 후지코가 일본어로 차분히 말했다. "우리 맏딸이 확신을 갖고 말한다니 말이다. 말이란 입에서 날아가는 거란다."

그날 오후 늦게 하쓰에는 자신도 모르게 숲속을 걷고 있었다. 2월 말로 접어들면서 태양이 간신히 쓸쓸한 빛을 비추는 시기였다. 봄이 되면 날카로운 햇빛이 숲을 가르며 쏟아져 내리고 나무에서 떨어지는 잔가지, 씨앗, 솔잎, 나무껍질 등이 어지러운 대기 속에서 떠다닐 것이었다. 그러나 2월의 숲은 어둡고 무표정하게 느껴졌고, 나무 썩는 냄새가 진동했다. 하쓰에는 삼나무가 이끼 낀 전나무에게 자리를 양보하고 있는 내륙 쪽으로 향했다. 이곳의 모든 것이 친근하고 익숙했다. 쓸모없는 심재로 채워진, 이미 죽었거나 죽어 가는 삼나무, 쓰러지고 만 집채만 한 거목, 뽑혀 나온 나무뿌리에 얽힌 덩굴, 독버섯, 담쟁이, 살랄철쭉과의 상록관목, 바닐라 잎 그리고 도깨비사초로 가득한 낮은 습지. 그녀는 이 숲속을 이리저리 헤매면서 시게무라 부인의 강습을 듣고 집으로 돌아갔으며, 시게무라 부인이 요구했던 평정을 단련했다. 그녀는 키가 180센티미터나 되는 실고사리 속에 앉거나 연령초가 피어 있는 골짜기 바위 시렁에 앉아서 눈을 활짝 뜨고 주위 광경을 보았다. 그곳에서 보낸 날들을 가능한 한 멀리 되돌아보면 언제나 그녀에게 신비를 간직하게 해 준 말없는 숲이 있었다.

2백 년 전에 쓰러진 나무들이 땅에 파묻혀 그 자체가 흙으로 변해 버린 묘상에서 또 다른 나무들이 자라나 줄지어 서 있었다. 숲의 퇴적물 층은 5백여 년을 살다가 쓰러진 나무들이 그린 지도처럼 보였다. 여기저기 둔덕과 흙더미를 형성하고 있는 이 숲은 살아 있는 자는 본 적 없는 오래된 고목의 뼈를 간직하고 있었다. 하쓰에는 6백 년도 더 된 쓰러진 나무의 나이테를 세어 본 적이 있었다. 삼나무 밑에서 썩어 가는 생쥐, 살금살금 움직이는 들쥐, 초록빛 뿔이 달린 사슴도 보았다. 어디서 참새발고사리와 연보랏빛 난초와 사마귀가 달린 커다란 말불버섯이 자라는지 손바닥 보듯 훤히 알고 있었다.

깊은 숲속에서 그녀는 쓰러진 나무 위에 누워 하늘을 올려다보았다. 나무 꼭대기 주위를 휘감는 늦겨울 바람이 잠시 어지럼증을 느끼게 했다. 그녀는 북미산 전나무의 복잡한 나무껍질에 감탄하며 그 껍질의 홈을 따라 60미터 위 나뭇가지로 얽힌 나뭇가지의 지붕까지 눈을 옮겼다. 세상은 요지경 속이었지만 이 숲은 다른 어디에서도 찾을 수 없는 단순한 감정을 느끼게 해 주었다.

  그녀는 차분히 가라앉은 마음으로 자신을 혼란하게 하는 일들을 하나하나 떠올려 보았다. 아버지는 헛간에 다이너마이트를 넣어 두었다는 이유로 FBI에 체포되었고, 머지않아 일본인 얼굴을 한 사람은 모두 전쟁이 끝날 때까지 산피에드로에서 추방한다는 말이 떠돌았다. 그녀는 남몰래 만날 수밖에 없는 하쿠진 남자 친구가 있었고, 그는 몇 개월 후면 징집되어 자신의 동족을 죽이기 위해 떠날 것이었다. 이러한 해결되지 않는 문제들뿐 아니라, 당장 불과 몇 시간 전에 어머니가 자신의 영혼에 뚫린 함정을 파고들어 와 깊숙이 숨어 있는 불안을 발견하고 말았다. 어머니는 당신의 본질과 당신이 살아온 방식이 다르다는 것을 아는 것 같았다. 그렇다면 어쨌든 어머니의 본질은 무엇일까? 어머니는 이곳에 속해 있으면서 동시에 속해 있지 않기도 했으며, 미국인이 되고 싶어 하지만 어머니 말대로 미국의 적의 얼굴을 하고 있고, 앞으로도 그럴 것이었다. 어머니는 하쿠진들 속에서 편안한 느낌을 갖지 못하기도 하지만, 동시에 누구보다 이곳 고향의 숲과 들을 사랑했다. 자신은 부모님의 집에 한 발을 디디고 있었고, 그 집은 부모님이 오래전 떠나온 일본에서 그리 멀지 않았다. 바다 건너에 있는 그 나라가 자신을 끌어당기면서 자신의 바람과는 상관없이 자기 안에 살고 있다는 것을 느낄 수 있었고, 그것을 부정할 수 없었다. 동시에 그녀는 산피에드로섬에 뿌리를 내렸고, 오로지 딸기 농장과 딸기밭 향기와 삼나무 숲을 원했으며, 이곳에서 영원히 단순하게 살고 싶었다. 그리고 이곳에는 이스마엘이 있었다. 그는 나무들과 마찬가지로 그녀의 삶의 일부였으며, 그에게서는 나무와 조개 해변의 냄새가 났다. 하지만 그는 그녀의 마음에 공백을 남겼다. 그는 일본인이 아니었고, 자신들은 너무 어린 나이에 만났다. 자신들의 사랑은 경솔하고 충동적으로 이루어졌으며, 미처 자신을 알기도 전에 서로를 사랑하게 되었다. 하지만 이제 그녀는 자신을 결코 알 수 없을 것 같은 생각이 들었다. 어차피 누구도 자기 자신을 알지 못하고, 결코 알 수 없을지도 모른다. 그녀는 오랫동안 이해해 보려고 노력했던 것을 이제 깨달은 것 같았다. 자신이 이스마엘 체임버스에 대한 사랑을 감추고 있었던 것은 자기가 일본인이라서가 아니라 그에게 느끼고 있는 감정이 사랑이라고 세상 사람들에게 분명히 말할 수 없었기 때문이었다.

그녀는 현기증이 나는 것을 느꼈다. 느지막한 오후 산책은 한 소년과의 만남을 숨기지 못했다. 어머니는 오래전에 눈치채고 있었다. 하쓰에는 자신이 누구를 속인 적도, 자신을 속인 적도 없다고 생각했지만, 그렇다고 완전히 결백하지도 않다는 것을 깨달았다. 자신들은 진정 서로를 사랑한다고 말할 수 있을까? 단지 함께 자라고 놀면서 느껴 온 친밀한 감정이 사랑의 환상을 심어 준 게 아닐까? 그러나 한편으로, 삼나무 안에서 그와 함께 있으면서 느끼는 본능이 사랑이 아니라면 도대체 사랑이란 무엇일까? 그는 이 장소와 이 숲과 이 해변에 속한 소년이었고, 그에게서는 숲 냄새가 났다. 만일 정체성이 혈연이 아니라 지리적인 것이라면, 만일 정말 중요한 것이 어디에 사는가 하는 문제라면 이스마엘은 일본의 그 무엇과 마찬가지로 그녀의 일부였고, 그녀의 마음속에 있었다. 아이러니하게도 시게무라 부인이 강조했던 것처럼, 본능은 모든 것을 왜곡해 버리는 정신에 의해 오염되지 않는 가장 단순한 사랑이고 가장 순수한 형태였다. 그래. 그녀는 자신에게 말했다. 자신은 본능에 따랐을 뿐이며, 그 본능은 어쩔 수 없이 일본인의 피가 흐르게 된 것과 다를 바 없다. 그녀는 사랑이 달리 무엇인지 알 수 없었다.

한 시간 뒤 삼나무 구멍 안에서 그녀는 이스마엘과 그 문제를 이야기했다. "우린 오랫동안 알고 지냈어." 그녀가 말했다. "널 몰랐던 때가 없었던 것 같아. 널 만나기 전 날들은 기억도 안 나. 그런 적이 있었는지조차 모르겠어."

"내 기억도 마찬가지야. 내가 갖고 있던 유리 상자 기억해? 물속을 들여다보게 해 줬던 거?"

"그럼." 그녀가 말했다. "기억해."

"십 년은 됐을 거야. 그 상자에 매달려 바다에서 놀던 일이 엊그제 같은데."

"내가 말하고 싶은 게 그거야." 하쓰에가 말했다. "바다에서 가지고 놀던 상자. 무슨 시작이 그래? 우리의 공통점이 뭐지? 우린 서로 알지도 못했어."

"우린 서로 알았어. 서로 항상 알아 왔어. 사람들 대부분이 처음 만나서 밖으로 나가 사귀기 시작하는 것처럼 서로에게 낯선 사람들이 아니었어."

"그건 다른 거야." 하쓰에가 말했다. "우린 밖으로 나가지 않아. 밖으로 나간다는 건 정확한 말이 아니야. 우린 사귈 수 없어, 이스마엘. 우린 이 나무 안에 갇혀 있어."

"석 달 후면 졸업할 거야." 이스마엘이 대꾸했다. "우린 그 후에 시애틀로 가야 한다고 생각해. 시애틀에서는 달라질 테니 두고 봐."

"거기서도 여기와 마찬가지로 나 같은 사람들을 체포하고 있어,

이스마엘. 백인과 일본인, 우린 시애틀이라 해도 함께 거리를 걸어 다닐 수 없어. 진주만 공습 후에 그렇게 됐어. 너도 알잖아. 게다가 넌 유월에 징집될 거야. 그렇게 될 거야. 넌 시애틀에 갈 수도 없어. 우리 서로에게 솔직해지자."

"그럼 어떡해야 하지? 네가 말해 봐. 해답이 뭐야, 하쓰에?"

"그런 건 없어. 나도 몰라, 이스마엘. 우리가 할 수 있는 건 아무것도 없어."

"견디는 수밖엔." 이스마엘이 대답했다. "전쟁이 영원히 계속되진 않아."

그들은 나무 안에 조용히 앉아 있었다. 이스마엘은 한쪽 팔꿈치에 몸을 기댔고, 하쓰에는 반질반질한 나무에 다리를 올리고 그의 옆구리에 머리를 올렸다. "이 안은 좋아." 하쓰에가 말했다. "이 안에선 언제나 좋아."

"널 사랑해. 언제나 널 사랑할 거야. 무슨 일이 일어나도 상관없어. 난 언제나 널 사랑할 거야."

"네가 그렇다는 거 알아." 하쓰에가 말했다. "하지만 난 현실적이 되려고 노력 중이야. 내 말은 그건 그렇게 간단하지 않다는 거야. 걸리는 게 많아."

"그런 건 진짜 문제가 안 돼. 그 무엇 때문이라도 달라질 건 없어. 사랑은 세상에서 가장 강한 거야. 아무것도 건드릴 수 없어. 아무것도 접근할 수 없어. 만일 우리가 서로 사랑한다면 우린 안전한 거야. 사랑은 가장 위대한 거야."

그가 너무 자신 있고 감동적으로 말해서 하쓰에도 사랑이 그 무엇보다 위대하다는 확신이 들었다. 그녀는 그 말을 믿고 싶어서 그 속에 빠져들어 휩쓸려 버리려고 애썼다. 그들은 이끼 위에 누워 키스하기 시작했지만 그 접촉은 세상의 진실을 망각하고 그들의 입술로 자신들을 속이려는 시도처럼 느껴졌다. "미안해." 그녀가 말했다. "모든 게 복잡해. 잊어버릴 수가 없어."

그는 그녀를 안고 그녀의 머리카락을 쓰다듬었다. 둘은 더 이상 말하지 않았다. 그녀는 시간이 정지하고 세상이 얼어붙은 숲속 한가운데에서 동면하고 있는 것처럼 편안했지만 그것은 잠시 쉬었다가 아침이면 떠나야 하는 조용한 간이역에서 느끼는 일시적인 안도감에 불과했다. 그들은 이끼를 베고 잠이 들었고, 나무 속으로 들어오는 빛이 초록에서 회색으로 바뀌자 돌아갈 시간이 되었다.

"모든 게 잘될 거야." 이스마엘이 말했다. "두고 봐. 잘될 테니까."
"모르겠어."

두 사람의 문제는 3월 21일 미 전시 외국인 격리 수용 기관이 섬의 일본인들에게 8일 후 떠날 채비를 하라는 발표를 함으로써 해결되었다.

센터 계곡에서 5에이커의 땅에 1천 달러 값어치의 대황을 재배하던 고바야시 가족은 자신들의 농작물을 맡아서 돌보고 추수하게 하는 것에 관해 토발 라스무센과 합의를 보았다. 마쓰이 가족은 달빛 아래에서 딸기밭의 잡초를 뽑고 완두콩에 버팀목을 세웠다. 그들의 농장을 돌보기로 한 마이클 번스와 그의 건달 형제인 패트릭을 위해 모든 것을 제대로 정리해 주고 떠나고 싶었던 것이다. 스미다 가족은 묘목을 헐값에 팔아 치우고 묘목장을 폐쇄하기로 작정했다. 목요일과 금요일에 그들은 가지치기 도구, 비료, 삼나무 의자, 수반, 정원 벤치, 종이 등, 분수대 고양이 조각, 나무 싸개, 들것, 분재 나무 들을 문 밖에 내놓고 누구라도 살 사람을 기다리며 하루 종일 지켜보았다. 일요일에 그들은 온실에 맹꽁이자물쇠를 달고 피어스 피터슨에게 온실을 지켜봐 달라고 부탁했다. 그들은 피어스에게 암탉 여러 마리와 물오리 한 쌍을 주었다.

가토 렌과 고바시가와 조니는 3톤짜리 건초 트럭으로 섬을 왕복하면서 가구, 짐 상자, 전기 제품 들을 일본교민회관으로 실어 날랐다. 침대, 소파, 난로, 냉장고, 서랍장, 책상, 탁자, 의자 등이 서까래 높이까지 가득 들어차자 회관은 일요일 저녁 6시에 문을 걸어 잠그고 판자를 둘러쳤다. 은퇴한 자망 어부 세 명-질론 크리크턴, 샘 구달, 에릭 호프먼-은 산피에드로 보안관의 부관으로 임명되어 그 안에 든 물건들을 지키겠다는 선서를 했다.

전시 외국인 격리 수용 기관은 아미티 항구에서 가까운 외곽에 있는 W. W. 비슨 통조림 공장에서 사용하던 곰팡내 풍기는 창고로 사무실을 이전했다. 그 창고에 아미티 운송 사령부뿐 아니라 농장안전관리소와 연방 직업 안내소 사무실도 들어섰다. 모두 퇴근 준비를 하고 있던 목요일 오후 늦게 외국인 격리 수용 기관에 고등학교 야구팀 코치 카스파스 힌클이 쳐들어와 사무관 책상 위에 선수 명단을 내팽개쳤다. 그는 최고 투수 두 명은 말할 것도 없고, 선발 투수, 2루수, 외야수 두 명이 야구 시즌 내내 빠지게 되었다고 했다. 이 문제를 재고해 줄 수 없겠느냐? 이 아이들은 스파이가 아니다!

3월 28일 토요일 저녁에 아미티 고등학교 졸업 무도회-올해의 테마는 '눈부신 수선화'였다-가 학교 강당에서 진행되었다. 아나코츠의 스윙 밴드 '도시 남자들'이 경쾌한 댄스 음악을 연주했고, 막간에 야구 팀 주장이 무대 위에 올라 환한 얼굴로 마이크 앞에 서서 월요일 아침에 떠나는 선수 일곱 명에게 감사장을 전달했다. "우리 팀은 여러분이 빠지면 신통치가 못하죠. 이제 경기에 내보낼 친구들도 별로 없습니다. 하지만 우리가 승리한다면 그 승리는 떠나는 여러분의 것입니다."

동물 애호가 에벌린 니어링은 수세식 변기나 전기도 없는 이어슬리곳의 삼나무 오두막에 살고 있는 과부였는데, 대여섯 가구의 일본 가족들에게서 염소, 돼지, 개, 고양이 들을 맡아 기르기로 했다. 오다 가족은 그들의 식료품점을 찰스 맥퍼슨 가족에게 임대했고 승용차와 픽업 두 대를 찰스에게 팔았다. 아서 체임버스는 오바타 넬슨에게 자신의 신문 특파원으로 활동하면서 산피에드로에 기사를 보내 달라고 했다. 아서는 3월 26일 판에 임박한 추방에 대한 네 편의 기사를 실었다. '섬의 일본인들, 육군의 이주 명령에 따르다', '마지막 순간까지 학부모회에서 일하는 일본 여성들', '추방 명령에 타격받은 고등학교 야구단' 그리고 '시간이 별로 없다'라는 제목의 담론은 대체로 '우리 섬의 일본인들을 요령 부족으로 무자비하게 내쫓는' 전시 외국인 격리 수용 기관 당국을 비난했다. 다음 날 아침 7시 30분에 아서는 익명의 전화를 받았다. "일본 놈을 두둔하는 놈들은," 새된 목소리가 떠들었다. "거세를 해 버려야 해. 불알을 까서······." 아서는 전화를 끊었고, 다음 판에 실을 '부활절 아침 찬양에 충실'이라는 기사를 타자하는 일로 돌아갔다.

일요일 오후 4시에 하쓰에는 어머니에게 산책하러 나가겠다고 말했다. 떠나기 전에 마지막으로 나가는 산책이라고 강조했다. 숲속에 앉아서 잠시 생각을 정리해 보고 싶다고 말했다. 그녀는 프로텍션곶

쪽으로 가는 것처럼 걸음을 옮겼지만 숲길을 돌아 사우스 해변의 산길로 들어서 삼나무 숲으로 향한 길을 따라갔다. 이스마엘이 재킷을 베고 그녀를 기다리고 있었다. "이렇게 됐어." 그녀가 말했다. "우린 내일 아침에 떠나야 해."

"나한테 좋은 생각이 있어. 도착하면 나한테 편지해. 학교 신문이 나오면 난 내 답장을 거기에 넣어서 너한테 보내고 발신인 주소를 신문반으로 적어 둘게. 내 계획 어때? 안전할 것 같지 않아?"

"계획 따윈 필요하지 않으면 좋겠어." 하쓰에가 말했다. "우리가 왜 그렇게 해야 하지?"

"우리 집 주소로 편지해. 발신인 주소에 야마시타 케니 이름을 쓰는 거야. 우리 부모님은 내가 케니하고 친한 걸 아시니까 별문제 없이 우리 집에 편지할 수 있어."

"하지만 부모님이 케니의 편지를 보고 싶어 하시면? 그 애가 잘 지내는지 궁금해하시면?"

이스마엘은 잠시 생각했다. "부모님이 케니의 편지를 보려고 하시면? 그럼 네가 편지를 대여섯 장쯤 걷어서 한 봉투에 넣어 보내면 어떨까? 케니 편지, 네 편지, 헬렌 편지, 오바타 톰 편지를 모두 한 봉투에 넣어서 보내는 거야. 그 애들한테는 학교 신문에서 그렇게 요구했다고 하고. 내가 오늘 밤 케니한테 전화해서 얘기하면 네가 편지를 받아 가도 의심하지 않을 거야. 모두 받아서 마지막에 네 걸 넣고 나한테 보내. 난 네 편지를 꺼내고 나머지는 학교에 제출하는 거지. 그럼 완벽하게 처리되는 거야."

"너도 나처럼 됐구나. 우린 둘 다 속임수에 능해졌어."

"속임수 같진 않은데. 그렇게밖에 할 수 없으니까."

하쓰에는 외투의 벨트를 풀었다. 아나코츠의 페니 양품점에서 산 헤링본 코트였다. 안에는 수를 놓은 넓은 칼라가 달린 원피스를 입고 있었다. 오늘 그녀는 머리를 끈이나 리본으로 묶지 않고 등 뒤에 풀어 내렸다. 이스마엘이 그녀의 머리카락에 코를 갖다 댔다. "삼나무 냄새가 나." 그가 말했다.

"너도 그래. 무엇보다 네 냄새가 무척 그리울 거야."

그들은 이끼 위에서 서로 떨어져 말없이 누워 있었다. 이제 하쓰에의 머리칼이 한쪽 어깨에 드리워 있었고, 이스마엘은 무릎에 손을 얹고 있었다. 나무 밖에서 부는 3월의 바람이 고사리를 흔드는 소리와 바로 아래쪽에서 흐르는 작은 시내 소리가 합쳐져 길게 탄식하는 소리로 들렸다. 나무에 가로막혀 희미하게 들리는 그 소리를 들으면서 하쓰에는 자신이 모든 것들의 중심에 있는 것처럼 느꼈다. 이 장소, 이 나무는 안전했다.

두 사람은 키스하고 서로 어루만지기 시작했지만 그녀는 가슴에 허전함이 스며드는 것을 느꼈고, 여러 가지 생각을 떨쳐 버릴 수가 없었다. 그녀는 머리카락을 이끼에 늘어뜨린 채 집게손가락을 이스마엘의 입술에 얹고 눈을 감았다. 다음 날 이곳을 떠나야 한다고 생각하자 그의 냄새이기도 한 나무 냄새가 얼마나 그리워질지 새삼 깨달았다. 그러한 깨달음이 그녀를 고통스럽게 했고, 그녀는 그가 불쌍하고 자신이 불쌍해 울기 시작했다. 눈물을 참으려니 목이 메고 가슴이 조여 왔다. 하쓰에는 조용히 울면서 이스마엘을 끌어당겨 그의 냄새를 들이마셨다. 그녀는 그의 목에 코를 묻었다.

이스마엘의 손이 그녀의 치맛단 밑으로 들어가 천천히 허벅지로 올라가더니 팬티 위 허리에 머물렀다. 그는 그녀의 허리를 살며시 안고 있다가 잠시 후에 손을 좀 더 아래로 내려 그녀의 엉덩이를 자기 쪽으로 힘껏 끌어당겼다. 그녀는 자신이 무언가에 떠받치는 느낌이 들었고, 그가 얼마나 단단한지 느끼면서 그 단단함에 자신을 밀착시켰다. 그의 바지가 밀려 올라가 그녀의 부드럽고 촉촉한 실크 팬티를 눌렀다. 두 사람은 이제 좀 더 열렬하게 키스하면서 하나가 된 것처럼 움직였다. 그녀는 그것의 단단함과 길이를, 그 사이에 자기의 실크 팬티와 그의 면바지를 느낄 수 있었다. 이내 그의 손이 엉덩이를 떠나 허리를 더듬다가 브래지어의 고리로 올라갔다. 그녀는 그의 손이 움직일 수 있도록 이끼에서 몸을 들어 올렸고, 그는 어렵지 않게 고리를 풀고 어깨끈을 내리면서 그녀의 귓바퀴에 부드럽게 키스했다. 그의 손이 다시 그녀의 몸을 따라 내려가 옷 밖으로 나와 그녀의 머리카락에 덮인 목과 빗장뼈를 어루만졌다. 그녀는 그의 손에 자신을 맡기고 그를 맞이하면서 가슴을 들어 올렸다. 이스마엘이 그녀의 원피스 앞자락에 키스하고 수를 놓은 칼라 밑에서부터 열 개의 단추를 풀기 시작했다. 그것은 시간이 걸렸다. 두 사람의 숨결이 섞였고, 그가 조심스럽게 단추를 푸는 동안 그녀는 그의 윗입술을 자신의 입술 사이에 넣었다. 잠시 후 앞섶이 열리자 그는 그녀의 브래지어를 올리고 젖꼭지에서 혀를 움직였다. "결혼하자." 그가 속삭였다. "너랑 결혼하고 싶어, 하쓰에."

그녀는 그 말에 대답하기엔 너무 텅 비어 있었다. 그녀는 말할 수 없었다. 흐느낌에 묻힌 목소리를 입 밖으로 끌어낼 수 없었다. 대신 그녀의 손끝이 그의 척추를 따라 엉덩이로 내려갔고, 바지 천을 통해 두 손으로 그의 단단함을 만지면서 한동안 그가 숨을 완전히 멈추고 있는 것을 느꼈다. 그녀는 양손으로 움켜쥐고 그에게 키스했다.

"결혼하자." 그가 다시 그 말을 했고, 그녀는 그가 뜻하는 말을 이해했다. "난…… 난 너랑 결혼하고 싶을 뿐이야."

그녀는 팬티 속으로 들어오는 그의 손을 제지하지 않았다. 그가 그녀의 다리로 팬티를 끌어 내리는 동안 그녀는 계속해서 조용히 울고 있었다. 그는 그녀에게 키스하면서 바지를 무릎까지 내렸고, 이제 그의 단단한 끝이 그녀의 피부에 닿았다. 그는 두 손으로 그녀의 얼굴을 감쌌다. "그냥 하겠다고 말해. 하겠다고 해. 하겠다고 말해. 하겠다고, 제발. 하겠다고 말해 줘."

"이스마엘." 그녀가 속삭이는 순간 그는 그녀 안으로 밀고 들어가 그의 단단함으로 그녀를 완전히 채웠다. 하쓰에는 분명히 뭔가 잘못되었다는 느낌을 받았다. 그 경험은 그녀에게 무한한 충격으로 다가온 동시에 늘 알고 있었고 지금껏 숨겨졌던 것처럼 느껴졌다. 그녀는 그에게서 몸을 뗐다. 그녀는 그를 밀었다. "안 돼." 그녀가 말했다. "안 돼, 이스마엘, 안 돼, 이스마엘. 절대."

그가 물러났다. 그녀는 그가 점잖고 친절한 소년이라는 것을 알았다. 그는 바지를 올려서 단추를 채우고 나서 그녀가 팬티를 입도록 도와주었다. 하쓰에는 브래지어를 바로잡아 고리를 걸고 원피스 단추를 채웠다. 그녀는 외투를 입고 자리에 앉아 꼼꼼하게 머리에서 이끼를 빗어 내기 시작했다. "미안해." 그녀가 말했다. "옳은 일이 아니었어."

"나한텐 옳은 일 같았어. 결혼하는 것 같았어. 너와 내가 결혼하는 것처럼. 우리가 할 수 있는 유일한 결혼 방법처럼."

"미안해. 네가 불행하게 되는 걸 원치 않아."

"난 불행해. 난 비참해. 네가 내일 떠나니까."

"나도 불행해. 그것 때문에 괴로워. 여태까지 이렇게 힘든 적이 없었어. 난 더 이상 아무것도 모르겠어."

그는 그녀와 그녀의 집으로 걸었다. 둘은 딸기밭 가장자리 삼나무 뒤에 잠시 섰다. 땅거미가 지고 있었고, 3월의 정적이 모든 것을 장악하고 있었다. 나무들, 썩어 가는 죽은 나무, 잎사귀가 떨어진 단풍나무, 땅에 흩어져 있는 돌들. "안녕." 하쓰에가 말했다. "편지할게."

"가지 마. 여기 좀 더 있어."

그녀가 마침내 떠난 때는 이미 해가 진 후였고, 그녀는 다시 돌아보지 않을 작정으로 숲에서 걸어 나갔다. 하지만 열 발짝도 못 가서 자신도 모르게 돌아보았다. 돌아보지 않을 수 없었다. 작별 인사를 한 다음 다시는 그를 만나지 않겠다고, 그의 품 안에서는 불안하기 때문에 헤어지겠다고 말하고 싶었다. 자신들은 너무 어렸고, 분명히 알지 못했고, 숲과 해변에 휩쓸렸던 것뿐이며, 그 모든 것이 환상에 불과했고, 자기는 진짜 자신이 아니었다고 말하려 했지만 하지 않았다. 대신 그녀는 그를 눈도 깜빡이지 않고 쳐다보았다. 그라는 사람을, 그의 친절과 진지함과 선량함을 사랑하지만 어쩔 수 없다는 식으로 막연하게 상처를 줄 수는 없었다. 이스마엘, 거기 서서 애처롭게 바라보던 그를 그녀는 기억했다. 12년 후 그녀는 여전히 그런 모습의 그를 볼 것이었다. 고요한 삼나무들 아래 자리 잡은 딸기밭 가장자리에 서서 한 팔을 뻗어 오라고 손짓하는 잘생긴 청년을.

15

월요일 아침 7시 정각에 군 트럭이 후지코와 다섯 딸을 태우고 아미티 항구 페리 선착장에 도착했다. 거기서 한 군인이 여행 가방과 외투에 붙이는 꼬리표를 나누어 주었다. 그들이 추위에 떨면서 가방을 내려놓고 기다리는 동안 선창에 모인 하쿠진 이웃들이 군인들 틈에 서서 그들을 바라보고 있었다. 후지코는 맞은편에서 두 손을 마주 잡고 난간에 기대서 있는 일제 시버렌슨을 보았다. 그녀는 이마타 가족이 지나갈 때 손을 흔들었다. 시애틀에서 묘목상을 하는 일제는 10년 동안 후지코에게서 딸기를 사 가면서 그녀를 도시에서 방문하는 자기 친구들을 위해 섬 생활을 이국적으로 보이게 해 주는 시골 뜨기나 되는 것처럼 취급했었다. 그녀는 생색을 내면서 친절하게 굴었고 자선을 베풀기라도 하듯 딸기값에 푼돈을 얹어 주었다. 그날 아침 일제 시버렌슨이 손을 흔들며 다정하게 이름을 불렀지만 후지코는 그녀의 눈을 마주 보고 알은체할 수 없었다. 후지코는 대신 눈을 내리깔고 땅만 뚫어지게 내려다보았다.

9시 정각에 그들은 열을 지어서 퀠로켄호에 승선했다. 언덕 위에서 백인들이 그들을 놀란 눈으로 바라보고 있었다. 여덟 살 난 다나카 고든의 딸이 선창에서 넘어져 울기 시작했다. 곧 다른 사람들도 울기 시작했고, 언덕 위에서 안토니오 단가란의 목소리가 들려왔다. 그는 불과 두 달 전에 기타노 엘리너와 결혼한 필리핀 남자였다. "엘리너!" 그가 외쳤고, 그녀가 올려다보자 그가 빨간 장미 다발을 던졌다. 장미 다발은 바람에 실려 물 위에 가볍게 내려앉더니 파도에 밀려 선창에 닿았다.

그들은 아나코츠에서 기차를 타고 푸알럽 경마장의 마구간에 마련된 임시 수용소로 갔다. 그들은 마구간에서 기거했고 범포로 만든 군용 간이침대에서 잠을 잤다. 밤 9시 이후에는 마구간에서 나갈 수 없었고, 10시에는 한 가족당 알전구 하나를 제외하고 전등을 모두 꺼야 했다. 마구간은 추위가 뼛속까지 스며들었고, 그날 밤 비가 내려 천장이 새는 바람에 그들은 간이침대를 이리저리 옮겨야 했다. 다음 날 아침 6시에 진창을 터벅터벅 걸어 임시 수용소 식당에서 무화과 통조림과 납작한 냄비에 구운 흰 빵, 양철 컵에 담긴 커피를 마셨다. 그 모든 일을 겪으면서 후지코는 품위를 유지했지만 다른 여자들 앞에서 대변을 보는 동안 자존심이 한꺼번에 무너지는 것을 느끼기 시작했다. 얼굴을 찡그리고 배에 힘을 주면서 그녀는 끔찍스럽게 창피했다. 그녀는 변기통에 앉아서 자신이 내는 소리가 부끄러워 머리를 떨구었다. 변소 지붕에서도 물이 샜다.

사흘 후에 그들은 또다시 기차를 타고 캘리포니아를 향해 느릿느릿 움직이기 시작했다. 밤에는 헌병들이 객실을 돌아다니면서 창문 가리개를 내리라고 말했고, 그들은 어둠 속에 앉아 몸을 비틀면서 불평하지 않으려고 노력했다. 기차가 정차하고 출발할 때마다 덜컹거리면서 잠을 깨워 놓았고, 화장실 문 앞에는 사람들이 끝없이 줄 서 있었다. 많은 사람이 푸얄럽 임시 수용소에서 먹은 음식 때문에 한꺼번에 배탈이 났는데, 그중 후지코도 포함되었다. 창자가 뒤틀리고 식은땀이 흐르는데, 머릿속은 말똥말똥했다. 후지코는 딸들과 이야기를 주고받으며 불쾌감을 극복해 보려고 안간힘을 썼다. 그녀는 내심 겪고 있는 일을 딸들에게 알리고 싶지 않았고, 어딘가에서 편하게 누워 실컷 잘 수 있기만을 바랐다. 잠이 들 만하면 청파리가 주위에서 성가시게 맴돌았고, 태어난 지 3주일 된 다카미의 갓난아이가 고열 때문에 우는 소리가 들려왔다. 갓난아이가 울부짖는 소리가 너무 괴로워서 귀에 손가락을 틀어막았지만 소용없었다. 잠이 달아나자 갓난아이와 다카미 가족에 대한 동정심이 사라지기 시작하면서 조용해질 수만 있다면 차라리 그 아기가 죽어 버렸으면 좋겠다고 바라게 되었다. 그녀는 그런 생각을 하는 자신이 혐오스러운 동시에 점점 더 울화가 치밀어 결국 그 아기를 창밖으로 던져 버리기라도 해서 나머지 사람들이 편안해질 수 있었으면 하는 생각까지 들었다. 이제 더 이상 견딜 수 없다고 생각하고 나서도 한참 후에야 아기는 고통스러운 비명을 멈추었다. 후지코가 마음을 가라앉히고 무한한 안도감을 느끼며 잠에 빠져들려는 순간 다카미의 아기가 미처 달랠 사이도 없이 다시 울부짖으며 비명을 질렀다.

기차는 지루한 여행 도중에 모하비라는 조용한 사막에 멈추었다. 그들은 아침 8시 30분에 버스에 올라탔다. 버스는 그들을 태우고 먼지 나는 길을 따라 북쪽으로 네 시간 동안 달렸다. 후지코는 눈을 감고 버스에 몰아치는 모래 폭풍이 고향의 비라고 상상했다. 졸다가 깨어 보니 가시철망과 줄지어 있는 어두운 막사가 날리는 먼지 속에서 뿌옇게 눈에 들어왔다. 12시 30분이었고, 그들은 곧바로 점심을 먹기 위해 줄을 섰다. 바람을 등지고 서서 군용 반합에 담긴 음식을 먹었다. 땅콩버터, 흰 빵, 무화과 통조림과 완두콩이었는데, 먹는 것마다 흙먼지 맛이 났다.

그들은 첫날 오후 장티푸스 예방주사를 맞기 위해 다시 줄을 섰다. 그리고 저녁을 먹기 위해 짐 꾸러미를 옆에 놓고 줄을 서서 기다렸다. 저녁에 이마타 가족은 11번 구역 4번 막사에 배정받았다. 가로 5미터, 세로 6미터의 방에는 알전구 하나, 작은 콜먼 석유난로 하나, CCC자연보호 청년단 캠프의 간이침대와 짚을 넣은 매트리스 각 여섯, 그리고 군용 담요 12장이 놓여 있었다. 후지코는 수용소 음식과 장티푸스 주사 때문에 위경련을 일으킨 배를 안고 간이침대 가장자리에 앉았다. 그녀가 외투를 입은 채 몸을 잔뜩 웅크리고 있는 동안 딸들은 지푸라기를 두드려 매트리스를 평평하게 만들고 석유난로에 불을 지폈다. 난로를 켜 놓았지만 그녀는 옷을 모두 입은 채로 담요 안에서 덜덜 떨었다. 자정에는 더 이상 참을 수가 없어서 마찬가지로 지쳐 있는 딸 중 셋을 데리고 어두운 사막으로 비틀거리며 나와 벽돌로 만든 변소로 향했다. 놀랍게도 한밤중에 50명도 넘는 여자들과 소녀들이 두꺼운 외투를 걸치고 바람 속에 등을 웅크린 채 길게 늘어서 있었다. 줄 앞쪽에서 한 여자가 무화과 통조림 냄새를 풍기며 심하게 구역질했다. 그 여자가 수다스럽게 일본어로 사과하는 중에 줄 서 있던 또 다른 여자가 토했고, 이내 잠잠해졌다.

변소에 들어가자 바닥에는 배설물이 깔려 있고 오물이 묻은 젖은 휴지가 널려 있었다. 여섯 개씩 등을 맞대고 있는 모두 열두 개의 변기는 거의 넘칠 지경이었다. 어쨌든 이 변소를 사용해야 했기에 여자들이 어두컴컴한 곳에 쭈그리고 앉아 있는 동안 다른 사람들은 줄을 서서 코를 잡고 지켜보고 있었다. 후지코의 차례가 되자 그녀는 두 팔로 배를 감싸고 고개를 떨군 채 대변을 보았다. 손을 씻는 물통이 하나 있었지만 비누는 없었다.

그날 밤 흙먼지와 누런 모래가 벽과 바닥의 구멍을 통해 들어왔다. 아침에 그들의 담요는 모래로 덮여 있었다. 후지코의 베개는 머리를 얹었던 자리만 하얗고 그 주위는 미세한 누런 알갱이가 얇게 깔려 있었다. 얼굴에서도 머리와 입안에서도 그것을 느낄 수 있었다. 추운 밤이었고, 옆방에서는 아기가 앵앵거리며 울어 댔었다.

만자나에서 둘째 날 그들은 대걸레와 빗자루, 양동이 하나씩을 받았다. 구역장이 실외 수도꼭지가 있는 곳을 가르쳐 주었다. 그는 로스앤젤레스에서 온 남자로, 먼지투성이 외투를 걸치고 있었다. 예전에 변호사였다고 주장했지만 지금은 뿔테 안경을 삐딱하게 쓰고, 면도도 하지 않고, 한쪽 신발에는 끈이 풀린 채 서 있었다. 후지코와 딸들은 먼지를 닦아 내고 4리터들이 국 끓이는 양철통에 빨래를 했다. 그들이 청소하고 있는 동안에도 흙먼지와 모래가 날아 들어와 방금 걸레질해 놓은 소나무 판자에 내려앉았다. 하쓰에는 사막 바람 속으로 나가 바람에 날려 온 타르 종이 몇 조각이 방화선을 따라 감아 놓은 가시철망에 걸려 있는 것을 발견하고 숙소로 가져왔다. 그들은 그것을 문설주 틈에 쑤셔 넣고 옹이구멍을 덮어서 후지타 가족에게서 빌려 온 압정으로 고정했다.

누구에게 어떤 말을 해도 소용이 없었다. 모두가 같은 처지였다. 그들이 있는 곳 양쪽에는 산봉우리가 솟아 있었고, 사람들은 경비 탑 밑에서 유령처럼 어슬렁거렸다. 산에서 불어오는 매서운 바람이 가시철망을 통과해 사막의 모래를 그들의 얼굴에 퍼부었다. 수용소는 반 정도만 완공된 상태였기에 막사가 충분하지 않았다. 어떤 사람들은 도착하자마자 잠잘 곳을 마련하기 위해 자신이 거처할 막사를 지어야 했다. 군대 불도저로 1.6제곱미터의 사막에 수천 명을 쓸어 모아 놓은 것처럼 어디를 가나 사람들로 붐벼 혼자 있을 곳을 찾을 수 없었다. 막사는 모두 똑같아 보였다. 이튿째 밤 새벽 1시 30분에 술 취한 남자가 이마타 가족의 방 앞에서 흙먼지가 들어오는데도 불구하고 계속 미안하다는 말만 되풀이하며 서 있었다. 그는 길을 잃었다고 했다. 방에는 천장이 없었기에 다른 막사에서 말다툼하는 소리가 들렸다. 세 방 건너에는 술을 직접 증류해 마시는 남자가 있었다. 그는 수용소 식당의 쌀과 살구 주스를 이용했다. 사흘째 되던 날 밤늦게 그가 아내의 구박을 받고 훌쩍이는 소리가 들려왔다. 같은 날 밤 경비 탑에서 비추는 탐조등 불빛이 계속해서 하나밖에 없는 창문을 쓸고 지나갔다. 아침에 알고 보니 탈출이 있을 거라고 확신한 한 경비원이 탑의 기관총 사수들에게 경고했기 때문인 것으로 드러났다. 나흘째 밤에는 7번 막사의 한 젊은이가 아내와 함께 침대에 누워 아내를 총으로 쏘고 자살했다. 그는 총을 몰래 숨겨 가지고 들어온 모양이었다. "시카타가나이仕方が無い 어쩔 수 없지." 사람들이 말했다. "어쩔 수가 없어."

옷을 넣어 둘 자리가 없었다. 그들은 여행 가방과 짐 상자로 버틸 수밖에 없었다. 바닥이 차가워서 침대에 들기 전까지 더러운 양말을 신고 있어야 했다. 일주일째 되는 날 후지코는 딸들이 어디로 돌아다니는지 알 수가 없었다. 모두 똑같이 보이기 시작했다. 사람들은 육군성 과잉 물자인 피코트pea coat 주로 짙은 감색의 두꺼운 천으로 만드는 길이가 짧은 방한용 코트, 털모자, 캔버스 천으로 만든 각반, 귀마개 그리고 카키색 모직 바지 차림이었다. 제일 어린 두 딸만 그녀와 함께 밥을 먹었고, 나머지 세 딸은 젊은이들과 무리 지어 다니며 다른 식탁에서 식사했다. 그녀가 꾸짖으면 딸들은 얌전히 듣는 척하다가 다시 밖으로 나갔다. 나이 든 딸들은 일찍 나가서 옷이며 머리에 흙먼지를 뒤집어쓰고 밤늦게야 돌아왔다. 수용소는 떼를 지어 돌아다니거나 막사 그늘에 모여 있는 젊은이들로 장사진을 이루었다. 어느 날 아침을 먹고 세탁장으로 가는 길에 후지코는 야전 재킷을 말쑥하게 차려입은 청년 네 명이 끼어 있는 무리 속에 서 있는 열네 살 먹은 딸을 보았다. 그들은 로스앤젤레스에서 온 청년들이었다. 수용소 사람 대부분은 로스앤젤레스 출신이었다. 로스앤젤레스 출신들은 그다지 친절하지 않았고, 무슨 이유에서인지 그녀에게 냉담했기에 말참견할 수도 없었다. 후지코는 매사에 말이 없고 의기소침해졌다. 그녀는 히사오의 편지를 기다렸지만, 대신 다른 편지가 왔다.

하쓰에의 동생 스미코는 이스마엘이 발신인을 산피에드로 고등학교 신문반으로 위장해서 보낸 봉투를 받고 뜯어 보고 싶은 충동을 억제할 수 없었다. 스미코는 추방되기 전에 2학년이었고, 그 편지가 하쓰에의 것임을 알았지만 궁금증을 참지 못하고 결국 뜯어 보았다. 그녀에게 그 편지는 고향 소식이었다.
스미코는 타르 종이로 만든 YMCA 천막 앞에서 이스마엘 체임버스에게서 온 편지를 읽었다. 그리고 수용소 돼지우리 옆으로 자리를 옮겨 다시 한번 놀라운 구절들을 음미했다.

1942년 4월 4일

사랑하는 하쓰에,

난 지금도 매일 오후가 되면 우리의 삼나무로 가. 눈을 감고 기다리지. 네 냄새를 맡고 널 꿈꾸면서 네가 돌아오길 애타게 기다려. 널 생각할 때마다 널 안고 느끼고 싶어. 네가 그리워서 미칠 지경이야. 내 일부가 사라져 버린 것 같아.

난 외롭고 불행하고 늘 너만 생각하고 있어. 당장 답장해 주길 바라. 우리 부모님이 너무 궁금해하시지 않게 발신인 주소에 야마시타 케니 이름 쓰는 것 잊지 말고.

모든 게 지겹고 슬프고 살 가치가 없는 것 같아. 우리가 떨어져 있는 동안 너라도 어느 정도 즐겁게 지내길 바랄 뿐이야. 어떤 즐거움이라도 찾아보도록 해, 하쓰에. 난 네가 다시 내 품에 돌아올 때까진 불행할 수밖에 없어. 수년간 우린 함께였고, 이제 넌 내 일부야. 네가 없으면 난 아무것도 아니야.

영원한 사랑, 이스마엘

스미코는 이스마엘의 편지를 네 번 더 읽고 걸으며 생각하다가 한 시간 반 후에 착잡한 심정으로 그것을 어머니에게 가져갔다. "이것 보세요." 그녀가 말했다. "고자질하는 기분이지만 엄마에게 보여 드려야 할 것 같아요."

그녀의 어머니는 타르 종이를 바른 오두막 한가운데에 서서 한 손을 이마에 올리고 이스마엘의 편지를 읽었다. 그것을 읽는 그녀의 입술은 재빨리 움직였고, 눈은 심하게 깜빡거렸다. 그녀는 다 읽고 나서 의자 끝에 앉아 잠시 편지를 들고 있다가 한숨을 쉬고 안경을 벗었다. "절대 안 돼." 그녀가 일본어로 말했다.

그녀는 무릎 위에 힘없이 안경을 내리고 그 위에 편지를 올리더니 손바닥으로 눈을 눌렀다.

"그 이웃 청년." 그녀가 스미코에게 말했다. "하쓰에한테 수영을 가르쳐 줬지."

"이스마엘 체임버스요." 스미코가 대답했다. "엄마도 아는 사람이에요."

"네 언니는 끔찍한 실수를 저질렀어. 너희가 절대 해서는 안 되는 실수를 말이다."

"전 안 그래요. 어쨌든 이런 곳에선 그런 실수를 할 수도 없잖아요. 안 그래요?"

후지코는 다시 안경을 집어 그것을 엄지와 검지로 잡았다. "스미," 그녀가 말했다. "누구한테 얘기하지 않았지? 이 편지를 누구에게 보여 줬니?"

"아뇨, 바로 엄마한테 가져왔어요."

"엄마한테 약속해라." 후지코가 말했다. "아무한테도 이 얘길 하지 않겠다고 약속해. 아무한테도 하면 안 돼. 이런 일이 아니라도 여긴 소문이 잘 나는 곳이야. 입 다물고 다시는 이 얘길 하지 않겠다고 약속해라, 알아듣겠니?"

"알았어요. 약속해요."

"하쓰에한텐 내가 편지를 발견했다고 말할 거야. 넌 비난을 감수

할 필요 없어."

"네," 스미코가 대답했다. "좋아요."

"이제 나가라. 나 좀 혼자 있게 해 줘."

소녀는 밖으로 나가 이리저리 돌아다녔다. 후지코는 다시 한번 코에 안경을 올려놓고 편지를 읽기 시작했다. 편지에 쓰인 글로 보아 하쓰에는 오랫동안 이 청년과 깊이 사귀어 온 것이 확실했다. 그는 분명 하쓰에의 몸을 만졌고, 둘은 밀회 장소로 이용한 숲속의 나무 구멍 안에서 성적으로 접촉해 왔을 터였다. 후지코가 의심했던 것처럼 하쓰에의 산책은 꾀였다. 자신의 딸은 손에는 머위를 들고 가랑이는 젖어서 돌아왔던 것이다. 깜찍한 계집애.

그녀는 잠시 한 편의 소설 같은 자신의 삶을 생각했다. 어떻게 본 적도 없는 남자와 결혼해 벽지 대신 하쿠진의 잡지로 도배한 하숙집에서 첫날밤을 보냈는지. 그녀는 첫날밤 남편이 자기에게 손도 대지 못하게 했다. 히사오는 더러웠고 손도 거칠었으며 가진 것이라곤 동전 몇 푼이 전부였다. 그는 처음 몇 시간 동안 후지코에게 사과하고 자신이 경제적으로 얼마나 곤란을 겪고 있는지 자세히 설명했으며, 자기 옆에서 함께 일해 달라고 간청하고, 자신의 재주와 장점을 강조했다. 야망이 있고, 열심히 일하며 도박을 하지도 술을 마시지도 않으며, 나쁜 버릇도 없고, 절약하고 있다. 하지만 지금은 너무 힘들어서 누군가 옆에 있어 줄 사람이 필요하다. 만일 그녀가 참아 준다면 시간을 두고 자신을 증명해 보이겠다. "나한테 말도 걸지 마요." 그녀가 대꾸했다.

그는 첫날밤 의자에서 잠을 잤고, 후지코는 그 상황에서 벗어날 방법을 궁리하느라 깨어 있었다. 그녀는 돌아갈 표를 살 돈이 모자랐고, 어쨌든 일본에 있는 가족에게는 돌아갈 수 없다는 것을 알았다. 그녀의 부모는 그녀를 팔았고, 히사오가 미국에 있는 동안 큰 부자가 되었다고 속인 간교한 바이샤쿠닌에게 1퍼센트를 지불했다. 그녀는 생각할수록 점점 더 화가 치밀어 새벽녘에는 살의를 느낄 정도가 되었다.

아침이 되자 히사오는 침대 발치에 서서 후지코에게 잘 잤는지 물었다. "당신과 말하고 싶지 않아요." 그녀가 대꾸했다. "필요한 돈을 보내라고 집에 편지해서 가능한 한 빨리 돌아가겠어요."

"함께 저축합시다." 히사오가 간청했다. "당신이 돌아가고 싶다면 함께 갑시다. 우린……,"

"십이 에이커나 된다는 임야는 어떻게 된 거죠?" 후지코가 그에게 화를 내며 말했다. "바이샤쿠닌이 날 데려가서 복숭아나무, 감나무, 버드나무, 암석정원을 보여 줬어요. 그게 모두 거짓말이군요."

"맞아요, 사실이 아니오. 난 돈이 없소. 난 거지고, 몸을 아끼지 않고 일해요. 바이샤쿠닌이 거짓말을 한 것에 대해서는 내가 사과하겠지만……,"

"제발 나한테 말 걸지 마요." 후지코가 말했다. "당신과 결혼하고 싶지 않아요."

그녀가 그와 잠자는 법을 배우는 데 3개월이 걸렸다. 만일 사랑이란 단어가 적합한 말이라면, 그녀는 그 일을 치르면서 그를 사랑하는 법을 알게 되었다. 그녀는 그의 품에 잠들면서 사랑은 그녀가 구레 근처에서 성장할 때 상상했던 것과는 거리가 멀다고 느꼈다. 그것은 소녀 시절에 생각했던 것보다 덜 감동적이고 훨씬 더 사무적인 것이었다. 후지코가 처녀막이 찢길 때 울었던 이유는 자신의 처녀성을 히사오의 욕구에 희생당하고 싶지 않았기 때문이기도 했다. 하지만 그녀는 이미 결혼한 몸이었고, 진실한 그에게 점차 정이 들었다. 그들은 숱한 고생을 겪었지만 그는 한 번도 불평하는 법이 없었다.

지금 그녀는 하쿠진 청년이 삼나무 안에서의 사랑 그리고 외로움과 불행을 이야기하면서 애타게 딸을 그리워하는 편지를 들고 서 있었다. 그는 '야마시타 케니의 이름을 써서' 거짓 발신인 주소로 답장을 보내 달라고 했다. 그녀는 딸이 이 청년을 사랑하고 있는지, 도대체 사랑이 뭔지나 아는지 궁금했다. 이제 그녀는 하쓰에가 그렇게 조용하고 우울해했던 이유를 이해할 수 있었다. 그녀는 산피에드로를 떠나온 뒤로 다른 딸들보다 더 조용하고 우울해했다. 하쓰에는 모든 사람이 불행하다는 것을 이용해 전반적인 불행 이상으로 누구보다 더 침울하고 생기가 없었고, 일할 때도 수심에 차서 늑장을 부렸다. 왜 그러느냐고 물으면 아버지가 보고 싶고 산피에드로가 그립다고 했다. 하지만 그녀는 남몰래 사랑한 하쿠진 남자 친구가 보고 싶다는 말은 아무에게도 하지 않았다. 그녀가 얼마나 감쪽같이 속였는지 확실히 깨달으면서 엄마로서 느끼는 배신감 때문에 분노가 치밀었다. 그 분노는 진주만 공습 이후 점점 심해지던 평상시의 우울증과 겹쳐졌다. 후지코는 성인이 되고 나서 드물게 막막한 기분이 들었다.

그녀는 어떤 상황에서도 품위 있게 행동해야 한다는 교훈을 상기했다. 미국에 처음 왔을 때는 잊고 있었지만 시간이 갈수록 구레에서 할머니에게 전수받은 그 교훈의 가치를 재발견하게 되었다. 할머니는 그것을 극기라고 했는데, 영어로는 정확히 해석할 수 없었다. 그 단어는 무언가를 평온하면서도 철저하게 견뎌 내는 자세로 마주하는 것을 의미했다. 후지코는 의자에 편하게 앉아서 하쓰에를 침착하게 대할 준비를 하며 눈을 감고 심호흡을 했다.

하쓰에가 수용소를 쓸데없이 쏘다니다가 돌아왔을 때 얘기해야 해. 그녀는 중얼거렸다. 그녀는 이 일에 종지부를 찍을 터였다.

저녁 식사 세 시간 전에 산피에드로의 청년들이 그녀의 방문을 두드렸다. 그들은 공구와 나무판을 가지고 와서 이마타 가족이 원하면 선반이나 서랍장 또는 의자를 만들어 줄 수 있다고 말했다. 그 청년들은 섬에 살던 다나카, 가토, 마쓰이 그리고 미야모토 집 아이들이었다. 그녀는 이것저것 모두 필요하다고 말했다. 청년들은 막사 그늘에서 바람을 맞으며 측량하고 나무를 자르고 톱질했다. 미야모토가 안으로 들어와 까치발을 못 박는 동안 후지코는 팔짱을 끼고 간이침대에 앉아 등 뒤에 편지를 감추고 있었다. "구역 식당 한옆에 양철판이 있는데요," 미야모토 가부오가 그녀에게 말했다. "그걸로 바닥의 옹이구멍을 막을 수 있어요. 타르 종이보단 나을 겁니다."

"타르 종이는 저렇게 찢어진다니까." 후지코는 가부오가 쓰는 영어로 대꾸했다. "게다가 추위도 막아 주지 못해."

가부오는 고개를 끄덕이고 능숙하게 망치질을 시작했다. "자네 가족은 어떠신가?" 후지코가 물었다. "자네 어머님은? 아버님은? 모두 안녕하시지?"

"아버지는 편찮으세요. 수용소 음식이 맞지 않으세요." 그는 말을 멈추고 주머니에서 또 다른 못을 꺼냈다. "여긴 어떠세요?" 그가 물었다. "어머니와 따님들도 잘 지내세요?"

"먼지를 뒤집어쓰고 먼지를 먹고 있지."

그때 하쓰에가 추위로 빨개진 얼굴을 하고 머리에서 스카프를 잡아당기며 안으로 들어왔다. 그녀가 머리를 흔들어 풀어내리는 동안 미야모토 가부오는 잠시 일을 중단하고 그녀를 바라보았다. "안녕." 그가 말했다. "만나서 반가워."

하쓰에는 다시 한번 턴 머리를 재빨리 두 손으로 잡아서 뒤로 쓸어내렸다. 그러고 나서 외투 주머니에 두 손을 찌르고 어머니 옆에 가서 앉았다. "안녕." 그녀는 그 말 외에 아무 말이 없었다.

두 사람은 미야모토 가부오가 하는 일을 잠시 말없이 지켜보았다. 그는 등을 돌린 채 무릎으로 서서 조심스럽게 망치를 두드렸다. 다른 목수 한 명이 방금 톱질한 소나무 판을 한 무더기 안고 문으로 들어왔다. 미야모토 가부오는 그것을 까치발 위에 하나씩 놓고 수평을 테스트했다. "똑바르네요." 그가 말했다. "이만하면 문제없을 겁니다. 더 잘해 드리지 못해서 죄송해요."

"아주 좋아." 후지코가 말했다. "좋은 일을 하는구나. 고맙다."

"의자 여섯 개 만들어 줄게." 이제 가부오가 하쓰에를 보며 말했다. "서랍장 두 개랑 식사할 수 있는 탁자도 하나. 며칠 내로 만들 수 있어. 끝나는 대로 가져올게."

"고맙다." 후지코가 말했다. "친절하구나."

"도와드릴 수 있어서 기뻐요." 미야모토 가부오가 말했다. "별로 힘든 일도 아닌걸요."

여전히 망치를 든 그는 하쓰에를 보며 미소 지었고, 하쓰에는 무릎을 내려다보았다. 그는 바지에 달린 헝겊 고리에 망치를 밀어 넣고 수준기와 줄자를 집어 들었다. "안녕히 계세요, 이마타 부인." 그가 말했다. "안녕, 하쓰에. 만나서 반가웠어."

"다시 고맙다." 후지코가 말했다. "도와줘서 정말 고맙구나."

문이 닫히자 후지코는 뒤에 감추고 있던 편지를 하쓰에에게 내밀었다. "자." 그녀가 내뱉듯 말했다. "네 편지다. 네가 어떻게 그리 앙큼한 짓을 할 수 있었는지 모르겠구나. 앞으로도 절대 이해하지 못할 거야, 하쓰에."

그녀는 문제를 의논해 볼 계획이었지만 갑자기 비통한 심정이 되면서 의도했던 대로 말이 나오지 않았다. "다시는 그 청년에게 편지를 쓰지도, 받지도 말거라." 그녀가 문가에서 엄하게 말했다.

딸은 편지를 들고 앉아서 눈물을 글썽였다. "죄송해요. 용서해 주세요, 엄마. 늘 엄마를 속이고 있다고 생각했어요."

"나를 속인 것뿐만이 아니야." 후지코가 일본어로 말했다. "넌 네 자신도 속였어."

이내 후지코는 바람 속으로 걸어 나갔다. 그녀는 우체국에 가서 직원에게 이마타 가족에게 오는 모든 편지를 보관해 두라고 부탁했다. 이제부터 자기가 직접 가져갈 테니 다른 누구에게도 전하지 말라고 했다.

그날 오후 그녀는 수용소 식당에 앉아서 이스마엘 체임버스라는 청년의 부모에게 보내는 편지를 썼다. 숲속에 있는 구멍 뚫린 나무에 대해서, 이스마엘과 하쓰에가 수년간 세상 사람들을 기만해 온 일에 대해서 말했다. 그들의 아들이 딸에게 보낸 편지의 내용을 폭로하고 자신의 딸은 앞으로 답장을 하지 않을 것이라고 썼다. 둘 사이가 어떻든 이제 끝난 일이고 딸의 처신에 대해 사과하며 그 청년이 새로운 눈으로 미래를 바라보고 더 이상 하쓰에를 생각하지 않길 바란다고 썼다. 둘은 어린애에 불과하며 어린애들은 종종 어리석은 짓을 한다고 이해는 하지만 이 두 젊은이는 비난받아 마땅하며 이제 양심적으로 자신들의 영혼을 살피고 반성해야 한다고 말했다. 사람이 누군가에게 끌리거나 자신이 느끼는 감정이 사랑이라고 믿는 것은 죄가 아니다. 그보다는 자연스러운 감정을 가족들에게 숨기는 데 문제가 있다. 그녀는 이스마엘 체임버스의 부모가 자신의 입장을 이해하기를 바란다고 했다. 자신의 딸과 당신들의 아들 사이에 더 이상 교류가 없기를 바란다. 그녀는 딸에게 자신의 의사를 표명했고, 앞으로 그 청년에게 편지를 쓰지도 받지도 말라고 부탁했다고 밝혔다. 그녀는 체임버스 가족을 존경하며 「산피에드로 리뷰」에 경의를 표한다고 덧붙였다. 그녀는 그들이 만사형통하기를 빌었다.

그녀는 편지를 접어서 봉투에 넣기 전에 하쓰에에게 보여 주었다. 딸은 뺨을 왼손에 기대고 천천히 두 번 읽었다. 그러더니 무릎 위에 편지를 꼭 잡고 앉아서 차분한 시선으로 어머니를 바라보았다. 딸의 얼굴은 안에서부터 고갈되고 너무 지쳐서 느낄 수도 없는, 마치 감정이 빠져나간 듯한 생소한 표정이었다. 후지코는 산피에드로를 떠난 지 3주일 만에 그녀가 성숙해진 것을 보았다. 그녀는 갑자기 무감각해졌다.

"이건 보내지 않으셔도 돼요." 그녀가 이제 후지코에게 말했다. "안 그래도 그 애에게 편지하지 않으려고 했어요. 기차를 타고 이곳에 오는 동안 이스마엘 체임버스를 생각하면서 편지를 써야 할지 고민했어요. 내가 그 애를 사랑하는지에 대해서도 생각했고요."

"사랑이라고." 후지코가 뱉듯이 말했다. "넌 사랑이 뭔지도 몰라. 넌……"

"전 열여덟이에요." 하쓰에가 대꾸했다. "이제 충분히 컸어요. 절 어린애로 생각하지 마세요. 제가 다 컸다는 걸 이해하셔야 해요."

후지코는 조심스럽게 안경을 벗고 버릇처럼 눈을 부볐다. "기차에서," 그녀가 말했다. "어떻게 결정했니?"

"처음엔 아무것도요." 하쓰에가 말했다. "명확하게 생각할 수 없었어요. 여러 가지 일이 너무 많았어요, 엄마. 너무 힘들어서 생각할 수 없었어요."

"그럼 지금은?" 후지코가 말했다. "지금은 어떤데?"

"그 애와는 끝이에요." 하쓰에가 말했다. "우린 해변에서 함께 놀던 아이들이었는데, 그게 좀 더 발전했던 거예요. 하지만 그 애는 제 남편이 될 수 없어요, 엄마. 줄곧 그렇게 생각해 왔어요. 우리가 함께 있을 때마다 뭔가 잘못된 것 같았어요. 언제나 마음속으로는 잘못됐다고 생각했어요. 마음 한구석에 내가 그 애를 사랑한다는 느낌과 사랑할 수 없다는 느낌이 동시에 있었어요. 늘, 매일 혼란스러웠어요. 처음부터 바로. 그 애는 좋은 애예요. 그 애 가족을 아시잖아요. 그 애는 정말 좋은 애예요. 하지만 그건 중요하지 않겠죠? 그 애한테 끝내자고 얘기하고 싶었어요, 엄마. 그런데 전 떠나야만 했고…… 모든 게 혼란스러웠어요. 전 그 말을 꺼낼 수가 없었고, 그리고, 게다가 제 진짜 감정을 알 수 없었어요. 혼란스러웠죠. 생각할 것도 너무 많았고요. 그 모든 걸 정리할 필요가 있었어요."

"그럼 이제 정리가 됐니, 하쓰에? 깨끗하게?"

딸은 잠시 침묵을 지켰다. 그녀는 한 손으로 머리를 쓸어내리고 나서 다른 손으로 또다시 쓸어내렸다. "정리됐어요." 그녀가 말했다. "그 애한테 말해야 해요. 끝내야 해요."

후지코는 딸의 무릎에서 편지를 집어 들어 한가운데를 찢었다. "네가 써라." 그녀가 일본어로 말했다. "그 애한테 사실대로 말해. 그간 있었던 일을 과거로 묻어 두라고. 사실대로 말해야 네가 발전할 수 있어. 이제 하쿠진 청년은 떼어 버려."

아침에 스미코는 이 일에 대해 누설하면 안 된다는 엄명을 기억했다. 그녀는 어머니에게 입을 다물기로 약속했다. 후지코는 하쓰에의 편지를 우체국에 가지고 가서 우표를 샀다. 그녀는 직접 봉투를 봉하고 우체통에 편지를 넣기 전에 우표를 거꾸로 붙인 게 아닌가 하는 변덕 이상도 이하도 아닌 생각이 들었다.

미야모토 가부오가 서랍장을 가져왔을 때 후지코는 그에게 차를 마시고 가라고 권했고, 그는 두 시간 이상 그들과 함께 앉아 있었다. 그는 다음 날 밤에 식탁을, 그다음 날에는 의자를 가져왔다. 나흘째 밤 그는 모자를 들고 문 앞에 서서 하쓰에에게 달빛 아래 산책을 하지 않겠느냐고 물었다. 그녀는 싫다고 말했고, 그 후 3주 동안 그와 말하지 않았다. 그럼에도 그녀는 그가 예의 바르고 미남에 눈빛이 맑은 딸기 농부의 아들이라는 것을 알았다. 그녀는 이스마엘 체임버스 때문에 언제까지나 슬퍼할 수는 없었다. 몇 달 후 이스마엘을 향한 끈질긴 열망이 일상의 표면 밑으로 묻혀 버리자 그녀는 수용소 식당에서 미야모토 가부오에게 말을 걸었고, 그의 옆에 앉아 점심을 먹었다. 그녀는 그의 나무랄 데 없는 식탁 예절과 상냥한 미소에 감탄했다. 그는 조용한 목소리로 그녀의 꿈에 관해 물었다. 그녀가 섬의 딸기 농장을 원한다고 말하자 그는 자기 소원도 마찬가지이며, 7에이커의 땅이 곧 자기 명의가 될 것이라고 말했다. 그는 전쟁이 끝나면 산피에드로섬에 돌아가 딸기 농사를 지을 계획이라고 했다.

처음 그에게 키스했을 때 그녀는 서글픈 감정에 사로잡혔다. 그는 그녀를 너무 세게 끌어안았고, 그의 입은 이스마엘과 달랐다. 그에게서는 흙냄새가 났고, 그는 그녀보다 훨씬 더 힘이 셌다. 그녀는 그의 품에서 숨도 못 쉬며 몸을 움직여 그를 뿌리칠 수 없다는 것을 알았다. "좀 더 부드럽게 하는 법을 배워야겠어." 그녀가 속삭였다. "노력해 볼게." 가부오가 대답했다.

16

 이스마엘 체임버스는 1942년 늦여름에 사우스캐롤라이나 패리스 섬에서 750여 명의 신병과 해병 소총수로 훈련받았다. 10월에 그는 열병과 이질에 걸려 열하루 동안 입원했고, 그동안 체중이 눈에 띄게 줄었다. 그는 애틀랜타 신문을 읽거나 다른 청년들과 체스를 두면서 시간을 보냈다. 침대에서 무릎을 세우고 두 손을 베고 누워 전쟁에 대한 뉴스에 귀를 기울이거나 나른하고 평화로운 기분으로 신문에 실린 군대 이동 도표를 검토하기도 했다. 그는 엿새 동안 수염을 기르다가 면도하고 다시 길렀다. 거의 매일 오후에 잠이 들어서 해가 질 무렵에 깨어나 보면 오른쪽으로 세 침대 건너에 있는 창밖으로 황혼이 지고 있었다. 그가 머무는 동안 청년들이 들어오고 나갔다. 전쟁 부상자들이 그 병원으로 왔지만 다른 두 개 층에 있는 회복실에는 접근할 수 없었다. 그는 창문으로 들어오는, 갈아 놓은 밭에서 풍기는 흙과 낙엽 그리고 비 냄새를 맡으며 티셔츠와 속옷 바람으로 지냈다. 이상하게도 그는 집에서 수천 킬로미터 떨어진 곳에서 혼자 병상에 누워 있는 것이 차라리 잘됐다는 생각이 들기 시작했다. 하쓰에의 편지를 받은 후 지난 5개월 동안 그런 고통을 갈망하고 있었던 것 같았다. 열이 오르면 졸린 것처럼 노곤하고 편안한 느낌이 들었고, 불필요하게 움직이거나 힘을 쓰지만 않는다면 이런 상태로 얼마든지 살 수 있을 것 같았다. 그는 병에 자신을 완전히 맡기고 그 안에 틀어박혔다.

10월에 그는 뉴질랜드 북섬의 집결지에서 제2해병연대에 소속된 무전병으로 두 번째 훈련을 받았다. 그는 제2해병연대 3대대 B중대로 배정되었고, 솔로몬 제도에서 전투 중 총에 맞은 무전병을 대신하게 되었다. 어느 날 밤 짐 켄트 중위가 먼젓번 무전병이 흙투성이 발목 주위에 바지가 뒤집혀 있던 어느 죽은 일본 청년에게 무슨 짓을 했는지 말했다. 무전병 제럴드 윌리스 일병은 돌을 괴어 죽은 청년의 성기를 세워 놓고 땅에 조심스럽게 엎드려 그 윗부분이 떨어져 나갈 때까지 카빈을 쏘아 댔다. 그는 나중에 다른 사람들에게 자신의 목표물에 대해 머리가 달아난 성기 모양이 어떻다느니, 땅에 떨어진 그 머리가 어떻게 생겼느니 설명하면서 반 시간이 넘도록 자랑스럽게 떠들어 댔다. 윌리스 일병은 이틀 후 정찰 중에 아군 박격포를 맞고 죽었다. 켄트 중위의 지시에 응답한 박격포였지만 윌리스는 자신들의 좌표를 불러 주었다. 그 사고로 소대원 일곱 명이 죽었고, 켄트는 참호에 들어가 숨었다. 그는 위스너 일병이 토치카를 향해 수류탄을 던지려는 순간 기관총 사격에 그의 옆구리에서 창자가 튀어나오는 것을 보았다. 선명하게 빛나는 푸르스름한 창자 한 조각이 켄트의 팔뚝에 떨어졌다.

그들은 끊임없이 훈련받았고, 조류가 불안정한 호크만에서 상륙작전을 연습했다. 그 연습 중에 사람들이 죽어 나갔다. 이스마엘은 작전에 열심히 참여하려 했지만 빈둥거리며 지루해하는 분대 고참병들의 무관심한 태도 때문에 사기가 떨어졌다. 자유 시간에는 신병들과 맥주나 진을 마셨고, 웰링턴에서 내기 당구를 쳤다. 새벽 1시 담배 연기로 자욱한 불빛 아래 술에 취해 큐에 기댄 그는 상대방이 당구공을 겨냥하고 있고 웰링턴 밴드가 무슨 곡인지 모를 댄스음악을 연주하는 순간에도 모든 사람에게서 소외된 것 같은 낯선 기분을 느꼈다. 그는 술, 당구, 사람들, 그 모든 것에 무덤덤했고, 술에 취할수록 머릿속은 점점 맑아지며 모두에게 냉담한 기분이 들었다. 동료들의 웃음소리, 느긋한 태도, 그들의 어떤 모습도 이해할 수 없었다. 고향에서 멀리 떨어진 나라에서 새벽 1시까지 술을 마시고 떠들어 대면서 무엇을 하고 있고, 뭐가 좋아서 희희낙락하는 걸까? 그는 어느 날 새벽 4시 반에 억수같이 퍼붓는 빗속을 어슬렁거리며 웰링턴 호텔로 돌아왔다. 그는 편지지를 들고 누워 부모님에게 편지를 썼다. 하쓰에게도 썼다. 그런 다음 두 편지를 모두 찢었고, 찢은 조각들을 반은 외투 주머니에 쑤셔 넣고 반은 바닥에 흘린 채 잠이 들었다. 군화를 신은 채 잠이 들었고, 6시 15분에 깨어 복도로 나가 화장실 변기에 토했다.

2연대가 웰링턴을 떠난 11월 첫날 호크만에서 다시 기동 연습을 하리라 짐작했지만, 대신 프랑스령 뉴칼레도니아 군도 누메아에 닿았다. 13일에 이스마엘의 연대는 수송선 헤이우드호에 승선해 제3함대의 절반 이상과 함께-소형 구축함, 구축함, 경장비와 중장비 순양

함, 군함 여섯 척 – 미지의 목적지를 향해 출발했다. 이튿날 상갑판에 집결한 그의 중대는 현재 타라와 산호섬으로 이동 중이며, 강력한 방어진을 치고 있는 그 섬의 베티오 해변에 상륙할 것이라는 말을 들었다. 그들 앞에서 소령이 오른 팔꿈치를 왼손에 괴고 담뱃대를 빨고 있었다. 해군이 그곳을 파괴하고 나머지를 공격해 소탕하는 것이 작전이라고 그가 설명했다. 일본 놈 사령관이 1백만 명의 군대가 1천 년간 침략해도 베티오를 함락시킬 수는 없다고 허풍을 떨었다고 했다. 소령은 입에서 파이프를 빼고 일본 사령관은 이제 웃음거리가 될 것이라고 선언했다. 그는 별다른 해상 사고만 없다면 기껏해야 이틀 안으로 끝장이 날 것이라고 예상했다. 선상 포격이 힘든 지형을 해군 포대가 어떻게 처리하느냐가 문제라고 그가 반복해서 말했다.

19일째 되는 밤에 바다 위로 상현달이 떠올랐고, 함대는 타라와에서 11킬로미터 떨어진 지점에 서 있었다. 이스마엘은 헤이우드의 식당 갑판에서 친하게 지내는 어니스트 테스타버드와 마지막 식사를 했다. 그는 델라웨어 출신의 대전차포 사수였다. 스테이크와 계란, 감자튀김과 커피를 먹고 난 테스타버드가 식판을 내려놓더니 주머니에서 수첩과 펜을 꺼냈다. 그는 집에다 편지를 쓰기 시작했다.

"너도 한 장 써. 마지막 기회가 될지도 모르니까."

"마지막 기회? 그렇다고 해도 난 편지를 보내고 싶은 사람이 없어. 난……."

"그거야 네 맘이지만 혹시 모르니 편지를 쓰라고."

이스마엘은 아래로 내려가 편지지를 가져왔다. 그는 상갑판 기둥에 등을 기대고 앉아 편지를 써 내려갔다. 다른 스무 명 남짓 사람이 모두 편지 쓰기에 몰두해 있는 모습을 볼 수 있었다. 늦은 밤이었지만 훈훈한 공기 속에서 사람들은 모두 칼라를 열고 군복 셔츠의 소매를 걷어 올린 편안한 모습들이었다. 이스마엘은 하쓰에에게 편지를 썼다. 자신이 곧 태평양 한가운데에 있는 어느 섬에 상륙할 것이며 그녀처럼 생긴 사람들을 될 수 있는 한 많이 죽이는 것이 자신의 임무라고. 넌 그걸 어떻게 생각해? 그는 썼다. 그걸 어떻게 느껴? 그는 무감각한 자신이 두려우며, 가능한 한 많은 일본 놈을 죽일 생각뿐이며 그들의 죽음-그들 모두의-을 원할 만큼 증오를 느낀다고 썼다. 그는 그녀에게 자신이 느끼는 증오의 본질을 설명했고, 그녀가 세상의 여느 사람만큼이나 그것에 책임이 있다고 썼다. 실제로 그는 그녀를 증오하고 있었다. 그녀를 미워하고 싶지는 않았지만 이것이 마지막 편지이므로 가능한 한 솔직하게 말해야 한다고 생각했다. 진심으로 그녀를 증오한다고 쓰니 기분이 좋았다. '난 널 진심으로 증오해. 난 널 증오해, 하쓰에. 매일 증오해.' 하지만 거기까지 쓰고 종이를 뜯어서 구긴 다음 그것을 바다에 던졌다. 그는 잠시 물 위에 떠도는 그 종이를 지켜보다가 편지지 묶음도 뒤따라 던져 버렸다.

새벽 3시 20분 이스마엘은 거의 깨어 있는 상태로 침상에 누워 있다가 군 전체에 하달하는 명령을 들었다. "전 해병은 상갑판 상륙 위치에서 대기하라!" 그는 일어나 앉아서 군화 끈을 묶는 어니스트 테스타버드를 보다가 자신도 묶기 시작했고, 잠시 멈춰 수통의 물을 마셨다. "입이 말라." 그가 어니스트에게 말했다. "죽기 전에 물 좀 마실래?"

"끈이나 묶어. 갑판으로 올라가야지."

장비를 끌면서 올라가는 동안 이스마엘은 잠에서 완전히 깼다. 헤이우드호 상갑판에는 이미 3백 명도 넘는 군인이 어둠 속에 무릎 꿇고 앉아 휴대 식량, 수통, 야전삽, 가스마스크, 탄띠, 철모를 점검하고 있었다. 아직 포격이 없었으므로 전쟁처럼 느껴지지 않고 열대의 바다에서 또 한 번 야간 훈련을 하는 것처럼 보였다. 이스마엘은 상륙 주정이 보트 도르래를 타고 윙윙거리며 수직으로 떨어지는 소리를 들었다. 이내 군장을 메고 철모를 쓴 사람들이 화물용 그물 아래로 빠져나가 발 밑에서 흔들리는 배와 호흡을 맞추기 위해 숨을 고르고는 줄지어 상륙주정에 올라탔다.

이스마엘은 분주하게 야전 의료 도구를 포장하고 응급치료 물품을 쌓아 올리는 위생병들을 보았다. 기동훈련에서는 보지 못했던 모습이었다. 테스타버드에게 그 모습을 가리켜 보였더니 그는 어깨를 한 번 으쓱하고 다시 대전차포 탄환을 세는 일로 돌아갔다. 이스마엘은 무전기를 켜고 잠시 헤드폰의 상태를 들어 본 후 스위치를 끄고 기다렸다. 화물용 그물 밑으로 기어들 차례가 될 때까지 무거운 짐을 메고 서 있고 싶지 않았다. 그는 장비 옆에 앉아 바다를 내다보면서 베티오 해변을 찾아보려 했지만 섬은 보이지 않았다. 지난 반 시간 동안 헤이우드호를 떠난 상륙주정들이 바다 위에서 검은 점들처럼 보였다. 이스마엘이 세어 본 배는 스물세 척이었다.

3소대 3개 분대는 상갑판에서 샌안토니오 출신 페이블먼 중위의 지시를 받았다. 그는 세 부분으로 나뉜, 고무로 만든 입체 모형을 앞에 놓고 지시봉으로 지형상의 특징을 절도 있게 가리키며 대규모 작전에서 B중대가 맡은 역할을 상세히 설명하기 시작했다. 수륙양용 장갑차가 먼저, 상륙주정이 따른다. 급강하 폭격과 기총소사로 공중 엄호가 있을 것이고, 엘리스섬에서 B-24기가 공격 시점에 맞춰 나타날 것이었다. B중대는 레드 투 해변에 상륙하고 발사 기지를 확보하기 위해 무기 지휘관 프랫 소위의 재량으로 박격포 소대를 배치한다. 2소대는 동시에 프랫의 오른쪽으로 들어가 경기관총을 들고 방파제를 넘어서 지형이 높은 곳을 택해 내륙으로 이동한다. 페이블먼 중위는 레드 투 해변의 정남향으로 벙커와 토치카가 있는데, 해군 정보부는 일본 사령관 벙커가 아마도 이 지역의 비행장 동쪽 끝에 위치할 것으로 판단하고 있다고 말했다. 2소대는 그곳을 찾아내 뒤따라올 폭파 팀들을 위해 포격 위치를 고정한다. 이스마엘이 속한 3소대는 2소대가 해안에 상륙한 3분 후에 상륙해 침투하거나 벨로스 중위의 판단에 따라 확실하게 진입한 것으로 보이는 소대를 지원하게 되어 있었다. 모든 소대는 3소대 뒤를 따를 중화기 소대와 본부 소대인 K중대의 지원을 받을 터였다. 계속해서 더 많은 수의 수륙양용장갑차가 상륙해 방파제에서 맞서게 될 것이었다. 즉 이론은 먼저 상륙한 소총수들을 완벽하게 지원하면서 신속하고 강하게 밀고 들어가는 것이라고 페이블먼 중위가 말했다. "다른 말로 하자면 멍청이들을 먼저 보낸다는 거겠죠." 3소대에서 누군가가 비통한 목소리로 소리쳤지만 아무도 웃지 않았다. 페이블먼은 기계적으로 계속 브리핑했다. 상륙 거점이 확보될 때까지 신중하게 지속적으로 전진하는 소총 소대는 뒤따르는 두 번째 팀의 지원을 받게 될 것이며, 다시 세 번째 팀이 지휘하고 지원할 것이며, 계속해서 더 많은 소총 중대와 더 많은 지휘와 지원을 받게 될 것이었다. 페이블먼 중위는 벨트에 양손을 걸치고 토머스 군목을 불러 「시편」 23장을 암송하게 하고 〈죄 짐 맡은 우리 구주What a Friend We Have in Jesus〉를 선창하게 했다. 갑판이 조용해지자 군목은 병사들에게 신과 예수에 대한 그들의 관계를 묵상하라고 했다. "됐습니다." 어둠 속에서 한 군인이 소리쳤다. "난 무신론잡니다, 목사님. 참호 속이나 포격전에선 무신론자가 있을 수 없다는 규칙에 예외가 되겠지만 난 죽을 때까지 빌어먹을 무신론자로 남겠습니다, 젠장."

"그럴 수도 있겠지. 그래도 하나님이 똑같이 축복해 주시길 바라네, 친구." 토머스 군목이 부드럽게 대꾸했다.

이스마엘은 어떻게 이 세상의 무언가가 자신에게 이 해변을 공격하도록 명령할 수 있는 것인지 의아했다. 그는 페이블먼 중위의 말을 가능한 한 경청했지만 그가 하는 말이 일단 베티오에 상륙했을 때 자신의 발이 움직여야 하는 특정한 방향과 어떤 관계가 있는지 알 수 없었다. 왜 거기에 가는 걸까? 정확히 뭘 하기 위해? 군목은 행운의 사탕과 군용 화장지를 나누어 주었고, 다른 이들처럼 이스마엘도 그것을 하나씩 받았다. 벨트에 콜트 45구경을 차고 있는 군목은 그에게 사탕을 좀 더 집으라고 권유했다. "맛있는 거야. 더 가져가라고." 그것은 박하사탕이었고, 이스마엘은 입안에 하나를 넣고 나서 무전기를 둘러메고 대기 자세를 취했다. 짊어진 장비를 모두 더하면 40킬로그램은 될 것 같았다.

그런 짐을 지고 화물용 그물 밑으로 기어 내려가기는 쉽지 않았지만 이스마엘은 기동훈련으로 요령을 터득하고 있었다. 반쯤 내려갔을 때 그는 박하사탕을 뱉고 물 위로 몸을 내밀었다. 휘파람 소리가 들리는가 했더니 순식간에 커졌다. 그가 고개를 돌림과 동시에 포탄 하나가 고물에서 20미터쯤 떨어진 바다에 떨어졌다. 바닷물이 튀어 올라 배를 뒤덮으며 군인들 위에 뿌려졌다. 어둠 속에서 초록색으로 빛나는 인광이 끓어올랐다. 이스마엘 옆에 있던 네바다주 카슨시 출신의 짐 하비 일병은 숨을 죽이고 조그만 목소리로 두 번 욕하더니 그물에 몸을 기댔다. "젠장, 간 떨어지는 줄 알았네."

"나도."

"머리를 날려 버리는 줄 알았잖아. 우리가 들어가기도 전에 폭탄이란 폭탄은 다 쏘아 대는 거 아냐? 젠장할!"

"엘리스섬에서 덩치 큰 녀석들이 오고 있어." 월터 베넷이 그물 아래서 말했다. "그 폭격기들이 우리가 해변에 닿기 전에 일본 놈들한테 폭격을 퍼부을 거야."

"뺑치네." 또 다른 목소리가 말했다. "폭격 따윈 없어. 꿈도 꾸지마, 월터."

"우라질 일본 놈들 포격." 짐 하비가 말했다. "젠장, 난……,"

하지만 또 다른 포탄이 휘파람 소리를 내며 떨어졌고, 그들 앞 1백 미터 지점에서 물보라를 일으켰다.

"빌어먹을!" 하비 일병이 소리쳤다. "난 그것들이 저 개자식들을 뭉개 놓을 줄 알았는데! 우린 청소만 하면 되는 줄 알았다고!"

"그것들은 며칠 동안 시간만 허비하고 있어." 래리 잭슨이라는 친구가 차분하게 설명했다. "그것들이 모든 걸 망쳤어. 우리가 들어가면 별의별 염병할 일본 놈 폭탄은 다 맞을걸."

"맙소사." 짐 하비가 말했다. "엉망진창이군. 도대체 어떻게 돌아가는 거야?"

3소대를 태운 상륙주정이 출발했다. 이스마엘은 지금 바다 저편으로 포탄이 날아가는 소리를 들을 수 있었다. 그는 누메아에서 해병이 한가한 시간에 임시방편으로 만든 뱃전 아래 몸을 낮추고 앉았다. 철모를 눈썹까지 내려쓰고 무거운 무전기에 눌려 있었다. 그는 짐 하비가 희망적으로 주절대는 소리를 들을 수 있었다. "염병할 폭격기들이 며칠간 놈들을 쑥밭으로 만들어 놨겠지? 저긴 모래와 일본 놈들 시체 조각뿐이라고. 모두 그렇게 들었어. 매드슨이 무전 해독을 할 때 블레드소도 그 방에 있었어. 그게 거짓말일 리 없잖아. 폭격기가 놈들을 휩쓸……."

예상과는 반대로 바다는 거칠고 파도가 높았다. 이스마엘은 높은 파도에 몸을 일으킬 수 없었고, 멀미약에 중독돼 있었다. 그는 수통의 물로 두 알을 삼켰고, 철모를 쓰고 끈을 묶지 않은 채 뱃전 위를 넘겨다보았다. 발밑이 요동치는 그들의 배는 곧 세 척의 또 다른 상륙주정의 왼쪽으로 따라붙었다. 옆 배에 타고 있는 사람 중 한 명이 불이 붙은 담배를 손안에 감추고 있는 것이 보였다. 이스마엘은 다시 뱃전에 기대고 앉아서 눈을 감고 귀를 막았다. 그는 아무 생각도 하지 않으려고 애썼다.

세 시간 동안 그들은 베티오에서 떨어져 있었다. 편대가 준비된 07:30에 전진하기 시작했고, 파도가 끊임없이 뱃전을 넘어와 배 안의 모두를 적셨다. 수평선 위로 섬이 거의 검은 선처럼 낮게 보이기 시작했다. 이스마엘은 이제 다리를 펴고 일어섰다. 베티오는 온통 화염에 휩싸여 있었다. 옆의 방수 시계를 가진 친구가 전함이 섬에 일제 사격을 가하는 시간을 재고 있었다. 또 다른 두 명은 총지휘관인 힐 함장이 어두운 밤 대신 대낮에 상륙 시간을 정한 것을 심하게 불평하고 있었다. 그들은 해군이 집중포화를 퍼붓는 것을 볼 수 있었다. 섬에서 검은 연기가 자욱하게 피어올랐다. 그것이 3소대의 작전에 긍정적인 영향을 주기 시작했다. "남아나는 놈들이 없겠구먼." 하비 일병이 말했다. "오 인치 대포가 끝장을 내는군. 묵사발을 만들고 있어."

15분 후 그들은 타라와섬 석호의 센 해류를 탔다. 구축함 더실호와 링골드호가 해변의 넘실거리는 파도 위에서 포격을 하는데 여지껏 들어 본 적이 없는 굉음에 이스마엘은 귀가 멀 지경이었다. 그는 철모의 끈을 묶으면서 이제 뱃전을 넘겨다보는 것도 마지막이라고 마음을 다잡았다. 저 멀리 앞에서 해변으로 올라가는 세 척의 수륙양용장갑차가 보였다. 그들은 기관총 세례를 받다가 한 대는 포탄을 맞은 구멍에 빠졌고, 다른 한 대는 불이 붙어서 정지했다. 더 이상 폭격기는 오지 않았고 B-24기도 나타나지 않았다. 최선책은 몸을 숙이고 총알을 요리조리 피해 가는 것이었다. 이제 이스마엘은 어린 소년들이 곧잘 꿈꾸는 전쟁을 마주하게 되었다. 그는 해병 무전병으로 해변을 공격하고 있었고, 말 그대로 오줌을 쌀 지경이었다. 간장이 오그라드는 느낌이 들었다.

"맙소사," 짐 하비가 지껄이고 있었다. "빌어먹을, 염병할 자식들, 저 개 같은 새끼들, 염병할, 이게 말이 돼?"

캘리포니아 이레카 출신인 리치 힌클 분대장은 뉴질랜드에서 이스마엘의 훌륭한 체스 파트너였는데, 그들 중에서 제일 먼저 죽었다. 아직 해변에서 450미터 이상 떨어진 지점에서 상륙주정이 갑자기 암초에 부딪혀 모두 한동안 서로 얼굴만 쳐다보고 있는데, 총알이 날아와 상륙주정의 좌현을 때렸다. "더 큰 게 날아올 거야." 힌클이 소음을 뚫고 소리쳤었다. "여기를 빠져나가야겠어. 움직이자! 이동해! 가자고!"

"네가 먼저 가." 누군가가 대꾸했다.

힌클은 우현을 넘어 물로 뛰어들었다. 사람들이 그를 따르기 시작했고, 이스마엘 체임버스가 40킬로그램의 짐을 옆구리 위로 올렸을 때 힌클이 얼굴에 총을 맞고 고꾸라졌다. 바로 뒤에 있던 사람 역시 총에 맞아 머리가 날아갔다. 이스마엘은 무전기와 씨름하며 뒤따라 바다로 뛰어내렸다. 가능한 한 오래 잠수했다가 잠깐 숨을 쉬러 올라왔을 때 해안을 따라 소총들이 불을 뿜는 모습을 보고 다시 깊이 들어갔다. 탄약 운반병, 폭파병, 소총수 할 것 없이 모두 이스마엘처럼 잠수해 있었다.

그는 30여 명의 해병들과 함께 상륙주정 뒤로 헤엄쳐 갔다. 조타수는 여전히 암초에서 상륙주정을 빼내려고 조정간을 앞뒤로 두들기며 욕을 해 대고 있었다. 벨로스 중위가 뱃전을 넘지 않으려는 병사들에게 악을 쓰고 있었다. "지랄 마, 벨로스." 누군가가 계속 그렇게 말했다. "네가 먼저 가!" 다른 누군가는 그렇게 악썼다. 이스마엘은 그것이 잔뜩 흥분한 하비의 목소리라는 것을 알았다.

상륙주정은 계속 사격받았고, 뒤에 웅크리고 있던 군인들은 이제 해안을 향해 물을 헤치고 걷기 시작했다. 이스마엘은 그들 한가운데에서 개구리헤엄을 치면서 자신을 베티오의 석호에서 떠다니는 죽은 해병으로, 조류에 밀려온 시체로 생각하려 했다. 그들은 이제 가슴까지 차는 물속에서 머리 위로 소총을 들고, 앞에서 죽은 이들의 피로 분홍빛이 된 바다를 전진하고 있었다. 이스마엘은 비틀거리며 걷다가 수면을 때리는 사격을 보고 몸을 낮추었다. 앞에서 뉴랜드 일병이 얕은 물에서 일어나 방파제를 향해 뛰었고, 또 한 명이 뛰어가다가 파도 속에서 총에 맞아 죽었으며, 다시 세 번째 남자가 뛰어갔다. 네 번째로 에릭 블레드소가 뛰어가다가 무릎에 총알을 맞고 얕은 물에 드러누웠다. 이스마엘은 멈춰 서서 다섯 번째와 여섯 번째가 총에 맞는 것을 본 후에 마음을 다잡고 앞 사람들을 따라 뛰었다. 무사히 방파제에 도착한 세 명은 코코넛 통나무 뒤에 웅크리고 앉아서 무릎이 잘려 나간 에릭 블레드소를 바라보고 있었다.

이스마엘은 피를 흘리며 죽어 가는 에릭 블레드소를 보았다. 50미터 떨어진 파도에 누워서 그는 힘없는 목소리로 도와 달라고 호소하고 있었다. "도와줘, 친구들, 얼른. 제발 도와줘." 에릭은 어니스트 테스타버드와 델라웨어에서 함께 자랐으며 웰링턴에서 여러 번 함께 술을 마셨다. 로버트 뉴랜드가 달려가 그를 구하려 했으나 벨로스 중위가 할 수 있는 게 아무것도 없다며 말렸다. 총알이 너무 많이 날아왔기에 결과는 둘 다 죽는 것이었다. 모두 말없이 수긍했다. 이스마엘은 방파제에서 몸을 일으켰다. 그는 부상병을 안전하게 끌어오기 위해 다시 해변으로 뛰어가지는 않았지만 몸이 원하고 있었다. 아무것도 할 수 없었다. 장비는 물속에 잠겨 버리고 말았다. 그는 에릭 블레드소를 구하기는커녕 그에게 붕대조차 건넬 수 없었다. 이스마엘은 거기에 앉아 에릭이 파도 속에서 뒹굴며 얼굴을 위로 쳐들기 위해 애쓰는 모습을 지켜보았다. 그의 한쪽 다리가 떨어져 나가 물결에 따라 움직이고 있는 것이 보였다. 이스마엘이 방파제 뒤에서 지켜보는 동안 그 청년은 피를 흘리며 죽어 갔고, 그의 다리는 파도를 타고 1미터가량 떠내려갔다.

10시가 될 때까지 그는 여전히 그 자리에서 무기도 없이 쭈그리고 앉아 해변에 올라오다 총에 맞은 수백 명의 부상자들과 함께 있었다. 이제 해변에는 죽은 해병이 점차 더 많아졌고, 부상자들 역시 늘어났으며, 방파제 뒤에 숨은 군인들은 신음하면서 살려 달라고 외치는 그들의 소리를 듣지 않으려고 애썼다. 그때 어디에선가 불쑥 나타난 듯 보인 J중대의 한 하사관이 입 한쪽에 담배를 늘어뜨리고 방파제 위에 서서 무자비하게 그들에게 소리쳤다. "겁쟁이 새끼들." 그는 그들에게 가차 없이 욕설을 퍼부었다. '이 빌어먹을 전쟁이 끝나면 불알을 고통스러울 만큼 천천히 씹어 놓아야 할 비겁한 새끼들'이라느니 '이런 알량한 녀석들을 살리려고 다른 사람들이 고생하고 있다'느니 '사내새끼들이라고도 할 수 없지만 그 하찮은 좆이 일 년에 한 번 일 센티쯤 커지면 비역질이나 할 딸딸이 아티스트들'이라는 둥 계속해서 몰아붙였다. 그가 그러는 동안 물속의 군인들은 그에게 자신을 구해 달라고 간청했다. 그가 거절한 순간 그의 척추를 관통한 총알이 셔츠를 뚫고 나오면서 내장이 해변에 떨어졌다. 하사관은 놀랄 겨를도 없이 그대로 자신의 내장을 덮으면서 모래 속에 얼굴을 파묻었다. 누구도 말이 없었다.

장갑차가 마침내 방파제에 구멍을 뚫었고, 몇 사람이 통과하기 시작했다. 그들 모두 즉시 총에 맞았다. 이스마엘은 베티오섬 해변에 파묻힌 장갑차 바퀴를 파내라는 명령을 받았다. 그가 무릎을 꿇고 삽으로 모래를 파고 있을 때 그 옆에 있던 사내가 모래에 토하더니 철모를 얼굴에 덮고 기절했다. K중대 무전병은 방파제에 무전기를 기대 놓고 전파 방해에 대해 큰 소리로 불평하고 있었다. 그는 전파 방해가 없어진 때도 전함 포대가 해안으로 포를 쏘아 댄다고 불평했다. 결국 그는 아무도 불러내지 못했다.

이스마엘은 이른 오후 해변에 불어오는 단내가 죽은 해병들의 냄새라는 사실을 깨달았다. 그는 구역질을 하고 남은 물을 마셨다. 그가 아는 한 자신의 소대에 더 이상 살아 있는 사람은 없었다. 그는 세 시간 넘도록 그들 중 아무도 보지 못했지만 재보급 명령을 받고 방파제를 타고 내려오는 보급병에게서 카빈총 한 정, 탄약 꾸러미와 마체테를 받았다. 그는 철모 끈을 풀고 방파제에 기대앉아 모래가 가득한 카빈총을 분해해 정성껏 청소했다. 그가 방아쇠 조립 부품을 셔츠 끝으로 문지르고 있을 때 해변에 새로이 올라온 수륙양용장갑차가 박격포 사격을 받기 시작했다. 이스마엘은 해변에 쏟아져 나온 해병들—어떤 이는 죽고, 어떤 이는 부상당하고, 어떤 이는 소리를 지르며 달리는—을 한동안 흥미롭게 지켜보다가 다시 고개를 숙이고 카빈총 청소로 돌아갔다. 어둠이 깔린 네 시간 뒤에도 그는 여전히 거기에 있었다. 손에 카빈총을 들고 마체테가 든 칼집을 허리띠에 차고.

　대령 한 명이 보좌관과 함께 해변으로 내려오더니 하사관과 하급 장교 들을 꾸짖으며 소대를 임시로 재구성하라고 명령했다. 지금부터 20분 후인 21시까지 정상으로 올라가지 않고 뒤에 남는 자는 군법회의에 회부될 것이며, 이제 해병답게 행동할 때라고 덧붙였다. 대령이 떠나자 K중대의 도어퍼 중위는 이스마엘에게 소대가 어디 있으며, 방파제에 혼자 처박혀 무엇을 하고 있는지 물었다. 이스마엘은 상륙주정의 뱃전을 넘으면서 장비를 잃어버렸고, 주위 사람들은 모두 죽거나 부상당했고 누가 어디에 있는지 모르겠다고 설명했다. 도어퍼 중위는 이스마엘의 말을 참을성 있게 듣다가 그에게 방파제를 따라 사람을 하나둘씩 모아 소대를 구성한 다음 모래에 묻힌 장갑차 옆에 설치된 프리먼 대령의 전투 사령부에 보고하라고 말했다. 그는 꾸물거릴 시간이 없다고도 했다.

　이스마엘은 스무 명의 청년에게 상황을 설명하고 1개 소대를 구성했다. 한 녀석은 그에게 욕을 퍼부었고, 한 녀석은 부상으로 다리를 못 쓰게 되었다고 했으며, 한 녀석은 곧 따라가겠다고 하면서 움직이지 않았다. 갑자기 바다 쪽에서 총알이 날아왔다. 이스마엘은 일본 놈 저격병 하나가 헤엄쳐 나가 석호에서 파괴된 장갑차 뒤에 기관총을 배치했을 것이라고 짐작했다. 이제 더 이상 방파제도 안전하지 않았다.

몸을 낮추고 방파제를 따라 이동하면서 서둘러 사람들에게 설명하던 이스마엘은 마침내 머리를 숙인 어니스트 테스타버드가 코코넛 통나무에 총을 올리고 반격하고 있는 곳에 도착했다. "어이." 그가 말했다. "맙소사."

"체임버스, 젠장할."

"모두 어딨어?" 이스마엘이 물었다. "잭슨하고 다른 녀석들은?"

"잭슨이 총에 맞는 걸 봤어. 포병이고 지뢰 탐지병이고 모두 해안으로 올라오다가 총에 맞았어. 월터도. 그리고 짐 하비도. 그리고 헤지스라는 녀석. 녀석이 쓰러지는 걸 봤어. 머리와 베링도 맞았어. 모두 물속에서."

"힌클도 그랬어." 이스마엘이 말했다. "그리고 블레드소. 다리가 날아갔지. 그리고 피츠. 해변에서 맞았어. 쓰러지는 걸 봤어. 벨로스는 살아남았는데 어디 있는지 모르겠고, 뉴랜드도 마찬가지야. 그 녀석들은 어디 있는 거야?"

어니스트 테스타버드는 대답하지 않았다. 그는 철모 끈을 잡아당기고 카빈총을 내려놓았다. "블레드소가?" 그가 말했다. "확실해?"

이스마엘이 끄덕였다. "그는 죽었어."

"다리가 날아갔다고?"

이스마엘은 방파제에 등을 대고 앉았다. 에릭 블레드소가 어떻게 죽었는지 이야기하거나 기억하고 싶지 않았다. 그런 걸 이야기해 봐야 무슨 소용이 있단 말인가? 아무 소용이 없다는 것만은 확실했다.

그는 상륙주정이 산호초에 부딪힌 이후로 무슨 일이 일어났는지 제대로 생각할 수 없었다. 지금 그가 처한 상황은 일어난 일들이 반복되는 꿈 같은 성질을 가지고 있었다. 그는 방파제에 처박혀 있었고, 이내 자신이 다시 거기에 있다는 것을 알아차렸다. 그리고 그는 또다시 방파제에 처박혀 있었다. 이따금 양손을 자세히 볼 수 있을 만큼 불이 환하게 타올랐다. 지치고 갈증 나고 정신을 집중할 수 없었고, 몸 안의 아드레날린이 고갈되었다. 살고 싶었고, 살고 싶다는 사실 외에 다른 모든 것은 불분명했다. 자신이 왜 여기에 있는지 알 수 없었다. 왜 해병에 입대했고, 그 목적이 무엇이었는지. "그래." 그가 중얼거렸다. "블레드소는 죽었어."

"빌어먹을." 어니스트 테스타버드가 말했다. 그는 방파제 아래 통나무를 두 차례 걷어찼고, 다시 세 번째, 그리고 네 번째 걷어찼다. 이스마엘 체임버스는 그에게서 고개를 돌렸다.

21시에 그들은 다른 3백 명과 함께 방파제를 넘었다. 그들은 총알받이가 된 야자나무 속에서 쏘아 대는 박격포와 기관총 사격을 정면으로 받았다. 이스마엘은 어니스트 테스타버드가 총에 맞는 모습을 보지 못했다. 나중에 누군가에게 어니스트가 머리에 주먹만 한 구멍이 뚫려서 발견되었다는 이야기를 듣고서야 알게 되었다. 이스마엘은 왼팔 이두근 한가운데에 총을 맞았다. 소총의 총알이 파고들면서 근육이 찢어졌고, 뼈를 산산조각 내고 신경과 혈관을 뚫고 살 속에 박혔다.

아홉 시간 후 해가 떠올랐을 때 두 위생병이 옆사람 곁에 무릎을 꿇고 있다는 것을 알았다. 그 사내는 머리에 총을 맞은 것처럼 보였고, 철모 주위에 뇌수가 흐르고 있었다. 그는 죽은 자 뒤로 가 그의 허리띠에서 술파제 몇 알과 붕대를 꺼냈다. 그는 팔을 붕대로 감고 몸으로 눌러서 피가 흘러나오지 못하게 막았다. "괜찮아." 위생병 중 한 명이 이스마엘에게 말했다. "우리가 들것과 이송반을 데려올 거야. 해변은 안전해. 다 괜찮아. 곧 배로 옮겨 갈 거야."

"망할 일본 놈들." 이스마엘이 말했다.

나중에 이스마엘은 베티오에서 10킬로미터 떨어져 있는 어떤 배의 갑판 위에 줄지어 누운 부상병들 가운데 끼어 있었다. 그의 왼쪽 들것에 누운 청년은 파편이 간을 뚫고 들어가 죽고 말았다. 반대편에는 이에 보철을 끼운 청년이 넓적다리와 사타구니에 총을 맞아 카키색 바지가 피로 물들어 있었다. 그 청년은 말도 못 하고 등을 구부리고 모로 누워 가까스로 얕은 숨을 쉬면서 몇 초 간격으로 반복적인 신음 소리를 내고 있었다. 이스마엘이 괜찮은지 물었지만 그는 계속 끙끙거리기만 했다. 이송반이 이스마엘을 수술하러 데려가기 10분 전에 그는 죽었다.

이스마엘은 선상 수술대에서 팔을 잃었다. 절단 수술 경력이 네 번뿐인 약제사 조수에게. 그 경력도 지난 몇 시간 내에 있었던. 그는 작은 톱으로 뼈를 잘랐고, 자른 부위를 고르게 지지지 않아 상처가 아무는 데 오랜 시간이 걸렸을 뿐 아니라 흉터가 두껍고 거칠게 남았다. 전신마취를 하지 않아서 이스마엘은 자신의 팔이 한쪽 구석에 쌓여 있는 피에 젖은 붕대 위로 던져지는 것을 보았다. 누군가가 이스마엘이 자신의 팔을 보고 있다는 것을 알고 치우라는 지시를 내려 그 팔은 수건에 싸여 자루 속으로 들어갔다. 10년 후에도 그는 벽에 닿아 손가락이 구부러진 자신의 팔이 얼마나 희었고, 얼마나 멀리 떨어져 있었는지 바라보는 꿈을 꾸었다. 다른 누군가가 그에게 다시 한

번 모르핀을 주사했고, 이스마엘은 그게 누군지 몰라도 그에게 말했다. "일본 놈들…… 망할 일본 놈들……." 하지만 그는 말을 어떻게 끝내야 할지, 자신이 무슨 말을 지껄이는지 전혀 알 수 없었다. 생각나는 것은 "그 빌어먹을 일본 계집애."라는 말뿐이었다.

17

 재판 첫날 오후 2시가 되자 섬의 거리는 온통 눈으로 뒤덮였다. 자동차 한 대가 소리 없이 미끄러지듯 급회전한 다음 길을 가로질러 피터슨 식료품점 문 안으로 한쪽 전조등을 들이밀고 정지했다. 바로 그 순간 기적적으로 누군가가 문을 열어 자동차나 가게 모두 어떤 피해도 입지 않았다. 아미티 하버 초등학교 뒤에서 눈덩이를 굴리고 있던 일곱 살짜리 여자아이가 뒤에서 종이 상자를 타고 언덕을 미끄러져 내려오던 사내아이에게 떠밀렸다. 여자아이는 오른팔이 부러지는 골절상을 입었다. 에릭 칼슨 교장은 아이의 어깨에 담요를 둘러서 스팀 라디에이터 옆에 앉혀 두고 시동을 걸기 위해 밖으로 나갔다. 이내 교장은 서리 제거 장치가 얼어붙은 앞 유리창에 낸 초승달 모양의 밖을 내다보다가 시내를 향하는 퍼스트 언덕으로 아이를 태운 차를 조심스럽게 몰았다.

밀 런 거리에서 스키프곶에 사는 라슨 부인이 남편의 디소토를 몰고 가다가 도랑에 빠졌다. 아니 스톨바드는 난로에 장작을 너무 많이 넣는 바람에 굴뚝에 불이 붙었다. 이웃에서 의용소방대를 불렀으나 덤프트럭 운전사인 에드거 폴슨은 인디언 노브 언덕에서 차가 미끄러져 타이어에 체인을 감아야 했다. 그러는 동안 아니 스톨바드네 굴뚝에 붙은 불이 꺼져 버렸다. 마침내 소방대원이 나타나자 그는 연통의 크레오소트자극이 강한 냄새가 나는 유액가 다 탔다며 기뻐했다.

3시에 스쿨버스 다섯 대가 쏟아붓는 눈에 전조등을 비추고 와이퍼로 앞 유리에 붙은 얼음을 헤치면서 아미티 하버 초등학교를 떠났다. 걸어서 집으로 돌아가던 고등학교 학생들은 버스에 눈덩이를 던졌다. 사우스 해변에서 버스는 아일랜드 센터를 지나자마자 길목에서 미끄러지면서 멈춰 버렸다. 학생들은 차에서 내려 눈보라 속을 걸어 집으로 갔고, 버스 기사인 가타야마 조니가 뒤에서 아이들을 에스코트했다. 아이들이 각자 집으로 들어갈 때마다 조니는 스피아민트 껌을 한 개씩 주었다.

그날 오후 썰매 타던 소년이 삼나무 밑동에 부딪혀 발목이 부러졌다. 썰매의 방향을 바꾸는 방법에 익숙하지 못한 아이가 갑자기 나무와 부딪힌 것이었다. 아이는 한 발로 나무를 막아 보려 한 것 같았다.

은퇴한 치과 의사 케이블 박사는 장작 헛간에 가다가 심하게 미끄러졌다. 주저앉으면서 꼬리뼈가 뒤틀렸는지 그는 눈 위에서 몸을 오그리고 꼼짝도 하지 못했다. 한참 후에 이를 악물고 간신히 일어난 그는 비틀거리며 집 안으로 들어가 자신이 다쳤다는 것을 아내에게 알렸다. 세라는 그를 안락의자에 앉혔고, 그는 아스피린 두 알을 먹고 잠이 들었다.

10대 소년 둘이 포트 제퍼슨 항구 선창에서 눈 던지기 시합을 했다. 목표는 처음에 계선부표를, 다음에는 옆 선창의 말뚝을 맞히는 것이었다. 둘 중 댄 대니얼스의 아들 스콧이 세발뛰기를 하다가 물속으로 곤두박질쳤다. 그 아이는 5초 만에 다시 나왔지만 눈 속을 달려 집으로 가는 길에 옷에서 김이 무럭무럭 피어올랐고, 머리카락은 얼어붙었다.

산피에드로 주민들은 피터슨 식료품점으로 달려가 통조림을 사재기했다. 사람들이 장화에 눈을 잔뜩 묻히고 가게로 들어왔기에 얼 캠프는 오후 내내 대걸레와 수건을 들고 쫓아다니면서 청소하기에 바빴다. 에이나 피터슨이 선반에서 소금 한 상자를 꺼내 문밖에 뿌렸음에도 손님 두 명이 미끄러졌다. 에이나는 제시카 포터-스물두 살에 명랑한 얼굴을 한 계산원-에게 접는 탁자 뒤에 서서 손님들에게 무료로 커피를 대접하도록 했다.

산피에드로 주민들은 피스크 씨의 철물점에서 눈삽, 양초, 등유, 성냥, 안을 댄 장갑, 손전등 배터리 등을 샀다. 토거슨 형제는 3시가 되자 타이어체인을 모두 팔았고, 얼음 긁는 기구와 부동액도 거의 동이 났다. 톰은 새로 칠한 2톤짜리 견인차로 버려진 차들을 끌어냈다. 데이브는 휘발유, 배터리, 모터오일 등을 팔면서 고객들에게 집에 가서 나오지 말라고 충고했다. 주유하거나 타이어체인을 감기 위해 들른 섬사람 수십 명이 그의 불길한 일기예보에 귀를 기울였다. "사흘간 몰아칠 거요." 그가 말했다. "준비를 해 두시는 게 좋을 거요."

3시쯤 삼나무 가지들은 눈이 쌓여 밑으로 늘어졌다. 나무들 사이로 부는 바람이 땅에 돌풍을 일으켰다. 산피에드로의 딸기밭은 아무도 손대지 않은 불모의 사막처럼 순백의 들판으로 변했다. 살아 있는 것들의 소리는 묻혔다기보다 정지되었고, 갈매기 울음소리조차 들리지 않았다. 바람 소리와 해변으로 밀려드는 파도 소리만이 들렸다.

산피에드로 도처에 팽팽한 긴장감이 맴돌았다. 12월 폭풍이 시작되면 무슨 일이 일어날지 아무도 몰랐다. 주민들의 집은 곧 눈에 파묻히고 해변 별장의 경사진 지붕과 이층집의 위층만 보이게 될 것이었다. 바람이 강하게 불면 전기가 나가서 모두 어둠 속에서 지내게 될 수도 있었다. 변기에 물이 내려가지 않을 수도 있고, 펌프 물이 나오지 않을지도 모르고, 사람들은 난로와 초롱불 옆에서 지내야 할 것이었다. 그러나 한편으로 눈보라는 행복한 겨울철 휴식을 의미했다. 학교가 문을 닫고 길들이 폐쇄되면 아무도 일을 하러 나가지 않을 것이다. 가족들은 느지막한 아침 식사를 배불리 먹고는 옷을 단단히 차려입고 외출했다가 따뜻하고 아늑한 집으로 돌아올 것이다. 굴뚝에서는 연기가 피어오르고, 어두워지면 불들이 켜진다. 마당에는 눈사람이 감상적으로 기우뚱하게 서 있다. 먹을거리만 풍족하다면 무슨 걱정이 있겠는가.

그러나 섬에 오래 산 사람들은 눈보라가 통제 불가능한 결과를 가져올 수 있다는 사실을 알고 있었다. 과거에도 그랬던 것처럼 이번 눈보라로 사람들이 고통을 받고, 심지어는 죽을 수도 있었다. 아니면 오늘 밤에라도 점차 잦아들면서 아이들에게 눈에 갇힌 즐거움을 제공하는 정도로 끝날지도 몰랐다. 누가 알겠는가? 아무도 예측할 수 없었다. 재난이 일어나도 할 수 없다고 그들은 생각했다. 사람의 힘으로 할 수 없는 일들이 있다. 그들을 둘러싼 바닷물이 힘들이지 않고 눈을 삼키고 아무 일 없다는 듯 존재하는 것처럼 사람의 힘으로는 어쩔 수 없는 것들이 있었다.

그날 오후 휴정이 끝났을 때 앨빈 훅스는 다시 아트 모런을 소환했다. 보안관은 의용소방대와 연락을 취하고 문제가 생기면 도움을 줄 수 있는 자원봉사자를 소집하기 위해 두 시간 반 동안 법정을 비웠었다. 보통 그들이 하는 역할은 딸기 축제와 같은 공공 행사에서 질서를 유지하는 일이었지만 지금은 자신의 집과 직장이 소재한 위치에 따라 지역을 나누어서 길에서 오도 가도 못하는 사람들을 도와주어야 했다.

아트는 그날 두 번째로 증인석에 앉아 초조해하고 있었다. 그는 지금 당장 눈보라 때문에 정신이 없었다. 앨빈의 당면 상황을 생각하면 자신이 다시 법정에 출두해야 할 필요성을 이해했지만 한편으로는 전혀 달갑지 않은 일이었다. 그는 15분간 휴정 시간에 앨빈의 사무실에서 무릎에 기름종이를 깔고 사과 한 알과 샌드위치 한 쪽을 먹었다. 훅스는 그에게 무관한 것처럼 보일지 모를 사소한 부분까지 신경 써서 체계적으로 말해 줄 것을 상기시켰다. 앨빈이 판사에게 밧줄 네 조각을 증거로 인정해 주기를 요구하는 동안 아트는 증인석에 앉아 타이를 매만지고 빵 부스러기가 묻어 있지 않은지 입가를 만져 보면서 초조하게 기다렸다. "모런 보안관," 훅스가 마침내 말했다. "지금 제 손에는 어부들이 계류용 줄로 사용하는 밧줄이 네 조각 있습니다. 이걸 자세히 살펴봐 주시겠습니까?"

아트는 밧줄 조각을 들고 과장되게 보일 만큼 밧줄을 주의 깊게 살폈다. "네." 그가 잠시 뒤에 말했다.

"그 밧줄들을 알아보시겠습니까?"

"네."

"증인께서는 보고서에 계류용 밧줄에 대해 언급하셨죠, 모런 보안관? 그 보고서에 언급한 것과 같은 밧줄입니까?"

"네, 그렇습니다. 제가 보고서에 기록했던 것들입니다, 검사님. 이 게 그겁니다."

판사가 그 밧줄들을 증거로 인정하자 에드 솜스가 거기에 각각 꼬리표를 붙였다. 앨빈 훅스는 밧줄을 다시 아트에게 넘겨주고 그에게 그것을 어디에서 발견했는지 설명해 달라고 요구했다.

"여기 A 자가 찍혀 있는 이건 피고의 배에서 나왔습니다. 좌현 클리트에서, 정확히 말하면, 고물에서 세 번째 클리트에 있던 겁니다. 이건 그의 계류용 밧줄들과 일치했습니다. 하지만 고물에서 두 번째 좌현 클리트에 있는 건 일치하지 않았습니다. 여기 있는 이 B 자 찍혀 있는 건 새것이지만, 훅스 씨, 나머지 건 낡았습니다. 다른 것들은 모두 한쪽 끝이 매듭으로 된 세 가닥 마닐라 밧줄이고 꽤 오래 사용해 왔던 것이었죠. 미야모토는 이렇게 매듭이 있고 많이 닳은 계류용 밧줄을 갖고 있었는데, 하나는 예외였습니다. 그건 아주 새것이었고, 매듭이 없었죠."

"다른 둘은 뭐죠? 다른 두 개는 어디서 찾았습니까, 보안관?"

"칼 하이네의 배에서 찾았습니다. 여기 C 자가 찍힌 건 고인, 즉 하이네 씨의 배에서 발견한 다른 것들과 똑같습니다. 보이십니까?" 보안관은 배심원들에게 보여 주기 위해 밧줄을 쳐들며 말했다. "이건 한쪽에 술이 달린 세 가닥짜리 마닐라 밧줄입니다. 새것이고 칼 하이네가 이런 식으로 꼬아서 술을 만든다는 건 누구나 알고 있었습니다. 그 밧줄은 모두 고리에 술이 있었고, 매듭이 있는 건 없었습니다."

"거기 네 번째 밧줄은 어디서 발견하신 거죠, 보안관?"

"역시 칼 하이네의 배에서 발견했지만 다른 것들과는 일치하지 않습니다. 우현에서 발견했는데 고물에서 두 번째 클리트에 있었죠. 이상한 건 그게 제가 피고의 배에서 발견한 밧줄들과 일치한다는 점입니다. 꽤 닮아 있고, 제가 보여 드렸던 그의 모든 계류용 밧줄들과 똑같은 매듭이 있습니다. 다른 모든 것들과 아주 흡사해 보이고, 같은 세트에서 나온 게 분명합니다."

"이 밧줄이 피고의 배에 있는 것과 흡사하다고요?"

"정확히 같습니다."

"그런데 그걸 고인의 배에서 발견했다고요?"

"맞습니다."

"우현 고물에서 두 번째 클리트에서요?"

"그렇습니다."

"그리고 제가 제대로 알고 있는지 모르겠지만 피고의 배에는 좌현에 새 밧줄이 있었습니다, 보안관. 또 고물에서 두 번째 클리트였습니까?"

"맞습니다, 검사님. 거기에 새 밧줄이 있었습니다."

"보안관, 만일 피고가 칼 하이네의 배에 자기 배를 묶었다면 문제의 두 클리트가 연결됐을까요?"

"분명히 서로 연결됐을 겁니다. 그리고 만일 저기 미야모토 씨가 고인의 배에서 급히 밧줄을 벗겨 냈다면 두 번째 클리트에 묶인 밧줄을 두고 떠났을 수도 있죠."

"알겠습니다. 그러니까 당신의 추정은 그가 밧줄을 남겨 놓고 왔기 때문에 선창에 돌아와서 그걸 새것으로 대체했다는 거군요. 당신 손에 든 증거물 B 말입니다."

"그렇습니다." 아트 모런이 말했다. "정확히요. 그는 칼의 배를 묶었고, 거기에 밧줄을 놓고 왔습니다. 저로서는 거의 확실하다고 생각합니다."

"하지만 보안관, 어째서 처음에 피고를 조사하게 됐습니까? 왜 그의 배를 둘러보고 새 계류용 밧줄 같은 걸 찾을 생각을 했습니까?"

아트는 칼 하이네의 죽음을 조사하다 보니 자연히 칼의 친지들에게 질문을 해야 했다. 그는 에타 하이네를 만나러 가서 조난 사고의 경우라도 공식적인 수사를 진행해야 한다고 설명했다. 칼에게 적이 있었느냐?

그는 에타를 만난 다음 올 저겐슨을 보러 가는 것이 당연해 보였다고 말했고, 올을 만난 다음 루 필딩 판사실로 갔다. 아트는 수색영장이 필요했다. 그는 미야모토 가부오의 아일런더호가 연어 어장으로 떠나기 전에 수색하기로 마음먹었다.

18

아트 모런이 16일 저녁 5시 5분에 판사를 찾아갔을 때 에드 솜스 집행관이 문을 열어 주었다. 외투를 입고 도시락을 든 집행관은, 자신은 퇴근하는 길이며 판사는 아직 집무 중이라고 했다.

"칼 하이네 건입니까?" 에드가 물었다.

"소식을 들었나 보군. 하지만 아니야. 그 때문에 온 게 아니라고. 그러니 자넨 카페에 가서 이러쿵저러쿵 떠들지 말게, 에드."

"안 그럽니다. 다른 사람은 몰라도 전 안 그래요."

"물론 자넨 그럴 리가 없지."

집행관은 판사실 문을 노크하고 열더니 보안관이 개인적인 용무로 찾아왔다고 말했다. "알았네." 판사가 대꾸했다. "들어오시게 해."

집행관은 아트 모런이 들어가도록 문을 열고 옆으로 비켜섰다. "저는 이만 가 보겠습니다, 판사님. 아침에 뵙죠."

"잘 가게, 에드. 나가면서 문을 잠가 주겠나? 여기 보안관님 말고는 방문객이 없을 테니."

"그러죠." 에드 솜스가 그렇게 말하고 문을 닫았다.

보안관은 자세를 바로 하고 앉아서 바닥에 모자를 내려놓았다. 판사는 문이 잠기는 소리가 들릴 때까지 기다렸다. 그제야 그는 처음으로 보안관의 눈을 마주 보았다. "칼 하이네 건이군." 그가 말했다.

"칼 하이네 건입니다." 보안관이 대답했다.

루 필딩은 펜을 내려놓았다. "그에겐 아이들과 부인이 있지."

"그러게요." 아트가 대답했다. "오늘 아침에 수전 마리에게 소식을 전했습니다, 맙소사." 그가 씁쓸하게 덧붙였다.

루 필딩은 고개를 끄덕였다. 그는 책상에 팔꿈치를 대고 양손으로 턱을 받친 채 침울하게 앉아 있었다. 금방이라도 잠이 들 것 같은 바셋하운드(다리가 짧은 사냥개)의 눈에 뺨은 갈라지고 이마에는 주름이 파였으며 은빛 눈썹은 더부룩했다. 아트는 그가 지금보다 원기 왕성했고 딸기 축제에서 말굽 던지기를 하던 때를 기억했다. 멜빵을 하고 소매를 걷어 올린 판사가 눈을 가늘게 뜨고 몸을 앞으로 숙였다.

"그녀는 어떤가?" 판사가 물었다. "수전 마리는?"

"좋지 않습니다."

루 필딩은 그를 보면서 기다렸다. 아트는 모자를 집어서 무릎에 얹고 테를 만지작거리기 시작했다.

"실은 판사님께 영장에 사인을 해 주십사 하고 찾아왔습니다. 미야모토 가부오의 배를 수색하려고 합니다. 아마 그의 집도요. 아직 확실친 않지만요."

"미야모토 가부오라, 뭘 찾는 거지?"

"음," 보안관은 앞으로 몸을 숙이며 대답했다. "이런 관련 사항들이 있습니다. 모두 다섯 가지가요. 첫째, 사람들에게 들은 바로 미야모토는 사고가 일어난 어젯밤에 칼과 같은 어장에서 일했답니다. 둘째, 에타 하이네 말로는 미야모토와 자기 아들이 오래전부터 땅 문제로 원수처럼 지냈다더군요. 셋째, 칼의 배 클리트에 감겨 있는 밧줄로 보아 누군가 그의 배에 탔던 것 같습니다. 그래서 미야모토의 계류용 밧줄을 조사해 보려고 합니다. 넷째, 최근에 미야모토와 칼이 땅 문제로 올 저겐슨을 찾아갔는데, 올은 칼에게 땅을 팔았다고 합니다. 올의 말로는 미야모토가 화가 머리끝까지 나서 갔답니다. 그는 칼과 얘기하겠다고 했답니다. 그리고 뭐, 그랬을지도 모르죠. 바다에서요. 그런데 일이…… 터졌고요."

"다섯째는 뭔가?"

"다섯째요?"

"자넨 다섯 가지 이유를 주장했네. 난 네 가지를 들었고. 다섯째는 뭔가?"

"아, 호러스가…… 아주 철저하게 검시했습니다. 칼의 머리 옆에 심한 상처가 있었죠. 호러스가 한 말 중에 제가 올 영감한테서 들은 것과 일치하는 흥미로운 점이 있었죠. 그리고 에타 부인한테도 들은 겁니다. 호러스 말로는 자기가 전쟁 중에 그런 상처를 보았다더군요. 일본 놈들이 개머리판으로 그런 상처를 낸답니다. 어렸을 때부터 막대기로 싸우는 연습을 한다는군요. 호러스는 그걸 검도라고 했습니다. 그리고 그 검도의 타격 중 하나가 칼에게 생긴 것 같은 상처를 남길 거랍니다. 그때는 그런 생각을 못 했어요. 선창에서 어부들이 어젯밤 미야모토가 십 해협에서 칼과 같은 장소로 나갔다고 말했을 때도 그런 생각을 못 했습니다. 그땐 그런 생각이 나지 않았어요. 하지만 오늘 오후에 에타가 미야모토와의 사이에 있었던 일에 관해 얘기했을 때 생각을 하게 됐고, 올 저겐슨을 만나서 좀 더 확신하게 됐습니다. 그래서 제 나름대로 미야모토의 배를 수색하기로 작정한 겁니다. 판사님, 혹시 모르니까요. 어떤 증거라도 있을지 봐야겠습니다."

루 필딩 판사는 코끝을 집었다. "모르겠네, 아트." 그가 말했다. "우선, 칼 하이네의 머리에 난 상처와 호러스가 봤다는 일본군이 입혔다는 상처가 우연히 비슷하다는 즉흥적인 말만 듣고 미야모토를 지목할 수 있을까? 자네가 에타 하이네에게서 들은 말에 관해서는, 여러 말 할 필요 없이, 그 여자를 믿지 않는다고만 해 두지. 그 여자는 심술덩어리일세, 아트. 난 그 여자 말을 믿지 않네. 그리고 어젯밤 안개 속에 적어도 오십여 척의 자망 어선이 나갔는데, 그들 중에는 자기 물고기를 가로챘다고 생각해서 불만을 품은 사람도 있겠지. 올 저겐슨을 만났다고 했는데, 올이 하는 말은 믿을 만하다고 인정하겠네. 올에게서 어떤 참고할 만한 사실을 알았을 수는 있지. 하지만……."

"판사님." 아트 모런이 말을 잘랐다. "제가 한 말씀 드릴까요? 너무 오래 생각하시다간 기회를 잃어버린다는 겁니다. 배가 곧 출항할 겁니다."

판사가 소매를 올리더니 눈을 가늘게 뜨고 손목시계를 보았다. "다섯 시 이십 분." 그가 말했다. "그렇군."

"여기 진술서를 가져왔습니다. 서둘러 작성했지만 아무 이상 없습니다, 판사님. 간단명료하게 썼습니다. 기회가 있을 때 흉기를 찾고 싶은 것뿐입니다."

"음," 루 필딩이 대꾸했다. "적절히 쓴다면 해가 될 건 없겠지, 아트." 그가 보안관을 향해 책상 위로 몸을 내밀었다. "절차상의 이유로도 그렇게 하기로 하지. 하늘에 맹세코 이 진술서가 진실임을 맹세하겠나?"

보안관은 맹세했다.

"좋아. 영장은 가져왔겠지?"

보안관은 셔츠 주머니에서 영장을 꺼냈다. 판사는 책상 등 밑에서 그것을 펼치고 만년필을 집었다. "이렇게 쓰겠네." 그가 말했다. "미야모토의 배는 수색해도 좋지만 그의 집은 안 되네. 그의 아내와 아이들을 침해하면 안 돼. 그렇게 서두를 필요가 없다고 보네. 그러니 이건 제한적인 수색이라는 걸 기억하게. 흉기가 있는지만 알아보게, 아트. 이 남자의 사생활을 짓밟고 다니게 할 순 없네."

"알겠습니다." 아트 모런이 말했다. "흉기요."

"배에서 아무것도 찾지 못하면 아침에 내게 오게나. 그의 집에 대해선 그때 가서 얘기하지."

"좋습니다." 아트 모런이 말했다. "감사합니다."

그는 이내 전화를 써도 되는지 물었다. 그는 사무실로 전화해 엘리너 독스와 통화했다. "에이블에게 선창에서 만나자고 전해 줘요. 그리고 손전등을 가져오라고 하고요."

산피에드로의 어부들은 1954년에 다른 사람들은 전혀 개의치 않는 전조나 조짐에 주의를 기울이곤 했다. 그들에게 인과관계의 그물은 보이지 않는 동시에 어디에서나 볼 수 있는 것이었다. 하루는 자망이 연어로 묵직하게 내려앉기도 하고 다음 날은 해초만 건져 올

293

릴 수도 있는 것이었다. 조류, 해류 그리고 바람도 중요하지만 행운의 힘은 별개의 문제였다. 어부들은 자망 어선의 갑판에서 말이나 돼지 등의 단어를 말하지 않았다. 그런 말을 하면 머리 위에 구름이 모여들거나 밧줄이 프로펠러에 감긴다고 믿었다. 해치 뚜껑을 거꾸로 돌리면 남서쪽에서 폭풍이 불어오고, 검은 여행 가방을 들고 타면 삭구가 얽히고 그물이 뒤틀렸다. 갈매기에게 해를 입히는 사람은 배 유령의 분노를 각오한 셈이었다. 갈매기에게는 바다에서 사고로 실종된 사람들의 영혼이 깃들어 있기 때문이었다. 우산은 거울이 깨지거나 가위를 선물 받는 것과 마찬가지로 재수가 없는 물건이다. 후릿그물 어선에서는 풋내기가 아니라면 아무도 그물 말뚝에 앉아서 손톱을 다듬거나 동료 선원에게 비누를 건넬 때 마주 보고 대야 속에 떨어뜨린다거나 과일 캔의 바닥 쪽을 뜯어서 열지 않았다. 그런 사소한 일들 때문에 고기잡이와 날씨가 엉망이 될 수 있었다.

가부오는 그날 저녁 배터리를 들고 아일런더를 향해 남쪽 선창으로 가다가 그물을 담는 드럼통, 활대, 선실 꼭대기에 앉아 있는 갈매기 한 무리를 보았다. 그가 배에 오르자 갈매기들은 요란하게 날개를 퍼덕이며 하늘로 솟아올랐다. 30마리나 40마리쯤으로 보였지만 아일런더의 선실에서도 쏟아져 나오면서 놀랍게도 무려 50마리에 달했다. 갈매기들은 머리 위에서 선창을 가로지르는 호를 그리며 대여섯 번 선회하다가 바다를 향해 파도 위를 날아갔다.

가부오는 심장이 두근거리는 것을 느꼈다. 그는 특별히 징조에 예민하지는 않았지만 전에는 이런 광경을 본 적이 없었다.

그는 안으로 들어가 꽉 닫힌 배터리 통의 뚜껑을 힘겹게 열었다. 그는 새 배터리를 끼우고 전선을 볼트로 조였다. 마침내 배에 시동을 걸었다. 이내 1번 펌프의 스위치를 켜고 갑판 호스에 물을 틀었다. 가부오는 해치 뚜껑 가장자리에 서서 갈매기 배설물을 갑판 배수구로 씻어 내렸다. 그는 갈매기들 때문에 평정을 잃고 마음이 불안했다. 아미티 항구의 부표를 지나 연어 어장을 향해 출발하는 다른 배들이 보였다. 손목시계를 보았다. 벌써 5시 40분이었다. 그는 그날 저녁 십 해협에서 운을 시험해 보기로 마음먹었다. 엘리엇 상류에서 좋은 일들이 생길지도 모른다는 생각이 들었다.

그가 위를 올려다보자 갈매기 한 마리가 고물 쪽 3미터 떨어진 좌현 뱃전에 거만하게 앉아 있었다. 날개가 흰 진줏빛의 어린 재갈매기가 넓은 가슴을 내밀고 자신을 보고 있는 듯했다.

가부오는 살금살금 뒤로 물러나 호스 밸브를 활짝 열었다. 물줄기가 갑판에 세차게 부딪히며 고물에 튀어 올랐다. 그는 다시 갈매기에 시선을 고정하고 잠시 곁눈으로 지켜보다가 재빨리 왼쪽으로 몸을 틀며 갈매기에게 호스를 겨냥했다. 깜짝 놀란 새는 가슴에 정면으로 물을 맞고 그 힘에서 벗어나려고 몸부림치다가 옆에 정박해 있던 채널 스타 호의 뱃전에 머리를 부딪혔다.

가부오가 호스를 들고 좌현 뱃전에 서서 죽어 가는 갈매기를 노려보고 있을 때 아트 모런과 에이블 마틴슨이 손전등을 들고 그의 배 옆에 나타났다.

보안관이 한 손으로 두 번 목을 가르는 시늉을 했다. "엔진을 끄게." 그가 소리쳤다.

"왜요?"

"영장을 가져왔네." 보안관이 그렇게 대답하며 셔츠 주머니에서 영장을 꺼냈다. "오늘 밤에 자네 배를 수색해야겠어."

가부오는 그를 보고 눈을 깜빡이더니 곧 얼굴이 굳었다. 그는 호스를 끄고 보안관을 똑바로 쳐다보았다. "얼마나 걸립니까?"

"모르겠네. 꽤 걸릴 수도 있지."

"그런데 뭘 찾는 겁니까?"

"흉기." 아트 모런이 대답했다. "우린 자네가 칼 하이네의 죽음에 책임이 있을지도 모른다고 생각하네."

가부오는 다시 한번 눈을 깜빡이더니 갑판에 호스를 던졌다. "난 칼 하이네를 죽이지 않았습니다." 그가 주장했다. "난 아닙니다, 보안관님."

"그럼 우리가 수색해도 상관하지 않겠지?" 아트 모런은 그렇게 말하고 배 위로 올라왔다.

그와 에이블 마틴슨은 선실을 돌아 조종석으로 내려갔다. "자네도 이걸 훑어봐야겠지." 보안관은 그렇게 말하고 가부오에게 영장을 건넸다. "그동안 우린 배를 둘러봐야겠네. 아무것도 찾지 못하면 자넬 보내 주지."

"그렇다면 전 가도 되겠군요." 가부오가 대답했다. "아무것도 찾으실 게 없으니까요."

"좋아, 이제 엔진을 끄게."

세 사람은 선실로 들어갔다. 가부오는 타륜 옆에 있는 스위치를 내렸다. 엔진이 멈추자 조용해졌다. "얼마든지 수색하십시오." 가부오가 말했다.

"마음 편히 갖게나. 침대에 앉게."

가부오는 수색영장을 읽으면서 자신의 연장 상자를 뒤적거리는 에이블 마틴슨 부관을 지켜보았다. 에이블은 렌치를 하나하나 집어 들고 손전등으로 비추면서 살펴보았다. 그는 통로를 따라 불빛을 비추다가 끝이 납작한 스크루드라이버를 들고 무릎을 꿇더니 배터리 통 뚜껑을 열었다. 손전등 불빛이 배터리들을 비추다가 배터리 통 안으로 들어갔다. "D-6이군요." 그가 말했다.

가부오가 아무 대답이 없자 에이블은 뚜껑을 덮고 스크루드라이버를 치웠다. 그는 손전등을 껐다.

"침대 아래가 엔진입니까?" 그가 물었다.

"그래요."

"일어서서 매트리스를 걷으세요. 괜찮으시다면 한번 보겠습니다."

가부오는 일어서서 침구를 말아 한옆으로 치우고 엔진실 해치를 열었다. "보세요." 그가 말했다.

에이블은 손전등을 다시 켜고 머리를 엔진실로 들이밀었다. "깨끗하군요." 잠시 뒤 그가 말했다. "이제 매트리스를 다시 놓으세요."

그들은 고물 갑판으로 나갔다. 에이블이 앞장섰다. 보안관은 비옷, 고무장갑, 낚시찌, 밧줄, 호스, 구명대, 갑판을 닦는 빗자루, 양동이 할 것 없이 이것저것 손을 댔다. 그는 하나하나 자세히 살피면서 천천히 움직였다. 배 위를 조심스럽게 한 바퀴 돌면서 클리트를 지날 때마다 무릎을 꿇고 앉아 계류용 밧줄을 주의 깊게 보았다. 그는 앞으로 나가 잠시 닻 옆에 무릎을 꿇고 곰곰이 생각에 잠겼다. 이내 고물로 돌아온 그는 손전등을 바지 허리에 찔러 넣었다.

"최근에 계류용 밧줄을 교체한 것 같군. 좌현 두 번째 클리트에 있는 바로 저거 말일세. 아주 새 밧줄이야, 그렇지?"

"꽤 된 겁니다."

보안관은 그를 응시했다. "좋아." 그가 말했다. "그렇겠지. 이 선창

뚜껑 여는 것 좀 도와주게, 에이블."

그들은 한쪽으로 뚜껑을 밀고 함께 안을 들여다보았다. 연어 냄새가 올라왔다. "아무것도 없군요. 이제 어쩔까요?"

"안으로 들어가 봐." 보안관이 재촉했다. "잠깐만 뒤져 보라고."

부관은 선창 안으로 몸을 낮추었다. 그는 무릎을 꿇고 손전등을 비추면서 찾는 동작을 계속했다. "뭐, 아무것도 보이지 않습니다."

"거긴 볼 게 아무것도 없습니다." 미야모토 가부오가 말했다. "당신들은 지금 시간을 낭비하고 있고, 제 시간까지 뺏고 있습니다. 전 고기를 잡으러 나가야 해요."

"나가세."

에이블은 해치 위에서 손으로 머리를 빗질하며 우현으로 돌아섰다. 가부오는 그가 우현 뱃전 아래 벽에 걸어 놓은 손잡이가 긴 작살을 유심히 보는 모습을 지켜보았다. "이것 좀 보세요." 에이블이 말했다.

그는 작살을 빼내서 그것을 쥐었다. 끝에 쇠갈고리가 달린 1미터 길이의 튼튼한 작살이었다. 그는 그것을 아트 모런에게 주었다.

"피가 묻었어요." 그가 가리켰다.

"물고기 피죠." 가부오가 말했다. "그걸로 물고기를 끌어 올리죠."

"왜 피가 손잡이에 묻지? 갈고리가 아니라 손잡이에? 그렇다면 물고기 피가 손에도 묻겠군."

"물론이죠." 가부오가 말했다. "손에도 묻습니다. 어부들에게 물어보세요."

보안관은 뒷주머니에서 손수건을 꺼내 그것으로 작살을 잡았다. "이걸 가져가서 조사해 봐야겠네." 그가 그렇게 말하고 그것을 에이블 마틴슨에게 건넸다. "영장에 그렇게 해도 된다고 나와 있네. 자넨 오늘 밤 바다에 나가지 말고 내가 연락할 때까지 기다려 줬으면 하네. 나가서 고기를 잡고 싶어 하는 줄은 알지만 오늘 밤에는 나가지 않았으면 하네. 집에 가서 기다리게. 내가 연락할 때까지 기다리라고. 안 그러면 지금 자넬 체포해야 하니까 말이야. 이 모든 것과 관련해서 자넬 감금할 수도 있어."

"난 그를 죽이지 않았습니다." 미야모토 가부오가 대꾸했다. "그리고 전 고기를 잡지 않으면 안 됩니다. 이런 날 밤에 배를 놀릴 순 없는 데다……."

"그렇다면 체포해야겠군." 아트 모런이 말을 끊었다. "자넬 내보낼 순 없으니까. 삼십 분 후에 자넨 캐나다에 있을지도 모르니까."

"그런 일은 없습니다. 고기를 잡고 집으로 돌아오겠습니다. 그때쯤이면 작살에 묻은 피가 하이네 것이 아니라 물고기 피라는 걸 알게 될 겁니다. 나가서 연어를 잡고 와서 아침에 연락드리죠."

보안관은 머리를 저으면서 벨트에 손을 넣고 엄지손가락을 버클에 걸었다. "안 돼." 그가 말했다. "자넬 체포하겠네. 미안하지만 자넬 가둬야겠어."

이렇게 해서 수사는 다섯 시간 만에 끝났다. 그는 셜록 홈스를 떠올렸다. 호러스 웨일리는 머리 가죽을 벗겨 낸 시체와 칼의 뇌수에 박힌 뼛조각에 욕지기를 일으키는 그를 보고 비웃었다. 수전 마리의 어깨에는 수건이 걸쳐 있었고, 교회에서 장갑을 낀 그녀의 검지가 케이크를 가리켰으며, 그 하얀 손가락이 그의 입술 사이로 박하를 밀어 넣으라고 유혹했다. 그녀는 다리를 벌리고 계단에 무너져 내리듯 주저앉아 발가락 옆에 우유병을 내려놓았었다. 결국 그가 셜록 홈스

역을 자처했다. 그래. 그것은 일종의 게임이었다. 그는 정말 칼 하이네가 익사했다는 것 외에 다른 것은 기대하지 않았었다. 이전에 다른 사람들처럼 그가 바다에 떨어져 죽은 것은 자연적인 일이라고 생각했다. 아트 모런은 운명론자였다. 그는 인생에서 일어나는 우연한 불행은 어쩔 수 없다고 생각했다. 일하면서 목격했던 불행은 고통스럽고 생생한 기억으로 남았고, 너무 오랫동안 그런 일들을 보아 오면서 자신이 더 큰 일을 당한다고 해도 어쩔 수 없다고 깨달았다. 섬 생활은 이런 점에서 어느 곳에서의 삶이나 마찬가지였다. 나쁜 일은 때때로 일어나게 마련이었다.

그러나 이제 그는 살인자를 잡았다고 믿기 시작했다. 진작에 사태가 이렇게 되리라고 예상했어야 했다. 그는 그 사태에 직면해 전문가답게 처신한 자신에게 만족했다. 자신은 누구 못지않게 수사를 속행했다. 호러스 웨일리는 이제 셜록 홈스 놀이를 한다고 자신을 비웃지 않을 것이었다.

호러스가 오만하게 굴긴 했어도 그가 옳았다는 생각도 들었다. 호러스가 찾아보라고 제안했던, 피 묻은 개머리판을 가진 일본 놈이 여기 있었다. 섬사람들과 대화를 나눈 결과 확고부동하게 심증이 가는 일본 놈이 여기에 있었다.

아트 모런은 일본 놈의 진심을 알아볼 수 있을까 싶어 그의 고요한 눈을 들여다보았다. 하지만 당당하고 무표정한 얼굴의 냉정한 두 눈에서는 아무것도 읽을 수가 없었다. 그것은 감정을 드러내지 않는, 무언가를 감추고 있는 남자의 눈이었다. "칼 하이네의 죽음과 관련해," 아트 모런이 재차 말했다. "자넬 체포하겠네."

19

 12월 7일 아침 8시 30분, 필딩 판사의 법정을 가득 메운 시민들은 따뜻한 보일러에 감사하고 있었다. 그들은 젖은 외투를 보관소에 걸어 두고 왔지만 머리와 바지, 장화, 스웨터에서 계속 눈 냄새를 풍겼다. 에드 솜스는 배심원들이 아미티 하버 호텔에서 추운 밤을 보냈다는 배심원 대표의 보고가 있었기 때문에 온도를 좀 더 높여 놓았다. 배심원들은 낡은 라디에이터에서 나오는 그르렁거리는 소리와 창문에 휘몰아치는 바람 소리 때문에 밤새 잠을 이루지 못했다. 2층에 격리된 그들은 잠자리에 들기 전 폭풍이 어찌나 세차게 몰아치는지 재판이 중단되리라 생각했다고 배심원 대표가 말했다. 그들 대부분은 잠을 자지 못했고, 호텔이 바람에 뒤흔들리는 동안 침대에서 벌벌 떨었다.
 에드 솜스는 배심원들에게 열악한 숙박 조건에 대해 사과하고 휴정 시간에 언제라도 대기실에서 뜨거운 커피를 마실 수 있도록 준비해 두었다고 알려 주었다. 그는 전날과 마찬가지로 찬장 안의 놋쇠 고리에 걸린 열네 개의 커피잔을 보여 주었다. 또한 설탕 그릇을 가리키면서 피터슨 상점의 물건이 바닥났기 때문에 크림을 구하지 못한 사실에 대해 사과하면서 양해를 구했다.

배심원 대표가 배심원들이 준비되었다는 신호를 보내자 에드 솜스가 그들을 법정에 입장시켰다. 기자들은 자기 자리를 찾아 앉았고, 피고가 소환되었으며, 엘리너 독스는 속기 타자기 앞에 자리를 잡았다. 에드 솜스의 요청에 따라 사람들이 일어나자 루 필딩이 판사실에서 나와 판사석으로 성큼성큼 걸어갔다. 언제나처럼 그는 무관심한 듯이 보였다. 그는 왼 주먹에 머리를 기대고 앨빈 훅스에게 고개를 끄덕였다. "새날이 밝았습니다." 그가 그에게 말했다. "오늘도 바쁜 날이군요. 검사, 시작합시다. 증인을 부르시오."

앨빈 훅스는 자리에서 일어나 필딩 판사에게 감사를 표했다. 생기 넘치는 그는 말끔하게 면도를 하고 어깨를 부풀린 서지 양복을 말쑥하게 빼입고 있었다. "주 정부를 대신해 스털링 휘트먼 박사를 요청합니다." 그가 호출하자 방청석에서 낯선 남자가 일어서더니 낮은 문을 밀고 증인석으로 다가가 에드 솜스가 불러 주는 대로 선서했다. 그는 키가 적어도 195센티미터는 되었고, 입고 있는 옷은 작아 보였다. 외투는 겨드랑이가 꽉 끼었고, 셔츠 소맷단이 거의 외투 밖으로 나와 있었다.

"휘트먼 박사님, 오늘 아침 증언을 위해 어려운 걸음을 해 주신 데 감사드립니다. 여섯 시 이십오 분발 페리를 타고 산피에드로에 오신 용감한 내륙인이 몇 명 안 되는 걸로 아는데, 제 말이 맞습니까?"

"맞습니다. 저까지 여섯 명이었습니다."

"눈앞을 가리는 폭설 속에서 긴장이 되셨겠군요."

"맞습니다." 휘트먼 박사가 재차 그렇게 말했다.

그는 증인석에 비해 지나치게 몸집이 커서 마치 바구니 속에 들어찬 황새나 두루미처럼 보였다.

"휘트먼 박사님, 증인은 아나코츠 종합병원에서 근무하는 혈액학 전문의시죠, 맞습니까? 제가 바로 알았나요?"

"맞습니다."

"그곳에서 얼마나 오래 근무하셨죠?"

"칠 년입니다."

"그럼 그동안 박사님께서 하신 일의 특징과 내용은 정확히 어떤 것이었습니까?"

"저는 지난 육 년 반 동안 혈액학자였습니다. 오로지 혈액학자요."

"혈액학자라, 혈액학자는 정확히 어떤 일을 하는 겁니까?"

휘트먼 박사는 뒤통수를 긁적이더니 왼쪽 안경다리를 들었다 내렸다. "제 전공은 혈액의 병리학과 치료학입니다. 대개 혈액을 검사하고 분석하는 일이죠. 저는 담당 의사들과 상의합니다."

"알겠습니다." 앨빈 훅스가 말했다. "육 년 반 동안 그런 일을 하셨군요. 그러니까 간단히 말하면 혈액 검사를 하셨다고 해도 되겠지요? 그리고 그 검사 결과를 분석하는 거죠, 맞습니까?"

"간단히 말하면요."

"그렇다면 아주 좋습니다." 앨빈 훅스가 말했다. "자, 휘트먼 박사님, 증인을 정확히 혈액 검사에 관해서는 전문가라고 규정해도 되겠습니까? 육 년 반의 경험이 있다고 하셨죠? 증인은 예를 들어 사람의 혈액형을 구분하는 일에서 전문적인 지식을 습득하셨다고 할 수 있습니까?"

"아무렴요." 스털링 휘트먼이 말했다. "혈액형은…… 기본적인 문제죠. 모든 혈액학의 기본적인 절차가 혈액을 분류하는 것입니다."

"좋습니다. 그날 저녁 늦게, 금년 구월 십육 일 저녁 말입니다. 군 보안관이 증인에게 고기잡이 작살을 가져가서 거기 묻은 핏자국을 검사해 달라고 요청했습니다. 맞습니까, 휘트먼 박사님?"

"그렇습니다."

앨빈 훅스가 몸을 돌려 에드 솜스를 쳐다보자 에드가 그에게 작살을 건넸다.

"그럼, 휘트먼 박사님, 제가 이미 검찰 측 증거물 4-B로 인정된 것을 보여 드리겠습니다. 지금 드릴 테니 자세히 보시기 바랍니다."

"알겠습니다."

그는 작살을 받아서 살펴보았다. 손잡이가 길고 끝에 쇠갈고리가 달린 것으로 나무 밑동에 증거물로 인정하는 딱지가 붙어 있었다.

"네." 그가 말했다. "다 봤습니다."

"아주 좋습니다. 이 고기잡이 작살을 알아보시겠습니까, 휘트먼 박사님?"

"네, 이건 모런 보안관이 구월 십육 일 저녁에 가져왔던 겁니다. 거기에 피가 묻어 있었고, 보안관이 제게 검사를 요청했죠."

앨빈 훅스는 배심원들이 잘 볼 수 있도록 건네받은 작살을 증거물 탁자 위에 올려놓았다. 그리고 자신의 서류철 중 하나를 집어 증인석으로 돌아갔다.

"휘트먼 박사님, 저는 이제 검찰 측 증거물 5-A로 표시된 것을 드리겠습니다. 증인께서 이것을 본 적 있으신지, 이것이 무엇인지 법정에서 말씀해 주시겠습니까?"

"그러죠. 이건 제 조사 보고서군요. 모런 보안관에게 작살을 받은 뒤 제가 작성한 겁니다."

"잠시 살펴보십시오. 그것을 작성했던 당시와 똑같습니까?"

스털링 휘트먼은 계속 페이지를 넘겼다. "이건," 그가 잠시 뒤 말을 이었다. "그래 보입니다. 네."

"거기 있는 본인 서명을 알아보시겠습니까?"

"제 서명입니다."

"감사합니다, 박사님." 앨빈 훅스는 서류철을 돌려받았다. "주 정부는 증거물 5-A를 채택하는 바입니다, 재판장님."

넬스 것먼슨이 목을 가다듬었다. "이의 없습니다."

루 필딩은 그것을 증거물로 인정했다. 에드 솜스가 보란 듯이 힘주어 거기에 스탬프를 찍었다. 이내 앨빈 훅스는 그것을 스털링 휘트먼에게 다시 주었다.

"됐습니다. 자, 휘트먼 박사님. 이제 증거물 5-A를 다시 드리겠습니다. 바로 이 작살에 관한 조사 보고서입니다. 박사님께서 발견하신 것을 법정에 요약해서 들려주시겠습니까?"

"그러죠." 스털링 휘트먼은 자세가 불편한 듯 소맷단을 잡아당기면서 말했다. "일 번은 모런 보안관에게서 받은 작살에 묻은 피가 사람 피였다는 겁니다. 사람의 항체에 즉각적으로 반응했죠. 이 번은, 그 피는 우리가 B 플러스라고 말하는 혈액형이라는 겁니다. 그 점에 관해서는 현미경을 통해 별 어려움 없이 분명히 확신했습니다."

"또 중요한 사실이 있습니까?"

"있습니다. 보안관은 제게 우리 병원 기록에서 칼 하이네라는 어부의 혈액형을 알아봐 달라고 부탁했습니다. 그래서 찾아봤더니 서류에 기록이 있더군요. 하이네 씨는 전쟁 후 우리 병원에 입원해 건강진단을 받은 적이 있고, 병원에서 그의 의료 기록을 확보하고 있었죠. 기록을 살펴보고 제 검사 보고서에 포함했습니다. 하이네 씨의 혈액형은 B 플러스였습니다."

"B 플러스," 앨빈 훅스가 말했다. "그렇다면 고인의 혈액과 작살에서 발견된 혈액이 일치했다는 말씀입니까?"

"그렇습니다, 일치했습니다."

"하지만 휘트먼 박사님, B 플러스 혈액형인 사람은 많이 있을 겁니다. 그게 칼 하이네의 것이라고 확실히 말할 수 있습니까?"

"아닙니다." 휘트먼 박사가 말했다. "그렇게 말할 순 없습니다. 한 가지 덧붙이자면, B 플러스는 비교적 드문 혈액형이라는 겁니다. 통계적으로 매우 드물죠. 백인 남자 중 많아야 십 퍼센트 정도 됩니다."

"백인 남자 열 명 중 한 명이라고요? 그 이상은 아니고요?"

"맞습니다."

"알겠습니다." 앨빈 훅스가 말했다. "열 명 중 한 명꼴이군요."

"맞습니다." 스털링 휘트먼이 말했다.

앨빈 훅스는 배심원들 앞을 지나 피고석으로 다가갔다. "휘트먼 박사님, 여기 있는 피고의 이름은 미야모토 가부오입니다. 증인의 보고서에 그의 이름이 있는지 궁금하군요."

"있습니다."

"무슨 관련이 있습니까?"

"그러니까, 보안관이 제게 그의 기록도 조사해 달라고 부탁했습니다. 칼 하이네에 관해 조사하는 김에 미야모토의 기록도 볼 수 있느냐고 물었습니다. 그래서 그의 요구대로 둘 다 조사했습니다. 병역 의료 기록을 볼 수 있었죠. 미야모토 가부오는 군에 입대할 때 O 마이너스로 기록되어 있었습니다. 그의 혈액형은 O 마이너스입니다."

"O 마이너스라고요?" 앨빈 훅스가 말했다.

"그렇습니다."

"조금 전 박사님이 들고 계셨던, 모런 보안관이 피고의 배를 수색하다 발견해 증인에게 가져온 작살에 묻은 피는 B 플러스였죠?"

"네, B 플러스요."

"그렇다면 작살에 묻은 피가 피고의 것은 아니죠?"

"아닙니다."

"연어 피였습니까?"

"아닙니다."

"물고기의 피가 아니면 어떤 다른 동물의 피였습니까?"

"아닙니다."

"고인과 같은 혈액형이었죠? 칼 하이네 씨와 같은?"

"그렇습니다."

"고맙습니다, 휘트먼 박사님. 이상입니다."

넬스 것먼슨은 이제 스털링 휘트먼을 반대신문하기 위해서 비틀거리며 일어났다. 이틀째 되는 그날 아침 그는 신문기자들의 웃음거리가 되었다. 그가 목을 가다듬거나 거북하게 일어나고 앉을 때마다 기자들은 서로 얼굴을 쳐다보며 싱글거렸다. 노인은 멜빵을 했고, 쓸모없는 한쪽 눈은 이리저리 방황했으며, 면도를 엉망으로 한 목에 늘어진 피부는 거칠고 쓸린 듯한 분홍빛 주름에 억센 은빛 털이 듬성 듬성 비어져 나와 있었다. 넬스 것먼슨은 어딘가 우스꽝스러워 보였다. 하지만 기자들은 그가 그들 앞을 지나갈 때 그의 관자놀이에 맥박이 치고 양호한 한쪽 눈에서 깊은 광채가 나는 것을 보면 진지해지지 않을 수가 없었다.

"좋습니다, 휘트먼 박사님. 제가 몇 가지 질문을 해도 되겠지요?"

스털링 휘트먼은 당연히 그 때문에 자신이 산피에드로에 온 것이 아니냐고 반문했다.

"음, 그럼," 넬스가 말했다. "고기잡이 작살에 관해 묻겠습니다. 거기서 피를 발견했다고 하셨죠?"

"그렇습니다. 그런 의미로 증언했습니다. 네, 맞습니다."

"그 피를 정확히 어디서 발견했죠?" 그는 작살을 집어 들고 증인에게 가져갔다. "어느 부분이었죠, 휘트먼 박사? 나무 밑동이었나요? 아니면 갈고리였나요?"

"밑동이요." 박사가 대답했다. "이 끝이요." 그가 가리켰다. "갈고리 반대쪽이요."

"바로 여깁니까?" 넬스가 그렇게 말하며 그 부위에 손가락을 짚었다. "이 나무 손잡이에서 피를 발견했습니까?"

"그렇습니다."

"스며들진 않았고요?" 넬스 것먼슨이 물었다. "이런 종류의 나무는 피를 흡수하지 않겠죠, 박사?"

"일부 스며들어 있었습니다, 네." 스털링 휘트먼이 말했다. "하지만 혈액 샘플을 채취할 순 있었습니다."

"어떻게요?" 넬스가 여전히 작살을 쥐고 말했다.

"긁어서요. 그게 마른 피의 채취 절차입니다. 긁어내야 합니다."

"알겠습니다. 칼을 사용했습니까, 박사님?"

"네."

"그걸 긁어서 현미경 슬라이드에 올려놓았겠죠? 그리고 슬라이드를 현미경 아래 놓았겠죠?"

"네."

"그래서 뭘 보셨죠? 피와 나무 부스러기?"

"네."

"다른 건?"

"없었습니다."

"아무것도? 피와 나무 부스러기뿐이었습니까?"

"그렇습니다."

"박사님, 뼛조각이라든가 머리카락, 두피 같은 게 이 고기잡이 작살에 없었습니까?"

스털링 휘트먼은 단호하게 머리를 저었다. "아무것도요." 그가 말했다. "제가 말한 것뿐이었습니다. 제가 진술한 대로요. 제가 보고서에 쓴 대로요. 혈액과 나무 부스러기뿐이었습니다."

"박사님," 넬스가 말했다. "이상하다고 생각하지 않으십니까? 만약 이 작살이 실제로 머리에 부상을 입히는 데 쓰였다면 그에 관한 증거를 볼 거라 기대하지 않았습니까? 말하자면 머리카락이나 두개골 조각이라든가 머리의 피부조직 같은 것 말입니다. 보통 머리 부상과 연관 지을 수 있는 그런 종류가 있어야 하지 않을까요, 휘트먼 박사님? 그래야 문제의 도구가 그런 상처를 입히는 데 사용되었다는 증거가 되지 않겠습니까?"

"모런 보안관은 두 건의 혈액검사를 해 달라고 부탁했습니다. 그렇게 했죠. 그 결과……."

"네, 네." 넬스 것먼슨이 말을 가로막았다. "증언하신 건 알고 있습니다. 작살에 묻은 피는 B 플러스 혈액형이었고, 그 점에 대해서는 논란의 여지가 없죠. 제가 알고 싶은 건 육 년 반 동안 혈액학자로 살아온 증인의 지식으로, 만일 이 작살이 머리에 상처를 입히는 데 사용되었다면 피뿐 아니라 머리카락이나 뼈나 피부조직을 볼 수 있지 않겠느냐는 겁니다."

"모르겠군요."

"모르시겠다고요?" 넬스 것먼슨이 물었다. 여전히 작살을 쥐고 있던 그는 이제 그것을 자신과 혈액학 전문가 사이에 있는 증인석의 가로대 위에 올려놓았다.

"박사님, 제 기억이 맞다면 고인을 검시한 검시관의 보고서에는 '오른손 엄지와 검지가 접히는 부분에서 손목 위쪽으로 길게 찢긴 두 번째 가벼운 열상'에 관한 언급이 있습니다. 간단히 말해 손바닥을 베인 거죠. 칼 하이네의 오른쪽 손바닥에 대수롭지 않은 상처요. 휘트먼 박사님, 만일 그 손이 여기 이 작살의 손잡이를 감싸고 있었다면 그 상처가 나무에 스며들었다고 말씀하신 B 플러스 혈액을 남겨 놓았을 수 있을까요? 그게 가능할까요? 가능합니까?"

"가능합니다, 네." 스털리 휘트먼이 말했다. "하지만 전 어떻게 된 일인지는 모릅니다. 제가 한 일은 모런 보안관이 부탁한 혈액검사뿐이었죠. 전 작살에서 B 플러스 혈액을 발견했습니다. 그게 어떻게 해서 생겼는지는 모릅니다."

"좋습니다. 그렇게 말씀하시는 게 당연합니다. 말씀하셨듯이 백인 남자 열 명 중 한 명의 혈액형이 B 플러스죠? 그렇다면 이 섬에는 아마 이백 명은 되겠군요. 박사님, 대강 그렇겠죠?"

"그럴 것 같군요. 섬의 백인 남자 수의 십 퍼센트요. 그건……,"

"그리고 일본인 남성의 경우, 그 퍼센티지는 더 높지 않습니까, 박사님? 섬의 일본계 미국인은 B 플러스의 비율이 더 높죠?"

"네, 그렇습니다. 이십 퍼센트 정도 되죠. 하지만……,"

"이십 퍼센트. 감사합니다, 박사님. 그렇다면 우리가 말하는 혈액형이 B 플러스인 남자가 섬에 아주 많겠군요. 그 피는 수백 명의 다른 남자의 것일 수도 있겠지만 논의를 위해 작살에 묻은 피가 실제로 칼 하이네의 것이라고 가정해 봅시다. 잠시 가설로 가정해 보는 것뿐입니다. 제가 보기에 적어도 둘 중 하나가 거기에 묻었을 겁니다. 고인의 머리에서 나온 피나 그의 손에 난 평범한 상처에서 나온 피나. 머리나 손, 둘 중 하나겠죠. 어느 쪽이든요. 자, 사람이 일반적으로 손을 대는 곳인 이 작살의 손잡이에 피가 묻었다면, 그리고 거기서 피만 발견되고, 박사님, 제 생각에 머리 상처의 증거가 될 뼈나 피부나 머리카락이 없었다면 어떤 가능성이 있을 것 같습니까? 작살의 피, 그게 만약 칼 하이네의 것이라면 머리나 손 중 어디서 나왔을까요?"

"모르겠습니다. 저는 혈액학자지, 탐정이 아닙니다."

"박사님께 탐정이 돼 달라고 하는 게 아닙니다. 단지 어느 쪽이 더 있음 직한지 알고 싶은 겁니다."

"손 같군요. 손이 머리보다 가능성이 높을 것 같습니다."

"감사합니다." 넬스 것먼슨이 대답했다. "증언하기 위해 여기까지 힘들게 와 주셔서 감사합니다." 그는 증인석에서 몸을 돌리고 에드 솜스에게 가 작살을 넘겼다. "치워도 되겠군요, 솜스 씨. 매우 감사합니다. 이상입니다."

　세 어부, 데일 미들턴, 밴스 코프 그리고 레너드 조지는 모두 9월 15일 저녁 십 해협 제방의 어장에서 그물을 내리고 있는 칼 하이네의 수전 마리 호를 보았다고 법정에서 증언했다. 또한 미야모토 가부오의 아일런더호를 대략 같은 시각에 같은 부근에서 보았다고 했다. 레너드 조지는 섬사람들이 연어를 잡는 장소 대부분과 마찬가지로 십 해협은 수역이 좁고 제한된 지형이어서 사람들이 보이는 곳에서 고기잡이를 하게 되며, 초가을이면 아일랜드 군에 흔하게 생기는 밤안개 속에 드리워진 그물이 지나가는 배의 프로펠러에 감겨 찢기지 않도록 조심해야 한다고 설명했다. 따라서 레너드는 안개 속이었지만 십 해협 제방에서 8시와 8시 반 사이에 수전 마리와 아일런더를 둘 다 볼 수 있었다. 그는 배를 몰고 가면서 아일런더를 본 지 10여 분 후에 수전 마리와 마주쳤는데, 칼 하이네는 야간 고기잡이용 등에서 떨어져 드럼에서 그물을 내리고 있었다. 간단히 말해 그들은 같은 어장에서 조업 중이었다. 칼은 북쪽으로 더 나아가며 해류를 따르고 있었다. 십 채널 뱅크라는 이름의 선박 항로에서 1킬로미터쯤 떨어진 곳으로.

　넬스 것먼슨은 레너드 조지에게 바다에서 자망 어부들이 다른 사람의 배에 오르는 게 흔한지 물었다. "절대 흔하지 않습니다." 레너드가 대답했다. "그럴 이유가 별로 없죠. 어쩌면 엔진이 꺼져서 누군가가 부품을 가져올 경우가 있을지 모르겠지만 다른 이유는 없습니다. 다치거나 정신을 잃거나 하는 경우가 아니라면요. 그렇지 않으면 다른 배에 밧줄을 묶을 필요가 없습니다. 자기 일만 하죠."

"사람들이 바다에서 다투기도 하지요? 그렇다고 들었습니다. 자망 어부들이 그런다더군요. 그런 일이 있습니까, 조지 씨?"

"분명 그렇습니다. 어떤 사람이 위쪽에서 코르크로 막는다면······."

"코르크로 막는다고요?" 넬스가 끼어들었다. "무슨 말인지 간단히 설명해 주시겠습니까?"

레너드 조지는 자망이 위아래가 구분되어 있다고 대답했다. 납 줄이라고 부르는 그물 아래쪽은 그물을 가라앉히기 위해서 납을 입혔고, 위쪽은 코르크 줄이라고 부르며 수면 위에 뜰 수 있도록 코르크 부표들이 달려 있다. 그래서 그물을 멀리서 보면 배의 고물과 경계 등 양쪽 끝에 연결된 코르크 줄만 보인다. 만일 다른 사람이 자기 배보다 위쪽 그물을 내려서 물고기가 오기 전에 중간에서 가로챈다면 '코르크로 막는' 것이다. 그러면 문제가 생긴다고 레너드가 말했다. 그런 배를 발견하면 앞서가서 더 위쪽에 그물을 내리고, 다른 어부가 다시 앞서가고 하다가 둘 다 시간만 낭비한다. 하지만 그런 경우에도 다른 사람의 배에 오르지 않는다고 레너드는 강조했다. 그런 일은 들어 본 적이 없으며, 어떤 위급한 상황이 생겨서 다른 사람의 도움이 필요한 경우가 아니라면 자기 배를 지키는 법이라고 했다.

앨빈 훅스는 오전 휴정 시간이 끝나자 미 육군 상사 빅터 메이플즈를 증인석으로 불렀다. 메이플즈 상사는 제4 보병 사단의 기장이 달린 녹색 군복을 입고, 전문 사격술과 전투 보병 기장을 달고 있었다. 메이플즈 상사의 외투에 달린 놋쇠 단추, 칼라에 달린 기장, 가슴에 달린 계급장이 불빛을 한데 끌어모으면서 초라한 법정의 분위기를 압도했다. 메이플즈 상사는 정상 체중을 15킬로그램 정도 초과했지만 군복을 입은 모습은 당당해 보였다. 초과한 체중이 적절히 분산된 메이플즈 상사의 체격은 다부졌다. 통통한 그는 키가 작고, 팔이 굵고, 목이 거의 없었고, 동안이었다. 면도날로 깎은 짧은 머리카락은 곤두서 있었다.

메이플즈 상사는 1946년 이래 일리노이의 셰리든 병영에 배속되었고, 거기서 전투병 훈련을 담당했다고 법정에서 진술했다. 그 전에는 미시시피의 셸비에서 군대를 훈련시켰으며, 1944년과 1945년에는 이탈리아 전선에 나갔다. 메이플즈 상사는 아르노강 전투에서 부상당했고-독일군 총탄을 등에 맞았다. 척추를 아슬아슬하게 비껴갔다- 그 일로 퍼플하트 훈장전투 중 부상을 입은 군인에게 주는 훈장을 받았다. 리보르노와 루차나에 있었고, 고딕 전선을 따라 전투 중이었던, 피고가 소속된 442연대를 만났다고도 말했다.

메이플즈 상사는 한때 수천 명의 군인에게 백병전을 훈련시켰다. 백병전이 자신의 전문이었다고 그는 말했다. 다른 기본적인 훈련도 맡아서 했지만 대개는 백병전으로 돌아가게 되었다. 메이플즈 상사는 1943년 초에 일본인 2세 청년으로 구성된 442연대가 셸비 병영에서 훈련을 시작했을 때 놀라운 일이 있었다고 법정에서 회상했다. 그들은 수용소에서 입대한 청년들로 유럽 전선에 투입될 예정이었는데, 그중 한 명이었던 피고 미야모토 가부오를 메이플즈 상사는 기억했다.

그가 수천 명 중에서 가부오를 기억하는 이유는…… 특별한 사건 때문이라고 말했다. 2월 어느 날 오후 셸비 병영의 훈련장에는 10개 분대의 훈련병들이 메이플즈 상사를 둘러싸고 있었다. 그는 일본인

2세로 구성된 10개 분대의 1백여 명에게 총검의 특수성에 관해 설명했다. 메이플즈 상사는 훈련병들에게 전장에 나갈 때까지는 살아 있어야 하는 것이 미 육군의 정책이므로 훈련 기간에는 진짜 무기 대신 나무 막대기를 사용한다고 말했다. 헬멧 역시 써야 했다.

상사는 총검술을 시범해 보이더니 지원자를 받았다. 그는 법정에서 그 말을 하는 시점에 피고와 얼굴을 마주했다. 둘러서 있는 훈련병들 속에서 한 젊은이가 걸어 나오더니 살짝 고개를 숙여 절하고 나서 경례한 다음 크게 소리쳤다. "상사님!"

"첫째," 메이플즈 상사가 그를 꾸짖었다. "넌 내게 경례하거나 나를 상사님이라고 부를 필요 없다. 난 너처럼 사병이다. 장교나 소령이 아닌 하사관이야. 둘째, 군대에서는 아무도 누군가에게 절을 하지 않는다. 장교들에게 경례는 하지만 절은 하지 않는다. 그건 군대식이 아니다. 미국 군대에서는 절을 하지 않아."

그는 미야모토에게 나무 막대기를 주고 스파링 헬멧을 던졌다. 청년이 말하는 방식에는 무언가 공격적인 면이 있었고, 메이플즈 상사는 그에 관해 들은 이야기가 있어서 이 특별한 젊은이를 대충 알고 있었다. 그는 기본 훈련 동안 매 순간을 진지한 태도로 임하는 철두철미한 전사이며, 사람을 죽일 준비가 되어 있다는 정평이 나 있었다. 메이플즈는 지금까지 그런 부류의 많은 청년을 보아 왔지만 그들의 젊은 혈기에 겁먹은 적이 없었고, 그들을 적수로 인정하는 경우는 드물었다. "전투에서 네 적은 정지해 있지 않을 것이다." 이제 그는 청년의 눈을 보고 말했다. "모형이나 부대 자루를 상대하는 것과 정확하게 움직이는 훈련된 사람을 대적하는 건 전혀 다르다." 그가 모여 있는 훈련병에게 말했다. "우리의 지원자는 오늘 오후 자신에게 가해지는 모형 총검을 피해야 할 것이다."

"알겠습니다, 상사님." 미야모토 가부오가 말했다.

"호칭은 붙이지 마라." 메이플즈 상사가 재차 말했다. "더 이상은."

그는 법정에서 당시 자신이 피고를 칠 수 없다는 사실을 알고 얼마나 놀랐는지 설명했다. 미야모토 가부오는 거의 움직이지 않았지만 모든 공격을 피해 냈다. 1백여 명의 일본인 2세 훈련병들은 어느 쪽도 응원하는 내색을 하지 않고 묵묵히 바라보고만 있었다. 메이플즈 상사는 나무 막대를 들고 싸우다가 미야모토 가부오의 일격을 맞고 막대를 손에서 떨어뜨렸다.

"죄송합니다." 미야모토가 말했다. 그는 무릎을 꿇고 막대를 주워 상사에게 건넸다. 다시 한번 그는 고개를 숙였다.

"절을 할 필요는 없다." 상사가 재차 그렇게 말했다. "이미 말했을 텐데."

"버릇입니다. 대련할 때는 절을 합니다." 그러고는 갑자기 나무 막대기를 들이댔다. 그는 메이플즈 상사의 눈을 보면서 싱긋 웃었다.

그날 오후 메이플즈 상사는 어쩔 수 없이 도전을 수락하고 피고와 대결했다. 그러나 대결은 3초 만에 끝났다. 상사는 첫 공격에 쓰러졌고, 자신의 머리를 누르는 막대기를 느꼈다.

피고는 곧 막대를 거두고 절을 하더니 그를 일으켜 세웠다. "죄송합니다, 상사님." 그가 잠시 후에 말했다. "막대 받으십시오, 상사님."

그 후 메이플즈 상사는 전문가에게 검도를 배울 기회를 얻었다. 메이플즈 상사는 어리석은 사람이 아니었기에-그는 전혀 빈정거림 없이 법정에서 자신에 관한 그 이야기를 했다- 그는 미야모토에게서 절을 하는 중요성을 포함해 가능한 한 모든 것을 배웠다. 메이플즈는 시간이 흐르자 고수가 되었고, 전쟁이 끝난 후에는 셰리든 병영에서 유격대원들에게 검도술을 가르쳤다. 메이플즈 상사는 일본의 고대 검도술에 전문가가 된 자신의 견해로 보아 피고가 작살로 자기보다 훨씬 큰 사람을 죽이는 것은 충분히 가능한 일임을 장담할 수 있었다. 사실 그가 아는 사람 중에 미야모토 가부오의 공격을 방어할 수 있는 사람은 별로 없었다. 검도를 배우지 않은 사람은 절대 그를 피할 수 없었다. 메이플즈 상사의 경험으로 보아 그는 막대 싸움에 기술적으로 뛰어날 뿐 아니라 다른 사람에게 폭력을 휘두를 수 있는 남자였다. 그는 탁월한 군인이었고, 그렇게 기록되었다. 미야모토 가부오가 작살로 사람을 죽였다 해도 빅터 메이플즈 상사에게는 놀라운 일이 아니었다. 그는 충분히 그런 행위를 할 수 있었다.

20

 수전 마리 하이네는 미야모토 가부오의 살인 재판이 열릴 당시 과부가 된 지 거의 3개월이 지났지만 아직 적응하지 못하고 많은 시간을-특히 밤에- 칼이 자신의 삶에서 사라졌다는 사실만을 생각하면서 보냈다. 방청석에서 언니와 어머니 사이에 앉아 머리에서 발끝까지 검은 옷을 입고 점박이 무늬의 베일 뒤에 눈을 가리고 있는 수전 마리는 처연하게 매혹적이었다. 비탄에 잠긴 금발 미녀는 기자들의 눈길을 끌었고, 그들로 하여금 직업적인 필요성을 핑계로 은밀하게 이야기를 나눌 수 없을까 하는 궁리를 하게 만들었다. 탐스러운 머리를 땋아 모자 속으로 올려 넣은 젊은 과부는 교회 모임에서 커피를 따를 때 아트 모런이 그토록 감탄해 마지않던 설화석고 같은 목덜미를 사람으로 가득 찬 법정에 드러내고 있었다. 그 목덜미와 땋은 머리와 무릎에 단정하게 포갠 흰 손이 검은 상복과 선명한 대조를 이루면서 수전 마리는 얼마 전 남편을 잃었음에도, 슬픔을 나타내는 옷조차 세련되게 입는, 거만하지 않은 젊은 독일 남작 부인 같은 분위기를 자아내고 있었다. 수전 마리는 진정으로 슬퍼 보였다. 오랫동안 그녀를 알아 왔던 사람들은 그녀의 얼굴이 달라진 것을 볼 수 있었다. 생각 없는 사람들은 그것이 칼이 죽은 후로 그녀가 끼니를 제대로 먹지 않았기 때문이라고 했지만-뺨이 수척해 있었다- 다른 사람들은 그것이 정신적인 것이 포함된 더 깊은 변화라는 것을 알았다. 퍼스트 힐 루터 교회의 목사는 4주 연속으로 일요일마다 교인들에게 칼 하이네의 영혼을 위해서뿐 아니라 수전 마리가 '언젠가 슬픔에서 해방'되기를 기도하자고 말했다. 후자를 위해서 교회의 여성 단체는 수전 마리와 그녀의 아이들에게 한 달 가까이 저녁에 먹을 더운 냄비 요리를 마련해 주었고, 에이나 피터슨은 그녀의 부엌문까지 식료품을 배달해 주었다. 섬 주민들은 과부가 된 수전 마리에게 음식으로 애도의 뜻을 전달했다.

검사로서 앨빈 훅스는 수전 마리 하이네의 가치를 잘 파악하고 있었다. 그는 이미 군 보안관, 군 검시관, 피해자의 모친 그리고 피해자가 자기 아버지의 옛 농장을 사려고 찾아갔던 구부정한 스웨덴인을 소환했다. 그리고 계속해서 다양한 2차 증인들, 즉 스털링 휘트먼, 데일 미들턴, 밴스 코프, 레너드 조지, 빅터 메이플즈 상사로 옮겨 갔고, 이제 피해자의 부인을 불러서 모든 것을 마무리할 참이었다. 그 여인은 방청석에서 배심원들이 볼 수 있는 자리에 앉아 있는 것만으로도 이미 큰 공헌을 한 셈이었다. 특히 남자들은 마지막에 무죄 판결을 내려서 그런 여인을 배반하고 싶어 하지 않을 것이었다. 그녀의 입에서 나오는 말뿐 아니라 그녀의 존재 자체만으로도 그들을 설득하기에 충분했다.

9월 9일 목요일 오후, 미야모토 가부오는 그녀의 집에 찾아와 남편과 이야기를 하고 싶다고 했다. 9월치고는 구름 한 점 없이 유난히도 맑게 갠 날이었고-그해에는 일찌감치 그런 날씨가 계속되었다-햇볕이 따갑게 내리쬐고 불어오는 해풍에 흔들린 오리나무 잎사귀가 하나둘씩 땅에 떨어지고 있었다. 바람이 잠잠해졌는가 하면 다시 소금과 해초 냄새를 몰고 오면서 해변에 부서지는 파도처럼 요란한 소리를 내며 나뭇잎들을 흔들었다. 돌풍이 불어와 포치에 서 있는 미야모토 가부오의 셔츠 어깨를 풍선처럼 부풀렸다. 바람이 가라앉자 그의 셔츠도 따라서 내려앉았다. 그녀는 가서 남편을 불러올 테니 들어와 거실에 앉으라고 그에게 말했다.

일본 남자는 그녀의 집에 들어가기를 꺼리듯 머뭇거렸다. "포치에서 기다리겠습니다, 하이네 부인. 날씨가 좋군요. 밖에서 기다리겠습니다."

"말도 안 돼요." 그녀는 그렇게 대답하고 문에서 비켜섰다. 그녀는 거실을 가리켰다. "들어와서 편히 앉으세요. 햇볕이 뜨거운데, 들어오세요. 안이 시원하고 좋아요."

그는 눈을 껌뻑거리며 그녀를 보다가 이내 한 발짝 내디뎠다. "감사합니다. 집이 훌륭하군요."

"칼이 지었죠. 그만 들어오세요. 앉으세요."

일본인은 그녀를 지나 왼쪽으로 돌아서 긴 소파 가장자리에 걸터앉았다. 그는 마치 편안하게 앉으면 무슨 모욕이라도 당할 것처럼 정중하고 똑바른 자세로 앉았다. 두 손을 마주 잡고 앉아 있었는데, 그녀가 보기에는 그가 일정한 규범에 따라 차려 자세를 취하고 있는 것 같았다. "칼을 데려올게요." 수전 마리가 말했다. "잠깐이면 될 거예요."

"좋습니다." 일본인 남자가 말했다. "감사합니다."

그녀는 그를 남겨 놓고 밖으로 나갔다. 칼과 아이들은 남쪽 울타리 근처에서 나무딸기 줄기를 솎아 주고 있었다. 칼이 시든 줄기를 잘라내면 아이들이 그것을 손수레에 담았다. 그녀는 딸기밭 가장자리에 서서 그들을 불렀다. "칼!" 그녀가 말했다. "당신을 보러 온 사람이 있어. 미야모토 가부오. 지금 기다리고 있어."

그들은 동시에 고개를 들어 그녀를 보았다. 웃통을 벗고 나무딸기를 배경으로 서 있는 아이들은 더 작아 보였고, 칼을 들고 무릎을 꿇고 있는 남편은 황갈색 수염을 기른 거인 같았다. 그는 칼을 접어서 벨트에 차고 있는 칼집에 넣었다. "어디서?" 그가 물었다. "가부오?"

"거실에. 지금 기다리고 있어."

"간다고 전해." 그는 두 사내아이를 번쩍 들어서 잘라 낸 줄기들을 담은 손수레에 올려놓았다. "가시 조심해라. 그만 가자."

그녀는 집으로 돌아와 일본인에게 남편은 밖에서 나무딸기 줄기를 베고 있는데 곧 돌아올 것이라고 알려 주었다. "커피 드시겠어요?" 그녀가 덧붙였다.

"괜찮습니다."

"사양 마세요."

"정말 감사합니다. 친절하시군요."

"그럼 드시는 거죠? 남편하고 같이 마실 참이었어요."

"그렇다면 좋습니다. 주십시오. 감사합니다."

그는 10분 전에 그녀가 나갔을 때와 똑같은 자세로 소파 끝에 걸터앉아 있었다. 수전 마리는 그의 뻣뻣하게 굳은 자세가 불안하게 느껴져 그에게 의자에 기대서 편히 있으라고 말하려는데 칼이 현관으로 들어왔다. 미야모토 가부오가 몸을 일으켰다.

"잘 있었나, 가부오."

"칼."

그들은 다가가 악수했다. 우람한 어깨에 땀에 젖은 티셔츠를 입고 수염을 기른 남편은 방문객보다 족히 15센티미터는 더 커 보였다. "나가는 게 어때. 집을 한 바퀴 돌아보지 않겠나? 밖으로 나가지."

"그게 좋겠군." 미야모토 가부오가 말했다. "바쁜데 온 게 아닌지 모르겠군." 그가 덧붙였다.

칼이 수전 마리를 돌아보았다. "가부오와 난 나갈 거야." 그가 말했다. "산책하다 잠시 후에 돌아올게."

"알았어. 커피를 올려놓을게."

그들이 나가자 그녀는 아기를 보러 위층으로 올라갔다. 그녀는 아기 침대 위로 몸을 숙이고 딸아이의 따스한 입김을 들이마시면서 아기 뺨에 코를 문질렀다. 그녀는 창문을 통해 마당에 넘어진 손수레 옆 잔디에 앉은 두 아들의 머리를 내려다보았다. 아이들은 잘라 낸 나무딸기 줄기로 매듭을 묶고 있었다.

수전 마리는 칼이 올 저겐슨과 이야기를 나누었고, 올의 농장을 사기 위해 계약금을 걸었다는 사실을 알고 있었다. 그녀는 아일랜드 센터의 옛 장소에 대한 칼의 감정과 딸기 농사에 대한 그의 열정을 알고 있었다. 그러나 그녀는 구릿빛으로 반짝이는 소나무 판자, 2층 서까래가 노출된 지붕과 나무딸기 너머로 바다가 보이는 밀 런 거리의 이 집을 떠나고 싶지 않았다. 무엇보다 아기방의 창문으로 밭을 내다보면 이곳을 떠나고 싶지 않다는 생각이 더욱 간절해졌다. 그녀의 아버지는 건초를 만들고 나무를 쪼개 팔던, 돈벌이가 신통치 않은 남자였다. 그녀는 삼나무 토막 위에 허리를 숙여 금발 머리에 눈을 가려가며 손도끼와 망치로 나무토막을 수도 없이 만들었다. 그녀는 세 딸 중 둘째였다. 동생은 어느 겨울날 결핵으로 죽었다. 그들은 죽은 아이를 인디언 노브 언덕 위의 루터교 공동묘지에 묻었다. 땅이 얼어서 사람들은 엘런의 묘를 파는 데 애를 먹었다. 그들은 12월 어느 날 아침나절 내내 땅을 파야 했다.

그녀는 자신이 원해서 칼 하이네를 만났다. 산피에드로에서 그녀 정도의 외모라면 순수한 의도에서 충분히 그렇게 할 수 있었다. 그녀는 스무 살이었고, 라슨 씨 약국의 참나무로 만든 계산대 뒤에 서서 점원으로 일했다. 어느 토요일 밤 11시 30분에 그녀는 웨스트 포트 젠슨에 세워진 댄스 천막 위쪽 언덕의 삼나무 가지 아래 서 있었다. 칼이 그녀의 블라우스 속에 손을 넣어 어부의 거친 손가락으로 가슴을 애무했다. 숲에는 등불이 밝혀져 있었고, 나무들 사이로 보이는 아래쪽 저 먼 만에 정박한 유람선의 갑판 불빛들이 보였다. 그녀는 자신들이 서 있는 곳까지 비추는 불빛에 그의 얼굴을 볼 수 있었다. 함께 춤춘 것이 이번이 세 번째였다. 이제 그녀는 크고 거칠고 투박한 그의 얼굴을 좋아하게 되었다. 두 손으로 그의 얼굴을 잡은 그녀는 15센티미터쯤 떨어져 그의 얼굴을 들여다보았다. 섬사람의 얼굴이면서 불가사의하게 보이는 면이 있는 얼굴이었다. 어쨌든 그는 전쟁을 겪은 사람이었다.

칼이 그녀의 목에 키스하기 시작했기에 수전 마리는 머리를 젖혀야 했다. 그는 황갈색 턱수염을 기르고 있었다. 그녀가 삼나무 가지들을 올려다보며 그 향기를 들이마시는 동안 그의 입술이 그녀의 빗장뼈를 지나 가슴 사이의 공간으로 내려갔다. 그녀는 그가 하는 대로 내버려두었다. 그때 그녀는 두 명의 다른 청년-한 명은 고등학교를 졸업하던 무렵이었고, 다른 한 명은 얼마 전 여름이었다-에게 느꼈던 일종의 체념 상태가 아니었고, 열렬하게 그를 원하고 있었다. 전쟁에서 돌아와 턱수염을 기른 어부가 된 그는 그녀가 조르면 가끔 담담하게 전쟁에 관해 이야기해 주었다. 그의 머리를 어루만지는 그녀는 가슴에 와 닿는 그의 턱수염 때문에 야릇한 흥분을 느꼈다. "칼." 그녀는 그의 이름을 속삭였지만 더 이상 무슨 말을 하려고 했는지 생각이 나지 않았다. 잠시 후 그는 움직임을 멈추고 근육이 울퉁불퉁한 팔을 그녀의 머리 양옆으로 뻗어 삼나무에 두 손을 댔다. 그는 가까이에서 그녀를 보았다. 그-이 침울한 남자-의 친밀함과 진지함은 그녀를 당황스럽게 하지 않았다. 그는 그녀의 금발을 귀 뒤로 넘겼다. 그가 그녀에게 키스하더니 계속 그녀의 눈을 들여다보며 블라우스 단추 두 개를 끄르고 다시 키스했다. 그녀는 칼과 나무 사이에 갇혀 있었다. 그녀는 그를 향해 골반을 내밀었는데, 전에는 남자에게 그런 적이 없었다. 그녀는 욕망을 인정하고 그것을 표현하는 자신에게 놀랐다.

그러나 한편으로는 스무 살의 나이에 웨스트 포트 젠슨의 댄스 천막 위쪽 삼나무 밑에서 칼 하이네에게 몸을 밀착하고 있다는 사실은 그다지 놀라운 일이 아니었다. 어쨌든 그녀가 스스로 원한 것이었기 때문에. 그녀는 열일곱 살 때 자신이 하기에 따라 남자를 움직일 수 있으며, 자신의 외모에 그런 힘이 있다는 것을 알았다. 그녀는 거울을 보면서 매력적인 가슴과 엉덩이가 있는 여성이 되었다는 사실을 더 이상 부끄러워하지 않았다. 부끄러움은 어느새 기쁨으로 변했다. 그녀는 깨끗하고 둥글고 탄력 있는 육체의 소유자였고, 수영복을 입을 때면 탐스러운 금발을 어깨에 늘어뜨렸다. 약간 벌어진 듯 보이는 가슴이 걸을 때마다 팔 안쪽에 스쳤다. 큰 가슴에 대한 부끄러움을 극복했을 때 그녀는 남자들이 그 앞에서 정신을 차리지 못한다는 사실을 즐길 수 있었다. 그러나 수전 마리는 바람기 있는 여자가 아니었다. 자신이 매력적이라는 사실을 함부로 이용하지 않았다. 칼을 만나기 전에 청년 두 명과 데이트를 했지만 그들에게 점잖게 행동해 달라고 요구했다. 수전 마리는 자신이 가슴 한 쌍으로 여겨지기를 바라지 않았지만, 한편으로는 자랑스러웠다. 그 자부심은 20대 중반까지 유지되었지만 둘째 아이를 낳은 후에는 더 이상 눈에 띄는 성적 관심의 대상으로서 가슴의 중요성이 사라졌다. 두 아들이 잇몸과 입술로 물어뜯고 잡아당긴 그녀의 가슴은 이제 모양이 변해 버렸다. 그녀는 가슴을 들어 올리기 위해 밑에 뻣뻣한 철사를 댄 브래지어를 착용했다.

  수전 마리는 칼과 결혼하고 3개월 후에 자신이 훌륭한 선택을 했다는 사실을 알았다. 진지하고 조용한 퇴역 군인답게 그는 믿음직하고 온화했다. 밤에는 고기잡이하러 나갔다. 그가 아침에 집으로 돌아와 식사하고 샤워를 끝내면 그들은 함께 침대에 들었다. 그가 속돌처럼 느껴지는 어부의 손으로 그녀의 어깨를 부드럽게 어루만졌다. 블라인드를 내려 햇빛을 가린 아침 그늘 속에서 둘은 자세를 바꾸어 가며 모든 체위를 시도해 보았고, 자신들의 움직이는 육체를 적나라하게 볼 수 있었다. 그녀는 연인으로서 자신을 만족시키기 위해 노력하는 자상한 남자와 결혼했다는 것을 알았다. 그는 그녀의 몸놀림을 미리 알아차렸고, 그녀가 절정에 가까워지면 흥분을 좀 더 고양시키기 위해 잠시 후퇴했다. 그가 배에 힘을 주고 반쯤 앉은 자세로 있는 동안 그녀는 그의 위에 올라 허리를 활처럼 젖혔다. 그러면 그는 그녀의 가슴을 어루만지고 가슴에 키스했다. 그녀는 감각을 조절하면서 칼의 몸을 따라 자신을 이끌며 종종 그런 식으로 절정에 도달했다. 그녀가 절정에 가까워지기 시작해 등을 세우고 있을 동안 칼은 그녀가 끝나고 나서도 만족하지 못하고 퍼스트 힐 루터 교회 목사가 인정할 수도, 하지 않을 수도 없는 두 번째 재림을 향해 무리한 강행군을 하는 일이 없도록 그녀와 시간을 맞추었다. 그가 그것이 가능하다고 생각하지 않는다는 것을 그녀는 분명히 느꼈다.

칼은 오후 1시까지 잠을 잤고, 일어나서 다시 먹은 다음 밭일을 나갔다. 그는 그녀가 임신했다는 소식에 기뻐했다. 그는 그녀가 9개월째 되어 그만하라고 부탁하기 전까지 계속 관계했다. 첫아들이 태어나고 얼마 후에 칼은 배를 샀다. 그가 그 배에 그녀의 이름을 써넣었을 때 그녀는 기뻐하며 배에 올랐고, 그들은 아기를 데리고 바다로 나가 섬이 수평선에 검은 점처럼 보이는 먼 곳까지 항해했다. 그녀는 짧은 침상에 앉아 아들에게 젖을 먹였고, 칼은 타륜을 잡고 서 있었다. 그녀는 그의 뒤통수와 헝클어진 짧은 머리카락, 넓은 등과 어깨의 근육을 보았다. 두 사람은 정어리 통조림과 배 두 알, 개암나무 열매 한 자루를 먹었다. 아기는 침상에서 잠이 들었고, 수전 마리가 타륜석에 서서 배를 조종하는 동안 칼은 뒤에서 그녀의 어깨와 잘록한 허리 그리고 엉덩이를 더듬었다. 그가 치마를 올리고 팬티를 내렸을 때 그녀는 타륜을 더욱 세게 움켜쥐었다. 그리고 타륜에 엎드려 손을 뒤로 돌려 남편의 엉덩이를 잡고 눈을 감은 채 몸을 흔들었다.

수전은 이런 일들을 기억했다. 그녀 생각에 성생활이 자신들 결혼 생활의 중심이었다. 그것이 자신들 사이의 다른 모든 것에도 영향을 미쳤기에 그에 관해 그녀는 가끔 걱정되었다. 만일 그게 잘못된다면 자신들은 잘못되는 것일까? 살다 보면 언젠가 늙고 열정도 식을 텐데, 서로에 대한 욕망이 시들해지고 사라진다면 어떻게 되는 걸까? 언젠가는 그의 침묵과 그가 일하는 배, 자신들의 집과 채소밭에 관한 집착 외에 아무것도 남지 않을지도 모른다는 불안을 그녀는 애써 떨쳐 버려야 했다.

그녀는 밭 주위를 걷는 남편과 미야모토 가부오를 보았다. 이내 그들이 오르막을 넘어 사라지자 그녀는 허리를 숙여 사랑스러운 아기의 머리를 쓰다듬고 아래층으로 내려갔다.

20분 뒤 칼은 혼자 돌아왔고, 티셔츠를 갈아입은 다음 포치 계단으로 가 턱을 괴고 앉았다.

그녀가 양손에 커피잔을 들고 와 그의 오른쪽에 앉았다. "그 사람이 뭐래?"

"아무것도." 칼이 대답했다. "얘기할 게 있었어. 별거 아니야. 대단한 건 없어."

수전 마리가 그에게 커피잔을 건넸다. "뜨거워. 조심해."

"알았어." 칼이 말했다. "고마워."

"그 사람 커피도 준비했는데." 수전 마리가 말했다. "더 있다 갈 줄 알았어."

"별일 아니고," 칼이 말했다. "오래전 얘기야."

수전 마리가 그의 어깨에 한 손을 올렸다. "문제 있어?"

"모르겠어. 그는 올 영감네 칠 에이커를 원하고 있어. 나보고 올이 자기한테 팔게 말해 달라는 거야. 아니면 내가 그에게 팔거나. 양보하라는 거지."

"칠 에이커?"

"한때 그의 가족 소유였어. 그걸 되찾고 싶은 거야. 어머니한테 들은 얘기야."

"그가 왔을 때 내가 느낀 게 그거였어, 그거."

칼은 아무 말도 하지 않았다. 그는 이런 순간 별로 말이 없는 남자였다. 그는 설명한다거나 시시콜콜 이야기하는 것을 좋아하지 않았고, 그녀가 다가갈 수 없는 구석이 있었다. 그녀는 그것을 그의 전쟁 경험 탓으로 돌렸고, 대개는 그의 침묵을 그냥 넘어갔다. 하지만 때로는 짜증이 났다.

"당신은 뭐라고 했어?" 지금 그녀는 물었다. "그가 화를 냈어?"

칼은 커피를 내려놓았다. 그는 팔꿈치를 무릎에 기댔다. "젠장." 그가 대꾸했다. "내가 그에게 무슨 말을 할 수 있겠어? 어머니를 생각하면, 당신도 어머니를 아니까 말인데, 난 사업을 생각해야 해. 그 친구가 그걸 되찾게 하면……," 그는 어깨를 으쓱했고, 잠시 맥이 빠진 듯 보였다. 그녀는 그의 푸른 눈 주위에 바람이 새겨 놓은 주름을 보았다. "생각해 보겠다고, 당신과 얘기해 봐야겠다고 했어. 어머니가 그의 '험악한 얼굴' 때문에 얼마나 불편해하시는지 얘기했지. 내가 그 얘길 꺼내자 움츠러들더군. 아주 딱딱하게 굳어 버렸어. 더 이상 날 쳐다보려고도 않더군. 그래서 커피를 마시러 오지 않은 거야. 모르겠어, 내 잘못인 것 같아. 싸움이 날 것 같아. 그 친구와 얘길 나눌 수 없었어, 수전. 난 그냥…… 어떻게 해야 할지…… 모르겠더라고. 그 친구에게 무슨 말을 해야 할지 몰라서……."

그의 목소리가 점점 작아졌다. 그녀는 지금이 그에게 생각할 중요한 순간이라는 것을 알고 입을 다물었다. 그녀는 칼과 가부오가 친구인지 적인지 분간할 수 없었다. 그녀는 그들이 함께 있는 모습을 이번에 처음 보았지만 둘 사이에 어느 정도 친한 감정이 남아 있는 것처럼 보였고, 오랜 시간이 지났는데도 두 사람의 마음에는 최소한 우정의 기억이 남아 있는 것 같다는 인상을 받았다. 그러나 그들은 애정 어린 대화를 나누지 않았다. 서로 반기면서 악수를 나눈 것은 경직된 형식에 불과했고, 그 밑에는 증오가 깔려 있는지도 몰랐다. 그녀는 칼의 어머니가 미야모토 가족 모두에게 나쁜 감정이 있다는 것을 알고 있었다. 시어머니는 가끔 일요일 저녁 시간에 그들에 대해 이야기하면서 신경질적으로 불만을 터뜨렸다. 그러면 칼은 보통 침묵을 지키거나 마지못해 수긍하다가 그 뒤에 그 주제를 묵살했다. 수전 마리는 그러한 묵살에, 그 문제를 꺼리는 칼에 익숙해졌다. 하지만 아무리 익숙해졌어도 불편했다. 그녀는 지금 함께 있을 때 그 문제에 대해 확실히 알고 싶었다.

바람이 오리나무 꼭대기를 흔들었고, 그녀는 가을의 유난한 따뜻함을 느꼈다. 전쟁 이후에 말을 할 수 없게 되었다고 칼이 몇 번-며칠 전에도 그는 그 말을 반복했다- 이야기한 적 있었다. 심지어 옛친구들도 거기에 포함되었다. 이제 칼은 땅과 일, 배와 바다, 그리고 자신의 손을 입과 마음보다 더 잘 이해하는 외로운 남자가 되었다. 그녀는 가여운 생각이 들어 그의 어깨를 다독거리며 참을성 있게 기다렸다. "젠장," 잠시 후에 칼이 말했다. "어쨌든 당신을 생각하면 난 그 친구에게 전부 넘겨주고 그가 원하는 대로 해 줄 수 있어. 당신은 거기로 이사하고 싶지 않은 것 같으니까."

"여긴 너무 아름다워. 잠시 둘러봐, 여보."

"거길 둘러봐. 육십오 에이커야, 수전."

그녀는 그 말을 이해했다. 그는 충분한 공간과 넓은 땅에서 움직여야 하는 남자였다. 그는 그런 환경에서 성장했고, 바다가 아무리 넓다 해도 그에게 푸른 들판을 대신할 수 없었다. 칼은 그의 배보다 훨씬 더 넓은 공간이 필요했고, 어쨌든 전쟁의 기억을 잊기 위해서라도-캔턴호가 가라앉았을 때 그는 사람들이 익사하는 모습을 지켜보았다- 배를 떠나 그의 부친처럼 딸기를 재배해야 할지도 몰랐다. 그녀는 남편이 정상적인 남자로 돌아오기 위해서는 그것이 유일한 방법이라는 것을 알았기 때문에 그를 따라 아일랜드 센터로 가기로 마음먹었다.

"칠 에이커를 그에게 판다고 해서," 수전 마리가 말했다. "당신 어머니에게 해가 되기라도 하겠어?"

칼이 단호하게 머리를 저었다. "어머니에게는 그게 문제가 아니야. 가부오가 일본 놈이라는 사실이 문제지. 그리고 난 일본 놈을 싫어하지 않지만 좋아하지도 않아. 설명하기가 쉽지 않아. 하지만 그는 일본 놈이야."

"그는 일본 놈이 아니야." 수전 마리가 말했다. "그게 이유는 아닐 거야. 당신이 그에 대해 좋게 얘기하는 걸 들었어. 당신과 그는 친구였잖아."

"친구였지." 칼이 말했다. "그래, 오래전에. 전쟁 전이었으니까. 하지만 지금은 그를 좋아하지 않아. 내가 생각해 보겠다고 했을 때, 녀석이 보인 태도가 마음에 들지 않았어. 내가 당장 칠 에이커를 넘겨줄 거라고 기대한 것 같은, 내가 자기한테 빚이라도 지고 있는 것 같은……."

 그때 집 뒤에서 아들의 울음소리가 들려왔는데, 싸우거나 화가 나서가 아니라 고통스러워하고 있었다. 수전 마리가 일어서기도 전에 칼이 벌써 달려갔다. 큰아이가 판석에 누워서 왼발을 두 손으로 움켜쥐고 있었다. 옆에 뒤집어져 있는 손수레 받침대의 날카로운 가장자리에 걸려서 발이 찢어진 것이었다. 수전 마리는 무릎을 꿇고 피 흘리는 아이를 끌어안고 입을 맞추었다. 그녀는 칼이 상처를 근심스럽게 들여다보던 표정을 기억했다. 그는 더 이상 참전 용사가 아니었다. 그들은 웨일리 박사에게 아이를 데려갔고, 그러고 나서 칼은 고기잡이를 나갔다. 미야모토 가부오에 관해서는 다시 이야기하지 않았고, 수전 마리는 그 문제가 어쩐지 금지된 이야기로 여겨졌다. 그녀의 결혼 생활에서 남편의 상처를 열고 들여다보는 것은 그가 원하지 않는 이상 금지되어 있었다.

 그녀는 자신들의 결혼 생활은 대부분이 성생활이었다고 칼이 죽은 후에 생각했다. 칼이 그녀의 삶에서 떠난 그날까지 계속된 성생활이었다. 그날 아침 아이들이 자고 있을 때 그들은 욕실 문을 걸어 잠그고 옷을 벗었다. 칼은 연어 냄새를 씻어 내리면서 샤워했고, 수전 마리도 함께했다. 그녀는 그의 커다란 성기를 씻겨 주면서 그것이 단단해지는 것을 느꼈다. 그녀는 그의 목에 팔을 두르고 그의 허리에 다리를 감았다. 칼은 그녀의 허벅지 근육을 억센 두 손으로 움켜쥐고 들어 올렸고, 그녀의 가슴에 얼굴을 묻고 핥기 시작했다. 그런 식으로 두 사람은 쏟아지는 물을 맞으며 욕실에 서서 움직였다. 수전 마리의 금발이 얼굴에 달라붙었고, 두 손은 남편의 머리를 부여잡았다. 이후 그들은 부부간의 친밀한 방식대로 서로를 씻겨 주는 시간을 가졌다. 그런 다음 칼은 침대로 가 오후 1시까지 잠을 잤다. 2시에 그는 계란프라이와 아티초크, 배 통조림과 클로버 꿀을 바른 빵을 점심으로 먹고 트랙터의 오일을 교체하기 위해 밖으로 나갔다. 그날 오후 그녀는 부엌 창문으로 그가 바람에 떨어진 사과를 주워 삼베 자루에 담는 모습을 보았다. 3시 45분에 그는 다시 집으로 와 포치에서 사과 주스와 통밀 크래커를 먹으면서 조약돌을 이리저리 굴리며 노는 아이들에게 작별 인사를 했다. 그는 부엌에 들어와 아내를 안고 다음 날 아침 일찍 돌아오겠다고 말했다. 고기가 잘 잡히면 새벽 4시까지 돌아올 수 있을 거라고. 이내 그는 아미티 항구를 떠났고, 그녀는 다시 그를 볼 수 없었다.

21

 넬스 것먼슨은 수전 마리 하이네에게 질문할 차례가 되자 증인석에서 멀찌감치 떨어져 섰다. 그는 그렇게 비극적이고 관능적인 미인에게 가까이 접근함으로써 사람들에게 음탕한 노인네로 보이고 싶지 않았다. 자신의 나이를 의식했기에 그는 수전 마리 하이네에게서 거리를 두고 육체적인 생활에 전적으로 초연한 것처럼 보이지 않는다면 배심원들이 자신을 혐오스럽게 생각할 것이라고 느꼈다. 지난달에 넬스는 의사에게서 전립선이 상당히 커졌다는 말을 들었다. 수술로 그것을 제거해야 했고, 더 이상 정액을 생산할 수 없게 되었다. 의사는 넬스에게 난처한 질문을 했고, 그는 수치스럽게 생각하는 진실을 고백하지 않을 수 없었다. 그는 더 이상 발기하지 않았다. 잠깐의 성취를 이룰 수 있었지만 쾌락을 얻을 기회를 얻기도 전에 손안에서 시들어 버렸다. 정말 고약한 것은 그 때문이 아니라, 수전 마리 하이네와 같은 여인이 그에게 깊은 좌절감을 불러일으킨다는 것이었다. 그는 증인석에 앉은 그녀를 보면서 패배감을 느꼈다. 더 이상 어떤 여성에게도-시내에서 알고 지내는 동년배의 할멈들에게조차-연인으로서의 장점과 가치를 과시할 수 없었다. 그에게는 더 이상 그런 종류의 가치가 없었고, 연인으로서의 생명이 끝났다는 것을 스스로 인정해야 했다.

넬스는 수전 마리 하이네를 지켜보면서 이제 반세기가 지나 버린 성생활의 절정기를 기억했다. 그는 자신의 지금을 인정할 수 없었다. 그는 일흔아홉이었고, 썩어 가는 육체 안에 갇혀 있었다. 잠을 자고 소변을 보는 일조차 힘들었다. 육체는 그를 거역했고, 한때 당연하게 여겼던 대부분의 일들이 더 이상 가능하지 않았다. 어떤 남자는 그런 상황에 쉽게 좌절할 수도 있지만 넬스는 해결되지 않는 인생 문제로 불필요하게 고민하지 않기로 했다. 그는 실제로 일종의 지혜-그렇게 부르고 싶다면-를 터득하고 있었지만, 동시에 늙은이 대부분이 전혀 지혜롭지 않을뿐더러 세상에 대적하는 일종의 무기로서 싸구려 지혜라는 얇은 겉치레로 치장하고 있음을 알았다. 어쨌든 젊은이들이 노인에게서 찾는 지혜는 아무리 오랜 세월을 살아도 이 세상에서는 얻을 수 없는 것이었다. 그는 젊은이들에게서 비웃음이나 동정을 사지 않고 그런 이야기를 할 수 있길 바랐다.

넬스의 아내는 결장암으로 세상을 떠났다. 특별히 금슬이 좋았던 것은 아니지만 그는 아내가 그리웠다. 때로 그는 집에 앉아서 눈물을 흘리는 것으로 자기 연민과 후회를 떨쳐 버렸다. 깊은 내부에서 애타게 갈구하는 잃어버린 일부를 회복해 보려는 희망에 불가능한 자위를 시도해 보기도 했다. 그는 어쩌다가 그것이 가능할 수도 있고, 젊음이 아직 자신의 내부에 묻혀 있다고 자신했다. 하지만 대개 그것이 비현실적임을 인정했고, 대신 일을 하면서 여러 가지 불충분한 방법으로 자신을 달랬다. 그는 먹는 것을 좋아했고, 체스를 즐겼다. 그러나 일에 집착하지 않았고, 자신의 능력이 뛰어나다는 생각도 하지 않았다. 그는 독서가였고, 자신의 독서 습관이 거의 광적이라는 것을 인정했기에, 신문이나 잡지보다 조금 더 진지한 것을 읽었다면 꽤 성공했으리라고 생각했다. 문제는 아무리 '문학'을 감상하려 해도 거기에 심취할 수 없다는 것이었다. 정확히 말해 『전쟁과 평화』가 지루한 것이 아니라 거기에 몰입을 할 수 없다는 것이었다. 또 다른 상실감은 눈으로 세상의 반쪽밖에 볼 수 없고, 독서가 신경쇠약을 부추겨 관자놀이를 뛰게 한다는 것이었다. 확실하지는 않지만 정신력도 노쇠한 것 같았다. 기억력이 젊었을 때보다 감퇴한 것은 분명한 사실이었다.

넬스 것먼슨은 멜빵에 엄지손가락을 걸고 증인석과 조심스럽게 거리를 두었다. "하이네 부인, 여기 있는 피고가 구월 구 일 목요일에 부인 댁으로 찾아왔다고요? 제가 들은 게 맞습니까?"

"네, 것먼슨 씨, 맞아요."

"그가 남편을 보자고 했습니까?"

"그랬어요."

"그들이 산책하러 밖으로 나갔다고 하셨죠? 집에서는 아무 말도 하지 않았나요?"

"네, 밖에서 얘기했어요. 삼사십 분가량 집 주위를 걸었어요."

"알겠습니다." 넬스가 말했다. "부인은 동행하지 않으셨죠?"

"네, 전 나가지 않았어요."

"그들의 대화를 조금이라도 들었나요?"

"아니요."

"즉, 부인은 그 내용에 관해 직접 들어서 아는 건 없군요. 맞습니까, 하이네 부인?"

"남편이 얘기해서 아는 것뿐이에요. 그들의 대화를 직접 듣진 않았어요."

"감사합니다." 넬스가 말했다. "그게 궁금해서요. 부인께서 일부라도 듣지 않고 그 대화에 대해 증언하셨다는 사실 말입니다."

그는 늘어진 목주름을 꼬집으며 필딩 판사에게 눈길을 돌렸다. 한쪽 손에 머리를 기댄 판사는 하품을 하고 무심한 눈길을 돌려주었다.

"음, 그럼," 넬스가 말했다. "요약하면, 하이네 부인, 남편과 피고는 걸으면서 얘기를 나눴고, 부인은 뒤에 남으셨습니다. 맞습니까?"

"네, 그래요."

"그리고 삼사십 분 후에 남편이 돌아왔고요. 역시 맞습니까, 하이네 부인?"

"네, 그래요."

"부인은 그에게 피고와의 대화 내용에 관해 물으셨죠?"

"네."

"그가 문제의 땅에 관해 상의했다고 대답했죠? 부인의 시어머니가 십몇 년 전에 올 저겐슨 씨에게 팔았던 땅에 관해? 피고가 어린 시절 자랐던 집이 있던 땅에 관해? 모두 맞습니까, 하이네 부인?"

"네, 그래요."

"부인과 남편께서는 최근에 그 땅에 계약금을 거셨죠, 맞습니까, 하이네 부인?"

"네, 남편이 걸었어요."

"봅시다. 구월 육 일 월요일은 노동절이었고, 칠 일 화요일에 저겐슨 씨가 땅을 팔려고 내놓았고…… 남편께서 저겐슨 씨의 땅을 계약한 날이 구월 팔 일 수요일이었습니까?"

"그랬을 거예요. 팔 일 수요일이 맞는 것 같아요."

"그리고 피고가 다음 날 찾아왔죠? 구월 구 일 목요일에?"

"네."

"좋습니다, 그럼," 넬스 것먼슨이 말했다. "증인은 구 일 오후에 피고가 문가에 나타났고, 그와 남편이 걸으면서 이야기했으며, 부인은 그들이 대화하는 자리에 없었다고 증언하셨습니다. 제 말이 맞습니까, 하이네 부인?"

"네, 그래요."

"그리고," 넬스가 말했다. "그날 오후 피고가 떠난 후에 부인과 남편께서는 포치에 앉아 단둘이 얘기를 나누셨죠?"

"네."

"남편은 피고와의 대화 내용에 관해 얘기하고 싶지 않은 기색이었습니까?"

"맞아요."

"부인이 억지로 이야기를 시켰나요?"

"그랬어요."

"남편은 피고에게 그 문제를 생각해 볼 의향이 있다고 했다고 부인께 말했죠? 칠 에이커를 미야모토 씨에게 팔지 말지 생각해 보겠다고요? 아니면 저겐슨 씨에게 팔도록 하겠다고?"

"네."

"그는 만일 피고에게 땅을 판다면 모친이 어떻게 반응할지 걱정된다고 했죠? 제가 제대로 알아들었습니까, 하이네 부인?"

"제대로 들으셨어요."

"어쨌든 그는 파는 문제를 고민하고 있었죠?"

"맞아요."

"그리고 그가 피고에게도 그렇게 알려 주었죠?"

"네."

"그러니까 즉, 구 일 미야모토 씨가 부인의 집을 떠날 때 남편에게서 적어도 칠 에이커를 그에게 팔 수도 있다는 가능성을 듣고 떠난 겁니다."

"맞아요."

"남편은 그런 가능성을 믿도록 미야모토 씨를 격려했다고 부인께 말했습니까?"

"격려요?" 수전 마리 하이네가 말했다. "그건 모르겠어요."

"이렇게 말해 보죠." 넬스가 말했다. "남편은 안 된다는 의미로 말하지 않았지요? 그는 피고에게 가족의 땅을 되찾을 희망이 없다고 믿게 하지 않았지요?"

"그러진 않았어요."

"즉, 그는 미야모토 씨에게 일말의 가능성이 존재한다고 믿도록 격려한 겁니다."

"그렇겠죠."

"추측하실 수밖에 없겠죠." 넬스가 말했다. "그들의 대화에 동참하지 않으셨으니까요. 하이네 부인께선 남편이 부인에게 한 말을 법정에서 증언하셨습니다. 남편께선 부인이 말했듯, 이사의 가능성에 대해 부인이 탐탁지 않아 한다는 것을 알았기 때문에 그 말은 백 퍼센트 정확하지 않을지도 모릅니다. 그러니까 남편께서는 미야모토 씨와 나누었던 대화의 본질과 어투를 어느 정도 바꿔 말했을 수도……."

"이의 있습니다." 앨빈 훅스가 끼어들었다. "말장난입니다."

"인정합니다. 길게 끌지 마십시오, 것먼슨 씨. 여기서 당신의 목적은 증인이 증언한 것에 관해 묻는 겁니다. 다른 건 삼가야 합니다. 당신은 그래야 한다는 걸 알고 있습니다. 계속하세요."

"사과드립니다." 넬스가 대답했다. "그럼, 좋습니다. 하이네 부인, 용서하십시오. 남편과 피고는 어릴 때 함께 자랐습니다. 맞습니까?"

"제가 알기로는요, 네."

"남편이 그를 어릴 때부터 알고 지낸 이웃이라고 얘기하신 적 있습니까?"

"네."

"열한두 살 소년이었을 때 둘이 함께 낚시하러 다녔다는 말을 들으셨나요? 아니면 같은 고등학교 야구와 풋볼 팀에서 경기를 했다거나 수년 동안 같은 스쿨버스를 타고 다녔다거나 그런 얘기를 들으셨나요, 하이네 부인?"

"들은 것 같아요."

"음." 그는 늘어진 주름을 잡아당기며 잠시 천장을 응시했다. "하이네 부인," 그가 말했다. "부인은 증언 중에 미야모토 씨가 부인의 시어머니를 '험상궂은 얼굴'로 쳐다봤다는 말을 하셨습니다. 그 말을 기억하십니까?"

"네."

"피고가 그런 비슷한 얼굴로 증인을 쳐다봤다고는 하지 않으셨습니다. 맞습니까? 제가 옳게 기억하고 있습니까?"

"그런 말 한 적 없어요."

"아니면 남편을 그렇게 쳐다봤나요? 남편을 험상궂게 쳐다봤다고 말씀하셨습니까? 아니면 단지 시어머니가 그렇게 말한 건가요?"

"저는 뭐라 말할 수 없어요." 수전 마리가 대답했다. "시어머니와 남편이 겪은 일을 전 몰라요."

"물론 모르시겠지요." 넬스가 말했다. "그리고 저도 묻지 않겠습니다. 좀 전 훅스 씨가 증인께 질문했을 때인가요? 증인은 기꺼이 그렇게 대답할 것처럼 보이더군요. 그래서 저도 모험을 해 볼 생각이었지요." 그가 미소 지었다.

"좋습니다." 필딩 판사가 끼어들었다. "그만하면 됐습니다, 것먼슨 씨. 질문을 계속하시거나 그만 앉으십시오."

"재판관님." 넬스가 말했다. "많은 소문이 증거로 인정됐습니다. 그것을 지적해야겠습니다."

"그렇습니다. 많은 소문이 있습니다. 당신은 그 소문에 이의를 제기하지 않았습니다, 것먼슨 씨. 당신은 하이네 부인이 고인이 된 남편이 한 대화의 내용과 성격을 진술할 수 있는 법적 자격이 있다는 것을 알기 때문이지요. 불행한 사실은 그가 직접 진술할 수 없다는 것이죠. 하이네 부인은 진실을 말하기로 선서하셨습니다. 법정으로선 부인의 말이 정확하다고 믿을 수밖에 없습니다." 그는 천천히 배심원들을 향했다. "타이틀이 부드럽지 못하지만, 여기 문제의 법적인 제도는 사망자의 법령이라고 알려져 있습니다." 그가 설명했다. "보통 그것은 증거로 기록되지 못하게 돼 있습니다. 법은 소문을 용납하지 않습니다. 문제의 인물이 죽었기 때문이지요. 하지만 형사 사건의 경우 사망자의 법령은 것먼슨 씨도 잘 아는 것처럼 그러한 증거가 제시되는 걸 금지하지 않습니다. 어쨌거나 사망자의 법령은…… 맹점이 있는 게 사실입니다. 나는 것먼슨 씨가 그걸 지적하고자 하는 것으로 믿습니다."

"그렇습니다. 제가 지적하려고 하는 게 바로 그겁니다." 그가 판사에게 머리를 숙이며 배심원들을 힐끗 보더니 몸을 돌려 여전히 피고석에서 두 손을 단정히 마주 잡고 똑바로 앉아 있는 미야모토 가부오를 한참 보았다. 바로 그때 폭풍 때문에 법정의 전등이 깜빡거렸고, 다시 한번 깜빡이더니 불이 나가 버렸다. 피어설 거리에서 나무가 전깃줄에 쓰러진 것이다.

22

"제때 마쳤군요." 아일랜드 군 법원에 불이 나가자 넬스 것먼슨이 말했다. "하이네 부인께는 더 이상 질문이 없습니다, 재판장님. 우리 측과 관련해서 부인은 이만 내려가셔도 될 것 같습니다."

스팀 라디에이터에서 나오는 수증기가 얼어붙은 네 개의 기다란 창문을 통해 회색 눈빛이 법정 안으로 들어왔다. 머리 위의 전등 대신 어두운 빛으로 둘러싸인 사람들은 방청석에 앉아서 서로 얼굴을 쳐다보고 천장을 올려다보았다.

"좋습니다." 필딩 판사가 대꾸했다. "한 번에 한 가지씩 합시다. 참으세요. 참아 주세요. 불이 있거나 없거나 순서대로 계속하겠습니다. 훅스 씨, 증인을 부르겠습니까?"

앨빈 훅스가 일어나 검찰 측은 더 이상 질문이 없다고 법정에 있는 사람들에게 말했다. "정말이지," 그가 넬스에게 윙크하며 덧붙였다. "우리보다는 피고 측을 위해 때맞춰 전기가 나간 것 같군요. 하이네 부인이 제 마지막 증인이었습니다. 군의 전력 공급이 이루어질 동안 진술은 쉬기로 하죠."

배심원 중 몇 사람이 몸을 흔들며 미소 지었다. "휴정하겠습니다." 루 필딩이 확인했다. "그렇다면 잘됐군요. 어차피 점심 식사를 위해서 휴정하려던 참이었습니다. 전력 회사의 보고를 듣고 나서 결정해야겠습니다. 우리가 어떻게 해야 할지 말입니다. 그동안 검사와 변호사는 판사실로 와 주시길 바랍니다."

판사는 집어 든 망치를 호두나무 판에 대충 내리쳤다. "가서 점심 드십시오." 그가 충고했다. "만일 다시 시작한다면 정확히 한 시에 하겠습니다. 제 시계는 지금 열한 시 오십삼 분이군요. 참고로 말씀드리자면, 이 건물에 걸린 시계들은 모두 고장입니다. 그 시계들을 무시하십시오."

에드 솜스가 문을 열어 주었고, 필딩 판사는 판사실 안으로 사라졌다. 방청석의 주민들이 줄지어 법정을 빠져나갔다. 기자들은 수첩을 집어 들었다. 에드는 책상 서랍 구석에서 본 기억이 있는 양초를 찾을 생각으로 판사를 뒤따랐다. 필딩 판사가 촛불을 요구할 것이 뻔했다. 창문에서 희미한 빛이 스며들고 있는 판사실은 저녁 무렵보다 더 어두웠다. 에드가 양초에 불을 붙였을 때 넬스 것먼슨과 앨빈 훅스가 들어와 책상을 사이에 두고 필딩 판사 맞은편에 자리를 잡았다. 그들 사이에 양초가 세워지자 세 남자는 마치 강신회를 준비하는 것처럼 보였다. 판사는 실크 양복을 입었고, 넬스는 나비넥타이로 치장했으며, 앨빈 훅스는 산뜻하고 우아한 차림으로 다리를 꼬고 앉았다. 에드는 문을 향해 가면서 방해해서 미안하지만 더 필요한 것이 없는지,

없다면 배심원들을 보러 가겠다고 말했다.

"아, 그러게." 필딩 판사가 대답했다. "그리고 보일러실에 좀 가 보게. 라디에이터가 왜 그렇게 계속 씩씩거리는지 점검해 봐. 그리고 전력 회사에 전화해서 알아보고. 그리고 보자, 주위에서 양초를 가능한 한 많이 찾아 놓도록 하지." 필딩 판사는 앞에 앉은 법률가들에게 시선을 돌렸다. "내가 잊은 게 있습니까?" 그가 덧붙였다.

"호텔이요." 앨빈 훅스가 대답했다. "거기 보일러에 대해서도 알아보는 게 좋겠습니다. 안 그러면 배심원들이 견디지 못할 겁니다. 지난밤에 꽤 불편했다던데, 전기까지 나갔으니 큰일입니다."

"맞습니다." 에드 솜스가 말했다. "그렇게 하죠."

"좋네, 에드." 판사가 고개를 돌렸다. "아주 세심하시군요, 앨빈."

"전 세심한 남자죠." 앨빈 훅스가 대꾸했다.

에드는 상을 찌푸리면서 밖으로 나갔다. 빈 법정에서는 이스마엘 체임버스가 영원히 기다릴 작정이라도 한 듯한 표정으로 방청석에 앉아 있었다. 엘리너 독스가 배심원들을 인솔했다. 그들은 대기실에 모여 외투를 입었다. "판사님은 점심 휴정 내내 회의하실 걸세. 기다려도 그분과 얘기할 수 없어. 한 시에 공지가 있을 걸세."

신문기자는 자리에서 일어나 주머니에 수첩을 넣었다. "기다리는 게 아닙니다." 그가 부드러운 말투로 말했다. "그냥 생각 좀 하느라고요."

"다른 데 가서 생각하게. 법정 문을 닫아야 하니까."

"그렇군요. 실례했습니다."

하지만 그는 생각에 잠겨서 한참을 꾸물거리다가 자리에서 일어났다. 에드 솜스는 인내심을 가지고 그를 지켜보았다. 괴짜야. 그가 중얼거렸다. 아버지 반만 닮았어도. 잃어버린 팔의 영향일지도 몰랐다. 에드는 이스마엘의 아버지를 떠올리고는 당혹감에 머리를 저었다. 에드는 아서와 절친하게 지냈지만 그 아들은 이야기를 나눌 상대가 못 되었다.

이스마엘은 움츠린 어깨에 깃을 세우고 외투 소매를 휘날리며 사무실을 향해 바람을 밀어내며 걸었다. 바다에서 불어오는 북서풍이 힐가를 휩쓸었다. 얼굴을 들면 눈발이 눈에 들어왔기 때문에 이스마엘은 계속 머리를 숙이고 걸어야 했다. 아미티 항구는 전기가 완전히 나가서 불이 모두 꺼져 있었다. 자동차 네 대가 힐가를 따라 아무렇게나 방치되어 있었고, 힐가와 에릭슨가 교차로 부근에 주차된 픽업이 그중 한 차에 들이받혀서 운전석 뒤쪽 칸막이가 찌그러져 있었다.

이스마엘은 밀고 들어간 사무실 문을 어깨로 닫았다. 오버코트와 눈송이가 남아 있는 모자를 쓴 차림으로 어머니에게 전화를 걸었다. 어머니는 시내에서 10킬로미터 떨어진 곳에 혼자 살고 있었다. 폭설에 어떻게 지내시는지, 남쪽도 여기 아미티 항구와 마찬가지로 형편이 나쁜지 알고 싶었다. 연료를 충분히 비축해 두고 식료품 저장실 문에 커튼을 쳐 두면 부엌 난로가 어머니를 충분히 따뜻하게 해 줄 것이었다.

그러나 사무실 전화기는 먹통이었고, 공허한 침묵만 되돌아왔다. 그렇다면 인쇄기도 쓸 수 없겠다는 생각에 이르자 그는 정신이 번쩍 들었다. 게다가 전기 히터가 꺼진 사무실은 빠른 속도로 식어 가고 있었다. 그는 외투 주머니에 한 손을 찌르고 앉아 잠시 창문에 스치는 눈을 바라보았다. 절단된 팔이 욱신거렸는데, 좀 더 정확히 말하자면 반쯤 마비된 팔이 환영처럼 다시 그 자리에 나타난 것 같은 느낌이었다. 그의 머리는 팔이 없다는 것을 완전히 파악하지 못하고 있거나 아직도 믿지 않고 있었다. 전쟁 직후 이따금 잃어버린 팔 때문에 참기 힘든 고통을 받았다. 시애틀의 한 의사가 팔의 교감신경 제거 수술로 감각 능력을 없애 버리자고 제안했지만 이스마엘은 무슨 이유에서인지 모르게 그 수술을 회피했다. 이유는 정확히 몰랐지만 고통이 됐든 뭐가 됐든 그는 팔에서 무언가를 느끼고 싶었다. 지금 그는 외투 안으로 손을 넣어 오른손으로 왼 팔뚝을 감싸고 정전으로 해야 할 일이 무엇인지 생각했다. 일단 어머니를 만나러 가야 했고, 톰 토거슨의 햄아마추어 무전사 무전기를 빌려서 아나코츠에서 신문을 인쇄할 수 있는지 알아봐야 했다. 넬스 것먼슨, 앨빈 훅스와 이야기를 나누고 싶었다. 아나코츠 페리가 운행될 것인지, 전력 회사가 언제 전선을 복구할 수 있는지도 확인하고 싶었다. 전깃줄이 내려앉은 곳을 알 수 있다면 그곳에 가서 사진을 찍으면 좋겠다고 생각했다. 차를 몰고 연안 경비대로 가서 폭설 주의보, 풍속, 파고波高, 강설량에 관한 충분한 정보도 들었으면 했다. 시내에 가서 어머니에게 음식과 석유를 사 드려야 할 것 같았다. 어머니 집 헛간에 침실을 데울 수 있는 석유난로가 있지만 새 심지가 필요했다. 피스크 철물점에 들러야 했다.

이스마엘은 목에 카메라를 걸고 사진을 찍기 위해 힐가로 나갔다. 상황이 좋을 때라도 한 팔로 카메라를 원하는 방향에 고정하기는 쉽지 않았다. 렌즈에 주름 장치가 달린 커다란 박스 카메라는 다루기가 까다로운 데다, 목에 돌을 걸고 있는 것처럼 꼴사납고 무거워서 도무지 마음에 들지 않았다. 여유가 있을 때는 카메라를 나사로 조여 삼각대에 올려놓았지만, 급할 때는 잘린 팔로 받쳐 들고 머리를 돌려 왼쪽 어깨 위를 들여다보느라 안간힘을 쓰면서 사진을 찍었다. 그 자세는 언제나 그를 난처하게 만들었다. 몸을 비틀어 돌려서 귀 옆에 카메라를 불안하게 올려놓으려면 우스꽝스러운 곡예를 하는 것처럼 느껴졌다.

이스마엘은 픽업을 들이받은 자동차 사진을 세 컷 찍었다. 그러나 내리는 눈이 렌즈에 달라붙어서 잠시 후에 그만두어야 했다. 하지만 좀처럼 보기 힘든 폭설이었고-1936년 이후 처음이었다- 뉴스를 장식할 만한 피해가 있을 것이 확실했기에 카메라를 가지고 다녀야겠다는 생각이 들었다. 그럼에도 이스마엘의 관점은 이 험악한 날씨가 미야모토 가부오의 재판을 가릴 수 없으리라는 것이었다. 그것은 완전히 다른 유의 사건이었고, 엄청나게 중요했다. 그러나 자신과 같은 섬사람들의 마음속에서 이런 날씨는 모든 것을 압도했다. 설령 한 남자가 목숨이 달린 법정에 서 있다고 해도. 산피에드로의 주민들은 제방이나 배가 파손되고 집의 나무가 쓰러지거나 파이프가 터지고 차가 오도 가도 못하게 되는 일에 더 관심을 쏟았다. 이곳 토박이인 이스마엘은 어떻게 그렇게 일시적이고 우연히 발생하는 일들이 사람들의 관심 대상에서 우위를 차지하는지 이해할 수 없었다. 그것은 그들이 그들의 삶에 들어올 무언가 엄청난 것을 기다려 왔고, 뉴스의 일부가 되기를 오랫동안 기다려 온 것처럼 보였다. 반면 이스마엘이 「리뷰」에 계속 보도해 온 미야모토 가부오의 재판은 섬에서 28년 만에 열리는 살인 재판이고, 바람과 바다로 인한 우연한 사고가 아니라 시시비비를 가릴 수 있는, 도의적인 책임을 묻는 것이었다. 재판의 진행과 영향, 결과, 의미, 그 모든 것이 사람의 손에 달려 있었다. 이스마엘은 악천후에도 불구하고 그럭저럭 화요일판을 찍어 낼 수만 있다면 미야모토 가부오의 재판을 머리기사로 다룰 생각이었다.

그가 톰 토거슨의 주유소에 도착했을 때 담장을 따라 자동차 여섯 대가 후드와 지붕에 눈을 맞으며 줄지어 서 있었고, 톰은 또 한 대의 차를 세우고 있었다. "차들이 길에 널려 있네." 그가 레커차 창밖으로 이스마엘에게 말했다. "아일랜드 센터 도로에만 열다섯 대에, 밀런 도로에도 열 대가 넘어. 거기 가는 데만 해도 사흘은 걸릴 거야."

"저기요." 이스마엘이 말했다. "바쁘신 거 알아요. 하지만 제 디소토에 체인을 감아야 해요. 힐가에 주차해 놓았는데 이리 가져올 수가 없어요. 어차피 견인해야 할 차가 거기 네 대나 더 있어요. 지금 그리로 가 주실 수 없겠어요? 뒷좌석 바닥에 체인을 놔뒀어요. 뭣보다 통화가 되는 전화기를 찾을 수 없다면 아저씨 무전기로 아나코즈에 연락해야겠어요. 전기가 나가서 신문을 인쇄할 수 없거든요."

"섬 전체에 전기가 다 나갔어. 어딜 가도 전기나 전화를 쓸 수 없어. 나무에 전깃줄이 끊어진 곳이 스무 군데도 넘어. 복구 팀이 피어 설에 가서 지금 작업 중인데 아마 아침이나 돼야 할 것 같다는데. 어쨌든 알았네. 자네 디소토에 사람을 보내겠지만 내가 직접 할 순 없어. 일손을 돕는 데 고등학생 두 명을 구했는데, 그중 한 명을 보내지. 됐나?"

"좋아요. 열쇠는 차 안에 있어요. 무전기를 써도 될까요?"

"지난주에 집에 갖다 놨는데." 톰이 대답했다. "우리 집에 가려거든 그렇게 하게. 거기 설치해 놨어. 로이스가 보여 줄 걸세."

"전 지금 연안 경비대로 가는 중이에요. 아저씨 무전기를 쓸 수 없다면 거기 가서 연락해 달라고 해도 되겠죠."

"좋을 대로 해. 말했지만 내 걸 써도 되고. 우리 집에 가야겠지만 말이야."

이스마엘은 시내 피스크 철물점에 가서 어머니의 난로에 필요한 석유 1갤런과 심지를 샀다. 피스크 가게는 D 사이즈 배터리를 몽땅 팔았고, 눈삽도 하나밖에 남아 있지 않았다. 양초 재고의 4분의 3과 석유 재고의 5분의 4가 팔렸다. 시민 정신이 투철한 켈턴 피스크는 그날 아침 10시부터 가구당 1갤런 이상은 팔지 않았다. 그는 배불뚝이 난로 옆에 다리를 벌리고 서서 이스마엘의 재촉에 아랑곳하지 않고 플란넬 셔츠 자락으로 안경을 닦으며 5시 이후에 팔려 나간 상품 목록을 상세히 암송했다. 그리고 이스마엘이 산 심지는 여섯 번 사용한 후에 잘라 줘야 한다고 상기시켰다.

이스마엘은 아미티 하버 레스토랑에 들러 엘리나 브리지스에게 치즈 샌드위치 두 개를 종이봉투에 싸 달라고 했다. 그는 자리에 앉아서 먹을 시간이 없었다. 식당은 어두컴컴한데도 사람들로 가득 차서 시끌벅적했다. 사람들은 외투와 스카프로 몸을 감싸고 칸막이 좌석이나 카운터에 앉아 발밑에 식료품 봉투를 내려놓고 창문 너머로 내리는 눈을 바라보았다. 그들은 폭설을 피해 들어올 장소를 발견해서 한시름 놓고 있었다. 하지만 나중에 식사를 끝내고 다시 밖에 나가기가 쉽지 않을 것 같았다. 이스마엘은 기다리는 동안 두 어부가 카운터에 웅크리고 앉아서 나누는 대화에 귀를 기울였다. 그들은 가스불에 데운 토마토 수프를 훌훌 마셔 버리고 언제 전기가 다시 들어올지 떠들고 있었다. 한 사람은 풍속 1백 킬로미터로 부는 바람에 마을의 부두가 높은 파도에 휩쓸리지 않을지 걱정했다. 다른 사람은 북서풍 때문에 남쪽에 서 있는 나무들이 많이 쓰러질 것이라고 말했다. 그중에서도 자기 집 오두막 뒤쪽 절벽 위에 있는 전나무에 대해 무척 불안해했다. 그는 그날 아침 밖에 나가 세 가닥의 밧줄로 배를 계선부표에 묶어 놓았지만 거실에서 쌍안경으로 내다보니 바람이 몰아칠 때마다 배가 요동을 치더라고 말했다. 처음 남자가 투덜대면서 자기 배도 그렇게 해 놓아야 했다고 후회했다. 그는 바람 속에서 배를 움직이기가 쉽지 않아 배 양쪽에 여섯 개씩 방현재 열두 개를 대서 느슨하게 묶어 놓을 수밖에 없었다고 했다.

12시 45분에 이스마엘은 2번가와 중심가 모퉁이에 있는 아일랜드 군 전력 회사 사무실에 들렀다. 그는 외투 한쪽 주머니에 샌드위치 봉투를, 다른 쪽에는 난로 심지를 쑤셔 넣었고, 목에는 카메라를 매달고 한 손에는 석유통을 들고 있었다. 문에는 산피에드로 주민들에게 알리는 공고가 붙어 있었는데, 피어설 도로, 올더 계곡로, 사우스 해변 도로, 뉴스웨덴 도로, 밀 런 도로, 우드하우스 코브 도로 이외에도 전깃줄을 끌어 내리면서 넘어진 나무들로 차단된 도로가 대여섯 군데나 되었다. 그리고 다음 날 아침 8시까지 아미티 항구의 전력을 복구할 계획이며, 그동안 참아 주기 바란다고 당부했다. 복구 팀이 의용소방대원의 도움을 받아 밤새 작업할 예정이며, 가능한 한 신속하게 처리하는 것밖에 달리 방법이 없다고 했다.

이스마엘은 법원으로 돌아갔다. 그는 2층 복도에서 카메라를 옆에, 석유통은 바닥에 놓고 앉아서 샌드위치를 먹었다. 사람들의 신발에서 떨어진 눈이 녹아서 복도 바닥이 미끄러웠다. 사람들은 처음 스케이트를 타는 것처럼 종종걸음을 치며 조심조심 지나갔고, 빛은 사무실 창문들과 문의 반투명 유리를 통해서 들어오는 것이 다였다. 휴게실도 축축하고 미끄럽고 어두웠으며, 물이 뚝뚝 떨어지는 외투, 가방, 모자, 장갑 들로 가득 차 있었다. 이스마엘은 외투를 걸고 그 위 선반에 석유통과 카메라를 올려놓았다. 그는 아무도 카메라를 훔쳐 가지 않으리라고 생각했지만 석유는 달랐다. 전기가 나갔으니 석유 가 도난 대상이 될 법했다.

필딩 판사의 법정 소집에 관한 통보는 간단명료했다. 재판은 전력 회사에서 전기를 보내 줄 것으로 예상되는 다음 날 아침 8시로 연기 되었다. 산피에드로와 내륙 사이에 파도가 높아서 아나코츠 페리가 운행되지 않았고, 배심원들은 지난밤에 투숙했던 아미티 하버 호텔 의 춥고 어두운 방에 다시 묵어야 했다. 필딩 판사도 지금은 어떻게 해 볼 수 없는 상황이었고, 다른 숙소는 빈방이 없었기에 배심원들은 체념할 수밖에 없었다. 판사는 이런 이유로 중요하고 어려운 당면 과 제에서 배심원들의 관심이 멀어지지 않기를 바랐다. 필딩 판사는 그 들에게 최선을 다해 악천후와 정전에 맞서 공판의 사실과 증인들의 증언에 온 정신을 집중해야 할 의무가 있다고 말했다. 의자에 앉아 팔짱을 낀 판사는 배심원들이 어둠 속에서 그의 텁수룩하고 지친 얼 굴을 볼 수 있도록 몸을 앞으로 숙였다. "재심은 생각만 해도 지칩니 다." 그가 한숨을 쉬었다. "조금만 노력하면 그걸 피할 수 있지 않겠 습니까? 여러분이 아미티 하버 호텔에서 그럭저럭 편한 밤을 보내시 길 바라지만 그러지 못하더라도 과히 문제 삼지 마시고 내일 당면한 사건만을 염두에 두시고 돌아오십시오. 뭣보다 이건 살인 사건 재판 입니다." 판사가 그들을 상기시켰다. "그리고 눈이 오든 안 오든 우 선적으로 우리의 몸과 마음을 이 사건에 집중해야 합니다."

그날 오후 2시 35분에 이스마엘 체임버스는 석유통, 난로 심지 그리고 식료품 두 봉지를 디소토의 트렁크에 실었다. 이스마엘은 톰 토거슨이 구한 고등학생이 감은 타이어체인이 단단히 묶였는지 보기 위해 몸을 구부리고 검사했다. 그는 디소토의 창문에서 얼음을 긁어내고 서리 제거 장치를 작동시킨 후 눈 속을 천천히 움직였다. 언덕 꼭대기에서는 액셀에서 발을 떼고 움푹한 지형에서는 추진력을 고르게 확보하면서 브레이크를 밟지 않고 지속적으로 천천히 달리는 요령을 그는 알고 있었다. 퍼스트 언덕에서 체인이 소리를 내며 맞물리는 것을 느끼면서 의자에서 몸을 앞으로 내밀고 1단 기어로 조심스럽게 내려갔다. 시내에 닿았을 때 그는 차를 세우지 않고 그대로 약간 미끄러지면서 센터 계곡으로 향하는 왼쪽으로 차를 돌렸다. 이제부터는 어느 정도 안심이 되었다. 눈길은 차 바퀴들에 다져진 상태였다. 인내심을 갖고 조심한다면 속도를 낼 만도 했다. 이제 주된 걱정은 눈이 아니라 부주의한 운전자들이었다. 백미러를 지켜보면서 접근하는 차가 있을 때는 가능하면 차를 길가에 붙이는 것이 상책이었다.

이스마엘은 아미티 항구에서 꾸준한 오르막길인 런드그렌 도로로 들어섰다. 밀 런이나 피어설보다 훨씬 완만하고 커브 길이나 돌아가는 길이 없었으며, 전력 회사 문에 붙은 차단된 도로 명단에 포함되어 있지 않았기 때문이다. 그는 조지 프리먼네 전나무가 쓰러져 뿌리 다발이 조지네 우편함 옆에서 4미터 높이로 뻗쳐 있는 모습을 보았다. 삼나무 담장 일부가 나무 윗동에 눌려 부서져 있었다. 대머리에 털모자를 올린 조지가 톱을 들고 폭설 속을 왔다 갔다 하고 있었다.

이스마엘은 런드그렌을 계속 따라가다 스캐터 스프링스 도로로 방향을 바꾸었다. 첫 커브 길에서 허드슨이 도랑에 코를 박고 있었고, 두 번째에서는 패커드 클리퍼 세단이 도로 옆 가시나무 덤불 속에서 바닥을 하늘로 향한 채 처박혀 있었다. 이스마엘은 차를 세우고 길가에 삼각대를 세워서 그 차를 찍었다. 패커드 너머 일직선으로 쭉쭉 뻗은 오리나무와 단풍나무가 세차게 퍼붓는 잿빛 폭설을 배경으로 선명하게 서 있었다. 바퀴를 위로 쳐들고 있는 외롭고 무기력한 자동차는 부드러운 눈에 덮인 채 뒷좌석 창문이 얼어붙은 덤불에 반쯤 묻혀 있었다. 그것은 폭설을 상징할 만한 대표적인 광경이었으므로 이스마엘은 애처로운 측면에 초점을 맞추어 사진을 찍었다. 그 차는 폭설의 위력을 적나라하게 보여 주는 듯했다. 패커드 클리퍼는 원래의 목적이 무엇이든 그 의미를 상실하고 나뒹그러져 있었다. 차는 이제 바다 밑에 가라앉은 배처럼 실질적인 가치가 없었다.

이스마엘은 운전석 창문이 내려져 있고 차 안에 아무도 없는 것을 보고 다행스럽게 생각했다. 차의 주인은 찰리 토발 같았다. 뉴스웨덴 도로에 사는 찰리는 배의 칸막이벽을 만들고 부두의 창고를 짓고 계선부표를 만드는 일을 했다. 그는 여러 가지 잠수 도구와 기중기가 설치된 거룻배와 이 패커드—이스마엘의 기억이 맞다면—를 소유하고 있었다. 자기 차가 뒤집힌 사진이 「리뷰」에 실린 것을 보고 그가 당황할 수도 있었기에 이스마엘은 사진을 현상하기 전에 그에게 미리 말해야겠다고 생각했다.

스캐터 스프링스 도로의 세 번째 커브 길에서—그 길은 삼나무 숲에서 센터 계곡으로 급하게 꺾인다— 이스마엘은 길 한가운데에서 눈에 빠진 플리머스를 빼내려고 한창 분주한 세 사람을 보았다. 한 사람은 범퍼 위에서 팔짝팔짝 뛰었고, 한 사람은 쭈그리고 앉아 헛도는 타이어를 지켜보았고, 또 다른 사람은 차 문을 열어 놓고 핸들을 잡고 앉아 액셀을 밟았다. 이스마엘은 그 차를 살짝 비켜 가면서 미끄러지듯-약간은 재밌으면서도 가슴이 뛰는- 선회해 센터 계곡으로 들어섰다. 그는 퍼스트 언덕을 지났을 때부터 이런 식의 아슬아슬한 운전을 즐기고 있었다.

디소토는 눈길에서 불안한 차였다. 이스마엘은 한 손으로 운전하는 어려움을 덜기 위해 운전대에 벚나무 손잡이를 달았다. 하지만 다른 것은 어떤 것도 바꾸지 않았고, 바꿀 생각도 없었다. 디소토는 섬에서 10년 이상 달렸고, 15년 전 아버지가 구입한 차였다. 반자동 변속기에 하이포이드 뒤 차축, 그리고 변속 조작 레버가 핸들 밑에 달려 있었다. 아서는 이 차를 1939년 벨링햄에서 열린 경매에서 자신의 포드 A 모델과 현찰 5백 달러를 주고 거래했다. 도지처럼 네모지고 큼직한 수수한 차로 균형을 잃을 만큼 앞부분이 길고 라디에이터 그릴이 범퍼 바로 위에 낮게 위치했다. 이스마엘은 한편으론 타성적으로, 한편으론 이 차를 운전하면 아버지가 생각났기 때문에 이 차에 애착이 갔다. 운전석에 앉으면 자리에서 아버지의 체형이 느껴졌다.

센터 계곡의 딸기밭에는 눈이 20센티미터 정도 쌓여 있었고, 모난 가장자리를 찾아볼 수 없는 꿈속의 풍경처럼 보슬보슬 눈이 내리고 있었다. 차로 변에 나무들이 서 있는 스캐터 스프링스 도로의 하늘은 머리 위의 흐릿하고 칙칙한 띠에 지나지 않았지만 여기서부터는 맹렬하고 어지럽게 눈을 퍼붓는 극적인 하늘이 펼쳐졌다. 와이퍼가 움직이는 앞 유리를 통해 긴 빗금을 그리며 떨어지는 헤아릴 수 없이 무수한 눈송이를 내다보면서 이스마엘은 몇 년 전부터 헐거워진 옆 유리창의 창틀에서 바람이 새어 드는 소리를 들었다. 아버지가 살아 계실 때부터 헐거워져 있었는데, 그것은 이제 차의 개성이 되어 이

차와 헤어지지 못하는 이유 중 하나였다.

그는 올 저겐슨의 집을 지나쳤다. 그의 집 굴뚝에서 나무를 때는 하얀 연기가 피어올라 바람 속으로 사라졌다. 올은 분명 따뜻하게 지내고 있을 것이다. 눈이 밭 사이의 경계선을 지워 버렸으므로 미야모토 가부오가 오랜 세월 염원해 왔던 7에이커는 주변 땅과 구분이 되지 않았다. 땅에 대한 인간의 권리 주장은 눈에 덮여 무효화되었다. 세상은 하나의 세계였고, 사람이 같은 세계의 작은 땅 때문에 사람을 죽일 수 있다는 게 이해되지 않았다. 하지만 이스마엘은 그런 일이 일어날 수 있다는 것을 알았다. 무엇보다 전쟁을 겪어 보았으니까.

센터 계곡로와 사우스 해변 도로의 교차 지점에 있는 커브 길에서 자동차 한 대가 폭설 때문에 삼나무 숲 주위를 오르지 못하고 있었다. 그 차가 이마타 히사오와 후지코 부부의 윌리스 스테이션왜건임을 알아보았다. 아니나 다를까 히사오가 길 옆 배수구에 빠진 오른쪽 뒷바퀴에서 삽질을 하고 있었다. 모자를 눌러쓰고 목도리를 턱까지 감아서 입만 내놓은 히사오는 방한복에 감싸여 평소보다 더욱 작아 보였다. 이스마엘은 그가 도움을 청하지 않으리라는 것을 알았다. 산피에드로 사람 대부분이 그렇기도 했지만 그는 특히 유별난 사람이었다. 이스마엘은 고든 오스트럼네 우편함 옆 경사로에 주차하기로 했다. 그는 태워 주겠다고 이마타 히사오를 설득하는 동안 디소토가 잘 보이도록 길 한복판에 세워 두고 사우스 해변 도로를 50미터가량 걸어 올라갔다.

이스마엘은 히사오를 오랫동안 알아 왔다. 그는 여덟 살 때 밭을 가는, 등이 굽은 흰말 뒤를 따라 터벅터벅 걷는 일본인 남자를 보았었다. 단풍나무 덩굴을 자르는 데 쓰는 마체테를 허리띠에 찬 일본인 남자를. 그의 가족은 텐트 두 채에 살면서 새로 산 땅을 개간했다. 그들은 지류에서 물을 끌어왔고, 아이들이 계속해서 때는 불에 몸을 덥혔다. 하쓰에를 포함한 딸들은 고무장화를 신고 나뭇가지를 끌어오거나 덤불을 한 아름씩 안고 와서 불 위에 얹었다. 히사오는 말랐지만 강인한 남자였고, 절대 흐트러지는 법 없이 착실하게 일했다. 그는 어깨에 끈이 달린 티셔츠를 입었는데, 그 끈은 허리띠에 찬 날카로운 칼과 연결이 되어 있었다. 이스마엘은 그를 보면서 아버지가 아미티 하버 공공 도서관에서 빌려다 준 그림책에서 읽었던 해적이 생각났다. 하지만 그 모든 것은 이제 20년 전의 일이었고, 사우스 해변 도로의 이마타 히사오에게 다가가고 있을 때 이스마엘은 그 남자가 전혀 딴판으로 보였다. 보잘것없이 작은 남자는 내려앉을 듯 위협적인 나무 밑에서 추위에 곱은 손으로 제대로 삽질도 못하고 있었다.

　이스마엘은 다른 사람도 보았다. 자동차 한쪽 옆에서 하쓰에가 역시 삽을 들고 몸을 숙이고 있었다. 그녀는 차 밑에서 검은 흙을 파내 삼나무 밑동을 향해 던지는 중이었다.

　15분 뒤 세 사람은 디소토를 향해 걸었다. 윌리스 스테이션왜건의 오른쪽 뒷바퀴는 차축에 끼어서 떨어지지 않는 나뭇가지에 찔려 구멍이 났다. 머플러 역시 부서져 있었다. 이스마엘은 첫눈에 차가 움직일 수 없다는 사실을 알았지만 히사오가 그 사실을 인정할 때까지는 시간이 걸렸다. 그는 삽을 가지고 마치 그 도구가 차의 운명을 바꾸기라도 할 것처럼 기를 쓰고 도전했다. 이스마엘이 큰 소리로 디소토를 타는 수밖에 없다고 정중하게 제의하면서 10분을 보내고 다시 5분을 더 설득한 후에, 히사오는 더 이상 피할 수 없는 유혹을 받아들였다. 그는 차 문을 열고 삽을 넣고 나서 식료품 봉투와 1갤런들이 석유통을 갖고 나왔다. 하쓰에는 아무 말도 하지 않고 자동차 한옆에서 계속 타이어 밑의 검은 흙을 파냈다.

마침내 그녀의 아버지가 윌리스 스테이션왜건을 빙 둘러 가 그녀에게 일본어로 말했다. 그제야 그녀는 손을 멈추고 길로 나왔고, 이스마엘은 이제 그녀를 똑바로 볼 수 있었다. 그는 바로 전날 아침 아일랜드 군 법원 2층 복도에서 배석판사실 밖 아치형 창문을 등진 긴 의자에 앉은 그녀에게 말을 걸었었다. 그때도 그녀는 지금처럼 머리를 땋아 쪽을 찌고 있었다. 그녀는 그에게 가라고 네 차례 말했었다.

"안녕, 하쓰에." 이스마엘이 말했다. "원하면 집까지 태워 줄게."

"아버지가 그러시겠대." 하쓰에가 대답했다. "도와줘서 고맙대."

그녀는 삽을 든 채 아버지와 이스마엘의 뒤를 따라 디소토가 있는 곳으로 언덕을 내려갔다. 그들이 사우스 해변 도로에서 해안을 따라 달릴 때 히사오가 서툰 영어로 딸이 재판 동안 자신과 함께 지내고 있으니 자신들을 함께 내려 주면 된다고 설명했다. 그리고 길가에 떨어진 나뭇가지를 피하려고 브레이크를 밟았고, 차가 멈추면서 부러진 가지를 넘어 배수구에 빠지게 된 상황을 설명했다.

이스마엘은 운전하면서 그가 하는 말에 예의 바르게 고개를 끄덕이며 짧은 감탄사—네, 네, 그럼요, 알죠—로 관심을 나타내다가 짐짓 용기를 내 백미러로 미야모토 하쓰에를 보았다. 기껏해야 2초가 걸린 모험. 그는 그때 골똘하게 생각에 잠겨 창문을 내다보고 있는 그녀를 보았다. 폭설에 마음을 빼앗기고 차 밖의 세상에 몰두해 있었다. 그녀의 검은 머리는 눈에 젖어 있었다. 단정하게 빗은 머리에서 삐져나온 머리카락 두 가닥이 추위로 언 뺨에 달라붙어 있었다.

"고생하셨군요." 이스마엘이 말했다. "하지만 눈이 아름답지 않습니까? 내리는 눈이 아름답죠?"

눈이 쌓인 전나무 가지가 늘어져 있었고, 담장들과 우편함들은 눈에 덮여 있었으며, 사람의 자취라고는 찾아볼 수 없었다. 이마타 히사오가 그 말에 동의했고—아, 그래, 아름답군. 그가 부드러운 목소리로 한마디했다— 그 순간 그의 딸이 재빨리 고개를 돌렸다. 그녀의 눈이 백미러를 통해 이스마엘의 눈과 마주쳤다. 그것은 그가 법원 2층에서 그녀의 남편 재판 전에 그녀에게 말을 걸려고 했을 때 잠깐 그를 향해 보냈던 수수께끼 같은 시선이었다. 이스마엘은 여전히 그녀의 눈이 무엇을 말하는지 읽을 수 없었다. 비난, 슬픔, 억눌린 적개심. 어쩌면 그 세 가지를 동시에 의미하는지도 몰랐다. 어쩌면 낙담한 표정인지도.

그의 평생 그는 그녀의 표정을 읽을 수 없었다. 히사오가 없었다면 그녀가 그토록 완강하게 아무 말 없이 쳐다보는 시선이 무슨 의미인지 대놓고 물어보았으리라고 생각했다. 도대체 자신이 무슨 잘못을 했다는 말인가? 무엇 때문에 화를 내는 것일까? 정작 화를 낼 사람은 자신이라고 생각했다. 그녀에 대한 분노는 세월이 흐르면서 점차 출혈을 멈추고 서서히 말라 버렸다. 그러나 그 자리에는 아무것도 채워지지 않았다. 그는 그 자리를 채울 만한 것을 발견하지 못했다. 피터슨 식료품점의 통로에서나 아미티 항구의 거리에서 어쩌다 그녀를 만나면, 그녀가 자신을 보고 고개를 돌리는 것과 동시에 자신도 그녀에게서 고개를 돌렸고, 냉정하게 서로를 피해 왔다. 3년 전 어느 날 그는 그녀가 자기 위치에 얼마나 충실한지 깨닫게 되었다. 그녀는 피스크 철물점 앞에서 지갑을 보도 위에 놓아두고 딸의 신발 끈을 묶고 있었다. 그녀가 무릎을 꿇고 딸의 신발 끈을 묶고 있는 모습을 보면서 그는 그녀의 삶에 대해 생각하게 되었다. 그녀는 아이가 있는 유부녀였다. 그녀는 매일 밤 미야모토 가부오와 한 침대에서 잠을 잤다. 그는 최대한 그녀를 잊어버리자고 자신을 타일렀다. 지금 그에게 유일하게 남은 것은 하쓰에가 자신에게 돌아오기를 꿈꾸는 막연한 기다림이었다. 정확히 어떻게 그런 일이 가능한지 상상조차 할 수 없었지만 몇 년이 지나면 다시 그녀와 지낼 수 있을 것 같은 느낌이 드는 것은 어쩔 수 없었다.

그녀가 지금 다시 창밖으로 고개를 돌리고 말했다. "너희 신문." 그녀가 말했다. 그 말이 다였다.

"응." 이스마엘이 대답했다. "듣고 있어."

"재판, 가부오의 재판은 부당해." 하쓰에가 말했다. "넌 너희 신문에 그걸 실어야 해."

"뭐가 부당하지?" 이스마엘이 물었다. "정확히 뭐가 부당하다는 거지? 말해 주면 기꺼이 그에 관해 쓸게."

뺨에는 여전히 젖은 머리카락이 붙은 채 그녀는 창밖으로 눈을 내다보고 있었다. "모든 게 부당해." 그녀가 비통한 목소리로 말했다. "가부오는 아무도 죽이지 않았어. 누굴 죽일 사람이 아니야. 그들은 육군 상사를 불러 그가 살인자라고 말하게 했어. 그건 편견에 불과해. 그 사람이 한 말 들었지? 어떻게 가부오에게 살의가 있었다는 거지? 정말 말도 안 돼. 살인자라고? 신문에 그 사람의 증언에 대해서, 그 증언이 얼마나 부당한지 써 줘. 이 재판 전체가 얼마나 부당한지."

"무슨 말인지 이해해. 하지만 난 법률 전문가가 아니야. 판사가 메이플즈 상사의 증언을 중단시켜야 했는지는 잘 모르겠어. 배심원들이 올바른 평결을 내리길 바랄 뿐이야. 어쩌면 그에 관해 사설을 쓸

순 있어. 우리 모두 사법 체계가 제대로 운영되길 얼마나 바라는지. 공정한 결과를 얼마나 바라는지."

"처음부터 아예 재판하지 말았어야 해." 하쓰에가 말했다. "모든 게 잘못됐어, 잘못됐다고."

"공정하지 않다면 나도 짜증 나." 이스마엘이 그녀에게 말했다. "하지만 가끔 난 세상일이란 게…… 불공정한 건 아닌지 궁금해. 우리가 공정을 기대해야 하는지, 우리가 그에 관해 어떤 권리가 있다고 해야 하는지 궁금해. 아니면 만약……."

"난 지금 세상 돌아가는 얘길 하는 게 아니야." 하쓰에가 말을 잘랐다. "난 사람들에 관해, 보안관, 검사, 판사, 너에 관해 얘기하는 거라고. 신문을 찍어 내거나 사람을 체포하거나 유죄 판결을 내리거나 사람 목숨을 좌지우지하는 사람들. 그런 사람들이 부당한 일을 하면 안 되는 거 아니야? 사람이 누군가에게 부당한 짓을 하는 게 세상일인 건 아니야."

"아니지." 이스마엘이 냉정하게 대꾸했다. "네 말이 맞아. 불공정해선 안 돼."

그는 그들을 이마타네 우편함 옆에 내려 주면서 어쨌든 자신이 우위를 점했다고 느꼈다. 그에게는 감정적인 이점이 있었다. 자신은 그녀와 이야기를 나누었고, 그녀는 자신에게 무언가를 원하고 있었다. 그녀는 한 가지 바람을 자청했다. 둘 사이의 긴장감, 자신이 느낀 적개심. 그는 그것이 아무것도 아닌 것보다 낫다고 결론 내렸다. 그것이 자신들이 나눈 모종의 감정이었다. 그는 디소토 안에 앉아 어깨에 삽을 메고 터덜터덜 걸어가는 하쓰에를 바라보았다. 자신이 한때 그랬던 것처럼 지금은 그녀의 남편이 그녀의 삶에서 떠나 있었다. 그때도 어쩔 수 없는 상황이 있었고, 지금도 그랬다. 세상에는 사람이 통제할 수 없는 일이 일어났다. 자신도 하쓰에도 전쟁이 일어나길 바라지 않았고, 방해받고 싶지 않았다. 지금은 그녀의 남편이 살인죄로 기소되었고, 자신들의 상황이 바뀌어 있었다.

23

 포인트 화이트 바위들 위에 서 있는 연안 경비 등대는 해발 30미터 높이의 철근 콘크리트 탑이었다. 등대가 세워지기 전 30년 동안 이곳에서 모두 열한 척의 배-우편선 두 척, 목재 운반선 일곱 척, 노르웨이 화물선 한 척, 뉴캐슬에서 석탄을 적재하고 폭풍 속에 시애틀로 돌아가던 범선 한 척-가 좌초했다. 그 배들의 잔해는 수년에 걸쳐 대양으로 씻겨 내려가 더 이상 흔적조차 없었다. 단지 조개로 범벅이 된 바위와 수평선까지 뻗쳐 있는 회색 바다 그리고 저 멀리 바다와 하늘이 만나는 수평선이 까마득히 보일 뿐이었다.
 조수가 특별히 높을 때 파도가 등대 가까이 위태롭게 밀려오면서 버리고 간, 소금에 전 해초들이 등대 밑에 바다 이끼처럼 달라붙어 있었다. 등대의 둥근 구리 지붕 밑에는 열여섯 개의 반사 프리즘과 수은 용액에 흠뻑 젖은 4개의 볼록렌즈가 있었다. 연안 경비는 태엽에 기름칠했고, 렌즈는 1분에 두 차례 회전했다. 그래도 여전히 사고는 일어났다. 사고는 막을 수 없는 것 같았다. 안개가 짙은 밤에는 등대가 잘 보이지 않았으므로 배들이 계속해서 접근해 왔다. 연안 경비는 섬의 해안을 따라 반향 판을 설치하고 항로에 수많은 부표를 일정한 간격으로 띄워 놓았다. 그러나 충분히 대책을 세웠다 싶으면 또 다른 사고가 일어났다. 예인선이 샌프란시스코에서 디젤 페리를 끌어오다가 북쪽으로 2킬로미터 떨어진 암초에 부딪혔고, 그다음 합판을 가득 실은 거룻배를 끌던 예인선이, 다음에는 빅토리아섬으로 출항하던 구조용 기선이. 섬사람들은 난파선에 대한 소식을 우울한 운명론으로 받아들였다. 그런 일들은 신에 의해 예정된 것처럼 어차피 불가피한 일로 생각되었다. 조난 사고가 일어나면 많은 사람이 해변으로 몰려나와 침몰한 배를 두려운 마음으로 바라보았다. 어떤 사람은 쌍안경과 카메라를 들고 왔고, 시간이 남아도는 어부들은 부목으로 화톳불을 피우고 몸을 녹이면서 좌초한 배의 선체에 부딪히는 파도를 바라보았다. 사람들은 손가락으로 가리키면서 토론을 벌였다. 확실한 사실은 모르지만 섬 주민들은 다양한 결론을 이끌어 냈다. 키잡이의 실수나 경험 부족, 차트 판독 오류, 신호 위반, 안개, 바람, 파도, 어리석음 등등. 결국 어떤 배가 파선하거나 일부가 가라앉거나 구조 회사가 화물을 건지지도 못하고 포기하면 섬 주민들은 며칠 동안 입을 굳게 다물고 머리를 저으면서 공허한 시선으로 지켜보았다. 일주일쯤 그들은 조심스럽게 목격한 일을 이야기하다가 서로 나누었던 담론의 영역이 희미해져 갔다. 다만 가끔 혼자 그런 일들을 생각할 뿐이었다.

  해가 질 무렵 이스마엘 체임버스는 에번 파월이라는 거구의 등대

관리소장의 사무실에 앉아 있었다. 그는 석유등에 불을 밝히고 무쇠 난로에 장작을 때고 있었다. 30초마다 사무실 창으로 등대 불빛이 지나도록 외부 발전기가 등대에 동력을 공급했다. 파월 관리소장의 책상에는 예정표, 연필꽂이, 꽁초가 수북한 재떨이 그리고 전화가 가지런히 정리되어 있었다. 손가락 사이에 담배를 끼운 그는 등받이를 뒤로 기울이고 의자에 앉아 얼굴을 긁으며 기침했다. "감기에 걸려서 말입니다." 그가 쉰 목소리로 이스마엘에게 말했다. "지금 당장은 여러 가지 상황이 좋지 못하군요. 하지만 가능한 한 도와드리죠, 체임버스 씨. 기사가 필요합니까?"

"네." 이스마엘이 말했다. "이 악천후에 관한 기사를 쓰려는데요. 예전 기상 자료를 볼 수 있었으면 합니다. 지나간 일지 같은 걸 훑어보고 비교해 보면 좋겠죠. 제 기억으론 이런 폭풍이 생각나지 않지만, 그렇다고 전혀 없었던 건 아닐 테니까요."

"우린 많은 기록을 보관하고 있습니다. 등대는 연안 경비대보다 먼저 세워졌죠. 얼마나 거슬러 올라가야 필요한 정보가 있는지 모르지만 원하시면 볼 수 있습니다. 찾으려고만 하면 자료는 충분할 겁니다. 당신이 발견한 걸 나도 보고 싶군요."

파월 관리소장은 의자에서 몸을 숙여 담배를 눌러 껐다. 그는 전화를 들고 한 자리 숫자를 누른 다음 주머니에서 손수건을 꺼냈다. "누군가?" 그가 송화기에 대고 걸걸한 목소리로 말했다. "레반트를 찾아 줬으면 하네. 레반트를 찾아서 이리 오라고 해. 등유 램프를 가지고 오라고. 당장 오라고 하게."

그는 송화기를 손으로 덮고 코를 푼 다음 이스마엘을 보았다. "시간이 얼마나 걸립니까? 레반트에게 두 시간 이상은 도와드리게 할 수 없는데요."

"괜찮습니다. 여기 계신 분들께 폐를 끼치고 싶지 않습니다. 가는 길만 가르쳐 주십시오."

에번 파월은 송화기에서 손을 내렸다. "스몰츠, 레반트를 찾아봐. 내가 지금 당장 오란다고 전하게. 레반트에게 시킬 일이 있으니까."

그는 전화를 끊고 한 번 더 코를 풀었다. "이런 날씨에는 배가 없습니다. 한 시간 전에 니아만*과 교신했죠. 우리 생각엔 내일 오후까지 눈이 그칠 것 같지 않군요."

레반트라는 이름의 무전 기사가 도착했다. 레반트는 농구 선수를 해도 좋을 만큼 키가 2미터에 가까웠고, 목젖이 불쑥 튀어나왔고, 검은 곱슬머리였다. 그는 양손에 램프와 손전등을 들고 있었다. "이분은 이스마엘 체임버스 씨네." 파월 관리소장이 설명했다. "시내에서 신문사를 운영하시는데, 기상 자료를 보실 걸세. 자네가 안내해서 도와드리게. 필요한 걸 보여 드리고, 램프도 두 개 준비하고."

"다른 건 없습니까?" 레반트가 물었다.

"그보다 자네의 무전이나 놓치지 말게." 파월이 말했다. "두 시간 뒤엔 무전을 켜야 해."

"그러실 필요 없습니다. 가는 길만 가르쳐 주십시오. 누군가의 시간을 뺏고 싶지 않군요."

레반트는 그를 2층 자료실로 안내했다. 자료실에는 나무 상자와 파일 캐비닛과 캠핑 배낭이 바닥에서 천장까지 쌓여 있었다. 삭은 종이와 등사용 잉크 냄새가 났고, 최근에는 청소를 하지 않은 모양이었다. "모두 날짜대로 되어 있습니다." 레반트가 램프를 놓을 자리를 찾으며 설명했다. "여기서는 대개 날짜순으로 정리하죠. 무선 통신,

항해일지, 일기예보…… 모든 게 날짜대로 있을 겁니다. 모두 날짜가 적혀 있습니다."

"무전 당직을 하신다고요? 무전 기사십니까?"

"지금은요." 레반트가 말했다. "두 달 정도 됐죠. 지난번 무전 기사가 전근해서 제가 승진했죠."

"기록하는 일이 많은가요? 무전 기사가 이 모든 일을 합니까?"

"모든 무전 통신을 기록하는 속기사가 있습니다. 그가 기록하면 그것들은 여기 캐비닛에 보관되는 거죠. 그게 전부인 것 같아요. 그것들은 자리만 차지하죠. 아무도 관심을 두지 않아요."

이스마엘은 마닐라 폴더를 들어서 램프 불빛에 갖다 댔다. "시간이 좀 걸릴 것 같군요." 그가 말했다. "가서 일 보세요. 뭔가 필요하면 도움을 청할 테니까요."

"램프를 하나 더 가져오겠습니다."

그는 램프 불빛과 해양 기록이 든 나무 상자들 속에서 하얀 입김을 뿜으며 혼자 남았다. 방에서는 바닷물과 눈, 과거의 냄새가 났다. 이스마엘은 일에 집중하려고 했지만 자동차 뒷좌석에 앉아 있던 하쓰에의 모습이, 백미러를 통해 마주친 그녀의 눈이 자꾸만 뇌리에 떠올랐다.

전쟁이 끝나고 처음 만났을 때 그녀는 그가 기억하는 정감 어린 모습으로 대하려고 애썼지만 그는 받아들일 수가 없었다. 그는 피터슨 상점에서 우유와 크래커를 들고 그녀 뒤에 줄을 서서 기다리고 있었다. 그가 그녀를 원망하면서 말없이 서 있을 때 아기를 들쳐 업은 그녀가 그를 향해 돌아서더니 자연스럽고 정중하게 그가 팔을 잃었다는 소식을 듣고 매우 가슴이 아팠다고 말했다. 그녀는 좀 더 나이가 들어 보였고, 눈매가 날카로워졌지만 여전히 아름다웠다. 그는 그녀의 얼굴과 길게 땋아 늘어뜨린 머리채를 보면서 고통스러웠다. 두꺼운 모직 반코트 소매를 접어 올린 채 감기에 걸려 다소 열에 들뜬 창백한 얼굴의 이스마엘은 우유와 크래커를 쥐고 서서 하쓰에의 아기를 뚫어지게 쳐다보았다. 가게 점원인 엘리너 힐은 자신을 포함한 다른 사람들이 미처 알아보지 못한 이스마엘의 잃어버린 팔에 대해 하쓰에가 하는 말을 못 들은 척하고 있었다. "일본 놈들이 이랬지." 이스마엘은 계속해서 아기를 뚫어지게 쳐다보면서 무덤덤하게 말했다. "내 팔을 날려 버렸어, 일본 놈들이."

하쓰에는 잠시 그를 쳐다보다가 다시 엘리너 힐에게 돌아서서 동전 지갑을 열었다. "미안해." 이스마엘이 즉각 그렇게 말했다. "그런 뜻이 아니었어. 내가 말한 건 그런 뜻이 아니야." 그러나 그녀는 들은 척도 하지 않았으므로 그는 크래커와 우유를 내려놓고 그녀의 어깨에 한 손을 올렸다. 그가 다시 미안하다고 말했지만 그녀는 여전히 돌아보지도 않고 그의 손에서 몸을 빼냈다. "정말 미안해. 난 비참한 기분이야. 알겠어? 내가 한 말은 그런 뜻이 아니야. 어떤 말을 해도 믿지 않겠지만 난 사실을 말한 것뿐이야. 난……."

엘리너 힐은 재향군인인 이스마엘이 앞에서 하는 이야기가 들리지 않는다는 듯 바쁘게 움직이고 있었다. 그것이 그가 자신에 대해 이야기할 때, 자신이 할 말을 하려고 했을 때 얻은 것이었다. 누구에게도 쉽게 설명할 수 없었고, 아무도 들으려고 하지 않았다. 전쟁에서 돌아온 다른 청년들이 있었다. 그는 때로 그들과 이야기를 나누었지만 그것은 아무런 의미가 없었다. "미안해, 하쓰에." 그는 한 번 더 말했다. "모든 게 유감이야. 모든 게."

그는 우유와 크래커를 사지 않고 나왔다. 그는 집으로 가서 자신이 제정신이 아니었다고, 때로 자기도 모르게 마음에도 없는 말을 하게 된다고, 네 앞에서 일본 놈이라고 하지 말았어야 했다고, 다시는 그런 일이 없을 거라고 사과하는 긴 편지를 썼다. 그 편지는 책상 서랍에 2주일 동안 들어 있다가 휴지통으로 들어갔다.

그는 굳이 알고자 하지 않아도 그녀가 어디에 살고 무슨 차를 타고 다니는지 알게 되었고, 그녀의 남편 미야모토 가부오를 만나면 심장이 조여드는 것을 느꼈다. 그는 점점 가슴이 답답해지는 것을 느꼈고 밤에 잠을 이룰 수 없었다. 새벽 2시까지 뒤척이다 결국 불을 켜고 책이나 잡지를 읽었다. 점차 아침이 밝아 오는데도 잠은 오지 않았다. 그는 아침 일찍 밖으로 나가 느린 걸음으로 섬의 오솔길을 정처 없이 걸었다. 그러다가 한번은 하쓰에를 보았다. 그녀는 플레처만의 해변으로 내려와 한창 조개를 캐는 중이었다. 아기는 옆에 받쳐 놓은 우산 밑 담요에 싸여 자고 있었다. 이스마엘은 해변으로 내려가 조개를 캐서 양동이에 던지고 있는 하쓰에 옆에 쭈그리고 앉았다. "하쓰에," 그가 간청했다. "이야기 좀 할 수 있어?"

"난 결혼했어." 그녀가 그를 보지도 않고 말했다. "우린 둘만 있으면 안 돼. 좋게 보이지 않아, 이스마엘. 사람들이 소문을 낼 거야."

"여긴 아무도 없어." 이스마엘이 대답했다. "할 얘기가 있어, 하쓰에. 그 정도는 해 줘야 하지 않아? 그렇게 생각하지 않아?"

"맞아." 하쓰에가 말했다. "그래."

그녀는 그에게서 고개를 돌리고 아기를 보았다. 햇빛이 아기의 얼굴로 기어 올라와 있었다. 하쓰에는 비치파라솔을 조절했다.

"난 산송장 같아. 네가 만자나로 떠난 후 한시도 즐거운 적이 없었어. 몸 속에 납 덩어리나 뭐 그런 걸 넣고 다니는 것 같아. 어떤 느낌인지 알겠어, 하쓰에? 이따금 미쳐 가다 벨링햄 정신병원에 들어갈 것 같다는 생각이 들어. 미치광이처럼 잠도 자지 않고 밤을 꼬박 새워. 이런 느낌에서 벗어날 수가 없어. 가끔 더 이상 견딜 수 없을 것 같아. 이러면 안 된다고 중얼거리지만 어쨌든 계속 그래. 내가 할 수 있는 게 아무것도 없어."

하쓰에는 눈에 흘러내린 머리카락을 왼쪽 손목으로 걷어 올렸다. "안됐어." 그녀가 부드럽게 말했다. "네가 불행해지는 건 원치 않아. 너한테 고통을 주고 싶진 않았어. 하지만 이제 와서 내가 널 위해 뭘 할 수 있겠어? 내가 널 어떻게 도울 수 있을지 모르겠어."

"미쳤다고 생각하겠지만 내가 원하는 건 널 안아 보는 거야. 한 번만 널 안고 네 머리카락 냄새를 맡고 싶어, 하쓰에. 그럼 나아질 것 같아."

하쓰에는 한 손에 조개 캐는 갈퀴를 쥐고 한참 동안 그를 가만히 보았다. "이것 봐." 그녀가 말했다. "내가 그럴 수 없다는 걸 알잖아. 난 널 만질 수 없어, 이스마엘. 우리 사이는 끝났어. 우리 둘 다 모든 일을 뒤로하고 각자의 삶을 살아가야 해. 내 생각엔 어중간한 삶은 없어. 난 결혼해서 아이가 있으니까 넌 날 안을 수 없어. 그러니 지금 당장 여기서 떠나 나에 대해 영원히 잊어버려. 넌 날 내버려둬야 해, 이스마엘."

"네가 결혼한 거 알아." 이스마엘이 말했다. "널 잊고 싶어, 정말. 네가 날 안아 주면 난 다시 시작할 수 있을 것 같아, 하쓰에. 한 번만 날 안아 주면 다신 너에게 말도 걸지 않겠어."

"안 돼. 그럴 수 없어. 다른 방법을 찾아봐. 난 널 절대 안지 않을 거야."

"사랑에 관해 얘기하는 게 아니야. 날 사랑해 달라고 하는 게 아니야. 하지만 그냥 인간 대 인간으로 불행하고 어디로 갈지 모르는 나라는 사람을 한 번만 안아 달라는 거야."

하쓰에는 한숨을 쉬고 그에게서 눈을 돌렸다. "가." 그녀가 말했다. "솔직히 너에게 상처를 줬고, 네 불행이 정말 가슴 아프지만 널 안진 않을 거야. 이스마엘, 넌 날 안지 않고 살아야 해. 이제 일어나서 날 혼자 있게 해 줘, 제발."

시간이 지났고, 지금 그녀의 남편은 바다에서 사람을 살해한 혐의로 재판 중이다. 연안 경비대 자료실에서 이스마엘은 가부오의 사건과 관련한 무언가를 찾을 수 있을지도 모른다는 생각이 들었다. 그리고 갑자기 그는 기상 자료를 옆으로 치우고 캐비닛을 뒤지기 시작하면서 이상한 흥분을 느꼈다.

이스마엘이 원하는 것을 찾기까지는 15분이 걸렸다. 1954년 9월 15일과 16일에 대한 자료가 문 오른쪽에 있는 서류 캐비닛의 세 번째 서랍 앞쪽에 있었다. 바람도 없고 물결도 잔잔했으며 짙은 안개가 낀 온화한 날씨였다. 01:20에 라이베리아 국기를 꽂은 그리스 소유 S. S. 웨스트 코로나 호가 지나갔다. 그 배는 서쪽 밖에서 위치 확인을 요구했고 시애틀을 향해 남쪽으로 항해하던 중이었다. 무전 송신은 속기로 쓰여 있었다. 코로나호는 56번 반향 판의 북서쪽에서 등대의 무선 신호로 위치 확인을 요구하는 송신을 보냈다. 배는 수심을 측정하며 해협을 지나고 있었지만 키잡이는 그것만 믿을 수가 없어서 안개가 짙게 깔린 그날 아침 01:26에 등대에 무선을 쳐 도움을 요청했다. 전파장애로 신호가 약했기에 근무 중이던 무전 기사는 코로나의 항해사에게 라니드론섬 북쪽 해안에 설치된 반향 판 56번에서 소리를 들어 보고 그에 따라 위치를 계산하라고 조언했다. 코로나 항해사는 경적을 울리라고 명령했고, 그 소리가 되돌아오는 시간을 쟀다. 그는 나눗셈과 곱셈을 해서 무전 기사에게 자신의 위치를 중계했다. 그리고 코로나호가 56번 부표의 남쪽 어딘가에서 항로를 벗어났으므로 십 해협 제방을 가로질러 북동쪽으로 진로를 변경해야겠다고 보고했다.

십 해협 제방은 데일 미들턴, 밴스 코프, 레너드 조지가 그날 밤 그물을 꺼내 바다로 나가는 칼 하이네를 보았던 곳이었다. 그날 밤 거대한 화물선이 어장 한가운데를 가르며 지나갔다면 그 항적으로 몸집이 큰 사람이라도 배 밖으로 떨어졌을 터였다.

01:42에 키잡이의 명령으로 항해사가 반향 판에 두 차례 더 집중해 계산하는 동안 코로나호는 올바른 진로를 찾았다. 나중에 항해사는 좀 더 확실히 하기 위해 58번과 59번 그리고 60번 반향 판도 판독했다. 코로나호의 무전 기사는 자신들이 무사히 항로를 찾아간 것 같았다. 그는 화이트샌드만에서 등대의 무전 신호를 잡고 확신을 얻었기에 안심하고 남쪽으로 배를 돌렸다. 코로나호는 등대의 무전 신호에 의지하면서 시애틀로 향했다.

모든 것이 군 표준 복사지 세 부에 남아 있었다. 세 부에는 무전 기사를 보조해서 전송 내용을 속기한 시맨 필립 미홀랜드의 사인이 있었다. 이스마엘은 시맨 미홀랜드의 기록장에서 가운데에 있는 세 장을 빼내 두 번 접었다. 그 종이는 그의 외투 주머니에 감쪽같이 들어갔다. 그는 두근거리는 가슴을 진정시켰다. 이내 램프 하나를 집어 들고 밖으로 나왔다.

계단 밑 대기실에서 레반트가 석유난로 옆에서 「새터데이 이브닝 포스트」를 천천히 넘기고 있었다. "끝났습니다." 그가 말했다. "한 가지가 더 있는데요. 필립 미홀랜드가 이 주변에 있습니까? 그와 얘기를 좀 했으면 하는데요."

레반트가 머리를 저으며 잡지를 바닥에 내려놓았다. "미홀랜드를 아십니까?"

"약간요." 이스마엘이 말했다. "안면이 있죠."

"미홀랜드는 떠났습니다. 미홀랜드와 로버트 밀러는 플래터리곶으로 전근 갔습니다. 그래서 우리가 승진을 했죠."

"우리요?" 이스마엘이 물었다. "우리가 누구죠?"

"저와 스몰츠요. 우리 둘이 함께 시작했죠."

"그때가 언제였죠? 미홀랜드가 언제 떠났습니까?"

"지난 구월이었습니다. 구월 십육 일에 저와 스몰츠가 밤 당번 무전 팀으로 시작했죠."

"밤 당번? 밤 근무 말입니까?"

"네, 야근이요." 레반트가 말했다. "저와 스몰츠는 밤교대로 일합니다."

"그러니까 미홀랜드는 떠났다." 이스마엘이 말했다. "구월 십오 일에 떠났습니까?"

"십오 일에는 떠날 수 없었습니다. 십오 일 밤에도 야근했으니까요. 그러니까 십육 일에 떠났을 겁니다. 그와 밀러는 구월 십육 일에 플래터리로 갔습니다."

아무도 모른다. 이스마엘은 생각했다. 코로나호의 무전 송신을 들은 사람들은 다음 날 다른 곳으로 가 버렸다. 그들은 15일 밤에 근무했고, 16일 아침 내내 잠을 잔 다음 산피에드로를 떠났다. 전송 기록은 마닐라 폴더에 들어갔고, 그 폴더는 다시 연안 경비 자료로 가득 채워진 방에 있는 서류 캐비닛으로 들어갔다. 누가 거기서 그걸 찾겠는가? 그것은 이스마엘에게 영원히 잃어버린 것이나 마찬가지처럼 보였고, 칼 하이네가 바다에 빠져 그의 시계가 1시 47분에 멈춘 날 밤, 한 화물선이 1시 42분-불과 5분 전에-에 십 해협 제방을 가로질러 가면서 일으킨 파도에 작은 자망 어선이 흔들려 덩치 큰 사내가 배 밖으로 떨어졌을 것이 분명하다는 그 문제의 사실을 아무도 알지 못하는 것처럼 보였다. 아니면 적어도 한 사람, 자신만이 그 사실을 알았다. 그것이 핵심이었다.

24

 이스마엘의 어머니가 부엌 장작 난로에 불을 때는 연기가 퍼붓는 눈 속에서 하얀 유령처럼 굴뚝 위로 뭉게뭉게 피어오르고 있었다. 이스마엘은 석유통을 들고 창문 앞을 지나가면서 외투를 입고 목도리를 한 채 싱크대 앞에 서 있는 어머니를 보았다. 유리창 안쪽의 수증기 때문에 어머니의 모습은 물감이 뭉개져 굴절되고 희미해진 그림처럼 보였다. 눈보라와 수증기로 흐려진 창문을 지나칠 때 손 하나가 갑자기 원을 그리며 창문을 깨끗이 닦아 내더니 어머니가 밖을 내다보며 그에게 손을 흔들었다. 이스마엘은 석유통을 들고 부엌문을 향해 계속 발걸음을 옮겼다. 어머니는 장작 헛간으로 이어지는 길의 눈을 삽으로 치웠지만 눈은 이미 그 길을 덮고 있었다. 어머니의 삽은 울타리에 기대어 있었다.
 그는 부엌문 앞에 서서 석유통을 내려놓고 필립 미홀랜드의 연안 경비 기록이 외투 주머니에 그대로 있는지 만져 보았다. 손을 뺐다가 다시 넣고 한 번 더 확인했다. 그리고 석유통을 들고 들어갔다.

어머니는 버클을 채우지 않은 고무장화를 신고 있었고, 거실 입구에 모직 담요를 걸기 위해 작고 가는 못을 박고 있었다. 젖은 창문을 통해 희미한 빛이 들어오는 주방은 따뜻했고, 깔끔하게 정돈된 식탁 위에 여러 가지 양초와 석유등 하나, 손전등 두 개, 성냥 한 갑이 놓여 있었다. 어머니는 큰 주전자에 눈을 가득 담아 장작 난로 위에 올려놓았는데, 이스마엘이 문을 닫고 들어갔을 때 소리를 내면서 끓고 있었다. "차 안에 식료품이 좀 있어요." 그가 벽 옆에 석유통을 놓으며 말했다. "난로의 새 심지도요." 그는 테이블 위 양초들 옆에 심지를 놓았다. "어젯밤에 춥지 않으셨어요?" 그가 물었다.

"전혀." 어머니가 말했다. "널 보니 반갑구나, 이스마엘. 전화하려고 했는데 불통이야. 전화선이 모두 끊겼나 보구나."

"그래요. 어디나 다 마찬가지예요."

그녀는 싱크대에서 주전자의 눈 녹인 물을 병에 부은 다음 손을 닦고 그에게 돌아섰다. "차들이 오도 가도 못하지?" 그녀가 물었다.

"시내에서 여기까지 오는 길에 오십 대는 봤을 거예요. 찰리 토발의 차가 스캐터 스프링스 도로에서 블랙베리 덤불 속에 뒤집혀 있더라고요. 여기저기서 나무가 쓰러져서 전기가 다 나가 버렸어요. 아침까지 시내를 복구한대요. 언제나 시내가 먼저죠. 시내가 회복되면 어머니는 저와 지내셔야 해요. 함께 시내로 가요. 계속 여기 계시다간 얼어 죽을 거예요. 전……."

"난 얼어 죽지 않아. 사실은 지금 너무 더울 지경이다. 방금 삽질을 끝내고 장작을 들여왔거든. 배관이 녹았을 때 무슨 일이 일어날지 걱정스러운 것 빼고는 다 괜찮아. 터지지나 않으면 좋겠구나."

"수도꼭지를 열어 놓죠. 별일 없을 거예요. 지하실 동쪽 벽에 있는 배관에 압력 밸브가 있어요. 아버지가 거기에 설치하신 거 기억나세요?" 그는 식탁에 앉아 절단된 팔을 감싸고 문지르면서 천천히 주물렀다. "이렇게 추우면 통증이 있어요." 그가 말했다.

"영하 십일 도야. 네 차에 있는 식료품들이 얼지 않겠니? 가서 가져와야겠다."

"그래야죠."

"네 팔이 준비가 되면." 어머니가 말했다.

그들은 식료품 두 봉지와 카메라를 내려놓았다. 어머니의 화단은 온통 눈으로 덮여 있었다. 호랑가시나무와 뽕나무에 눈이 수북이 쌓여 있었고, 철쭉은 윗가지가 얼어붙은 상태였다. 그녀는 화초가 걱정이라고 말했다. 이보다 덜 추운 날씨에도 화초들이 죽었는데, 추위에 덜 강한 종류들이 냉해를 견딜 수 있을지 염려했다. 헛간에서 부엌문으로 그녀가 손수레에 장작을 실어 나를 때 떨어진 나무토막들이 주위에 흩어져 있었다.

쉰여섯의 그의 어머니는 혼자서도 생활을 훌륭히 꾸려 나가는 시골 과부 부류였다. 어머니는 매일 아침 5시 15분에 일어나 침대를 정돈하고 닭에게 모이를 주고 샤워한 다음 삶은 계란과 토스트를 만들어 먹고 진하게 달인 차를 식탁에 앉아 마시고 나서 즉시 아침 설거지를 끝내고 필요한 가사를 했다. 9시가 되면 어머니는 할 일이 없을 테고, 그러면 책을 읽거나 화초를 가꾸거나 피터슨 식료품점으로 차를 타고 나가시리라고 이스마엘은 짐작했다. 하지만 어머니가 정확히 어떻게 시간을 보내시는지는 잘 모르고 있었다. 끊임없이 셰익스

피어, 헨리 제임스, 디킨스, 토머스 하디 같은 작가의 책을 읽으신다는 것은 알았지만 그것만으로 소일하신다고는 생각할 수 없었다. 한 달에 두 번 수요일에 어머니는 『베니토 세레노Benito Cereno』, 『악의 꽃』, 『진지함의 중요성The Importance of Being Earnest』, 『제인 에어』를 토론하길 즐기는 다섯 여자와 독서회 모임을 가졌다. 어머니는 릴리언 테일러와 친하게 지내면서 화초 가꾸기 그리고 『마의 산』과 『댈러웨이 부인』에 대한 열정을 나누었다. 두 사람은 정원에 구부정하게 서서 몇 주 전에 전성기를 보낸 다년초 배아에서 솜털이 붙은 씨앗을 빼낸 다음 정원 탁자에 앉아 그것을 깨끗이 털어 마닐라 봉투에 넣었다. 둘은 오후 3시에 레몬수를 마시고 빵 껍질을 잘라 낸 샌드위치를 먹었다. "우린 까다로운 늙은이야." 그는 전에 릴리언이 그렇게 외치는 소리를 들었다. "다음번엔 화가들이 입는 작업복을 입고 베레모를 쓰고 수채화를 그려 봅시다. 어때요, 헬렌? 그림을 그리는 늙은 수다쟁이가 돼 볼 생각 없어요?"

헬렌 체임버스는 엘리너 루스벨트처럼 소박하고 기품 있었다. 그녀의 아름다움은 매우 독특한 아름다움을 연출했다. 그녀는 코가 넓고 이마가 반듯했다. 시내로 쇼핑을 나갈 때는 낙타털 외투에 리본과 줄무늬 레이스로 장식한 맥고모자를 썼다. 남편의 죽음으로 책과 화초에 더욱 관심이 많아졌고, 사람의 정을 그리워했다. 이스마엘은 어머니가 교회에서 친구들과 안면 있는 사람들에게 그로서는 느낄 수 없는 진실한 우정이 담긴 인사를 나눌 때 어머니 옆에 서 있었다. 그 후 그는 종종 어머니와 점심을 같이 먹었다. 그녀가 그에게 기도하라고 권하면 그는 아버지와 마찬가지로 자기는 구제불능의 불가지론자이며 신은 속임수에 불과하다고 설파했다. "지금 선택해야 한다면 말이다." 어머니가 대꾸했었다. "누가 네 머리에 총을 갖다 대고 선택하라고 한다면 말이야, 이스마엘. 신이 계시니, 안 계시니?"

"아무도 제 머리에 총을 갖다 대지 않아요." 이스마엘이 어머니에게 대답했다. "전 선택할 필요가 없어요. 그렇죠? 그게 중요한 점이에요. 저는 어떤 식으로든 확실히 알 필요는 없어요. 만약……."

"모르는 일이야, 이스마엘. 그럼 넌 뭘 믿니?"

"전 아무것도 믿지 않아요. 그런 건 제 안에 없어요. 게다가 어머니가 말하는 신이 뭔지 모르겠어요. 신이 뭔지 어머니가 말씀해 주시면 제가 신이 존재한다고 생각하는지 말씀드릴게요."

"신이 누군지는 누구나 알고 있어. 넌 신을 느끼지 않니?"

"신이 뭔지 느낄 수 없어요." 이스마엘이 대답했다. "있든 없든 아무것도 못 느끼겠어요. 저에겐 아무 느낌도 없어요. 그건 제가 선택할 문제가 아니에요. 그런 느낌은 저절로 생겨나야 하는 거 아니에요? 그런 건 저절로 생겨나야 하는 거 아니냐고요. 제가 그런 느낌을 만들 순 없지 않겠어요? 어쩌면 신은 특정한 사람들을 선택하시기 때문에 우리 대부분은 그분을 느낄 수 없나 봐요."

"넌 어릴 때 그분을 느꼈단다. 난 기억해, 이스마엘. 넌 그분을 느꼈어."

"오래전 일이에요. 아이들이 느끼는 건 다른 거예요."

그는 지금 어스름 속 어머니의 부엌에서 외투 주머니에 필립 미홀랜드의 기록을 넣고 앉아 어렸을 때 느꼈던 신의 존재를 다시 느껴 보려 했지만 허사였다. 그것은 그가 다시 불러 낼 수 없는 종류의 느낌이었다. 전쟁 후에 그는 신에게서 위안을 얻기 위해 신을 느껴 보려 했다. 그러나 아무것도 느낄 수 없었고, 그런 것이 감상적인 가식처럼 생각되어 더 이상 시도하지 않았다.

바람이 그의 뒤에 있는 창문을 두드렸고, 눈이 펑펑 내리고 있었다. 어머니는 두 사람이 먹을 수프를 끓이면서 재료들을 하나하나 소리 내어 열거했다. 콩 다섯 종류, 양파와 셀러리, 햄 한 덩이, 작은 순무 두 개. 그는 지금 배가 고픈 것인지 배가 고프길 기다리고 싶은 것인지 몰랐다. 어머니는 어느 쪽이든 행복해하셨다. 어머니에게는 배가 고프든 아니든 문제가 되지 않았다. 이스마엘은 부엌 난로 안에 전나무 심재 두 개를 밀어 넣었다. 그리고 그 위에 주전자를 얹고 다시 식탁에 앉았다. "여긴 충분히 따뜻해요." 그가 말했다. "추위에 떨 염려는 하지 않으셔도 되겠어요."

"가지 말거라." 어머니가 대꾸했다. "여기서 자고 가도록 해. 여분의 이불이 세 채나 있어. 네 방이 좀 춥겠지만 침대에 들어가면 괜찮을 거야. 눈 속에 돌아가지 마. 여기서 편히 쉬거라."

그는 머물기로 했고, 그녀는 수프를 올려놓았다. 아침에는 신문을 인쇄할 수 있는지 알아보러 나가야 하지만 지금 당장은 따뜻하게 지내야겠다고 생각했다. 이스마엘은 외투 주머니에 손을 넣고 등대에서 훔친 연안 경비 기록에 관해 어머니에게 이야기한 다음 조심스럽게 시내로 차를 몰고 가 필딩 판사에게 그 기록을 넘겨줄까 생각했었다. 그러나 그는 그렇게 하지 않았다. 그는 앉아서 부엌 창밖으로 어두워지는 바깥을 내다보았다.

"그 살인 사건 재판 말이다." 어머니가 마침내 입을 열었다. "그 일로 바쁘겠구나."

"온통 그 생각뿐이에요." 이스마엘이 말했다.

"부끄러운 일이야. 억지라고 생각해야 해. 그들은 그가 일본인이라서 체포한 거야."

이스마엘은 그 말에 아무 대답도 하지 않았다. 어머니는 식탁에 놓인 양초 하나에 불을 붙이고 밑에 받침 접시를 놓았다. "넌 어떻게 생각하니?" 그녀가 물었다. "난 거기 가서 들어 본 적이 없으니 네 생각이 궁금하구나."

"기사에 자세히 썼잖아요." 이스마엘이 대답했다. 그는 자신이 점점 냉정해지는 것을 느꼈지만 자신의 뿌리 깊은 냉정함이 새삼 놀랍지도 않았다. 그는 주머니에 있는 미홀랜드의 기록을 감싸 쥐었다.

"유죄라고 생각할 수밖에 없어요." 이스마엘은 거짓말을 했다. "증거가 그에게 아주 불리해요. 검사가 유리한 사건을 맡은 거죠."

그는 고기잡이 작살에 묻은 피, 칼 하이네의 머리 왼편에 난 상처, 미야모토 가부오가 막대기로 얼마든지 살인할 수 있는 사람이라는 육군 상사의 증언에 관해 설명했다. 올 저겐슨의 증언과 땅에 대한 해묵은 다툼에 관해 이야기했다. 살인이 일어난 밤 칼과 가까운 거리에서 고기잡이하는 가부오를 목격한 어부 세 사람과 계류용 밧줄에 관해서도 말했다. 피고는 의자에 똑바로 앉아서 꼼짝도 하지 않고 무감각하게 앉아 있었다. 그는 후회하는 것 같지 않았다. 머리를 돌리거나 눈을 움직이지도, 표정을 바꾸지도 않았다. 이스마엘이 보기에 당당하고 도전적이었고, 자신이 교수형에 처해질 수도 있다는 사실에 초연한 것 같았다. 그 모습에서 이스마엘은 패리스섬에서 들었던 교련 강의가 생각났다고 어머니에게 말했다. 한 대령이 설명하길, 일본군은 항복하기보다 싸우다 죽는 쪽을 택한다고 했다. 나라에 대한 충성과 일본인이라는 긍지가 항복을 용납하지 않았다. 그들은 미군들처럼 전쟁에서 죽는 걸 두려워하지 않았다. 전장에서 죽는 것에 관해 그들은 미군들과는 다른 감정을 갖고 있었다. 일본군에게 패배한 삶이란 한시도 살 가치가 없었다. 굴욕적인 패배감을 느끼면서 가족들에게 돌아갈 수는 없다고 생각했다. 또한 조물주를 만날 수도 없다. 그들의 종교는 명예롭게 죽기를 요구했다. 알겠나. 대령은 덧붙였다. 일본 놈은 명예를 지키고 죽음을 택하므로 제군은 그들의 소원대로 해 주어야 한다. 다른 말로, 포로로 잡을 생각을 말고 먼저 쏘고 그다음에 물어라. 너희도 알겠지만 적은 자신이나 다른 사람의 생명을 존중하지 않는다. 놈은 규칙대로 행동하지 않는다. 손을 들고 항복하는 척하다가 우리가 접근할 때 자신을 부비트랩으로 만들 것이다. 일본 놈들은 교활하고 믿을 수가 없다. 무슨 생각을 하는지 얼굴에 드러내지 않는다.

"그건 모두 선전이었어요." 이스마엘이 이어 말했다. "우리가 아무 감정 없이 죽일 수 있도록 그들을 인간 이하로 생각하게 한 거예요. 그 말이 정당하다거나 사실이라는 건 아니지만 법정에서 앞을 똑바로 응시하고 있는 미야모토를 보면 나도 모르게 그 말이 생각나요. 그의 얼굴을 선전 필름에 사용해도 될 것 같아요. 그의 마음을 헤아리기 어려워요."

"나도 누군지 알고 있다. 강인한 얼굴의 눈에 띄는 청년이지. 그 청년도 너처럼 참전해서 싸웠다는 사실을 잊었니? 이 나라를 위해 목숨을 걸었다는 걸?"

"맞아요." 이스마엘이 말했다. "그는 참전했죠. 그게 칼 하이네 살인과 무슨 관련이 있죠? 그 사건과 관련이 있나요? 내키진 않지만 어머니 말씀처럼 그가 '눈에 띈다'는 것과 참전했다는 건 인정해요. 그게 무슨 상관이죠? 저는 그게 무슨 상관인지 모르겠어요."

"적어도 네가 들은 선전 강의만큼은 관련 있지. 네가 그런 걸 기억한다면, 그리고 그걸 피고의 표정과 연결한다면 너 스스로 공정해지기 위해서 다른 것들도 기억해야 한다. 그렇지 않으면 넌 피고에게 전혀 공정하지 않은 주관을 갖고 있는 거야. 그러면 편견을 가질 수밖에 없다."

"피고의 표정 때문만은 아니에요. 인상 때문만도 아니고, 느낌 때문도 아니에요. 그 사실들은 모두 중요해요. 그런데 그 사실들이 그에게 불리하게 작용해요."

"네 입으로 재판이 아직 끝나지 않았다고 했잖니. 아직 재판이 끝나지도 않았는데 넌 유죄를 선고할 준비가 돼 있구나. 넌 검찰 측이 제시한 사실을 들었지만 그게 전부가 아닐 수도 있어. 절대 아니지, 이스마엘. 게다가 사실들은 너무 냉정해. 너무 무섭게 냉정한 사실들을 그대로 믿을 수 있겠니?"

"달리 뭘 믿어야 하죠? 그 밖의 다른 것들은 모호해요. 그 밖의 다른 모든 건 감정과 육감이에요. 적어도 사실은 구체적이지만 감정은 손에 잡히지 않고 그냥 떠다니는 거잖아요."

"그럼 같이 떠다녀라. 네가 옛날을 기억하면 좋겠구나, 이스마엘. 네가 다시 감정을 찾을 수 있다면 말이다. 영원히 냉정하지 않길 바란다."

그녀는 일어나서 장작 난로로 갔다. 그는 이마에 손을 대고 말없이 앉아 코로 숨을 내쉬며 갑자기 공허-거대한 빈 공간이 그의 안으로 들어와 대기의 거품이 그의 흉곽을 채웠다-해졌다. 그의 가슴은 이제 어머니와 이야기를 나누기 전보다 더더욱 텅 비어 있었다. 줄곧 그가 안고 살아온 가슴속 공허에 관해 어머니가 뭘 알겠는가? 자신에 대해 어머니가 뭘 알겠는가? 어머니가 어릴 때의 자신을 아는 것과 성인이 된 자신의 상처를 이해하는 것은 별개의 문제였다. 어머니는 알 수 없었다. 어머니에게 자신을 설명할 수 없었다. 그는 어머니에게 자신의 냉정함을 설명한다거나 어떤 식으로든 자신을 드러내고 싶지 않았다. 그는 남편의 죽음을 슬퍼하는 어머니를 지켜보았다. 어머니는 이제 어느 정도 슬픔이 영원히 고착될 수 있다는 것을 깨달았다. 이스마엘은 이미 알고 있었다. 슬픔은 고착되고 안에 묻혀 둥지를 틀고 머물렀다. 그것은 주위에 있는 따스한 것은 뭐든 먹어치웠고, 그 빈 자리에 냉기가 영원히 자리 잡았다. 그는 그것과 함께 사는 법을 배웠다.

  그의 어머니는 아서가 죽었을 때 냉정해졌고, 마음속에 비통함이 자리 잡았다. 그러나 그렇다고 해서 이스마엘처럼 삶에서 즐거움을 찾지 못한 것은 아니었다. 저기 난로 옆에서 국자로 수프를 뜨는 그녀에게서는 분명 우아해 보이는 조용함과 평온함이 느껴졌다. 그녀는 수프 냄새에서, 따뜻한 장작 난로에서, 지금 부엌 벽에 흔들리는 자신의 그림자에서 즐거움을 찾았다. 방은 어둡고 조용했고, 그는 세상에서 유일하게 아늑한 안식처에서 공허감을 느끼고 있었다.

  "저는 불행해요." 그가 말했다. "어떻게 해야 할지 말해 주세요."

  그의 어머니는 처음에 아무 말도 하지 않았다. 대신 식탁으로 들고 온 수프 그릇을 그 앞에 내려놓았다. 그녀는 자신의 수프를 가져오고 나서 쟁반 위에 빵 한 덩어리와 버터와 스푼이 놓인 접시를 들고 왔다. "넌 불행해." 그녀가 앉으며 말했다. 그녀는 식탁에 팔꿈치를 대고 손에 턱을 괴었다. "네가 불행하다는 건 세상에서 가장 명백한 사실이라는 걸 꼭 말해야겠구나."

"어떻게 해야 할지 말해 주세요." 이스마엘이 재차 그렇게 말했다.

"어떻게 해야 하냐고? 내가 어떻게 해야 할지 말해 줄 순 없어, 이스마엘. 나도 너 같다는 게 어떤 건지 이해해 보려고 했다. 전쟁에 나가고, 팔을 잃고, 결혼도 하지 않고, 아이도 없다는 게. 그 모든 걸 느껴 보려고 했어. 정말 네가 된다면 어떤 기분일지. 하지만 내가 얼마나 애쓰든 네 마음을 온전히 이해할 수 없다는 걸 고백해야겠구나. 어쨌든 전쟁에 나갔다 돌아와서 자신의 삶을 살아가는 다른 젊은이들도 있지. 무슨 일이 있었든 여자를 만나 결혼하고 아이를 갖고 가정을 꾸렸지. 하지만 넌…… 넌 무감각해졌어, 이스마엘. 그리고 넌 시간이 지나도 무감각한 그대로야. 내가 무슨 말을 하거나 무슨 일을 해서 널 도울 수 있을지 모르겠구나. 기도하고 목사님과 이야기도……."

"타라와에서 기도하던 친구들이 있었죠." 이스마엘이 말했다. "그들은 그래도 죽었어요, 어머니. 기도하지 않은 친구들과 마찬가지로 죽었어요. 기도를 하든 안 하든 상관없었어요."

"하지만 그래도 난 널 위해 기도했다. 네가 행복해지길 바랐어, 이스마엘. 하지만 난 뭘 해야 할지 몰랐어."

두 사람은 장작 난로 위 주전자의 물 끓는 소리를 들으며 말없이 수프와 빵을 먹었다. 식탁의 촛불이 그들의 음식 위로 둥그런 불빛을 던졌고, 뿌연 창문을 통해 보이는 밖에는 땅 위에 쌓인 눈이 구름 뒤에 숨은 달빛을 반사하고 있었다. 이스마엘은 온기와 빛과 빵의 작은 기쁨을 즐기려고 노력했다. 그는 어머니에게 미야모토 하쓰에 그리고 수년 전 자신이 어떻게 하려고 했었는지에 대해 말하고 싶지 않았다. 그녀를 만났던 구멍 뚫린 삼나무에 대해 말하고 싶지 않았다.

그 시절에 대해서는 누구에게도 말하지 않았고, 잊으려고 애썼다. 그런데 이제 와서 재판이 그 모든 일을 돌아보게 했다.

"네 아버진 벨로 숲에서 싸우셨어. 그걸 극복하는 데 몇 년이 걸렸지. 악몽을 꾸고 너처럼 고통을 받았어. 하지만 그렇다고 삶을 멈추지는 않으셨어."

"극복하신 게 아니에요. 그걸 극복하는 건 불가능해요."

"그래도 삶을 멈추진 않으셨어." 어머니가 고집스레 말했다. "자신의 삶을 이어 나가셨어. 자기 연민에 빠지지 않고 그냥 계속 꾸려 나가셨어."

"저도 그럭저럭 꾸려 가고 있어요. 계속 신문을 내고 있잖아요. 안 그래요? 전……."

"내가 하려는 말은 그게 아니야. 너도 내가 하려는 말을 잘 알 거다. 도대체 왜 데이트를 하지 않니? 어떻게 외로움을 견디지? 넌 매력적인 남자니까 많은 여자가……."

"그 얘긴 또 하지 말죠." 이스마엘이 숟가락을 내려놓으며 말했다. "다른 얘길 하죠."

"널 위한 다른 게 있니?" 어머니가 말했다. "네 질문에 대답하자면, 네가 불행해지지 않으려면 결혼해서 아이들을 갖는 거야."

"그런 일은 없을 거예요. 그건 해결책이 아니에요."

"그래." 어머니가 말했다. "솔직히 그건 그래."

저녁 식사 후에 그는 석유난로에 불을 붙여서 어머니 침실에 갖다 놓았다. 증조부의 시계가 아직도 광기 어린 인내로 버티면서 오랜 세월이 흐른 지금까지 째깍거리고 있었다. 그는 토요일 아침이면 뇌성처럼 울리는 시계 소리를 배경으로 아버지가 이불 속에서 책을 읽어 주시던 것을 기억했다. 그들은 함께 『아이반호』를 읽었고, 『데이비드 코퍼필드』를 읽었다. 지금 손전등 불빛으로 이제 노랗게 변하기 시작한 오리털 이불 안에서 주무시고 있는 어머니가 보였다. 그는 뜻밖에도 어머니 침대 옆에서 최근까지 아버지의 옛 서재에 놓여 있던 구식 RCA 턴테이블을 보았다. 그녀는 1947년 빈 심포니 오케스트라가 연주한 모차르트의 〈주피터 교향곡〉을 듣고 있었고, 이스마엘은 턴테이블 위에 올려진 그 음반을 보면서 어머니가 침대에서 찻잔을 옆에 놓고 우울한 음악을 듣고 있는 모습을 상상했다. 밤 9시에 모차르트와 함께 있는 어머니를.

그는 싱크대와 욕조의 수도꼭지를 열어 놓고 어머니가 기르는 닭들을 보러 밖으로 나갔다. 로드아일랜드레드종 열두 마리가 아버지가 오래전에 지은 닭장 한구석에서 한 덩어리로 몰려 있었다. 이스마엘은 잠시 그 녀석들을 손전등으로 비춰 보다가 손을 뻗어 암탉의 따뜻한 품에 있지 않고 땅에서 굴러다니는 달걀 하나를 집어 들었다. 알의 촉감은 딱딱했고, 그는 안의 배아가 단단히 얼어 버렸다는 것을 알았다. 그는 그것을 손바닥 안에서 잠시 따뜻하게 한 다음 닭들이 있는 쪽으로 살며시 굴렸다. 닭들은 알을 앞에 놓고 푸드덕거리다가 자리들을 바꾸었다.

그는 집 안으로 들어가 외투와 모자 차림으로 추운 방들을 돌아다녔다. 입에서 나온 김이 어둠 속으로 사라졌다. 이스마엘은 계단 밑에서 나선형 기둥을 만져 보고 위쪽으로 손전등을 비추었다. 계단의 수직면이 둥글게 파여 있고 난간이 광택을 잃은 것을 볼 수 있었다. 어릴 때 자신의 침실이었던 위층 방은 어머니가 바느질과 다림질을 하고 옷을 보관하는 장소로 바뀌어 있었다. 이스마엘은 옛날에 쓰던 침대에 앉아 지난 일을 기억했다. 화창한 겨울날이면 지붕창을 통해 앙상한 단풍나무 가지들 너머 남쪽으로 초록빛 바다를 볼 수 있었다.

그는 글자가 새겨진 배지와 페넌트 컬렉션, 큰 유리병에 담긴 수많은 동전, 어항 그리고 한구석에는 철사로 매달아 놓은 싸구려 포드 자동차 모형을 갖고 있었다. 벽장 구석에는 물안경 상자와 야구 글러브를 넣어 두었다. 지붕창을 통해 달빛이 흘러들어 방 안을 온통 푸른색으로 물들이는 밤이면 그는 달그림자에 매혹되어 잠을 이룰 수 없었다. 그는 귀뚜라미와 개구리 소리를 듣거나 옆에 켜 놓은 라디오를 들으며 밤을 새웠다. 대개 퍼시픽 코스트 리그_{1903년 창설된 미국 서부와 남동부 그리고 중서부의 트리플 A 마이너 리그}의 시애틀 레이니어스 경기를 들었고, 경기장 잡음 때문에 끊길 듯 말 듯 들려오는 리오 래슨의 목소리를 아직도 기억했다. "화이트 선수가 선발로 타격 준비를 하면서 계속 춤을 추며 지틀손 투수의 약을 바짝 올리고 있군요…… 스트레인지 선수가 이제 연습 타구를 끝내고 타석에 나왔습니다…… 오, 이런, 식스 경기장에 모인 관중이 공을 고르고 있는 스트레인지 선수에게 환호하고 있습니다. 정말 인기가 대단하군요, 그렇지 않습니까? 아, 오늘 경기는 볼만하겠는데요! 레이니어산이 우익수 담장 너머에서 초대형 아이스크림콘처럼 우뚝 서 있습니다. 지금 지틀손이 와인드업을 하고…… 화이트 선수가 뛰어갑니다. 투구할 새도 없이 화이트 선수가 이루에 서 있습니다. 정말 대단합니다! 멋진 세이프입니다! 이루로 도루했습니다. 화이트 선수, 이루에 세이프입니다!"

아버지도 야구를 좋아했다. 이스마엘은 거실 벤딕스 라디오 옆에 아버지와 함께 앉아 수 킬로미터 떨어진 시애틀, 포틀랜드, 새크라멘

토에서 열리는 경기를 보도하는 리오 래슨의 다급한 목소리에 넋을 잃었다. 라디오에서 흘러나오는 그의 목소리-한 옥타브를 낮추고 음정을 변화시키고 눈에 띄게 느리거나 질질 끄는-는 골프 경기의 비밀을 털어놓는 누군가의 제멋대로인 삼촌 목소리 같았다가 발음하기 어려운 말을 미끄러지듯 부드럽게 발음하면서 평범한 더블플레이에서 깊은 의미를 이끌어 냈다. 아서는 경기가 유리하게 진행되면 흥에 겨워 의자 팔걸이를 내리쳤고, 판단 착오나 부주의로 팀이 곤경에 처하면 낙담한 표정을 지었다. 경기가 소강상태에 빠지면 다리를 뻗고 양손을 무릎에 댄 다음 라디오에 말이라도 걸듯 라디오를 노려보았다. 결국 머리를 떨구고 잠이 들었다가 리오 래슨이 흥분해서 지르는 소리에 다시 고개를 들었다. 프레디 뮬러가 2루타를 친 것이다.

이스마엘은 탁자 램프에서 던지는 초승달 모양의 따스한 불빛 아래 앉아 라디오를 켠 채 무릎 위에 「하퍼스」나 「과학 영농」 같은 잡지를 펴서 엎어 놓고 졸고 계시던 아버지를 기억했다. 경기가 끝날 때쯤 방은 벽난로 쇠 살대 밑에서 아직 오렌지빛으로 이글거리는 석탄 몇 개를 제외하고는 조용하고 정지된 그림자 속에서 잠들어 있었다. 방문 앞 반짝거리는 놋쇠 옷걸이에는 외투가 걸려 있었고, 아치 모양의 오크 책꽂이에는 책들이 크기별로 가지런히 꽂혀 있었다. 홈런, 도루, 더블플레이 또는 주자를 내보내는 무언가 심상찮은 일이 일어나면 아버지는 움찔거리면서 눈을 두세 번 끔뻑거리고는 습관적으로 손을 안경으로 가져가며 잡지를 바로 놓았다. 아버지는 반백이 된 짧은 곱슬머리에 코는 약간 들려 있었다. 귀와 콧구멍에는 회색 털이 자라 있었고, 눈썹은 더부룩하게 헝클어져 있었다. 경기가 끝나면 라디오를 끄고 귀에 걸친 안경다리를 매만져 조심스럽게 고쳐 썼다. 안경은 동그란 구식 쇠테 안경이었는데, 그것을 쓰는 순간 아버지는 옥외 활동을 즐기는 학구적이며 세련된 학자로 조용히 변신했다. 아버지는 잡지를 집어 들고 언제 야구 경기가 있었냐는 듯 읽기 시작했다.

이스마엘의 아버지는 재향군인회 본부 병원에서 세상을 떠났다. 췌장암이 마지막에 간으로 번졌는데, 이스마엘은 아버지의 임종을 지켜보지 못했다. 산피에드로 국립묘지에서 6월의 따뜻하고 화창한 날에 거행된 아서의 장례식에는 170여 명의 섬 주민들이 참석했다. 장례식이 끝난 후 일본계 미국 시민 연맹과 일본 교민 사회를 대표해 애도의 뜻을 전했던 나가이시 마사토를 이스마엘은 기억했다. "산피에드로의 일본인들은 자네 아버님이 돌아가셔서 슬퍼하고 있네. 우린 언제나 언론인이자 이웃으로서의 자네 아버님을 아주 존경했지. 사람들을 관대함과 애정으로 대하셨고, 우리와 모든 이의 친구셨으니까." 나가이시 마사토는 이스마엘의 손을 꼭 쥐었다. 그는 얼굴이 펑퍼짐하고 머리카락이 한 가닥도 없는 거구의 남자로, 안경 뒤에서 눈을 자주 끔뻑거렸다. 나가이시는 이스마엘의 손을 흔들면서 힘주어 말했다. "자네가 아버님의 전철을 밟으리라고 생각하네. 자네가 아버님의 유업을 물려받으리라고 믿고 있어. 지금 자네처럼 우리 모두가 슬퍼하고 있지. 우리 모두 함께 슬퍼하면서 자네 아버님에게 경의를 표하네. 자네의 슬픔을 같이 나누겠네."

이스마엘은 벽장 문을 열고 거기 쌓여 있는 상자들을 들여다보았다. 그는 8년이 지난 지금까지 그 속에 꾸려 넣은 물건들을 찾아보지 않았다. 더 이상 무엇이 들어 있는지 관심도 없었다. 책, 화살촉, 고등학교 때 쓴 작문, 페넌트, 동전 항아리, 단추, 해변의 조약돌, 물안경.

그것들은 다른 시간의 물건들이었다. 그는 하쓰에가 만자나에서 보낸 편지를 찾아내어 오랜 세월이 지난 후 다시 읽을 것이라는 사실을 염두에 두고 있었다. 폭설 속에 차를 세워 그녀를 태워 준 이후로 그는 어리석게도 자신을 탐닉하고 있었다. 다른 모든 것들을 접어 두고 그는 그녀를 기쁜 마음으로 생각하고 있었다.

그 편지는 그가 두었던 상자 안에 처박혀 있었다. 그가 열세 번째 생일날 받았던 배의 조종술에 관한 책 사이에. 겉봉의 발신인 주소는 야마시타 케니의 집 주소였고, 우표가 거꾸로 붙어 있었다. 낡아서 바스락거리는 봉투가 차고 건조하게 느껴졌다. 이스마엘은 편지를 들고 겨드랑이에 손전등을 끼우고 다시 침대 끝에 걸터앉았다. 얇은 종이에 쓴 편지는 그동안 빠른 속도로 변질되어 있었다. 그는 그것을 귀중한 물건처럼 조심스럽게 들고 손전등 불빛을 비추면서 그녀의 섬세한 필체를 읽기 시작했다.

이스마엘에게.

정말 말하기가 어려워. 네게 이 편지를 쓰는 것보다 더 고통스러운 일은 없을 거야. 난 지금 8백 킬로미터 이상 떨어져 있고, 모든 것이 산피에드로에서 너와 함께 지냈을 때와는 다르게 느껴져. 난 모든 일에 대해 분명하게 생각해 보면서 우리가 떨어져 있는 시간을 유용하게 활용해 보려고 애썼어. 그리고 이게 내가 얻은 결론이야.

난 널 사랑하지 않아, 이스마엘. 이보다 더 솔직하게 말할 수는 없겠지. 처음부터, 우리가 어린아이였을 때부터 난 무언가 잘못되었다고 느꼈어. 우리가 함께 있을 때마다 난 그렇게 생각했어. 마음속으로 그걸 느꼈어. 난 너를 사랑하는 동시에 사랑하지 않았고, 그래서 힘들고 복잡했어. 이제 모든 것이 확실해졌으니까 너에게 진실을 말해야 할 것 같아. 마지막으로 삼나무 안에서 만나서 네 몸이 내 안으로 들어오는 걸 느꼈을 때 난 모든 게 잘못되었다는 것을 분명히 알았어. 우린 함께 있을 수 없다는 것을 깨달았고, 머지않아 너에게 그렇게 말하려고 했어. 그리고 지금, 이 편지를 쓰면서 너에게 말하고 있는 거야. 이게 마지막으로 보내는 편지야. 난 더 이상 너의 것이 아니야.

네가 잘 지내길 빌어, 이스마엘. 네 마음이 넓고 너그럽고 친절하고, 네가 세상에서 큰일을 하리라는 것을 알지만 지금 난 너에게 작별 인사를 해야 해. 난 가능한 한 최선을 다해 살아갈 거고, 너도 그러길 바라.

안녕.

이마타 하쓰에

그는 편지를 두 번 읽었고, 세 번째 읽고 나서 손전등을 껐다. 자신이 그녀에게 들어간 바로 그 순간 어떻게 그녀가 그런 생각을 하게 되었는지, 자신의 성기의 침입이 어떻게 그녀가 이전에 알지 못했던 사실을 깨닫게 해 주었는지 생각했다. 이스마엘은 눈을 감고 그때 삼나무 안에서 어떤 기분이 될지 예측할 사이도 없이 잠깐 동안 그녀 안에서 움직였던 순간을 돌이켜 보았다. 아무런 사전 지식도 없이 그녀 안으로 들어갔다가 그녀의 체온을 느끼고 그 놀라운 느낌에 압도된 순간 그녀가 갑자기 몸을 뺐다. 기껏해야 3초도 안 되는 시간에 그는 더욱더 그녀를 사랑하게 된 반면 그 순간에-만일 그녀가 편지에서 한 말이 사실이라면- 그녀는 더 이상 자신을 사랑하지 않는다는 것을 깨달은 것이다. 정말 이상하기 짝이 없었다. 자신이 그녀에게 들어간 것이 그녀가 진실을 깨닫는 계기가 되었다니? 그는 다시 그녀 안에 들어가고 싶었고, 그녀가 자신에게 다시 들어와 달라고 요구하길 바랐었지만 다음 날 그녀는 떠났다.

시애틀에서 지내던 시절에 그는 세 명의 여자와 동침했다. 그중 두 명에게는 잠깐이나마 실제로 사랑에 빠지지 않을까 하는 희망을 느꼈었다. 하지만 그런 일은 일어나지 않았다. 함께 잔 여자들은 종종 팔에 대해 질문했고, 그는 그들에게 전쟁에서 겪은 경험을 이야기했다. 오래지 않아 그는 그 여자를 존중할 수 없게 되었고, 일종의 혐오감을 느꼈다. 그가 한 팔을 잃은 참전 군인이라는 사실은 자신의 나이보다 성숙하다고 믿는 20대 초반의 진지한 타입의 여자를 혹하게 했다. 그는 여자에게서 아무것도 원하지 않게 된 이후에도 몇 주일 더 잠자리를 같이했다. 외롭고 이기적이었기 때문에 화가 나고 행복하지 않으면서도 그들과 관계를 맺었다. 그는 종종 거세게 그들 안으로 들어갔다. 한밤중까지 계속, 그리고 저녁 식사 전 늦은 오후에도. 여자가 자신의 삶에서 떠나면 전보다 더 외로울 것 같아 단지 밤에 누군가와 함께 있기 위해, 누군가의 안에 들어가기 위해, 눈을 감고 엉덩이를 움직이는 동안 누군가가 밑에서 숨 쉬고 있는 소리를 듣기 위해 몇 주일을 더 같이 보냈다. 그러다가 아버지가 임종이 임박해 시내 병원으로 옮겨 왔고, 이스마엘은 그 여자들을 잊어버렸다. 아버지는 어느 날 오후 이스마엘이 「시애틀 타임스」의 뉴스 편집실에서 다섯 손가락으로 타이프를 두드리고 있을 때 세상을 떠났다. 이스마엘은 장례식을 위해 산피에드로 돌아왔고 아버지의 사업을 물려받았다. 그는 아버지의 신문을 발행하기 위해 섬에 머물렀다. 아미티 항구의 한 아파트에 살며 작은 섬의 신문기자로 생활했다. 두 주일에 한 번 정도 접은 손수건 안에 자위하는 게 그의 성생활의 전부였다.

그는 하쓰에가「산피에드로 리뷰」에 써 주기를 바라는 기사를 쓰기로 마음먹었다. 아버지의 스타일이 아니라고 해도 어쩔 수 없었다. 당연히 아버지였다면 벌써 몇 시간 전에 루 필딩을 직접 찾아가 9월 15일 밤의 연안 경비 상용 항로 기록을 보여 주었을 것이다. 하지만 이스마엘은 그렇게 하지 않았다. 적어도 지금 당장은. 그 기록은 주머니 안에 있었다. 내일 그는 그녀가 자신에게 신세를 지게끔 그녀가 바라는 기사를 쓸 것이었고, 재판이 끝난 후에 그녀의 편에 섰던 한 사람으로서 그녀와 이야기를 나눌 것이며, 그녀는 자신의 말에 귀를 기울일 수밖에 없을 것이었다. 차디찬 옛 침대에 혼자 앉은 그는 그녀의 편지를 불안하게 손에 든 채 그런 상상을 하기 시작했다.

25

 재판 사흘째 날 아침 8시에-지금 법정에는 교회나 사원처럼 열두 개의 기다란 양초가 불을 밝히고 있었다- 넬스 것먼슨은 그의 첫 증인을 불렀다. 피고의 아내 미야모토 하쓰에가 방청석 맨 뒷줄에서 앞으로 걸어 나왔다. 그녀는 머리를 바짝 묶어 눈 위로 그늘을 드리우는 단순한 모양의 모자 안으로 올려 넣고 있었다. 그녀는 넬스 것먼슨이 열어 주는 회전문을 지나가다가 바로 왼편에 있는 피고석에서 두 손을 단정히 마주 잡은 남편을 보기 위해 멈춰 섰다. 그녀가 침착한 표정을 바꾸지 않고 고개를 끄덕이자 남편도 말없이 고개를 끄덕여 보였다. 그는 손을 풀어 탁자 위에 얹고 그녀의 눈을 주시했다. 피고의 아내는 순간적으로 몸을 돌려 그에게 다가갈 것처럼 보였으나, 대신 증인석 앞에서 참을성 있게 구약성서를 내밀고 서 있는 에드 솜스를 향해 천천히 걸어갔다.

미야모토 하쓰에가 자리에 앉자 넬스 것먼슨은 주먹에 대고 세 번 헛기침을 해서 가래를 가라앉혔다. 이내 다시 멜빵에 엄지손가락을 걸고 배심원석 앞을 지나가는데 양호한 한쪽 눈에서 눈물이 새어 나왔다. 잠을 제대로 자지 못했을 때 자주 그러듯 관자놀이에서 동맥이 뛰기 시작했다. 다른 사람들처럼 그는 전기도 불도 없는 힘든 밤을 보냈다. 추위에 시달리다가 2시 30분에 성냥을 켜서 회중시계를 비춰 보고 양말을 신은 발로 조용히 어두운 욕실로 들어갔는데, 변기 속의 물이 얼어 있었다. 넬스는 입김을 뿜으며 투덜거리면서 흡입기 손잡이로 얼음을 깨고 벽을 짚고-요통이 그를 잔인하게 괴롭혔다-불연속적으로 오줌 방울을 떨어뜨렸다. 그러고는 다시 집에 있는 담요란 담요가 모두 덮인 침대로 기어들어 낙엽처럼 몸을 오그리고 새벽이 올 때까지 뜬눈으로 새웠다. 배심원들은 그가 면도도 하지 않고 빗질도 하지 않은 것을 알 수 있었다. 그는 적어도 10년은 더 늙어 보였다. 볼 수 없는 왼쪽 눈동자가 오늘 아침에는 유난히 제멋대로 움직였다.

방청석은 재판 내내 그랬듯 만원이었다. 많은 주민은 보관소에 옷을 맡기지 않고 외투와 장화와 털목도리로 무장한 채 앉을 자리를 찾기 위해 앞다투어 몰려들었다. 그들은 모직 외투에 스며든 눈의 냄새를 풍기면서 벙어리장갑과 털모자를 주머니에 쑤셔 넣고 뭔가 흥미로운 일이 진행되는 따뜻한 곳에 들어온 것을 다행스럽게 생각했고, 폭설에서 잠시나마 벗어나게 된 특별한 행운에 감사했다. 언제나처럼 그들의 태도는 진지했다. 그들은 법을 진지하게 받아들였고, 깊은 생각에 빠져 무슨 생각을 하는지 알 수 없는 루 필딩이 반쯤 눈을 감고 앉아 있는 판사석과 높은 단상에 나란히 앉아 심사숙고 중인 배심원들의 배심원석에서 발산하는 권위를 느꼈다. 기자들은 이날 좁은 주름이 잡힌 치마와 어깨에 길게 다트를 넣은 블라우스를 입은 피고의 아내에게 관심을 집중했다. 성경 위에 놓인 그녀의 손은 우아했고, 편평한 얼굴은 부드러웠다. 기자 중에는 전후에 일본에 살면서 자동차 엔지니어들에게 매뉴얼 작성 교육을 한 사람이 있었는데, 그는 나라奈良에서 다도를 보여 주던 차분한 게이샤를 떠올렸다. 하쓰에의 옆얼굴을 보면서 그 찻집의 안뜰에서 풍기던 솔잎 향기가 다시 느껴지는 듯했다.

그러나 하쓰에는 전혀 평온하지 않았다. 그녀의 침착함은 위장에 불과했다. 그녀는 남편이 9년 전 군대에서 돌아온 이후로 줄곧 그를 이해할 수 없었다. 그는 산피에드로로 돌아왔고, 그들은 벤더스 스프링스 거리에 있는 작은 집에 세를 들었다. 그 집은 오리나무가 늘어선 막다른 길에 있었다. 그들은 다른 집은 구할 수 없었다. 가부오는 밤에 악몽에 시달리다가 슬리퍼와 가운 차림으로 식탁에 멍하니 앉아서 차를 마셨다. 하쓰에는 자신이 참전 군인과 결혼했고, 그 때문에 결혼 생활에 심각한 장애를 겪고 있다는 것을 알았다. 전쟁은 그에게 떨쳐 버릴 수 없는 죄의식을 심어 주었고, 그의 영혼에 어두운 그림자를 드리우고 있었다. 그녀는 그가 전쟁에 나가기 전에는 생각지 못했던 방식으로 그를 사랑해야 했다. 그를 동정하지 않았고, 그의 마음을 떠보거나 그의 슬픔과 변덕을 방치하지도 않았다. 그녀는 그의 슬픔에 완전히 빠져들었고, 그를 위로하기보다는 그가 다시 자기 자신으로 돌아올 시간을 주었다. 그녀는 그에게 느끼는 의무를 달갑게 받아들이고 자신을 기꺼이 지워 버렸다. 그러면서 섬에서 딸기를 재배하는 꿈보다 더 큰 삶의 의미를 찾았다. 자신을 희생해 그의 상처를 덮어 주면서 고통과 동시에 보람을 느꼈다. 그녀는 새벽 3시에 부엌 식탁에 그와 마주 앉았고, 그가 말없이 응시하거나 이야기하거나 흐느끼는 동안 그를 위해 그의 슬픔의 한 조각을 마음속에 간직했다.

그녀의 임신은 가부오에게 좋은 영향을 주었다. 그는 통조림 공장에 취직해 남동생 겐지와 연어를 포장했다. 그는 농장을 사겠다고 이야기하기 시작했고, 그녀를 차에 태우고 섬을 오르내리면서 땅을 보러 다녔다. 하지만 땅마다 배수, 햇빛 혹은 토질에 문제가 있었다. 가부오는 어느 비 오는 날 오후 갓길에 차를 세우고 기회가 닿는 대로 부모의 땅을 다시 사겠다고 진지하게 설명했다. 그는 당시 마지막 분할금을 냈으면 7에이커를 완전히 소유할 수 있었다는 이야기를 했다. 에타 하이네가 그 계약을 무시하고 올 저겐슨에게 그 땅을 팔았으며, 그는 장남으로서 미야모토 집안에서 제일 먼저 시민이 되기 때문에 그의 이름으로 땅이 넘어오게 되어 있었다는 것을 이야기했다. 그들은 만자나 때문에 모든 것을 잃었다. 그의 아버지는 위암으로 세상을 떠났고, 어머니는 가구 상인과 결혼한 누이동생이 살고 있는 프레즈노로 떠났다. 가부오는 주먹으로 운전대를 내리치면서 부당한 세상을 저주했다. "그들이 우리 걸 훔쳐 갔어." 그가 화가 나서 말했다. "그 땅을 빼앗은 거야."

그가 전쟁에서 돌아온 지 6개월이 지난 어느 날 밤 그녀가 잠에서 깨니 그가 침대에 없었고, 집 안에서도 보이지 않았다. 하쓰에는 어두운 부엌에 앉아 불안한 마음으로 한 시간 넘게 그를 기다렸다. 밖에는 비가 내리고 바람이 불었고, 차고에 차도 없었다.

그녀는 기다렸다. 양손을 얹은 배 안에 든 아기를 상상하며 그 움직임을 느껴 보려 했다. 식료품 저장실 지붕에 새는 곳이 있었고, 그녀는 자리에서 일어나 빈 냄비를 가져다 비가 새는 곳에 받쳐 놓았다. 새벽 4시가 지나 가부오는 삼베 자루 두 개를 들고 돌아왔다. 그는 비에 흠뻑 젖어 있었고, 무릎은 흙투성이였다. 불을 켰을 때 그는 부엌 식탁 앞에 미동도 없이 앉아서 말없이 자신을 응시하고 있는 그녀를 발견했다. 가부오는 그녀를 마주 보면서 바닥에 자루 하나를 내려놓고 다른 하나를 의자 위에 던진 다음 모자를 벗었다. "진주만 공습 후에," 그가 그녀에게 말했다. "아버지는 이걸 모두 땅에 묻으셨어." 이내 그는 물건들-목검, 하카마, 봇켄, 일본어로 쓰인 두루마리-을 꺼내어 식탁 위에 조심스럽게 올려놓았다. "우리 가족 물건이지. 아버지가 우리 딸기밭에 묻어 두셨어. 이걸 좀 봐." 그가 이마의 빗물을 훔치며 덧붙였다.

그것은 부게이샤武芸者 무예가 같은 옷을 입고 양손으로 검도를 휘두르는 가부오의 사진이었다. 사진의 그는 겨우 열여섯 살이었지만 노기등등하고 용맹스러워 보였다. 하쓰에는 그 사진을 오랫동안 들여다보면서 특히 가부오의 눈과 입에서 무언가를 감지해 보려고 했다. "증조부께선," 그가 코트를 벗으며 말했다. "사무라이셨고, 뛰어난 군인이셨어. 그분은 구마모토 전투에서 자살하셨어. 당신 칼로 할복하셨어." 가부오는 칼을 왼쪽 옆구리에 깊이 찔러 넣은 다음 오른쪽으로 긋는 시늉을 했다. "황실 수비대의 총에 맞서 사무라이 칼을 휘두르며 전장에 나가셨지. 상상해 봐, 하쓰에. 총에 맞서 칼을 들고 싸우러 가다니. 죽을 줄 뻔히 알면서 말이야."

그는 바닥에 놓은 젖은 자루 옆에 무릎을 꿇더니 거기서 딸기 묘목 하나를 꺼냈다. 빗줄기가 요란하게 지붕과 벽을 두드렸다. 가부오는 또 다른 묘목을 꺼내 그녀가 자세히 볼 수 있도록 불빛이 비치는 탁자 위에 그것들을 올려놓았다. 그가 그것을 들이밀었을 때 그녀는 살갗 밑의 울퉁불퉁한 핏줄과 억센 손목과 손가락을 보았다.

"우리 아버지가 이 묘목의 아버지를 심었어." 가부오가 그녀에게 화를 내듯 말했다. "우린 그 열매 옆에서 자랐어. 내가 무슨 말을 하는지 알겠어?"

"침대로 가." 하쓰에가 대답했다. "목욕하고 침대로 가."

그녀는 식탁에서 일어났다. 그녀는 그가 자신의 옆모습에서 아기가 움직이는 모습을 볼 수 있다는 것을 알았다. "당신은 곧 아버지가 될 거야." 그녀가 문가에 멈춰 서서 그에게 상기시켰다. "아기가 당신을 행복하게 해 주길 바라. 아기가 이 모든 걸 묻어 버리는 데 도움이 되길 바라. 그 밖에 당신을 어떻게 도울 수 있을지 모르겠어."

"난 농장을 되찾을 거야." 가부오가 비 내리는 소리를 뚫고 대답했다. "우린 거기서 살 거야. 딸기를 재배하면서. 그럼 다 잘될 거야. 난 내 농장을 찾을 거야."

오래전, 거의 9년 전의 일이었다. 그들은 자신들 소유의 집을 갖기 위해 가능한 한 절약했고 가능한 한 저축했다. 하쓰에는 벤더스 스프링스 도로 끝에 있는 낡은 셋집에서 이사하고 싶었지만 가부오는 자망 어선을 사는 것이 더 나은 계획이라고 그녀를 설득했다. 한두 해 안에 돈이 두 배로 불어날 것이고, 배를 완전히 소유하게 될 것이며, 토지 대금을 지불하고도 남을 것이라고 했다. 그는 올 저겐슨이 늙어가고 있다고 말했다. 그가 오래지 않아 땅을 팔게 될 것이라고.

가부오는 힘닿는 대로 열심히 일했지만 고기잡이에는 소질이 없었다. 고기잡이는 돈이 됐고, 그는 그 돈을 원했고, 야망이 있었고, 열심히 일했지만 바다는 그와 맞지 않았다. 그들은 돈을 두 배로 불리기는커녕 그 가까이 가지도 못했고, 아일런더를 완전히 소유하지도 못했다. 가부오는 자신을 더욱더 혹사하면서 집에 얼마나 많은 연어를 갖고 오느냐에 따라 자신의 삶을 평가했다. 고기를 잡지 못하는 날에는 꿈이 뒷걸음질 치고 갈망하는 딸기 농장이 점점 더 멀어지는 것처럼 느꼈다. 그는 자책하면서 그녀와 소원해졌고, 그로 인해 결혼생활의 상처는 깊어 갔다. 하쓰에는 그가 자기연민에 빠지게 놔둠으로써 그를 지지하지 않았다고 느꼈다. 하지만 그녀는 그가 처한 현재 상황과 그보다 더 깊이 묻혀 있는 전쟁의 상처를 구별하기가 어려웠다. 게다가 이제 세 아이를 돌봐야 했고, 한때 남편에게 주었던 관심의 일부를 아이들에게 돌릴 필요가 있었다. 그녀는 아이들이 그를 부드럽게 만들어 주길 바랐다. 아이들을 통해 그가 다른 삶에 대한 꿈에 덜 집착하게 될지도 모르길 바랐다. 그녀는 그런 바람이 자신의 마음속에서는 일어났다는 것을 알았다.

좀 더 좋은 집에서 살면서 6월 아침에 밭에 나가 바람 속에서 딸기 향기를 맡게 된다면 그 이상 무엇을 더 바라겠는가. 하지만 이 집과 이 생활이 지금 갖고 있는 전부인데 다른 것을 끊임없이 원한다는 것은 무리였다. 그녀는 슬며시 그에게 말해 보려 했지만 가부오는 바로 모퉁이를 돌면 지금보다 나은 삶이 있는데, 그것은 단지 연어를 얼마나 더 잡느냐에 달려 있으며 올 저겐슨이 노쇠해지길 기다리면서 돈을 저축해야 한다고 주장했다.

하쓰에는 증언하기 위해 무릎에 손을 올리고 허리를 똑바로 펴고 앉았다. "기억을 더듬어 보시기 바랍니다." 넬스가 말했다. "석 달 전인 올해 구월 초로 돌아가 보도록 하죠. 당시 남편께서는 아일랜드 센터에 있는 땅에 관심을 가졌다고 말해도 되겠습니까? 기억하시죠, 미야모토 부인?"

"물론이죠." 하쓰에가 대답했다. "남편은 그곳 땅을 사는 데 관심이 무척 많았습니다. 항상 그 땅을 사고 싶어 했죠. 그 땅은, 그 딸기밭은 한때 남편 가족의 소유였고, 남편은 그곳에서 다시 농사를 짓고 싶어 했어요. 가족이 그 땅을 사려고 아주 열심히 일했는데, 전쟁 중에 모든 걸 잃어버렸고 땅도 빼앗겼죠."

"미야모토 부인," 넬스가 말했다. "이제 구월 칠 일 화요일을 떠올려 봐 주십시오. 아일랜드 센터에 살던 은퇴한 딸기 농장 주인 올 저겐슨이라는 분의 증언에 따르면 남편께서 그날 그의 땅 중 칠 에이커, 즉 증인이 말씀하신 딸기밭을 사는 문제로 찾아왔다고 했습니다. 기억나십니까?"

"기억해요." 하쓰에가 말했다. "그에 대해 알고 있어요."

넬스는 고개를 끄덕이고 이마를 주무르기 시작했다. 그는 피고석 가장자리에 걸터앉았다. "남편께서 그곳에 갔었다고 말씀하셨나요? 그 칠 에이커를 사는 문제에 대해 저겐슨 씨와 나눈 대화에 관해 이야기하셨습니까?"

"네." 하쓰에가 말했다. "했어요."

"그 대화에 대해 무슨 말이든 했습니까? 기억나는 게 있습니까?"

"남편은 그랬어요." 하쓰에가 말했다. "네."

하쓰에는 9월 7일 오후에 아이들을 태우고 아일랜드 센터의 옛 농장을 지나다가 올 저겐슨이 걸어 놓은 표지판을 보았다. 그녀는 차를 돌려 밀 런 도로를 따라 아미티 항구로 돌아가 피터슨 상점 옆에 있는 공중전화 부스에서 남편에게 전화해 이야기했다. 그리고 집에 가서 한 시간쯤 기다렸고, 가부오가 집에 돌아와 칼 하이네가 올의 농장을 사기로 했다는 불운한 소식을 전했다.

"알겠습니다." 넬스가 말했다. "남편께서 그 불운한 소식에 대해 얘기하신 날이 구월 칠 일 저녁이었군요?"

"오후요." 하쓰에가 말했다. "우린 그가 고기잡이를 나가기 전인 오후 늦게 그에 관해 얘기했던 걸로 기억해요."

"오후 늦게, 남편께서는 그 칠 에이커를 사지 못해 실망한 것처럼 보였나요, 미야모토 부인? 그가 실망한 것 같았습니까?"

"아니요. 남편은 실망하지 않았어요. 변함없이 기대를 걸었어요, 것먼슨 씨. 남편에겐 올 저겐슨 씨가 딸기 농사를 그만두고 땅을 팔려고 결심했다는 사실이 중요했죠. 뭔가 일이 되어 가고 있다고 했어요. 이제 기회가 왔다고요. 남편은 오랫동안 그런 순간이 오길 기다렸고, 이제 그 기회가 온 셈이었죠. 남편은 강한 희망을 품었어요."

"다음 날로 넘어갑시다. 다음 날 구월 팔 일 남편이 그 얘길 다시 했습니까? 여전히 증인이 말씀하신 대로 기대를 걸고 있었나요?"

"네." 하쓰에가 대답했다. "아주 희망적이었죠. 우린 다음 날 다시 그 얘길 했어요. 남편은 칼 하이네 씨에게 칠 에이커를 살 수 있을지 얘기하러 가기로 했죠."

"하지만 남편께서는 가지 않았습니다. 다음 날까지는. 하루를 기다렸는데, 맞습니까?"

"남편은 기다렸어요. 초조해하면서 어떻게 말할지 준비하고 싶어 했어요."

"이제 구월 구 일 목요일입니다. 증인의 남편이 올 저겐슨 씨와 얘기한 지 이틀째 되는 날이죠. 긴 이틀이 지났습니다. 기억을 떠올리신다면 무슨 일이 있었습니까?"

"무슨 일이라니요?"

"수전 마리 하이네 부인이 어제 증언한 대로 남편께서는 칼 하이네를 찾아갔죠, 그렇죠? 수전 마리 하이네 부인의 증언에 의하면 증인의 남편께서 구월 구 일 목요일 오후에 자신들의 집으로 와서 칼을 만나고 싶다고 했습니다. 수전 마리 하이네 부인에 의하면 두 사람은 집 주위를 걸으면서 삼사십 분가량 대화했습니다. 부인은 두 사람과 동행하거나 두 사람이 하는 말을 듣지 못했지만 그날 남편이 돌아와서 들려준 대화의 내용에 대해 증언했습니다. 부인은 두 사람이 칠 에이커 그리고 칼이 그 땅을 팔 수도 있다는 가능성에 대해 상의했다고 했습니다. 수전 마리 하이네 부인은 반대신문에서 칼이 그 칠 에이커의 매입에 대해 증인 남편에게 확실한 대답을 하지 않았고, 칼은 증인의 남편에게 가족의 땅을 되찾을 가능성이 전혀 없다고는 말하지 않았습니다. 가능성이 존재한다고 믿도록 칼이 남편을 격려했다는 게 수전 마리 하이네 부인이 이해한 것이었습니다. 지금 그게 부인이 보시기에 정확한 것 같습니까, 미야모토 부인? 증인의 남편은 구월 구 일 오후에 칼 하이네와 얘기하고 나서 여전히 기대를 걸고 있었습니까?"

"어느 때보다 더 희망적이었어요." 하쓰에가 말했다. "남편은 칼 하이네 씨와 얘기하고 나서 기대에 들떠서 집에 왔어요. 오랫동안 갈망하던 가족의 땅을 되찾을 가능성이 점점 커지고 있는 것 같다고 했어요. 그때는 저도 희망적이라고 느꼈어요. 그대로 성사되리라고 기대했어요."

403

넬스는 다시 몸을 펴고 일어나더니 천천히 배심원들 앞으로 걸어가면서 한동안 조용히 생각에 잠겼다. 정적 속에 바람이 창문에 부딪혔고, 라디에이터에서는 수증기가 소리를 내며 끓어올랐다. 머리 위 전등이 꺼진 법정은 전보다 더 어둡고 침체된 듯 보였다. 눈 냄새가 피어올랐다.

"증인은 희망을 느꼈다고 하셨습니다, 미야모토 부인. 하지만 아시다시피 고인의 어머니와 여기 계신 증인의 남편은 사이가 좋지 않았습니다. 그들 사이에는 말다툼이 있었지요. 그런데 무슨 근거로 증인께서 희망을 품으셨는지 알고 싶군요. 어떻게 낙관적으로 생각하게 되셨죠?"

네. 하쓰에는 그 질문을 이해한다고 말했다. 그녀는 가부오에게 그 이야기를 꺼낸 적이 있었다. 그녀는 남편에게 예전에 그렇게 완강하게 땅을 빼앗아 간 사람들이 그 땅을 다시 팔겠느냐고 물었다. 그 말에 가부오는 에타와 칼은 다르다고 대답했다. 이번에는 칼의 어머니가 아닌 칼에게 달린 문제였다. 그리고 칼은 오래전에 그의 친구였다. 칼은 올바르게 일을 처리할 것이었다.

"미야모토 부인, 증인의 남편은 구월 구 일 목요일 오후에 칼 하이네와 대화를 나누셨습니다. 다음 주 목요일 구월 십육 일에 화이트샌드만에서 익사한 채 어망에 걸린 칼 하이네가 발견되었지요. 그 사이에는 일주일의 간격, 즉 여섯 날과 일곱 밤이 흘렀습니다. 일주일 혹은 거의 일주일이지요. 그 일주일 동안 남편이 증인에게 칼 하이네 씨에 대해서나 문제의 칠 에이커에 관해 이야기한 적이 있는지 묻고 싶군요. 남편이 증인에게 칠 에이커에 대해서나 그것을 다시 취득하는 것에 대해 한 이야기가 있습니까? 증인의 남편이 구 일과 십육 일

사이의 일주일 동안 가족의 땅을 되찾는 것에 관해 얘기하거나 어떤 행동을 했는지 기억하십니까?"

뭐. 가부오는 이제 칼이 결정할 일이므로 자신은 할 일이 없다고 느꼈다고 하쓰에가 설명했다. 칼이 생각해서 결정할 것이다. 이제 칼이 어머니가 저지른 잘못을 만회할 생각이 있는지는 그의 마음에 달렸다. 칼이 자기 가족의 행위에 대해 책임감을 느끼고 있을까? 그가 의리를 지킬까? 어쨌든 다시 같은 피곤한 문제로 칼을 찾아가는 것은 점잖지 못하다고 가부오는 덧붙였다. 그는 칼 앞에서 약해 보이거나 굴욕적인 열망을 드러내고 싶어 하지 않았다. 그런 문제에 관해서는 인내가 최선이었다. 어리석게 자신을 드러내 보이면 얻는 것이 없었다. 그는 기다렸다. 일주일을 기다리고 나서 그때 다시 결정하겠다고 하쓰에게 말했다.

16일 아침에 그녀가 차를 마시려고 물을 끓이고 있을 때, 그가 고무장화에 고무 작업복 차림으로 들어와 바다에서 칼을 만난 일을 설명했다. 그는 안개 속에서 배에 배터리가 나간 칼을 도와주었고, 두 사람은 그 문제에 대해 합의를 보았다. 그들은 7에이커에 대해 합의에 도달했다. 8천4백 달러에 계약금 8백 달러. 미야모토 가족의 땅은 오랜 세월이 흐른 뒤 다시 가부오의 것이 되었다.

그러나 그날 오후 1시에 하쓰에는 피터슨 식료품점 점원 제시카 포터에게서 끔찍한 사고에 대해 전해 들었다. 칼 하이네가 전날 저녁 고기잡이를 하다가 일을 당했다는 소식이었다. 그는 화이트샌드만에서 그물에 걸려 죽은 채로 발견되었다.

26

 앨빈 훅스는 길모퉁이에서 쉬고 있는 듯한 모습으로 검찰 측 탁자의 가장자리에 걸터앉아 반짝반짝하게 닦은 구두를 교차하며 반대신문을 시작했다. 그는 깍지 낀 손을 무릎에 얹고 오른쪽으로 머리를 기울여 잠시 미야모토 하쓰에를 관찰했다. "증인의 증언을 흥미롭게 들었습니다. 특히 십육 일 아침에 있었던 일이 흥미롭군요. 증인께서는 방금 우리에게 그날 차를 끓이고 있을 때 피고가 부엌문으로 불쑥 들어와 아주 흥분한 상태로 바다에서 나눈 대화에 관해 얘기했다고 말씀하셨습니다. 어떻게 해서 피고와 칼 하이네가 합의에 이르게 됐을까요? 그 점이 아주 궁금하군요."
 그는 잠시 말을 멈추고 잠시 그녀를 살폈다. 이내 그는 끄덕이기 시작했다. 그는 머리를 긁고 천장으로 눈을 돌렸다. "미야모토 부인," 그가 한숨을 쉬었다. "칼 하이네가 사망한 십육 일 아침 남편의 마음 상태를 제가 방금 '아주 흥분한 상태'라고 한 게 적절한 표현인지 모르겠군요. 제가 증인의 증언을 혹시라도 잘못 해석한 건 아닙니까? 그날 아침 남편이 '아주 흥분한 상태'로 집에 돌아왔습니까?"

"그렇게 표현해도 될 거예요, 네." 하쓰에가 말했다. "남편은 분명히 아주 흥분해 있었어요."

"그답지 않았나요? 그가 동요한 상태였습니까? 증인이 보기에 뭔가 달랐습니까?"

"흥분해 있었어요." 하쓰에가 대답했다. "동요한 건 아니고요. 가족의 땅을 되찾게 돼 흥분해 있었어요."

"좋습니다. '흥분해 있었다'. 그리고 남편은 증인에게 바다에서 배를 멈추고 칼 하이네의⋯⋯ 다된 배터리 대신 자신의 것을 빌려주었다는 얘길 했군요. 맞습니까, 미야모토 부인?"

"맞아요."

"칼 하이네의 배에 줄을 매고 배터리를 빌려주려고 배에 올라갔다고 했습니까?"

"맞아요."

"그리고 그 자선의 행위 과정에 그때까지 논쟁의 대상이었던 칠 에이커에 대해 칼과 상의했다는 겁니까? 맞습니까? 그리고 왠지 몰라도 칼이 그 땅을 팔기로 동의했고요? 팔천사백 달러와 계약금 얼마에? 모두 맞습니까? 제가 제대로 이해했나요?"

"제대로 이해하셨어요. 그게 있었던 일이에요."

"미야모토 부인," 앨빈 훅스가 말했다. "증인은 어떤 기회에 이 이야기를 다른 사람에게 한 적 있습니까? 기쁜 소식을 전하러 예를 들어 친구나 친척에게 전화하지는 않았습니까? 증인의 남편이 한밤중에 칼 하이네의 배에서 타협을 보았다는 사실을 친지들에게 알리셨습니까? 조만간 칠 에이커의 딸기밭으로 이사해 새로운 생활을 시작할 거라는 식의?"

"아니요, 하지 않았습니다."

"왜 안 하셨죠? 왜 누군가에게 말하지 않았습니까? 소식을 전할 만도 한데요. 어머니나, 예를 들어 여동생이나 누군가에게 얘기할 수도 있었을 텐데 말이죠."

하쓰에는 의자에서 자세를 고치고 블라우스 앞자락을 불안하게 쓸어내렸다. "그러니까," 그녀가 말했다. "우린 남편이 집에 돌아온 지 불과 몇 시간 후에 칼 하이네 씨가…… 죽었다는 소식을 들었습니다. 칼의 사고로 우린 생각을 달리했어요. 그건 누군가에게 할 말이 아무것도 없다는 걸 뜻했죠. 모든 게 수포로 돌아갔으니까요."

"모든 게 수포로 돌아갔다." 앨빈 훅스가 팔짱을 끼며 말했다. "칼 하이네가 사망했다는 소식을 들었을 때 부인은 그 문제에 관해 얘기하지 않기로 작정하셨습니까? 그런 말씀이신가요?"

"잘못 이해하셨어요. 우린 그저……,"

"어떻게 이해하는가 하는 문제가 아닙니다. 저는 단지 사실이 무엇인지 알고자 하는 겁니다. 우리 모두 사실을 알고 싶어 이 자리에 나왔습니다. 미야모토 부인, 증인께서는 우리에게 사실을 말하기로 서약하셨으므로 다시 한번 질문드리지만, 증인은 남편이 바다에서 칼 하이네와 만난 날 밤에 관해 얘기하지 않기로 작정하셨습니까? 그 문제에 관해 얘기하지 않기로 하셨습니까?"

"할 얘기가 없었습니다. 우리 가족에게 무슨 소식을 전할 수 있었겠어요? 모든 게 수포로 돌아갔는데."

"수포로 돌아간 정도가 아니라," 앨빈 혹스가 말했다. "남편의 부동산 계약이 성사되지 못한 것 외에 한 사람이 죽었다는 걸 주목해야 할 겁니다. 한 사람이 두개골을 맞고 죽었다는 사실을 잊으시면 안 됩니다. 그 사건에 대해 알고 있는 정보를 보안관에게 알려야겠다고는 생각하지 않으셨습니까, 증인? 남편이 바다에서 보낸 밤, 배터리 문제 등등에 대해 증인이 아는 걸 아일랜드 군 보안관과 나누는 게 옳은 일이라고 생각하지 않으셨습니까?"

"우린 그에 관해 생각했어요, 네." 하쓰에가 말했다. "우린 그날 오후 내내 그 일에 대해 보안관에게 가서 얘기해야 할지, 어떻게 얘기해야 할지 생각했어요. 하지만 결국 가지 않기로 했어요. 아시겠지만 아주 나쁘게 보였어요. 살인처럼 보였어요. 남편과 전 그렇게 느꼈어요. 우린 재판을 받을 수도 있다고 생각했는데, 결국 염려했던 일이 일어났죠. 보시다시피 정확히 그렇게 되고 말았어요. 당신이 내 남편을 살인자로 기소했죠."

"음, 물론," 앨빈 혹스가 말했다. "증인의 기분은 이해합니다. 남편이 살인죄로 기소될 걸 매우 걱정했으리라는 걸 이해합니다. 하지만 증인이 시사하듯 진실이 증인의 편이라면 대체 뭐가 걱정입니까? 진실이 정말 증인 편이라면 왜 즉시 보안관에게 가서 알고 있는 모든 걸 말하지 않았습니까?"

"우린 겁이 났어요." 하쓰에가 말했다. "침묵하는 편이 나을 것 같았죠. 섣불리 나서는 건 실수일 거라고 생각했어요."

"그것참 묘하군요. 오히려 말하지 않는 게 실수인 것 같은데요. 실수는 증인이 사실을 감추려 한 겁니다. 보안관이 수사하는 동안 정보를 고의로 감추고 있었던 겁니다."

"어쩌면요." 하쓰에가 말했다. "모르겠어요."

"하지만 그건 실수였습니다." 앨빈 훅스가 집게손가락으로 그녀를 가리키며 말했다. "이제 와서 생각하면 중대한 판단 착오였다고 생각하지 않습니까? 사람이 원인 불명으로 죽었고, 보안관이 정보를 수집하고 다니는데 증인은 나서서 돕지 않았습니다. 증인은 도움을 줄 위치에 있는데도 적극적으로 나서거나 솔직하지 않았습니다. 솔직히 그게 증인을 의심스럽게 합니다, 미야모토 부인. 말하기 거북하지만 사실입니다. 그런 상황에서 증인이 알고 있는 중요한 정보를 말하지 않았기 때문에 지금도 우린 증인을 믿을 수 없습니다. 어떻게 증인을 믿을 수 있겠습니까?"

"하지만," 하쓰에가 의자에서 몸을 내밀며 말했다. "나설 시간이 없었어요. 우린 오후에 칼의 사고 소식을 들었어요. 그러고 나서 몇 시간 후에 남편이 체포됐죠. 시간이 많지 않았을 뿐이라고요."

"하지만 미야모토 부인," 앨빈 훅스가 대꾸했다. "만약 그게 사고였다고 느꼈다면 왜 즉시 알리지 않았을까요? 어째서 바로 그날 오후 그 사고에 대해 아는 사실을 훌륭한 보안관에게 말하려고 나서지 않았습니까? 어째서 수사를 돕지 않았습니까? 그에게 도움을 주셨어야죠. 어째서 남편이 칼 하이네의 배에 올라서 그를 도와주었다고 말하지 않았습니까? 저는 그 모든 걸 이해할 수 없군요. 저로서는 답답하고 혼란스럽고 정말 안타깝습니다. 뭘 믿어야 하고 뭘 믿지 말아야 할지 모르겠습니다. 그 모든 게 정말 난감할 따름입니다."

앨빈 훅스는 바지 주름을 잡아당기며 일어나 탁자 가장자리를 돌아 자기 의자에 앉더니 손바닥을 맞댔다. "더 이상 질문 없습니다, 재판장님." 그가 내뱉듯 말했다. "반대신문을 끝내겠습니다. 증인은 내려가도 좋습니다."

"잠깐만요." 미야모토 하쓰에가 대답했다. "전……,"

"됐습니다. 그만하십시오." 필딩 판사가 단호히 말을 끊었다. 그는 흔들림 없는 눈빛으로 피고의 아내를 노려보았고, 그녀도 그를 마주 쏘아보았다. "증인은 주어진 질문에 대답하셨습니다, 미야모토 부인. 화가 날 수도 있다는 걸 이해하지만 증인의 마음 상태, 정서적 상태, 이런 것들은 제가 진행하는 재판에서는 법적으로 참고할 사항이 아닙니다. 증인이 지금 훅스 씨에게 항의하고 싶은 격한 감정을 비난하는 게 아니지만 용납되지 않습니다. 주어진 질문에 대답하셨으니 이제 내려가셔야 할 것 같군요. 어쩔 수 없습니다."

하쓰에는 남편에게 고개를 돌렸다. 그가 끄덕이자 그녀도 끄덕였고, 곧 그녀는 침착하게 마음을 가라앉혔다. 그녀는 더 이상 아무 말 없이 일어나 법정 뒤쪽 자기 자리로 돌아가 모자를 고쳐 쓰고 자리에 앉았다. 방청석에 앉은 주민 몇몇이—이스마엘 체임버스를 포함해— 자기도 모르게 고개를 돌려 그녀를 보았지만 그녀는 그들을 의식하는 것 같지 않았다. 그녀는 말없이 정면을 응시했다.

넬스 것먼슨은 산피에드로 자망어부협회 회장인 조사이아 질랜더스를 증인으로 불렀다. 그는 해마 수염을 기르고 알코올중독으로 눈이 흐리멍덩한 마흔아홉의 남자였다. 땅딸한 조사이아는 30년간 그의 어선인 케이프 엘리자에서 혼자 고기잡이를 했다. 섬 주민들에게 그는 과장된 걸음걸이와 선장의 매너리즘에 빠진 술고래로 알려져 있었다. 그는 산피에드로에 갈 때마다 딱딱한 챙이 달린 푸른색 선장 모자에 손을 대고 인사했다. 모직 바지에 셰틀랜드 스코틀랜드 북동쪽의 군도산 스웨터를 입은 종종 산피에드로의 주막에서 존 소덜랜드 선장과 곤죽이 되도록-그의 표현대로 하면- 만취했다. 두 사람은 교역 이야기를 하며 맥주 1파인트를 마실 때마다 목소리가 점점 커졌다. 소덜랜드 선장은 턱수염을 쓰다듬었고, 조사이아는 콧수염에 묻은 맥주 거품을 훔치면서 선장의 어깨를 두드렸다.

지금 증인석에서 그는 손에 딱딱한 챙이 달린 선장 모자를 들고 불룩한 가슴에 팔짱을 끼고 자기 앞에서 눈을 끔뻑이며 불안정하게 서 있는 넬스 것먼슨을 향해 끝이 갈라진 턱을 치켜들었다.

"질랜더스 씨," 넬스가 말했다. "얼마나 오래 산피에드로 자망어부 협회 회장으로 계셨습니까?"

"십일 년입니다. 고기잡이한 지는 삼십 년 됐죠."

"연어잡이를 하십니까?"

"네, 주로 그렇죠."

"자망 어선으로요, 질랜더스 씨? 이 섬 자망 어부로 삼십 년을요?"

"맞습니다. 삼십 년이죠."

"증인의 배는," 넬스가 말했다. "케이프 엘리자 호죠. 배에 사람을 쓴 적 있습니까?"

조사이아는 머리를 저었다. "없습니다. 전 혼자 일합니다. 언제나 혼자였고, 앞으로도 그럴 겁니다. 혼자 일하는 게 좋아요."

"질랜더스 씨, 삼십 년간 고기잡이를 하면서 남의 배에 오른 적이 있습니까? 바다에서 어떤 이유로 다른 자망 어선에 밧줄을 묶고 그 배에 탄 적 있습니까?"

"별로 없습니다." 조사이아가 콧수염을 쓸어내리며 말했다. "모두 합해서 기껏 여섯 번이나 될까요? 대여섯 번 이상은 아니죠. 대여섯 번 정돕니다."

"대여섯 번이라," 넬스가 말했다. "그와 같은 해상 승선은 어떤 경우였는지 기억하실 수 있습니까? 각각의 경우 어떤 목적으로 다른 사람의 배에 밧줄을 묶었는지 생각나십니까? 법정을 위해 기억을 더 듬어 보시기 바랍니다."

조사이아는 다시 콧수염을 매만졌다. 그것은 그가 생각할 때 하는 버릇이었다. "아주 자세히는 기억할 수 없지만 언제나 배에 어떤 고장이 났던 것 같습니다. 엔진이 고장 나거나 해서 배가 움직이지 않아 사람들이 도움을 청했죠. 아니면, 이제 생각나는군요. 한 사람이 좌골이 부러져서 도와 달라고 한 적이 있습니다. 저는 밧줄을 묶고 그 배에 올랐죠. 그를 돕고 상황을 처리했습니다. 자세히는 기억할 수 없지만 늘 비상시에 남의 배에 오르게 되죠. 도움을 필요로 하는 사람이 있으면 말입니다."

"도움을 필요로 하면 다른 사람의 배에 오르셨군요. 질랜더스 씨, 삼십 년간 자망 어업을 하시면서 비상시가 아닌 경우에 남의 배에 오른 적이 있습니까? 말씀하신 것처럼 도움을 청하는 경우가 아닌 다른 이유로 말입니다."

"없습니다. 고기잡이에 열중해야죠. 남을 방해하지 않고 나도 방해 받지 말아야죠. 우린 모두 일만 합니다."

"그렇군요. 삼십 년간 자망 어업을 하시면서, 그리고 협회 회장의 입장에서 바다에서 자망 어부들에게 일어나는 여러 가지 일을 알고 계실 걸로 짐작되는데, 비상사태가 아닌 이유로 남의 배에 승선했다는 얘길 들으신 적 있습니까? 그런 일을 알고 계십니까?"

"그런 일은 없습니다." 조사이아가 말했다. "바다의 불문율이죠,

것먼슨 씨. 어부들 간의 명예 협정입니다. 각각 제자리를 지키는 거죠. 우린 거기 나가면 누구와 얘기할 일이 없습니다. 일하기에 바빠서 잡담할 시간도 없을뿐더러 남들이 고기를 잡는 동안 갑판에 앉아서 럼이나 마시며 떠들 수는 없죠. 그러니까 어떤 사람이 도움을 청하거나 위급한 일이 생겼거나 배가 움직이지 않거나 다리가 부러졌거나 하는 경우가 아니면 남의 배에 타지 않습니다. 그런 일이 있으면 배에 오르게 되겠지만 말입니다."

"그럼 증인의 생각에 여기 있는 피고 미야모토 씨가 구월 십육 일 칼 하이네의 배에 올랐다면 비상시에 그를 돕기 위한 이유밖에 없다는 겁니까? 그렇게 이해하십니까?"

"제 대답이 적당한지는 모르겠지만 다른 이유로 남의 배에 탔다는 얘긴 들어 본 적이 없습니다, 것먼슨 씨. 제가 아는 유일한 경우는 엔진에 문제가 생기거나 다리가 부러졌거나 하는 겁니다."

넬스는 피고석 가장자리에 위태롭게 걸터앉았다. 그는 검지로 보이지 않는 눈의 변덕스러운 움직임을 저지해 보려고 했지만 허사였다. 그 눈은 계속해서 제멋대로 움직였다. "질랜더스 씨," 그가 말했다. "바다에서 밧줄을 묶는 건 까다로운 일 아닙니까? 바다가 잔잔한 환한 대낮에도 말입니다."

"대체로 그런 편이죠."

"넓은 바다에서 밤에 묶는 건 어떨까요? 그런 일이 일종의 습격을 하는 식으로 재빨리 이루어질 수 있습니까? 상대가 원하지 않는 배에 탈 수 있을까요? 그런 일이 가능합니까?"

"내 생전 그런 얘기는 들어 보지 못했습니다." 조사이아가 손을 내두르며 말했다. "두 선주가 열심히 합세하면요, 네. 아시다시피 어느 정도 합세해야죠. 상대가 원하지 않는데 줄을 묶는다는 건 불가능하다고 생각합니다. 그런 일은 들어 보지 못했습니다."

"어떤 자망 어부가 상대방이 원하지 않는 배에 오른 경우는 들어 본 적이 없다는 거군요. 증인이 우리에게 한 말이 정확히 그렇게 요약됩니까? 제가 올바로 이해했습니까?"

"맞습니다. 그럴 수 없습니다. 상대가 떨쳐 버리면 그만이죠. 줄을 묶지 못하게요."

"비상시가 아니라면 다른 이유로 승선할 수 없는 거군요. 맞습니까, 질랜더스 씨?"

"맞습니다. 비상 승선이죠. 다른 경우는 듣지 못했습니다."

"증인이 어떤 사람을 죽이려 한다고 가정합시다. 증인은 상대가 원하지 않는데, 그의 배에 올라서 고기잡이 작살로 그를 쳐 보겠다는 생각을 하시겠습니까? 바다에서 오랜 경험을 쌓으셨으니까 이런 경우를 상상해 보시도록 부탁드리는 겁니다. 그 계획을 현명하고 그럴듯하다고 평가하십니까? 살인을 저지를 목적으로 상대의 배에 줄을 묶어서 오르는 게 실행 가능한 일이라고 생각하십니까? 아니면 안개 낀 넓은 바다에서 한밤중에 상대가 원하지 않는데 억지로 승선하기보다는 다른 방법, 다른 접근을 시도하시겠습니까? 어떻게 생각하시지요, 질랜더스 씨?"

"상대가 원하지 않는다면 그 배에 탈 수 없습니다. 그런 일은 가능하다고 보지 않습니다. 특히 칼 하이네라면요. 그처럼 거칠고 크고 힘이 센 사람에게 대항해 배에 타기는 어렵겠죠. 여기 있는 미야모토가 강제로 승선했다는 건 말도 안 됩니다, 것먼슨 씨. 불가능하고말고요. 그는 그럴 수 없습니다."

"가능하지 않다는 거군요." 넬스가 말했다. "경험이 풍부한 자망 어부로서, 산피에드로 자망어부협회 회장으로서 증인은 피고가 칼 하이네의 배에 살인을 저지를 목적으로 승선하는 게 가능하지 않다는 거지요? 강제 승선이란 애당초 불가능하다는 거지요?"

"저기 미야모토는 칼 하이네가 원하지도 않는데 그의 배에 승선할 순 없었을 겁니다." 조사이아 질랜더스가 말했다. "줄을 묶는 것도 어려울 뿐 아니라 칼은 만만치 않았죠. 만일 그가 승선했다면 어떤 비상사태, 엔진 고장이나 그런 종류의 긴급사태가 있었을 겁니다. 부인이 말한 배터리 문제 같은. 칼은 배터리에 문제가 있었던 겁니다."

"좋습니다." 넬스가 말했다. "증인께 배터리 문제가 있었다고 가정합시다. 배를 움직일 수 없지요. 등도 켜지지 않고요. 증인은 배에서 꼼짝도 못 하게 됐습니다. 그렇다면 어떻게 하시겠습니까, 질랜더스 씨? 여분의 배터리를 넣어야겠지요?"

"여분은 가지고 다니지 않습니다. 차에 여분을 가지고 다니지 않는 거나 마찬가지죠. 그런 일은 자주 일어나지 않지 않습니까?"

"하지만 질랜더스 씨, 군 보안관의 증언과 그가 작성한 보고서를 기억하신다면 화이트샌드만에서 표류하고 있는 칼 하이네의 어선을 발견했을 때 배에 여분이 있었습니다. 그리고 배터리 통에는 D-8과 D-6이 들어 있었고, 선실 바닥에 D-8이 놓여 있었지요. 그 세 번째 배터리는 다됐을지라도 여분으로 생각할 수 있을 것 같은데요."

"글쎄요." 조사이아가 말했다. "그건 상당히 이상합니다. 배터리 세 개는 아주 이상하군요. 다된 배터리 여분, 그것 역시 아주 이상합니다. 제가 아는 사람들은 모두 배터리 두 개로 출항하니까요. 하나가 잘 안 되면 다른 하나로 부두에 들어올 때까지 쓸 수 있습니다. 그리고 또 짚고 넘어갈 건 D-8과 D-6이 나란히 통 속에 들어 있었다는 건데, 여태 바다에서 지내면서 그런 얘긴 들어 본 적이 없습니다. 그런 배열도 들어 본 적 없습니다. 사람들은 보통 한 사이즈 배터리만 사용하죠. 칼 하이네가 그렇게 두서없이 일을 하진 않았을 것 같군요. 제 생각에 미야모토 부인의 말이 사실 같습니다. 칼은 아마 배터리에 문제가 생겨서 D-8을 빼 선실 바닥에 놓고 미야모토에게서 D-6을 빌렸고, 미야모토는 나머지 하나로 밤을 보냈다고 하는 게 가장 그럴듯한 설명 같습니다."

"알겠습니다. 증인이 바다에서 배를 움직일 수 없게 돼서 도움을 청해야 한다고 가정합시다. 그럼 제일 먼저 어떻게 하시겠습니까?"

"무전을 치겠죠. 아니면 보이는 거리에 있는 누군가를 부를 겁니다. 만일 내 그물이 내려져 있고 한창 고기잡이가 잘되는 중이라면 누군가가 보일 때까지 기다렸다가 부를 수도 있고요."

"증인의 가장 우선적인 선택이 무전입니까? 무전으로 도움을 청하시겠습니까? 하지만 배터리가 나갔다면 무전을 칠 수 없을 텐데요. 동력이 뭔가요, 질랜더스 씨? 만일 배터리가 없다면 어디서 동력이 생깁니까? 정말 무전을 칠 수 있습니까?"

"그 말이 맞습니다. 무전기도 불통이 됩니다. 연락할 수가 없죠. 맞는 말씀입니다."

"그럼 어떡하죠? 안개가 심하지 않다면 누군가를 부르겠군요. 하지만 칼 하이네가 익사한 밤처럼 안개가 끼었다면요. 기억하실지 모르겠지만 구월 십육 일 새벽에 짙은 안개가 끼었죠. 증인은 누군가가 근처를 지나가길 기다렸다가 그가 누구건 불러야겠군요. 다른 배를 볼 기회가 많지 않을 테니까요. 기회가 오는 대로 도움을 받지 않으면 큰 낭패에 빠질 수도 있겠지요."

"지당한 말씀입니다. 그런 곳에서는 도움을 받아야 합니다. 안개 속 십 해협 제방의 상용 항로에서 표류하다간 바다에서 죽기 십상이죠. 언제 대형 화물선이 지나갈지 모르니까요. 가능할 때 도움을 받아야 합니다. 말씀하신 대로 안개 속에서 누군가 나타나면 고동을 울리기 시작해야겠죠." 조사이아가 덧붙였다. "참, 미리 말씀드리지만 칼은 배에 경적을 갖고 다녔죠. 경적은 배터리가 필요 없습니다. 그는 경적을 들고 나가 울렸을 겁니다. 그건 배터리가 필요 없죠."

"음," 넬스가 말했다. "그렇다면 좋습니다. 그가 상용 항로 근처에서 엔진도 전등도 무전도 여분의 배터리도 없이 안개 속에서 표류하고 있었다면, 누군가가 도와주겠다고 했을 때 기꺼이 받아들였으리라고 생각하십니까? 다른 자망 어선이 가까이 와서 그의 배에 줄을 묶고 도와준다면 고맙게 생각했을까요?"

"물론이죠." 조사이아가 말했다. "당연히 받아들였을 겁니다. 바다에서 움직이지도 못하고 그물을 거둬 고기를 올릴 수도 없는데, 감지덕지할 일이죠. 만일 그렇게 하지 않는다면 미친 사람입니다."

"질랜더스 씨, 조금 전에 증인께 한 질문으로 돌아가겠습니다. 증인께선 이 일이 미리 계획된 살인이라고 상상해 보시기 바랍니다. 미리 누군가를 죽이겠다고 계획하고 다음과 같은 방법을 실행한다고 생각해 보시기 바랍니다. 즉 바다에서 조업 중인 피해자에게 접근해서 그가 원하지 않는데 그의 배에 줄을 묶고 뛰어올라 작살 손잡이로 그의 머리를 내리칩니다. 다시 한번 질문하는데, 삼십 년간 고기잡이를 해 오신 자망어부협회 회장으로서 밤에 바다에서 일어나는 모든 일에 대해 듣고 있으리라 생각되는 분의 견해로 그게 좋은 계획이라고 생각하십니까? 어부가 누군가를 죽이겠다면 그런 계획을 세우겠습니까?"

조사이아 질랜더스는 불쾌하다는 듯 고개를 저었다. "그건, 것먼슨 씨," 그가 힘주어 말했다. "정말 멍청한 계획이 되겠죠. 더할 나위 없이 멍청한 계획입니다. 누군가가 어떤 사람을 죽이려 한다면 그렇게 무모하고 위험한 방법은 생각하지 않을 겁니다. 말씀드렸듯이 상대가 원하지 않는 배에 오르는 건 불가능합니다. 작살을 들고 뛰어든다고요? 웃지 못할 일이죠. 그건 해적 이야기에나 나올 법한 얘기군요. 어렵긴 하지만 줄을 묶을 정도로 접근했다면 총으로 그를 쏠 순 있을 것 같습니다. 총으로 쏜 다음에야 줄을 쉽게 묶을 수 있겠죠. 그리고 그를 바다에 던지고 손을 씻겠죠. 그는 바다 밑바닥으로 가라앉을 테고, 다신 못 보겠죠. 나라면 총으로 쏘겠습니다. 역사상 최초로 강제 승선에 성공한 자망 어부가 되기는 포기하죠. 만일 이 법정에서 저기 있는 미야모토 가부오가, 칼 하이네가 원치도 않는데 그의 배에 올라서 그의 머리를 작살로 내리치고 배에서 떨어뜨렸다고 생각하는 사람이 있다면 그 사람은 정신 나간 얼간이나 다름없습니다. 그걸 믿는 사람도 얼간이고요."

"그럼 됐습니다. 더 이상 질문 없습니다, 질랜더스 씨. 여기까지 나와 주셔서 감사합니다. 밖에 눈이 많이 오는데도요."

"눈이 무섭게 퍼붓는군요, 네." 조사이아가 말했다. "하지만 여기가 따뜻한 건 분명하군요, 것먼슨 씨. 저기 있는 훅스 씨는 대단히 더울 것 같군요, 정말로. 저는……."

"증인," 넬스 것먼슨이 그의 말을 막았다. 그는 미야모토 가부오 옆에 앉아 가부오의 어깨에 손을 올렸다. "제 신문은 끝났습니다, 훅스 씨." 그가 말했다.

"그렇다면 제 차례겠군요." 앨빈 훅스가 차분히 대구했다. "몇 가지 질문이 있습니다, 질랜더스 씨. 이 모든 열기를 바꿀 필요가 있는 몇 가지 질문만요. 괜찮겠죠, 증인?"

조사이아는 어깨를 으쓱해 보이고 배 위에 두 손을 맞잡았다. "그럼 바꿔 보십시오." 그가 응했다. "경청하겠습니다, 검사님."

앨빈 훅스는 자리에서 일어나 양손을 바지 주머니에 깊숙이 찌르고 증인을 향해 어슬렁거리며 걸어갔다. "그러니까," 그가 말했다. "질랜더스 씨. 당신은 삼십 년간 고기잡이를 하셨습니다."

"맞습니다. 삼십 년을 채웠죠."

"삼십 년이면 긴 시간이군요. 바다에서 무수히 많은 고독한 밤을 지내셨겠군요, 그렇죠? 생각할 시간이 많으셨겠습니다."

"육지 사람은 그걸 고독하다고 생각할 겁니다. 검사님 같은 분은 거기 나가면 고독하겠죠. 말로 먹고사는 분이니까요. 전……,"

"아, 네." 앨빈 훅스가 말했다. "전 육지 사람이죠, 질랜더스 씨. 전 바다에 나가면 고독을 느끼는 사람입니다. 사실입니다, 네. 좋습니다, 좋아요, 아주 좋습니다. 제 사생활은 거기서 거리가 멀죠. 그럼 그 문제는 여기선 넘어가기로 하고, 대신 사건에 관해 이야길 하는 게 어떨까요, 증인?"

"여기선 검사님 말씀에 따라야죠. 알고 싶은 게 있으면 뭐든 물어보고 어서 끝냅시다."

앨빈 훅스는 양손을 등 뒤에서 맞잡고 배심원들 앞을 지나갔다. "질랜더스 씨," 그가 말했다. "좀 전에 자망 어부들은 비상시가 아니면 다른 사람의 배에 오르지 않는다고 말씀하셨습니다. 맞습니까?

제가 올바로 들었나요?"

"맞습니다. 제대로 들으셨군요."

"그럼 조난당한 사람들을 돕는 게 자망 어부 간의 일종의 원칙입니까? 그러니까 질랜더스 씨, 바다에서 곤경에 처한 동료 어부를 도와야 할 의무가 있다고 생각하시느냐고요. 대체로 그렇습니까?"

"우린 명예를 아는 사람들입니다. 우린 혼자이기도 하지만 같이 일하기도 합니다. 바다에서 서로를 필요로 하는 경우가 있죠. 바다에서 제 몫을 하는 사람이라면 이웃을 도울 겁니다. 하던 일을 그만두고 조난 신호에 응하는 건 바다의 법칙이죠. 전 바다에서 곤경에 처한 사람을 외면하는 어부는 한 명도 없다고 봅니다. 어디 확실히 쓰여 있진 않지만 그런 것이나 마찬가지로 하나의 법입니다. 자망 어부는 서로 돕습니다."

"하지만 질랜더스 씨, 우리가 이 자리에서 이전에 들은 증언에 의하면 자망 어부들이 항상 사이가 좋은 건 아니고, 혼자 고기를 잡는 과묵한 남자들이며, 바다에서 배의 위치를 놓고 누가 누구의 고기를 도둑질한다든가 하는 등등의 말싸움을 하는 걸로 알고 있습니다. 그들이 특별히 사교적인 사람들이 아니고 혼자 일하는 걸 좋아하며 서로 거리를 둔다고 말입니다. 그런데 증인, 이러한 고립적이고 경쟁적이며 다른 사람들을 무시하는 분위기에서, 자망 어부가 비상시에 반드시 다른 사람을 돕는다고 할 수 있을까요? 만일 싫어하는 사람이거나 과거에 언쟁했던 사람이거나 원수지간이라도 말입니까? 바다에서 조난을 당하면 갑자기 그 모든 걸 접어 두게 된다는 겁니까? 원한을 품고 못 본 체함으로써 적이 좌초해서 겪는 어려움을 즐길 수도 있지 않을까요? 설명해 보시죠, 증인."

"흥, 우린 철저하게 선량한 사람들이오. 어떤 종류의 다툼이 있었는지 몰라도 우린 서로 돕습니다. 그게 우리의 방식이오. 남자라면 적이라도 도울 줄 알아야 하오. 우린 모두 언젠가는 자신도 도움이 필요할 때가 있다는 걸 압니다. 난처한 일을 당할 수도 있다는 걸. 누군가와 아옹다옹하거나 아무리 성질을 건드리는 사람이라 해도 그냥 표류하게 내버려두진 않소. 그건 너무 심술궂은 일 아니오? 무슨 일이 있건 비상시에 우린 서로 돕소."

"그렇다면 증인의 말을 인정하고 다른 문제로 넘어가죠, 질랜더스 씨. 바다에서는 원수지간이라 할지라도 비상시에 서로 돕는다는 증인의 말을 인정하겠습니다. 자, 아까 바다에서 강제적인 승선이 불가능하다고 말씀하셨죠? 그건 상호 간의 동의가 없다면 한 자망 어부가 다른 어부의 배에 탈 수 없다는 의미입니까? 두 사람이 협력하지 않는다면? 역시 맞습니까, 증인? 제가 확실히 이해한 겁니까?"

"잘 알아들으셨습니다. 제가 한 말이 정확히 그겁니다. 강제 승선이 불가능하다는 거요."

"그렇다면," 앨빈 훅스가 말했다. "여기 존경하는 피고 측 변호사님께선 좀 전에 증인에게 바다에서 어떤 사람이 미리 계획된 방법으로 다른 사람을 죽이려 한다는 시나리오를 상상해 보도록 부탁하셨습니다. 강제로 승선해 작살로 치는 걸 상상해 보도록 하셨죠. 증인은 그런 일은 불가능하다고 말씀하셨습니다. 그런 살인은 일어날 수 없다고 하셨죠."

"만일 강제 승선이 들어가는 얘기라면 그건 꾸며 낸 바다의 모험담이오. 그건 해적 이야기나 뭐 그런 겁니다."

"그렇다면 좋습니다. 저는 증인께 또 다른 시나리오를 상상하도록 부탁드리겠습니다. 그럴듯하게 들린다면 말씀해 주십시오. 이런 종류의 일이 가능한지, 아니면 또 다른 바다 모험담인지 말입니다."

앨빈 훅스는 다시 서성이기 시작했고, 서성이면서 배심원을 한 사람씩 보았다. "첫째," 그가 입을 열었다. "여기 있는 피고 미야모토 씨가 칼 하이네를 죽이려고 작정한다. 그 부분은 아직까지 가능하겠지요?"

"물론이오." 조사이아가 대답했다. "검사님이 그렇게 말한다면."

"둘째, 그는 구월 십오 일에 고기잡이를 나간다. 안개가 조금 끼었지만 아직 본격적인 안개는 아니어서 그는 아무 문제 없이 그가 목표로 하는 피해자 칼 하이네가 보이는 거리까지 배를 몰고 다가간다. 그리고 십 해협 제방으로 그를 따른다. 여기까진 어떻습니까?"

"그럴듯하군."

"그럼 셋째, 그는 그물을 내리는 칼 하이네를 지켜본다. 그는 일부러 멀지 않은 위쪽에 자신의 그물을 내리고 저녁 늦게까지 고기잡이를 한다. 이제 안개가 짙어져서 자욱한 안개 때문에 모든 게 희미하게 보인다. 그는 아무것도 볼 수 없지만 칼 하이네가 이백 미터 떨어진 하류의 안개 속 어딘가에 있다는 사실을 안다. 이제 새벽 두 시다. 수면은 아주 고요하다. 그는 무전기에서 사람들이 엘리엇 상류 쪽으로 이동한다는 소리를 들었다. 확실하진 않지만 그는 근처에 남아 있는 사람이 얼마 되지 않는다는 사실을 안다. 그래서 미야모토는 마침내 행동을 개시한다. 그는 그물을 거두고 모터를 끄고 든든한 작살을 확인한 다음 칼 하이네를 향해 무적을 울리면서 하류로 떠내려간다. 이제 증인께서 칼 하이네가 그를 도와줄 의무가 있지 않을지 말씀해 주시겠습니까?"

"바다 모험담이군. 하지만 괜찮은 모험담이오. 계속하시오."

"칼 하이네가 그를 도와줘야 한다고 생각했을까요? 좀 전에 증인께서 말씀하셨듯이 원수지간이라도 도와야겠죠? 칼 하이네가 도와주었을까요?"

"그렇소. 그는 도왔을 거요. 계속하시오."

"두 사람이 함께 자신들의 배를 묶었을까요? 비상시 바다에서 성공적으로 줄을 묶으려면 비록 겉치레일망정 상호 간의 동의가 필요하지 않을까요, 질랜더스 씨?"

조사이아가 끄덕였다. "그렇소." 그가 대답했다. "맞소."

"그리고 이 부분에서, 증인, 시나리오상 치명적인 작대기 싸움에 능한 검도의 명수인 피고가 배에 뛰어올라 머리가 깨질 정도의 타격을 가해 칼 하이네를 죽일 수 있었을까요? 총으로 그 일을 해치우는 게 아니라? 총으로 해치운다면 근처에서 고기잡이하던 사람들이 들을 수도 있지 않을까요? 증인, 제 말이 여전히 그럴듯합니까? 전문가인 증인이 볼 때 제 시나리오가 그럴듯하게 들리십니까? 이 모든 게 그럴듯한가요, 증인?"

"그럴 수도 있겠지만," 조사이아 질랜더스가 말했다. "그랬으리라곤 생각지 않소."

"그렇게 생각하지 않는다고요? 증인의 의견은 다른 것 같군요. 하지만 뭘 근거로 한 의견이죠, 증인? 증인은 제 시나리오가 그럴듯하다는 걸 부인하지 않았습니다. 증인은 미리 계획한 살인이 정확하게 제가 방금 묘사한 방식으로 일어날 수도 있다는 걸 부인하지 않으셨습니다. 그렇죠, 질랜더스 씨?"

"부인하진 않지만……."

"더 이상 질문 없습니다." 앨빈 훅스가 말했다. "증인은 내려가셔도 좋습니다. 증인은 따뜻한 방청석에 편안히 앉으셔도 됩니다. 저는 더 이상 질문 없습니다."

"쳇." 조사이아 질랜더스가 말했다. 하지만 재판장이 손을 들자 조사이아는 모자를 들고 증인석에서 나왔다.

27

바람이 법정의 유리창을 깨뜨릴 듯 창틀을 세차게 흔들었다. 사흘 동안 방청석의 주민들은 법정을 오가는 길에 귓속에서 윙윙거리는 바람 소리를 들었다. 그러나 그들은 그 소리에 익숙해질 수 없었다. 봄이 되면 섬 전체를 진흙탕으로 만들면서 끊임없이 내리는 비와 함께 불어오는 바닷바람에 길들여지긴 했지만 이런 위력의 바람, 지나치게 냉랭하고 혹독한 바람은 그들에게 낯설기만 했다. 며칠간 바람이 그렇게 끊임없이 분다는 게 믿기지 않을 정도였다. 그들은 초조하고 조바심이 났다. 모두 내리는 눈은 고사하고 얼굴에 매섭게 휘몰아치는 바람이라도 빨리 그쳐서 자신들에게 평화를 가져다주길 바랐다. 이제는 바람 소리가 신물이 날 지경이었다.

피고 미야모토 가부오는 유치장에서 바람이 웅얼거리는 소리조차 듣지 못했다. 그는 에이블 마틴슨이 이끄는 어스름한 법정의 1층 계단-수갑을 차고 필딩 판사의 법정으로 가는 여정-에서 건물이 바람에 흔들리는 것을 느껴 본 것 외에는 밖에서 부는 폭풍을 감지하지 못했다. 그는 계단을 하나씩 오를 때마다 창밖으로 잔뜩 찌푸린 하늘에서 휘몰아치며 세차게 퍼붓는 눈을 보았다. 77일 동안 창 없이 살아온 후 그는 차가운 목화솜 같은 겨울 폭풍의 빛에 감사했다. 그는 담요를 뒤집어쓰고-그의 콘크리트 유치장은 특히 추웠다- 전날 밤을 보냈다. 밤 시간에 그를 지켜보는 임무를 맡은 부관-윌리엄 스테네슨이라는 은퇴한 목수-이 자정이 되기 직전에 그에게 손전등을 비추어 보고 참을 만한지 물었다. 가부오는 가능하다면 여벌의 담요와 차를 한 잔 달라고 부탁했다. "알아보겠네." 윌리엄 스테네슨이 대답했다. "하지만 맙소사, 이보게, 자네가 이런 곤경에 빠지지 않았으면 애초에 우리 둘 다 여기 있지 않아도 됐잖나."

가부오는 자신이 실제로 어떤 곤경에 처해 있는지 곰곰이 생각해 보았다. 두 달 반 전 체스 게임이 끝나고 것먼슨이 그의 이야기를 듣고자 했을 때 그는 모런 보안관에게 했던 거짓말을 고집했다. 그는 아무것도 모른다고 주장했고, 그래서 문제가 더 심각해졌다. 그렇다. 그는 7에이커에 대해 칼과 이야기했었다. 그렇다. 그는 에타 하이네와 언쟁했었다. 그렇다. 그는 올을 만나러 갔었다. 아니다. 그는 9월 15일 밤 십 해협 제방에서 칼을 본 적 없었다. 칼에게 어떤 일이 있었는지 몰랐고, 누구에게 들은 적도 없었고, 칼의 익사에 대해 아무것도 몰랐다. 그날 밤 내내 고기를 잡고 집으로 돌아와 잠을 잤고, 그게 전부였다. 이상이 그가 말한 전부였다.

넬스 것먼슨은 처음에 그의 말에 만족했고, 인정하는 것처럼 보였다. 하지만 그는 다음 날 아침 줄이 쳐진 노란색 공책을 겨드랑이에 끼고 시가를 문 채 다시 찾아와 가부오의 침대에 자리 잡고 앉았다. 담뱃재가 그의 바지 무릎에 떨어졌지만 상관하지 않거나 깨닫지 못하는 그를 보면서 가부오는 측은한 생각이 들었다. 그는 등이 굽은 데다 손도 떠는 노인이었다. "보안관이 쓴 보고서," 그가 한숨을 쉬며 말했다. "그걸 읽었네, 가부오. 전부 다."

"뭐라고 쓰였던가요?" 가부오가 물었다.

"거기 내가 염려하는 몇 가지 사실이 있었네. 내가 다시 한번 자네 얘길 듣고 싶다고 해도 언짢게 생각하지 말게나. 그래 주겠나, 가부오? 전부 다시 말해 줄 텐가? 칠 에이커 등등에 관한 얘기 말일세. 어떤 일이 있었지?"

가부오는 유치장 문으로 가서 창구에 눈을 갖다 댔다. "제 말을 믿지 않으시는군요." 그가 부드럽게 말했다. "제가 거짓말을 하고 있다고 생각하시는군요."

"자네 작살에 묻은 피 말일세," 넬스 것먼슨이 대꾸했다. "아나코츠에서 테스트했네. 칼 하이네의 혈액형과 일치한다는군."

"거기에 대해선 아는 바가 없습니다. 보안관에게 말했고 당신에게도 말합니다. 거기에 대해서는 아는 바가 없어요."

"또 하나," 넬스가 펜으로 가부오를 가리키며 주장했다. "칼의 배에서 자네의 계류용 밧줄을 찾았네. 수전 마리 호의 클리트에 감겨 있었지. 분명히 자네의 밧줄이라는군. 새것 하나를 빼면 자네의 다른 밧줄들 모두와 일치한다는군. 그것도 보고서에 쓰여 있네."

"오." 가부오는 그 말 외에는 아무 말도 하지 않았다.

"이보게, 내가 진실을 모르면 자넬 도와줄 수 없네. 아일랜드 군 보안관이 꼼짝 못 할 증거인 자네 밧줄을 죽은 어부의 배에서 발견했는데, '오.'라는 대답만 듣고 사건을 맡을 순 없어. '오.'라는 말만 듣고 어떻게 자넬 도울 수 있겠나? 내가 자넬 어떻게 도우면 되겠나, 가부오? 자넨 내게 솔직히 털어놔야 해. 그럴 수밖에 없네. 아니면 자넬 도울 수 없어."

"전 사실을 말했습니다." 가부오가 말했다. 그는 고개를 돌려 외눈박이에 손을 떠는 노인을 마주했다. 변호사를 사는 것으로써 검찰 측 관점을 인정하길 거부했기에 그의 사건을 맡은 노인을. "우린 제 가족의 땅에 관해 말했습니다. 전 몇 년 전 그의 어머니와 언쟁했습니다. 올 영감을 보러 갔고, 칼을 만나러 갔습니다. 그뿐입니다. 전 할 말을 다 했습니다."

"그 계류용 밧줄." 넬스 것먼슨이 그 말을 반복했다. "그 계류용 밧줄과 작살에 묻은 피. 난……."

"그것들은 제가 설명할 수 없습니다." 가부오가 주장했다. "그것들에 대해선 아무것도 몰라요."

넬스가 끄덕이며 그를 응시하자 가부오도 그를 응시했다. "자넨 교수형을 당할 수도 있다는 걸 알고 있겠지. 자네가 진실을 말하지 않는다면 이 세상 어느 변호사도 자넬 도울 수 없네."

그리고 다음 날 아침 넬스는 마닐라 폴더를 들고 다시 찾아왔다. 그는 시가를 피우며 겨드랑이에 폴더를 끼우고 유치장을 거닐었다. "보안관의 보고서를 가져왔으니," 그가 말했다. "자넨 우리가 직면한 걸 분명히 알 수 있을 걸세. 자넨 이걸 읽고 나서 새로운 얘길 꾸며낼 수도 있네. 좀 더 그럴듯한 거짓말을 꾸며서 나한테 솔직하게 털어놓는 척할 수도 있다는 걸세. 자네가 이 보고서를 읽고 나서 그와 일치하는 얘길 지어내면 난 그 말을 믿고 일을 진행하겠지. 난 그럴 수밖에 없으니까. 난 그런 건 싫네. 그렇게는 되지 않았으면 하네. 자넬 믿을 수 있으면 한다는 거야. 그러니까 그걸 읽기 전에 내 눈에 자네가 무죄라는 걸 입증할 얘길 해 보게. 자네가 그때 보안관에게 했어야 할 그 얘길 더 늦기 전에, 진실이 자넬 아직 자유롭게 해 줄 수 있을 때 내게 하게. 진실이 자네에게 도움이 될 때 말일세."

가부오는 처음에 아무 말도 하지 않았다. 하지만 이내 넬스가 침대에 폴더를 떨어뜨리고 똑바로 서서 그를 내려다보았다. "자네가 일본계이기 때문이지." 그는 부드럽게 말했는데, 서술이라기보다 질문에 가까웠다. "자네가 일본계이기 때문에 아무도 자네 말을 믿지 않을 거라고 생각하는 거야."

"그렇게 생각할 만도 하죠. 변호사님은 잊으셨을지 모르지만 몇 년 전 정부는 우릴 믿지 못해 배에 태워 이곳에서 쫓아냈죠."

"그건 사실이야." 넬스가 말했다. "하지만……."

"우린 교활하고 기만적이죠." 가부오가 말했다. "당신들은 일본 놈을 믿지 못하죠? 이 섬은 분노로 가득 차 있어요, 것먼슨 씨. 사람들은 속마음을 얘기하지 않지만 언제나 증오를 품고 있죠. 그들은 우리 농장에서 딸기를 사지 않고, 우리와 거래도 하지 않아요. 지난여름에 누군가 돌을 던져 스미다 씨의 온실 유리를 모조리 깨 버린 일을 기억하십니까? 음, 이제 모두가 좋아했던 어부가 그물에 걸려서 익사한 채 발견됐습니다. 그들은 일본 놈이 그를 죽였다고 생각할 겁니다. 사실이야 어떻든 그들은 내가 교수형 당하는 꼴을 보고 싶을 겁니다."

"법이 있네." 넬스가 말했다. "법은 모두에게 평등하지. 자넨 공정한 재판을 받을 자격이 있어."

"사람들은 절 증오합니다. 그들과 맞서 싸웠던 군인들처럼 생긴 사람을 증오하죠. 그래서 제가 여기 있는 거고요."

"사실을 말하게." 넬스가 말했다. "늦기 전에 사실을 말해."

가부오는 한숨을 쉬고 침대에 누워 머리 뒤로 깍지를 끼웠다. "사실." 그가 말했다. "사실은 쉽지 않아요."

"그래도," 넬스가 말했다. "난 자네 기분을 이해하네. 일어난 일이 있지만 일어나지 않은 일도 있네. 우리가 해야 할 얘긴 그것일세."

그것은 가부오에게 안개에 발이 묶여 조용하고 적막한, 질감이 풍부한 꿈 같았다. 그는 어둑해지는 유치장에서 종종 그에 관해 생각했고, 아주 사소한 부분들이 그에게 크게 다가왔고, 모든 말이 들렸다.

문제의 그날 밤, 그는 해가 지기 전에 십 해협 제방으로 나가기 위해 아일런더의 엔진오일을 점검하고 서둘러 그물 드럼의 릴 구동장치에 기름을 먹였다. 그는 십 해협에서 이틀 연속 고기가 많이 잡혔다는 사실을 알고 있었다. 그는 라스 핸슨, 잰 소런슨과 이야기했고, 그들의 정보에 따라 십 해협에서 고기잡이를 하기로 결정했다. 그들은 은연어가 대부분 만조에 떼를 지어 다닌다고 했다. 간조에도 역시 고기가 있지만 그다지 많지 않았다. 가부오는 만조 때 2백 마리 이상을 잡을 수 있기를 기대했고, 운이 좋으면 간조 때 1백 마리 이상을 잡을 수도 있었다. 그에게 필요한 것은 행운이었다. 전날 밤 엘리엇 상류에서는 겨우 비용을 커버할 정도였다. 그는 열여덟 마리를 잡고 자리를 이동해 넓고 미로 같은 해초군 옆의 어둠 속으로 그물을 내렸다. 조수에 밀려 배가 해초 속으로 떠밀려 들어가는 바람에 그물을 찢기지 않고 거기서 빠져나오는 데 네 시간을 허비했다. 오늘 밤에는 좀 더 잘해야 할 것이었다. 그는 행운이 자신 곁에 머물러 주기를 바랐다.

해 질 녘의 푸르스름한 빛 속에서 그는 항구를 떠나 드넓은 바다로 향했다. 아일런더호의 타륜 앞에 서서 그는 산피에드로섬의 부드러운 삼나무 숲을 바라보았다. 높은 구릉들, 해변을 따라 길게 깔려 있는 안개, 해안에 찰싹이는 흰 파도 그리고 벌써 섬 뒤쪽에서 올라와 스키프곶의 거대한 절벽 위에 걸린 달. 하늘에 떠 있는 창백하고 흐릿한 구름 조각처럼 가볍고 투명한 상현달. 가부오는 라디오를 켜고 기압계를 체크했다. 북쪽 조지아 해협에 진눈깨비를 동반한 돌풍이 예상된다는 일기예보에도 불구하고 아직은 변화가 없었다. 그가 다시 위를 올려다보았을 때 1백 미터 떨어진 곳에서 한 무리의 바닷새가 흩어지면서 물결 위로 회색 그림자를 드리우며 검둥오리들처럼 파도 위를 스치듯 날아갔다. 검둥오리치고는 수가 너무 많았기에 잘은 몰라도 바다오리일 것 같았다. 바닷바람을 맞으며 7노트의 속도로 뒤에서 밀려오는 강한 조류에 실려 하버룩스를 가로질러 항해하다가 카실로프호, 안타르틱호, 프로비던스호를 만났다. 그들 모두 십 해협으로 가고 있었다. 전체 어선의 절반 정도가 그쪽으로 향하고 있는 듯했다. 어스름 속에서 어장을 향해 열심히 달리는 어선들이 하얀 항적을 남기며 그의 앞에서 퍼져 나가고 있었다.

가부오는 보온병에서 녹차를 따라 마시고 무전기 채널을 돌렸다. 그는 언제나처럼 말없이 듣기만 하면서 사람들이 하는 이야기에서 고기잡이에 필요한 정보를 얻었다.

해가 완전히 질 무렵에 그는 주먹밥 세 개와 대구 살 한쪽, 벤더스 스프링스 뒤쪽에 있는 사과나무에서 떨어진 사과 두 알을 먹었다. 이미 밤안개가 물 위를 떠다니고 있어서 그는 타륜을 놓고 스포트라이트를 켜서 물 위를 비추었다. 시야를 가리는 안개는 언제나 그를 불안하게 했다. 짙은 안개 속에서는 그물이 넓게 펼쳐지지 않을 수도 있었고, 배가 시애틀로 향하는 거대한 화물선이 지나가는 상용 항로 한가운데로 들어갈 수도 있었다. 그런 상황에서는 상용 항로에서 멀찌감치 떨어져, 엘리엇섬에 가려 거센 해풍을 피할 수 있는 엘리엇 상류에서 고기를 잡는 편이 더 나았다.

하지만 8시 30분쯤 그는 제방 근처에서 엔진을 공회전하며 그물 드럼 옆 조타실에서 주위에 깔리는 안개 속에 귀를 기울이며 서 있었다. 멀리 동쪽에 있는 등대에서 길게 이어지는 무적 소리가 희미하게 들렸다. 그것은 앞이 보이지 않는 밤바다에 어울리는 소리였다. 외롭고 익숙하고 나직하고 공허감 없이는 들을 수 없을 만큼 구슬펐다. 그는 옛날 사람들이 버터밀크처럼 빡빡한 오늘 같은 밤을 유령의 시간이라고 부른다는 것을 알았다. 그런 안개를 손으로 가르면 덩굴손이나 여러 다발의 색 띠를 가르는 것처럼 분리되었다가 다시 하나로 천천히 모여 가른 자국이 흔적도 없이 사라졌다. 자망 어선들은 공기와 물 사이에서 자신의 영역을 확보하려는 듯 안개 속에서 천천히 전진했다. 이런 밤에는 횃불도 없이 동굴에 들어간 사람처럼 방향 감각을 잃어버릴 수 있었다. 가부오는 다른 어부들도 자신과 마찬가지로 안개 속을 들여다보고 자기 자리를 찾길 희망하며 제방 근처에서 미끄러지듯 나아가고 있음을 알았다. 상용 항로 경계 지점에는 수많은 부표로 표시가 되어 있었기에 우연히 그중 하나라도 걸리면 자신의 위치를 알 수 있었다.

가부오는 부표 가방을 고물 도삭기 사이에 세워 놓고 성냥으로 석유등을 켰다. 그는 심지에 불이 확실히 붙을 때까지 기다렸다가 공기를 주입하고 연료를 조절하고 나서 석유등을 조심스럽게 구명환 안에 놓은 다음 아일런더호의 고물 밖으로 몸을 내밀어 물 위에 부표 가방을 내려놓았다. 바다 위로 얼굴을 가까이 숙이자 물속을 달리는 연어 냄새가 솟구쳐 올라오는 것처럼 느껴졌다. 그는 눈을 감고 물속에 한 손을 넣은 다음 바다의 신들에게 물고기를 보내 달라고 자신의 방식으로 기도했다. 그는 행운을 구했고, 안개에서 벗어나길 기원했다. 그리고 신들이 안개를 걷어 주고 상용 항로의 화물선으로부터 안전하게 지켜 주길 기도했다. 그는 다시 아일런더의 고물에서 일어나 부표 가방을 그물 끝에 옭아매고 그물 드럼의 제동장치를 풀었다.

가부오는 앞이 전혀 보이지 않는 상태에서 배가 그물에 걸리지 않도록 북쪽에서 남쪽으로 가능한 한 천천히 움직이며 그물을 드리웠다. 상용 항로가 북쪽인 것 같았지만 확실히 알 수는 없었다. 올바른 방향으로 그물을 내리면 동쪽으로 흐르는 조류가 팽팽하게 당겨 주겠지만 약간이라도 해류를 거스른다면 그물이 찢기지 않도록 끌어당기다가 밤을 새우게 될 수도 있었다. 그는 짙은 안개 속에서 자신이 어떻게 그물을 내렸는지 알 수 없었다. 그물 끈에 달린 스무 개의 코르크가 잘 보이지 않았기 때문에 수시로 조명등을 비춰 봐야 했다. 가부오는 선실 타륜에 서서 뱃머리 너머로 5미터 밖의 수면을 볼 수 없었다. 아일런더호는 뱃머리로 껍질을 벗기듯이 안개를 가르면서 움직였다. 안개가 너무 짙었기에 곧 엘리엇 상류로 자리를 옮겨야겠다는 생각이 들었다. 그는 자신이 시애틀로 향하는 상용 항로에서 그물을 내리고 있다는 것밖에 알 수 없었다. 게다가 누군가 정남 쪽에서 그물을 가로막고 있지 않기를 바라야 했다. 이런 안개 속에서는 다른 배의 섬광등이 보이지 않으므로 아일런더의 프로펠러로 누군가의 그물을 말아 버릴 수도 있었다. 그것은 야간 어업에서 피해야 할 일이었다. 많은 게 잘못될 수 있었다.

고물의 드럼에서 나와 도삭기를 순조롭게 통과한 모든 그물이 마침내 180미터 깊이의 바다로 들어갔다. 가부오는 몸을 돌려 그물에서 떨어진 생선 찌꺼기를 호스로 갑판 배수구에 흘려보냈다. 그는 엔진을 끈 다음 선실을 등지고 해치 위에 서서 지나가는 화물선이 있는지 귀를 기울였다. 그러나 찰랑이는 물결 소리와 멀리 등대에서 들려오는 신호음 외에는 아무 소리도 들리지 않았다. 단지 해류에 밀려서 서서히 동쪽으로 움직이고 있다는 것밖에 짐작할 수 없었다. 그는 그물을 내리고 나서부터 다소 느긋한 기분이 되었다. 상용 항로에서 벗어났다고 확신할 수는 없었지만 안개에 갇혀 있는 다른 자망 어선들도 다들 똑같은 속도로 표류하고 있으리라고 생각했다. 서른 척 이상의 어선이 모두 짙은 안개 속에서 숨을 죽이고 일정한 해류의 리듬을 타고 각자 거리를 유지하며 움직이고 있는 광경을 머릿속으로 그려 보았다. 가부오는 안으로 들어가 흰색 위에 붉은색인 마스트 등을 켰다. 그것은 야간 어업을 하고 있다는 신호였으나 별로 효과가 없었다. 전등은 안개 때문에 제구실을 하지 못했다. 하지만 한편으로는 그가 할 수 있는 일은 다 한 셈이었다. 그는 가능한 한 재주껏 그물을 드리웠다. 그리고 이제 기다리는 일밖에 없었다.

가부오는 보온병을 조타실로 가져간 다음 좌현 뱃전에 앉아 녹차를 마시며 불안한 마음으로 안개 속으로 귀를 기울였다. 저 멀리 남쪽에서 누군가가 배를 천천히 움직이며 드럼에서 그물을 풀어내는 소리가 들렸다. 무전기에서 때때로 희미하게 찌직거리는 소리가 났지만 말소리는 들리지 않았다. 그는 침묵 속에 차를 마시며 연어를 기다렸다. 여느 밤처럼 태어난 물을 찾아 이동하는 연어들을 상상했다. 연어들은 그들의 과거와 미래를 동시에 간직한 물, 그들과 그들의 자손 그리고 그 자손의 자손으로 이어질 탄생과 죽음을 지배하는 물을 찾아 힘껏 달리고 있었다. 그가 그물에 걸린 연어의 아가미를 낚아챘을 때, 그것들의 침묵 속에서 물에 머물고자 하는 연어들의 절박함이 느껴졌고, 그는 조용히 감동했다. 그는 옆구리가 두툼한 연어가 자신의 삶을 살찌운다는 사실에 감사하면서 동시에 비애를 느꼈다. 연어들이 거부할 수 없는 충동으로 여행하고 있을 때 보이지 않는 올가미를 씌워서 그들의 생명을 질식시킨다는 사실에는 무언가 비극적인 면이 있었다. 서둘러 여행을 끝내 갈 즈음 갑자기 자신들의 생명을 종결시키는 보이지 않는 그물에 걸리면 얼마나 충격을 받을 것인가? 그는 종종 그물을 당기면서 아일런더의 고물 뱃전에 큰 소리로 부딪힐 만큼 필사적으로 펄떡거리는 물고기를 보곤 했다. 그러나 그런 녀석도 다른 물고기들과 마찬가지로 시간이 지나면서 서서히 죽어 갔다.

가부오는 뚜껑을 닫은 보온병을 선실 안으로 가져갔다. 다시 한번 무전기 채널을 돌리자 이번에는 어떤 목소리-데일 미들턴이었다-가 섬사람의 느린 말투로 주절거리는 소리가 들렸다. "겨우 공치는 걸 면한 셈이야." 그가 말하자 누군가가 대꾸했다. "왜?" 데일은 자신이 짙은 안개에 둘러싸인 상용 항로 옆에서 기껏 은연어 열두 마리, 돔발상어 몇 마리, 대구 두 마리를 잡았다고 대꾸하며 이어 불만을 토로했다. "내 손도 안 보여." 그가 말했다. "내 얼굴의 코도 안 보인다니까." 누군가가 고기잡이가 신통치 않은 게 갑자기 어장이 말라 버린 것 같다고 동의하며 엘리엇 상류로 가 볼 생각이라고, 잘은 몰라도 거기가 여기보다는 나을 것 같다고 말했다. "어쨌든 이 상용 항로에서 벗어나야겠어." 데일이 대답했다. "그물 하나는 여기 잘 펼쳐 놨으니까. 어이, 레너드, 그물이 깨끗하게 올라오나요? 여기 내 건 기름 걸레 같아요. 바짝 탄 토스트보다 더 새까맣다니까요."

무전기로 어부들은 잠시 그에 관해 토론했고, 레너드는 자기 그물은 아주 깨끗하다고 말했다. 데일은 최근에 기름으로 더러워진 일이 없는지 물었고, 레너드는 좌현에서 57번 부표를 보았다고 주장했다. 그는 30분 전에 그것을 지나쳤는데, 58번과 56번은 만나지 못해서 방향을 정확히 잡을 수 없었다고 했다. 그리고 안개 속에서 길을 잃을 수도 있으므로 그대로 머물러 있다가 그물을 거둔 다음에 다시 생각해 보겠다고 말했다. 데일은 지금까지 고기를 얼마나 잡았는지 물었고, 레너드는 절망적이라고 말했다. 데일은 다시 안개에 대해 묘사하면서 이보다 짙은 안개는 없을 것이라고 말했고, 레너드는 맞장구치면서 작년에 엘리엇 상류에서 파도가 거칠어 애를 먹은 적이 있다고 덧붙였다. "상류는 지금 괜찮을 거예요. 안개를 뚫고 그쪽으로 가자고요." 데일이 대꾸했다.

가부오는 무전기를 켜 두었다. 화물선이 해협으로 오면 등대에 연락하려고 그것을 듣고 싶었다. 그는 선실 문을 밀고 들어가 간간이 어장을 떠나는 어선들이 침울하게 웅얼거리는 듯한 고동을 울리며 점차 멀어져 가는 소리에 귀를 기울였다. 그들은 안개를 헤치고 무턱대고 동쪽을 향해 움직이고 있었다. 그는 그물을 거둘 시간이 되었다고 생각하면서 필요하다면 차라리 엘리엇 상류에서 멀리 떨어진 어장으로 혼자 가 볼 작정이었다. 배들은 지금 앞이 보이지 않는 상태에서 움직이고 있었으므로 어차피 그들이 하는 말을 믿을 수 없었다. 그는 한 시간 더 기다렸다가 물고기가 없으면 떠나기로 마음먹었다.

10시 30분에 그는 조타실 비버 패들 위에서 그물을 올리다가 때때로 멈춰 그물에서 뜯어낸 해초를 바다에 던졌다. 팽팽한 그물은 바닷물과 함께 해초와 나뭇조각을 갑판에 쏟아 냈다. 반갑게도 연어도 딸려 나왔다. 대개 5킬로그램에 육박하는 은연어였고, 5킬로그램에 육박하는 흰 연어 대여섯 마리와 치누크 연어도 세 마리 있었다. 몇 마리는 뱃전을 넘어와 갑판에 떨어졌다. 그는 나머지를 능숙하게 풀어 놓았다. 그는 이 부분에서 솜씨가 좋았다. 그의 손이 그물 속으로 들어가 이미 죽었거나 죽어 가는 연어의 기다란 몸통을 움켜잡았다. 가부오는 가족이 있는 집으로 가져갈 대구 세 마리와 흰 돔발상어 세 마리를 저장실에 넣었다. 첫 그물에서 모두 쉰여덟 마리의 연어를 잡았으니 그 정도면 만족스러웠다. 그는 흐뭇한 얼굴로 잠시 저장실 옆에 무릎을 꿇고 연어를 내려다보면서 통조림 공장에서 쳐주는 값을 환산해 보았다. 그는 자신에게까지 오게 된 연어의 여행에 대해, 그리고 농장을 되찾게 해 줄지도 모를 연어의 삶에 대해 생각했다.

가부오는 펄떡거리거나 아가미를 벌름거리는 물고기들을 지켜보다가 해치를 덮고 물을 뿌려 배수구로 점액을 내려보냈다. 첫 그물치고는 괜찮은 수확이었기에 그는 제방에서 계속 머물기로 했다. 다른 곳으로 이동할 이유가 없었다. 안개 속에서 표류하다가 우연히 기회를 잡은 것이었다. 그는 좀 전에 기도했던 그 행운을 잡았다. 아직 모든 게 순조로웠다.

손목시계가 맞는다면 이제 11시 30분이었고, 마지막 만조가 여전히 그를 동쪽으로 실어 가고 있었으므로 조류가 회전하는 지점에서 고기를 잡으려면 다시 서쪽으로 가야겠다고 생각했다. 조류가 방향을 바꾸는 곳에 연어가 몰려들어 수백 마리가 떼를 지어 제방을 돌아갈 것이고, 동쪽에 있던 일부가 간조를 타고 돌아오면 양쪽에서 그물로 건져 올릴 수 있었다. 그는 다음 그물에서 다시 많은 물고기를 기대하면서 그것이 가능할 것으로 생각했다. 성공적으로 배를 띄운 셈이었다. 저장실에는 이미 잡은 물고기가 있었고, 앞으로 더 잡힐 것이며, 경쟁 상대는 별로 없었다. 그는 부근에 있던 어선 3분의 2 이상이 고동을 울리면서 엘리엇 상류로 떠났을 것으로 추측했다.

가부오는 선실의 타륜 앞에 서서 등 뒤에 있는 탁자에 찻잔을 내려놓고 다시 한번 무전기 채널을 돌렸다. 이제 아무런 말소리도 들리지 않았다. 수다 떨기 좋아하는 사람은 모두 떠난 것 같았다. 습관대로 엔진 계기를 점검하고 나침반을 읽었다. 이내 그는 급선회했고, 부표를 우연히 발견하리라는 희망으로 서쪽에서 5도 이내의 북쪽으로 방향을 잡았다.

아일런더의 뱃머리는 10분 이상 안개를 가르며 전진했다. 한 눈은 나침 함에, 한 눈은 조명등에 비치는 뱃전 너머 바닷물에 두고, 가부오는 무작정 믿는 마음으로 조금씩 전진했다. 그는 제방을 떠도는 배들과 부딪힐 수 있다는 것을 알았다. 그런 상황에서 자망 어부들 간의 협정은 1분 간격으로 무적을 울리면서 대답이 들리는지 귀를 바짝 기울이는 것이었다. 가부오가 해류를 따라 움직이면서 대여섯 번 자기 위치를 알렸을 때 좌현에서 경적 소리가 답했다. 그가 누구든 간에 가까이 있었다.

가부오는 가슴에서 심장이 쿵쿵거리는 소리를 들으면서 기어를 중립으로 놓고 표류했다. 상대는 너무 가까이 있었다. 그는 70미터,

멀어야 1백 미터 밖의 안개 속에서 엔진을 끄고 있었다. 가부오는 다시 경적을 울렸다. 정적에 이어 좌현 쪽에서 대답이 들렸다. 이번에는 사람의 목소리였고, 침착하면서 자신감 있는, 귀에 익은 목소리였다. "여깁니다." 그 목소리가 바다 저편에서 외쳤다. "배가 멈춰서 표류 중이오."

그렇게 해서 그는 한밤중에 배터리가 나가서 표류하다가 다른 사람의 도움을 구하고 있는 칼 하이네를 발견했다. 아일런더의 조명등 속에 칼이, 고무 작업복을 입은 덩치 큰 남자가 한 손에 석유등을 들고 다른 손에는 경적을 들고 뱃전에 서 있었다. 그는 등불을 치켜들고 수염이 난 턱을 쳐든 채 무표정하게 서 있었다. "배를 움직일 수가 없어." 가부오가 그의 우현에 가까이 다가가 밧줄을 던져 주었을 때 그가 다시 그렇게 말했다. "배터리가 나갔어. 두 개 다."

"알았어." 가부오가 말했다. "밧줄을 묶자고. 난 많이 남았어."

"다행이군." 칼이 대꾸했다. "자넬 만나서 다행이야."

"방현재를 밖으로 내놔." 가부오가 말했다. "가까이 붙일 테니까."

그들은 안개 속 아일런더의 조명등 불빛 아래 배를 함께 묶었다. 가부오가 엔진을 끄는 동안 칼이 양쪽 뱃전을 넘어 그의 배로 올라왔다. 그는 문간에 서서 고개를 저었다. "둘 다 나갔어." 그가 그 말을 반복했다. "전압계가 아홉 시쯤 다운됐어. 교류기 벨트가 헐거웠나 봐. 이제 단단히 잡아매야지 안 되겠어. 그 바람에 물 위에서 꼼짝도 못 하고 있었지."

"우리가 항로에 들어와 있는 건 아니길 바라." 가부오가 수전 마리 호의 마스트를 올려다보며 말했다. "위에 석유등을 올려다 놓은 것 같은데."

"방금 거기 묶었지." 칼이 말했다. "할 수 있는 일은 다 했어. 배터리가 나가니 무전까지 끊어져 누굴 부를 수도 없었어. 여태 떠다니는 수밖에 별수 없었지. 안개 속에서는 등불도 소용없을 테지만 어쨌든 위에 올려놨어. 지금 내가 갖고 있는 건 그게 다야. 저것하고 내가 지금 들고 있는 거. 별 소용도 안 되겠지만."

"나한테 배터리가 두 개 있어." 가부오가 말했다. "하나를 빼서 자네 배를 움직여 보자고."

"그럼 고맙지. 내가 쓰는 건 D-8이야. 자넨 D-6을 쓰지, 아마."

"그래, 하지만 공간이 있다면 작동할 거야. 어떻게 해서든 통에 맞춰 봐야지. 아니면 더 긴 케이블을 써 볼까? 잘 맞아야 할 텐데."

"내가 길이를 재 보지. 그러면 알겠지."

그는 뱃전을 넘어 되돌아갔고, 가부오는 그와 땅에 대해 상의할 수 있지 않을까 하는 기대감을 품었다. 두 사람이 바다에서 서로의 배를 묶고 함께 일을 해야 할 상황이므로 칼이 어쩔 수 없이 무슨 말인가 하게 될지도 모를 일이었다.

가부오는 칼을 오래 알아 왔다. 그는 칼이 말해야 할 상황을 되도록 피한다는 것을 알고 있었다. 굳이 말해야 할 경우 그는 대개 연장이나 물건에 관해 이야기했다. 가부오는 칼과 함께-둘 다 열두 살이었고, 전쟁이 일어나기 한참 전이었다- 낡은 배를 빌려 송어 낚시를 했던 일을 기억했다. 해 질 무렵이었고, 칼이 젓는 노 아래에서 이는 물거품의 푸른빛에 그는 입을 열지 않을 수 없었다. 세상의 아름다움에 도취한 소년은 잠자코 있을 수 없었다. "저 빛깔을 봐." 그가 말했다. 가부오는 열두 살이었지만 그런 말이 어색하게 느껴졌다. 칼은- 가부오가 그런 것처럼- 마음속에 감춘 감정을 누구에게도 드러내지 않았다. 가부오가 인정하고 싶지 않다고 해도 둘은 깊은 내면에 비슷한 구석이 있었다.

가부오는 배터리 통 뚜껑을 들어 올리고 전극에서 선을 뽑았다. 그는 배터리 하나-자동차 배터리보다 두 배는 크고 무거운-를 뱃전 너머로 칼 하이네에게 넘겨주었다. 그들은 각자 자신의 배에 서서 배터리를 손에서 손으로 전달했다. "맞을 거야." 칼이 말했다. "테두리가 있지만 연질이니까. 두드려서 넓힐 수 있어."

가부오는 손을 뻗어 작살을 잡았다. "이걸 가져갈게." 그가 말했다. "이걸로 두드려 보자고."

그들은 함께 칼의 작은 선실로 들어갔다. 가부오는 등불과 작살을 들고 배터리를 가지고 가는 칼을 따라갔다. 나침 함 옆에는 포장된 소시지가 철샷줄에 매달려 있었고, 침상이 단정하게 정돈되어 있었다. 가부오는 칼의 손재주와 모든 것을 완벽하게 정리하는 능력을 인정했다. 옛날에도 그는 낚시 도구 상자를 가지런하게 정돈했었다. 그리고 아무리 낡은 옷이라도 유난히 깔끔하게 손질해서 입었다.

"작살을 줘." 칼이 말했다.

그는 배터리 통 옆에 무릎을 꿇고 작살로 금속 테두리를 두드렸다. 가부오는 그 옆에서 칼의 힘 그리고 문제를 해결하는 능력을 지켜보았다. 그는 서두르지 않고 정확하게, 성의를 다해 한 번 한 번 내리쳤다. 그러다가 한 번 오른손이 미끄러지면서 얇은 금속에 스쳐 손바닥이 찢겼지만 칼은 주춤하지 않았다. 그는 가부오의 작살을 더욱 힘껏 잡았고, 배터리가 잘 들어맞자 피가 멎을 때까지 조용히 손바닥을 입에 대고 있었다. "시동을 걸어 보지." 그가 말했다.

"벨트가 바짝 조여진 건," 가부오가 물었다. "확실하겠지? 아니면 시동을 걸어도 소용없어. 이 배터리마저 나가면 문제가 커질 거야."

"바짝 조여졌어." 칼이 손바닥을 입에 대고 말했다. "렌치로 충분히 조였어."

그는 초크를 당기고 토글 스위치_{손잡이가 상하로 작동하는 스위치}를 올렸다. 수전 마리의 엔진이 마룻장 아래에서 두 번 씨근거리더니 기침 소리를 내며 흔들리다가 점화가 되자 초크를 넣었다.

"이렇게 하지." 가부오가 말했다. "자네가 남은 밤 동안 이 배터리를 써. 난 자네가 되돌려 줄 때까지 기다릴 수 없으니까 내가 가진 걸로 쓰고 부두에서 만나자고."

칼은 방전된 배터리를 꺼내서 타륜 오른쪽에 밀어 넣고 선실 등을 켠 다음 손수건으로 손을 누르면서 전압계를 읽었다. "자네가 옳았어." 그가 말했다. "이제 되지만 시간이 좀 걸리겠어. 아마 나중에야 자넬 찾게 될 거야."

"고기나 잡아." 가부오가 말했다. "그건 걱정 말고. 나중에 부두에서 보자고."

그는 배터리 통 뚜껑을 제자리에 놓았다. 그는 작살을 집어 들고 기다렸다. "난 갈게." 그가 마침내 말했다. "이따 봐."

"잠깐." 칼이 여전히 손을 누르면서 가부오가 아닌, 손을 보며 말했다. "우리 둘이 할 얘기가 있을 텐데."

"맞아." 가부오가 작살을 든 채로 대꾸했다. 그런 다음 서서 기다렸다.

"칠 에이커." 칼 하이네가 말했다. "얼마를 줄 건지 궁금해하고 있었어, 가부오. 그냥 궁금해서. 그게 다야."

"얼마에 팔겠나? 얼마를 받을 건지 자네가 말해 보게. 거기서 시작하도록 하지."

"내가 팔겠다고 했나?" 칼이 물었다. "어느 쪽이든 그런 말은 하지 않았어, 안 그래? 만일 내가 판다면, 그 땅은 내 소유고 자네가 아주 탐내고 있는 것 같으니 넉넉히 받아도 되겠지만, 그럼 자넨 배터리를 돌려 달라고 하고 날 여기 내버려두고 가겠지?"

"배터리는 이미 들어가 있어." 가부오가 미소 지으며 대답했다. "그건 다른 문제야. 게다가 자네라도 나한테 그렇게 해 줬을 거고."

"나도 자넬 위해 그렇게 했겠지." 칼이 말했다. "그에 관해 경고해야겠군, 선장. 난 옛날처럼 꽉 막히지 않았어. 전과는 달라."

"그래, 그럴지도 모르지."

"젠장, 내 말은 그게 아니야. 이봐, 젠장, 미안해, 됐어? 일이 그렇게 돼서 미안하다고. 내가 여기 있었더라면 일이 그렇게 되지 않았을 거야. 우리 어머니가 한 일이야. 내가 바다에 나가서 너희 빌어먹을 일본 놈들과……."

"난 미국인이야." 가부오가 말을 잘랐다. "너나 다른 사람들처럼 말이야. 너한테 나치 놈, 덩치 큰 나치 놈이라고 부르면 좋겠어? 난 너처럼 생긴 돼지 같은 독일 놈들을 죽였어. 내 영혼에 그들의 피가 묻었어, 칼. 그건 쉽게 씻기지 않아. 그러니 날 일본 놈이라고 부르지 말라고, 덩치 큰 나치 놈아."

그는 여전히 한 손에 작살을 단단히 잡고 있었고, 이제 그것을 깨닫기 시작했다. 칼은 수전 마리의 좌현 뱃전에 한 발을 올리고 서서 바닷물에 침을 뱉었다. "난 개자식이야." 그가 안개를 응시하며 마침내 말했다. "난 덩치 큰 나치 개새끼야. 그리고 그거 알아, 가부오? 난 지금도 네 대나무 낚싯대를 갖고 있어. 지금까지 간수했지. 어머니가 그걸 너한테 돌려주고 오라고 했을 때 헛간에 감춰 뒀어. 넌 수용소로 갔고, 난 물고기를 잡지 못했어. 그 빌어먹을 게 여전히 내 벽장에 있다고."

"거기 둬." 미야모토 가부오가 말했다. "그 낚싯대는 잊고 있었어. 네가 가져도 돼."

"가지라고? 그게 계속 날 미치게 해. 벽장을 열면 그게 있는 거야. 빌어먹을 낚싯대가 말이야."

"원한다면 돌려줘도 돼. 하지만 네가 가져도 된다고 말하는 거야. 내가 너한테 준 거니까."

"좋아, 그 얘기는 그만두자고. 에이커당 천이백이고, 더 이상 내릴 순 없어. 나도 그렇게 주고 올 영감한테 사는 거야. 딸기밭 가격이 올랐어. 가서 알아보라고."

"그럼 모두 팔천사백이군. 계약금은 얼마나 원하지?"

칼은 다시 한번 바닷물에 침을 뱉고 돌아서서 손을 내밀었다. 가부오는 작살을 내려놓고 그의 손을 잡았다. 그들은 말로는 더 이상 나아갈 수 없다는 것을 알고 다른 방식으로 소통해야 한다는 어부들처럼 잡은 손을 크게 흔들지 않았다. 둘은 안개 속에서 손을 맞잡았다. 단단히 움켜쥔 두 손 사이에 칼의 베인 손바닥에서 피가 흘렀다. 그들은 필요 없는 말은 하지 않았고, 하고 싶은 말은 모두 그 안에 담았다. 두 사람은 멋쩍어져서 마음보다 빨리 서로에게서 떨어졌다. "계약금은 천을 내." 칼 하이네가 말했다. "내일 계약서에 서명하지."

"팔백." 가부오가 말했다. "그럼 성사된 거야."

28

 가부오가 증인석에서 이야기를 끝냈을 때 앨빈 훅스는 자리에서 일어나 계속해서 손거스러미를 만지작거리며 그의 앞에 서 있었다. 그는 입을 열 때도 특히 손톱에 주의를 기울이며 양손을 보고 있었다. "미야모토 씨, 저는 어째서 피고가 처음부터 그런 얘기를 하지 않았는지 도저히 이해가 가지 않습니다. 무엇보다 피고는 그런 사실을 알리는 게 시민의 도리라고 생각지 않습니까? 바다에서 일어났다고 주장하는 그 배터리에 관한 일을 보안관에게 말해야 했다고 말입니다. 그렇지 않습니까, 미야모토 씨? 피고는 칼 하이네가 그렇게 무참히 죽었다는 소문을 들었을 때 모런 보안관에게 가서 그 얘길 모두 해야 했습니다."

 피고는 지금 앨빈 훅스를 완전히 무시하고 배심원들 이외에 아무도 없다는 듯 그쪽을 보면서 차분하고 조용하게 대답했다. "이해하서야 합니다." 그가 그들에게 말했다. "저는 구월 십육 일 오후 한 시까지, 그리고 모런 보안관이 저를 체포하기 불과 몇 시간 전까지 칼 하이네의 죽음에 관한 얘길 듣지 못했습니다. 제가 방금 막 이야기한 일들을 자진해서 알릴 만한 시간이 없었습니다. 전……."

"하지만," 앨빈 훅스가 가부오와 배심원들 사이에 자리를 잡으며 끼어들었다. "피고 본인이 말했듯이, 미야모토 씨, 피고는 보안관을 찾아갈 수 있었던 몇 시간의 여유가 있었습니다. 피고는 이 죽음에 대해 듣고 나서 오후를 보냈고, 바다에 나갈 생각으로 아미티 항구의 선창으로 내려갔습니다. 피고는 십칠 일 아침까지 고기잡이를 할 생각이었죠. 만일 그 후에 사실을 알리려고 했다면 칼 하이네가 죽었다는 소식을 들은 지 적어도 열여섯 시간이 지난 후가 됩니다. 그러니까, 다시 말해 실제로 있었던 일과 좀 더 일치하게 말하자면, 피고는 알릴 생각이 있었던 겁니까? 체포될 당시 배터리에 대한 얘길 하려고 했습니까?"

"생각해 봤습니다. 어떻게 해야 할지 생각했죠. 어려운 상황이었습니다."

"아, 피고는 그에 관해 생각하셨군요. 피고는 모런 보안관에게 가서 스스로 배터리 건을 얘기할지 말지 가늠하셨군요."

"맞습니다." 미야모토 가부오가 말했다. "그랬습니다."

"그렇긴 해도, 당신이 말한 것처럼, 모런 보안관이 당신한테 왔습니다. 그는 수색영장을 갖고 십육 일 저녁에 당신의 배에 나타났습니다. 맞습니까?"

"그렇습니다."

"그리고 피고는 그 시점에서 그에게 배터리 이야기를 할지 말지 여전히 생각 중이었습니까?"

"그랬습니다."

"하지만 피고는 그에게 배터리 이야기를 하지 않았습니다."

"안 했던 것 같습니다. 네, 하지 않았습니다."

"피고는 그에게 배터리 이야기를 하지 않았습니다. 곧 체포될 상황인데도 피고는 어떤 해명도 하지 않았습니다. 모런 보안관이 당신의 작살을 들고 서서 거기 묻은 피를 검사해 보겠다고 했을 때, 당신은 그에게 칼 하이네가 손바닥을 베었다는 얘길 하지 않았습니다. 당신이 법정에서 한 말, 칼이 당신 작살을 쓰다가 손바닥을 베었다고 하지 않았습니까? 그리고 그게 그 피에 대한 설명이라고요?"

"그게 있었던 일입니다." 미야모토 가부오가 말했다. "그는 손바닥을 베었습니다, 네."

"하지만 피고는 보안관에게 그런 설명을 하지 않았습니다. 피고는 칼 하이네를 만난 사실조차 얘기하지 않았습니다. 왜 그랬습니까, 미야모토 씨? 왜 피고는 전혀 모른다고 주장했습니까?"

"이해하셔야 합니다." 가부오가 말했다. "보안관은 영장을 들고 나타났습니다. 난 내가 살인 용의자라는 걸 깨달았습니다. 아무 말도 하지 않는 편이 최선일 것 같았죠. 변호사가 생길 때까지…… 기다리기로 했습니다."

"그래서 당신은 보안관에게 배터리 건을 얘기하지 않았군요. 당신은 체포된 후에도, 변호사가 선임된 후에도 그 얘길 하지 않았습니다. 대신 당신은 제가 알기로 칼 하이네의 죽음에 관해 아무것도 모른다고 주장했고, 십오 일 밤 십 해협 제방의 어장에서 그를 보지 못했다고 진술했습니다. 이러한 피고의 주장, 모른다는 주장은 모두 보안관의 수사 보고서에 기록됐고, 그 기록은 이제 재판의 증거로 인정됐습니다. 체포 직후 당신이 한 얘기는 오늘 증언한 얘기와 다릅니다. 야마모토 씨, 그렇다면 진실은 어디에 있습니까?"

가부오는 입을 굳게 다물고 눈을 깜빡였다. "진실은," 그가 말했다. "제가 방금 한 이야깁니다. 진실은 그가 배에 시동을 거는 데 도움이 되도록 제가 배터리를 빌려줬다는 것이고, 그와 우리 가족의 칠 에이커에 대한 협의를 한 다음 고기 잡으러 떠났다는 겁니다."

"알겠습니다. 당신은 체포될 당시 모런 보안관에게 아무것도 모른다고 했던 얘길 번복하고 지금 우리에게 들려준 새로운 이야기로 대체하길 원합니까? 우리가 이 새로운 이야기를 믿어 주길 바랍니까?"

"네, 그렇습니다. 그게 사실이니까요."

"알겠습니다." 앨빈 훅스가 말했다. "뭐, 그렇다면 구월 십육 일 당신은 야간 어업에서 돌아와 아내에게 칼 하이네와 바다에서 나눈 얘길 들려줬습니다. 맞습니까, 미야모토 씨?"

"그렇습니다."

"그리고?" 검사가 물었다. "그다음에는요?"

"잠을 잤습니다. 한 시 삼십 분까지요. 아내가 한 시 삼십 분경 저를 깨워서 칼이 죽었다는 소식을 알려 줬습니다."

"알겠습니다." 앨빈 훅스가 말했다. "그다음에 뭘 했죠?"

"우린 앉아서 얘기했습니다." 가부오가 말했다. "전 점심을 먹고 청구서를 정리했습니다. 그리고 다섯 시경에 부두로 내려갔습니다."

"다섯 시경이요." 앨빈 훅스가 말했다. "가는 길에 어디 들르지는 않았습니까? 다른 볼일은 없었습니까? 누굴 방문하거나 어딜 가진 않았습니까? 누구와 무슨 얘길 했다거나?"

"없습니다. 다섯 시경에 나와서 곧장 배로 갔습니다. 그게 전부입니다."

"필요한 물품을 사러 가게에 들르지 않았다고요? 그런 일은 전혀 없었습니까, 미야모토 씨?"

"없었습니다."

"부두에서 누굴 만났습니까? 어떤 이유로 다른 배에 들러 어떤 어부와든 얘기하지 않았습니까?"

"곧장 제 배로 갔습니다. 아무 데도 들르지 않았습니다."

"곧장 배로 갔다." 앨빈 훅스가 그 말을 반복했다. "그리고 당신이 야간 어업을 준비하고 있을 때 보안관이 영장을 들고 찾아왔군요."

"맞습니다. 제 배를 수색했죠."

앨빈 훅스는 증거물 탁자로 다가가 거기에 놓인 폴더를 들어 올렸다. "보안관은 실제로 당신 배를 수색했습니다. 그가 수색한 세부 사항이 제가 지금 손에 들고 있는 수사 보고서에 기록돼 있습니다. 실제로 당신 변호사 것먼슨 씨가 보안관 반대신문 과정에서 보고서를 참고하기도 했죠. 이 보고서 이십칠 페이지에 기록된 물품은……," 앨빈 훅스는 종이를 넘기다가 27페이지에 멈추고 강조하듯 검지로 그 페이지를 세 번 두드렸다. 그러고는 배심원들 쪽으로 돌아서서 법정에서 함께 읽어 보자고 제안하듯 보안관의 보고서를 그들 쪽으로 내밀었다.

"자, 이게 상당히 문제가 있는 부분입니다." 앨빈 훅스가 말했다. "왜냐하면 보안관의 보고서는 피고의 배터리 통에 두 개의 D-6 배터리가 들어 있었다고 언급하고 있기 때문이죠. 통 안에 든 두 개의 D-6 배터리. 각각 셀 여섯 개. 바로 여기 그렇게 쓰여 있습니다."

"제 배는 D-6으로 움직입니다. 그런 배들이 많습니다."

"아, 네, 저도 그건 압니다. 하지만 배터리가 두 개였다는 사실은 어떨까요? 배터리 두 개요, 미야모토 씨. 만일 당신 얘기가 사실이라면, 당신이 말한 대로 하나를 칼 하이네에게 빌려줬다면, 칼 하이네에게 그걸 빌려줄 목적으로 당신이 자신의 배터리 통에서 하나를 뺐다면요. 보안관이 수색했을 때 하나만 남아 있어야 하지 않았을까요? 전 당신에게 그날의 일과에 관해, 당신이 그날 오후를 어떻게 보냈는지에 관해 물었고, 당신은 우리에게 잡화점에서 새 배터리를 새로 샀다거나 새 배터리를 구하기 위해 시간을 보낸 일에 대해 말하지 않았습니다. 그렇다면 미야모토 씨, 당신이 칼 하이네에게 하나를 빌려줬다면, 보안관은 어째서 당신 배에서 두 개의 배터리를 발견한 걸까요?"

피고는 다시 한번 배심원들을 바라보며 잠시 말이 없었다. 그의 얼굴에는 아무 표정도 드러나 있지 않았다. 그가 무슨 생각을 하는지 알기가 불가능했다. "헛간에 여분의 배터리가 있었습니다. 그걸 가지고 내려갔고, 보안관이 영장을 들고 나타나기 전에 그걸 끼워 놨습니다. 그래서 수색했을 때 두 개의 배터리가 발견된 겁니다. 그중 하나는 막 넣은 것이었습니다."

앨빈 훅스는 증거물 탁자의 보고서가 있던 자리에 보안관의 보고서를 내려놓았다. 그는 뒷짐을 지고 그의 대답을 심사숙고하듯 걷다가 배심원석에서 걸음을 멈추고 돌아서더니 피고를 마주 보면서 천천히 고개를 끄덕였다.

"미야모토 씨," 그가 책망하듯 말했다. "당신은 여기서 사실을 말하겠다고 맹세했습니다. 당신은 법정에서 진실만을 말하기로 맹세했고, 칼 하이네의 죽음에서 당신의 역할에 대해 사실대로 솔직하게 답변하기로 했습니다. 그리고 지금 저에게 당신은 다시 한번 말을 바꾸고 싶어 하는 것 같습니다. 당신은 집에서 배터리를 가져와 배를 수색당하기 전에 그걸 배터리 통에 넣었다는 식으로 말하고 싶어 합니다. 아니면 전에 말한 내용에 지금 이걸 추가하고 있거나. 뭐, 그렇다면 좋습니다. 그렇다고 하죠. 하지만 왜 더 일찍 얘기하지 않았습니까? 어째서 새로운 질문이 제기될 때마다 배터리 얘기를 바꾸는 겁니까?"

"그 일은 벌써 석 달 전에 일어났습니다. 모두 다 기억할 순 없습니다."

앨빈 훅스는 손가락으로 턱을 집었다. "당신은 신뢰하기 어려운 사람이군요, 미야모토 씨." 그가 한숨을 쉬었다. "당신은 우리 앞에 아무 표정 없이 앉아서 내내 포커페이스를 유지하고……,"

"이의 있습니다." 넬스 것먼슨이 끼어들었지만 루 필딩 판사는 이미 똑바로 앉아서 앨빈을 엄하게 보고 있었다. "알 만한 사람이 왜 그럽니까, 훅스 씨. 필요한 질문을 하거나 이만 끝내고 앉아요. 도를 넘지 마시오." 그가 덧붙였다.

앨빈 훅스는 다시 한번 법정을 둘러보고 검사석에 앉았다. 그는 집어 든 펜을 손가락으로 돌리면서 창밖에서 이제 곧 그칠 것처럼 잦아들고 있는 눈발을 내다보았다. "더 이상 생각나는 게 없군요. 증인은 내려가도 좋습니다."

미야모토 가부오가 증인석에서 일어났기에 방청석의 주민들은 그를 온전히 볼 수 있었다. 건장한 근육질의 일본 남자가 그들 앞에 당당히 서 있었다. 그들은 그의 가슴에서 용기와 힘을 보았고, 목에 솟아오른 힘줄을 보았다. 그들이 지켜보는 동안 그는 검은 눈으로 한동안 멍하니 밖을 내다보고 있었다. 방청석 주민들은 사진에서 본 일본 군인들을 연상했다. 그들 앞에 있는 남자는 고결해 보였고, 반듯하게 각진 얼굴에서는 위엄이 풍겼다. 그에게서는 어디에서도 부드러움을 찾아볼 수 없었고, 전혀 빈틈이 없어 보였다. 그들은 그가 자신들과 다르다고 단정 지었고, 내리는 눈을 지켜보는 그의 초연하고 냉담한 태도는 그것을 자명하고 분명하게 했다.

29

앨빈 훅스는 법정에서의 최종 진술에서 피고를, 다른 사람을 죽이기로 작정하고 그 계획을 착실히 실행한 냉혈의 살인마로 규정지었다. 미야모토 가부오가 잃어버린 딸기밭을 오랫동안 탐내다가 9월 초에 그것을 영원히 되찾지 못하게 될 처지가 되자 증오와 차디찬 절망감에 빠졌다고 법정에서 설명했다. 그는 올 저겐슨에게 가서 그 땅이 팔렸다는 소식을 듣고 다시 칼 하이네에게 갔지만 칼은 그를 거절했다. 그는 바다에서 곰곰이 자신이 처한 위기를 생각하다가 행동을 취하지 않으면 가족의 땅-그의 관점에서 그것은 가족의 땅이었다-이 영원히 손아귀에서 빠져나가리라는 결론에 이르렀다. 냉정하고 잔혹하고 대담한 성격의 강한 남자-어렸을 때부터 검도를 익혀 왔고, 빅터 메이플즈 상사가 법정에서 표현한 대로 살인을 저지를 능력과 의지가 있는-는 문제를 해결하기로 마음먹었다. 그는 자신이 탐내는 땅과 자기 사이를 가로막고 있는 남자를 제거하기로 작정했다. 칼이 죽으면 올이 자신에게 7에이커를 팔 것이라고 생각했다.

그는 십 해협 제방으로 칼을 뒤쫓았다. 칼의 위쪽에서 그물을 내리고 모든 것이 안개에 가려질 때까지 기다렸다. 끈기 있는 남자인 미야모토 가부오는 마음속에 품은 일을 행동으로 옮기기 위해 밤이 깊을 때까지 기다렸다. 안개 속에서 칼의 엔진 소리를 들을 수 있었고, 그가 기껏해야 150미터 정도 떨어져 있다는 것을 알았다. 그는 귀를 기울이다가 마침내 1시 30분경에 무적을 힘차게 울렸다. 이런 식으로 그는 피해자를 유인했다.

앨빈 훅스는 설명했다. 칼은 그물에서 연어를 건져 올릴 준비를 하고 있다가 뒤에 남겨진 그물을 끌고 배를 움직여 안개 속에서 '표류'하면서 '도움'을 구하는 피고 미야모토 가부오를 발견했다. 여기서 피고의 기만적인 행위가 더할 나위 없이 극악무도한 것을 알 수 있다고 검사는 말했다. 왜냐하면 어부들이 문제가 생겼을 때 서로 돕는 규약 그리고 어린 시절을 함께 보낸 그들에게 남아 있는 우정을 이용했기 때문이었다. 그는 이렇게 말했을 것이다. 칼, 우리 사이에 있었던 일에 대해서는 유감스럽게 생각하지만 여기 바다에서 안개 속을 표류하게 됐으니 네 도움을 간청해. 제발 배를 묶고 날 도와줘, 칼. 날 이렇게 내버려두고 가지 마.

앨빈 훅스는 신에게 갈구하는 남자처럼 두 손을 배심원들에게 내밀고 상상해 보라고 호소했다. 그 선량한 남자가 한밤중 바다에서 적을 도와주기 위해 배를 세우고 있는 광경을 상상해 보라. 그가 적의 배에 한창 밧줄을 묶고 있는 동안-저기 있는 피고의 기만적 행동 같은, 싸움의 흔적이 어디에도 없다는 것에 주목해야 할 것이다- 그의 적이 작살을 잡고 배에 뛰어올라 그의 머리를 후려쳤다. 그래서 그 선량한 남자는 쓰러져서 죽었거나 거의 죽어 갔다. 그는 의식을 잃었고 치명적인 상처를 입었다.

또한 상상해 보라고 앨빈 훅스는 말했다. 피고는 칼을 뱃전 위로 굴려 검은 밤바다에 빠뜨렸다. 바다가 칼 하이네를 집어삼켰고-그의 회중시계에 물이 스며들어 1시 47분에 멈추면서 그가 죽은 시간을 기록했다- 피고는 그 자리에 서서 그가 흔적도 없이 사라진 자리를 지켜보았다. 하지만 수면 아래에는 조수가 흐르고 있었고-피고가 상상한 것보다 더 센 조수가- 그 조수가 여전히 배 뒤에 드리워져 있던 그물 안으로 칼을 싣고 갔다. 작업복 고리가 그물코에 걸린 채 칼은 거기 바닷속에서 미야모토 가부오의 범죄가 밝혀지기를 기다렸다. 피고는 황급히 살인 현장을 떠나느라 시체와 피 묻은 작살, 계류용 밧줄이 증거로 남겨졌다는 것을 미처 생각지 못했다.

이제 그가 여러분 앞에, 이 법정에 앉아 있다고 앨빈 훅스가 배심원들에게 말했다. 이곳 법정에서 증거물이 전시되었고, 증언이 진술되었다. 모든 발표된 사실과 주장 그리고 문제의 진실이 드러났다. 더 이상 불확실한 것은 없으며, 배심원들은 아일랜드 군 주민으로서의 의무를 다해야 한다. "이것은 즐거운 일이 아닙니다. 우리는 한 사람에게 일급 살인을 선고하고자 합니다. 우리는 궁극적으로 정의를 구하고 있습니다. 우리는 피고를 분명히 파악하고 그에게서, 그리고 제시된 사실에서 확실한 진실을 알고자 합니다. 신사 숙녀 여러분, 저기 앉은 피고를 잘 보십시오. 그의 눈을 들여다보고 그의 얼굴을 살피면서 이 사회의 주민으로서 자신의 의무가 무엇인지 자문해 보십시오."

재판 내내 그래 왔듯 넬스 것먼슨은 방청석 주민들이 보기에도 고통스러울 만큼 힘에 겨운 노쇠한 동작으로 자리에서 일어났다. 이제 그들은 그가 목을 가다듬고 손수건에 가래를 뱉어 내는 것을 참을 수 있게 되었다. 그들은 언제쯤 그가 엄지손가락을 멜빵 뒤 작은 검은 단추에 걸게 되리라고 예상하게 되었다. 배심원들은 그가 눈동자를 이리저리 굴리고 침침하고 흐릿한 왼쪽 눈을 끔벅거리는 것에 익숙해졌다. 그들은 그가 기운을 차리고 목을 가다듬은 다음 말하기를 기다렸다.

차분히 가라앉은 목소리로 넬스는 자신이 알고 있는 사실들을 열거했다. 미야모토 가부오는 땅 문제를 알아보기 위해 올 저겐슨에게 갔다. 저겐슨은 칼 하이네에게 가 보라고 했고, 가부오는 칼을 찾아갔다. 그들은 이야기를 나누었고, 가부오는 칼이 그 문제를 고려하고 있다는 것을 알았다. 그래서 그는 믿음을 갖고 기다렸다. 그러다가 운명적인 9월 15일 밤에 우연히 십 해협 제방의 안개 속에서 오도 가도 못하게 된 칼을 만났다. 가부오는 그 상황에서 어린 시절부터 알고 지냈으며 함께 낚시를 하기도 했던 친구를 돕기 위해 최선을 다했다. 마지막에 그들은 땅에 관해 이야기하고 문제를 해결했다. 미야모토 가부오는 다시 제 갈 길로 가 새벽까지 고기를 잡았고, 다음 날 체포되었다.

피고가 살인을 계획했거나 피를 찾아 바다로 나갔다는 증거는 없다고 넬스 것먼슨은 배심원들에게 말했다. 살인을 미리 계획했다는 증거는 전혀 드러나지 않았다. 어떤 증인도 칼이 죽기 전 피고의 마음 상태를 알 수 있는 증언을 하지 않았다. 아무도 술집에서 가부오 옆에 앉아 그가 칼을 욕하거나 죽이겠다고 하는 말을 듣지 못했다.

그가 어딘가에서 무기를 산 영수증은 없었다. 엿들은 대화를 적은 기록도 밤늦은 대화도 없었다. 검찰 측은 피고를 기소한 죄가 실제로 일어났다는 합리적 의심을 증명하지 못했다. 합리적 의심만으로는 불충분하다고 넬스는 덧붙였다. 배심원은 합리적 의심만으로 유죄를 선고할 수 없다고 강조했다.

"신사 숙녀 여러분," 넬스 것먼슨이 덧붙였다. "검사는 편견에 근거한 주장에 여러분이 마음을 열리라는 가정하에 밀고 나갔습니다. 그는 여러분에게 피고의 얼굴을 자세히 보게 해서 일본인인 피고에게서 적의 얼굴을 보도록 했습니다. 무엇보다 우리나라는 일본 제국의 가공할 만큼 훈련이 잘된 군인들과 전쟁을 치른 지 얼마 되지 않았습니다. 여러분 모두는 뉴스 필름과 전쟁 영화를 보셨습니다. 여러분 모두는 당시의 공포를 기억하고 있습니다. 훅스 씨는 그러한 점에 의지하고 있습니다. 그는 여러분이 십 년 전의 전쟁이 남긴 분노에 따라 행동하길 기대하고 있습니다. 그는 여러분이 그 전쟁을 기억하고 미야모토 가부오를 거기에 연관시켜 생각하도록 부추기고 있는 것입니다. 그리고 신사 숙녀 여러분," 넬스 것먼슨은 간청했다. "미야모토 가부오를 전쟁과 연관해 생각하지 말아 주십시오. 그는 유럽 전선에서 자신의 조국인 미국을 위해 싸우고 많은 훈장을 받은 미합중국 육군 중위였습니다. 그의 얼굴에 표정이 없다고 생각하신다면, 그가 자존심이 강해 보이신다면 그것은 고향에 돌아온 참전 용사가 이런 일을 겪으면서 느끼는 자존심과 공허감입니다. 그는 돌아와서 편견의 희생자가 되었습니다. 거기에 대해 오해하지 마십시오. 이 재판은 이 나라에서 우리가 싸워서 막아야 하는 바로 그 편견에 빠지려고 하고 있습니다." 넬스가 말을 이었다.

"신사 숙녀 여러분, 운명적인 일이 있을 수 있습니다. 아마도 신은 우리가 헤아릴 수 없는 이유로 피고의 소중한 생명을 여러분의 손에 맡기는 일을 허락하게 되었을 겁니다. 칼 하이네가 당한 우연한 사고는 피고에게도 전혀 이롭지 못한 불운한 일이었습니다. 그럼에도 그런 일이 일어났습니다. 일은 벌어졌고, 미야모토 가부오는 기소됐습니다. 그리고 그는 운명이 자신에게 등을 돌렸다 해도 인간들만은 분별력을 가지리라 기대하면서 여러분의 평결을 기다리고 있습니다. 이 세상에는 우리가 통제할 수 없는 일들이 있고 통제할 수 있는 일들이 있지요. 이 같은 법 절차에 따라 여러분이 함께 심사숙고하는 임무를 맡게 된 목적은, 어쩌다가 일이 잘못될 수도 있고 운명적이고 우연한 사고가 발생하는 그러한 세상에 굴복하지 않기 위해서입니다. 인간은 이성에 따라 행동해야 합니다. 따라서 미야모토 가부오의 눈 생김새가, 그의 부모의 출생지가 여러분의 결정에 영향을 미쳐서는 안 됩니다. 여러분은 그를 단순히 한 미국인으로, 모든 미국인에게 적용되는 우리 법체계의 눈으로 공평하게 보고 판결 내려야 합니다. 그래서 여러분이 여기로 호출된 것입니다. 그것이 바로 여러분이 해야 할 일입니다.

저는 늙은이입니다. 더 이상 잘 걷지도 못하고 한쪽 눈은 쓸모가 없지요. 두통과 무릎 관절염으로 고생하고 있습니다. 그것보다 어젯밤에는 얼어 죽는 줄 알았고, 한숨도 자지 못해서 오늘 아주 지쳐 있습니다. 따라서 여러분과 마찬가지로 따뜻한 잠자리를, 이 눈보라가 끝나길 바랍니다. 전 오래오래 편안하게 살길 바랍니다. 이 마지막 바람은 쉽게 확신할 수 있는 게 아니라는 걸 저는 인정해야 합니다. 만약 제가 십 년 안에 죽지 않는다면 다음 이십 년 안에는 그럴 것이기 때문입니다. 제 생명은 끝나 가고 있습니다. 제가 왜 이런 말을 할까요?"

이제 배심원들 쪽으로 더 가까이 다가간 넬스 것먼슨이 그들에게 몸을 굽히며 물었다. "이런 말을 하는 이유는 여러분과 달리 전 늙은이라 모든 일을 죽음에 비춰 생각하는 경향이 있기 때문입니다. 저는 여기서 진행되는 일을 놀란 눈으로 내려다보는 화성에서 온 여행자 같습니다. 그리고 제가 보는 건 세대가 바뀌어도 변함없는 인간의 약점입니다. 제가 보는 건 언제나 되풀이되는 인간의 서글픈 단점입니다. 우리는 서로 증오하면서 비이성적인 두려움에 떠는 피해자들입니다. 인류의 역사가 아무리 흘러도 바뀔 것 같지 않군요. 제 이야기가 주제에서 벗어났다는 걸 인정합니다. 전 단지 그런 세상에 직면해서 여러분은 오직 자기 자신에게 의지하라는 말씀을 드리고자 합니다. 여러분은 각자 혼자 결정을 내리셔야 합니다. 그리고 여러분은 부당함을 향해 잇따라 안 좋은 방향으로 나아가는 썩 좋지 않은 영향력에 기여하시겠습니까? 아니면 이 되풀이되는 조류에 대항해 진정한 인간으로 우뚝 서시겠습니까? 신의 이름으로, 인간의 이름으로 배심원으로서의 임무를 다하십시오. 미야모토 가부오의 무죄를 선고하시고 그를 가족이 있는 집으로 보내 주십시오. 이 남자를 아내와 아이들에게 돌려보내 주십시오. 그를 풀어 주십시오."

루 필딩 판사는 왼쪽 검지 끝으로 코를 누르고 엄지손가락에 턱을 괸 자세로 판사석에서 내려다보았다. 언제나처럼 그는 지친 티가 났다. 마지못해 깨어 있는 것처럼 보였다. 눈꺼풀을 내리고 입을 벌린 그는 반쯤 자는 모습이었다. 판사는 아침 내내 자신이 일을 완벽하게 수행하지 못했다는 생각이 들어서 심기가 불편했다. 아무리 졸고 있는 듯이 보여도 그는 직업 정신이 투철하고 신중하며 주의 깊은 사람으로 법을 엄격하게 따르는 판사였다. 전에 일급 살인 재판을 주재한 경험이 없는 그로서는 스스로 불확실한 처지라고 느꼈다. 만일 배심원단이 유죄 판결을 내린다면 피고를 교수형에 처해야 하는지를 결정하는 일이 전적으로 그에게 달려 있었다.

루 필딩 판사는 일어서서 법복을 잡아당기며 배심원들을 향해 시선을 돌렸다. "이 사건은," 그가 선언했다. "이제 종결할 시간이 됐고, 잠시 후에 여러분은 여러분을 위해 마련된 방에 들어가셔서 함께 심사숙고하신 후에 평결을 내리셔야 합니다. 마지막으로 신사 숙녀 여러분, 법정은 여러분에게 다음과 같은 점을 염두에 두시라고 요구하는 바입니다.

첫째, 피고에게 유죄 판결을 내리시려면 여러분은 모든 혐의 사실에 대해 합리적 의심이 아닌 확신을 가지셔야 합니다. 어떤 합리적 의심의 여지도 없어야 한다는 점을 명심해 주십시오. 여러분의 마음에 어떤 합리적 의심이 존재한다면 피고에게 유죄를 내릴 수 없습니다. 여기에 제기된 혐의의 여부에 대해 반신반의하신다면 여러분은 피고에게 무죄 판결을 내려야 합니다. 법이 여러분에게 그렇게 요구하고 있습니다. 아무리 다른 태도를 취하고 싶은 충동이 강하더라도 여러분은 합리적 의심이 아니라고 확신할 때만 비로소 유죄 판결을 내릴 수 있습니다.

둘째, 여러분은 임무의 특수성을 염두에 두시고 오로지 그 임무에만 신경을 써야 합니다. 여러분은 여기서 한 가지만 결정해야 합니다. 피고가 일급 살인에 유죄인지 아닌지만 결정하시고 다른 건 안 됩니다. 만일 다른 죄가 있다고 해도요. 증오, 공격성, 고살, 정당방위, 냉혹함, 분노, 이급 살인 등의 죄가 있다고 해도 그런 건 상관없습니다. 문제는 여러분 앞에 불려 온 남자가 일급 살인에 유죄이냐 하는 것입니다. 그리고 일급 살인은 계획된 범죄를 의미합니다. 그건 범인이 냉혹하게 살인을 미리 계획했다는 마음 상태를 암시하는 죄목입니다. 배심원들에게 이런 유의 사건이 어려운 이유가 여기에 있습니다. 계획적인 범죄는 마음의 상태이며 눈으로 직접 볼 수 없기 때문입니다. 계획적인 범죄는 증거에서 추측하는 수밖에 없습니다. 여러분 앞에서 증언한 사람들의 말과 행동에서, 그들의 대화에서, 그리고 제시된 증거물에서 찾아볼 수밖에 없습니다. 피고에게 유죄 판결을 내리기 위해서는 그가 기소된 범죄를 위한 행동을 저지를 의도를 가지고 계획했다는 사실을 알아야 합니다. 살인을 미리 계획했다는 걸 확실히 알아야 합니다. 의도적인 살인을 저지르기 위한 의식적인 의도로 희생자를 찾아 나섰다는 것을 뜻합니다. 그것은 순간적인 감정이나 폭력이 격해져서 우발적인 결과로 일어나는 게 아니라 마음속에 살인 의도를 품은 사람에 의해 계획되고 실행되는 행동입니다. 그러므로 다시 한번 법정은 여러분에게 오직 일급 살인만을 생각하시고 그 밖의 것은 결코 염두에 두지 말기를 요구하는 바입니다. 여러분은 합리적 의심을 뛰어넘는 확신을 가져야 합니다. 이 사건에서 피고가 계획된 일급 살인에서의 유죄라는 확신을요.

여러분은 이 사건에서 배심원으로 선택되셨습니다. 여러분 모두 두려움, 애착, 편견, 동정심 없이 온전한 판단과 깨끗한 양심으로 이러한 사항에 따라 제시된 증거에 입각해 확실한 평결을 내리실 수 있으리라 믿습니다. 우리 배심원 제도의 참다운 목적은 배심원들이 서로의 견해를 비교 토론함으로써 확실한 평결을 보장하도록 하기 위한 것이며, 이는 이성적이면서 각자의 양심적 확신과 모순되지 않는 방식을 통해 이뤄질 수 있습니다. 배심원 각자는 확신을 얻고자 하는 마음가짐으로 다른 배심원들의 의견과 주장에 귀를 기울여야 합니다. 배심원이 사건에 대한 자신의 의견으로 평결을 대신하려는 고정관념을 갖고 배심원실로 들어가는 것은 법이 의도하는 바가 아닙니다. 모두 똑같이 정직하고 지성적인 다른 배심원들의 의견과 주장에 귀를 닫아서도 안 됩니다. 여러분은 다른 사람에게 귀를 기울여야 합니다. 객관적이고 이성적이어야 합니다."

판사는 잠시 말을 끊고 자신의 말이 충분히 이해되기를 기다렸다. 그는 각각의 배심원과 눈을 맞추고 시선을 고정했다. "신사 숙녀 여러분," 그가 한숨을 쉬었다. "이것은 형사 소송이므로 여러분의 평결이 유죄건 무죄건 간에 만장일치가 돼야 합니다. 여러분이 숙고하시는 동안 나머지 사람들을 붙잡아 놓는 것 같은 기분이 든다고 해서 서두르실 필요는 없습니다. 법정은 이 재판을 위해 수고해 주시는 여러분께 미리 감사드립니다. 전기가 나가서 여러분은 아미티 하버 호텔에서 힘든 밤을 보내셨습니다. 집과 가족과 사랑하는 사람들을 걱정하면서 이 절차에 전념하시기가 쉽지 않으셨을 겁니다. 눈보라는 우리가 통제할 수 없지만 이 재판의 결과는 다릅니다. 이 재판의 결과는 이제 여러분에게 달려 있습니다. 여러분은 자리를 옮겨서 심의를 시작하셔도 좋습니다."

30

 오후 3시, 미야모토 가부오의 재판에 참석한 배심원들이 법정을 빠져나갔다. 기자 두 명이 의자를 위태롭게 뒤로 젖히고 깍지 낀 손을 머리에 받친 채 태연자약하게 이야기를 주고받았다. 에이블 마틴슨이 피고에게 수갑을 채우고 그를 지하실로 데려가기 전에 그가 아내와 이야기하도록 허락했다. "풀려날 거야. 배심원들이 잘 판단할 거야."
 "모르겠어. 어찌 되건 당신을 사랑해, 하쓰에. 아이들에게도 사랑한다고 전해 줘."
 넬스 것먼슨은 서류를 주섬주섬 모아 손가방에 밀어 넣었다. 에드 솜스는 관대한 마음으로 사람들에게 법정을 개방했다. 그는 방청석 주민들이 달리 갈 만한 따뜻한 장소가 없다는 것을 알았다. 대부분의 사람은 긴 의자에 나른하게 앉아 있거나 복도에 서서 이런저런 추측을 하며 재판에 대해 낮은 목소리로 이야기했다. 에드는 필딩 판사의 판사실 문 옆에서 왕실의 충직한 하인처럼 뒷짐을 지고 모든 것을 무감각하게 지켜보고 서 있었다. 때때로 손목시계를 들여다보면서.

이스마엘 체임버스는 방청석에서 메모를 정리하면서 이따금 고개를 들어 미야모토 하쓰에를 보았다. 그날 그녀의 증언을 들으면서 자신이 이 여인을 개인적으로 알고 있다는 것을 뼈저리게 깨닫지 않을 수 없었다. 그는 그녀의 표정이 무엇을 암시하는지, 그리고 그녀의 망설임이 어떤 신호인지 이해했다. 그가 원한 것은 그녀의 냄새를 들이마시고 그녀의 머리칼을 느끼는 것이라는 걸 지금 깨달았다. 다시 건강하게 다른 삶을 살고 싶다는 소망이 간절해질수록 자신이 소유할 수 없는 여인을 원한다는 사실이 더욱 고통스러웠다.

필립 미홀랜드의 기록이 이스마엘의 바지 왼쪽 주머니에 들어 있었고, 그것은 에드 솜스에게 다가가 필딩 판사와의 면회를 요청하기 위해 자리에서 일어나는 문제일 뿐이었다. 그 기록을 꺼내서 내밀고 솜스의 표정을 바라보다가 다시 받아서 판사실로 들어가면 되는 것이었다. 그러면 루 필딩은 책상에 놓인 촛대를 가까이 끌어다가 좌우로 흔들리는 촛불 밑에서 눈을 끔벅이며 그 기록을 읽어 보고 필립 미홀랜드의 기록이 그의 마음에 각인되기 시작하면 결국 안경 너머로 자신을 올려다볼 것이었다. 화물선이 1시 42분에 진로 변경을 시작했다. 칼 하이네의 회중시계는 1시 47분에 멈춰 있었다. 그것은 확실한 의미가 있었다.

넬스 것먼슨이 최종 변론에서 뭐라고 했던가? "신사 숙녀 여러분, 검사는 편견에 근거한 주장에 여러분이 마음을 열리라는 가정하에 밀고 나갔습니다…… 그는 여러분이 십 년 전의 전쟁이 남긴 분노에 따라 행동하길 기대하고 있습니다." 그러나 10년은 그리 오랜 세월이 아니었고, 이스마엘이 느끼는 분노는 그가 오랫동안 없어졌다는 사실을 거부해 온 한쪽 팔처럼 확실하게 독립적인 생명을 유지해 왔다. 팔뿐 아니라 하쓰에도 마찬가지였다. 역사는 그의 삶에서 하쓰에를 빼앗아 갔다. 역사는 개인의 열망에 아랑곳하지 않았다. 그리고 그의 어머니가 믿는 신은 에릭 블레드소가 해안에서 피 흘리고 죽어 갈 때, 병원선의 갑판에서 한 청년이 사타구니를 피에 적시고 있을 때 무관심하게 비켜서 있었다.

그는 소곤거리며 이야기하거나 시계를 들여다보며 기다리는 소수의 일본 주민 그룹 속에 서 있는 하쓰에를 다시 보았다. 그녀의 가는 주름 치마와 어깨에 길게 다트를 넣은 블라우스, 뒤통수에 바짝 묶은 머리, 손에 든 단순한 모자를 찬찬히 살폈다. 우아하게 늘어뜨린 손, 신발 위로 보이는 발목, 곧은 등, 품위 있는 바른 자세는 어린 시절부터 그의 마음을 움직였다. 유리 상자에 매달려 한순간 접촉했을 때 그녀의 보드라운 입술에서 느꼈던 짠맛, 그리고 그녀의 몸을 만질 때마다 느껴지던 삼나무 향기……

그는 가려고 자리에서 일어섰고, 그때 법정의 전등불이 깜빡거리며 들어왔다. 섬 주민들이 웅성거리며 멋쩍게 환호를 보내는 소리가 들렸고, 기자 한 명은 두 주먹을 치켜올렸으며, 에드 솜스는 고개를 끄덕이며 미소 지었다. 사방에 걸려 있던 침울하고 음침한 색조가 밝은 빛으로 바뀌면서 전기가 나가기 전에 비해 훨씬 환하게 느껴졌다. "예전에는," 넬스 것먼슨이 이스마엘에게 말했다. "전기가 이렇게 아쉬운 줄 몰랐네."

"집에 가서 좀 주무시죠. 히터도 켜시고요."

넬스는 딸각 잠근 서류 가방을 똑바로 세워서 탁자 위에 올려놓았다. "그건 그렇고," 그가 불쑥 그렇게 말했다. "내가 자네 아버지를 얼마나 좋아했는지 말했던가? 아버지는 정말 매력적인 사람이었지."

"네, 그런 분이었죠."

넬스는 목주름을 잡아당기더니 서류 가방을 들었다. 그가 한쪽 눈을 이리저리 굴리며 잘 보이는 다른 눈으로 이스마엘을 보며 말했다. "어머님께 안부 전하게. 훌륭한 분이지. 그동안 올바른 평결을 위해 기도하세."

"네, 그러죠."

에드 솜스가 평결이 나오거나 오후 6시가 되면 법정을 열어 놓겠다고 발표했다. 6시에 법정에 사람이 모이면 상황을 알려 주겠다고 했다.

휴대품 보관소에서 이스마엘은 이마타 히사오 옆에서 함께 외투를 입게 되었다. "도와줘서 정말 고마웠네." 히사오가 그에게 답례했다. "하마터면 집까지 걸어갈 뻔했지. 자네한테 신세를 졌군."

그들이 복도로 나오자 하쓰에가 외투 주머니에 두 손을 찌르고 벽에 기대서서 기다리고 있었다. "태워다 드릴까요?" 이스마엘이 물었다. "저도 댁 쪽으로 가는데요. 어머니 집 쪽으로요. 태워 드릴 수 있습니다."

"아닐세." 히사오가 말했다. "차를 마련했네."

이스마엘은 한 손으로 외투 단추를 잠갔다. 그는 위로 올라가며 세 개의 단추를 채우다가 손을 바지 주머니에 넣고 필립 미홀랜드의 기록을 만져 보았다.

"남편의 재판은 부당해." 하쓰에가 말했다. "넌 너희 아버지 신문에 그렇게 써야 해, 이스마엘. 일 면에 크게 실어 줘. 넌 신문을 통해서 진실을 알려야 하잖아. 섬 주민 모두에게 재판의 부당함을 알려 줘. 단지 우리가 일본인이기 때문이라고."

"아버지 신문이 아니야." 이스마엘이 대답했다. "내 신문이지, 하쓰에. 내가 발행하니까." 그는 주머니에서 손을 빼 다소 어색하게 다른 단추를 채웠다. "난 어머니 집에 있을 거야." 그가 그녀에게 말했다. "거기서 얘기해도 괜찮다면 그곳으로 날 찾아와."

밖으로 나가자 눈이 그쳐 있었다. 눈송이가 드문드문 날리고 있을 뿐이었다. 인색한 겨울 햇살이 구름을 통해 비치면서 차고 매서운 북풍이 불어왔다. 아침보다 더 추운 것 같았다. 바람이 콧속으로 파고들었다. 바람과 눈이 모든 것을 깨끗이 쓸어 가 버린 듯했다. 발밑에서 빠드득 눈이 밟히는 소리, 칭얼대는 바람 소리 외에는 아무것도 들리지 않았다. 그는 폭풍의 눈이 지나갔다고 생각했다. 최악의 상황은 넘겼다. 하지만 세상은 아직 뒤죽박죽이었다. 미끄러져 인도에 뛰어든 자동차들이 그대로 버려져 있었다. 하버가에는 전나무가 쓰러져서 부러진 가지를 땅속에 박고 있었다. 그는 걷다가 길을 가로막고 있는 삼나무 두 그루 너머로 마을 부두가 대부분 침수된 광경을 보았다. 가장자리 말뚝들은 쓰러졌고, 선창에 바람이 몰아치면서 20여 척의 배가 한데 몰려 닻줄에 의지하고 있었다.

이제 5미터가 넘는 담벼락처럼 뿌리째 뽑혀 넘어진 전나무 위로 양치류 덤불과 담쟁이가 눈에 덮여 있었다. 전복된 배들 사이에서 흰 파도가 울부짖었고, 배들과 부두가 파도에 휩싸였으며, 선실과 릴, 뱃전은 온통 눈이 쌓여 있었다. 때때로 배에 와서 부서지는 물거품이 조타실을 휩쓸고 지나갔다. 조수와 바람이 이제 거세게 밀려들고 있었고, 해류가 항구의 어귀를 통해 흘러들었다. 흰 눈 위에는 쓰러진 나무에서 부러져 떨어진 녹색 가지들이 흩어져 있었다.

이스마엘은 생전 처음으로 이러한 파괴가 아름다울 수 있다는 생각이 들었다.

무심한 바다, 광포한 바람, 눈, 쓰러진 나무, 침수된 부두에 몰려 있는 배들. 그 광경은 가혹하고 아름답고 무질서했다. 그는 순간 타라와 산호섬과 그곳의 방파제와 해군의 사격에 못 이겨 옆으로 쓰러져 있던 야자나무들을 떠올렸다. 그는 자주 그것을 기억했다. 그 기억을 혐오하면서도 거기에 끌리는 것을 느꼈다. 그는 기억하고 싶지 않으면서 동시에 기억하고 싶어 했다. 그 이유는 그가 설명할 수 있는 성질의 것이 아니었다.

그는 거기 서서 황폐화된 항구를 바라보며 자신이 다른 사람들이 전혀 눈치채지 못하는 불가침의 무언가를 갖고 있는 동시에 아무것도 가진 것이 없다는 것을 알았다. 그는 12년 동안 기다려 왔다. 자신이 무엇을 원하는지도 모르고 기다렸고, 그 기다림은 점점 더 절실해졌다. 그는 12년이란 세월을 기다려 왔다.

지금 이스마엘의 호주머니에 진실이 들어 있었지만 그는 그것을 어떻게 해야 할지 몰랐다. 어떻게 처신해야 할지 몰랐고, 모든 것에 대해 그가 느낀 무심함은 눈 쌓인 배들 위로 부서지는 물거품처럼, 이제 물속에 잠기다시피 한 아미티 항구의 부두 위로 쌓이는 물거품처럼 낯설었다. 옆으로 누운 배들도, 폭설에 쓰러진 전나무도, 부러진 삼나무 가지도 아무 말이 없었다. 그가 느끼는 것은 그의 마음을 불태우는 냉담한 무관심이었다.

미야모토 가부오의 재판에서 평결을 총괄하는 책임을 맡은 사람은 우드하우스 코브 거리에 사는 조선업자 알렉산더 반 네스로, 회색 턱수염을 기른 남자였다. 6시가 될 때까지 세 시간 동안 그는 성심성의를 다하고 합리적 의심이 존재하는지에 유념하라는 필딩 판사의 경고를 변함없는 맥락으로 밀고 나갔다. 열두 명의 배심원은 합리적 의심이라는 단어에 대해 논쟁을 벌였다. "음." 알렉산더 반 네스가 결론지었다. "저는 그 말이 어떤 느낌이라는 의미 같은데, 아닌가요? 확신할 수 없다거나 의심스러운 기분이 든다거나 그런 게 아니겠습니까?"

5시 45분까지도 그의 태도가 전혀 바뀔 것 같지 않았기에 다른 사람들은 아미티 하버 호텔에서 긴 밤을 보내고 다음 날 아침 8시에 알렉산더 반 네스와 또다시 토론을 벌일 각오를 해야 했다.

"이것 보시오." 해럴드 젠슨이 자포자기해서 말했다. "아무도 그 무엇도 확신할 수 없소. 그렇게 고집을 부리는 건 비합리적이오. 지금 여기 우리 나머지 사람들은 합리적이오. 당신은 비합리적이오, 알렉스."

"당신이 뭘 의도하는지 알겠습니다." 로저 포터가 덧붙였다. "당신이 무슨 말을 하려는지 알아요, 알렉스. 나도 그렇게 생각했죠. 하지만 이걸 보시고 직접적인 증거에 대해 생각하세요. 그 계류용 밧줄은 그의 배에서 나왔습니다. 피가 그의 작살에 묻어 있었어요. 그는 배터리를 교환했다는 식의 거짓말을 한 거죠. 그게 수상한 점입니다. 그는 내게 아무것도 보여 주지 못했어요."

"제 생각도 그래요." 이디스 타르지크가 끼어들었다. "나에게도 아무것도 보여 주지 못했어요. 거기 그렇게 앉아 있는 그의 태도 하며, 보안관에게는 이 말을 하고 다음에는 딴말하는 게 의심스러워요. 그가 자꾸 말을 바꾸는 데 대해 생각하지 않을 수 없다고요. 반 네스 씨, 그가 거짓말을 하고 있다고 생각지 않으세요?"

알렉스 반 네스는 피고가 거짓말을 했다 하더라도 거짓말쟁이이지 살인자는 아니며, 그는 거짓말한 죄로 기소된 것이 아니라고 자상하게 설명했다.

"자, 다시 생각해 보시오." 해럴드 젠슨이 말했다. "사람이 왜 거짓말을 하겠소? 거짓말할 가치가 있는 일을 하지도 않았는데 거짓말을 하겠소? 거짓말이란 건 매번 은폐이고, 진실이 드러나길 원치 않을 때 하는 말이오. 그 남자가 해 온 거짓말들은 그가 뭔가를 숨기려 한다는 걸 말해 줍니다. 그렇게 생각지 않소?"

"좋습니다." 알렉산더 반 네스가 말했다. "그럼 문제는 그가 뭘 숨기고 있느냐겠죠? 그가 자신이 살인자라는 사실을 불가피하게 감추고 있습니까? 그런 결론밖에 나오지 않을까요? 저는 여러분께 내가 의심을 하고 있다는 걸 말씀드리는 겁니다. 내가 말씀드리려는 건 그게 답니다. 여러분이 틀렸다는 게 아니라 내가 의심한다는 겁니다."

"자, 이걸 들어 보세요." 이디스 타르지크가 끼어들었다. "어떤 남자가 당신 아들 머리에 총을 갖다 대고 당신 아내에게도 또 하나를 겨누었다고 해 보자고요. 그는 당신에게 정확히 일 분 안에 당신 아들이나 아내 중 누굴 쏠지 결정하라고 하면서 만일 결정을 안 하면 두 사람 모두 쏘겠다고 말해요. 당연히 당신은 어떤 쪽으로 결정할지 망설이게 되겠죠. 그럴 수밖에 없을 거예요. 하지만 당신이 망설이는 동안 그 남자는 양쪽 방아쇠를 다 당길 준비를 하게 되겠죠. 그렇겠죠? 당신이 의심을 극복하지 못하니 정면으로 맞서야 해요."

"좋은 예군요. 하지만 지금은 그런 상황이 아니죠."

"그럼 다른 식으로 생각해 보죠." 스쿠너둘 내지 네 개의 돛대에 세로돛을 단 범선 갑판원 버크 레이섬이 말했다. "커다란 별똥별이나 달의 운석이 지금 지붕을 뚫고 당신 머리 위로 떨어질지도 모릅니다. 그런 일이 일어나면 당신은 자리를 옮겨야겠죠. 아마 의자를 어디로 옮겨야 안전할지 당신은 의문을 품을 겁니다. 당신은 모든 걸 의심할 수 있습니다. 반 네스 씨, 당신의 의심은 합리적이지 않아요."

"다른 의자로 옮기는 건 합리적이지 않을 것 같습니다." 알렉스 반 네스가 지적했다. "방 안에선 어디에 있든 같은 위험에 처하니까요. 당신이 의자에서 도망쳐도 마찬가지죠, 버크. 그건 걱정할 가치가 없어요."

"우리 더 이상 그 증거에 대해서 말하지 맙시다." 할란 매퀸이 사람들에게 말했다. "이런 가정은 아무 성과가 없습니다. 검사가 제시한 사실에 대해 서로 차근차근 이야기하지 않고 어떻게 합리적인 게 뭔지 확신하겠습니까? 자, 반 네스 씨, 그 계류용 밧줄이 뭔가 말해 주는 것 같지 않습니까?"

"그렇습니다. 미야모토 가부오가 칼 하이네의 배에 올랐다는 걸 말해 줍니다. 거기에 대해서는 그다지 의심하지 않습니다."

"그래요." 이디스 타르지크가 말했다. "어쨌든 그게 중요해요."

"그 작살." 할란 매퀸이 말했다. "거기 사람 피가 묻어 있었고, 칼 하이네의 혈액형이었어요. 그게 당신 의심을 비껴갈 수 있습니까?"

"그게 칼 하이네의 피였다는 건 그다지 의심하지 않습니다." 알렉스 반 네스가 동의했다. "하지만 그건 그의 손에서 나왔을 가능성이 있습니다. 그럴 가능성이 있다고 생각합니다."

"모든 일에는 가능성이 있습니다. 하지만 여기저기에 가능성을 갖다 붙이다 보면 너무 많은 것들이 가능성이 돼 버릴 수밖에 없어요. 세상에는 우연만 있는 게 아닙니다. 개처럼 보이고 개처럼 걷는다면 그건 아마 개일 겁니다." 버크 레이섬이 주장했다. "그게 다예요."

"지금 우리가 개에 관해 얘기하고 있나요?" 알렉스 반 네스가 물었다. "어떻게 이야기가 개로 흘렀지요?"

"그럼 이건 어떻습니까?" 할란 매퀸이 말했다. "피고는 칼의 시체가 발견됐다는 소식을 듣고도 보안관에게 가서 전날 밤 고기잡이를 나갔다가 칼을 만났다는 얘길 하지 않았죠? 체포된 후에도 그저 아무것도 모른다고만 했습니다. 그러더니 나중에 말을 바꿔서 배터리에 대한 얘길 했습니다. 이내 말을 바꿔 여분의 배터리를 넣었다고 했는데, 반대신문에서야 그렇게 말했죠. 그제야 검사의 신문에 답한 얘기니까 그 말을 믿긴 어렵습니다."

"나 역시 그자를 전혀 믿지 못하겠다고요." 루스 파킨슨이 화를 내며 말했다. "이제 끝내 버려요, 반 네스 씨. 고집 좀 그만 부리시고."

알렉스 반 네스는 턱을 문지르며 한숨을 내쉬었다. "납득 못하는 건 아닙니다. 난 뻔한 것도 보지 못할 만큼 완고하진 않습니다. 여러분은 열한 명이고 저는 한 사람입니다. 저는 무슨 말이든 귀 기울여 듣고 있습니다. 하지만 제가 여전히 합리적 의심을 품고 있는 동안에는 피고에게 교수형이나 오십 년 구형을 내리는 데 그렇게 서두르지 않을 겁니다. 앉아서 마음을 편히 먹으세요, 파킨슨 부인. 이걸 서두를 순 없어요."

"여기 세 시간이나 있었습니다." 버크 레이섬이 말했다. "이보다 더 천천히 하자는 겁니까?"

"계류용 밧줄과 작살." 할란 매퀸이 그 말을 반복했다. "거기에 대해선 같은 의견이죠, 반 네스 씨? 거기서 시작할 수 있을까요?"

"계류용 밧줄. 좋습니다. 그건 인정합니다. 작살에 대해서는 글쎄요, 하지만 여러분과 함께 생각해 보죠. 그럼 거기서 당신은 날 어디로 데려갈 겁니까?"

"그가 말한 다른 말들이요. 검사는 배에 두 개의 배터리가 있었다고 그를 다그쳤습니다. 만일 그가 정말 칼 하이네에게 하나를 빌려줬다면 하나만 남아 있어야 합니다."

"그는 그걸 대체했다고 했습니다. 그는 충분히 설명했습니다. 그는……,"

"그는 그 얘길 막판에 덧붙였습니다." 매퀸이 끼어들었다. "코너에 몰리자 꾸며 낸 말이지 않습니까? 그는 자신의 이야기를 꽤 잘 배열했지만 세밀한 부분을 빠뜨렸습니다."

"사실입니다." 알렉산더 반 네스가 말했다. "배터리는 하나만 있었어야 합니다. 하지만 그가 칼의 배에 올랐다고 가정해 봅시다. 어쩌면 땅 문제에 관해 얘기했을지 모르고, 어쩌면 칼이 그를 공격했을지도 모르고, 어쩌면 그건 감당할 수 없는 논쟁 끝의 정당방위이거나 과실치사일지도 모릅니다. 그걸 미리 계획한 일급 살인이라는 걸 우리가 어떻게 압니까? 좋습니다. 뭔가에 대해 피고의 유죄일지 모르지만, 아마 그가 기소된 것으로는 아닐지도 모릅니다. 그가 칼을 죽일 목적으로 칼의 배에 올랐다는 걸 우리가 어떻게 알죠?"

"어부들이 한 말을 들었잖아요." 로저 포터가 대꾸했다. "바다에선 비상시가 아니라면 누구도 남의 배에 오르지 않아요. 그는 단지 얘길 하기 위해서 그 배에 오르진 않았을 거예요. 어부들은 그러지 않죠."

"그들이 비상시에만 승선한다면 그 배터리 얘기는 제게 아주 타당하게 들립니다. 배터리가 나가면 그건 비상사태죠. 그건 그 얘길 받쳐 줍니다."

"오, 제발." 이디스 타르지크가 말했다. "배터리 얘기에 대해선 할란 씨 말이 맞아요. 미야모토가 칼 하이네에게 하나를 빌려줬다면 하나만 갖고 있었겠죠. 배터리 얘긴 믿을 수 없어요."

"계략이었어요." 버크 레이섬이 말했다. "검사의 말대로요. 미야모토는 바다에서 죽은 듯이 있다가 칼의 바로 위쪽으로 떠내려가 그를 이용했어요. 바로 그렇게 된 겁니다."

"그가 능히 그랬을 거라고 봅니다." 로저 포터가 말했다. "그 작자는 아주 교활해 보입니다."

"그 계략은," 알렉스 반 네스가 말했다. "내가 보기엔 너무 나간 것 같군요. 그런 안개 속에서 표류하다가 죽으려고 작정한 상대에게 정확하게 다가갈 수 있었다니 말입니다. 한밤중에 한 치 앞도 안 보이는 안개 속에서 찾고 있는 배를 쉽사리 발견할 수 있다고 기대하십니까? 그건 무리한 추측 같군요."

6시에 에드 솜스는 배심원들이 휴회하기로 했다고 발표했다. 평결은 나오지 않았다. 그는 곧 법정이 폐쇄될 것이라고 덧붙였다. 모두 집으로 돌아가 전기난로를 켜고 하룻밤 쉬어야 했다. 일이 어떻게 될지 알고 싶은 사람은 아침 9시에 다시 나오면 될 것이었다.

배심원들은 아미티 하버 호텔에서 저녁 식사를 하면서 다른 일들에 관해 이야기했다. 알렉산더 반 네스는 아무 말도 하지 않은 채 이따금 냅킨으로 손을 꼼꼼히 닦았고, 사람들에게 미소를 지어 보였다.

31

 사우스 해변에는 아직 전기가 들어오지 않았다. 이스마엘 체임버스는 눈 속에서 어렸을 때부터 알아 온 집들을 운전하며 지나쳤다. 잉글런드네, 군나르 토르발, 버다 카마이클, 아널드 크루거, 핸슨네, 시버슨네, 밥 티몬스, 크로네, 데일 파피노, 버지니아 게이트우드, 그리고 7년 전 시애틀에서 섬으로 영원히 이주해 온 에서링턴네. 그는 그들이 지금 그것을 후회하고 있겠지 싶었다. 그 집 처마에는 30센티미터가량의 고드름이 매달려 있었고, 북쪽 벽은 바람에 휘몰아치는 눈으로 덮여 있었다. 그들은 계속 여름 피서객으로 머물렀어야 했다. 크로 부부는 둘 다 몇 년 전 세상을 떠났고, 이제 그들의 아들인 니컬러스가 대신 그곳에 살고 있었다. 그는 요즘 다리의 정맥염 때문에 벋정다리로 걸어 다니며 삼나무에서 떨어진 가지를 치우는 밥 티몬스와 경계 전쟁을 영원히 계속했다. 아무것도 변하지 않았으며 또

한 모든 것이 변했다. 데일 파피노는 여전히 술을 너무 많이 마셨고 돈에 쪼들렸다. 버다 카마이클은 죽었다.

이스마엘은 부엌 식탁에서 등불을 켜 놓고 『이성과 감성』의 마지막 장을 읽으며 설탕과 레몬을 넣은 차를 마시고 있는 어머니를 보았다. 어머니는 집 안에서 외투를 입고 장화를 신고 있었는데, 마스카라를 하지 않은 얼굴이 온화하면서도 늙어 보였다. 어머니는 화장하지 않는 것을 겸연쩍어했다. "이제 너무 늙었어." 어머니는 인정했다. "늙는 데야 별수 없지." 어머니가 그에게 수프를 가져다주기 전에 그는 배심원들이 평결을 내리지 못했고, 시내에는 전기가 들어왔으며, 폭풍에 부두가 엉망이 되어 버린 이야기를 했다. 어머니는 배심원들이 증오와 편견으로 치우칠 가능성을 염려했다. 그런 결말이 나면 이스마엘이 사설을 써 주길 바라며 그의 신문은 그런 책임이 있다고 말했다. 아버지는 그러한 책임에 대해 잘 알고 있었다고. 이스마엘은 고개를 끄덕이며 어머니의 말에 동의했다. 그는 강한 어조의 사설을 쓸 것이었다. 그리고 전기난로와 더운물이 나오는 자기 아파트에서 밤을 지내는 게 어떻겠느냐고 제안했다. 어머니는 고개를 저으면서 사우스 해변에 있는 걸로 만족하며, 원하면 아침에라도 아미티 항구로 갈 수 있다고 고집을 부렸다. 이스마엘은 난로에 장작을 넣고 외투를 복도의 벽장 안에 걸었다. 필립 미홀랜드의 기록은 그의 바지 주머니 안에 그대로 있었다.

8시에 전기가 들어왔다. 그는 난방 스위치를 올리고 집 안을 돌아다니면서 전등을 끄고 베이스보드 히터(굽도리 널에 달린 히터)를 켰다. 이제 파이프가 녹기 시작할 터이기에 그는 집이 다시 원상태로 돌아오는 동안 어딘가에 앉아 있기로 했다. 그는 차를 끓여서 아버지의 옛 서재로 갔다. 낮에는 그 방에서 바다 그리고 아버지가 애지중지하던 철쭉이 내다보였다. 그는 조용히 아버지 책상의 전등을 켜고 아버지 의자에 앉았다. 그는 난방이 점차 집을 따뜻하게 데워 주기를 기다리면서 관으로 물이 흐르는 소리, 자신이 열어 놓은 수도꼭지에서 물이 떨어지는 소리를 들었다. 그는 조금 더 기다렸다가 골고루 따뜻해졌는지 보기 위해 다시 집 안을 한 바퀴 돌았다. 모든 것이 잘 견뎌 낸 것 같았다.

9시 정각에 어머니는 그의 뺨에 키스하고 자러 간다고 말했다. 이스마엘은 서재로 돌아와 차를 마시며 아버지의 책들을 살펴보았다. 아버지는 어머니처럼 독서가였지만 취향은 달랐다. 아버지는 소설은 별로 좋아하지 않았으면서도 상당히 많은 소설을 읽었다. 책들은 네 개의 금고 같은 오크 책장의 유리로 된 선반을 따라 가지런히 서 있었다. 셰익스피어 선집, 제퍼슨 산문집, 소로, 페인, 루소, 크레브쾨르, 로크, 에머슨, 호손, 멜빌, 트웨인, 디킨스, 톨스토이, 앙리 베르그송, 윌리엄 제임스, 다윈, 뷔퐁, 라이엘, 찰스 램, 프랜시스 베이컨 경, G. K. 체스터턴, 스위프트, 포프, 디포, 스티븐슨, 세인트오거스틴, 아리스토텔레스, 버질, 플루타크, 플라톤, 소포클레스, 호머, 드라이든, 콜리지, 셸리, 쇼.『워싱턴주의 역사』,『올림픽 반도의 역사』,『아일랜드 군의 역사』,『정원과 정원 가꾸기』,「과학 영농」,『과일나무의 재배와 경작』,『관상용 정원수』.

아버지는 과일나무를 사랑했다. 조용히 사과나무와 철쭉, 멀구슬나무와 뽕나무 산울타리를 돌보았고, 채소와 화초를 줄지어 심었다. 가을 오후에는 호미나 다 쪼개진 나무망치를 들고 있는 아버지를 볼 수 있었다. 어느 해에는 지붕창 틀과 처마, 물막이 판자, 여름이면 그늘이 깊숙이 드는 현관에 천천히 페인트칠을 했다. 아버지는 서두르는 법이 없었다. 다른 삶은 원하지 않는 듯했다. 저녁이면 불가에 앉아 책을 읽다가 꾸벅꾸벅 졸거나 책상에 앉아 천천히 일을 했다. 아버지의 서재에는 터키의 산골 마을 사람들이 짠 두 개의 넓은 카라스탄 양탄자가 깔려 있었다. 그것은 오래전 벨로 숲 근처에서 함께 싸웠던 전우의 선물이었다. 각각은 붓꽃 모양의 가지런한 술이 가장자리에 묶여 있고, 장식 메달처럼 섬세한 적갈색과 밝은 오렌지색의 가리비 무늬들이 방사상으로 연결된 여덟 개의 바퀴 모양에 둘러싸여 있었다. 아버지가 직접 만든 책상도 훌륭했다. 영국 부호의 식탁 크기만 한 광활한 벚나무 책상에는 검게 착색한 유리가 덮여 있었다. 이스마엘은 여기서 일하던 아버지를 떠올렸다. 그 앞에 깔끔하게 정리한 마닐라 폴더들이 펼쳐져 있었다. 오른쪽으로 황색 괘선지철, 휘갈겨 쓴 일련의 색인 카드, 누런색과 흰색의 얇은 타자지, 스탠드 위에 두꺼운 단어 사전, 그리고 그보다 더 두꺼운 백과사전이 있었다. 이스마엘은 책상 램프를 둔중한 검은색 언더우드 타자기의 자판 위로 가까이 끌어당기고 부드러운 불빛 아래 초점이 둘인 안경 속에서 눈을 껌벅거리며 자신의 글에 빠져 무표정한 얼굴로 천천히 일하던 아버지의 모습을 회상했다. 그의 얼굴은 온화하고 고독하고 인내하는 얼굴이었고, 이스마엘은 지금 책꽂이 바로 왼쪽에 걸려 있는 아서의 사진에서 그 얼굴을 볼 수 있었다. 거기에는 숲에서 하루 휴가를 나온 스무 살이나 스물한 살 남짓한 젊은 벌목꾼이 높고 뻣뻣한 칼라를 세우고 앉아 있었다. 아버지는 어떤 낭만적인 영웅심에서 벌목일을 시작했는데 처음에는 그 일이 운명적으로 자신에게 주어진 것처럼 생각했던 것 같다. 그는 시간이 지나면서 그런 생각에서 벗어났고 저녁 시간에는 독서를 했다. 다른 청년들이 취하도록 술을 마시는 동안 그는 잠에 곯아떨어졌다. 그는 여가 시간에 독학을 하며 허레이쇼 앨저Horatio Alger 미국의 아동 문학가의 주인공처럼 열심히 저축해 신문사를 차렸고, 전쟁에 나갔다가 돌아왔으며, 신문을 찍어 내면서 전진했다. 그는 강에서 돌을 실어 오고 목재를 톱질해 자신의 집을 직접 지었고, 40대 후반까지 놀라울 만큼 건강했다. 가든 클럽, 학교 이사회, 말 전시회, 금혼식 등을 기사로 실으면서 평소 그가 울타리를 매만지는 식으로 정성을 다해 완벽하게 글을 다듬었다. 그는 기껏해야 고뇌에 찬 논설위원이었다. 비난에 탐닉하기가 어려웠다. 그는 자신이 애정을 느끼는 섬 생활이 제한적이고 우울한 세계라는 것을 알았다. 바닷물에 둘러싸인 섬에서의 생활은 주민들에게 본토인들과는 다른 임무와 조건을 부과했다. 아들에게 섬 내의 적은 영원한 적이라고 입버릇처럼 말했다. 그들은 아무도 모르게 사라지거나 어떤 이웃 사회로 옮겨갈 수 없었다. 섬 주민들은 자신들이 사는 자연환경의 특성상 매 순간 자신의 발걸음을 주의해야 했다. 끝없이 이어진 해안에 바닷물이 넘실거리는 이곳에서는 아무도 다른 사람의 감정을 쉽사리 짓밟지 않았다. 그것은 미덕인 동시에 결함이었다. 미덕인 것은 대부분의 사람이 그것을 지키면서 살았기 때문이고, 결함인 것은 지나치게 움츠러들고 후회와 반성에 잠긴 근친상간적 정신에서 벗어나지 못했기 때문이었다. 그 세계에서 사람들은 드러나는 것을 두려워하면서 공포 속에서 걸어 다녔다. 어디를 가나 정중하게 배려하고 배려받으면서 그들은 마음속 깊은 곳에서 서로에게 문을 닫고 있었다. 그들은 구석에 몰려 있었기에 자유롭게 이야기할 수 없었다. 어디를 가나 바다와 또 바다, 그들을 물로 끌어당기는 끝없이 넓은 바다가 있을 뿐이었다. 그들은 숨을 죽이고 조심조심 걸으면서 위축되고 초라한 선량한 이웃이 되어 갔다.

아서는 그들을 좋아하지 않으면서 동시에 마음 깊이 사랑한다고 고백했다. 어떻게 그럴 수 있었을까? 그는 동료 섬 주민들이 쉽사리 증오심을 품는다는 것을 알았지만 그들에 대한 희망을 버리지 않았고, 신이 그들의 마음을 인도해 주리라 믿었다.

이스마엘은 아버지 자리에 앉아서 아버지가 어떻게 그 같은 견해에 도달했는지 이해해 보려 했다. 그는 자신이 아버지의 아들이라는 생각이 들었다. 그는 아버지가 앉아서 생각에 잠겼던 의자, 등받이가 가는 봉들로 된 의자에 앉아서 생각에 잠겼다.

이스마엘은 어느 날 오후 아버지를 따라 딸기 축제의 사진을 찍고 기삿거리를 찾아 헤매고 다녔었다. 3시가 되자 해가 고등학교 축구장 서쪽 골대 위에 내려앉았다. 줄다리기, 자루 속에서 뛰기, 이인삼각 등이 끝나자 나른함이 몰려왔고, 어른들은 여기저기서 얼굴에 신문을 덮고 잠이 들었다. 소풍을 나온 이들은 배불리 먹고 섬의 맑고 투명한 여름 햇살 아래 축 늘어져 멍하니 앉아 있었다. 오리나무 잎사귀를 태워 오랫동안 그을린 훈제 연어 구이에서 나는, 약간은 매캐하고 씁쓰름한 냄새가 공중에 떠다니며 지친 행락객들 위로 보이지 않는 휘장을 덮고 있었다.

이스마엘은 아버지를 따라 쇼트케이크와 팝콘, 사과 캐러멜을 파는 매점들을 지나쳐 딸기 전시장으로 내려갔다. 거기서 아버지는 카메라에 한쪽 눈을 갖다 대고 딸기에 초점을 맞춰 사진을 찍음과 동시에 사람들에게서 대화를 끌어냈다. "후키다 씨, 올해는 딸기가 대풍이군요. 값이 내려가진 않을까요?"

작업복에 야구 모자를 쓴 바짝 마른 늙은 농부 후키다 씨가 지나치게 정확하고 완벽한 영어로 대답했다. "가격은 꽤 괜찮아요." 그가 말했다. "사실 훌륭하죠. 딸기는 아주 잘 팔리고 있습니다. 체임버스 부인께서 방금 열여섯 상자를 사셨죠."

"그렇군요." 아서가 말했다. "열여섯 상자라. 그럼 나한테 도와 달라고 할 게 분명하겠군요. 후키다 씨, 약간 왼쪽으로 움직여 주시겠습니까? 당신과 당신의 보기 좋게 진열된 딸기 사진이 잘 나와야 합니다."

이스마엘은 후키다 씨가 눈이 없는 것처럼 보였다고 기억했다. 그의 눈꺼풀은 거의 붙어 있었고, 때때로 눈물이 흘러나왔다. 눈물이 주름살을 따라 흘러내리다가 뼈만 앙상한 얼굴의 불쑥 튀어나온 광대뼈 위에 멈추어 반짝거렸다. 그에게서는 생강과 양파 냄새가 났고, 조약돌처럼 커다란 이를 드러내고 웃을 때는 마늘 냄새도 났다.

"체임버스 부인이 훌륭한 잼을 내놓겠군요." 아서가 농담 삼아 말했다. 그는 머리를 저으면서 앞에 놓인 과일을 보며 경탄을 금치 못했다. 진홍빛의 단단하고 영양이 풍부한 딸기가 짙은 향기를 풍기며 삼나무 판 위에 먹음직스럽게 진열되어 있었다. "아주 좋습니다." 아서가 말했다. "경의를 표합니다."

"좋은 흙에 알맞은 비, 햇빛, 여섯 자식 덕분이죠."

"말씀하지 않은 비결이 있을 것 같은데요. 저도 같은 조건에서 딸기를 몇 번 재배해 보려고 했었죠."

"자식이 많아야 해요." 후키다 씨는 햇빛에 반짝일 만큼 금니가 드러나도록 활짝 웃으며 말했다. "자식이 많아야 하고말고요. 그게 비결이죠. 그게 중요합니다, 체임버스 씨."

"뭐, 우리도 노력했답니다." 아서가 말했다. "얼마나 노력했는진 하늘이 아시죠. 하지만 여기 있는 이스마엘, 우리 아들 이스마엘이 두세 명 몫을 거뜬히 합니다! 우리의 희망이죠."

"아, 그럼요. 아드님에게 행운이 있길 바랍니다. 아버지처럼 튼튼하리라 믿지요. 아드님은 훌륭한 소년입니다."

이스마엘은 낡은 계단을 올라 오래전에 침실로 사용하던 방의 벽장 속에 있는 상자에서 배 조종술에 관한 책을 꺼냈다. 거기에는 야마시타 케니의 발신인 주소가 하쓰에의 유연한 필체로 적혀 있고 우표가 거꾸로 붙은 봉투가 들어 있었다. 편지를 쓴 얇은 종이는 그동안 급속도로 삭아서 마른 잎사귀처럼 바삭거렸다. 한 손으로 구기기만 해도 하쓰에의 편지는 먼지가 되고 그 내용도 영원히 사라질 것이었다. 난 널 사랑하지 않아, 이스마엘…… 마지막으로 삼나무 안에서 만나서 네 몸이 내 안으로 들어오는 걸 느꼈을 때 난 모든 게 잘못되었다는 것을 분명히 알아. 우린 함께 있을 수 없다는 것을 깨달았고…….

그는 편지를 두 번 읽었고, 이제 마지막 문장으로 향하고 있었다. 네가 잘 지내길 빌어, 이스마엘. 네 마음이 넓고 너그럽고 친절하고, 네가 세상에서 큰일을 하리라는 것을 알지만 지금 난 너에게 작별 인사를 해야 해. 난 가능한 한 최선을 다해 살아갈 거고, 너도 그러길 바라.

그러나 전쟁, 잃어버린 팔, 세상일들이 그의 마음을 더 작아지게 했다. 그는 전혀 나아가지 못했다. 세상을 위한 어떤 큰일을 하는 대신 도로포장 계획, 가든 클럽 모임, 학교 운동회에 관한 기사를 썼다. 이제 그는 신문에 자신을 안전하게 묻어 두는 글을 쓰고 페리 시간표, 조수 간만표, 항목별 광고를 타자하면서 허송세월했다. 어쩌면 그녀가 자신을 볼 때의 눈빛은 그런 의미일지도 몰랐다. 자신이 철저하게 위축되어 있고 자신에게 맞지 않는 삶을 살고 있다고. 그는 편지를 읽으면서 그녀가 한때 자신을 존중했고, 자신을 사랑할 수는 없다고 하더라도 뭔가 호감을 갖고 있었다는 것을 알았다. 그러나 자신의 그런 모습은 오래전에 사라지고 없었다.

그는 편지를 상자에 넣고 계단을 내려왔다. 어머니는 침대에서 작게 코를 골고 목을 그렁거리며 잠들어 있었다. 복도의 불빛에 비친 어머니는 매우 늙어 보였다. 수면 모자를 이마 아래까지 쓰고 뺨을 베개에 묻고 있는 주름살투성이 얼굴을 보면서 어머니가 세상을 떠나면 얼마나 쓸쓸할지 실감했다. 신에 관한 생각이 서로 다른 것은 문제가 되지 않았다. 어쨌든 자신의 어머니였고, 변함없이 자신을 사랑했다. 사우스 해변으로 어머니를 찾은 것은 어머니를 위해서가 아니라 자신을 위해서였다는 것을 이제야 깨달았다. 그는 오랫동안 그 반대로 생각하고 있었다. 그는 언젠가 어머니가 죽어도 아무 문제가 없을 것처럼 행동해 왔다. 그러나 어머니가 죽으면 세상에 혼자 남게 된다는 사실을 인정해야 했다.

그는 외투를 걸치고 별빛 아래 추위 속으로 걸어 나갔다. 자신도 모르게 삼나무 숲으로 걸음을 옮기면서 하늘을 뒤덮은 나뭇가지에서 어린 시절의 옛 향기와 새로 내린 상쾌한 눈 냄새를 맡았다. 나무 밑의 공기는 신선하고 순결했다. 삼나무 가지 위 12월의 구름 한 점 없는 맑은 하늘에는 별들이 차디찬 빛을 뿌리고 있었다. 그는 여름날 인동덩굴에 산딸기와 들장미가 뒤엉켜 있던 해안 길을 따라가다가 양치식물들이 눈에 덮여 있는 골짜기를 가로질러 어린 시절의 구멍 뚫린 삼나무로 향했다.

이스마엘은 삼나무 안에서 외투로 몸을 단단히 감싸고 잠시 앉아 있었다. 눈에 덮여 고요해진 세상에 귀를 기울였지만 아무 소리도 들리지 않았다. 이내 자신이 이곳에 속해 있지 않으며 이 나무 속에는 더 이상 자신의 자리가 없다는 생각이 들었다. 조용했던 세상이 귓속에서 시끄럽게 으르렁거리기 시작했다. 자신과 하쓰에가 그랬던 것처럼 이제 다른 아이들이 이 나무를 발견해서 깊은 비밀을 끌어안게 될 것이었다. 그가 분명히 깨달을 수밖에 없었던 냉정하고 인색한 세상이 이 속에서는 더없이 아름답게 보인다는 사실을 그들은 피할 수 있을지도 몰랐다.

그는 몸을 일으키고 숲속에서 걸어나와 이마타가의 딸기밭으로 갔다. 그는 파 놓은 딸기밭 고랑 사이 눈을 치워 놓은 길을 따라갔다. 눈에 반사되는 별빛 속에서 모든 것이 물에 잠겨 있는 것처럼 보였다. 그리고 그는 마침내 이마타가의 포치에 올랐고, 전에 들어와 본 적 없는 이마타 가족의 거실에서 하쓰에와 그녀의 양친과 함께 자리에 앉았다. 잠옷 위에 부친의 낡은 가운을 걸치고 머리카락을 폭포처럼 허리까지 풀어 내린 하쓰에가 그의 옆자리에 앉았다. 그는 주머니에서 필립 미홀랜드가 9월 16일에 쓴 기록을 꺼내 펼쳐 보이면서 속기로 쓴 글자가 무슨 뜻인지, 그리고 무슨 일로 그토록 오랜 세월이 흐른 뒤 밤 10시 30분에 그녀를 찾아오게 되었는지 설명했다.

32

 사우스 해변 근처에는 전화가 모두 불통이었기에 루 필딩에게 소식을 전할 방법이 없었다. 그래서 그들 네 사람은 찻잔을 들고 구석에 놓인 원통형 난로에서 나무가 타는 소리를 들으며 여러 날 전부터 그들의 유일한 화제인 미야모토 가부오의 재판에 대해 조용히 이야기했다. 늦은 밤 바깥세상은 별빛 속에 얼어붙어 있었다. 시애틀에서 법정을 취재해 본 경험이 있는 기자로서 이스마엘은 하쓰에와 히사오와 후지코에게 자신이 추측하는 견해를 피력했다. 그는 필립 미홀랜드의 기록으로 필딩 판사가 사건을 재검토하지 않을 수 없을 것이며, 판사는 무효 심리를 선언할 것이라고 예견했다.
 하쓰에는 보안관의 법정 증언에서 보안관이 칼 하이네의 선실 바닥에서 옆으로 쓰러져 있는 커피잔을 발견했다고 한 말을 기억해 냈다. 그것은 칼 하이네의 자망 어선이 한밤중에 지나가는 화물선에 의해 흔들렸다는 의미라고 그녀는 말했다. 무언가가 커피잔을 쓰러뜨렸고, 칼이 그것을 바로 세우지 않았다는 것은 그 자신도 무언가에 의해 쓰러졌기 때문일 것이라고 했다. 그녀는 남편의 사건이 기각되어야 한다는 말을 반복했다.

쓰러진 커피잔은 그다지 큰 반증이 되지 못한다고 후지코가 딸을 타일렀다. 히사오가 동의하는 의미로 머리를 저으며 쓰러진 커피잔보다 더 큰 무언가가 있어야 한다고 말했다. 가부오는 만만치 않은 상대와 대적하고 있다. 그가 유치장에서 나오려면 옆으로 쓰러진 커피잔 이상이 필요할 것이었다.

후지코는 이스마엘의 잔을 조심스럽게 다시 채우면서 어머니의 안부를 물었다. 그녀는 늘 그의 가족을 높이 평가해 왔다고 말했다. 그리고 이스마엘에게 신문의 품위를 칭찬했다. 그녀는 버터 쿠키를 가져와 그에게 권했다. 윗방에서 하쓰에의 아기가 칭얼거리는 소리가 들려오자 후지코는 자리에서 일어났다.

자정이 막 지났을 때 이스마엘은 히사오와 악수하고 차를 잘 마셨으며 후지코에게도 감사를 전해 달라고 말했다. 그는 밖으로 나왔다. 부친의 낡은 가운을 입은 하쓰에는 주머니에 두 손을 깊이 찌르고 포치로 그를 따라 나왔다. 그녀의 입김이 코와 뺨 위로 올라갔다. "이스마엘," 그녀가 말했다. "고마워."

"이봐," 그가 대답했다. "네가 늙어서 옛일을 생각할 때 날 조금이라도 기억해 주길 바라. 난……,"

"그래." 하쓰에가 말했다. "그럴 거야."

그녀는 좀 더 가까이 다가와 두 손을 주머니에 깊이 찌른 채 마치 그의 뺨에 대고 속삭이는 것처럼 가볍게 키스했다. "결혼할 사람을 찾아." 그녀가 그에게 말했다. "아이를 가져, 이스마엘. 살아야지."

아침 6시 50분에 어머니가 그를 깨우면서 가부오의 아내가 와서 부엌에서 기다린다고 말했다. 이스마엘은 일어나 얼굴에 찬물을 끼얹고 이를 닦고 옷을 입었다. 그가 내려가자 어머니는 난로 옆에 서 있었고 하쓰에는 식탁에서 커피를 마시고 있었다. 그녀를 보자 어젯밤에 그녀가 얼마나 가볍게 키스했는지 기억났다. "내가 나가 줄까?" 어머니가 난로 앞에 서서 물었다. "당연히 나가야 너희가 얘길 나눌 수 있지."

"우리가 서재로 가죠." 이스마엘이 말했다. "서재로 가지 않겠습니까, 미야모토 부인? 우리가 거기로 가는 게 좋겠지?"

"커피를 가져가거라." 어머니가 말했다. "네 걸 먼저 따라 주마."

이스마엘이 앞장서서 서재로 갔다. 납을 씌운 창틀의 창문 너머로 아침 첫 햇살이 하늘을 오렌지빛으로 물들이며 저 멀리 바다 위를 비추고 있었다. 철쭉 가지가 눈에 덮여 늘어졌고, 처마 끝에는 고드름이 달려 있었다. 모든 것이 하얀 정적에 둘러싸인 것 같았다.

하쓰에는 윤기가 흐르는 탐스러운 검은 머리를 길게 땋아 늘어뜨리고 있었다. 굵은 털실로 짠 스웨터에 짙은 남색 바지, 종아리까지 오는 어부용 부츠 차림으로 아서가 오래전 벌목하던 시절에 찍은 사진을 보고 있었다. "넌 아버지를 빼닮았어." 그녀가 이스마엘에게 말했다. "늘 네가 아버지를 닮았다고 생각했어. 특히 눈."

"그 말을 하려고 새벽에 눈길을 걸어오진 않았겠지. 무슨 생각이 있는 거야?"

"밤새 생각했어. 남편의 증언을 기억해? 칼이 등불을 올려놨다고 했어. 돛대에 석유등을 묶어 놨다고. 전등이 나갔으니까 거기에 올려 놨던 거지."

하쓰에는 양손을 비비다가 다시 살짝 뗐다. "내 생각인데," 그녀가 이스마엘에게 말했다. "만일 석유등이 아직 거기 있다면, 지금 말이야, 그의 배터리가 정말 다됐다는 뜻 아니겠어? 남편이 말한 대로 칼의 돛대를 올려다보면 석유등이 거기 있다고 가정해 보자고. 그게 뭔가 알려 주지 않을까? 전등이 나갔으니까 궁여지책으로 석유등을 올려놨겠지? 그게 뭔가를 증명해 주지 않겠어?"

이스마엘은 아버지 책상 가장자리에 앉아 턱을 문지르며 생각에 잠겼다. 아트 모런의 보고서에는 칼의 돛대에 묶인 석유등에 관한 언급이 없었지만, 어쩌면 아트가 그것을 보지 못했을 수도 있었다. 그것은 가능했다. 어쨌든 찾아볼 가치가 있었다.

"좋아." 이스마엘이 말했다. "시내로 가자. 가서 보자고."

그들은 디소토를 타고 삼나무와 솔송나무에서 떨어진 초록빛 가지들이 순백으로 빛나는 눈 위를 장식하고 있는 길을 따라 달렸다. 눈보라가 지나간 런드그렌 도로 서쪽 산기슭에서 다섯 아이가 썰매와 튜브에 발을 올려놓고 서서 아래쪽에 비스듬히 서 있는 오리나무와 키가 작고 앙상한 단풍나무에 둘러싸인 우묵한 분지를 내려다보고 있었다. 이스마엘은 인디언 노브 언덕길 서쪽을 따라 마쓰이 가족의 딸기밭, 토르센 가족의 젖소 외양간, 패치 라슨의 닭장을 지나쳤다. 하쓰에는 무릎에 벙어리장갑을 올려놓고 양손을 히터에 가까이 대고 앉아 있었다. "먼저 남편을 보러 가야 해." 그녀가 말했다. "일이 어떻게 돼 가고 있는지 말해 줘야 해. 연안 경비대 기록을 보여 주고 싶어."

"배심원은 여덟 시에 다시 모여. 먼저 칼의 배를 볼 수 있다면 확실한 뭔가를 갖고 법원에 갈 수 있어. 우린 모든 걸 중지시킬 수 있다고. 끝장을 낼 수 있어." 그가 말했다.

그녀는 그를 한참 동안 말없이 바라보았다. 가까이에서 그를 쳐다보면서 머리채를 어깨 위로 끌어당겨 스웨터 앞자락에 늘어뜨렸다. "넌 그 화물선에 대해서 알고 있었어." 그녀가 마침내 말했다. "그건 갑자기 나타난 게 아니었어."

"하루. 하루 묵혔어. 난 뭘 해야 할지 몰랐어."

그녀는 그 말에 아무 대꾸도 하지 않았고, 그는 그녀의 침묵이 무슨 의미인지 보려고 얼굴을 돌렸다. "미안해." 그가 말했다. "용납할 수 없는 일이야."

"이해해."

그녀는 고개를 끄덕이고 양손을 비빈 다음 햇살로 얼룩진 눈을 내다보았다. "모든 게 너무 순수해 보여." 그녀가 말했다. "너무 아름다운 날이야."

"그래." 이스마엘이 동의했다.

아미티 항구의 보안관 사무실에서 아트 모런은 전기난로 옆 책상 위로 등을 구부리고 앉아 있었다. 아트는 문으로 들어오는 두 사람을 보고 책상 깔개 가장자리에 펜을 놓고 자리에서 일어나 양손으로 두 눈을 가렸다. "잠깐, 내가 알아맞혀 보지." 그가 말했다. "특명을 받고 온 분들이군."

하쓰에가 연안 경비 기록을 꺼내 손바닥으로 편 다음 그의 책상 한가운데에 내려놓았다.

"체임버스 씨가 이걸 발견했어요." 그녀가 말했다. "어젯밤 제게 가져왔죠."

"그런데요?"

"화물선이 지나갔습니다." 이스마엘이 말했다. "칼이 죽은 날 밤에 화물선이 십 해협 제방을 지나갔습니다. 딱……."

"탐정 놀이를 하는 건가? 셜록 홈스가 되려는 건가? 우린 계류용 밧줄과 칼의 피가 묻은 작살을 찾아냈네. 그런 것들이 대변하고 있지 않나? 시체에 또 뭐가 필요하다는 건가?"

"이봐요, 아트." 이스마엘이 대꾸했다. "당신이 속기를 읽을 수 있다면 그 기록을 한번 보십시오. 그 기록을 보면 적어도 칼의 배를 다시 한번 조사해야겠다는 생각이 드실 겁니다. 알겠습니까? 놓친 게 있는지 살펴보세요, 아트. 책상 위에 놓인 걸 참고해서요."

아트가 끄덕였다. 그는 하쓰에게도 살짝 끄덕여 보이더니 다시 전기난로 옆에 앉아 연안 경비 기록을 집어 들었다. "속기야 읽을 수 있지." 그가 말했다.

이스마엘과 하쓰에가 기록을 읽고 있는 보안관을 지켜보고 있을 때, 에이블 마틴슨이 벌목꾼들이 신는 무릎까지 오는 벌목 부츠에 군대용 폴라 파카 차림에 털을 두른 후드를 머리에 눌러쓰고 코와 턱이 새빨개져 들어왔다. "통화가 됩니다. 방금 섬 절반 정도가 개통됐어요. 시내에서 남쪽 등대까지 모두 연결됐습니다."

"이보게," 보안관이 대꾸했다. "잘 듣게, 에이블. 우린 비컨 캐너리 부두의 소멘슨 창고로 갈 걸세, 알겠나? 자네, 나, 여기 이스마엘, 그리고 부인은 카페나 어디서 아침을 드시면서 기다리실 거고. 혼자 아침이든 뭐든 드실 수 있겠지요? 부인은 이 일에 너무 깊이 관여하고 계십니다. 이미 너무 깊이 개입하셨어요. 전 이런 방식을 좋아하지 않습니다. 알겠습니까?"

"접니다." 이스마엘이 말했다. "부인이 아니라. 모두 제 생각이죠."

"마찬가지일세. 가서서 계란이나 좀 드십시오, 미야모토 부인. 신문도 읽고요."

에이블은 소멘슨 창고를 열기 전에 자물쇠에 더운 입김을 뿜었다. 벌써 50년 전에 방부 처리된 목재들로 지은 곰팡이 핀 창고는 폭설에 아랑곳없이 소금과 타르, 디젤 연료와 나무 썩는 냄새를 풍겼다. 항구를 향해 열린 문으로 들어온 배는 정비가 끝나면 다시 나갔다. 양철 지붕은 비를 막아 주었다. 두 개의 승강 장치와 발판, 넓은 선창을 갖춘 그곳은 겨울에 배를 정비하기에 안성맞춤인 장소였다. 지난 두 달 반 동안 보안관 사무실에서는 수전 마리 호와 아일런더호를 나란히 정박해 놓을 목적으로 이 창고를 임대해 자물쇠로 잠가 놓고 에이블 마틴슨이 주머니에 열쇠를 넣고 다니며 수시로 순찰했다. 배들은 9월 17일 이후 원래 상태 그대로 창고에 묶여 있었다.

에이블이 바다로 향한 문을 활짝 열자 회색빛이 쏟아져 들어왔다. 이스마엘은 즉시 수전 마리 호의 돛대와 가로장을 살펴보았다. 어디에도 석유등은 매달려 있지 않았다.

그들은 칼 하이네의 선실로 들어갔다. 보안관이 손전등으로 모든 것-나침 함 옆에 포장된 소시지, 짧은 침상, 타륜 그리고 배터리-을 비추는 동안 이스마엘은 문간에 서서 지켜보았다. "저기요," 이스마엘이 말했다. "증언하셨을 때, 아트, 여기 바닥에 커피잔이 있었다고 하신 말씀 기억하십니까? 그 커피잔이 정확히 어디에 있었죠? 정확한 위치를 기억하십니까?"

"제가 주웠습니다." 에이블 마틴슨이 말했다. "저기 바닥 한가운데에 있었죠."

"다른 건 모두 정돈된 상태였습니까? 단지 잔만?"

"보시는 대로요." 에이블이 말했다. "우린 아무것도 바꾸지 않았습니다. 그 잔만 빼고. 제가 그걸 집었는데 버릇인 것 같습니다. 바닥에 뭔가 어질러져 있으면 치우거든요. 저도 모르게요."

"다음번에는 그러지 말게나." 아트 모런이 말했다. "수사를 하는 동안에는 아무것도 바꾸면 안 돼."

"알겠습니다." 에이블이 대답했다. "안 그러죠."

"그 잔." 이스마엘이 말했다. "바닥에 있던 잔 말입니다. 그게 이 배가 흔들렸다는 의미 아니겠습니까? 보안관님은……,"

"다른 증거가 없어." 아트 모런이 말을 잘랐다. "사람이 배에서 떨어질 만큼 크게 흔들렸다면 바닥에 커피잔 말고도 다른 것이 있었을 거야. 그런데 모든 게 너무 깨끗해."

그들이 밖으로 나가 선실 문 왼쪽에 서 있는 동안 이스마엘은 손전등으로 돛대를 위아래로 훑었다. "그 석유등에 관한 것 기억하십니까?" 이스마엘이 말했다. "칼이 어떻게 저 위에 석유등을 매달았을까요? 혹시 그걸 내리진 않았습니까?"

"손전등을 그대로 들고 계세요." 에이블이 대답했다. "가로장 바로 위로요. 저기."

그가 자신의 손전등을 위로 비추었다. 이제 두 개의 불빛이 돛대를 비추었다. 거기에는 끊긴 그물실이 있었다. 8자로 열몇 번을 돌려 묶은 실이 한 방향으로 똑바로 잘려 매달려 있었다.

"저기에 석유등이 매달려 있었군요." 이스마엘이 말했다. "전등이 나가서 그가 임시변통으로 거기에 매단 거군요. 칼이 석유등을 매단 데가 저깁니다."

"우린 등을 내리지 않았네." 아트가 말했다. "대체 무슨 말을 하는 건가?"

에이블 마틴슨이 선실 위로 올라가 한 발을 발동기 커버에 버티고 손전등으로 위쪽을 다시 한번 비추었다. "체임버스 씨 말이 맞아요." 그가 말했다.

"이봐," 보안관이 말했다. "거기 올라가 보게, 에이블. 위로 올라가서 자세히 보라고. 아무것도 만지지 말고."

"좀 도와주셔야겠어요. 절 좀 밀어 주시면 올라가 보죠."

보안관은 에이블 마틴슨을 밀어 올렸고, 폴라 외투를 입은 에이블은 가로장으로 향했다. 그가 한 팔로 가로장을 두르고 매달려 다른 손으로 주머니에서 손전등을 꺼내는 동안 배가 흔들렸다. "끈에 녹물이 흐른 것 같군요. 등 손잡이에서 나온 것일지도 모르고요. 손잡이와 끝이 마찰하면서요."

"다른 건 없나?" 보안관이 말했다.

"실 끝이 잘린 게 보입니다. 누군가가 칼로 잘랐습니다. 그리고 이런, 돛대에 다른 뭔가가 있는데요. 피처럼 보여요."

"칼의 손에서 나온 겁니다." 이스마엘이 말했다. "그는 손을 베었죠. 검시 보고서에 나와 있습니다."

"돛대와 가로대에 피가 묻어 있어요. 많진 않지만 피 같습니다."

"그는 손을 뻤습니다." 이스마엘이 그 말을 반복했다. "가부오의 배터리를 넣으려고 통을 넓히다가 손을 뻤습니다. 이내 전등이 다시 들어왔고요. 그는 더 이상 필요가 없어진 석유등을 내리려고 저기 올라갔을 겁니다."

부관이 힘겹게 내려왔다. "이게 다 뭡니까?" 그가 말했다.

"다른 뭔가가 있는 거죠." 이스마엘이 말했다. "호러스 씨의 증언을 기억합니까? 그의 말에 의하면 칼의 한쪽 주머니에 실타래가 있었고, 벨트에 달린 칼집은 비어 있었습니다. 호러스 씨가 그렇게 말한 걸 기억하세요, 보안관님? 칼집이 왜 단추가 열린 채 비어 있었을까요? 실타래와 빈 칼집. 전……,"

"그가 석유등을 내리려고 올라갔었군요." 에이블이 말했다. "그때 화물선이 지나가면서 그를 돛대에서 떨어뜨렸고요. 칼과 석유등도 그와 함께 배 밖으로 떨어진 겁니다. 칼과 석유등은 발견되지 않았어요. 맞죠? 그리고……,"

"잠시만 조용히 하게, 에이블. 생각할 수가 없잖아."

"그는 뭔가에 머리를 부딪힌 겁니다." 에이블이 말했다. "화물선이 배를 흔들었고, 그런 다음 그는 떨어지면서 뭔가에 머리를 부딪히고 배 밖으로 미끄러진 거예요."

10여 분 후 그들은 돛대 바로 아래 좌현 뱃전 나무에 생긴 작은 흠집을 발견했다. 머리카락 세 가닥이 갈라진 틈새에 끼어 있었다. 아트 모런은 그 부분을 주머니칼로 도려내 운전 면허증이 들어 있는 지갑에 끼워 넣었다. 그들은 손전등으로 머리카락을 비추어 보면서 잠시 아무 말도 하지 않았다. "이걸 호러스에게 가져갈 걸세." 아트가 결정을 내렸다. "칼 하이네의 머리에서 나온 거라면 판사가 다시 시작해야겠군."

10시 정각에 필딩 판사는 앨빈 훅스, 넬스 것먼슨과 회합을 가졌다. 10시 45분에 배심원들은 임무에서 해방되었다는 소식을 들었다. 피고에 대한 기소는 취소되었다. 새로운 증거물이 발견되었다. 피고는 즉시 석방되었고, 족쇄나 수갑을 차지 않고 유치장에서 걸어 나왔다. 그는 문밖에서 아내에게 오랫동안 키스했다. 이스마엘 체임버스는 그 장면을 찍었다. 그는 렌즈를 통해 그들이 키스하는 모습을 지켜보았다. 그는 사무실로 돌아가 히터를 켜고 타자기에 종이를 끼웠다. 그리고 한동안 종이를 응시하며 앉아 있었다.

이스마엘 체임버스는 실제 상황을 상상해 보려 했다. 그는 눈을 감고 모든 것을 선명히 보려고 노력했다.

9월 15일 밤 수전 마리 호는 바다에서 엔진이 꺼졌다. 교류기 벨트 지지대 나사가 헐거웠기 때문이었다. 칼은 낮게 깔린 안개 속에서 초조하게 표류하고 있었지만 경적을 울리기에는 자존심이 너무 강했기에 계속해서 기회가 오기만을 기다렸다. 그는 자신의 불운을 원망했을 것이다. 이내 그는 철도용 랜턴 두 개를 밝히고 뒷주머니에 실타래를 넣은 다음 고무 작업복을 입고 등에 석유등을 메고 돛대의 가로대로 올라갔다. 그물을 꿰맬 때 쓰는 면실로 돛대에 석유등을 쉽게 묶었으나 좀 더 확실히 하기 위해 8 자형으로 여러 번 감아서 단단히 당겨 마무리했다. 그는 잠시 가로대에 겨드랑이를 걸치고 매달려 있었고, 석유등이 안개 속에서 별 도움이 안 된다는 것을 알았다. 그럼에도 그는 내려오기 전에 석유등을 좀 더 높이 고정했다. 그리고 조타실에서 안개에 둘러싸인 채 귀를 기울이고 서 있었다.

그리고 아마 잠시 후 그는 다른 석유등을 들고 도구 상자에서 8분의 5 렌치를 꺼내 교류기 지지대를 조이면서 다시 투덜거렸을 것이다. 철저하고 완벽한 뱃사람을 자처하는 그가 어떻게 이렇게 당연한 것을 점검하지 않아서 이런 지경에 빠지게 되었는지(변변치 못한 어부라도 미리 막을 수 있는 일이었다) 한심스러웠을 것이다. 그는 벨트들을 조인 다음 그것들을 엄지손가락으로 누르고 나서 다시 밖으로 나와 좌현 뱃전에 기대섰다. 칼 하이네는 안개 속에서 다른 배들이 제방을 떠나면서 계속해서 울리는 경적 소리와 조류의 흐름에 따라 동쪽으로 움직이는 자신의 배에 찰랑거리며 부딪히는 파도 소리를 듣고 있었다. 그는 석유등을 옆에 두고 경적을 움켜쥔 채 한 발을 올리고 섰다. 그러나 마음속에서 무언가가 경적을 울리지 못하게 막고 있었다. 한 시간 이상 경적을 사용할 것인지 망설이다 보니 이제 그물에 고기가 잡혔는지 궁금했다. 그때 멀지 않은 곳에서 배 한 척이 무적을 조심스럽게 울리며 다가오는 소리가 들리자 그는 그쪽으로 귀를 기울였다. 무적 소리가 여섯 번 들렸고, 가까워짐에 따라 소리가 커졌다. 그는 손목시계로 소리의 간격을 정확히 쟀다. 1분 간격이었다. 그 배가 1백 미터 안으로 들어오자 그는 경적을 울려 신호를 보냈다.

고기를 가득 실은 아일런더호와 엔진이 꺼져 돛대에 석유등을 매달아 놓고 뱃머리에 서서 시무룩해 있는 선주를 태운 수전 마리 호가 안개 속에서 만났다. 칼 하이네가 무슨 생각을 하거나 주저할 겨를도 없이 가부오의 계류용 밧줄이 솜씨 있게 그의 갑판 클리트에 반 매듭으로 묶였다. 손에서 손으로 전해진 배터리는 다소 컸기에 배터리 통의 금속 테두리를 넓혀야 했다. 칼의 손바닥이 찢겨 가부오의 작살에 피가 묻었다. 마지막으로 땅 문제에 관한 합의가 이루어졌다. 필요한 대화가 끝나자 가부오는 어둠 속으로 사라졌다.

미야모토 가부오는 바다에 혼자 떨어진 후에 그러한 상황에서 칼 하이네를 만난 것이 행운이었다고 생각했을 것이다. 아마도 오랫동안 그가 필요로 하던 그런 종류의 행운이었을지도 몰랐다. 무엇보다 이제 꿈이 실현될 날이 머지않았기에 그는 고기잡이를 하면서 상상했을 것이었다. 자신의 딸기밭, 딸기 향, 들판의 가축, 초여름의 수확, 아이들, 하쓰에, 행복. 그는 미야모토 가문의 장남이자 사무라이의 증손자였고, 가계에서 명의상으로나 출생지상으로나 속속들이 최초의 미국인이 되었다. 그는 자신을 지키며 살아왔고, 가족의 땅을 포기하지 않고 그 땅에 대한 정당한 주장-증오나 전쟁이나 어떤 편견이나 대립을 넘어선 한 인간으로서의 주장-을 굽히지 않았다.

이렇게 자신의 삶에 갑자기 찾아온 행운을 자축하면서, 그리고 여물어 가는 딸기 내음을 상상하면서 그는 등대에서 보내는 들릴락 말락 하는 구슬픈 신호음을 들으며 어두운 안개 속에서 부유하고 있었다. 그때 코로나호의 기적 소리가 점점 더 크고 가깝게 들려오기 시작했다. 그리고 아일런더호에서 남서쪽으로 8백 미터 떨어진 곳에서는 칼 하이네가 안개를 뚫고 들려오는 기적 소리에 반신반의하며 귀를 기울이고 서 있었다. 그는 블랙커피를 타 한 손에 잔을 들었다. 주전자는 제자리에 넣어 두었다. 그물은 배 뒤에 내려져 있고, 이제 전등이 환하게 비추고 있었다. 전압계가 13.5볼트로 충전 표시가 되어 있었고, 앞으로 고기를 잡을 시간은 얼마든지 있었다. 그는 커피를 마시고 나서 정신을 차리고 저장고 가득 연어를 채워야겠다고 생각했다.

분명 칼은 무전기로 등대 무전사의 조언과 화물선 항해사가 자신의 위치를 알리고 라니드론섬과의 거리를 판독한 다음 갑자기 진로를 바꿔 십 해협 제방을 가로지르겠다고 결정한 이야기를 들었다. 칼은 안개 속에서 귀를 기울였지만 배의 엔진 소리 때문에 아무것도 들리지 않았기에 엔진을 껐다. 그는 다시 귀를 기울이며 기다렸다. 마침내 또 한 번의 기적 소리가 들려왔다. 이번에는 좀 더 가까이에서 들렸고, 분명 점점 가까워지고 있었다. 그는 커피잔을 탁자에 내려놓고 밖으로 나갔다. 화물선이 옆으로 지나가면 물보라가 크게 일면서 배가 흔들릴 것이라는 생각이 들었지만 모든 것을 제자리에 두었기에 별다른 일은 없으리라 안심했다.

돛대에 묶어 둔 석유등만 빼고. 칼은 대형 화물선이 그것을 흔들어 박살 낼 것 같은 생각이 들었다.

그의 괴팍한 성격, 모든 것을 완벽하게 유지하려는 충동이 그를 움직였다. 그것은 지갑 끈을 단단히 조이는 어머니에게서 물려받은 성격이었다. 코로나호가 안개 속에서 접근하고 있을 때 그는 돛대에 올라가는 데 30초도 안 걸릴 것이라고 생각했다. 그러면 석유등을 내릴 수 있었다. 위험할 것은 없었다. 사람은 자신에게 임박한 죽음이나 사고의 가능성을 믿지 않는 법이다.

따라서 성격이 깔끔한 어머니의 아들로서, 미합중국 캔턴호 침몰의 생존자로서, 어선의 사고를 당한 적 없는 어부로서 그는 아무런 의심 없이 돛대로 올라갔다. 그가 기어 올라갈 때 가부오의 작살로 배터리 통의 금속 테두리를 두드렸을 때 생긴 손바닥의 상처가 벌어졌다. 이제 그는 안개 속에 귀를 기울이며 겨드랑이로 가로대에 매달려 피가 흐르는 손으로 칼집에서 칼을 꺼냈다. 다시 한번 좌현에서 화물선의 기적 소리가 들려왔고, 그는 너무 가깝게 들리는 그 배의 엔진 소리에 놀라 몸을 한 번 움찔했지만 계속해서 칼날로 몇 시간 전에 8자형으로 묶었던 줄을 끊었다. 그는 한 손에 석유등을 들고 칼을 다시 칼집에 넣으려고 했다.

그날 밤 그는 유령 같은 안개 속에서 코로나호가 일으킨 물 벽이 덮쳐 오는 것을 보지 못했을 것이다. 안개 뒤에 숨어 있던 바다가 수전 마리 호의 밑에서 솟구치면서 선실 탁자에 놓인 커피잔이 바닥으로 떨어졌고 돛대가 기울었다. 돛대에 매달려 무슨 일이 일어나는지 모르고 있던 그는 깜짝 놀라긴 했어도 자신이 죽으리라고는 생각지 못했을 것이다. 그의 피 묻은 손이 돛대를 놓치면서 고무 작업복이 미끄러져 내렸고, 손에서 석유등과 칼이 바다로 떨어졌다. 칼 하이네는 눈 깜박할 사이에 떨어지면서 수전 마리 호의 좌현 뱃전에 부딪혔다. 그는 왼쪽 귀 위를 부딪히고 파도 아래로 떨어졌다. 바닷물이 스며든 손목시계는 1시 47분에 멈추었다. 수전 마리 호는 5분여 동안 내내 흔들리다가 다시 자리를 잡았고, 선주의 시체 또한 연어 그물에 자리를 잡았다. 그는 물결에 흔들리며 푸른빛 바닷속 그물에 매달려 있었고, 그의 배는 환하게 불을 켠 채 적막한 안개 속에서 조류에 실려 흘러갔다.

물 벽은 계속해서 이동했다. 그것이 빠른 속도로 8백 미터를 이동해 아일런더의 밑을 통과했을 때 가부오 역시 흔들림을 느꼈다. 그러나 잠깐 배를 들먹일 정도였던 그 물결은 계속 흘러가 새벽 2시 직전에 라니드론섬 해안에 도착했다. 화물선의 기적과 등대의 무적 신호가 다시 안개 속에서 들렸다. 미야모토 가부오는 그물을 내리고 무전기를 끈 다음 흰 솜처럼 만져질 듯한 안개에 둘러싸여 창고에 준비해 두었던 여분으로 칼의 배에 두고 온 밧줄을 대체했다. 아마 그는 잠시 쭈그리고 앉아 마닐라 로프로 옭매듭을 묶는 동안 바다를 가로질러 지나가는 화물선에서 보내는 낮은 기적 소리를 들었을 것이다. 짙은 안개 속에서 그 소리가 슬프게 들렸으리라는 것은 누구나 상상할 수 있다. 소리가 커질수록-화물선이 더 가까워짐에 따라- 더욱 쓸쓸하게 들렸을 것이다. 화물선은 계속 기적을 울리며 북쪽을 향해 지나쳤고, 가부오는 그 소리에 귀를 기울였다. 어쩌면 그 순간 그는 아버지가 땅속에 일본 물건을 모두 묻어 버린 일을 기억했을지도 몰랐다. 아니면 하쓰에와 아이들 그리고 언젠가 자신에게 넘어올 딸기밭을 생각했을 것이다.

화물선의 기적 소리가 점차 동쪽으로 멀어져 갔다. 이제 그 소리는 보다 고음의 처량한 등대 무적 신호와 엇갈려서 번갈아 들려왔다. 안개에 싸여 웅얼거리는 듯한 그 소리는 차츰 낮아지면서 기적 소리라기보다 차라리 해저의 다른 세상에서 올라오는 소음처럼 느껴졌다. 결국 기적 소리가 등대 신호음과 합쳐져서 조화되지 않는 두 음이 동시에 들려왔다. 이내 바다 저 멀리서 2분 간격으로 희미하게 들리던 그 불협화음마저 사라져 버렸다.

미야모토 가부오는 집으로 돌아가 아내를 포옹했고, 자신들의 삶이 달라질 수도 있게 된 상황을 말했다. 필립 미홀랜드는 등대를 지키는 야근이 끝나자 기록을 폴더에 넣고 잠이 들었다. 그와 무전 기사 로버트 밀러는 오후 내내 잠을 잤다. 이내 그들은 잠에서 깨어 산 피에드로섬을 떠나 다른 경비대로 전근을 갔다. 그리고 가부오는 아트 모런에게 체포되었다.

이스마엘은 타자기 위로 몸을 숙이고 손가락 끝을 자판 위에 올려놓은 채 생각에 잠겼다. 미야모토 가부오의 심장 고동 소리는 끝내들을 수 없었다. 하쓰에의 마음 역시 알 수 없었고, 칼 하이네의 경우도 마찬가지였다. 그 어떤 심장도 의지가 있기 때문에 영원히 불가사의로 남을 것이었다.
  이스마엘은 글쓰기에 몰두하면서 또한 깨닫는 바가 있었다. 우연이 세상 구석구석을 다스린다 해도 결코 인간의 마음만은 다스릴 수 없다는 것을.

작가의 말

이 책을 쓰는 데 도움을 주신 많은 분에게 감사한다. 법의학 관련해 도움을 주신 시애틀 「하버뷰 호스피털」의 마이크 홉스. 나를 연어 낚시에 데려가고 소설 초고를 주의 깊게 읽어 주신 필 맥크루든. 자망 어업에 대한 통찰력을 보여 주신 스티브 셔피로. 점잖지만 날카로운 비평을 해 주신 레너드 하야시다. 용기를 북돋워 주고 확신을 주신 「베인브리지 리뷰」 창업자이자 편집자 월트와 밀리 우드워드. 소설의 배경이 되는 지역 정보에 도움을 주신 앤 래드윅. 난해한 법적 지식에 도움을 주신 머리 구터슨과 롭 크라이턴. 내 조사와 인터뷰에 도움을 주신 프랭크 기타모토와 히사 마쓰다이라. 기록 보관소와 박물관 입장을 허용해 주신 베인브리지 역사 협회. 마이크로필름 컬렉션을 보게 해 준 워싱턴 대학교 수잘로 도서관. 이 책을 평해 주시고 배와 해상 운송에 관해 전문 지식으로 도움을 주신 앨런 질 선장. 오랜 세월 이 스토리에 관해 나와 기꺼이 토론해 준 로빈 구터슨.
 나는 또한 다음의 출처에 관한 내 빚을 인정하고 싶다. 건축과 사진 화보에 관한 멋진 책 더들리 위트니의 『등대』, 찰스 F. 채프먼의 『선박 조종술과 작은 보트 핸들링』 그리고 브랜트 아이마와 존 마셜의 『조종술 가이드』. 캘리포니아에서 알래스카에 이르는 난파선에 관한 그림 설명이 실린 짐 깁스의 『선박 재해 일지』. 정신적이고 문화적인 워싱턴 내 섬 생활을 정확하게 묘사한 헤이즐 헤크먼의 『해협 내의 섬』. 연안 해역 내 상업적 어업을 아름답게 묘사한 조 업턴의 『알래스카 블루스』. 그리고 태평양 북서부 숲들을 놀랄 만큼 정확하게 묘사한 샐리 티스데일의 『서쪽으로 나아가기』.

또한 제임스 L. 스토크스베리의 『2차 세계대전의 짧은 역사』, 리처드 F. 뉴컴의 『이오지마』, 라파엘 스타인버그의 『섬 전투』, 에드윈 P. 호이트의 『레이테만의 전투』, 스터즈 터켈의 『좋은 전쟁』, 에릭 M. 함멜과 존 E. 레인의 『76시간: 타라와 침략』을 읽는 데 애를 먹었지만 모두 도움이 되었다.

무엇보다 다음 책들에 큰 빚을 졌다. 아시아계 미국인들의 역사를 다룬 로널드 다카키의 훌륭한 책 『다른 나라에서 온 이방인들』, 2차 세계대전 전과 후와 대전 중의 일본계 미국인들에 관한 두 감동적인 이야기인 모니카 소네의 『니세이 딸』과 아케미 기쿠무라의 『혹독한 겨울』, 우리 사법제도 시스템을 정확히 묘사한 시모어 위시램의 『배심원 제도 해부』, 수용 기간에 관한 통찰력을 보여 준 피터 아이언의 『전쟁 중의 정의』, 로저 대니얼스와 샌드라 C. 테일러와 해리 H. L. 기타노가 편집한 『일본계 미국인들: 이전에서 보상까지』, 앤설 애덤스의 사진과 존 허시의 해설이 담긴 존 아머의 『만자나』 그리고 칼프리트 그라프 폰 뒤르크하임의 『일본의 평온 숭배』와 줄리아 V. 나카무라의 『일본 다도』와 앨런 W. 와츠의 『선禪의 길』.

지역 정보에 관해서는 엘시 프랭클룬드 워너의 『이중 초점 렌즈로 본 베인브리지』를 포함해 케이티 워너의 『베인브리지섬의 역사』, 베인브리지 스쿨 디스트릭트의 『그들은 큰 영향을 미쳤다』, 「베인브리지 가든스 가든 뉴스」에 칼럼으로 실린 준코 하루이의 '정원 노스탤지어' 그리고 '아이들을 위해서'라는 베인브리지섬 일본계 미국인 지역 자치회의 사진 전시회에 빚을 졌다.

내 나쁜 기억력으로 여기에 언급하지 못한 분들께는 용서를 구한다. 나는 모두에게 큰 빚을 졌다.

SNOW FALLING ON CEDARS
삼나무에 내리는 눈

초판 1쇄 발행 2025년 9월 30일

지은이 데이비드 구터슨 | **옮긴이** 노혜숙
발행인 박세진
독자 모니터링 양은희, 채민경, 최윤희
표지디자인 허은정 | **용지** 두송지업 | **인쇄** 대덕문화사 | **제본** 바다제책사

펴낸 곳 피니스 아프리카에 | **출판등록** 2010년 10월 12일 제25100-2010-000041호
주소 03958 서울시 마포구 상수동 341-6 보람빌딩 A동 2층
전화 02-3436-8813 | **팩스** 02-6442-8814
블로그 blog.naver.com/finisaf | **메일** finisaf@naver.com

책값은 뒤표지에 있습니다.
파본은 구입하신 곳에서 교환해 드립니다.